Joy Fielding

Schau dich nicht um

GOLDMANN
Lesen erleben

Buch

Jess Koster, eine junge erfolgreiche Staatsanwältin in Chicago, fühlt sich verfolgt. Wer ist der Mann, dessen Gesicht ihr aus jeder Menschenmenge entgegenstarrt? Und welche Verbindung gibt es zu dem Angeklagten, dem sie gerade eine brutale Vergewaltigung nachweisen will? Oder bildet sich Jess das alles nur ein? Keine Hirngespinste jedenfalls sind die beispiellosen Terrorakte, mit denen sie unter Druck gesetzt wird und die sie schier um den Verstand bringen. Langsam wächst in ihr der Verdacht, Opfer eines teuflischen Plans zu sein …

Mehr zu Joy Fielding und lieferbaren Titeln der Autorin finden Sie am Ende des Buches.

Joy Fielding

Schau dich nicht um

ROMAN

Aus dem Amerikanischen
von Mechtild Sandberg-Ciletti

GOLDMANN

Die Originalausgabe erschien 1993 unter dem Titel
»Tell Me No Secrets« bei William Morrow, New York.

Erstmals 1993 bei Goldmann auf Deutsch erschienen.
Neuausgabe April 2020

Dieses Buch ist auch als E-Book erhältlich.

FSC
www.fsc.org
MIX
Papier aus verantwortungsvollen Quellen
FSC® C014496

Penguin Random House Verlagsgruppe FSC® N001967

3. Auflage
Taschenbuchausgabe April 2020

Umschlaggestaltung: UNO Werbeagentur, München
Umschlagmotiv: Lyn Randle / Trevillion Images;
FinePic®, München
Satz: Uhl + Massopust GmbH, Aalen
Druck und Einband: GGP Media GmbH, Pößneck
Printed in Germany
ISBN 978-3-442-48885-8
www.goldmann-verlag.de

Besuchen Sie den Goldmann Verlag im Netz

1

Er wartete auf sie, als sie zur Arbeit kam. So schien es Jess jedenfalls, die ihn sofort sah. Er stand reglos an der Ecke California Avenue und 25. Straße. Sie spürte, dass er sie beobachtete, als sie aus der Parkgarage kam und über die Straße zum Administration Building lief. Seine dunklen Augen waren kälter als der Oktoberwind, der in seinem strähnigen hellen Haar spielte, seine bloßen Hände waren über den Taschen seiner abgetragenen braunen Lederjacke zu Fäusten geballt. Kannte sie ihn?

Seine Haltung veränderte sich leicht, als Jess näher kam, und sie sah, dass sein voller Mund zu einem halben Lächeln verzogen war, bei dessen Anblick es sie kalt überlief; als wüsste er etwas, das sie nicht wusste. Es war ein Lächeln ganz ohne Wärme, das Lächeln eines Mannes, dem es als Kind Spaß gemacht hatte, Schmetterlingen die Flügel auszureißen, dachte sie schaudernd und ignorierte das kaum wahrnehmbare Kopfnicken, mit dem er sie grüßte, als ihre Blicke sich trafen. Ein Lächeln voller Geheimnisse, begriff sie. Sie wandte sich hastig ab und hatte plötzlich Angst, als sie die Treppe hinauflief.

Sie spürte, wie der Mann hinter ihr sich in Bewegung setzte, wusste, ohne sich umzusehen, dass er hinter ihr die Treppe hinaufging. Als sie oben ihre Schulter gegen die schwere Drehtür aus Glas drückte, sah sie, dass der Fremde auf der obersten Stufe stehengeblieben war. Sein Gesicht spiegelte sich in den rotierenden Glasflächen, erschien, verschwand und erschien von neuem, und das wissende Lächeln wich nicht von seinen Lippen.

Ich bin der Tod, hauchte das Lächeln. *Ich bin gekommen, dich zu holen.*

Jess hörte sich nach Luft schnappen und merkte am Füßescharren hinter sich, dass sie die Aufmerksamkeit eines der Wächter auf sich gezogen hatte. Mit einem Ruck drehte sie sich herum und sah dem Mann entgegen, der sich ihr vorsichtig näherte und dabei zum Holster seiner Dienstwaffe griff.

»Stimmt was nicht?«, fragte er.

»Ich weiß nicht«, antwortete Jess. »Da draußen ist ein Mann, der …« Der was?, fragte sie sich stumm, während sie dem Wächter in die müden blauen Augen sah. Der ins Warme möchte, weil es draußen so kalt ist? Der ein Grinsen hat, dass man Gänsehaut bekommt? War das in Cook County neuerdings ein Verbrechen? Der Wächter sah an ihr vorbei zur Tür, und sie folgte mit den Augen langsam seinem Blick. Dort war niemand.

»Ich seh anscheinend Gespenster«, sagte Jess entschuldigend und fragte sich, ob das zutreffe, war froh, dass der junge Mann, wer immer er sein mochte, fort war.

»So was kann schon mal vorkommen«, sagte der Wächter und ließ sich Jess' Ausweis zeigen, obwohl er wusste, wer sie war. Dann winkte er sie durch den Metalldetektor, wie er das seit vier Jahren jeden Morgen gewohnheitsmäßig tat.

Jess mochte feste Gewohnheiten. Sie stand jeden Morgen Punkt Viertel vor sieben auf und zog nach einer hastigen Morgentoilette die Sachen an, die sie am Abend zuvor sorgfältig zurechtgelegt hatte. Zum Frühstück schlang sie ein gefrorenes Stück Kuchen direkt aus der Tiefkühltruhe hinunter und saß eine Stunde später vor ihrem aufgeschlagenen Terminkalender und ihren Akten am Schreibtisch. Wenn sie gerade an einem Fall arbeitete, gab es immer etwas mit ihren Mitarbeitern zu besprechen, Strategien mussten entworfen, Fragen formuliert, Antworten abgestimmt werden. (Eine gute Staatsanwältin stellte niemals eine Frage, auf die sie die Antwort nicht schon wusste.) Wenn sie sich auf einen bevorstehenden Prozess vorbereitete, galt es, Informationen zu sammeln, Spuren nachzugehen, Zeugen zu vernehmen, mit Polizeibeamten zu sprechen, Konferenzen abzuhalten, Pläne zu koordinieren. Alles musste klappen wie am Schnürchen. Jess Koster liebte Überraschungen im Gerichtssaal so wenig wie außerhalb.

Hatte sie sich von dem vor ihr liegenden Tag ein vollständiges Bild gemacht, so pflegte sie bei einer Tasse schwarzen Kaffee und einem Krapfen eine kleine Pause einzulegen, um die Morgenzeitung zu lesen. Mit den Todesanzeigen fing sie an. Immer las sie zuerst die Todesanzeigen. *Ashcroft, Pauline, im Alter von siebenundsechzig Jahren ganz plötzlich verstorben; Barrett, Ronald, neunundsiebzig Jahre alt, nach längerer Krankheit friedlich entschlafen; Black, Matthew, geliebter Ehemann und Vater… statt Kränzen Spenden an die Herzforschung von Amerika.* Jess wusste selbst nicht mehr, wann sie angefangen hatte, die Todesanzeigen zur Routinelektüre zu machen, und sie wusste auch nicht, warum. Es war eine ziemlich ausgefallene Gewohnheit für jemanden, der knapp dreißig Jahre alt war, selbst für eine Anwältin bei der Staatsanwaltschaft von Cook County in Chicago. »Na, jemand gefunden, den Sie kennen?«, hatte einer ihrer Kollegen einmal gefragt. Jess hatte den Kopf geschüttelt. Es war nie jemand darunter, den sie kannte.

Suchte sie nach ihrer Mutter, wie ihr geschiedener Mann einmal unterstellt hatte? Oder erwartete sie vielleicht, ihren eigenen Namen zu sehen?

Der Fremde mit dem strähnigen blonden Haar und dem bösen Lächeln drängte sich rücksichtslos in ihre Gedanken. *Ich bin der Tod,* sprach er höhnisch, und seine Stimme brach sich an den nackten Bürowänden. *Ich bin gekommen, dich zu holen.*

Jess senkte die Zeitung und ließ ihren Blick langsam durch das Zimmer wandern. Drei Schreibtische aus mehr oder weniger zerkratztem Walnussholz standen willkürlich verteilt vor mattweißen Wänden. Bilder waren keine da, weder Landschaften noch Porträts, nichts außer einem alten Poster von *Bye Bye Birdie*, das mit mittlerweile vergilbtem Tesafilm festgeklebt an der Wand gegenüber ihrem Schreibtisch hing. Die durch und durch zweckmäßigen Metallregale waren mit juristischen Fachbüchern vollgestopft. Die ganze Einrichtung wirkte so, als könnte sie jederzeit zusammengepackt und abtransportiert werden. Und so war es auch. Es kam häufig genug vor. Die Mitarbeiter der Staatsanwaltschaft wurden turnusmäßig von Abteilung zu Abteilung versetzt. Es war nicht empfehlenswert, sich irgendwo zu heimisch zu fühlen.

Jess teilte sich das Büro mit Neil Strayhorn und Barbara Cohen, die ihr als Vertreter beziehungsweise Vertreterin beigeordnet waren. Jess war als Leiterin ihrer Gruppe für alle größeren Entscheidungen über Arbeits- und Vorgehensweise der Gruppe zuständig. In Cook County gab es siebenhundertfünfzig Staatsanwälte, über zweihundert waren allein in diesem Gebäude untergebracht; zu jeder Abteilung gehörten achtzehn Staatsanwälte, drei pro Zimmer, und alle waren sie Abteilungsleitern unterstellt. Spätestens um halb neun pflegte es in dem Labyrinth von Büros im zwölften und dreizehnten Stockwerk des Administration Building so lebhaft und laut zuzugehen wie auf dem Wrigley Field, so schien es Jess jedenfalls meistens, die diese kurzen Augenblicke des Friedens und der Ruhe vor der Ankunft der anderen im Allgemeinen sehr genoss.

Heute allerdings war das anders. Der junge Mann hatte sie verstört, sie aus ihrem gewohnten Rhythmus geworfen. Was war es nur an ihm, das ihr so vertraut erschien, fragte sie sich. In Wahrheit hatte sie sein Gesicht ja gar nicht richtig gesehen, hatte über dieses schaurige Lächeln hinaus kaum etwas wahrgenommen, wäre niemals fähig gewesen, ihn einem Polizeizeichner zu beschreiben, hätte ihn bei einer Gegenüberstellung niemals erkannt. Er hatte sie ja nicht einmal angesprochen. Weshalb ging er ihr nicht aus dem Kopf?

Sie wandte sich wieder den Todesanzeigen zu. *Bederman, Marvin, 74, nach langer Krankheit in Frieden heimgegangen; Edwards, Sarah, im einundneunzigsten Lebensjahr verschieden …*

»Du bist aber früh da!«, sagte jemand von der Tür her.

»Ich bin immer früh da«, antwortete Jess, ohne aufzusehen. Die Mühe konnte sie sich sparen. Hätte nicht der aufdringliche Duft des Aramis Eau de Colognes Greg Oliver verraten, so hätte es auf jeden Fall der selbstbewusste, schwadronierende Ton seiner Stimme getan. Im Amt hieß es allgemein, Greg Olivers hohe Erfolgsquote im Gerichtssaal werde nur von seinen Rekorden im Schlafzimmer übertroffen. Aus eben diesem Grund achtete Jess stets darauf, dass ihre Gespräche mit dem vierzigjährigen Staatsanwalt von nebenan streng sachlich und unpersönlich blieben. Nach ihrer gescheiterten Ehe mit einem Anwalt stand für sie fest, dass eine neue Beziehung zu einem Kollegen nicht in Frage kam.

»Kann ich was für dich tun, Greg?«

Greg Oliver durchmaß den Raum zwischen der Tür und ihrem Schreibtisch mit drei schnellen Schritten. »Zeig mal, was du da liest.« Er beugte sich vor, um ihr über die Schulter zu sehen. »Die Todesanzeigen? Du lieber Himmel, was die Leute nicht alles tun, um ihren Namen in die Zeitung zu kriegen.«

Jess musste wider Willen lachen. »Greg, ich hab einen Haufen zu tun …«

»Das sehe ich.«

»Nein, wirklich«, behauptete Jess mit einem raschen Blick in sein auf konventionelle Weise gutaussehendes Gesicht, das die flüssige Schokolade seiner Augen bemerkenswert machte. »Ich muss um halb zehn im Gerichtssaal sein.«

Er sah auf seine Uhr. Eine Rolex. Aus Gold. Sie hatte läuten hören, dass er vor kurzem Geld geheiratet hatte. »Da hast du noch massenhaft Zeit.«

»Die Zeit brauch ich, um Ordnung in meine Gedanken zu bringen.«

»Oh, ich wette, die sind schon längst in Ordnung«, entgegnete er und richtete sich auf, aber nur, um sich seitlich an ihren Schreibtisch zu lehnen und ganz offen sein Spiegelbild im Glas des Fensters hinter ihr zu prüfen, während er mit der Hand flüchtig über einen Stapel säuberlich geordneter Papiere strich. »Ich bin überzeugt, dass es in deinem Kopf genauso ordentlich zugeht wie auf deinem Schreibtisch.«

Er lachte, und dabei verzog sich der eine Winkel seines Mundes leicht nach unten. Jess fiel sofort wieder der Fremde mit dem unangenehmen Lächeln ein.

»Schau dich doch an«, sagte Greg, der ihre Reaktion falsch verstand. »Du bist total nervös und angespannt, nur weil ich versehentlich ein paar von deinen Papieren verschoben habe.« Er rückte sie demonstrativ wieder zurecht und wischte dann ein imaginäres Stäubchen von ihrer Schreibtischplatte. »Du magst es gar nicht, wenn jemand deine Sachen anrührt, nicht?«

Mit den Fingern strich er in kleinen Kreisen wie liebkosend über das Holz der Schreibtischplatte. Die Bewegung hatte eine beinahe hypnotische Wirkung. Ein Schlangenbeschwörer, dachte Jess, und fragte sich flüchtig, ob er der Beschwörer war oder die Schlange.

Sie lächelte, höchst verwundert über die seltsamen Gedanken, die ihr an diesem Morgen durch den Kopf gingen, und stand auf. Zielstrebig ging sie zu den Bücherregalen, obwohl sie in Wirklichkeit dort gar nichts zu tun hatte.

»Ich glaube, du gehst jetzt besser, damit ich hier noch etwas geschafft bekomme. Ich muss heute Morgen mein Schlussplädoyer im Fall Erica Barnowski halten und ...«

»Erica Barnowski?« Er musste einen Moment überlegen. »Ach so, ja. Das Mädchen, das behauptet, es sei vergewaltigt worden ...«

»Die *Frau,* die vergewaltigt *wurde*«, korrigierte Jess.

Sein Lachen füllte den Raum zwischen ihnen. »Du lieber Himmel, Jess, die hat doch nicht mal einen Schlüpfer angehabt! Glaubst du etwa, dass irgendein Gericht im ganzen Land einen Mann wegen Vergewaltigung verurteilen wird, weil er es mit einer Frau getrieben hat, die er in einer

Kneipe aufgegabelt hatte und die nicht mal einen Schlüpfer anhatte?« Greg Oliver verdrehte kurz die Augen zur Decke, ehe er Jess wieder ansah. »Ich weiß nicht, aber die Tatsache, dass die Dame ohne Schlüpfer in ein bekanntes Aufreißerlokal ging, riecht mir doch stark nach stillschweigendem Einverständnis.«

»Ach, und ein Messer an der Kehle gehört dann wohl deiner Meinung nach zum Vorspiel?« Jess schüttelte den Kopf, eher bekümmert als angewidert. Greg Oliver war bekannt für seine zutreffenden Prognosen. Wenn es ihr nicht einmal gelang, ihren Kollegen davon zu überzeugen, dass der Angeklagte schuldig war, wie konnte sie da hoffen, die Geschworenen zu überzeugen?

»Es zeichnet sich gar nichts ab unter diesem kurzen Rock«, sagte Greg Oliver. »Verraten Sie mir mal, ob Sie ein Höschen tragen, Frau Anwältin?«

Jess strich sich unwillkürlich mit beiden Händen über den grauen Wollrock, der oberhalb ihrer Knie endete. »Hör auf mit dem Quatsch, Greg«, sagte sie nur.

Greg Olivers Augen blitzten mutwillig. »Was würde es denn brauchen, in dieses Höschen reinzukommen?«

»Da muss ich dich leider enttäuschen, Greg«, sagte Jess ruhig. »In diesem Höschen ist nur für ein Arschloch Platz.«

Die flüssige Schokolade von Greg Olivers Augen gefror einen Moment zu braunem Eis, dann jedoch schmolz sie sofort wieder, als sein Lachen erneut das Zimmer erfüllte. »Das liebe ich so an dir, Jess. Du bist so verdammt frech. Du nimmst es mit jedem auf.« Er ging zur Tür. »Eines muss ich dir lassen – wenn jemand diesen Fall gewinnen kann, dann du.«

»Danke«, sagte Jess zu der sich schließenden Tür. Sie

ging zum Fenster und blickte geistesabwesend zur Straße hinunter. Riesige Plakatwände schrien zu ihr hinauf. *Abogado,* verkündeten sie. »Rechtsanwalt« auf Spanisch, gefolgt von einem Namen. Auf jedem Schild ein anderer Name. Rund um die Uhr geöffnet.

Es gab in diesem Viertel sonst keine Hochhäuser. Das Administration Building mit seinen vierzehn Stockwerken überragte alles, hässlich und hochmütig. Das anschließende Gerichtsgebäude war bloß sieben Stockwerke hoch. Dahinter stand das Gefängnis von Cook County, wo des Mordes und anderer Verbrechen Angeklagte, die entweder die Kaution nicht aufbringen konnten oder denen Sicherheitsleistung nicht zugestanden worden war, eingesperrt blieben, bis ihnen der Prozess gemacht wurde. Ein finsterer, unheilvoller Ort, dachte Jess oft, für finstere, unheilvolle Menschen.

Ich *bin der Tod*, flüsterte es von den Straßen herauf. *Ich bin gekommen, dich zu holen.*

Sie schüttelte energisch den Kopf und sah zum Himmel hinauf, aber selbst der war stumpf und grau, von Schneewolken schwer. Schnee im Oktober, dachte Jess. Sie konnte sich nicht erinnern, wann es das letzte Mal vor Allerheiligen geschneit hatte. Trotz der Wettervorhersage hatte sie ihre Stiefel nicht angezogen. Sie waren nicht mehr wasserdicht und hatten rund um die Kappen hässliche Salzringe, wie die Jahresringe eines Baums. Vielleicht würde sie später kurz in die Stadt gehen und sich ein paar neue kaufen.

Das Telefon läutete. Gerade mal acht Uhr, und schon ging es los. Sie hob den Hörer ab, ehe es ein zweites Mal läuten konnte.

»Jess Koster«, sagte sie.

»Jess Koster, Maureen Peppler hier.« In der Stimme schwang mädchenhaftes Gelächter. »Störe ich dich?«

»Du störst nie«, versicherte Jess ihrer älteren Schwester und sah dabei Maureens vergnügtes Lächeln und ihre warmen grünen Augen vor sich. »Ich bin froh, dass du angerufen hast.«

Jess hatte Maureen immer mit den zart gezeichneten Balletttänzerinnen Edgar Degas' verglichen, weich und verschwommen in den Konturen. Selbst ihre Stimme war weich. Die Leute sagten oft, die Schwestern sähen einander ähnlich. Das stimmte in gewisser Hinsicht, beide hatten sie das gleiche ovale Gesicht, beide waren sie groß und schlank, doch nichts an Jess war verschwommen. Ihr braunes schulterlanges Haar war dunkler als das Maureens, ihre Augen hatten einen tieferen, eindringlicheren Grünton, ihr zierlicher Körper war weniger gerundet, kantiger. Es war, als hätte der Künstler zweimal die gleiche Skizze angefertigt, die eine dann in Pastell ausgeführt, die andere in Öl.

»Was gibt's?«, fragte Jess. »Wie geht's Tyler und den Zwillingen?«

»Den Zwillingen geht's prächtig. Tyler ist immer noch nicht begeistert. Er fragt dauernd, wann wir sie endlich zurückschicken. Du hast dich nicht nach Barry erkundigt.«

Jess kniff einen Moment die Lippen zusammen. Maureens Mann, Barry, war ein erfolgreicher Wirtschaftsprüfer, und für seinen brandneuen Jaguar hatte er sich Nummernschilder mit der Aufschrift EARND IT pressen lassen. Musste sie wirklich noch mehr von ihm wissen? »Wie geht es ihm?«, fragte sie trotzdem.

»Gut. Das Geschäft läuft phantastisch trotz der Wirtschaftskrise. Oder vielleicht deswegen. Na, egal, er ist jedenfalls sehr zufrieden. Ich wollte dich für morgen Abend zu uns zum Essen einladen. Bitte sag jetzt nicht, du bist schon verabredet.«

Jess hätte beinahe gelacht. Wann hatte sie das letzte Mal eine Verabredung gehabt? Wann war sie das letzte Mal ausgegangen, ohne dass berufliche Gründe dahintergesteckt hätten? Wie war sie auf den Gedanken gekommen, nur Ärzte seien vierundzwanzig Stunden am Tag im Dienst?

»Nein, ich bin nicht verabredet«, antwortete sie.

»Gut, dann kommst du also. Ich seh dich dieser Tage viel zu selten. Ich glaube, ich hab dich öfter zu Gesicht bekommen, als ich noch gearbeitet habe.«

»Dann fang doch wieder an zu arbeiten.«

»Nie im Leben. Also, morgen um sechs. Dad kommt auch.«

Jess lächelte. »Schön, wir sehen uns morgen.« Kurz bevor sie den Hörer auflegte, hörte sie aus der Ferne noch Babygeschrei. Sie stellte sich vor, wie Maureen vom Telefon ins Kinderzimmer lief, sich über die Bettchen ihrer sechs Monate alten Zwillinge beugte, die Kleinen wickelte und fütterte und dabei darauf achtete, dass auch der Dreijährige, der ihr nicht von der Seite wich, die Aufmerksamkeit bekam, die er sich so dringend wünschte. Welten entfernt von den heiligen Hallen der Harvard Business School, an der sie ihren Magister in BWL gemacht hatte. Jess zuckte die Achseln. Jeder von uns muss seine Entscheidung treffen, dachte sie. Maureen hatte ihre offensichtlich getroffen.

Sie setzte sich wieder an ihren Schreibtisch und versuchte, sich auf das bevorstehende Stück Arbeit zu konzentrieren. Sie hoffte inständig, sie könnte Greg Oliver beweisen, dass er sich geirrt hatte. Sie wusste allerdings, dass es nahezu unmöglich war, in diesem Fall eine Verurteilung zu erreichen. Sie und ihr Kollege würden schon sehr überzeugend sein müssen.

Bei einem Prozess vor dem Geschworenengericht arbeiteten die Staatsanwälte immer paarweise. Ihr Vertreter, Neil Strayhorn, würde zunächst ein erstes Schlussplädoyer halten, in dessen Rahmen er den Geschworenen noch einmal die nackten, hässlichen Tatsachen des Falls ins Gedächtnis rufen würde. Dem würden die abschließenden Bemerkungen des Verteidigers folgen, und danach würde Jess selbst das replizierende Schlussplädoyer halten, das reichlich Gelegenheit zu kreativer moralischer Entrüstung bot.

»Jeden Tag werden in den Vereinigten Staaten 1871 Frauen vergewaltigt«, begann sie laut, um in der Geborgenheit ihres Büros ihren Vortrag noch einmal zu üben. »Das heißt, dass etwa alle 46 Sekunden eine erwachsene Frau vergewaltigt wird, was sich im Laufe eines Jahres zu 683 000 Vergewaltigungen summiert.« Sie holte tief Atem und wendete die Sätze in ihrem Kopf wie Salatblätter in einer großen Schüssel. Sie wendete sie immer noch hin und her, als zwanzig Minuten später Barbara Cohen kam.

»Wie läuft's?« Barbara Cohen, mit knallrotem Haar, das ihr in krausen Locken fast bis zur Rückenmitte herabfiel, war beinahe einen Kopf größer als Jess und sah mit ihren langen, dünnen Beinen aus, als ginge sie auf Stelzen. Jess mochte noch so schlecht gelaunt sein, sie brauchte Barbara, ihre zweite Mitarbeiterin, nur anzusehen, und schon musste sie lächeln, ob sie wollte oder nicht.

»Ich bemühe mich, die Ohren steifzuhalten.« Jess sah auf ihre Uhr, eine schlichte Timex mit einem schwarzen Lederband. »Hör mal, Barbara, ich möchte gern, dass du und Neil diese Drogensache, den Fall Alvarez, übernehmt, wenn es zum Prozess kommt.«

Barbara Cohens Gesicht zeigte eine Mischung aus freudiger Erregung und Unsicherheit. »Ich dachte, das wolltest du selbst machen.«

»Ich kann nicht. Mir schlägt die Arbeit über dem Kopf zusammen. Außerdem schafft ihr beide das bestimmt. Ich bin ja hier, wenn ihr Hilfe brauchen solltet.«

Barbara Cohen bemühte sich ohne Erfolg, das Lächeln zurückzuhalten, das sich auf ihrem Gesicht ausbreitete und alle professionelle Nüchternheit verdrängte.

»Soll ich dir einen Kaffee holen?«, fragte sie.

»Wenn ich noch mehr Kaffee trinke, muss ich nachher im Gerichtssaal alle fünf Minuten raus. Glaubst du, dass mir das bei den Geschworenen viel Sympathie einbringen würde?«

»Wohl kaum.« Barbara lachte.

Neil Strayhorn traf ein paar Minuten später mit der frohen Botschaft ein, dass er das Gefühl habe, er brüte eine Erkältung aus. Er setzte sich unverzüglich an seinen Schreibtisch. Jess konnte sehen, wie sich seine Lippen bewegten, während er lautlos den Text seiner Schlussbemerkung hersagte.

In den sie umgebenden Büros der Staatsanwaltschaft von Cook County wurde es langsam lebendig. Jess registrierte automatisch jede neue Ankunft, während in den Nachbarräumen Stühle gerückt, Schubladen geöffnet und geschlossen, Computer eingeschaltet wurden, während Faxgeräte zu summen begannen und Telefone läuteten. Ohne sich dessen bewusst zu sein, vermerkte sie das Eintreffen jeder der vier Sekretärinnen, die den achtzehn Anwälten dieser

Abteilung zur Verfügung standen, erkannte, ohne sich zu bemühen, den schweren Schritt Tom Olinskys, ihres Abteilungsleiters, als er zu seinem Büro am Ende des langen Korridors ging.

»Jeden Tag werden in den Vereinigten Staaten 1871 Frauen vergewaltigt«, begann sie von neuem, in dem Bemühen, ihre Konzentration wiederzufinden.

Eine der Sekretärinnen, eine Schwarze, die ebenso gut zwanzig wie vierzig hätte sein können, schaute zur Tür herein. Ihre langen tropfenförmigen roten Ohrringe fielen ihr fast bis auf die Schultern.

»Connie DeVuono ist hier«, sagte sie und trat einen Schritt zurück, als befürchte sie, Jess würde den nächstbesten Gegenstand nach ihr werfen.

»Was soll das heißen, sie ist hier?«

»Das heißt, sie steht draußen vor der Tür. Sie ist anscheinend einfach am Empfang vorbeimarschiert. Sie behauptet, sie müsste unbedingt mit Ihnen reden.«

Jess warf einen Blick auf ihren Terminkalender. »Wir sind erst für vier Uhr verabredet. Haben Sie ihr gesagt, dass ich in ein paar Minuten bei Gericht sein muss?«

»Ja. Sie lässt sich nicht abwimmeln. Sie ist sehr erregt.«

»Das ist nicht weiter verwunderlich«, sagte Jess bei dem Gedanken an die junge Witwe, die auf brutalste Weise von einem Mann geschlagen und vergewaltigt worden war, der ihr danach gedroht hatte, sie zu töten, falls sie gegen ihn aussagen sollte. Der Termin für die Verhandlung des Falls war noch zehn Tage entfernt. »Führen Sie sie doch bitte ins Besprechungszimmer, Sally. Ich komme sofort.«

»Soll ich mit ihr reden?«, erbot sich Barbara.

»Nein, nein, ich mach das schon.«

»Was meinst du, kann das Ärger bedeuten?«, fragte Neil Strayhorn, als Jess in den Korridor hinausging.

»Was sonst?«

Das Besprechungszimmer war ein kleiner, fensterloser Raum, in dem der lange braune Walnusstisch und die acht Stühle um ihn herum gerade Platz hatten. Die Wände hatten den gleichen mattweißen Anstrich wie die in den übrigen Räumen, der beigefarbene Teppich war alt und abgetreten.

Connie DeVuono stand gleich an der Tür. Sie schien geschrumpft zu sein, seit Jess sie das letzte Mal gesehen hatte, ihr schwarzer Mantel fiel weit und formlos um ihren Körper. Ihr Gesicht war so weiß, dass es einen grünlichen Schimmer zu haben schien, und die Haut unter ihren Augen war schlaff und runzlig, trauriges Indiz dafür, dass sie vermutlich seit Wochen nicht mehr richtig geschlafen hatte. Allein die dunklen Augen sprühten in einem Feuer zorniger Energie und ließen von der früheren Schönheit dieser Frau ahnen.

»Bitte entschuldigen Sie die Störung«, begann sie.

»Es ist einfach so, dass wir im Moment nicht viel Zeit haben«, sagte Jess gedämpft, aus Sorge, der Frau, die unter starker Spannung zu stehen schien, könnten beim ersten lauteren Wort die Nerven durchgehen. »Ich muss in einer halben Stunde bei Gericht sein.« Jess schob ihr einen der Stühle hin. Die Frau brauchte keine weitere Aufforderung. Als versagten ihr ihre Beine plötzlich den Dienst, ließ sie sich auf den Stuhl hinunterfallen. »Geht es Ihnen nicht gut? Möchten Sie vielleicht eine Tasse Kaffee? Oder ein Glas Wasser? Kommen Sie, geben Sie mir Ihren Mantel.«

Connie DeVuono winkte bei jedem der Vorschläge mit zitternden Händen ab. Jess bemerkte, dass ihre Fingernägel bis zum Fleisch hinunter abgeknabbert waren, die Nagelhaut an allen Fingern blutig gerissen war. »Ich kann nicht aussagen«, sagte sie. Ihre Stimme war so leise, dass sie kaum zu hören war, und sie wandte sich ab, als sie sprach.

Dennoch wirkten die Worte wie ein Schlag. »Was?«, fragte Jess, obwohl sie genau verstanden hatte.

»Ich habe gesagt, ich kann nicht aussagen.«

Jess setzte sich auf einen der anderen Stühle und rückte so nahe an Connie DeVuono heran, dass ihre Knie sich berührten. Sie nahm die Hände der Frau, die eiskalt waren, und umschloss sie mit den ihren.

»Connie«, begann sie langsam, während sie versuchte, die kalten Hände zu wärmen, »unsere ganze Beweisführung steht und fällt mit Ihnen. Wenn Sie nicht aussagen, kommt der Mann, der Sie überfallen hat, ungeschoren davon.«

»Ich weiß. Es tut mir wirklich leid.«

»Es tut Ihnen leid?«

»Ich kann nicht aussagen. Ich kann nicht. Ich kann nicht.« Sie begann zu weinen.

Jess zog hastig ein Papiertuch aus der Tasche ihrer grauen Jacke und hielt es Connie hin, doch die ignorierte es. Ihr Weinen wurde lauter. Jess dachte an ihre Schwester, wie mühelos es ihr zu gelingen schien, ihre weinenden Säuglinge zu beruhigen und zu trösten. Jess besaß keine solchen Talente. Sie konnte nur hilflos dabeisitzen, ohne etwas zu tun.

»Ich weiß, dass ich Sie im Stich lasse«, sagte Connie DeVuono schluchzend. »Ich weiß, dass das für alle eine kalte Dusche ist ...«

»Machen Sie sich unseretwegen keine Sorgen«, sagte

Jess. »Sorgen Sie sich um sich selbst. Denken Sie daran, was dieses Ungeheuer Ihnen angetan hat.«

Connie DeVuono hob den Kopf und sah Jess mit zornigem Blick an. »Glauben Sie, das könnte ich je vergessen?«

»Dann müssen Sie dafür sorgen, dass er so etwas nie wieder tun kann.«

»Aber ich kann nicht aussagen! Ich kann es einfach nicht. Ich kann nicht.«

»Okay, okay, beruhigen Sie sich. Es ist ja gut. Weinen Sie sich erst mal aus.«

Jess lehnte sich an die harte Stuhllehne und versuchte, sich in Connie hineinzuversetzen. Seit dem letzten Mal, als sie miteinander gesprochen hatten, war offensichtlich etwas geschehen. Bei jeder ihrer früheren Zusammenkünfte hatte sich Connie trotz aller Angst fest entschlossen gezeigt auszusagen. Sie war die Tochter italienischer Einwanderer und im unerschütterlichen Glauben ihrer Eltern an das amerikanische Rechtssystem aufgewachsen. Jess war von diesem festen Glauben sehr beeindruckt gewesen. Sie hielt es durchaus für möglich, dass er stärker war als ihr eigener, der nach vier Jahren bei der Staatsanwaltschaft doch etwas gelitten hatte.

»Ist etwas passiert?«, fragte sie und beobachtete Connie scharf.

Connie hob den Kopf und straffte die Schultern. »Ich muss an meinen Sohn denken«, sagte sie mit Nachdruck. »Er ist erst acht. Sein Vater ist vor zwei Jahren an Krebs gestorben. Wenn mir jetzt auch noch etwas passiert, hat er keinen Menschen mehr.«

»Aber Ihnen wird nichts passieren.«

»Meine Mutter ist zu alt, um sich um ihn zu kümmern.

Außerdem spricht sie sehr schlecht Englisch. Was soll denn aus Steffan werden, wenn ich sterbe? Wer soll sich um ihn kümmern? Sie vielleicht?«

Jess verstand, dass die Frage rhetorisch gemeint war, antwortete aber dennoch. »Mit Männern hab ich's leider nicht besonders«, sagte sie leise, in der Hoffnung, Connie zum Lächeln zu bringen. Die bemühte sich, wie sie sah, aber ohne Erfolg. »Aber, Connie, wenn wir Rick Ferguson erst hinter Schloss und Riegel haben, kann Ihnen gar nichts mehr passieren.«

Connie DeVuono zitterte. »Es war schlimm genug für Steffan, dass er seinen Vater so früh verlieren musste. Gibt es etwas Schlimmeres, als dann auch noch die Mutter zu verlieren?«

Jess spürte, wie ihr die Tränen in die Augen schossen. Sie schüttelte den Kopf. Nein, es gab nichts Schlimmeres.

»Connie«, begann sie und war selbst überrascht, als sie das Zittern in ihrer Stimme wahrnahm. »Glauben Sie mir, ich verstehe Sie. Ich kann mir vorstellen, wie Ihnen zumute ist. Aber wie kommen Sie auf den Gedanken, Sie seien sicher, wenn Sie nicht aussagen? Rick Ferguson ist schon einmal in Ihre Wohnung eingebrochen. Er hat Sie so brutal zusammengeschlagen, dass Sie einen ganzen Monat lang kaum die Augen öffnen konnten. Er wusste nicht, dass Ihr Sohn nicht zu Hause war. Das war ihm völlig gleichgültig. Wieso glauben Sie, dass er es nicht wieder versuchen wird? Besonders wenn er weiß, dass er nichts zu fürchten hat, weil Sie zu große Angst haben, um ihm das Handwerk zu legen. Wieso glauben Sie, dass er nicht das nächste Mal auch Ihren Sohn misshandeln wird?«

»Das wird er nicht tun, wenn ich nicht aussage.«

»Aber das wissen Sie doch gar nicht.«

»Ich weiß nur, dass er gesagt hat, er würde mich umbringen, ehe ich aussagen könnte.«

»Aber damit hat er Ihnen doch schon vor Monaten gedroht, und das hat Sie nicht von Ihrem Entschluss abbringen können.« Einen Moment war es still. »Was ist passiert, Connie? Wovor haben Sie Angst? Hat er irgendwie mit Ihnen Kontakt aufgenommen? Wenn das der Fall ist, können wir seine Freilassung auf Kaution aufheben lassen …«

»Sie können gar nichts tun.«

»Wir können eine ganze Menge tun.«

Connie DeVuono griff in ihre große schwarze Ledertasche und entnahm ihr eine kleine weiße Schachtel.

»Was ist das?«

Ohne ein Wort zu sagen, reichte Connie Jess die Schachtel. Jess öffnete sie und zog vorsichtig die Schichten von Seidenpapier weg, unter denen sie etwas Kleines, Hartes spürte.

»Das Kästchen stand vor meiner Tür, als ich sie heute Morgen aufmachte«, sagte Connie, während sie zusah, wie Jess das letzte Papier wegzog.

Jess drehte sich der Magen um. Der Schildkröte, die leblos und nackt in ihren Händen lag, fehlten der Kopf und zwei Beine.

»Sie hat Steffan gehört«, sagte Connie tonlos. »Als wir vor ein paar Tagen abends nach Hause kamen, war sie nicht in ihrem Glas. Wir konnten nicht begreifen, wie sie da herausgekommen sein sollte. Wir haben sie überall gesucht.«

Jess begriff augenblicklich Connies Entsetzen. Vor drei Monaten war Rick Ferguson in ihre Wohnung eingebrochen, hatte sie geschlagen und vergewaltigt und ihr dann mit dem Tod gedroht. Jetzt wollte er ihr offenbar zeigen, dass es ihm ein Leichtes sein würde, seine Drohungen wahrzumachen. Wiederum hatte er sich Zugang zu ihrer Wohnung verschafft, so mühelos, als hätte man ihm den Schlüssel gegeben. Er hatte das Haustier ihres Kindes getötet und verstümmelt. Niemand hatte ihn beobachtet. Niemand hatte ihn daran gehindert.

Jess hüllte die tote Schildkröte wieder in ihren Kokon aus Seidenpapier und legte sie zurück in ihren kleinen Sarg.

»Ich hab zwar wenig Hoffnung, dass uns das etwas bringen wird, aber ich möchte das doch mal im Labor untersuchen lassen.« Sie ging zur Tür und winkte Sally. »Würden Sie mir das bitte ins Labor bringen lassen.«

Sally nahm das Kästchen so vorsichtig entgegen, als hätte sie es mit einer Giftschlange zu tun.

Plötzlich sprang Connie auf. »Sie wissen doch so gut wie ich, dass Sie es nicht schaffen werden, da eine Verbindung zu Rick Ferguson herzustellen. Man kann ihm nichts nachweisen. Man kann ihm nie etwas nachweisen. Er kann sich alles erlauben.«

»Nur wenn Sie es zulassen.« Jess kehrte zu Connie zurück.

»Was hab ich denn für eine Wahl?«

»Sie *haben* eine Wahl«, entgegnete Jess, die wusste, dass ihr nur wenige Minuten blieben, um Connie umzustimmen. »Sie können sich weigern auszusagen und auf diese Weise dafür sorgen, dass Rick Ferguson ungestraft davonkommt und für das, was er Ihnen angetan hat, was er Ihnen noch immer antut, niemals zur Rechenschaft gezogen werden wird.« Sie machte eine Pause, um ihre Worte wirken zu lassen. »Oder Sie können vor Gericht gehen und dafür sorgen, dass dieser Mensch bekommt, was er verdient, und für lange Zeit ins Zuchthaus wandert, wo er niemandem mehr etwas antun kann.« Sie sah den Schimmer der Unschlüssigkeit in Connies Augen und wartete einen Augenblick. »Machen Sie sich nichts vor, Connie. Wenn Sie nicht gegen Rick Ferguson aussagen, helfen Sie niemandem, am wenigsten sich selbst. Sie geben ihm nur die Erlaubnis, es wieder zu tun.«

Die Worte hingen zwischen ihnen im Raum wie Wäsche, die jemand vergessen hatte von der Leine zu nehmen. Jess wartete mit angehaltenem Atem. Sie sah, dass sie Connie schwankend gemacht hatte, und wollte jetzt auf keinen Fall etwas sagen oder tun, was sie womöglich veranlassen würde, einen Rückzieher zu machen. Doch sie hatte schon die nächste Ansprache auf der Zunge. Es gibt die bequeme Tour, begann sie, oder es gibt die harte Tour. Die bequeme Tour ist, wenn Sie sich bereit erklären auszusagen wie vereinbart. Die harte Tour ist, wenn ich Sie zur Aussage zwingen muss. Ich erwirke einen Haftbefehl gegen Sie, zwinge Sie, vor Gericht zu erscheinen und als Zeugin auszusagen. Wenn Sie sich dann immer noch weigern, eine Aussage zu machen, wird der Richter Ihnen Missachtung des Gerichts vorwerfen und Sie in Beugehaft nehmen. Wäre das nicht wirklich bitter – statt des Mannes, der Sie überfallen hat, Sie selbst hinter Gittern?

Jess wartete. Sie war entschlossen, diese Worte zu gebrauchen, wenn es sein musste, aber im Stillen betete sie darum, sie könnten ungesagt bleiben.

»Kommen Sie, Connie«, sagte sie schließlich, einen letzten Versuch machend. »Sie sind doch eine Kämpfernatur. Nach dem Tod Ihres Mannes haben Sie nicht klein beigegeben; im Gegenteil, Sie sind auf die Abendschule gegangen und haben sich eine Stellung gesucht, um für Ihren Sohn sorgen zu können. Sie sind eine Kämpfernatur, Connie. Lassen Sie sich das nicht von Rick Ferguson rauben. Schlagen Sie zurück!«

Connie sagte nichts, doch ihre Haltung wurde ein wenig aufrechter, ihre Schultern strafften sich. Schließlich nickte sie.

Jess drückte ihr die Hände. »Sie sagen aus?«

Connies Stimme war nur ein Flüstern. »Ja. Mit Gottes Hilfe.«

»Uns ist jede Hilfe willkommen.« Jess warf einen raschen Blick auf ihre Uhr und stand auf. »Kommen Sie, ich bringe Sie hinaus.«

Neil und Barbara waren bereits gegangen, um pünktlich zur Verhandlung zu kommen. Jess führte Connie durch den Korridor, an der Wand mit der langen Reihe voll abgeschnittener Krawatten vorbei, von denen jede den ersten Sieg eines Staatsanwalts vor einem Geschworenengericht symbolisierte. Die Gänge waren mit Blick auf Halloween schon mit großen orangefarbenen Papierkürbissen und Papphexen, die auf ihren Besen die Wände entlangritten, dekoriert. Wie in einem Kindergarten, dachte Jess, nahm nickend Greg Olivers gute Wünsche entgegen und ging weiter durch die Empfangshalle zu den Aufzügen draußen vor der Glastür. Durch das große Fenster am hinteren Ende der Vorhalle konnte man die ganze West- und Nordwestseite der Stadt sehen. An einem schönen Tag konnte man sogar ganz leicht den O'Hare-Flughafen ausmachen.

Die Frauen sprachen nichts, während der Aufzug sie nach unten trug. Alles Wichtige war bereits gesagt. Im Erdgeschoss verließen sie den Aufzug und bogen um die Ecke, auf dem Weg zu der verglasten Passage, die das Administration Building mit dem anschließenden Gerichtsgebäude verband.

»Wo haben Sie geparkt?«, fragte Jess, die Connie noch hinausbringen wollte.

»Ich bin mit dem Bus gekommen«, begann Connie DeVuono. Sie brach plötzlich ab und drückte die Hand auf den Mund. »O Gott!«

»Was denn? Was ist los?« Jess folgte mit den Augen dem entsetzten Blick der Frau.

Der Mann stand am gegenüberliegenden Ende des Korridors, lässig an die kalte Glaswand gelehnt. Die Haltung seines schlaksigen mageren Körpers hatte etwas Bedrohliches. Sein Gesicht war teilweise von den langen ungekämmten Strähnen dunkelblonden Haars verdeckt, die auf den Kragen seiner braunen Lederjacke herabfielen. Als er sich langsam herumdrehte, um sie zu grüßen, sah Jess, wie sein Mund sich zu dem gleichen beklemmenden Lächeln verzog, mit dem er an diesem Morgen auf sie gewartet hatte.

Ich bin der Tod, sagte es.

Jess fröstelte unwillkürlich und versuchte dann, so zu tun, als käme es von dem kalten Windstoß, der durch die Drehtür ins Foyer fegte.

Rick Ferguson.

»Ich möchte, dass Sie ein Taxi nehmen, Connie«, sagte sie auf dem Weg zur California Avenue hinaus, wo gerade eines vorgefahren war und jemanden absetzte. Sie drückte Connie zehn Dollar in die Hand. »Ich kümmere mich schon um Rick Ferguson.«

Connie sagte nichts. Es war, als hätte sie ihre ganze Energie bei dem Gespräch mit Jess verbraucht und hätte jetzt keine Kraft mehr zu widersprechen. Die Zehn-Dollar-Note in der zur Faust geballten Hand ließ sie sich von Jess in das Taxi schieben und warf keinen Blick zurück, als der Wagen anfuhr. Jess blieb noch einen Moment auf dem Bürgersteig stehen und versuchte, innerlich zur Ruhe zu kommen, dann machte sie kehrt und ging durch die Drehtür wieder ins Gebäude.

Er hatte sich nicht von der Stelle gerührt.

Durch den langen Flur ging Jess auf ihn zu. Die Absätze ihrer schwarzen Pumps klapperten auf dem harten Granitboden. Mit jedem Schritt, den sie machte, bekam sie seine Gesichtszüge schärfer in den Blick. Die vage Drohung, die von ihm ausging – ein junger Weißer Anfang zwanzig, vielleicht einen Meter fünfundsiebzig groß, fünfundsiebzig Kilo schwer, blondes Haar, braune Augen –, wurde konkreter, persönlicher – leicht nach vorn gebeugte Schultern, ungepflegtes langes Haar, stechende Augen unter schweren Lidern, eine mehrmals gebrochene Nase, die niemals richtig behandelt worden war, und immer dasselbe schreckliche Lächeln.

»Ich verbiete Ihnen, sich Mrs DeVuono zu nähern«, sagte Jess mit scharfer Stimme, als sie ihn erreichte, und fuhr zu sprechen fort, ehe er sie unterbrechen konnte. »Wenn Sie sich noch einmal in ihrer Nähe blicken lassen, und sei es nur rein zufällig, wenn Sie versuchen sollten, mit ihr zu sprechen oder auf andere Weise mit ihr Verbindung aufzunehmen, wenn Sie es noch einmal wagen sollten, ihr so ein grausiges kleines Geschenk vor die Tür zu legen, lasse ich Ihre Haftverschonung aufheben. Dann finden Sie Ihren Arsch im Knast wieder. Haben Sie mich verstanden?«

»Wissen Sie eigentlich«, sagte er sehr lässig und ohne Eile, so als befände er sich mitten in einem ganz anderen Gespräch, »dass es keine gute Idee ist, mir auf die Zehen zu treten.«

Jess hätte beinahe gelacht. »Was soll das heißen?«

Rick Ferguson verlagerte sein Gewicht von einem Fuß auf den anderen, zuckte die Achseln, machte ein gelangweiltes Gesicht. Er sah sich um, kratzte sich bedächtig an der Nase. »Na ja, Leute, die mir in die Quere kommen, neigen dazu … zu verschwinden.«

Jess wich unwillkürlich einen Schritt zurück. Ein eisiger Schauder durchfuhr sie und schien sich in ihrem Magen festzusetzen. Einen Moment wurde ihr so übel, dass sie sich beinahe übergeben hätte. Als sie sprach, klang ihre Stimme dumpf und tonlos.

»Wollen Sie mir drohen?«

Rick Ferguson stieß sich von der Wand ab. Sein Lächeln wurde breiter. *Ich bin der Tod*, sagte das Lächeln. *Ich bin gekommen, dich zu holen.*

Dann ging er davon, ohne sich noch einmal umzusehen.

2

Jeden Tag werden in den Vereinigten Staaten 1871 Frauen vergewaltigt«, begann Jess. Ihr Blick glitt langsam über die sechs Männer und sechs Frauen hin, die in zwei Reihen in der Geschworenenbank im Gerichtssaal 706 des State *Court House* in der California Avenue saßen. »Das heißt, dass etwa alle 46 Sekunden eine erwachsene Frau vergewaltigt wird, was sich im Laufe eines Jahres zu 683 000 Vergewaltigungen summiert.« Sie machte eine kurze Pause, um die ungeheuerliche Zahl wirken zu lassen. »Manche Frauen werden auf der Straße überfallen; andere in der eigenen Wohnung. Manchen wird von dem viel zitierten Wildfremden in einer dunklen Gasse Gewalt angetan, weit häufiger jedoch werden Frauen von Menschen vergewaltigt, die sie kennen: von einem wütenden abgewiesenen Verehrer, einem Freund, dem sie vertraut haben, einem Bekannten. Vielleicht, wie Erica Barnowski«, sagte sie, mit dem Kopf auf die Klägerin deutend, »von einem Mann, den sie in einer Bar kennengelernt haben. Es trifft Frauen jeden Alters und jeder Hautfarbe, jeder Konfession und jeder Bildungsstufe. Das Einzige, was sie alle gemeinsam haben, ist ihr Geschlecht. Es geht also um Sexualität, sollte man meinen, aber so ist es nicht. Bei der Vergewaltigung geht es nicht um Sexualität. Vergewaltigung ist ein Gewaltverbrechen. Da geht es nicht um Leidenschaft, nicht einmal um Lust. Es geht um Macht. Es geht um Herrschaft und Unterdrückung. Um Erniedrigung. Um das Zufügen von Schmerz. Die Vergewaltigung ist ein Akt der Wut, ein Akt des Hasses. Mit Sexualität hat sie nichts zu tun. Die Sexualität benutzt sie nur als Waffe.«

Jess sah sich in dem ehrwürdigen alten Gerichtssaal um, ließ ihren Blick zur hohen Decke und den hohen Fenstern schweifen, über die dunkle Holztäfelung an den Wänden, die schwarze Marmorumrandung der großen Flügeltüren. Rechts vom Richter verbot über einer Tür ein Schild alle Besucher im Gerichtssaal und Zellentrakt. Linker Hand verkündete ein zweites Schild: »Ruhe! Rauchen, Essen, das Mitbringen von Kindern verboten!«

Der Zuschauerraum mit den acht Sitzreihen, deren Holz von Graffiti zerkratzt war, hatte einen alten schwarz-weißen Fliesenboden. Genau wie im Film, dachte Jess, froh und dankbar, dass sie seit achtzehn Monaten der Kammer von Richter Harris zugeteilt war und nicht einer der anderen Kammern, zu denen die kleineren neueren Säle in den unteren Stockwerken gehörten.

»Die Verteidigung möchte Sie etwas anderes glauben machen«, fuhr Jess fort und nahm ganz bewusst mit jedem einzelnen Geschworenen Blickkontakt auf, ehe sie ihre Aufmerksamkeit langsam auf den Angeklagten richtete. Douglas Phillips, weißer Mittelstand, ein Durchschnittstyp, recht ehrbar aussehend in seinem dunkelblauen Anzug mit der gedeckten Paisley-Krawatte, verzog beleidigt den Mund, ehe er den Blick zu Boden senkte. »Die Verteidigung möchte Sie glauben machen, dass das, was sich zwischen Douglas Phillips und Erica Barnowski abspielte, ein Geschlechtsakt war, der mit dem Einverständnis der Klägerin vollzogen wurde. Die Verteidigung hat Ihnen berichtet, dass Douglas Phillips Erica Barnowski am Abend des dreizehnten Mai 1992 in der Singles-Bar Red Rooster kennenlernte und sie zu mehreren Drinks einlud. Wir haben mehrere Zeugen gehört, die aussagten, die beiden zusammen gesehen zu haben, trinkend und lachend, wie sie sagten, und die unter Eid bezeugt haben, dass Erica Barnowski aus freien Stücken und ganz ohne Zwang die Bar gemeinsam mit Douglas Phillips verließ. Erica Barnowski selbst hat das bei ihrer Vernehmung zugegeben.

Aber die Verteidigung möchte Sie nun weiter glauben machen, dass das, was sich zwischen den beiden zutrug, nachdem sie die Bar verlassen hatten, ein Akt überwältigender Leidenschaft zwischen zwei erwachsenen Menschen war. Douglas Phillips behauptet, die Blutergüsse an Armen und Beinen der Klägerin seien die bedauerlichen Nebenwirkungen des Geschlechtsverkehrs in einem kleinen Auto europäischer Herkunft. Die nachfolgende Hysterie des Opfers, die von mehreren Leuten auf dem Parkplatz wahrgenommen und später von Dr. Robert Ives im Grant Hospital beobachtet wurde, tut er schlicht als Tobsuchtsanfall einer Frau ab, der es nicht passte, nach Gebrauch weggeworfen zu werden wie – in seinen einfühlsamen Worten – ›ein benutztes Kleenex‹.«

Jess konzentrierte jetzt ihre ganze Aufmerksamkeit auf Erica Barnowski, die neben Neil Strayhorn am Tisch der Staatsanwaltschaft saß, der Geschworenenbank direkt gegenüber. Erica Barnowski war siebenundzwanzig Jahre alt, sie war sehr blass und sehr blond und saß völlig unbewegt in dem braunen Ledersessel mit der hohen Lehne. Nur ihre Unterlippe bewegte sich, sie hatte während des ganzen Prozesses unaufhörlich gezittert, so dass ihre Zeugenaussage bisweilen beinahe unverständlich gewesen war. Dennoch hatte die Frau kaum etwas Weiches an sich. Das Haar war zu gelb, die Augen waren zu klein, die Bluse zu blau, zu billig. Sie hatte nichts Mitleiderregendes an sich, nichts, das war Jess klar, was den Geschworenen automatisch ans Herz gegangen wäre.

»Die Schnitte an der Kehle der Klägerin zu erklären bereitete ihm etwas mehr Mühe«, fuhr Jess fort. »Er habe sie nicht verletzen wollen, behauptet er jetzt. Es sei ja nur ein kleines Messer gewesen, gerade einmal zehn Zentimeter lang. Und er habe es ja nur zum Spaß herausgezogen. Er habe den Eindruck gehabt, dass es sie errege, hat er Ihnen erzählt. Er glaubte, ihr gefiele das. Woher hätte er wissen sollen, dass es ihr nicht gefiel? Woher hätte er wissen sollen, dass sie nicht das Gleiche wollte wie er? Woher hätte er wissen sollen, was sie wollte? War sie nicht schließlich in die Kneipe gekommen, weil sie einen Mann suchte? Hatte sie sich nicht von ihm einladen lassen? Hatte sie nicht über seine Witze gelacht und sich von ihm küssen lassen? Und vergessen Sie nicht, meine Damen und Herren, sie hatte keinen Schlüpfer an!«

Jess holte einmal tief Atem und richtete ihren Blick wieder auf die Geschworenen, die ihr jetzt mit gespannter Aufmerksamkeit zuhörten.

»Die Verteidigung hat die Tatsache, dass Erica Barnowski keine Unterwäsche trug, als sie an jenem Abend in das Red Rooster ging, ungeheuer hochgespielt. Eine eindeutige Aufforderung, möchte sie Sie glauben machen. Stillschweigendes Einverständnis. Einer Frau, die ohne Höschen in eine Aufreißerkneipe geht, geschieht nur recht, wenn ihr das Schlimmste widerfährt. Erica Barnowski wollte etwas erleben, behauptet die Verteidigung, und der Wunsch ist ihr erfüllt worden. Na schön, kann sein, dass das Erlebnis ein bisschen krasser war, als sie es sich vorgestellt hatte, aber hey, das hätte sie doch besser wissen müssen.

Gut, vielleicht hätte sie es tatsächlich besser wissen müssen. Vielleicht war es wirklich nicht sehr klug von Erica Barnowski, in eine Kneipe wie das *Red Rooster* zu gehen und ihren Schlüpfer zu Hause zu lassen. Aber glauben Sie doch bitte ja nicht, dass mangelnde Klugheit des einen einem anderen das Recht gibt, seine Menschenwürde mit Füßen zu treten. Glauben Sie ja nicht, dass Douglas Phillips die Signale missverstanden hat. Lassen Sie sich nicht einreden, dass dieser Mann, der von Berufs wegen Computer repariert, der keinerlei Schwierigkeiten hat, komplizierte Softwareterminologie zu dechiffrieren, unfähig ist, zwischen einem einfachen Ja und Nein zu unterscheiden. Was an einem Nein ist für einen erwachsenen Mann so schwer zu verstehen? Nein heißt schlicht und einfach Nein!

Und Erica Barnowski hat an jenem Abend laut und deutlich Nein gesagt, meine Damen und Herren. Sie hat Nein nicht nur *gesagt*, sondern sie hat Nein *geschrien*. Sie hat es so laut und so oft geschrien, dass Douglas Phillips ihr ein Messer an die Kehle halten musste, um sie zum Schweigen zu bringen.«

Jess merkte plötzlich, dass sie ihre Worte insbesondere an eine Geschworene richtete, die in der zweiten Reihe saß, eine Frau Ende fünfzig mit kastanienbraunem Haar und kräftigen, dennoch seltsam zarten Zügen. Es war etwas am Gesicht dieser Frau, das sie faszinierte. Sie war schon zu Beginn des Prozesses auf sie aufmerksam geworden und hatte sich bereits früher gelegentlich dabei ertappt, dass sie das Wort beinahe ausschließlich an sie richtete. Vielleicht lag es an der Intelligenz, die sich in den weichen grauen Augen spiegelte. Vielleicht lag es an der Art, wie sie den Kopf leicht zur Seite zu neigen pflegte, wenn sie sich bemühte, einen schwierigen Punkt zu erfassen. Vielleicht lag es auch einfach an der Tatsache, dass sie besser gekleidet war als die meisten anderen Geschworenen, von denen mehrere Bluejeans anhatten und billige, schlecht sitzende Pullover. Oder vielleicht lag es daran, dass Jess das Gefühl hatte, zu dieser Frau durchzudringen, und hoffte, über sie auch die anderen zu erreichen.

»Es liegt mir fern zu behaupten, ich würde mich auskennen, was Männer angeht«, fuhr Jess fort und hörte das Lachen ihrer inneren Stimme, »aber es fällt mir ausgesprochen schwer zu glauben, dass ein Mann, der einer Frau ein Messer an die Halsschlagader halten muss, ehrlich davon überzeugt ist, sie wolle mit ihm schlafen.« Jess machte eine Pause und sprach ihre nächsten Worte mit sorgfältiger Betonung. »Ich behaupte hingegen, dass selbst in unserem angeblich so aufgeklärten Zeitalter die doppelte Moral blüht und gedeiht, jedenfalls hier, in Cook County. Der beste Beweis dafür ist das Bemühen der Verteidigung, Ihnen einzureden, dass Erica Barnowskis Versäumnis, an jenem Abend Unterwäsche zu tragen, weit verwerflicher sei als die Tatsache, dass Douglas Phillips ihr ein Messer an die Kehle hielt.«

Wieder ließ Jess ihren Blick langsam von einem Geschworenen zum anderen wandern. »Douglas Phillips«, fuhr sie dann fort, »behauptet, er habe geglaubt, Erica Barnowski sei einverstanden und wolle den Geschlechtsverkehr genau wie er. Aber ist es nicht Zeit, dass wir aufhören, die Vergewaltigung aus der Perspektive des Täters zu sehen? Ist es nicht Zeit, dass wir aufhören zu akzeptieren, was Männer *glauben*, und endlich anfangen, auf das zu hören, was Frauen *sagen*? Einvernehmen ist keine einseitige Sache, meine Damen und Herren. Einvernehmen erfordert beiderseitige Zustimmung. Das, was am Abend des dreizehnten Mai zwischen Erica Barnowski und Douglas Phillips geschah, geschah entschieden *nicht* in beiderseitigem Einvernehmen.

Erica Barnowski mag einer Fehleinschätzung der Lage schuldig sein«, sagte Jess abschließend. »Douglas Phillips ist der Vergewaltigung schuldig.«

Sie kehrte an ihren Platz zurück und tätschelte Erica Barnowski flüchtig die überraschend warmen Hände. Die junge Frau dankte ihr mit einem kurzen Lächeln.

»Gut gemacht«, flüsterte Neil Strayhorn.

Vom Verteidigungstisch kam kein solches Lob; dort saßen Douglas Phillips und seine Anwältin, Rosemary Michaud, kerzengerade, den Blick starr geradeaus gerichtet.

Rosemary Michaud war fünf Jahre älter als Jess, hätte aber ihrem Aussehen nach gut um das Doppelte älter sein können. Sie trug das dunkelbraune Haar in einem strengen Knoten, und wenn sie geschminkt war, dann so dezent, dass es nicht zu bemerken war. Jess fühlte sich jedes Mal, wenn sie sie sah, an das Stereotyp der alten Jungfer erinnert, obwohl diese alte Jungfer dreimal verheiratet gewesen war und derzeit, so wurde gemunkelt, eine Affäre mit einem hohen Polizeibeamten hatte. Aber wie im Leben, so zählte im Gerichtssaal weniger das, was war, als das, was wahrgenommen wurde. Image war alles, wie in der Werbung behauptet wurde. Und Rosemary Michaud, in ihrem konservativen blauen Kostüm, mit dem ungeschminkten Gesicht und der schlichten Frisur, vermittelte genau das Bild einer Frau, die einen Mann, den sie einer so niedrigen Tat wie einer Vergewaltigung für schuldig hielt, niemals verteidigen würde. Es war von Douglas Phillips ein kluger Schachzug gewesen, ihr seine Verteidigung anzuvertrauen.

Rosemary Michauds Motive, Douglas Phillips' Mandat zu übernehmen, waren schwerer zu ergründen, wobei Jess natürlich völlig klar war, dass es nicht Aufgabe des Anwalts war, Schuld oder Unschuld festzustellen. Dafür gab es die Geschworenen. Wie oft hatte sie das Argument gehört, hatte sie *selbst* das Argument vorgebracht, dass die Justiz einpacken könnte, wenn Anwälte begännen, sich als Richter und Geschworene aufzuspielen. Es war schließlich von der Unschuldsvermutung auszugehen; jeder hatte ein Recht auf bestmögliche Verteidigung.

Richter Earl Harris räusperte sich zum Zeichen, dass er sich anschickte, die Geschworenen zu belehren. Er war ein gutaussehender Mann Ende sechzig, ein Schwarzer mit bronzebrauner Haut und krausem grauen Haar. Die Güte seines Gesichts, der weiche Glanz seiner dunklen Augen betonten die Ernsthaftigkeit seines Engagements für Recht und Gerechtigkeit.

»Meine Damen und Herren Geschworenen«, begann er und schaffte es irgendwie, selbst diese Worte frisch und lebendig klingen zu lassen, »ich möchte Ihnen für die Aufmerksamkeit und den Respekt danken, die Sie diesem Gericht in den vergangenen Tagen gezeigt haben. Fälle wie dieser sind niemals einfach zu behandeln. Die Emotionen schlagen da hohe Wellen. Aber Ihre Pflicht als Geschworene ist es, Ihre Emotionen auszuklammern und sich einzig auf die Fakten zu konzentrieren.«

Jess konzentrierte sich weniger auf die Worte des Richters als auf die Reaktion der Geschworenen auf sie. Alle saßen sie vorgebeugt auf ihren braunen Lederstühlen und hörten aufmerksam zu.

Welcher Auffassung würden sie sich anschließen, fragte sie sich, wohl wissend, wie schwierig es war, die Reaktionen der Geschworenen zu deuten, ihre Entscheidungen vorauszusagen. Als sie vor vier Jahren bei der Staatsanwaltschaft angefangen hatte, hatte sie kaum glauben können, dass sie sich in ihren Beurteilungen so oft und so gründlich irren konnte.

Die Geschworene mit den intelligenten Augen hustete hinter vorgehaltener Hand. Jess wusste, dass in Vergewaltigungsprozessen die Frauen unter den Geschworenen oft schwerer zu überzeugen waren als die Männer. Dahinter steckte wahrscheinlich ein Verleugnungsmechanismus. Wenn die Frauen sich einreden konnten, dass das Opfer das, was geschehen war, selbst verschuldet hatte, konnten sie sich beruhigt sagen, dass ihnen selbst niemals etwas Ähnliches widerfahren würde. *Sie* würden schließlich niemals so leichtsinnig sein, nach Einbruch der Dunkelheit allein durch den Park zu gehen, sich von einem flüchtigen Bekannten im Auto mitnehmen zu lassen, sich in einer Bar von einem Fremden ansprechen zu lassen, *ohne Schlüpfer herumzulaufen.* Nein, dazu waren sie zu klug. Sich der Gefahren allzu sehr bewusst. Sie würden niemals vergewaltigt werden. Sie würden sich ganz einfach niemals in eine so riskante Situation begeben.

Die Geschworene wurde auf Jess' forschend auf sie gerichteten Blick aufmerksam und wandte sich verlegen ab. Sie straffte ihre Schultern und stand kurz von ihrem Sitz auf, ehe sie es sich wieder bequem machte und ihren Blick auf den Richter konzentrierte. Im Profil wirkte die Frau imposanter, ihre Nase wirkte schärfer, die einzelnen Gesichtszüge stärker ausgeprägt. Sie hatte etwas Vertrautes, das Jess vorher nicht aufgefallen war; die Art, wie sie sich hin und wieder mit einem Finger leicht auf die Lippen klopfte; die Wölbung ihres Nackens, wenn sie sich bei gewissen Schlüsselsätzen vorbeugte, die schräge Fläche ihrer Stirn; die schmalen Augenbrauen. Jess wurde sich plötzlich bewusst, dass die Frau sie an jemanden erinnerte, und sofort versuchte sie, die Gedanken auszublenden, die sich formen wollten, versuchte, das Bild zu verbannen, das sich entfalten wollte. Nein, kommt nicht in Frage, dachte Jess, während ihr Blick gehetzt durch den Gerichtssaal flog und sie in Armen und Beinen das gefürchtete Kribbeln spürte. Sie kämpfte gegen den Impuls zu fliehen.

Beruhige dich doch, fuhr sie sich im Stillen ungeduldig an, als sie fühlte, wie es ihr den Atem abschnürte, ihre Hände klamm wurden, ihre Unterarme feucht. Warum gerade jetzt?, fragte sie sich, während sie gegen die wachsende Panik kämpfte und versuchte, sich zur Ruhe zu zwingen. Warum geschah ihr das gerade jetzt?

Sie zwang sich, wieder die Geschworene anzusehen, die vorgebeugt in ihrem Sessel saß. Als spürte sie Jess' neuerliches Interesse und sei fest entschlossen, sich davon nicht einschüchtern zu lassen, drehte die Frau sich halb herum und sah ihr direkt in die Augen.

Jess wich dem Blick der Frau nicht aus, sondern erwiderte ihn, bis die Frau wegsah. Dann schloss sie voller Erleichterung die Augen. Was hatte sie da nur gesehen? Sie spürte, wie die Muskeln in ihrem Rücken sich entspannten. Wodurch konnte eine solche Assoziation ausgelöst worden sein? Die Frau besaß keinerlei Ähnlichkeit mit irgendjemand, den sie kannte oder je gekannt hatte. Ganz gewiss nicht mit der Frau, die sie flüchtig in ihr zu sehen gemeint hatte. Jess fand sich töricht und schämte sich ein wenig.

Nein, da war nicht einmal die entfernteste Ähnlichkeit mit ihrer Mutter.

Jess senkte den Kopf, so dass ihr Kinn beinahe im Kragen ihrer Bluse verschwand. Acht Jahre waren vergangen, seit ihre Mutter verschwunden war. Acht Jahre, seit ihre Mutter aus dem Haus gegangen war, um einen Arzttermin einzuhalten, und nie wiedergesehen worden war. Acht Jahre, seit die Polizei die Suche nach ihr mit der Begründung aufgegeben hatte, sie sei vermutlich das Opfer eines Verbrechens geworden.

In den ersten Tagen, Monaten, selbst Jahren nach dem Verschwinden ihrer Mutter hatte Jess oft geglaubt, ihr Gesicht irgendwo in einer Menge gesehen zu haben. Es geschah immerzu: Sie war im Supermarkt und sah plötzlich ihre Mutter, die einen überquellenden Einkaufswagen den Nachbargang hinunterschob; sie war bei einem Baseballspiel und hörte plötzlich die Stimme ihrer Mutter, die, drüben auf der anderen Seite des Wrigley Field sitzend, die Chicago Cubs anfeuerte. Ihre Mutter war die Frau hinter der Zeitung hinten im Bus; die Frau vorn im Taxi, das in der entgegengesetzten Richtung fuhr, die Frau, die mit ihrem Hund unten am Seeufer um die Wette joggte.

Im Laufe der Jahre waren diese Erscheinungen seltener geworden. Aber lange Zeit hatte Jess unter Alpträumen und Angstanfällen gelitten, die sie ganz plötzlich, wie aus heiterem Himmel zu packen pflegten, so bösartig und gewaltsam, dass sie sie allen Gefühls in ihren Gliedern, aller Kraft in ihren Muskeln beraubten. Im Allgemeinen begannen sie mit einem leichten Kribbeln in Armen und Beinen und entwickelten sich dann zu einer richtiggehenden Lähmung, die von Wellen von Übelkeit begleitet wurde. Und wenn sie vorüber waren – manchmal nach Minuten, manchmal erst nach Stunden –, war sie völlig erschöpft, ausgelaugt, ein in Schweiß gebadetes Häufchen Elend.

Ganz langsam und unter Mühen, wie jemand, der nach einem Schlaganfall das Laufen wieder lernt, hatte Jess ihr inneres Gleichgewicht, ihr Selbstvertrauen, ihre Selbstachtung wiedergewonnen. Sie erwartete nicht mehr, dass ihre Mutter plötzlich zur Tür hereinkommen würde; fuhr nicht mehr jedes Mal zusammen, wenn das Telefon läutete, weil sie erwartete, die Stimme am anderen Ende würde die ihrer Mutter sein. Die Alpträume hatten aufgehört. Sie hatte keine Panikattacken mehr. Jess hatte sich geschworen, sich nie wieder in solchem Maß auszuliefern.

Und nun hatte das vertraute, gefürchtete Kribbeln von neuem ihre Glieder befallen.

Warum gerade jetzt? Warum gerade heute?

Sie wusste, warum.

Rick Ferguson.

Jess beobachtete, wie er die Tür zu ihrem Gedächtnis aufstieß; sein grausames Lächeln umfing sie wie eine Schlinge um ihren Hals. »Es ist keine gute Idee, mir auf die Zehen zu treten«, hörte sie ihn sagen; seine Stimme klang belegt, seine Hände ballten sich zu Fäusten. »Leute, die mir in die Quere kommen, neigen dazu … zu verschwinden.«

Verschwinden.

Wie ihre Mutter.

Jess versuchte, sich zu sammeln, ihre ganze Aufmerksamkeit auf das zu richten, was Richter Harris sagte. Aber Rick Ferguson schob sich immer wieder zwischen sie und den Richter, und seine braunen Augen reizten sie mit höhnischem Blick, ihn doch nur herauszufordern.

Was ist das nur zwischen mir und Männern mit braunen Augen?, fragte sich Jess, die plötzlich eine Collage aus braunäugigen Männergesichtern vor sich sah: Rick Ferguson, Greg Oliver, ihr Vater, ihr geschiedener Mann.

Das Bild ihres geschiedenen Mannes drängte die anderen Gesichter rasch in den Hintergrund. Wie typisch für Don, dachte sie, selbst wenn er nicht da war, so dominant zu sein, dass niemand neben ihm Platz hatte. Er war, elf Jahre älter als sie, ihr Mentor, ihr Geliebter, ihr Förderer und ihr Freund gewesen. Er wird dir keinen Raum zur Entfaltung lassen, hatte ihre Mutter gewarnt, als Jess damit herausgerückt war, dass sie beabsichtigte, diesen ungeheuer von sich überzeugten Mann zu heiraten, der im ersten Jahr ihres Studiums ihr Dozent gewesen war. *Sieh dich doch erst mal um*, hatte ihre Mutter gebeten. *Es eilt doch nicht.* Aber je mehr Einwände ihre Mutter vorgebracht hatte, desto mehr Entschlossenheit hatte Jess, die rebellische Tochter, an den Tag gelegt, bis am Ende die Opposition gegen ihre Mutter zum stärksten Band zwischen ihr und Don geworden war. Sie heirateten sehr bald nach dem Verschwinden von Jess' Mutter.

Von Anfang an hatte Don in ihrer Ehe das Sagen. In den vier Jahren ihres Zusammenlebens bestimmte er alle ihre Unternehmungen; er suchte die Wohnung aus, in der sie lebten, die Möbel, mit denen sie sich einrichteten, er bestimmte, mit wem sie verkehrten, was sie unternahmen, ja, selbst was sie aß, wie sie sich kleidete.

Vielleicht war es ihre Schuld gewesen. Vielleicht hatte sie in den Jahren unmittelbar nach dem Verschwinden ihrer Mutter genau das gewollt und gebraucht: jemanden, der ihr alle Entscheidungen abnahm, sie umsorgte und verwöhnte. Vielleicht hatte sie die Möglichkeit gebraucht, selbst in einem anderen zu verschwinden.

Anfangs hatte Jess nichts dagegen gehabt, dass Don ihr Leben in die Hand nahm. Er wusste, was für sie am besten war. Er meinte es gut. Er war immer für sie da, trocknete ihre Tränen, half ihr über die schrecklichen Panikanfälle hinweg. Wie hätte sie ohne ihn überleben können?

Aber dann hatte sie in zunehmendem Maß, vielleicht sogar ohne bewusste Absicht, versucht, sich selbst zu behaupten; sie fing an, sich mit ihm zu streiten, trug plötzlich Farben, von denen sie wusste, dass er sie nicht mochte, stopfte sich, kurz bevor er sie in sein Lieblingsrestaurant führte, mit Süßigkeiten und Chips voll, weigerte sich, seine Freunde zu treffen, bewarb sich um einen Posten bei der Staatsanwaltschaft, anstatt zu Don in die Kanzlei zu gehen, zog schließlich aus der gemeinsamen Wohnung aus.

Jetzt wohnte sie in der obersten Etage eines dreistöckigen Stadthauses in einem alten Viertel und nicht im Penthaus eines Wolkenkratzers im Zentrum, und ihr bester Freund war, abgesehen von ihrer Schwester, ein leuchtend gelber Kanarienvogel namens Fred. Und wenn sie auch nicht mehr das unbeschwerte junge Ding war, das sie vor dem Verschwinden ihrer Mutter gewesen war, so war sie doch wenigstens auch nicht mehr die Kranke, zu der sie sich während ihrer Ehe mit Don hatte reduzieren lassen.

»Ihre Aufgabe ist es, dafür zu sorgen, dass hier die Gerechtigkeit zu Wort kommt«, schloss Richter Harris. »Indem Sie gerecht und unparteiisch urteilen und sich nicht von persönlichen Sympathien für das Opfer oder den Angeklagten beeinflussen lassen, sondern den Fall einzig nach den Tatsachen bewerten, werden Sie dieses dunkle, alte Gebäude in einen hell leuchtenden Tempel der Gerechtigkeit verwandeln.«

Viele Male hatte Jess in den vergangenen Jahren diese Worte aus Richter Harris' Mund gehört, und sie ergriffen sie stets von neuem. Sie beobachtete ihre Wirkung auf die Geschworenen. Die Männer und Frauen marschierten aus dem Gerichtssaal, als folgten sie einem hellen Stern.

Erica Barnowski schwieg, während der Saal sich langsam leerte. Erst nachdem der Angeklagte und sein Anwalt hinausgegangen waren, stand sie auf und nickte Jess zu. Neil Strayhorn erklärte ihr, dass sie Bescheid bekommen würde, sobald die Geschworenen sich auf ein Urteil geeinigt hätten; das könnte Stunden dauern oder auch Tage, sie müsse sich auf jeden Fall zur Verfügung halten.

»Ich melde mich bei Ihnen, sobald ich etwas höre«, sagte Jess Abschied nehmend und sah der jungen Frau nach, die mit raschem Schritt durch den Korridor zu den Aufzügen ging. Unwillkürlich glitt ihr Blick zu Erica Barnowskis vollen Hüften. »Es zeichnet sich gar nichts ab unter diesem Rock«, hörte sie Greg Oliver sagen. Mit einer heftigen Bewegung warf sie ihren Kopf zurück und schüttelte ihn, als wollte sie ihn von solch unerfreulichen Gedanken befreien.

»Du hast ausgezeichnet gesprochen«, sagte sie zu Neil Strayhorn. »Du hast dich klar und prägnant ausgedrückt; du hast den Geschworenen sämtliche notwendigen Fakten ins Beratungszimmer mitgegeben. Geh jetzt und iss eine schöne warme Suppe gegen deine Erkältung«, fuhr sie fort, ehe Neil etwas erwidern konnte. »Ich glaub, ich gehe ein bisschen an die frische Luft. Das kann ich jetzt gebrauchen.«

Sie nahm trotz der sieben Stockwerke die Treppe und nicht den Aufzug. Die Bewegung konnte ihr nur guttun. Vielleicht würde sie einen langen Spaziergang machen, sich die Winterstiefel kaufen, die sie brauchte. Vielleicht würde sie sich sogar ein Paar neue Pumps leisten.

Vielleicht würde sie sich aber auch nur beim Stand an der Ecke einen Hot Dog holen und dann wieder in ihr Büro hinaufgehen und mit der Arbeit am nächsten Fall beginnen, während sie auf die Entscheidung der Geschworenen wartete.

Die Oktoberluft schlug ihr unangenehm kalt ins Gesicht, als sie ins Freie trat. Sie zog die Schultern bis zu den Ohren hoch und eilte mit gesenktem Kopf die Treppe zur Straße hinunter, warf einen verstohlenen Blick zur Straßenecke und stellte aufatmend fest, dass Rick Ferguson nirgends zu sehen war.

»Einen Hot Dog mit allem«, rief sie dem Verkäufer am Stand erleichtert zu und sah zu, wie er eine riesige koschere Bockwurst in ein Sesambrötchen schob und Ladungen von Ketchup, Senf und *Relish* darübergab. »Wunderbar, vielen Dank.« Sie drückte ihm das Geld abgezählt in die Hand und biss mit Appetit in ihren Hot Dog.

»Wie oft muss ich dir noch sagen, dass diese Dinger das reine Gift sind?« Die männliche Stimme, sonor und gutgelaunt, drang irgendwo von rechts zu ihr. Jess drehte sich um. »Sie bestehen doch nur aus Fett. Total ungesund!«

Jess riss ungläubig die Augen auf. »Du lieber Gott, eben hab ich an dich gedacht.«

»Nur das Beste, hoffentlich«, sagte Don Shaw.

Jess starrte ihren geschiedenen Mann an, als sei sie nicht sicher, ob er aus Fleisch und Blut sei oder eine Ausgeburt ihrer Phantasie. Was für eine unglaublich starke Ausstrahlung er hat, dachte sie, während das Straßenbild um ihn herum in grauer Konturlosigkeit zu verschwimmen schien. Obwohl er nur mittelgroß war, schien alles an ihm ein paar Nummern zu groß zu sein: seine Hände, seine Brust, seine Stimme, seine Augen, deren Wimpern den Neid aller Frauen erregten.

Was hat er hier zu tun?, fragte sie sich. Obwohl sie sich beruflich in den gleichen Kreisen bewegten, war es bisher nicht ein einziges Mal vorgekommen, dass sich ihre Wege zufällig gekreuzt hatten. Sie hatte ihn seit Monaten nicht mehr gesprochen. Und jetzt brauchte sie nur an ihn zu denken, und schon war er hier.

»Du weißt doch, ich kann es einfach nicht sehen, wenn du dieses ungesunde Zeug isst«, sagte er, nahm ihr das Brötchen mit der Wurst einfach aus der Hand und warf es in den nächsten Abfalleimer.

»Was soll das?«

»Komm, ich lad dich zu einem anständigen Mittagessen ein.«

»Was fällt dir eigentlich ein?« Jess gab dem Mann am Stand mit einer Handbewegung zu verstehen, dass sie einen neuen Hot Dog wollte. »Wenn du den anrührst, riskierst du deine Finger«, sagte sie, nur halb im Scherz.

»Eines Tages wirst du als Dickmadam aufwachen«, versetzte er warnend. Dann lächelte er dieses irgendwie närrische Lächeln, das man erwidern musste, ob man wollte oder nicht.

Jess biss von ihrem neuen Hot Dog ab und fand ihn nicht so gut wie den ersten.

»Und – wie geht's so?«, fragte sie. »Ich hab was von einer neuen Freundin läuten hören.« Sofort war ihr die Bemerkung peinlich, und sie fegte sich in ihrer Verlegenheit ein paar imaginäre Krümel vom Revers ihrer Jacke.

»Wo hast du denn das gehört?« Sie setzten sich zu gleicher Zeit in Bewegung und gingen langsam in Richtung 26. Straße, fanden so schnell und mühelos in einen gemeinsamen Rhythmus, als wären ihre Schritte im Voraus geplant gewesen. Rund um sie herum wogte eine gleichgültige Menge von Polizisten, Zuhältern und Drogenhändlern.

»So was spricht sich herum, Herr Rechtsanwalt«, erwiderte sie, selbst überrascht festzustellen, dass sie tatsächlich neugierig war, vielleicht sogar ein wenig eifersüchtig. Sie hatte nie damit gerechnet, dass er sich ernsthaft für eine andere Frau interessieren würde. Don war schließlich ihr Rückhalt, der Mann, der, wie sie glaubte, immer für sie da sein würde. »Und wie heißt sie? Was ist sie für ein Mensch?«

»Sie heißt Trish«, antwortete er unbefangen. »Sie ist sehr intelligent, sehr hübsch, hat sehr kurzes, sehr blondes Haar und ein sehr verführerisches Lachen.«

»Das sind aber viele sehr auf einmal.«

Don lachte, ohne mehr zu verraten.

»Ist sie Anwältin?«

»Da sei Gott vor.« Er schwieg einen Moment. »Und wie geht's dir? Gibt es einen Mann in deinem Leben?«

»Nur Fred«, antwortete sie, dann schlang sie den letzten Rest ihres Hot Dogs hinunter und zerknüllte das Papier in ihrer Hand.

»Du mit deinem verrückten Kanarienvogel!« Sie hatten die Straßenecke erreicht, warteten, während die Ampel von Rot auf Grün schaltete. »Ich muss dir ein Geständnis machen«, sagte er, während er ihren Ellbogen nahm und sie über die Straße führte.

»Du heiratest?«, fragte sie hastig, obwohl sie diese Frage gar nicht hatte stellen wollen.

»Nein«, antwortete er leichthin, aber seine Stimme verriet ihn. Sie hatte Untertöne, die so beunruhigend waren wie eine gefährliche Unterströmung unter einem trügerisch glatten Wasserspiegel. »Es handelt sich um Rick Ferguson.«

Jess blieb mitten auf der Straße stehen, und das zusammengeknüllte Einwickelpapier fiel ihr aus der Hand. »Was?«

»Komm weiter, Jess«, drängte Don und zog sie mit sich. »Sonst werden wir hier noch überfahren.«

Sobald sie den Bürgersteig auf der anderen Straße erreicht hatten, blieb sie erneut stehen. »Was weißt du von Rick Ferguson?«

»Ich vertrete ihn.«

»Was?«

»Es ist kein Zufall, dass wir uns heute hier getroffen haben, Jess«, gestand Don einigermaßen verlegen. »Ich hab in deinem Büro angerufen. Man sagte mir, du seist bei Gericht.«

»Seit wann vertrittst du Rick Ferguson?«

»Seit vergangener Woche.«

»Ich kann's nicht fassen. Warum?«

»Warum? Weil er mich beauftragt hat. Was ist das für eine Frage?«

»Rick Ferguson ist schlimmer als ein Stück Vieh. Ich kann nicht glauben, dass du dich dazu hergibst, ihn zu vertreten.«

»Jess«, sagte Don geduldig, »ich bin Strafverteidiger. Es ist mein Beruf.«

Jess nickte. Es stimmte, dass ihr geschiedener Mann sich mit der Verteidigung solcher Leute eine lukrative Praxis aufgebaut hatte, aber sie würde nie verstehen, wie ein so gütiger und rücksichtsvoller Mensch ausgerechnet für die Rechte jener eintreten konnte, denen Güte und Rücksichtnahme nichts bedeuteten; wie er seine scharfe Intelligenz ausgerechnet für jene einsetzen konnte, die glaubten, die Intelligenz mit Füßen treten zu können.

Sie wusste natürlich, dass die Randgruppen der Gesellschaft Don immer schon fasziniert hatten, doch in den Jahren seit ihrer Scheidung hatte sich diese Faszination wesentlich verstärkt. Immer häufiger übernahm er die scheinbar aussichtslosen Fälle, vor denen andere Anwälte zurückschreckten. Und gewann diese Prozesse meistens, wie sie unter anderem auch aus eigener Erfahrung wusste. Zweimal hatten sie sich in den letzten vier Jahren vor Gericht gegenübergestanden. Beide Male hatte er den Sieg davongetragen.

»Jess, ist dir schon mal der Gedanke gekommen, dass der Mann unschuldig sein könnte?«

»Der Mann, wie du ihn so freundlich nennst, ist von der Frau, die er überfallen hat, eindeutig identifiziert worden.

»Und es ist nicht möglich, dass sie sich irrt?«

»Er ist in ihre Wohnung eingebrochen und hat sie fast bis zur Bewusstlosigkeit geprügelt. Dann hat er sie gezwungen, sich auszuziehen, ganz langsam, Stück für Stück, so dass sie mehr als genug Zeit hatte, sich sein Gesicht anzusehen, bevor er sie vergewaltigte.«

»Rick Ferguson hat für die Zeit des Überfalls ein unwiderlegbares Alibi«, sagte Don.

Jess prustete verächtlich. »Ich weiß – er war zu Besuch bei seiner Mutter.«

»Die Frau hat ihr Haus als Sicherheit für seine Kaution aufgeboten. Sie ist bereit, vor Gericht für ihn auszusagen. Ganz zu schweigen davon, dass es in dieser Stadt Tausende von Männern gibt, auf die Rick Fergusons Beschreibung ebenfalls passt. Wieso bist du sicher, dass Rick Ferguson dein Mann ist?«

»Ich bin eben sicher.«

»Einfach so?«

Jess erzählte ihm von der Begegnung mit Rick Ferguson am Morgen, als sie zur Arbeit gekommen war, und von der nachfolgenden kurzen Auseinandersetzung im Foyer des Gerichtsgebäudes.

»Du sagst, er hat dir gedroht?«

Jess sah, dass Don sich bemühte, neutral zu bleiben, vorzugeben, sie wäre nur eine unter vielen Staatsanwältinnen und nicht eine Frau, die ihm offensichtlich noch immer sehr viel bedeutete.

»Ich sage, ich verstehe nicht, wieso du deine kostbare Zeit an solche Leute verschwendest«, entgegnete sie ruhig. »Du warst doch derjenige, der mir erklärt hat, dass die Praxis eines Anwalts letztlich seine eigene Persönlichkeit spiegelt.«

Er lächelte. »Schön zu wissen, dass du zugehört hast.«

Sie neigte sich zu ihm und küsste ihn leicht auf die Wange. »Ich muss zurück ins Büro.«

»Das heißt wohl, dass du nicht daran denkst, die Anklage zurückzunehmen?«

»Bestimmt nicht.«

Er quittierte ihre Worte mit einem bekümmerten Lächeln. Dann nahm er sie bei der Hand und führte sie zum Administration Building zurück, wo er ihr noch einmal kurz die Hand drückte, ehe er sie freigab.

Bitte bleib hier und warte, bis ich sicher und wohlbehalten drinnen bin, flehte sie stumm, während sie die Treppe hinaufeilte.

Aber als sie oben war und sich umdrehte, war er schon weg.

3

Der Alptraum begann immer auf die gleiche Weise: Jess saß im sterilen Empfangsraum einer Arztpraxis und blätterte in einer alten Zeitschrift, während irgendwo in ihrer Nähe ein Telefon läutete. »Es ist Ihre Mutter«, sagte der Arzt dann zu ihr und zog aus seinem großen schwarzen Aktenkoffer einen Telefonapparat, den er ihr reichte.

»Mutter, wo bist du?«, fragte Jess. »Der Doktor wartet auf dich.«

»Komm in einer Viertelstunde ins John Hancock Building. Ich erwarte dich dort. Dann erkläre ich dir alles.«

Plötzlich stand Jess vor einer Reihe von Aufzügen, doch ganz gleich, wie oft sie den Knopf drückte, es kam kein Aufzug. Sie suchte die Treppe, fand sie, raste wie von Furien gehetzt die sieben Stockwerke hinunter, nur um unten zu entdecken, dass die Haustür abgesperrt war. Sie drückte, sie zog, sie rüttelte, sie weinte, sie schrie. Die Tür gab nicht nach.

Im nächsten Augenblick stand sie vor dem Art Institute in der Michigan Avenue, und das Sonnenlicht, das vom Bürgersteig reflektiert wurde, blendete sie. »Kommen Sie herein«, rief eine Frau mit kastanienbraunem Haar und grauen Augen von der obersten Stufe des imposanten Gebäudes herunter. »Die Besichtigung fängt jetzt an, und Ihretwegen müssen alle warten.«

»Ich kann wirklich nicht bleiben«, erklärte Jess den Leuten, deren Gesichter in einem Durcheinander brauner Augen und roter Münder verschwammen. Die Gruppe blieb mehrere Minuten vor Seurats Bild *Ein Sonntagnachmittag auf der Île de la Grande Jatte* stehen.

»Spielen wir Punkte verbinden«, rief Don, als Jess sich aus der Gruppe löste und hinausrannte, um gerade noch auf einen Bus aufspringen zu können, der eben abfuhr. Doch der Bus fuhr in die falsche Richtung, und sie landete am Union-Bahnhof. Sie winkte einem Taxi, aber der Fahrer missverstand ihre Anweisungen und fuhr sie in die Roosevelt Road.

Er erwartete sie, als sie aus dem Taxi stieg, eine gesichtslose Gestalt ganz in Schwarz, die reglos am Straßenrand stand. Jess wollte sofort wieder in den Wagen zurückspringen, aber das Taxi war schon verschwunden. Langsam und drohend ging die Gestalt in Schwarz auf sie zu.

Der Tod, begriff Jess und stürzte auf die offene Straße hinaus. »Hilfe!«, schrie sie. »Helft mir doch!« Der Schatten des Todes jedoch kam mühelos immer näher, während sie die Treppe zum Haus ihrer Eltern hinaufstolperte. Sie riss die Fliegengittertür auf, schlug sie hinter sich zu und versuchte mit fliegenden Fingern, den Riegel vorzuschieben, als der Tod die Hand nach der Tür ausstreckte und sein Gesicht deutlich sichtbar wurde.

Rick Ferguson.

»Nein!«, schrie Jess in höchstem Entsetzen und fuhr mit hämmerndem Herzen in die Höhe. Ihr Bettzeug war schweißnass.

Kein Wunder, dass er ihr so vertraut erschienen war, sagte sie sich, schluchzend und keuchend mit hochgezogenen Knien in ihrem Bett kauernd. Eine Ausgeburt ihrer finstersten Phantasien war im wahrsten Sinne des Wortes aus ihren Träumen in ihr Leben eingedrungen. Die Alpträume, die sie früher so häufig gequält hatten, waren wieder da, und die schwarze Gestalt hatte einen Namen – Rick Ferguson.

Jess warf die feuchte Bettdecke zurück und stand auf. Aber kaum hatte sie die Füße auf den Boden gesetzt, da spürte sie, wie ihre Beine unter ihr nachgaben. Sie fiel neben dem Bett zusammen, keuchend, voll Angst, sich übergeben zu müssen.

»O Gott, o Gott«, stöhnte sie und sprach die Panik an, als wäre sie körperlich im Zimmer anwesend. »Bitte, hör doch auf. Bitte geh weg.«

Sie streckte sich zu der weißen Porzellanlampe hinauf, die auf dem Nachttisch neben ihrem Bett stand, und knipste das Licht an. Das Zimmer zeigte sich ihrem Blick: weiche Rosétöne mit zarten Nuancen von Grau und Blau kombiniert, ein Doppelbett, ein heller Teppich, ein weißer Korbstuhl, über dem ihre Sachen für den nächsten Tag hingen, eine Kommode, ein kleiner Spiegel, ein Poster von Niki de Saint Phalle und eines von Henri Matisse. Sie versuchte, in die harmlose Alltäglichkeit ihres Lebens zurückzufinden, indem sie sich auf die Maserung der hellen Holzdielen konzentrierte, die langen pfirsichfarbenen Vorhänge, die hohe weiße Zimmerdecke. Das war das Schöne an diesen alten Häusern, versuchte sie sich abzulenken, dass man Luft zum Atmen hatte. Hohe Räume dieser Art gab es in modernen Glaspalästen nicht.

Die Strategie half nicht. Ihr Herz raste weiter wie verrückt, und die Brust war ihr so eng, dass sie kaum Luft bekam. Sie zwang sich aufzustehen, torkelte auf unsicheren Beinen, die dauernd unter ihr wegzusacken drohten, in das winzige, funktionelle Badezimmer. Sie drehte den Hahn auf und warf sich kaltes Wasser ins Gesicht und auf die Schultern, ließ das Wasser unter ihrem Nachthemd auf Busen und Bauch rinnen.

Sie setzte sich auf den Rand der Badewanne und starrte in die Toilettenschüssel. Nichts war ihr unangenehmer, als sich übergeben zu müssen. Seit ihr als kleines Mädchen nach der Geburtstagsfeier bei Allison Nichol nach zu viel Lakritze und Bananensplits übel geworden war, graute ihr davor, sich übergeben zu müssen. Jahrelang hatte sie danach ihre Mutter Abend für Abend vor dem Zubettgehen gefragt: »Muss ich auch nicht spucken?« Und jeden Abend hatte ihre Mutter geduldig versichert, dass sie ganz bestimmt nicht würde spucken müssen. »Versprichst du mir, dass nichts passiert?«, hatte Jess beharrt. »Ich verspreche es dir«, hatte ihre Mutter jedes Mal geantwortet.

Man konnte es unter diesen Umständen schon ironisch nennen, dass schließlich nicht dem Kind, sondern der Mutter etwas passiert war.

Und nun war der Alptraum, der sie nach dem Verschwinden ihrer Mutter gepeinigt hatte, wiedergekehrt, begleitet wie damals von der Kurzatmigkeit, dem Zittern der Hände, der lähmenden Angst, die ihre Körper ergriff. Wie gemein, dachte Jess, mit zusammengebissenen Zähnen über die Toilette gebeugt, und drückte eine Hand auf ihre Brust, als könnte sie so den Schmerz abfangen, der ihr durchs Herz stach wie die Klinge eines langen Messers.

Ich könnte Don anrufen, dachte sie, die Wange auf den kühlen Rand der Toilette gedrückt. Er weiß immer, was zu tun ist. So oft hatte er sie nachts, wenn sie zitternd aus dem Schlaf gefahren war, tröstend an sich gedrückt, ihr mit sanften Händen das feuchte Haar aus der Stirn gestrichen und ihr, genau wie früher ihre Mutter, versichert, dass ihr nichts passieren würde. Ja, sie konnte Don anrufen. Er würde ihr helfen. Er würde genau wissen, was zu tun war.

Jess stemmte sich mühsam in die Höhe und tappte ins Schlafzimmer zurück. Schwankend auf der Bettkante sitzend griff sie zum Telefon und hielt plötzlich inne. Sie wusste, dass sie Don nur anzurufen brauchte. Er würde alles stehen- und liegenlassen, ohne Rücksicht darauf, was er gerade tat, mit wem er gerade zusammen war, und zu ihr eilen, bei ihr bleiben, solange sie ihn brauchte. Sie wusste, dass Don sie immer noch liebte, nie aufgehört hatte, sie zu lieben. Das wusste sie, und darum konnte sie ihn nicht anrufen.

Er hatte jetzt eine ernstzunehmende Beziehung zu einer anderen Frau. Trish, wiederholte sie sich und dachte über den Namen nach. Wahrscheinlich eine Abkürzung von Patricia. Trish mit dem verführerischen Lachen. Dem sehr verführerischen Lachen, wie er gesagt hatte. Sie erinnerte sich an das Aufblitzen des Stolzes in seinen Augen. Hatte die Vorstellung, Don möglicherweise an eine andere zu verlieren, ausgereicht, um diesen Angstanfall auszulösen?

Die Attacke war vorbei, merkte sie plötzlich überrascht. Ihr Herz hatte sich beruhigt; ihr Atem ging wieder normal; der Schweiß auf ihrem Körper trocknete. Sie ließ sich dankbar in ihr Kissen zurücksinken und genoss das Gefühl neuen Wohlbefindens. Erstaunt entdeckte sie, dass sie hungrig war.

Sie ging durch den dunklen Flur in die Küche direkt zum Tiefkühlschrank. Sie machte ihn auf und schreckte vor dem plötzlich aufflammenden Licht zurück, nahm dann einen Karton mit gefrorenen Pizzas heraus, riss hastig die Zellophanverpackung einer davon auf und schob das steife Ding in den Mikrowellenherd. Sie drückte die notwendigen Knöpfe und lauschte dem leisen Summen der Mikrowellen, während sie darauf achtete, sich nicht direkt vor den Herd zu stellen.

Don hatte ihr das ans Herz gelegt. Aber das ist doch bestimmt nicht gefährlich, hatte sie widersprochen. Warum ein Risiko eingehen?, hatte er augenblicklich gekontert, und sie hatte sich gesagt, dass er wahrscheinlich recht hatte, und sich seine Vorsicht zu eigen gemacht. Man konnte ja nie wissen, was für bösartige Strahlen in der Luft herumschwirrten und darauf warteten, einen anzugreifen.

Jess behielt die Uhr am Herd im Auge, die eine Sekunde nach der anderen heruntertickte, und stellte sich dann trotzig direkt vor das Gerät. »Na kommt doch und holt mich«, rief sie und lachte beinahe übermütig. Verrückt, verrückt, da stand sie um drei Uhr morgens in ihrer winzigen Küche und forderte die Mikrowellen zum Kampf.

Die Uhr piepte fünfmal zum Zeichen, dass die Pizza fertig war. Jess nahm das inzwischen heiße Stück vorsichtig heraus und trug es hinüber in den großen Wohnraum. Sie liebte ihre Wohnung, war von dem Moment an, als sie sie zum ersten Mal betreten hatte, von ihr hingerissen gewesen. Sie war alt und voller unerwarteter Ecken und Nischen. Das Erkerfenster im Westen blickte auf die Orchard Street hinunter, ganz nah dem Haus, in dem sie ihre Kindheit verbracht hatte, und weit, weit entfernt von der modernen Luxuswohnung am Lake Shore Drive, die sie mit Don geteilt hatte.

Das Alleinsein fiel ihr oft schwer; niemanden zu haben, mit dem sie reden, an den sie sich ab und zu anlehnen, bei dem sie sich am Ende des Tages ausruhen konnte. Es war schön gewesen, große Pläne, kleine Triumphe, unnötige Sorgen teilen zu können. Es hatte ihr ein Gefühl der Sicherheit gegeben, Teil eines Paares zu sein, Teil der Konstellation *Jess-und-Don.*

Jess schaltete die Stereoanlage ein, die an der Wand gegenüber dem alten Plüschsofa stand, das sie in einem Secondhandladen in der Armitage Avenue entdeckt hatte, und ließ sich von den Klängen von Cesar Francks Konzert für Geige und Klavier berauschen. Neben ihr begann der Kanarienvogel, dessen Käfig sie für die Nacht zugedeckt hatte, zu singen. Jess ließ sich tiefer in die weichen Polster ihres Plüschsofas sinken und aß, während sie den süßen Klängen lauschte, im Dunklen ihre Pizza.

»Meine Damen und Herren Geschworenen, sind Sie zu einem Urteil gekommen?«, fragte der Richter.

Eine Welle der Erregung überschwemmte Jess. Fast vierundzwanzig Stunden waren vergangen, seit sie ihr Schlussplädoyer gehalten hatte. Die Geschworenen hatten sich beinahe acht Stunden beraten, ehe sie festgestellt hatten, dass eine Einigung so bald nicht zu erwarten war. Richter Harris hatte sie ungeduldig für die Nacht in ein Hotel eingewiesen, nachdem er sie streng ermahnt hatte, mit keinem Außenstehenden über den Fall zu sprechen. Heute Morgen um neun Uhr hatten sie ihre Beratungen wiederaufgenommen. Überraschenderweise waren sie schon eine Stunde später bereit, ihr Urteil zu verkünden.

Ja, sagte der Obmann, sie seien zu einem Spruch gekommen, und Richter Harris forderte den Angeklagten auf, sich zu erheben. Jess lauschte mit angehaltenem Atem, als der Obmann in feierlichem Ton sagte: »Wir, die Geschworenen, halten den Angeklagten, Douglas Phillips, für nicht schuldig.«

Nicht schuldig.

Jess hatte ein Gefühl, als hätte man ihr den Boden unter den Füßen weggezogen.

Nicht schuldig.

»Mein Gott, sie haben mir nicht geglaubt«, flüsterte Erica Barnowski neben ihr.

Nicht schuldig.

Doug Phillips umarmte seine Anwältin. Rosemary Michaud warf Jess einen Blick diskreter Siegesfreude zu.

Nicht schuldig.

»Verdammt noch mal«, sagte Neil Strayhorn. »Ich hab wirklich gedacht, wir hätten eine Chance.«

Nicht schuldig.

»Soll das Gerechtigkeit sein?«, fragte Erica Barnowski scharf. Ihre Stimme gewann durch die Entrüstung an Kraft. »Der Mann hat zugegeben, dass er mir ein Messer an den Hals gehalten hat, und da sind die Geschworenen der Ansicht, dass er nicht schuldig ist?«

Jess konnte nur nicken. Sie war schon zu lange eines der vielen Rädchen in dieser Maschinerie, um sich noch irgendwelchen Illusionen hinsichtlich der sogenannten Gerechtigkeit hinzugeben. Schuld war ein relativer Begriff, ein Gebilde aus Schatten und Gespenstern. Wie die Schönheit war sie im Auge des Betrachters. Wie die Wahrheit unterlag sie der Interpretation.

»Und was soll ich jetzt tun?«, fragte Erica Barnowski. »Ich hab meine Stellung verloren, meinen Freund und meine Selbstachtung. Was soll ich jetzt tun?« Sie wartete nicht auf eine Antwort, sondern floh aus dem Gerichtssaal, ehe Jess Zeit hatte, sich eine passende Erwiderung zu überlegen.

Was hätte sie da sagen können? Machen Sie sich keine Sorgen, morgen ist auch noch ein Tag? Schlafen Sie drüber, morgen sieht alles ganz anders aus? Vor der Morgendämmerung ist es immer am finstersten? Oder vielleicht, er wird seine Strafe schon bekommen? Wenn es so sein soll, soll es eben so sein? Man konnte natürlich auch immer sagen, Pech gehabt, nächstes Mal läuft's bestimmt besser, wer sich selbst hilft, dem hilft Gott. Und zum weiteren Trost, vertrauen Sie auf die Zeit, Sie haben richtig gehandelt, die Zeit heilt alle Wunden, das Leben geht weiter.

Genau, dachte sie, das ist es: Die Weisheit der Jahrhunderte in vier kleine Worte gefasst – das Leben geht weiter.

Jess sammelte ihre Unterlagen ein und beobachtete aus dem Augenwinkel, wie der Angeklagte jedem der Geschworenen dankbar die Hand schüttelte. Die Geschworenen vermieden es tunlichst, sie anzusehen, als sie wenige Minuten später den Gerichtssaal verließen. Die Geschworene mit dem intelligenten Gesicht und den weichen grauen Augen war die Einzige, die sich von Jess verabschiedete. Jess nickte ihr zu. Es hätte sie interessiert, welche Rolle diese Frau bei der Urteilsfindung der Geschworenen gespielt hatte. War sie von Anfang an von Douglas Phillips' Unschuld überzeugt gewesen, oder war sie daran schuld gewesen, dass sich die Beratungen so in die Länge gezogen hatten, hatte sie vielleicht auf einem Schuldspruch beharrt und erst nachgegeben, als ihre Hartnäckigkeit ein Patt zu verursachen drohte, einen Prozess ohne Ergebnis? Oder hatte sie vielleicht dagesessen und ungeduldig mit den Fingern auf den Tisch getrommelt, während sie darauf gewartet hatte, dass die anderen endlich zur Vernunft kommen und sich ihrer Auffassung anschließen würden?

Nicht schuldig.

»Möchtest du darüber reden?«, fragte Neil.

Jess schüttelte den Kopf, nicht sicher, ob sie eher zornig oder traurig war. Später war noch Zeit genug, die Vorgänge zu analysieren und darüber zu debattieren, ob sie die Sache anders hätten anpacken können. Aber im Augenblick konnte man gar nichts tun. Es war vorbei. Sie konnte den Ausgang des Prozesses so wenig ändern, wie sie die Tatsachen ändern konnte, und Tatsache war, wie Greg Oliver am Tag zuvor klipp und klar gesagt hatte, dass kein Geschworenengericht im ganzen Land einen Mann wegen Vergewaltigung verurteilen würde, wenn das Opfer kein Höschen angehabt hatte.

Jess wusste, dass sie jetzt nicht gleich in ihr Büro zurückkehren konnte. Ganz abgesehen davon, dass es sie ärgerte, Greg Olivers überlegene Menschenkenntnis anerkennen zu müssen, brauchte sie jetzt Zeit für sich, um sich mit der Entscheidung der Geschworenen auseinanderzusetzen und sie zu akzeptieren; sie brauchte Zeit, um ihren Zorn und ihre Frustration zu verarbeiten. Und ihre Niederlage. Sie brauchte Zeit, um den Ballast abzuwerfen und sich innerlich freizumachen für die Arbeit an ihrem nächsten Fall.

Sie fand sich auf der California Avenue wieder, ohne sich klar erinnern zu können, dass sie das Gerichtsgebäude verlassen hatte. Sie war verblüfft, es war ganz untypisch für sie, nicht genau zu wissen, was sie tat. Sie fühlte die Kälte, die durch ihre dünne Tweedjacke drang. Die Meteorologen sagten immer noch möglichen Schneefall voraus. Eine Möglichkeit voraussagen, dachte sie und fand das ein interessantes Konzept. Sie zog ihre Jacke fester um sich und begann zu gehen. »Ich könnte ebenso gut nackt sein«, sagte sie laut, wohl wissend, dass niemand darauf achten würde. Nur eines von vielen Opfern unseres Rechtssystems, dachte sie und stieg, einem plötzlichen Impuls folgend, in einen Bus der Linie 60, der in die Innenstadt fuhr.

»Was tu ich da?«, murmelte sie vor sich hin. Sie setzte sich auf einen Platz in der Nähe des Fahrers. Impulshandlungen waren gar nicht ihre Art. Impulshandlungen waren Sache von Leuten, die ihr Leben nicht in der Hand hatten, dachte sie. Das eintönige Dröhnen des Busses fing sich vibrierend in ihrem Körper, und sie schloss die Augen.

Sie hätte nicht sagen können, wie lange der Bus schon unterwegs war, ehe sie die Augen wieder öffnete, oder wann sie zum ersten Mal bemerkte, dass die Geschworene mit dem kastanienbraunen Haar und den weichen grauen Augen hinten im Bus saß. Noch weniger hätte sie sagen können, in welchem Augenblick sie beschlossen hatte, ihr zu folgen. Bewusst geplant hatte sie das gewiss nicht. Und doch stieg sie etwa eine halbe Stunde später mit der Frau aus dem Bus und folgte ihr in die Michigan Avenue, ging mit einem Abstand von vielleicht fünf bis sechs Metern hinter ihr her.

Mehrere Straßen weiter blieb die Frau vor einem Schmuckgeschäft stehen, um sich das Schaufenster anzusehen, und Jess tat es ihr nach. Doch sie sah über die wertvollen Steine und goldenen Armbänder hinweg und fand im Glas den verwundert fragenden Blick ihres fröstelnden Abbilds, das ergründen zu wollen schien, wer sie war. An Schmuck hatte ihr nie etwas gelegen. Der einzige Schmuck, den sie überhaupt getragen hatte, war der einfache goldene Trauring. Don hatte aufgehört, ihr Schmuckstücke zu kaufen, als er feststellte, dass sie unweigerlich ganz hinten in ihrer Kommodenschublade landeten und dort blieben. Es sei nun einmal nicht ihr Stil, hatte sie erklärt. Mit Schmuck fühle sie sich immer wie ein kleines Mädchen, das in Mutters Sachen feine Dame spiele.

Bei dem Gedanken an ihre Mutter blickte sie auf und bemerkte, dass die Frau, die ihr heute in der Geschworenenbank gegenübergesessen hatte, weitergegangen war. Wie hatte sie sich auch nur einen Moment lang einbilden können, dass diese Frau Ähnlichkeit mit ihrer Mutter habe? Ihre Mutter war größer und schlanker gewesen, ganz zu schweigen von dem Unterschied in Haar- und Augenfarbe. Und niemals, dachte Jess, hätte ihre Mutter pinkfarbenen Lippenstift benutzt, niemals hätte sie das Rouge so dick aufgetragen. Diese Frau war im Gegensatz zu ihrer Mutter ganz offensichtlich wenig selbstsicher und eher scheu, und das dicke Make-up wohl eine Maske, die die Spuren der Zeit verdecken sollte. Nein, es bestand nicht die geringste Ähnlichkeit zwischen den beiden Frauen.

Wieder blieb die Frau vor einem Laden stehen, einem Schaufenster voll hässlicher Ledertaschen und Koffer, wie Jess sah. Würde sie in das Geschäft hineingehen? Sich ein kleines Geschenk machen? Zur Belohnung für gute Arbeit? Nun ja, warum nicht?, dachte Jess und wandte sich ab, als die Frau die Tür aufstieß und zielstrebig zur Mitte des Ladens ging.

Jess fragte sich, ob sie ihr folgen sollte. Ich könnte eine neue Aktentasche gebrauchen, dachte sie. Ihre war sehr alt; Don hatte sie ihr zum bestandenen Examen gekauft und sich bei diesem Geschenk, anders als bei dem Schmuck, nie darüber beklagen müssen, dass sie es nicht verwendete. Das früher einmal glänzende schwarze Leder war mit der

Zeit stumpf und fleckig geworden, die Nähte waren ausgefranst, der Reißverschluss klemmte dauernd, weil irgendwelche lose hängenden Fäden dazwischenkamen. Vielleicht war die Zeit gekommen, sich von der Tasche zu trennen und eine neue zu kaufen. Sich ein für alle Mal aus den Bindungen an die Vergangenheit zu lösen.

Die Frau kam mit nichts anderem als der braunen Handtasche aus dem Laden, die sie bei sich gehabt hatte, als sie hineingegangen war. Sie stellte den Kragen ihres dunkelgrünen Mantels auf und schob die behandschuhten Hände in ihre Manteltaschen. Jess ertappte sich dabei, dass sie das Gleiche tat, während sie der Frau mit mehreren Schritten Abstand folgte.

Sie überquerten den Chicago River. Auf der einen Seite der breiten Straße ragte das Wrigley Building in die Höhe, auf der anderen der Tribune Tower. Das Zentrum von Chicago bot mit Bauten von Künstlern wie Mies van der Rohe, Helmut Jahn und Bruce Graham einen seltenen Reichtum an architektonischer Pracht. Jess hatte oft daran gedacht, an einer Besichtigungsfahrt auf dem Lake Michigan und dem Chicago River teilzunehmen. Aber irgendwie war sie nie dazu gekommen.

Die Frau ging noch einige Schritte weiter, dann blieb sie plötzlich stehen und drehte sich herum. »Warum verfolgen Sie mich?«, fragte sie scharf und zornig und klopfte dabei mit den Fingern der einen Hand auf den Ärmel ihres Mantels wie eine ungeduldige Lehrerin, die ein unartiges Kind verhört.

Jess fühlte sich prompt tatsächlich wie ein kleines Mädchen, das große Angst hat, eins auf die Finger zu bekommen. »Entschuldigen Sie«, stammelte sie, während sie sich wieder fragte, was eigentlich mit ihr los war. »Ich wollte nicht …«

»Ich hab Sie schon im Bus gesehen, aber da habe ich mir weiter nichts gedacht«, erklärte die Frau, offenkundig erregt. »Dann habe ich Sie bei dem Juweliergeschäft gesehen, aber ich sagte mir, nun ja, jeder hat das Recht, sich ein Schaufenster anzusehen, es ist sicher nur ein Zufall. Aber als Sie dann immer noch hier waren, als ich aus dem Ledergeschäft kam, hab ich gewusst, dass Sie mich verfolgen. Nur, warum? Was wollen Sie von mir?«

»Ich will gar nichts. Wirklich, ich habe Sie nicht verfolgt.«

Die Frau kniff die Augen zusammen und sah Jess herausfordernd an.

»Ich – ich weiß selbst nicht, warum ich Ihnen gefolgt bin«, bekannte Jess nach einer kurzen Pause. Sie konnte sich nicht erinnern, sich je törichter vorgekommen zu sein.

»Es lag wirklich nicht an Ihnen«, bemerkte die Frau, jetzt etwas entspannter. »Ich meine, wenn es das ist, was Sie beschäftigt. Es hat nicht an irgendetwas gelegen, was Sie gesagt oder getan haben.«

»Was meinen Sie?«

»Wir fanden Sie großartig«, fuhr sie fort. »Die Geschworenen … wir fanden Ihre Bemerkung, dass mangelnde Klugheit niemandem das Recht gibt, die Menschenwürde mit Füßen zu treten, die fanden wir wirklich ganz großartig. Wir haben lange darüber debattiert. Sehr heftig sogar.«

»Aber Sie haben sie nicht akzeptiert«, stellte Jess fest, überrascht, wie sehr ihr daran lag zu verstehen, wie die Geschworenen zu ihrem Urteil gelangt waren.

Die Frau senkte den Blick. »Es war keine leichte Entscheidung. Wir haben das getan, was wir für richtig hielten. Uns war klar, dass Mr Phillips Unrecht getan hatte, aber schließlich waren wir uns alle einig, dass es zu hart wäre, den Mann wegen einer Fehleinschätzung, wie Sie sagten, jahrelang ins Gefängnis zu schicken und…«

»Aber ich habe doch nicht von einer Fehleinschätzung des Angeklagten gesprochen!« Jess hörte selbst das Entsetzen in ihrer Stimme. Wie hatten sie sie nur so missverstehen können?

»Ja, das wussten wir«, erklärte die Frau hastig. »Aber wir fanden eben, es könnte auch für ihn gelten.«

Wunderbar, dachte Jess und holte einmal tief Luft. Sie hatte Mühe, die Ironie der Situation zu würdigen.

»Wir waren alle ganz hingerissen von Ihren Sachen«, fuhr die Frau fort, als wollte sie sie trösten.

»Von meinen Sachen?«

»Ja. Besonders von der hübschen grauen Kombination. Eine der Frauen hat sich sogar überlegt, ob sie Sie fragen sollte, wo Sie sie gekauft haben.«

»Sie haben sich mit meinen Kleidern beschäftigt?«

»Die äußere Erscheinung ist sehr wichtig«, erklärte die Frau. »Das sage ich meinen Töchtern immerzu. Sie wissen schon, der erste Eindruck und so.« Sie streckte den Arm nach Jess aus und tätschelte ihre Hand. »Sie machen einen sehr angenehmen Eindruck, meine Liebe.«

Jess wusste nicht, ob sie lachen oder weinen sollte. Sie spürte, wie ihr Herz zu rasen anfing.

»Ganz gleich, wie es ausgegangen ist«, sagte die Frau, »Sie haben Ihre Sache sehr gut gemacht.«

Wie konnte jemand mit so klugen Augen so dumm sein? Jess hatte Mühe, Luft zu holen.

»Aber ich muss jetzt wirklich gehen«, sagte die Frau, der Jess' Schweigen sichtlich Unbehagen einflößte. Sie ging ein paar Schritte, dann blieb sie stehen. »Alles in Ordnung? Sie sehen ein bisschen blass aus.«

Jess wollte sprechen, konnte aber nur nicken, verzog ihre Lippen mit Anstrengung zu einem, wie sie hoffte, beruhigenden Lächeln. Die Frau erwiderte das Lächeln kurz, dann ging sie in flottem Tempo die Straße hinunter davon, wobei sie mehrmals rasch über die Schulter zu Jess zurücksah. Sie will sich wahrscheinlich vergewissern, dass ich ihr nicht wieder folge, dachte Jess, und fragte sich erneut, was in sie gefahren war. Wie war sie auf die Schnapsidee gekommen, dieser Frau hinterherzulaufen, Herrgott noch mal? Und was war jetzt wieder mit ihr los?

Sie hatte wieder einmal einen ihrer verdammten Angstanfälle, stellte sie fest. »Mein Gott«, stöhnte sie und kämpfte verzweifelt gegen die Angst an, die ihren Kopf schwimmen machte und ihre Beine lähmte. »Das ist ja lächerlich. Was soll ich tun?«

Die Tränen schossen ihr in die Augen, und sie wischte sie zornig weg. »Da stehe ich mitten auf der verdammten Michigan Avenue und heule«, beschimpfte sie sich selbst. »Mitten auf der verdammten Michigan Avenue und halte Selbstgespräche!« Dem betuchten Publikum in der Michigan Avenue würde so etwas viel eher auffallen als den Dealern und Pennern in der California Avenue, auch wenn sich hier genauso wenig jemand um sie kümmern würde wie dort.

Sie schleppte sich Schritt für Schritt zu einer Bushaltestelle und lehnte sich gegen die Seitenwand. Selbst durch ihre Jacke fühlte sie die Kälte auf der Haut. Ich gebe nicht klein bei, dachte sie zornig. Ich lass mich von diesen blöden Anfällen nicht unterkriegen.

Denk an schöne Dinge, sagte sie sich. Stell dir vor, du wirst massiert, denk an einen Urlaub in Hawaii; denk an deine kleinen Nichten. Sie stellte sich vor, ihre weichen warmen Köpfchen lägen an ihren kalten Wangen, und erinnerte sich plötzlich, dass sie um sechs zum Abendessen bei ihrer Schwester sein sollte.

Unmöglich. Sie konnte doch nicht so zu ihrer Schwester hinausfahren. Was, wenn sie immer noch in diesem Zustand war? Oder vor versammelter Mannschaft wieder so einen Anfall bekam? Wollte sie denn gerade den Menschen, die ihr die liebsten waren, ihre Neurosen zumuten?

Wozu ist denn die Familie da?, hätte Maureen zweifellos gefragt.

Gallebitterer Geschmack stieg in Jess' Kehle auf. Du lieber Gott, würde sie sich etwa übergeben? Mitten auf der verdammten Michigan Avenue? Sie zählte bis zehn, dann bis zwanzig, schluckte hastig, einmal, zweimal, dreimal, ehe der Reiz sich endlich legte. Tief atmen, hatte Don in solchen Fällen immer zu ihr gesagt, und sie tat es, füllte ihre Lunge mit kalter Luft und hielt sich eisern aufrecht, obwohl sie sich am liebsten vor Schmerzen zusammengekrümmt hätte.

Niemand bemerkte ihre Qualen. Achtlos eilten die Fußgänger an ihr vorüber, einer fragte sie sogar, wie spät es sei. Doch nicht so anders als in der California Avenue, dachte sie, als ein Bus vor ihr anhielt und mehrere Leute sich durch die geöffnete Tür an ihr vorbeidrängten, als wäre sie gar nicht vorhanden. Der Fahrer wartete einige Sekunden darauf, dass sie einsteigen würde, zuckte die Achseln, als sie es nicht tat, schloss die Türen und fuhr weiter. Jess spürte die warme Wolke schmutziger Luft aus dem Auspuff des Busses in ihrem Gesicht, als das Fahrzeug sich entfernte. Sie fand es merkwürdig beruhigend.

Bald normalisierte sich ihr Atem. Sie fühlte, wie die Farbe in ihre Wangen zurückkehrte, die Lähmung nachließ. »Alles in Ordnung«, sagte sie leise zu sich selbst, schob einen Fuß vor den anderen und trat so vorsichtig, als steige sie in eine heiße Wanne, vom Bordstein hinunter. »Alles okay. Es ist vorbei.«

Das Auto kam aus dem Nichts.

Es ging so schnell, geschah so unerwartet, dass Jess, noch während es geschah, das merkwürdige Gefühl hatte, es widerführe einer anderen. Sie stand irgendwo neben sich und beobachtete die Ereignisse zusammen mit dem halben Dutzend Gaffer, die sich rasch am Ort des Geschehens einfanden.

Jess spürte einen Luftzug neben sich, sah, wie ihr Körper sich drehte wie ein Kreisel, nahm flüchtig den weißen Chrysler wahr, der um die Straßenecke verschwand. Erst dann kehrte sie in den Körper zurück, der am Straßenrand auf den Knien lag. Erst dann fühlte sie die brennenden Schrammen an Händen und Knien. Erst dann hörte sie die Stimmen.

»Ist Ihnen was passiert?«

»Mein Gott, ich dachte, er hätte Sie erwischt.«

»Er hat Sie nur um Haaresbreite verfehlt!«

»Mir ist nichts passiert«, sagte jemand, und Jess erkannte ihre eigene Stimme. »Ich hab anscheinend nicht aufgepasst.« Sie fragte sich flüchtig, wieso sie die Schuld für etwas auf sich nahm, das ganz eindeutig nicht ihre Schuld war. Sie wäre beinahe von einem Verrückten in einem weißen Chrysler überfahren worden, der mit viel zu hoher Geschwindigkeit vorbeigerast war und nicht einmal angehalten hatte; sie hatte sich Hände und Knie aufgeschlagen, als sie aufs Pflaster gestürzt war; ihre Tweedjacke war voller Schmutz; ihre Strumpfhose an den Knien kaputt. Und ihr war es peinlich, Aufsehen erregt zu haben. »Ich war anscheinend mit meinen Gedanken woanders«, sagte sie entschuldigend und stand unsicher auf. »Aber mir ist nichts passiert. Es geht schon wieder.«

»Es geht schon wieder«, wiederholte sie, während sie zur gegenüberliegenden Ecke hinkte, einem vorüberfahrenden Taxi winkte und in den Wagen kroch. »Es geht schon wieder.«

4

Genau drei Minuten vor sechs bog Jess in ihrem roten Mustang in die Auffahrt vor dem großen weißen Haus ihrer Schwester in der Sheraton Road in Evanston ein. »Es wird schon alles gutgehen«, versicherte sie sich selbst, während sie den Motor ausschaltete und vom Sitz neben sich den Wein und die Geschenke nahm. »Du brauchst nur ruhig und gelassen zu bleiben und dich von Barry nicht in irgendwelche albernen Diskussionen hineinziehen zu lassen.« Sie rutschte aus dem Wagen und ging den Fußweg hinauf zur Haustür. »Immer mit der Ruhe, es wird schon alles gutgehen.«

Die Tür wurde geöffnet, noch ehe sie läuten konnte.

»Ah, Jess«, sagte Barry, und seine Stimme fegte die baumbestandene Straße hinunter wie ein Windstoß. Welkes Laub wirbelte zu ihren Füßen. »Pünktlich wie immer.«

»Wie geht es dir, Barry?« Jess trat in das große Foyer mit dem cremefarbenen Marmorboden.

»Könnte nicht besser sein«, antwortete Barry prompt. Er sagte immer, »könnte nicht besser sein«. »Und wie schaut's bei dir aus?«

»Mir geht es gut.« Sie holte tief Atem, hielt ihm die Flasche Wein hin. »Ein chilenischer Wein. Der Mann im Spirituosengeschäft sagte, er wäre sehr zu empfehlen.«

Barry musterte das Etikett aufmerksam, unverkennbar skeptisch. »Vielen Dank. Ich hoffe, du hast nichts dagegen, wenn wir ihn für ein andermal aufheben. Ich habe schon ein paar Flaschen teuren französischen kalt gestellt. Komm, gib mir deinen Mantel.«

Er stellte die Flasche auf einen kleinen Tisch an der Wand und fing an, ungeschickt an ihrem Ärmel zu ziehen.

»Lass nur, Barry. Ich schaff das schon allein.«

»Na gut, aber dann lass mich ihn wenigstens für dich aufhängen.«

Jess wollte keinesfalls ein Tauziehen mit Barry und reichte ihm den Mantel. »Ist Maureen oben?«

»Sie bringt gerade die Zwillinge zu Bett.«

Er hängte ihren Mantel in den Schrank und führte sie zum Wohnzimmer, in dem Weiß und Rosenholztöne vorherrschten und einige kräftige schwarze Blöcke besondere Akzente setzten: ein schwarzer Konzertflügel, der den vorderen Teil des großen Raums dominierte, obwohl niemand im Haus Klavier spielte; ein schwarzer Marmorkamin, in dem bereits ein Feuer brannte.

»Ich geh rasch nach oben und sag den Kindern guten Tag. Ich habe ihnen etwas mitgebracht.« Jess wies auf die Einkaufstüte in ihrer Hand.

»Sie werden sowieso in ein paar Stunden wieder wach. Da kannst du es ihnen dann geben.«

»Jess, bist du das?«, rief Maureen von oben.

»Ich komm rauf«, antwortete Jess und wandte sich schon zur Treppe.

»Untersteh dich!«, rief Maureen zurück. »Gerade hab ich sie alle ins Bett gepackt. Bleib unten und unterhalte dich mit Barry. Ich komme in zwei Minuten.«

»Sie kommt in zwei Minuten«, wiederholte Barry wie ein Papagei. »Also, was meinst du? Schaffst du's, dich zwei Minuten mit deinem Schwager zu unterhalten?«

Jess lächelte und setzte sich in einen der beiden weißen Sessel gegenüber von Barry, der vorgebeugt auf der Kante des rosenholzfarbenen Sofas hockte, als sei er ganz Aufmerksamkeit. Eher als wollte er sich auf mich stürzen, dachte Jess, die bis heute nicht verstand, wieso sie und Barry es nicht geschafft hatten, Freunde zu werden. Was an diesem Mann geht mir nur so gegen den Strich?, fragte sie sich; sie war sich bewusst, dass er mit seinen klaren blauen Augen jede einzelne ihrer Gesten registrierte. Er ist nicht hässlich. Er ist nicht dumm. Er ist nicht unfreundlich, jedenfalls nicht offen unfreundlich.

Sie hatte sich bemüht, ihn positiv zu sehen. Als er vor gut sechs Jahren ihre Schwester geheiratet hatte, hatte Jess angenommen, sie würde automatisch jeden mögen, der ihre Schwester glücklich machte. Aber sie hatte sich getäuscht.

Vielleicht störte sie die verstohlene Art und Weise, wie er versuchte, seine beginnende Glatze zu verbergen, indem er sein schütteres Haar von der einen Kopfseite zur anderen kämmte. Oder die Tatsache, dass seine Fingernägel gepflegter waren als ihre eigenen, dass er sich damit brüstete, nach jeder Mahlzeit seine Zähne mit Zahnseide zu säubern. Vielleicht störte sie auch seine Gewohnheit, stets Hemd und Krawatte zu tragen, selbst, wie heute Abend, unter einem sportlichen Pullover.

Wahrscheinlicher war, dachte sie, dass sie den kaum verhüllten Chauvinismus, der in seinen Bemerkungen steckte, nicht ausstehen konnte, seine lässig herablassende Art, die Tatsache, dass er nie zugeben konnte, im Unrecht zu sein. Oder vielleicht nahm sie ihm auch übel, dass er aus einer intelligenten, interessierten Absolventin der Harvard Business School die perfekte Frau und Mutter gemacht hatte, die so eifrig damit beschäftigt war, ihm ein gemütliches Zuhause zu schaffen und Kinder in die Welt zu setzen, dass sie gar keine Zeit hatte daran zu denken, ihre vielversprechende berufliche Laufbahn wiederaufzunehmen. Was hätte ihre Mutter davon gehalten?

»Du siehst gut aus«, sagte Barry zu ihr. »Das ist ein sehr schöner Pulli. Du solltest häufiger Blau tragen.«

»Er ist grün.«

»Grün? Nein, er ist blau.«

Stritten sie sich jetzt allen Ernstes über die Farbe ihres Pullovers?

»Können wir uns auf Türkis einigen?«, fragte sie.

Barry machte ein skeptisches Gesicht und schüttelte den Kopf. »Er ist blau«, erklärte er und warf einen Blick zum Feuer. Barry verstand wie kein anderer, ein gutbrennendes Feuer zu machen.

Jess holte tief Luft. »Und wie läuft das Geschäft, Barry?«

Er fegte ihre Frage mit einer lässigen Handbewegung weg. »Du willst doch nicht im Ernst von meinen Geschäften hören.«

»Nein?«

»Doch?«

»Barry, ich hab dir eine simple Frage gestellt. Wenn es zu kompliziert ist …«

»Die Geschäfte laufen hervorragend. Könnten gar nicht besser laufen.«

»Gut.«

»Nicht nur gut.« Er lachte. »Hervorragend. Könnten nicht besser sein.«

»Könnten nicht besser sein«, wiederholte Jess und sah zur Treppe. Wo blieb ihre Schwester?

»Gerade heute«, sagte Barry, »hatte ich einen sehr gelungenen Tag.«

»Und wieso war er so gelungen?«, fragte Jess.

»Ich habe meinem ehemaligen Partner einen sehr wichtigen Kunden abspenstig gemacht.« Barry lachte befriedigt. »Und der Saukerl hat's überhaupt nicht kommen sehen.«

»Ich dachte, ihr beide wärt Freunde.«

»Das dachte er auch.« Jetzt lachte er schallend. »Der Kerl hat sich eingebildet, er kann mich ungestraft in die Pfanne hauen.« Er tippte sich mit dem Zeigefinger an den Kopf. »Ich vergesse nie was. Ich vergelte Gleiches mit Gleichem.«

»Du vergiltst Gleiches mit Gleichem«, wiederholte Jess.

»He, ich hab nichts Verbotenes getan.« Er zwinkerte. »Übrigens hab ich heute Nachmittag ein Informationsblatt über eine neue Art privater Lebens- und Rentenversicherung auf den Schreibtisch bekommen. Ich finde, du solltest dir so was mal ansehen. Wenn du möchtest, kann ich dir die Daten zuschicken.«

»Ach ja«, sagte Jess. »Das wäre nett.«

»Ich werd's auch deinem Vater mal sagen.«

Sie sahen beide auf ihre Uhren. Wieso war ihr Vater noch nicht gekommen? Er wusste doch, wie sehr es sie stets beunruhigte, wenn er sich verspätete.

»Und wie war dein Tag?«, erkundigte sich Barry und schaffte es, ein Gesicht zu machen, als interessierte es ihn wirklich.

»Hätte besser sein können«, antwortete Jess ironisch und war eigentlich nicht überrascht, als ihm das gar nicht auffiel. Ich hab einen Prozess verloren, den ich unbedingt gewinnen wollte, ich hatte mitten in der Michigan Avenue eine Angstattacke, und ich wäre beinahe überfahren worden, aber dafür hat mir eine Frau ein Kompliment über meine Kleidung gemacht, der Tag war also nicht ganz zum Heulen, fuhr sie im Stillen fort.

»Ich weiß nicht, wie du das aushältst«, sagte Barry.

»Was denn?«

»Dich Tag für Tag mit diesem Gesindel herumschlagen zu müssen«, erläuterte er.

»Ich bin diejenige, die das Gesindel ins Gefängnis bringen darf«, entgegnete sie.

»Ja, wenn du gewinnst.«

»Richtig, wenn ich gewinne«, stimmte sie bekümmert zu.

»Eins muss ich dir lassen, Jess«, sagte er und sprang auf. »Ich hätte nie gedacht, dass du so lange durchhalten würdest. Was möchtest du trinken?« Er verband die beiden Sätze miteinander, als ob einer sich ganz natürlich aus dem anderen ergäbe.

»Wie meinst du das?«

»Ich meine, möchtest du ein Glas Wein oder etwas Härteres?«

»Wieso hättest du nie gedacht, dass ich durchhalten würde?«, fragte Jess, ehrlich verwundert über seine Bemerkung.

Er schüttelte den Kopf. »Ich weiß auch nicht. Ich dachte vermutlich, du würdest dich bald für etwas Lukrativeres entscheiden. Ich meine, mit deinen Noten hättest du doch nach Belieben wählen können.«

»Das habe ich getan.«

Jess sah die Verwirrung in Barrys Blick. Ihre beruflichen Entscheidungen gingen offensichtlich über sein Begriffsvermögen hinaus.

»Also, was möchtest du trinken?«, fragte er wieder.

»Am liebsten eine Cola.«

Er reagierte nicht gleich. Dann sagte er: »Cola und Limonade gibt es bei uns nicht mehr. Wenn wir dieses süße Zeug nicht im Haus haben, kommt Tyler auch nicht in Versuchung. Außerdem bist du die Einzige, die so was trinkt.«

Jetzt war Jess diejenige, die ein verdutztes Gesicht machte.

Auf der Treppe und dann im Flur waren schnelle Trippelschritte zu hören. Jess sah fliegendes dunkles Haar, große blaue Augen und aufgeregt gestikulierende kleine Hände. Im nächsten Augenblick warf sich ihr dreijähriger Neffe in ihre Arme. »Hast du mir was mitgebracht?«, fragte er statt einer Begrüßung.

»Ich bring dir doch immer was mit.« Jess griff in die Einkaufstüte, die neben ihr stand, und bemerkte gleichzeitig unangenehm berührt, dass ihr Neffe Hemd und Krawatte trug wie sein Vater.

»Augenblick.« Barrys Stimme war streng. »Solange wir nicht richtig guten Tag gesagt haben, gibt's keine Geschenke. Hallo, Tante Jess«, sagte er seinem Sohn vor.

Tyler sagte nichts. Ohne Barry weiter zu beachten, nahm Jess ein Modellflugzeug aus der Tüte und drückte es ihrem Neffen in die empfangsbereiten Hände.

»Super!« Tyler ließ sich von ihrem Schoß zu Boden fallen, um das kleine Flugzeug von allen Seiten zu mustern und es schließlich durch die Luft sausen zu lassen.

»Wie sagt man?«, versuchte es Barry noch einmal in mühsam beherrschtem Ton. »Willst du dich nicht bei Tante Jess bedanken?«

»Ach, lass doch, Barry«, mischte Jess sich ein. »Er kann sich später bei mir bedanken.«

Barry wurde so rot im Gesicht, als sei sein Hemdkragen plötzlich zwei Nummern geschrumpft. »Mir gefällt das nicht, wie du versuchst, meine Autorität zu untergraben«, erklärte er wütend.

»Wie ich was versuche?«, fragte Jess, die ihren Ohren nicht trauen wollte.

»Du hast gehört, was ich gesagt habe. Und sieh mich nicht so unschuldig an. Du weißt ganz genau, wovon ich rede.«

Tyler rannte mit seinem neuen Flugzeug in der Hand lachend zwischen seinem Vater und seiner Tante hin und her, ohne etwas von der Spannung im Raum zu bemerken.

Weder Barry noch Jess rührten sich von der Stelle. Beide standen wie angewurzelt, Barry am Sofa, Jess vor ihrem Sessel, als warteten sie darauf, dass etwas geschehen würde, plötzlich jemand erscheinen und die Szene auflösen würde.

»Müsste es jetzt nicht eigentlich draußen läuten?«, fragte Jess und war froh, als Barrys verkniffener Mund sich entspannte und beinahe ein Lächeln zeigte. Wenn es schon zu einem Streit kommen sollte, und es kam immer zu einem Streit, wenn sie und Barry zusammen waren, sollte es nicht ihre Schuld sein. Das hatte sie sich auf der Fahrt von ihrer Wohnung hierher fest vorgenommen.

»Ach, wie schön«, sagte Maureen plötzlich von der Tür her. »Ihr zwei vertragt euch.«

Barry lief augenblicklich zu seiner Frau und gab ihr einen Kuss auf die Wange. »Eine meiner leichtesten Übungen«, versicherte er ihr.

Maureen lächelte strahlend. Obwohl sie sicherlich todmüde war, wirkte sie frisch und lebhaft. Sie hatte schon fast wieder ihre normale Figur, wie Jess bemerkte. Es hätte sie interessiert, ob Barry sie überredet hatte, wieder mit ihrer Gymnastik anzufangen. Als hätte sie mit dem großen Haushalt und drei kleinen Kindern nicht genug zu tun.

»Du siehst unheimlich gut aus«, sagte Jess aufrichtig.

»Und du siehst müde aus«, erwiderte Maureen und nahm Jess in den Arm. »Bekommst du auch genug Schlaf?«

Jess zuckte die Achseln, dachte flüchtig an den letzten Alptraum.

»Schau mal, was Tante Jess mir mitgebracht hat«, sagte Tyler, der auf dem Boden hockte, und zeigte stolz sein neues Flugzeug.

»Das ist ja toll! Du hast dich hoffentlich richtig bedankt.«

»Deine Schwester hält nichts davon, danke zu sagen«, sagte Barry und ging hinüber zum Barschrank, wo er sich einen Scotch mit Wasser einschenkte. »Möchte sonst jemand etwas?«

»Ich nicht«, sagte Maureen. »Du hast einen wunderschönen Pullover an, Jess. Du solltest öfter Blau tragen. Die Farbe steht dir glänzend.«

»Er ist grün«, verbesserte Barry und sah mit hochgezogener Augenbraue Jess an. »Das sagtest du doch, nicht wahr, Jess?«

»Aber nein, er ist eindeutig blau«, erklärte Maureen kategorisch. »Gar keine Frage.«

»Schlafen die Zwillinge schon?«, fragte Jess.

»Jedenfalls für den Augenblick. Aber das hält nie lange an.«

»Ich habe ihnen auch eine Kleinigkeit mitgebracht.«

»Aber Jess, du sollst nicht jedes Mal, wenn du zu uns kommst, etwas kaufen.«

»Aber ich will es. Wozu sind Tanten sonst da?«

»Na schön, vielen Dank.« Maureen nahm die Einkaufstüte, die Jess ihr hinhielt, und sah hinein.

»Es sind nur zwei Lätzchen. Ich fand sie so niedlich.«

»Wundervoll.« Maureen hielt die buntbestickten Lätzchen hoch. »Ach, schau sie dir doch mal an, sind sie nicht süß, Barry?«

Jess hörte Barrys Erwiderung nicht. War das wirklich ihre Schwester? Sie bemühte sich, Maureen nicht anzustarren. Hatten sie wirklich dieselbe Mutter gehabt? Konnte diese Frau, die an einer der besten Universitäten des Landes ein hervorragendes Examen abgelegt hatte, von zwei Fünf-Dollar-Lätzchen aus dem Kaufhaus wirklich so entzückt sein? Und so auf die Billigung ihres Mannes angewiesen, dass sie ihm die Dinger zur Begutachtung vorlegen musste? Von *summa cum laude* zum Hausmütterchen?

»Und wie ist es heute bei Gericht ausgegangen?«, fragte

Maureen, als spürte sie Jess' Unbehagen. »Ist das Urteil gesprochen?«

»Ja, aber das falsche.«

»Na ja, das hast du doch fast erwartet, nicht wahr?« Maureen nahm Jess bei der Hand und zog sie mit sich zum Sofa, ließ die Hand ihrer Schwester auch nicht los, nachdem sie beide sich gesetzt hatten.

»Aber ich hatte mir etwas anderes erhofft.«

»Ja, das ist sicher hart.«

»Genau wie deine Schwester«, warf Barry ein. Er führte sein Glas zum Mund und setzte es erst wieder ab, als es fast leer war. »Das stimmt doch, nicht wahr, Jess?«

»Und – gibt's daran etwas auszusetzen?« Jess hörte den Ton der Herausforderung, der sich in ihre Stimme geschlichen hatte, obwohl sie es nicht gewollt hatte.

»Nein, solange es sich auf den Gerichtssaal beschränkt, sicher nicht.«

Nicht anbeißen, warnte sie sich. Lass dich nicht von ihm ködern. »Ah, ich verstehe«, entgegnete sie scharf trotz ihrer guten Vorsätze. »Für andere darf ich kämpfen, aber nicht für mich selbst.«

»Wer sagt denn, dass du immer kämpfen musst?«

»Ich finde Jess gar nicht hart«, bemerkte Maureen mit einem fragenden Unterton in der Stimme.

»Kannst du mir mal verraten, Jess«, sagte Barry, »wie es kommt, dass Frauen sofort den ganzen Humor verlieren, wenn sie ein bisschen Macht bekommen?«

»Und wie kommt es, dass Männer einer Frau sofort mangelnden Humor vorwerfen, wenn sie nicht über ihre Witze lacht?«, schoss Jess zurück.

»Zwischen stark sein und hart sein ist ein großer Unterschied«, erklärte Barry zum Ausgangspunkt zurückkehrend und unterstrich seine Feststellung mit emphatischem Kopfnicken, als handelte es sich um eine jener grundlegenden Wahrheiten, die sich angeblich von selbst verstehen. »Ein Mann kann es sich leisten, beides zu sein; eine Frau nicht.«

»Jess«, bemerkte Maureen behutsam, »du weißt doch, dass Barry dich nur neckt.«

Jess sprang auf. »Scheiße, von wegen necken!«

Tyler drehte sich mit aufgerissenen Augen nach seiner Tante um.

»Achte bitte in diesem Haus auf deine Ausdrucksweise«, sagte Barry spitz.

Jess empfand seine Zurechtweisung wie eine Ohrfeige. Sie hatte Angst, sie würde gleich zu weinen anfangen. »Ach, Kraftausdrücke sind bei euch auch nicht erlaubt«, entgegnete sie, nur um etwas zu sagen und nicht in Tränen auszubrechen. »Wir trinken keine Cola, und wir gebrauchen keine Kraftausdrücke.«

Barry sah seine Frau an und warf die Hände in die Luft, als wollte er sagen, ich kapituliere.

»Jess, bitte«, sagte Maureen flehentlich. Sie fasste die Hand ihrer Schwester fester und versuchte, sie aufs Sofa zurückzuziehen.

»Ich möchte nur sicher sein, dass ich sämtliche Regeln dieses Hauses verstanden habe.« Jess funkelte ihren Schwager wütend an, der plötzlich Vernunft und Gelassenheit in Person war. Er hatte es wieder geschafft, sie auf die Palme zu treiben, gestand sie sich ärgerlich und beschämt ein. »Ich weiß nicht, wie du es machst«, murmelte sie niedergeschlagen. »Du musst schon ein besonderes Talent haben.«

»Weshalb rastest du denn jetzt schon wieder aus?«, fragte Barry, einen Ausdruck echter Verwirrung im Blick.

»*Ausrasten?*«, rief Jess empört und gab alle Bemühungen sich zu beherrschen auf. »Ausrasten nennst du das?«

»Tyler«, sagte Maureen und stand auf, um ihren Sohn sachte aus dem Zimmer zu schieben, »nimm doch dein neues Flugzeug mit nach oben, hm?«

»Ich will aber hierbleiben«, protestierte der Junge.

»Tyler, spiel oben in deinem Zimmer, bis wir dich zum Essen rufen«, befahl ihm sein Vater.

Der Junge gehorchte augenblicklich.

»Die Stimme seines Herrn«, bemerkte Jess ironisch, als das Kind die Treppe hinaufrannte.

»Jess, bitte!«, sagte Maureen.

»Ich hab nicht angefangen.« Jess hörte das verletzte Kind in ihrer Stimme, war zornig und verlegen, dass sie es auch hören konnten.

»Es spielt keine Rolle, wer angefangen hat«, entgegnete Maureen, als hätte sie es mit zwei Kindern zu tun, jedoch ohne einen von ihnen anzusehen. »Wichtig ist, dass Schluss ist, bevor es ausufert.«

»Okay, es ist Schluss.« Barrys Stimme füllte den großen Raum.

Jess sagte nichts.

»Jess?«

Jess nickte nur, unfähig etwas zu sagen vor Zorn und Schuldgefühlen. Schuldgefühle wegen ihres Zorns, Zorn über ihre Schuldgefühle.

»Also, was hat die Frau Staatsanwältin als Nächstes auf der Tagesordnung?« Maureen sprach mit so penetrant künstlicher Heiterkeit, als hätte sie eine auf den Tod kranke

Patientin vor sich. Ihre normalerweise weiche und melodiöse Stimme war schrill und mehrere Töne höher als sonst. Sie kehrte zum Sofa zurück und klopfte fast verzweifelt neben sich auf den Sitz. Weder Jess noch Barry rührten sich.

»Mehrere Drogenprozesse, die wir hoffentlich durchbringen werden«, antwortete ihr Jess. »Und übernächste Woche hab ich den nächsten Vergewaltigungsprozess. Ach, und am Montag treff ich mich mit dem Anwalt dieses Mannes, der seine Frau mit der Armbrust erschossen hat, weil sie sich von ihm trennen wollte.« Jess rieb sich die Nase, sie war betroffen über die Sachlichkeit ihres Tons.

»Mit einer Armbrust, um Gottes willen!« Maureen schauderte. »Das ist ja barbarisch!«

»Du musst es doch vor ein paar Monaten in der Zeitung gelesen haben. Es war überall in den Schlagzeilen.«

»Ach, darum hab ich es nicht mitbekommen«, sagte Maureen. »Ich lese in letzter Zeit in der Zeitung nur noch die Kochrezepte.«

Jess gab sich alle Mühe, ihre Bestürzung zu verbergen, und wusste, dass es ihr nicht gelang.

»Alles Übrige ist einfach deprimierend«, behauptete Maureen, ihr Ton so sehr Rechtfertigung wie Erklärung. »Und mir fehlt die Zeit.« Ihre Stimme versickerte in einem Flüstern.

»Was hast du denn heute Abend Schönes für uns gekocht?« Barry setzte sich zu seiner Frau auf die Couch und nahm ihre Hände.

Maureen atmete einmal tief durch und sah gerade vor sich hin, als läse sie von einer unsichtbaren Tafel ab. »Zuerst gibt es eine Mockturtlesuppe, danach Hühnchen in Honigglasur mit Sesamkörnern, Süßkartoffeln und gegrilltes Gemüse, hinterher grünen Salat mit Nüssen und Gorgonzola und zum Abschluss eine Birnenmousse mit Himbeersoße.«

»Das klingt ja fabelhaft.« Barry drückte Maureen die Hand. »Das klingt, als hättest du die ganze Woche in der Küche gestanden.«

»Es klingt aufwendiger, als es in Wirklichkeit ist«, sagte Maureen bescheiden.

»Mir ist schleierhaft, wie du das machst«, sagte Jess und stolperte beinahe über das »wie«, weil sie eigentlich »warum« sagen wollte.

»Ich finde es sehr entspannend.«

»Du solltest es auch mal versuchen, Jess«, sagte Barry.

»Und du solltest endlich die Klappe halten, Barry«, gab Jess zurück.

Wieder standen sich Jess und Barry wie die Streithähne gegenüber.

»Das war's«, rief er. »Ich hab genug.«

»Ja du, du hast mehr als genug«, sagte Jess. »Und schon viel zu lange. Alles auf Kosten meiner Schwester.«

»Jess, du irrst dich.«

»Ich irre mich nicht, Maureen.« Jess begann im Zimmer hin und her zu laufen. »Was ist nur aus dir geworden? Du warst mal diese tolle, unglaublich gescheite Frau, die die Zeitung von vorn bis hinten kannte. Und jetzt liest du nur noch die Kochrezepte? Herrgott noch mal, du hattest eine Riesenkarriere vor dir! Und jetzt hast du nur noch Kochtöpfe und schmutzige Windeln vor dir! Dank diesem wunderbaren Mann hier. Und du willst mir weismachen, dass dir das Spaß macht?«

»Sie hat es nicht nötig, dir irgendetwas weiszumachen«, fuhr Barry sie wütend an.

»Ich glaube, meine Schwester ist fähig, für sich selbst zu sprechen. Oder gehört das zu den neuen Regeln hier im Haus? Dass du für sie sprichst.«

»Soll ich dir mal sagen, was ich glaube, Jess?«, fragte Barry und wartete gar nicht auf eine Antwort. »Ich glaube, du bist eifersüchtig.«

»Eifersüchtig?«

»Ja, eifersüchtig. Weil deine Schwester einen Mann und eine Familie hat und glücklich ist. Und was hast du? Einen Tiefkühlschrank voll Gefrierpizza und einen verfluchten Kanarienvogel.«

»Gleich wirst du mir sagen, dass ich nur mal richtig durchgebumst werden muss.«

»Jess!« Maureen fing an zu weinen.

»Nein, richtig versohlen müsste dich mal einer«, sagte Barry. Er ging zum Flügel vor dem großen Panoramafenster und schlug mit geballter Faust auf die Tasten. Das Geräusch schriller Disharmonie klang laut durch das Haus. Oben begannen die Zwillinge zu weinen.

Maureen senkte ihren Kopf auf ihre Brust und weinte lautlos in den gestärkten weißen Kragen ihrer Bluse. Dann rannte sie, ohne Jess oder Barry anzusehen, aus dem Zimmer.

»Verdammt!«, flüsterte Jess, selbst den Tränen nahe.

»Eines Tages«, sagte Barry leise, »wirst du zu weit gehen.«

»Ich weiß.« Jess' Stimme triefte vor Sarkasmus. »Du vergisst nie etwas. Du vergiltst Gleiches mit Gleichem.« Im nächsten Augenblick rannte sie ihrer Schwester hinterher die Treppe hinauf. »Maureen, bitte warte! Ich muss mit dir reden.«

»Es gibt nichts zu reden«, sagte Maureen und öffnete die Tür zum Kinderzimmer rechts von der Treppe. Der Geruch nach Babypuder stieg Jess in die Nase wie schweres Betäubungsmittel. Erneut überfielen sie Schwindel und Übelkeit, und sie wich zurück, blieb an den Türpfosten gelehnt stehen und sah zu, wie Maureen ihre beiden kleinen Töchter versorgte.

Die Kinderbetten standen im rechten Winkel an der gegenüberliegenden Wand, über ihnen drehten sich sachte zwei Mobiles mit kleinen Tieren. Neben einem großen Schaukelstuhl, der in der Mitte des Zimmers stand, gab es einen bequemen Sessel mit einem Bezug in weißen und kardinalroten Streifen, und an der Seitenwand stand der Wickeltisch. Maureen neigte sich über die kleinen Bettchen und redete einen Moment beruhigend auf ihre Kinder ein, ehe sie über die Schulter hinweg zu Jess sprach, energische Worte mit einer Sanftheit in der Stimme, die täuschte.

»Ich verstehe dich nicht, Jess. Wirklich nicht. Du weißt doch genau, dass Barry das alles nicht so meint. Er frotzelt dich einfach gern ein bisschen. Warum springst du jedes Mal darauf an?«

Jess schüttelte den Kopf. Rechtfertigungen und Erklärungen wollten ihr auf die Zunge, aber sie schluckte sie alle hinunter und gestattete sich nur eine Entschuldigung. »Es tut mir leid. Wirklich. Ich hätte mich besser beherrschen müssen. Ich weiß auch nicht, was passiert ist«, fuhr sie fort, als die Entschuldigung nicht auszureichen schien.

»Das Gleiche, was immer passiert, wenn ihr zusammen seid, du und Barry. Nur war's diesmal noch schlimmer als sonst.«

»Er schafft es aber auch jedes Mal, mich auf die Palme

zu bringen, ganz gleich, wie sehr ich mich bemühe, friedlich zu sein.«

»Du bringst dich selber auf die Palme.«

»Ja, vielleicht.« Jess lehnte den Kopf an den Türpfosten zurück und lauschte dem Quengeln der beiden Säuglinge, die beim Klang der mütterlichen Stimme allmählich ruhiger wurden. Vielleicht sollte sie Maureen von Rick Fergusons Drohung erzählen, von ihrem Alptraum und den Angstanfällen, die diese Drohung ausgelöst hatte. Vielleicht würde Maureen sie in die Arme nehmen und ihr sagen, dass alles gut werden würde. Sie sehnte sich so sehr danach, dass jemand sie in die Arme nahm und tröstete. »Ich hab wirklich einen scheußlichen Tag hinter mir.«

»Scheußliche Tage haben wir alle mal. Das gibt einem noch lange nicht das Recht, ekelhaft und gemein zu sein.«

»Ich hab doch gesagt, dass es mir leidtut.«

Maureen hob eines der kleinen Mädchen aus dem Bett. »So, Carrie, geh mal zu deiner bösen Tante Jessica.« Sie legte Jess den Säugling in die Arme.

Jess drückte das kleine Bündel an ihre Brust. Sie fühlte die Weichheit des kleinen Köpfchens unter ihren Lippen und atmete den süßen Duft ein. Ach, hätte sie doch umkehren, noch einmal von vorn anfangen können. So vieles würde sie heute anders machen.

»Komm zu Mami, Chloe.« Maureen nahm den anderen Zwilling aus dem Bettchen. »Es gibt doch auch noch andere Möglichkeiten als die Konfrontation«, sagte sie zu Jess, während sie das Kind in ihren Armen wiegte.

»Davon haben wir beim Jurastudium nichts gehört.«

Maureen lächelte, und Jess wusste, dass alles vergeben und vergessen war. Maureen konnte niemals lange zornig sein. So war sie schon als Kind gewesen, immer auf Harmonie bedacht, ganz im Gegensatz zu Jess, die unglaublich nachtragend sein konnte, eine Eigenschaft, die ihre Mutter fast verrückt gemacht hatte.

»Geht's dir auch manchmal so, dass du glaubst …«, begann Jess und zögerte dann, unsicher, ob sie fortfahren sollte. Sie hatte nie zuvor mit Maureen über dieses Thema gesprochen.

»Dass ich was glaube?«

Jess begann das Kind in ihren Armen hin und her zu wiegen. »Glaubst du manchmal, du hättest Mama gesehen?«, fragte sie leise.

Ein Ausdruck der Bestürzung flog über Maureens Gesicht. »Was?«

»Bildest du dir manchmal ein, du hättest – Mutter gesehen?«, wiederholte Jess. Sie bemühte sich, ruhig und förmlich zu sprechen, und wich dem Blick ihrer Schwester aus. »Ich meine, in einer Menschenmenge zum Beispiel. Oder auf der anderen Straßenseite.« Sie verstummte. Klang das auch so lächerlich, wie sie sich fühlte?

»Unsere Mutter ist tot«, sagte Maureen entschieden.

»Ich meinte ja nur …«

»Warum tust du dir das an?«

»Ich tue mir doch gar nichts an.«

»Sieh mich an, Jess«, befahl Maureen, und Jess drehte sich widerstrebend nach ihrer Schwester herum. Einen Moment standen sich die beiden Schwestern schweigend gegenüber, jede einen Säugling in den Armen, und sahen einander an. »Unsere Mutter ist tot«, wiederholte Maureen dann, und Jess merkte, wie sie am ganzen Körper steif und gefühllos wurde.

Sie hörten die Türklingel.

»Das ist Dad«, sagte Jess, die nur dem forschenden Blick ihrer Schwester entrinnen wollte.

Maureens Blick ließ sie nicht los. »Jess, ich finde, du solltest mal zu Stephanie Banack gehen.«

Jess hörte, wie unten die Haustür geöffnet wurde, wie ihr Vater und Barry im Vorsaal miteinander sprachen. »Stephanie Banack? Was soll ich denn bei ihr? Sie ist doch *deine* Freundin.«

»Sie ist außerdem Psychotherapeutin.«

»Ich brauche keine Psychotherapeutin.«

»Da bin ich anderer Meinung. Ich schreib dir ihre Telefonnummer auf, ehe du gehst. Ich finde, du solltest sie anrufen.«

Jess wollte widersprechen, unterließ es aber, als sie ihren Vater die Treppe heraufkommen hörte.

»Na, sieh sich das einer an!«, rief ihr Vater vergnügt, als er an die Tür kam. »Alle meine süßen Mädchen in einem Raum versammelt.« Er nahm Jess in die Arme und küsste sie auf beide Wangen. »Wie geht's dir, Schatz?«

»Mir geht's gut, Dad«, antwortete Jess und hatte zum ersten Mal an diesem Tag das Gefühl, dass es vielleicht wirklich so war.

»Und wie geht es meinem anderen Schatz?«, fragte er Maureen und drückte sie an sich. »Und meinen kleinen Schätzen?«, fragte er weiter und umschloss sie alle mit seinen beiden Armen. Er nahm Chloe aus den Armen ihrer Mutter und bedeckte ihr Gesicht mit Küssen. »Ach, du kleine Süße. Du kleine Süße«, rief er im Singsang. »Ich liebe dich. Ja, wirklich, ich liebe dich von ganzem Herzen.« Er hielt inne und sah lächelnd von einer Tochter zur anderen.

»Das hab ich gestern Abend zu einem größeren Mädchen gesagt«, verkündete er, trat einen Schritt zurück und wartete auf ihre Reaktion.

»Was hast du gesagt?«, fragte Maureen.

Jess sagte nichts. Maureen hatte ihr die Worte aus dem Mund genommen.

5

In der ersten Stunde nach dem Besuch bei ihrer Schwester fuhr Jess nur ziellos durch die Straßen von Evanston und versuchte angestrengt, nicht an das zu denken, was ihr Vater beim Abendessen erzählt hatte. Aber natürlich konnte sie an nichts anderes denken.

»Das habe ich gestern Abend zu einem größeren Mädchen gesagt«, hatte er verkündet, und seine Stimme hatte absolut sicher und ruhig geklungen. Als wäre es nichts Besonderes, sich zu verlieben, als gäbe er jeden Tag eine solche Erklärung ab.

»Erzähl uns was von ihr«, drängte Maureen bei Tisch, während sie die Mockturtlesuppe auf die Teller verteilte und Jess verzweifelt das Bild einer enthaupteten Schildkröte aus ihren Gedanken zu vertreiben suchte. »Am besten gleich alles. Wie heißt sie? Wie ist sie? Wo habt ihr euch kennengelernt? Wann stellst du sie uns vor?«

Nein, dachte Jess. Hör auf. Sag nichts. Erzähl uns gar nichts. Bitte, sag kein Wort.

»Sie heißt Sherry Hasek«, erklärte ihr Vater und schaute voller Stolz in die Runde. »Sie ist ein kleines Persönchen, zierlich, ein bisschen mager, dunkles Haar, fast schwarz. Ich glaube, sie färbt es …«

Jess schob mit Anstrengung einen Löffel voll Suppe in ihren Mund, spürte, wie die heiße Flüssigkeit ihre Zunge pelzig machte und ihren Gaumen verbrannte. Ihre Mutter war groß gewesen, mit viel Busen, das braune Haar von ersten grauen Strähnen durchzogen. Sie hatte gefärbtes schwarzes Haar immer hässlich gefunden, gesagt, es sähe so unecht aus. Ihr Vater hatte ihr zugestimmt. Konnte er das wirklich vergessen haben? Sie schluckte den Wunsch, ihn daran zu erinnern, hinunter, während die Suppe brennend zu ihrem Magen hinunterrann. Bilder von verstümmelten Schildkröten drängten sich ihr wiederum auf.

»Wir haben uns vor ungefähr sechs Monaten im Zeichenkurs kennengelernt«, fuhr ihr Vater fort.

»Sag bloß nicht, dass sie da Modell gestanden hat.« Barry lachte in seine Suppe.

»Nein, sie wollte auch lernen, genau wie ich. Sie hat immer gern gezeichnet, aber nie die Zeit dazu gehabt. Genau wie ich.«

»Ist sie Witwe?«, fragte Maureen. »Was ist denn los mit dir, Jess? Schmeckt dir die Suppe nicht?«

Sie war keine Witwe. Sie war geschieden. Seit beinahe fünfzehn Jahren. Sie war achtundfünfzig Jahre alt, Mutter dreier erwachsener Söhne, und sie arbeitete in einem Antiquitätengeschäft. Sie liebte leuchtende Farben, trug am liebsten lange wehende Röcke und Birkenstocksandalen und war diejenige, die eines Tages die Initiative ergriffen und vorgeschlagen hatte, nach dem Kurs noch gemeinsam eine Tasse Kaffee zu trinken. Sie war offensichtlich eine zielstrebige Person. Und Art Koster war ein Ziel, das anzupeilen sich lohnte.

Jess bog um eine Ecke und fand sich wieder in der Sheridan Road, stattliche Häuser auf der einen Seite, den Lake Michigan auf der anderen. Wie lange fuhr sie jetzt schon in den dunklen Straßen von Evanston im Kreis herum? Jedenfalls so lange, dass der Regen sie überrascht hatte. Sie schaltete die Scheibenwischer ein, sah, dass einer von ihnen klemmte und sich so mühsam über die Windschutzscheibe bewegte, als sei es eine Herkulesarbeit. Also Regen und nicht Schnee, dachte sie, nicht sicher, was ihr eigentlich lieber war. Vom See wälzte sich Nebel herein.

Der Oktober ist der unberechenbarste Monat, dachte sie, voller Geister und Schatten.

Die Leute schwärmten immer von den prachtvollen Herbstfarben, den vielfältigen Tönen von Rot, Orange und Gelb, die das allgegenwärtige Grün des Sommers zuerst aufbrachen und dann verdrängten. Jess hatte diese Begeisterung nie geteilt. Für sie bedeutete der Farbenwechsel nur, dass die Blätter welk wurden. Und jetzt waren die Bäume beinahe kahl. Die wenigen Blätter, die noch übrig waren, hatten Farbe und Kraft verloren. Nur noch traurige Erinnerung an einst sprühendes Leben. Wie Menschen, die in Altersheime abgeschoben waren, wo der Tod der einzige Besuch war, auf den sie sich verlassen konnten. Einsame Menschen, die allzu lange ohne Liebe hatten leben müssen.

Natürlich war ihrem Vater die Liebe zu gönnen, dachte Jess, während sie nach rechts abbog. Sie fand sich in einer Straße, die sie nicht kannte. Sie hielt nach einem Schild Ausschau, sah keines, bog an der nächsten Ecke nach links ab. Immer noch kein Straßenschild. Was war los mit den Leuten, die in den Vororten lebten? Wollten sie niemanden wissen lassen, wo sie zu finden waren?

Sie hatte stets im Herzen der Stadt gelebt, immer im Umkreis derselben drei Häuserblocks, außer während ihrer Ehe mit Don. Als sie noch ein Kind war und ihr Vater für eine Kette von Damenoberbekleidungsgeschäften als Einkäufer gearbeitet hatte, hatten sie in einem Doppelhaus in der Howe Street gewohnt. Als sie zehn Jahre alt war, ihr Vater mittlerweile mit Erfolg sein eigenes Geschäft leitete, waren sie umgezogen, in ein alleinstehendes Einfamilienhaus in der Burling Street, nur einen Häuserblock entfernt. Nichts Besonderes. Entschieden kein Mies van der Rohe oder Frank Lloyd Wright. Es war einfach gemütlich. Ein Haus, in das man gern zurückkam. Sie liebten es, hatten vor, dort für immer zu bleiben. Bis ihre Mutter eines Nachmittags im August zu einem Arzttermin aus dem Haus ging und niemals zurückkehrte.

Danach gingen sie alle getrennte Wege – Maureen kehrte nach Harvard zurück, Jess beendete ihr Jurastudium und heiratete Don, ihr Vater unternahm ausgedehnte Geschäftsreisen nach Europa.

Das einst geliebte Haus stand leer. Schließlich fand ihr Vater die Kraft zu dem Entschluss, es zu verkaufen. Er hielt es nicht mehr aus, allein in diesem Haus zu leben.

Und jetzt hatte ihr Vater eine neue Frau gefunden. Eigentlich, dachte Jess, die abbog und schon wieder in der Sheridan Road landete, war das doch gar nicht so überraschend. Das Überraschende war vielmehr, dass er acht lange Jahre gewartet hatte. Frauen hatten ihn immer attraktiv gefunden. Gewiss, er war kein Adonis, und viel Haar hatte er auch nicht mehr, aber seine braunen Augen besaßen immer noch einen humorvollen Schimmer, und seiner Stimme hörte man an, dass er gern lachte.

Lange Zeit war alles Gelächter verstummt geblieben.

Tage-, ja monatelang hatte Art Koster nach dem Verschwinden seiner Frau den Ermittlern als Hauptverdächtiger, als einziger Verdächtiger gegolten. Obwohl er zurzeit ihres Verschwindens auf Geschäftsreise gewesen war, hielt die Polizei beharrlich an ihrer Theorie fest, er könnte bei der Sache die Hand im Spiel gehabt haben. Er könnte ja jemanden angeheuert haben, hielt man ihm vor und beschäftigte sich nun gründlich mit der Ehe des Paares, verhörte Freunde und Nachbarn, zog Erkundigungen über Art Kosters Geschäfte und finanzielle Angelegenheiten ein.

Wie hatte das Ehepaar miteinander gelebt? Hatte es Streit gegeben? Wie oft? Wegen des Geldes? Wie viel Zeit hatte Art Koster außer Haus verbracht? Hatte es andere Frauen gegeben?

Natürlich habe es Streit gegeben, erklärte Art Koster. Nicht häufig, aber möglicherweise häufiger, als ihm bewusst war. Wegen Kleinigkeiten. Nicht wegen des Geldes. Nicht wegen seiner gelegentlichen Geschäftsreisen. Und ganz gewiss nicht wegen anderer Frauen. Andere Frauen habe es nie gegeben, erklärte er der Polizei. Er bestand darauf, sich einem Lügendetektortest zu unterziehen. Bestand ihn. Die Polizei schien enttäuscht zu sein. Schließlich war ihnen nichts anderes übriggeblieben, als ihm zu glauben.

Für Jess hatte es nie einen Zweifel gegeben. Ihr Vater war unschuldig. So einfach war das. Ganz gleich, was ihrer Mutter zugestoßen war, ihr Vater hatte damit nichts zu tun.

Art Koster hatte Jahre gebraucht, um wieder in den Rhythmus seines täglichen Lebens hineinzufinden. Eine Zeitlang stürzte er sich in die Arbeit. Er entfernte sich immer weiter von alten Freunden, bis keine Verbindung mehr bestand. Er ging selten unter Menschen, interessierte sich nicht für Frauen. Er zog in eine Wohnung am Wasser und brachte Stunden damit zu, auf den See hinauszustarren. Nur Jess und Don und Maureen sah er regelmäßig. Einer redete dem anderen gut zu. Na komm schon, es tut dir bestimmt gut. Du musst nur raus. Wir wollen dich sehen.

Erst Maureens Heirat und Jess' Scheidung hatten Art Koster wahrscheinlich aus seiner Lethargie gerissen und veranlasst, sein normales Leben wiederaufzunehmen. Die Nachricht von Jess' Trennung von Don hatte ihn genauso außer Fassung gebracht wie damals ihre Verlobung. Es war nicht etwa so, dass er Don nicht mochte. Im Gegenteil, er mochte ihn sehr. Er hatte nur gewünscht, Jess würde noch ein wenig warten. Sie war noch so jung. Sie fing gerade erst mit dem Studium an. Don war elf Jahre älter als sie, schon so etabliert. Jess brauchte Zeit für sich selbst, fand er und sagte das seiner Tochter auch, die Auffassung seiner Frau bestätigend, wie er das meistens tat.

Dennoch gestand er später, er sei froh gewesen, dass sie nach dem Verschwinden ihrer Mutter eine Stütze gehabt habe. Das habe ihn selbst etwas entlastet. Und Don hatte gut für Jess gesorgt. Art Koster war ehrlich bekümmert gewesen, als die Ehe in die Brüche gegangen war. Aber er hatte seine Tochter unterstützt. Wie immer. Er war für Jess da, als sie ihn brauchte, war wieder in die Vaterrolle hineingeschlüpft, hatte sich um sie gekümmert, sie ausgeführt, zum Essen, ins Theater, in die Oper. Hatte dafür gesorgt, dass sie sich nicht verkroch, in ihrer Arbeit vergrub, wie er das getan hatte.

Dann hatte Maureen ihr erstes Kind geboren, sein erstes Enkelkind, und plötzlich schien sich alles von selbst zu ordnen. Vielleicht war es nur eine Frage der Zeit, dachte

Jess, während sie weiter in Richtung Norden fuhr, weg von der Stadt, weg von ihren Problemen. Nicht etwa, dass die Zeit alles heilte, wie man allseits hörte. Aber sie hatte eben tatsächlich die Eigenschaft, einfach weiterzulaufen. Letztlich blieb einem nichts anderes übrig als mitzulaufen. Und jetzt hatte ihr Vater sich verliebt.

Der Campus der Northwestern University tauchte plötzlich zu ihrer Rechten auf. Sie fuhr an dem Observatorium mit dem riesigen Teleskop vorbei, das in den Weltraum gerichtet war, an den Wohnheimen, der Studiobühne, dem Art-Center, den vom Regen durchweichten Tennisplätzen. Sie fuhr weiter, am Lighthouse Beach vorbei, und blickte durch den strömenden Regen zu dem alten Leuchtturm hinüber, der früher einmal die Schiffe vor gefährlichen Felsriffen gewarnt hatte. An der Central Street bog sie nach links ab und fuhr zur Ridge Road. Langsam kroch sie die steile Steigung hinauf, an der Haltestelle der Hochbahn vorbei, die, wie Barry behauptete, das Verbrechen in die Vororte trug, dann vorbei am Krankenhaus, dem städtischen Golfplatz und über die Brücke, die hier den Chicago River überspannte. Nachdem sie das Dyche-Stadion passiert hatte, wo das Footballteam der Northwestern University den Gastmannschaften die Punkte abzuliefern pflegte, erreichte sie schließlich das Evanston-Kinozentrum, alles in allem ein Weg von nicht einmal einer Meile.

Auf der Straße war alles vollgeparkt. Jess musste einmal um den Block fahren, ehe sie eine Parklücke fand. Es war fast zehn Uhr. Die Pizzeria war fast leer, die Eisdiele verlassen. Nicht gerade ein Abend für Eiscreme, dachte sie und erinnerte sich des Geschmacks von Maureens Birnenmousse mit Himbeersauce.

Nein, sie würde jetzt nicht an Maureen denken. Sie sprang aus dem Wagen und lief zu den Kinos. Sie hatte keine Ahnung, welche Filme gerade liefen. Es war ihr auch gleich. Lieber sich den größten Mist ansehen, als nach Hause zu fahren und den Enthüllungen des Abends ins Auge sehen zu müssen. Ihre Schwester hatte ein Recht auf ihr eigenes Leben und ebenso ihr Vater. Dieselbe Freiheit, die sie in Anspruch genommen hatte, ihr Leben so zu führen, wie sie es für richtig hielt, musste sie auch ihnen zugestehen.

»Welches Kino?«, fragte das junge Mädchen an der Kasse, als Jess ihr Geld hinlegte.

Jess versuchte, sich auf die Liste von Filmen zu konzentrieren, die hinter dem Mädchen hing, aber die Titel verschwammen und verwischten sich, wurden unleserlich, ehe ihr Gehirn sie registrieren konnte.

»Das ist mir gleich«, sagte sie zu dem Mädchen. »Geben Sie mir einfach eine Karte für den Film, der als Nächstes anfängt.«

»Sie haben alle schon angefangen.« Das Mädchen schaffte es, gelangweilt und verwundert zugleich auszusehen.

»Dann suchen Sie eben einen aus. Ich hab Schwierigkeiten …« Sie ließ den Satz in der Luft hängen.

Das Mädchen zuckte die Achseln, nahm das Geld, tippte ein paar Zahlen in ihre Registrierkasse ein und reichte Jess eine Karte. »*Höllenhunde.* Kino eins, gleich links«, erklärte sie. »Der Film hat vor zehn Minuten angefangen.«

Eine Platzanweiserin war nicht da, niemand, der darauf achtete, dass sie nicht in den falschen Vorführsaal ging, niemand, den interessierte, was sie tat.

Sie öffnete die Tür zu Kino eins und tauchte augenblicklich in schwarze Finsternis. Was immer sich auch in diesem

Moment auf der Leinwand ereignete, spielte sich offensichtlich. mitten in der Nacht ab. Sie sah überhaupt nichts.

Sie wartete ein paar Minuten, um sich an die Dunkelheit zu gewöhnen, und war erstaunt, wie wenig sie vom Zuschauerraum erkennen konnte, selbst nachdem die Leinwand hell geworden war. Langsam ging sie auf der Suche nach einem Sitzplatz den Gang hinunter.

Ein paar Minuten lang sah es so aus, als gäbe es keine freien Plätze mehr. Na klar, dachte Jess, sie dreht mir eine Karte für einen Film an, der total ausverkauft ist. Aber dann entdeckte sie doch einen freien Platz – in der Mitte der vierten Reihe. Natürlich, es ist ja Freitagabend, sagte sie sich. Da geht man mit der Freundin ins Kino. Lauter Pärchen, dachte sie und fühlte sich in ihrem Alleinsein so auffallend wie eine Neonreklame, während sie sich an unwilligen Zuschauern vorbei zu dem freien Platz durchdrängte.

»Setzen Sie sich doch endlich«, zischte hinter ihr jemand ärgerlich.

»Mensch, wie lange brauchen Sie denn noch, Lady?«

»Entschuldigen Sie«, flüsterte Jess und stieg über ein Knie, das stur vorgeschoben blieb.

Im nächsten Augenblick sank sie auf den freien Platz. Aus Angst, neuerlichen Unwillen zu erregen, zog sie ihren Mantel nicht aus. Rund um sie herum tuschelte es ungehalten, dann wurde es wieder still.

Auf der Leinwand floh ein junger Mann, dessen blaue Augen vor Angst weit aufgerissen waren, vor einem wütenden Mob. Die Menschen verfolgten ihn mit wutverzerrten Gesichtern und drohenden Fäusten, beschimpften ihn, lachten, als er stolperte und stürzte, hetzten ihre zähnefletschenden Bullterrier auf ihn. Sekunden später stürzten sich die Hunde auf den unglücklichen jungen Mann, noch ehe er wieder richtig auf den Beinen war, und rissen ihn erneut zu Boden. Krallen schlugen sich in den Hals des jungen Mannes, und das Blut sprudelte aus der Wunde und tränkte die Leinwand. Die Zuschauer johlten.

Was, zum Teufel, sah sie sich da an?

Sie schloss die Augen, öffnete sie wieder und sah denselben jungen Mann im Bett mit einer sehr schönen Frau, deren lockiges blondes Haar verführerisch auf ihrem bloßen Busen ausgebreitet lag. Entweder eine Rückblende oder eine sehr schnelle Erholung, dachte Jess und sah zu, wie ihre Zungen im Mund des jeweils anderen verschwanden.

Was ist eigentlich mit dem Dialog?, fragte sie sich. Seit sie hier saß, hatte kein Mensch auf der Leinwand auch nur ein Wort gesprochen. Man floh, man tötete, man küsste sich, und man kopulierte. Aber niemand sprach.

Vielleicht ist es besser so, sagte sie sich. Stell dir nur vor, wie schön und angenehm es wäre, wenn kein Mensch redete. Ihre Arbeit als Staatsanwältin würde das ganz gewiss ungeheuer erleichtern. Sie würde die Bösewichte einfach erschießen anstatt zu versuchen, launische Geschworene von ihrer Schuld zu überzeugen. Was die Familienschwierigkeiten anging, so würde ein wohlgezielter Kinnhaken dem lästigen Schwager ein für alle Mal den Wind aus den Segeln nehmen. Und die beunruhigende Ankündigung ihres Vaters hätte sie niemals hören müssen.

Vater verliebt, dachte sie und sah plötzlich sein Bild auf der Leinwand erscheinen, überlebensgroß, als er den Platz des jungen Mannes einnahm und in dessen Rolle schlüpfte. Ihr Vater war es, der jetzt die nackte junge Frau umschlang, ihre vollen Lippen küsste, ihr seidiges blondes Haar um seine Finger wickelte. Jess wollte sich abwenden, aber sie konnte nicht, sie saß wie gebannt, machtlos, Gefangene ihrer eigenen Phantasiebilder. Sie sah, wie ihr Vater das Gesicht der jungen Frau mit seinen großen Händen umschloss, wie das Blond ihres Haares sich in ein von Grau gesprenkeltes Braun färbte. Fältchen von Lebensweisheit zeigten sich um Mund und Augen der jungen Frau. Die Farbe ihrer Augen vertiefte sich, wandelte sich vom hellen Blau zum dunklen Seegrün. Sie drehte den Kopf und sah von der Leinwand zu Jess herunter.

Es war ihre Mutter, wie Jess erkannte, als das träge Lächeln der Frau sie einhüllte. Ihre wunderschöne Mutter.

Sie beugte sich in ihrem Sitz nach vorn, schlang die Arme um ihren Körper und hielt sich ganz fest.

Eine zweite Frau, kleiner, zierlicher, mit rabenschwarzem Haar, in wehendem Chiffon und Birkenstocksandalen gekleidet, tänzelte plötzlich ins Bild und in die Arme ihres Vaters. Ihr Vater merkte nichts von dem Wechsel, während ihre Mutter immer weiter nach außen gedrängt wurde und ihr Bild verblasste und schließlich verschwand.

Jess schrie unterdrückt auf und krümmte sich vornüber, die Hände auf den Magen gedrückt, als hätte ein Schuss sie getroffen.

»Was ist denn jetzt los?«, murmelte jemand.

Jess versuchte, sich wieder aufzusetzen, trotz der Beklemmung, die sie in ihrer Brust spürte. Sie straffte ihre Schultern, drückte ihren Rücken durch, überlegte, ob sich nicht ihr Büstenhalter irgendwie unauffällig öffnen ließ, stellte fest, dass es keine Möglichkeit gab. Ihr war heiß und flau.

Aber ja, kein Wunder, dass ihr flau war. Kein Wunder,

dass ihr heiß war. Sie hatte ja ihren Mantel noch an. Das Kino war voll. Sie saßen hier zusammengedrängt wie die Sardinen in der Dose. Kein Wunder, dass sie kaum atmen konnte. Sie konnte froh sein, dass sie nicht ohnmächtig geworden war. Jess krümmte ihre Schultern nach vorn und zog an ihren Ärmeln, riss sich den Mantel herunter, als stünde er in Flammen.

»Herrgott noch mal«, beschwerte sich jemand hinter ihr. »Können Sie nicht mal stillsitzen?«

»Entschuldigen Sie«, flüsterte Jess. Ihr war immer noch heiß, immer noch flau. Das Ablegen des Mantels hatte nichts bewirkt. Sie begann, an ihrem Pullover zu zerren. Blau, grün, türkis – welche Farbe auch immer das verdammte Ding hatte, es war zu warm. Sie erstickte ja fast darin. Wieso konnte sie nicht atmen?

Verzweifelt sah sich Jess nach dem Ausgangsschild um. Ihr Kopf schwang von rechts nach links, während ihr Blick gleichzeitig in alle Richtungen flog und ihr Magen rumorte. Die Schildkrötensuppe, dachte sie und riss am Rollkragen ihres Pullovers, sah sich plötzlich von einem Meer enthaupteter Schildkröten umgeben.

Gleich würde ihr übel werden. Nein, nein, übergib dich jetzt bloß nicht. Reiß dich zusammen. Sie richtete den Blick wieder auf die Leinwand. Der junge Mann lag tot auf dem Boden, sein Gesicht von den Hunden zerfleischt, so dass er nicht mehr zu erkennen war. Kaum noch ein Mensch. Der Mob, der seine Wut gestillt hatte, ließ ihn auf der verlassenen Landstraße liegen.

War ihrer Mutter ein ähnliches Schicksal widerfahren? Hatte sie misshandelt und allein gelassen irgendwo auf einer einsamen Straße geendet?

Oder saß sie vielleicht irgendwo in einem Kino wie diesem hier, sah sich irgendein ähnlich groteskes Rührstück an und fragte sich, ob sie je nach Hause zurückkehren könnte, ob ihre Töchter ihr jemals vergeben könnten, dass sie sie verlassen hatte.

»Das habe ich nicht nötig, Jess«, hatte sie am Morgen ihres Verschwindens gerufen. *»Das muss ich mir von dir nicht gefallen lassen!«*

Jess spürte, wie sich ihr der Magen umdrehte. Sie schmeckte Schildkrötensuppe gemischt mit Hühnchen und Gorgonzola. Nein, bitte nicht, flehte sie lautlos, biss die Zähne zusammen und presste die Lippen aufeinander.

Atme tief durch, ermahnte sie sich, wie Don sie immer ermahnt hatte. Tief durchatmen, aus dem Zwerchfell. Ein. Aus. Ein. Aus.

Es half nichts. Gar nichts half. Sie spürte, wie ihr auf der Stirn der Schweiß ausbrach und seitlich an ihrem Gesicht hinunterlief. Ihr war speiübel. Gleich würde sie sich übergeben, mitten in einem Film, mitten in einem randvollen Kino. Nein, unmöglich. Sie musste hinaus. Sie musste Luft haben.

Sie sprang auf.

»Hey! Hinsetzen!«

»Was, zum Teufel, soll das nun wieder?«

Jess packte ihren Mantel, drängte sich durch die Reihe zum Gang, ohne darauf zu achten, wem sie auf die Füße trat, wem sie ihre Schulter in den Rücken stieß.

»Entschuldigen Sie«, flüsterte sie immer wieder.

»Pscht!«

»Kommen Sie bloß nicht wieder zurück.«

»Entschuldigen Sie«, wiederholte sie und stürzte ins

Foyer hinaus, wo sie gierig die Luft einatmete. Das Mädchen an der Kasse musterte sie misstrauisch, sagte aber nichts. Jess rannte die Straße hinunter zu ihrem Wagen. Es regnete immer noch, stärker jetzt als vorher.

Sie kramte in ihrer Handtasche nach dem Wagenschlüssel, ließ ihn beinahe fallen, als sie versuchte, die Tür aufzusperren. Als sie endlich hinter das Steuer rutschte, war sie völlig durchnässt, das Wasser lief ihr aus den Haaren in die Augen, ihr Pullover klebte klamm wie kalter Schweiß an ihrem Körper. Sie warf ihren Mantel auf den Rücksitz, dann legte sie sich quer über die Vordersitze, um sich von der Feuchtigkeit abkühlen zu lassen. Sie atmete tief die kalte Nachtluft ein, kostete sie wie einen edlen Wein. So blieb sie liegen, bis allmählich ihr Atem wieder ruhiger wurde.

Die Panik ließ nach, hörte auf.

Jess setzte sich auf und schaltete den Motor ein. Augenblicklich begannen die Scheibenwischer zu arbeiten. Oder, genauer gesagt, einer von ihnen begann zu arbeiten. Der andere schleppte sich stockend über das Glas wie Kreide über eine Schiefertafel. Sie musste das unbedingt schnellstens richten lassen. Sie konnte ja kaum genug sehen, um zu fahren.

Sie lenkte den Wagen aus der Parklücke auf die Straße und fuhr in südlicher Richtung. Sie schaltete das Radio ein und hörte Mariah Carey zu, deren hohe dünne Stimme sich in dem kleinen Wagen fing und von Türen und Fenstern abprallte. Sie sang irgendetwas vom Fühlen von Gefühlen, und Jess fragte sich geistesabwesend, was man sonst fühlen sollte.

Sie sah den weißen Wagen erst, als er direkt auf sie zukam. Instinktiv riss sie ihr Auto zur Seite, die Reifen verloren die Haftung auf dem nassen Asphalt, und der Wagen drehte sich, ehe sie ihn zum Stehen bringen konnte.

»Du Wahnsinniger!«, schrie sie wütend. »Du hättest uns beide umbringen können.«

Aber der weiße Wagen war verschwunden. Sie schrie ins Leere.

Das war schon das zweite Mal an diesem Tag, dass sie beinahe von einem weißen Auto umgebracht worden wäre, erst von einem Chrysler, dann – sie war nicht sicher, was es diesmal für ein Auto gewesen war. Vielleicht auch ein Chrysler, dachte sie, während sie versuchte, sich den Wagen ins Gedächtnis zu rufen. Aber er war zu rasch an ihr vorbei gewesen, außerdem regnete es, und es war dunkel. Und einer ihrer Scheibenwischer tat es nicht mehr. Was spielte es auch für eine Rolle? Es war wahrscheinlich ihre Schuld. Sie konzentrierte sich nicht auf das, was sie tat. Sie war zu beschäftigt mit anderen Dingen. So beschäftigt damit, nicht nachzudenken. Über ihre Schwester. Ihren Vater. Ihre Angstattacken.

Vielleicht sollte sie Maureens Freundin Stephanie Banack wirklich einmal anrufen. Jess griff in die Tasche ihrer schwarzen Hose und tastete nach dem Zettel, auf dem ihre Schwester ihr Adresse und Telefonnummer der Therapeutin aufgeschrieben hatte. Sie erinnerte sich Stephanie Banacks als einer strebsamen, ernsthaften Person mit leicht nach vorn gekrümmten Schultern und einer Nase, die für ihr schmales Gesicht zu breit war. Stephanie und Maureen, ihre Schwester, waren seit der Highschool miteinander befreundet und hatten die Verbindung nie abreißen lassen. Jess hatte sie seit Jahren nicht mehr gesehen, hatte vergessen, dass sie Psychotherapeutin geworden war, und beschloss jetzt, sie nicht aufzusuchen. Sie brauchte keine Therapeutin; sie brauchte einfach Schlaf.

Jess' Anspannung lockerte sich allmählich, sie fühlte sich wesentlich besser, als sie sich dem Lincoln Park näherte, fast normal, als sie nach rechts in die North Avenue einbog. Gleich zu Hause, dachte sie und sah, dass der Regen in Schnee überzugehen begann.

Ihr Zuhause war die oberste Etage eines dreistöckigen alten Stadthauses in der Orchard Street. Man hatte begonnen, das alte Viertel zu sanieren, und die meisten der schönen alten Häuser waren im vergangenen Jahrzehnt umfassenden Renovierungsarbeiten unterzogen worden. Die Häuser bildeten eine bunte Mischung: groß und klein, Backstein und Holzschindeln, eine Vielfalt von Formen und Stilarten, Mietshäuser neben Einfamilienhäusern, wenige mit einem Vorgarten, noch weniger mit angebauten Garagen. Die meisten Anwohner parkten auf der Straße, ihre Parkgenehmigungen deutlich sichtbar auf den Armaturenbrettern ihrer Autos.

Die Klinkerfassade des Hauses, in dem Jess wohnte, war im Sommer gereinigt worden, die hölzernen Fensterläden waren mit glänzendem schwarzen Lack frisch gestrichen worden. Jess gefiel das alte Haus jedes Mal von neuem, und sie wusste, dass sie sich glücklich preisen konnte, diese Wohnung gefunden zu haben. Nur schade, dachte sie, dass es keinen Aufzug gab, obwohl ihr sonst die drei Treppen überhaupt nichts ausmachten. Heute Abend jedoch fühlte sie sich so schlapp, als hätte sie eine lange Joggingrunde hinter sich.

Dabei war sie seit ihrer Scheidung nicht mehr gelaufen. Sie und Don waren, als sie am Lake Shore Drive gewohnt hatten, regelmäßig das Stück Strand von der North Avenue bis zur Oak Street gelaufen, aber das Joggen war Dons Idee gewesen, und sie hatte es nach der Trennung ebenso aufgegeben wie die Gewohnheit, jeden Tag drei anständige Mahlzeiten zu essen und jede Nacht ihre acht Stunden zu schlafen. Es sah fast so aus, als hätte sie alles aufgegeben, was ihr guttat. Don eingeschlossen, dachte sie. Gerade heute Abend wäre es schön gewesen, nicht in eine leere Wohnung heimzukehren.

Jess parkte ihren alten roten Mustang hinter dem nagelneuen grauen Lexus der Frau, die gegenüber wohnte, und rannte durch den leichten Nieselregen – oder war es schon Schnee? – zur Haustür. Sie sperrte auf, trat in das kleine Foyer, knipste das Licht an und sperrte die Tür hinter sich ab. Rechts von ihr war die geschlossene Tür der Parterrewohnung. Unmittelbar vor ihr befand sich die mit dunkelrotem Teppich bespannte Treppe nach oben. Die Hand leicht auf dem Geländer, begann sie den Weg nach oben. Aus der Wohnung in der ersten Etage drang Musik, als sie vorüberkam.

Sie sah die anderen Mieter selten. Der eine war Architekt bei der Baubehörde, zweimal geschieden, der andere ein Systemanalytiker, schwul. Was genau ein Systemanalytiker war, würde sie niemals verstehen, ganz gleich, wie oft und wie eingehend man es ihr erklärte.

Der Systemanalytiker war ein Jazzfan, und das Wimmern eines Saxophons begleitete sie zu ihrer Wohnungstür. Das Flurlicht ging aus, als sie den Schlüssel ins Schloss schob. Sobald sie drinnen war und die Tür geschlossen hatte, verdrängte der fröhlichere Gesang ihres Kanarienvogels das Klagelied des Saxophons.

»Hallo, Fred«, rief sie. Sie ging gleich zum Käfig und drückte ihr Gesicht an die dünnen Metallstangen. Als besuchte man einen Freund im Gefängnis, dachte sie. Hinter ihr spielte das Radio, das sie am Morgen eingeschaltet gelassen hatte, ein altes Tom-Jones-Lied. »Why, why, why, Delilah …?«, sang sie mit ihm, als sie zur Küche ging.

»Tut mir leid, dass ich so spät komme, Freddy. Aber glaub mir, du kannst froh sein, dass du zu Hause geblieben bist.« Jess öffnete den Tiefkühlschrank und nahm einen Vanillekuchen im Karton heraus. Sie schnitt sich ein breites Stück herunter und stellte den Karton wieder zurück. Den Kuchen hatte sie schon zur Hälfte gegessen, als sie die Tür zuschlug. »Mein Schwager war in Hochform, und ich bin ihm wieder mal auf den Leim gegangen«, erzählte Jess auf dem Rückweg ins Wohnzimmer. »Mein Vater hat sich verliebt, und ich kann mich einfach nicht für ihn freuen. Draußen fängt's jetzt an zu schneien, und aus irgendeinem Grund nehm ich das als persönliche Beleidigung. Ich glaub, ich kriege einen Nervenzusammenbruch.« Sie schluckte den Rest des Kuchens hinunter. »Was meinst du, Fred? Glaubst du, dass ich langsam verrückt werde?«

Der Kanarienvogel flatterte zwischen seinen Stangen hin und her, ohne auf sie zu achten.

»Ganz recht«, sagte Jess. Sie ging zum großen Fenster und sah zur Orchard Street hinunter.

Direkt gegenüber stand ein weißer Chrysler auf der Straße. Jess fuhr vom Fenster zurück und drückte sich an die Wand. Schon wieder ein weißer Chrysler. Hatte der schon dagestanden, als sie nach Hause gekommen war?

»Mach dich nicht lächerlich«, sagte sie, um ihr lautes Herzklopfen zu übertönen, während der Kanarienvogel eine neue Strophe begann. »Hier in der Stadt gibt's bestimmt eine Million weiße Chrysler.« Wenn im Laufe eines einzigen Tages einer sie beinahe überfahren hatte, ein zweiter beinahe ihren Wagen gerammt hatte und ein dritter jetzt draußen vor ihrem Haus auf der Straße stand, so konnte das noch immer reiner Zufall sein. Klar, und es schneit niemals vor Allerheiligen, dachte sie und hielt sich vor, dass sie nicht einmal mit Sicherheit sagen konnte, ob der Wagen, der in Evanston beinahe mit ihr zusammengestoßen wäre, wirklich ein Chrysler gewesen war.

Vorsichtig näherte sie sich wieder dem Fenster und spähte hinter dem Vorhang verborgen hinaus. Der weiße Chrysler stand immer noch da. Ein Mann saß reglos am Steuer. Sein Gesicht war im Schatten. Sie konnte ihn nur im Profil sehen. Er blickte geradeaus durch die Windschutzscheibe. Dunkelheit und Regen warfen einen Schleier über seine Gesichtszüge.

»Rick Ferguson?«, fragte sie laut.

Der Klang seines Namens von ihren Lippen erschreckte Jess. Sie rannte aus dem Wohnzimmer durch den Flur in ihr Schlafzimmer. Sie riss die Schranktür auf, fiel auf die Knie und wühlte in ihren Schuhen, von denen viele noch im Originalkarton waren. »Wo, zum Teufel, hab ich das Ding hingetan?«, schimpfte sie, sprang auf und streckte sich nach dem obersten Bord, auf dem auch noch Schuhe standen, alte Lieblingsschuhe, die augenblicklich nicht in Mode waren, von denen sie sich aber nicht trennen konnte. »Wo, zum Teufel, hab ich die verdammte Knarre versteckt?«

Sie fegte die Kartons mit einer einzigen großen Bewegung vom Bord und hielt schützend beide Hände über ihren Kopf, als es Schuhe zu regnen begann. »Wo ist sie?«, rief sie und entdeckte dann etwas Glänzendes, Schwarzes unter zerknülltem weißen Seidenpapier.

Schwarze Lacklederpumps, stellte sie fest und fragte sich, wie sie auf die Schnapsidee gekommen war, sich Schuhe mit zehn Zentimeter hohen Absätzen zu kaufen. Sie hatte die Dinger genau ein Mal getragen.

Sie entdeckte den kleinen stupsnasigen Revolver schließlich unter den großen Stoffblumen, die ein Paar grauer Pumps zierten. Die Patronen steckten in den Schuhspitzen. Mit zitternden Händen steckte Jess sechs Patronen in die Trommel des Smith & Wesson Kaliber.38, den Don ihr aufgedrängt hatte, als sie sich ihre eigene Wohnung genommen hatte. »Nenn es mein Scheidungsgeschenk«, hatte er gesagt und sich auf keine weitere Diskussion eingelassen.

Vier Jahre hatte die Waffe in der Schuhschachtel gelegen. Funktionierte sie überhaupt noch? Oder gab es bei Waffen genau wie bei Molkereiprodukten und anderen verderblichen Waren ein Verfallsdatum? Mit dem Revolver in der Hand kehrte sie ins Wohnzimmer zurück, schlug mit dem kurzen Lauf leicht auf den Lichtschalter und tauchte das Zimmer in Finsternis. Der Kanarienvogel hörte abrupt zu singen auf.

Mit der Waffe in der Hand näherte sich Jess dem Fenster. »Schieß dich nur nicht selber in den Fuß«, warnte sie sich und kam sich ausgesprochen albern vor. Aber die Angst war stärker. Mit zitternden Händen schob sie den dünnen Spitzenvorhang zur Seite.

Es war nichts zu sehen. Kein weißer Chrysler. Überhaupt kein weißes Auto. Nur der weiße Schnee, der Rasen und Pflaster sprenkelte. War überhaupt ein weißes Auto hier gewesen?

»Dein Frauchen ist eindeutig kurz vor dem Überschnappen«, erklärte Jess ihrem Kanarienvogel. Sie machte das Licht nicht wieder an. Sie breitete ein dunkelgrünes Tuch über den Vogelkäfig, schaltete das Radio aus und brachte die Waffe in ihr Schlafzimmer zurück, in dem jetzt überall Schuhe herumlagen. Warum sammle ich nicht lieber Briefmarken?, dachte sie beim Anblick der Bescherung. Briefmarken waren leichter unterzubringen und nicht dem Diktat der Mode unterworfen. Bestimmt hätte kein Mensch Imelda Marcos kritisiert, wenn sie dreitausend Paar Briefmarken gesammelt hätte.

Sie kniete auf dem Teppich nieder und machte sich daran aufzuräumen. Niemals hätte sie schlafen können, wenn es in ihrem Schlafzimmer aussah wie auf einem Schlachtfeld. Falls sie überhaupt schlafen konnte.

Seufzend starrte sie auf die Waffe in ihrer Hand. Wäre sie tatsächlich fähig gewesen zu schießen? Sie zuckte die Achseln, froh, nicht auf die Probe gestellt worden zu sein, und legte den Revolver wieder in den Karton unter die alten Pumps.

Dann aber überlegte sie es sich anders und nahm die Waffe wieder heraus. Es war vielleicht gescheiter, sie irgendwo zu verstecken, wo man leichter an sie herankam. Auch wenn sie sie wahrscheinlich niemals benutzen würde. Nur damit sie sich besser fühlte.

Sie zog die oberste Schublade ihres Nachttischs auf und schob den Revolver in die hintere Ecke hinter ein altes Fotoalbum. »Nur für heute Nacht«, sagte sie laut und stellte sich vor, wie sie versuchte, einer Meute blutrünstiger Bullterrier zu entkommen.

Nur für heute Nacht.

6

Von den anderen war noch niemand da, als Jess im *Scoozi* in der Huron Street in River West eintraf. Anders als die kleinen dunklen Bars in der California Street, in denen sich Jess und ihre Kollegen normalerweise zu treffen pflegten, war das *Scoozi* ein riesiges altes Lagerhaus, das man in ein Restaurant mit Bar umgewandelt hatte. Von der hohen Decke hing ein gigantischer Art-déco-Leuchter in die Mitte des Raumes herab, der in einer Art toskanischem Landhausstil eingerichtet war. Hinten stand ein großer Terrakottatopf voll leuchtender künstlicher Blumen, vorn war die stets gut besuchte Bar. Nach Jess' Schätzung hatten an den Tischen im großen Speisesaal des Restaurants leicht dreihundert Leute Platz. Aus unsichtbaren Lautsprechern strömte etwas aufdringlich italienische Musik. Insgesamt bot das Restaurant genau die richtige Kulisse, um Leo Pameters einundvierzigsten Geburtstag zu feiern.

Jess hatte Leo Pameter seit dem Jahr, als er von der Staatsanwaltschaft weggegangen war, um in eine private Anwaltskanzlei einzusteigen, nicht mehr gesehen. Ihr war klar, dass sie zu dieser Geburtstagsfeier nur eingeladen war, weil die gesamte zehnte und elfte Etage aufgefordert worden war. Warum sie angenommen hatte, war ihr weniger klar.

Um wieder einmal etwas vorzuhaben vermutlich. Sie nickte lächelnd, als der Ober ihr sagte, dass von ihrer Gesellschaft noch niemand hier sei, und fragte, ob sie an der Bar warten wolle. An der Bar war bereits Hochbetrieb, obwohl es gerade erst sechs Uhr war. Jess sah auf ihre Uhr, aber im Grunde nur, weil sie nichts Besseres zu tun hatte, und fragte sich zum zweiten Mal, warum sie hierhergekommen war.

Ich bin gekommen, sagte sie sich, weil ich Leo Pameter immer gerngehabt habe. Sie hatte es bedauert, als er gegangen war. Im Gegensatz zu vielen anderen ihrer Kollegen, unter ihnen Greg Oliver, war Leo Pameter ruhig und höflich, ein Mensch, der auf seine Umgebung ausgesprochen beruhigend wirkte, vielleicht weil er über seinem Ehrgeiz nie seine gute Erziehung vergaß. Alle mochten ihn, einer der Gründe, weshalb heute Abend alle kommen würden. Jess hätte gern gewusst, wie viele Leute kommen würden, wenn es ihren Geburtstag zu feiern galt.

Sie nahm sich eine Handvoll kleiner Salzbrezeln und Käsecracker in Form kleiner Fische und schob sie in den Mund, wobei mehrere Fische ihr aus der Hand fielen und vorn auf ihrem braunen Pullover landeten.

»Warten Sie, ich mach das schon«, sagte ein Mann neben ihr in scherzhaftem Ton.

Hastig griff Jess sich mit beiden Händen an die Brust. »Danke, das mache ich lieber selber.«

Der junge Mann hatte einen dicken Hals, kurzgeschorenes blondes Haar und eine breite, gewölbte Brust, über der das grüne Seidenhemd spannte. Er sah aus wie ein Footballspieler.

»Sind Sie Footballspieler?«, fragte Jess unwillkürlich.

»Darf ich Sie zu einem Drink einladen, wenn ich Ja sage?«, fragte er zurück.

Sie lächelte. Er war ganz nett. »Ich erwarte jemanden«, antwortete sie und wandte sich ab. Sie hatte in ihrem Leben keinen Platz für ganz nett.

Was ist eigentlich mit mir los?, fragte sie sich und nahm sich noch eine Handvoll Cracker. Jeder sagte ihr, was für eine attraktive Frau sie sei, wie schick, wie klug, wie begabt. Sie war jung. Sie war gesund. Sie war ungebunden.

Sie war seit Monaten nicht mehr mit einem Mann ausgegangen. Sex war ein Fremdwort für sie. Ein Leben außerhalb des Büros gab es nicht für sie. Und da saß dieser nette Junge neben ihr, ein bisschen gigantisch vielleicht für ihren Geschmack, aber dennoch gutaussehend, und fragte sie, ob er sie zu einem Drink einladen könne, und sie lehnte ab.

Sie drehte sich wieder nach dem jungen Mann um, aber der unterhielt sich bereits angeregt mit einer Frau auf seiner anderen Seite. Na, das ist aber schnell gegangen, dachte Jess und hüstelte hinter vorgehaltener Hand, damit niemand ihr Erröten sah. Was hatte sie sich denn eingebildet? Hatte sie im Ernst daran gedacht, sich von einem wildfremden Kerl anquatschen zu lassen, nur weil er »ganz nett« war und sie ein bisschen einsam? »Eher ein bisschen blöd«, murmelte sie vor sich hin.

»Bitte?«, fragte der Barkeeper, aber es war eigentlich gar keine Frage. »Sagten Sie, Sie wollten etwas trinken?«

Jess blickte dem Barkeeper in die unfreundlichen blauen Augen. »Ich nehme ein Glas Weißwein.« Sie stopfte sich noch einmal eine Handvoll Cracker in den Mund.

»Du lieber Gott, wie kannst du nur dieses Zeug essen!« Die Stimme hinter ihr war ihr vertraut.

Mit einem Ruck drehte sie sich herum, ließ einen kleinen Schwarm Fische in den Schoß ihres braunen Rocks fallen und sprang vom Barhocker. »Don! Das ist ja nicht zu fassen.«

Er nahm sie in die Arme und drückte sie an sich. Sie war enttäuscht, als er sich gleich wieder von ihr löste.

»Aber es ist auch diesmal kein Zufall, falls du das glauben solltest«, bemerkte er. »Leo und ich haben zusammen studiert. Weißt du noch?«

»Nein, das hatte ich ganz vergessen«, bekannte Jess. Wirklich? Hatte sie nicht vielleicht vermutet, dass Don heute Abend hier sein würde? War das nicht wenigstens teilweise ein Grund für ihr Kommen? War er der Mann, auf den sie, wie sie dem vermeintlichen Footballspieler erklärt hatte, gewartet hatte?

»Ich hab gewusst, dass du als Erste hier sein würdest. Darum sind wir extra pünktlich gekommen. Um dir Gesellschaft zu leisten.«

Wir? Das Wort traf Jess wie ein Keulenschlag.

»Jess, das ist Trish McMillan«, sagte Don und zog eine hübsche Frau mit kurzem blonden Haar und einem angenehmen Lächeln an seine Seite. »Trish, das ist Jess.«

»Hallo, Jess«, sagte die Frau. »Es freut mich, Sie kennenzulernen. Ich habe schon eine Menge von Ihnen gehört.«

Jess murmelte irgendeine Floskel. Sie sah nur, dass die Frau Don den Arm um die Taille gelegt hatte.

»Was trinkst du?«, fragte Don.

Jess griff hinter sich nach ihrem Glas. »Weißwein.« Sie trank einen tiefen Schluck, schmeckte nichts.

Trish McMillan lachte, und Don strahlte. Jess war verwirrt. Sie hatte nichts Komisches gesagt. Verstohlen blickte sie auf ihren Pullover hinunter, um festzustellen, ob noch irgendwelche verirrten Fische an ihrem Busen hingen. Aber da war nichts. Vielleicht gehörte Trish McMillan zu diesen widerwärtig glücklichen Menschen, die keinen Grund brauchten, um laut heraus zu lachen. Don hatte die Wahrheit gesagt. Ihr Lachen klang wirklich verführerisch und außerdem so, als wüsste sie etwas, von dem der Rest der Welt keine Ahnung hatte; als wüsste sie etwas, von dem *Jess* keine Ahnung hatte. Wieder hob Jess ihr Glas zum Mund.

»Zweimal den Hauswein«, sagte Don zum Barkeeper. »Ich lade dich ein«, sagte er, als Jess in ihrer Handtasche nach ihrer Geldbörse kramte. »Bist du allein hier?«

Jess zuckte die Achseln. Die Frage erforderte keine Antwort. Warum hatte er sie überhaupt gestellt?

»Ich habe Leo nicht mehr gesehen, seit er bei uns weggegangen ist«, sagte sie, weil sie glaubte, etwas sagen zu müssen.

»Er ist sehr erfolgreich«, sagte Don. »Er ist zu Remington, Faskin gegangen, wie du weißt.« Remington, Faskin, Carter und Bloom war eine kleine, aber sehr wohlangesehene Kanzlei. »Er scheint sich dort sehr wohl zu fühlen.«

»Was machen Sie denn?«, fragte Jess Trish McMillan und bemühte sich zu übersehen, dass ihr Arm noch immer Dons Taille umfangen hielt.

»Ich bin Lehrerin.«

Jess nickte. Na, das war wenigstens nicht allzu beeindruckend.

»Ja, aber keine Lehrerin im landläufigen Sinn«, fügte Don stolz hinzu. »Trish unterrichtet drüben im Kinderkrankenhaus. In der Gehirnchirurgie und der Dialyseabteilung.«

»Das verstehe ich nicht«, sagte Jess. »Was unterrichten Sie denn da?«

»Alles«, antwortete Trish und lachte.

Alles, dachte Jess. Natürlich.

»Ich unterrichte Kinder aller Altersstufen, die an der künstlichen Niere hängen und nicht zur Schule gehen können, oder Kinder, die Gehirnoperationen hinter sich haben. Diejenigen, die für lange Zeit im Krankenhaus sind.«

»Das klingt ziemlich bedrückend.«

»Ja, es kann bedrückend sein. Aber ich bemühe mich, meine gute Laune nicht zu verlieren.« Sie lachte wieder. Ihre Augen blitzten. Ihre Wangen bekamen Grübchen. Jess musste sich anstrengen, sie nicht zu hassen. Mutter Teresa mit kurzem blonden Haar und einem verführerischen Lachen.

Jess griff wieder nach ihrem Glas, stellte überrascht fest, dass es leer war, winkte dem Barkeeper, um sich noch einen Wein zu bestellen, bestand darauf, ihn selbst zu bezahlen.

»Ich höre, du hattest heute Nachmittag eine ziemlich hitzige Auseinandersetzung«, sagte Don.

»Wo hast du das gehört?«

»So was spricht sich herum.«

»Dieser Hal Bristol hat wirklich Nerven! Zwei Wochen vor dem Prozess versucht er mich zu fahrlässiger Tötung rumzukriegen.« Jess hörte den Zorn in ihrer eigenen Stimme. Sie wandte sich Trish so plötzlich zu, dass die Frau zusammenfuhr. »Da schießt so ein Kerl seiner Frau mit der Armbrust mitten ins Herz, und sein Anwalt will mir weismachen, es sei ein Unfall gewesen.«

Trish McMillan sagte nichts, starrte sie nur mit großen dunklen Augen an.

»Bristol will auf Unfall hinaus?« Sogar Don schien überrascht zu sein.

»Ja, er behauptet, sein Mandant habe nicht die Absicht gehabt, sie zu erschießen, er habe ihr nur einen kleinen Schrecken einjagen wollen. Das ist doch schließlich ganz verständlich, oder? Ich meine, sie hat den armen Kerl ja über alles vernünftige Maß hinaus herausgefordert. Richtig? Was blieb ihm da anderes übrig, als sich eine Armbrust zu kaufen und sie mitten auf einer Straßenkreuzung abzuknallen?«

»Du weißt, dass Bristol wahrscheinlich nur versuchte, sich auf halbem Weg mit dir zu treffen.«

»Es gibt keinen halben Weg.«

Don lächelte bekümmert. »Nein, bei dir nicht.« Er drückte Trish McMillan fester an sich.

Jess leerte ihr zweites Glas Wein. »Ich bin froh, dass du hier bist«, verkündete sie in möglichst geschäftsmäßigem Ton. »Ich wollte dich etwas fragen.«

»Schieß los.«

Jess sah sich wieder am Fenster ihrer Wohnung, wie sie mit der Waffe in der Hand hinter den dünnen Vorhängen verborgen zur Orchard Street hinunterblickte. Sie wünschte, Don hätte ein anderes Wort gewählt.

»Was für einen Wagen fährt Rick Ferguson?«

Don hielt eine Hand hinter sein Ohr. »Bitte? Ich habe dich nicht verstanden.«

Jess sprach lauter. »Fährt Rick Ferguson einen weißen Chrysler?«

Don bemühte sich nicht, seine Verwunderung zu verbergen. »Wieso?«

»Ja oder nein?«

»Ich glaube, ja«, antwortete Don. »Aber noch mal, warum?«

Jess merkte, wie das leere Glas in ihrer Hand zu zittern begann. Sie führte es an ihre Lippen und hielt es mit den Zähnen fest. Es wurde plötzlich laut, Stimmengewirr und Gelächter schallten durch den Raum, Begrüßungsworte und Glückwünsche, allgemeines Schulterklopfen und Händeschütteln, und im nächsten Augenblick fand Jess sich mit einem frischen Drink in der Hand mitten in einer lebhaften Gesellschaft wieder.

»Ich habe gehört, du hast es dem alten Bristol kräftig gegeben«, brüllte Greg Oliver durch das Getöse.

Jess sagte nichts, suchte in der Menge nach Don, hörte irgendwo aus der Ferne Trishs verführerisches Lachen, das sie zu verspotten schien.

»So was spricht sich anscheinend herum«, sagte sie, Dons Worte gebrauchend, sah dann ihren geschiedenen Mann, der gerade seine neue Herzensdame mit den anderen Gästen bekannt machte.

»Und – was hast du beschlossen? Wirst du dich mit Totschlag zufriedengeben? Und dem Steuerzahler die Kosten für ein Geschworenengericht sparen, das sich nicht entscheiden kann?«

»Du glaubst offensichtlich nicht, dass ich eine Verurteilung erreichen werde«, stellte Jess fest und kämpfte gegen die aufkommende Hoffnungslosigkeit. Musste er ihr denn immer sagen, was sie nicht hören wollte?

»Für Totschlag vielleicht, aber für Mord niemals.«

Jess schüttelte angewidert den Kopf. »Der Mann hat seine Frau kaltblütig ermordet.«

»Er war nicht bei Sinnen. Seine Frau ist fremdgegangen. Wochenlang hatte sie ihn als Versager verhöhnt. Es wurde einfach zu viel. Es kam zu einem Riesenkrach. Sie sagte, sie würde ihn verlassen, er würde seine Kinder nie wiedersehen, sie würde ihn zum armen Mann machen. Und da ist er ausgerastet.«

»Der Mann war ein brutaler Tyrann, der es nicht ertragen konnte, dass seine Frau endlich den Mut aufbrachte, ihn zu verlassen«, konterte Jess. »Versuch nicht, mir einzureden, es sei ein Verbrechen aus Leidenschaft gewesen. Es war Mord, schlicht und einfach Mord.«

»Alles andere als einfach«, widersprach Greg Oliver. Er machte eine Pause, wartete vielleicht darauf, dass Jess etwas sagen würde, und fuhr fort, als sie es nicht tat. »Sie hat sich über ihn als Mann lustig gemacht, vergiss das nicht. Viele von den männlichen Geschworenen werden seine Reaktion verstehen.«

»Das wollen wir doch mal festhalten«, sagte Jess. Sie trank ihr Glas mit einem Schluck leer und nahm sich vom Tablett eines vorüberkommenden Kellners ein frisches. »Du findest es akzeptabel, dass ein Mann seine Frau dafür umbringt, dass sie ihn in seiner Männlichkeit kränkt?«

»Ich halte es für möglich, dass es Bristol gelingen wird, die Geschworenen davon zu überzeugen, ja.«

Jess schüttelte angewidert den Kopf. »Was ist das eigentlich – sind Frauen Freiwild?«

»Ich will dich nur warnen. Beim Fall Barnowski hab ich auch recht gehabt, wenn du dich erinnerst.«

Jess sah sich verzweifelt im Saal um, wünschte, sie würde jemand entdecken, zu dem sie sich stellen konnte. Irgendjemanden. Aber es war niemand da. Jeder Topf schien hier bereits seinen Deckel gefunden zu haben. Kein Mensch warf auch nur einen Blick nach ihr.

Es war ihre eigene Schuld, das war ihr klar. Sie hatte noch nie leicht Freundschaften geschlossen. Sie war zu ernst, nicht spielerisch genug. Sie machte den Leuten Angst, schreckte sie ab. Sie musste hart arbeiten, um Freundschaften anzuknüpfen, noch härter, sie aufrechtzuerhalten. Sie hatte es aufgegeben. Sie arbeitete schon im Büro hart genug.

»Du siehst heute Abend sehr verlockend aus«, sagte Greg Oliver und neigte sich so nahe zu ihr, dass seine Lippen ihr Haar streiften.

Jess drehte sich so ruckartig herum, dass ihr Haar Greg Oliver ziemlich unzart ins Gesicht flog. Sie sah, wie er zurückschreckte. »Wo ist deine Frau, Greg?«, fragte sie so laut, dass sie von den Leuten in unmittelbarer Nähe gehört werden konnte. Dann wandte sie sich ab und ging davon, obwohl sie keine Ahnung hatte, wohin sie eigentlich wollte.

Die nächsten fünfzehn Minuten brachte sie in ernsthaftem Gespräch mit einem der Kellner zu. Das meiste, was er sagte, verstand sie nicht – der Saal begann ein wenig zu schwanken –, aber sie schaffte es, ein interessiertes Gesicht zu machen und zu nicken, wann immer ihr es angemessen schien.

»Trink nicht so viel«, flüsterte Don plötzlich hinter ihr.

Jess lehnte sich nach rückwärts an seine Brust. »Wo ist Mutter Teresa?«, fragte sie.

»Wer?«

»Teresa«, wiederholte Jess hartnäckig.

»Du meinst Trish?«

»Natürlich, Trish. Entschuldige.«

»Sie musste mal verschwinden. Jess, warum hast du mich vorhin nach Rick Fergusons Wagen gefragt?«

Jess erzählte. Von ihrem knappen Entkommen in der Michigan Avenue, dem beinahe erfolgten Zusammenstoß in Evanston, dem weißen Wagen vor ihrer Wohnung. Dons Gesicht spiegelte Interesse, Besorgnis, dann Zorn, alles in rascher Folge. Seine Reaktion war pragmatisch, wie typisch für ihn.

»Hast du dir das Kennzeichen aufgeschrieben?«

Jess wurde sich bestürzt bewusst, dass sie daran nicht einmal gedacht hatte. »Es ging alles so schnell«, erklärte sie, doch die Entschuldigung klang sogar in ihren eigenen Ohren ziemlich lahm.

»In Chicago gibt es viele weiße Chrysler«, sagte Don, und sie nickte. »Aber ich prüfe das nach, ich werde mit meinem Mandanten sprechen. Ich kann mir nicht vorstellen, dass er so kurz vor dem Prozess so etwas Dummes tun würde.«

»Ich kann nur hoffen, du hast recht.«

Jess hörte Trishs Lachen, sah, wie sie ihren Arm um Dons Mitte legte, ihn wieder für sich beanspruchte. Sie wandte sich ab, und der Saal drehte sich mit ihr. Eine junge Frau mit einem großen Kassettenrecorder in den Händen näherte sich zielstrebig der Geburtstagsgesellschaft. Irgend etwas stimmte nicht an ihr. Sie wirkte unecht, fehl am Platz. Das dick aufgetragene Make-up hatte etwas Verzweifeltes, als wollte sie verbergen, wer sie wirklich war. Ihre Beine wackelten unsicher auf den viel zu hohen Absätzen. Ihr Trenchcoat war abgetragen und passte ihr nicht richtig. Und noch etwas glaubte Jess zu sehen, während sie die junge Frau beobachtete, die auf Leo Pameter zuging. Sie sah aus, als hätte sie Angst.

»Leo Pameter?«, fragte die Frau. Ihre Stimme klang wie die eines Kindes, das sich verirrt hat.

Leo Pameter nickte misstrauisch.

Die junge Frau, deren Gesicht von einer Mähne krauser schwarzer Locken umgeben war, schaltete ihren Kassettenrecorder ein, und plötzlich füllte die aufdringlich schwüle Musik einer Stripteaseshow den Raum.

»Alles Gute zum Geburtstag, Leo Pameter!«, rief das

junge Mädchen. Sie warf ihren Trenchcoat ab und drehte sich hüftwackelnd in Büstenhalter und Höschen, komplett mit Strumpfhalter und Strümpfen zwischen den Tischen.

Die Männer johlten laut, die Frauen lachten peinlich berührt, als die junge Frau aufreizend ihre großen Brüste schüttelte und dann ihre ganze Energie auf das unglückliche Geburtstagskind konzentrierte.

»Du lieber Gott«, stöhnte Jess und senkte ihren Blick in ihr Glas Wein.

»Die sind doch nie im Leben echt«, rief Trish irgendwo neben ihr.

Jess sah erst wieder auf, als die Musik aufhörte. Nackt bis auf ein Tangahöschen stand die junge Frau vor Leo Pameter, der reichlich verlegen aussah. Sie neigte sich ihm zu und drückte ihm einen schallenden Kuss auf die Stirn. »Von Greg Oliver«, sagte sie, dann sammelte sie rasch ihre Sachen ein, warf sich den Mantel um die Schultern und eilte unter dünnem Applaus davon.

»Einfach umwerfend«, murmelte Jess, als Greg Oliver zu ihr trat.

»Nein, umwerfen sollte dich das nicht gleich.« Oliver sah sie herausfordernd an. »Du nimmst das alles viel zu ernst. Du solltest lernen, ein bisschen Spaß zu haben, dich ab und zu mal gehenzulassen, auch mal einen Witz zu erzählen.«

Jess trank den Rest ihres Weins, holte tief Atem und kämpfte gegen das Schwindelgefühl. »Hast du schon von dem Wunderkind gehört, das im Northwestern Memorial Hospital zur Welt gekommen ist?«, fragte sie und merkte, dass alle Blicke sich auf sie richteten.

»Wunderkind?«, wiederholte Greg, der offensichtlich nicht verstand, was das mit ihm zu tun hatte.

»Ja«, antwortete Jess laut. »Es hat einen Penis *und* ein Gehirn.«

Der Saal begann sich plötzlich wie wild zu drehen, und Jess ging zu Boden.

»Wirklich, Don, das ist nicht nötig«, beteuerte Jess. »Ich kann mir ein Taxi nehmen.«

»Sei nicht albern. Ich lass dich nicht allein nach Hause fahren.«

»Und was ist mit Mutter Teresa?«

»Trish«, sagte Don mit Betonung, »wartet in meiner Wohnung auf mich.«

»Es tut mir leid, ich wollte dir den Abend nicht vermasseln.«

»Es tut dir gar nicht leid, und du hast mir den Abend nicht vermasselt. Zerbrich dir also nicht den Kopf, sondern steig in den Wagen.«

Jess stieg in den schwarzen Mercedes und hörte, wie die Wagentür hinter ihr geschlossen wurde. Sie drückte sich in das weiche schwarze Leder und schloss die Augen. »Es tut mir wirklich leid«, begann sie von neuem, als Don den Motor angelassen hatte und losfuhr. Aber dann verstummte sie. Er hatte ja recht. Es tat ihr gar nicht leid.

Kaum waren sie losgefahren, hielten sie schon wieder an. Sie hörte, wie eine Autotür geöffnet und wieder geschlossen wurde. Was denn jetzt?, dachte sie und öffnete die Augen.

Sie standen vor ihrem Haus. Don kam auf ihre Seite des Autos herüber, öffnete ihr die Tür und half ihr hinaus.

»Das ist aber schnell gegangen«, hörte sie sich verwundert sagen.

»Glaubst du, du kannst gehen?«, fragte Don.

Jess bejahte, obwohl sie überhaupt nicht sicher war. Sie lehnte sich an Don, spürte, wie er ihr den Arm um die Taille legte, und ließ sich von ihm zur Haustür führen.

»Den Rest schaff ich schon allein«, erklärte sie, während er den Schlüssel aus ihrer Handtasche herauskramte.

»Sicher, sicher. Aber du hast doch nichts dagegen, wenn ich hier stehenbleibe, bis du oben bist?«

»Würdest du mir einen Gefallen tun?«, fragte sie, als sie im Haus waren und sie an die drei Treppen dachte, die vor ihr lagen.

»Soll ich gehen?«

»Kannst du mich rauftragen?«

Don lachte. Er legte ihren linken Arm über seine Schultern und stützte sie mit seinem Körper. »Jess, Jess, was soll ich nur mit dir machen?«

»Das sagst du bestimmt zu allen Frauen«, murmelte sie, als sie den langsamen Aufstieg begannen.

»Nur zu Frauen namens Jess.«

Was, zum Teufel, war in sie gefahren, dass sie so viel getrunken hatte, fragte sich Jess, während sie sich Schritt für Schritt die Treppe hinaufschleppte. Sie war Alkohol nicht gewöhnt, trank selten mehr als ein einziges Glas Wein. Was ist eigentlich los mit mir? Ihr fiel plötzlich auf, wie oft sie sich diese Frage in den letzten Wochen gestellt hatte.

»Weißt du«, sagte Jess in Erinnerung an den Spott in Greg Olivers Ton, als er ihr gesagt hatte, sie müsste lernen, Spaß zu haben, »ich habe eigentlich gar nichts gegen Männer. Nur mit Juristen habe ich Probleme.«

»Soll das ein Wink mit dem Zaunpfahl sein?«, fragte Don.

»Und mit Wirtschaftsprüfern«, fügte Jess hinzu, als ihr ihr Schwager einfiel.

Den Rest des Wegs schwiegen sie beide. Als sie endlich die letzte Treppe bewältigt hatten, fühlte sich Jess, als hätte sie den Mount Everest bezwungen. Ihr schlotterten die Knie, und ihre Beine waren wacklig. Don schob den Schlüssel in das Schloss ihrer Wohnungstür. Irgendwo läutete ein Telefon.

»Ist das dein Telefon?«, fragte Don und stieß die Tür auf.

Das Läuten wurde lauter, fordernder.

»Geh nicht hin«, sagte Jess. Sie schloss vom Licht geblendet die Augen, als er sie sachte zum Sofa hinunterließ.

»Warum nicht?« Er schaute zur Küche, wo das Telefon immer noch läutete. »Es könnte doch was Wichtiges sein.«

»Ist es aber nicht.«

»Weißt du denn, wer es ist?«

»Mein Vater«, antwortete Jess. »Er möchte sich mit mir verabreden, um mir seine neue Freundin vorzustellen.« Aber ich hab für einen Abend genug neue Freundinnen gesehen, dachte sie, sagte es jedoch nicht.

»Dein Vater hat eine Freundin?«

»Scheint so«, antwortete Jess und kuschelte sich tiefer in ihr Sofa. »Ich bin fürchterlich«, klagte sie. »Warum kann ich mich nicht einfach für ihn freuen?«

Immer noch läutete das Telefon. Dann hörte es plötzlich auf. Sie öffnete erleichtert die Augen. Aber wo war Don?

»Hallo«, hörte sie ihn in der Küche sagen und glaubte einen Moment lang, es sei jemand in die Wohnung gekommen. »Tut mir leid«, fuhr er fort. »Ich kann Sie nicht verstehen. Können Sie etwas langsamer sprechen?«

»Ich hab dir doch gesagt, du sollst nicht hingehen«, rief Jess. Sie lief auf wackligen Beinen in die Küche und streckte die Hand nach dem Telefon aus.

Don reichte ihr den Hörer und schüttelte den Kopf. »Es ist eine Frau, aber ich verstehe nicht ein Wort von dem, was sie sagt. Sie hat einen unheimlich starken Akzent.«

Jess fühlte, wie die Nüchternheit an ihrem Bewusstsein zerrte. Aber ich will nicht nüchtern sein, dachte sie. Sie drückte den Hörer ans Ohr, und noch ehe sie hallo sagen konnte, überfiel die Stimme der Frau sie.

»Entschuldigen Sie, ich verstehe nicht. Was sagen Sie? Wer ist am Apparat?« Eine schreckliche Beklommenheit bemächtigte sich Jess'. »Mrs Gambala? Sind Sie das, Mrs Gambala?«

»Wer ist Mrs Gambala?«

»Connie DeVuonos Mutter«, flüsterte Jess, die Hand auf der Sprechmuschel. »Mrs Gambala, beruhigen Sie sich doch bitte. Ich kann ja nicht verstehen, was – was? Wie meinen Sie das, sie ist nicht nach Hause gekommen?«

Dem Rest des erregten Wortschwalls lauschte Jess stumm, wie vor den Kopf geschlagen. Als sie auflegte, zitterte sie am ganzen Körper. Sie wandte sich Don zu, der in unausgesprochener Frage die Augen zusammenkniff.

»Connie hat heute nach der Arbeit ihren Sohn nicht bei ihrer Mutter abgeholt«, sagte sie, Entsetzen in jedem Wort. »Sie ist verschwunden.«

7

Ich kann nicht verstehen, wie ich so blöd sein konnte!«

»Jess ...«

»So blöd und so verdammt egozentrisch!«

»Egozentrisch? Jess, was redest du da überhaupt?«

»Ich hab einfach angenommen, er spräche von mir.«

»Wer denn? Ich frag dich noch mal, wovon redest du?«

»Ich rede von Rick Ferguson.«

»Rick Ferguson? Jetzt mach mal langsam, Jess.« Dons Miene war eine Mischung aus Neugier und Gereiztheit. »Was hat Rick Ferguson denn mit dieser Sache zu tun?«

»Na hör mal, Don!« Jess gab sich keine Mühe, ihre Ungeduld zu verbergen. »Du weißt doch so gut wie ich, dass Rick Ferguson für Connie DeVuonos Verschwinden verantwortlich ist. Behaupte jetzt bloß nicht das Gegenteil. Versuch nicht, mit mir deine Spielchen zu machen. Wir sind hier nicht im Gerichtssaal.«

Jess rannte aus der Küche in ihr Wohnzimmer, wo sie wie gehetzt vor dem Vogelkäfig auf und ab ging. Der Kanarienvogel hüpfte zwischen seinen Stangen hin und her, als wollte er sie nachahmen.

Don war ihr gefolgt. Mit erhobenen Händen redete er auf sie ein. »Jess, wenn du dich doch nur mal eine halbe Sekunde beruhigen würdest...« Er umfasste mit beiden Händen ihre Schultern. »Wenn du nur mal eine halbe Sekunde aufhören würdest, hier so rumzulaufen.« Der Druck seiner Hände zwang sie stehenzubleiben. Er sah ihr so lange in die Augen, bis ihr gar nichts anderes übrigblieb, als seinen Blick zu erwidern. »Also, kannst du mir jetzt mal erzählen, was eigentlich passiert ist?«

»Rick Ferguson...«, begann sie.

Er fiel ihr augenblicklich ins Wort. »Nicht was deiner *Ansicht* nach geschehen ist, sondern was deines *Wissens* nach geschehen ist.«

Jess holte einmal tief Atem und befreite ihre Schultern

mit einer kurzen heftigen Bewegung aus seinen Händen. »Connie DeVuono hat heute Nachmittag gegen halb fünf bei ihrer Mutter angerufen, um ihr zu sagen, dass sie jetzt mit ihrer Arbeit Schluss mache und in zwanzig Minuten da sein würde, um ihren Sohn abzuholen. Sie bat ihre Mutter, den Jungen fertig zu machen, damit sie gleich wieder gehen könnten. Der Junge hat jeden Montag um halb sechs Hockeytraining, und da muss es immer schnell gehen.«

»Der Junge wird also von Connies Mutter versorgt?«

Jess nickte. »Er geht nach der Schule zu ihr und wartet dort, bis Connie ihn nach der Arbeit abholt. Connie ruft immer an, bevor sie dort weggeht. Heute hat sie auch angerufen. Aber sie ist nie gekommen.«

Dons Blick sagte Jess, dass er noch mehr erwartete.

»Das ist alles«, sagte sie und hörte Dons spöttisches Prusten, obwohl er in Wahrheit überhaupt kein Geräusch von sich gab.

»Okay. Wir *wissen* also«, sagte Don mit Nachdruck, »dass Connie DeVuono heute nach der Arbeit ihren Sohn nicht abgeholt hat…«

»Nachdem sie angerufen und gesagt hatte, sie ginge jetzt los«, erinnerte Jess ihn.

»Und wir wissen nicht, ob jemand sie hat weggehen sehen, wir wissen nicht, in was für einer Stimmung sie war, als sie ging, oder ob sie vielleicht jemandem gesagt hat, sie hätte noch etwas zu erledigen, oder…«

»Wir wissen gar nichts. Die Polizei fängt erst nach vierundzwanzig Stunden an zu ermitteln. Das weißt du.«

»Wir wissen nicht, ob sie Depressionen oder Ängste hatte«, fuhr Don fort.

»Natürlich hatte sie Depressionen und Ängste. Sie ist

vergewaltigt worden. Sie ist geschlagen worden. Der Mann, der sie so brutal überfallen hat, hat einen Richter davon überzeugt, dass er ein vorbildlicher Bürger ist, tief verwurzelt in dieser Gemeinde, einzige Stütze seiner alten Mutter und dergleichen Lügen mehr, also haben sie ihn auf Kaution freigelassen. Connie DeVuono sollte nächste Woche vor Gericht aussagen. Und dein Mandant hat ihr gedroht, er würde sie umbringen, wenn sie das tun wolle. Natürlich hat sie Depressionen und Ängste! Sie hat Todesangst!« Jess hörte, wie schrill ihre Stimme klang. Der Kanarienvogel begann zu singen.

»Angst genug, um einfach zu verschwinden?«, fragte Don mit zusammengezogenen Brauen.

Jess wollte antworten, aber dann schluckte sie ihre Worte hinunter, bevor sie ihr über die Lippen kommen konnten. Sie erinnerte sich Connie DeVuonos, wie sie in der vergangenen Woche bei ihrem Gespräch gewesen war; wie stark ihre Angst gewesen war, wie heftig ihre Entschlossenheit, nicht auszusagen. Jess hatte sie umgestimmt. Überredet, wider ihr besseres Wissen zu handeln und ihren Peiniger vor einem Gericht herauszufordern.

Jess musste die Möglichkeit, dass Connie es sich wiederum anders überlegt, sich entschieden hatte, angesichts des Risikos doch nicht auszusagen, mindestens in Betracht ziehen. Es konnte leicht sein, dass es ihr peinlich gewesen war, Jess ihre Sinnesänderung mitzuteilen, dass sie Angst gehabt hatte, Jess würde es neuerlich gelingen, sie zu überreden, dass sie sich ihrer Feigheit geschämt hatte.

»Sie würde sich niemals von ihrem Sohn trennen«, sagte Jess leise, und der Satz war schon halb zu Ende, ehe sie sich überhaupt bewusst wurde, dass sie sprach.

»Sie braucht wahrscheinlich nur Zeit, um mit sich ins Reine zu kommen.«

»Sie würde sich niemals von ihrem Sohn trennen.«

»Wahrscheinlich sitzt sie irgendwo in einem Hotel. In ein, zwei Tagen, wenn sie sich beruhigt hat, die Möglichkeit hatte, in Ruhe nachzudenken und einen Entschluss zu fassen, ruft sie bestimmt an.«

»Du hörst mir überhaupt nicht zu.« Jess ging zum Fenster und blickte zur Straße hinunter. Rasen und Bürgersteige waren mit Schneeflecken gesprenkelt.

Don trat hinter sie und massierte mit seinen kräftigen Händen ihren Nacken. Plötzlich hörte er auf und legte seine Hände auf ihre Schultern. Jess spürte förmlich, wie er überlegte, im Geist formulierte, was er ihr zu sagen beabsichtigte.

»Jess«, begann er langsam und bedacht, »nicht jeder, der nicht rechtzeitig zu einer Verabredung kommt, verschwindet für immer.«

Sie standen beide, ohne sich zu rühren. Im Hintergrund hüpfte Jess' Kanarienvogel zu den Klängen einer alten Beatlesmelodie in seinem Käfig hin und her. Jess wollte etwas sagen, konnte nicht, weil ihr plötzlich die Brust zu eng wurde. Schließlich gelang es ihr doch, die Worte herauszubringen.

»Das hat mit meiner Mutter nichts zu tun«, sagte sie zu ihm.

Wieder Schweigen.

»Nein?«

Jess ging von ihm weg, kehrte zum Sofa zurück, ließ sich wie leblos in seine weichen Polster sinken, vergrub das Gesicht in ihren Händen. Nur ihr rechter Fuß, der unablässig auf und nieder wippte, verriet ihre innere Unruhe. Sie blickte erst auf, als sie spürte, wie das Polster neben ihr einsank, wie Don ihre Hände in seine eigenen nahm.

»Es ist alles meine Schuld«, begann sie.

»Jess ...«

»Nein, bitte versuch jetzt nicht, mich vom Gegenteil zu überzeugen. Es ist meine Schuld. Ich weiß es. Ich akzeptiere es. Ich habe sie davon überzeugt, dass sie aussagen muss, obwohl sie es in Wirklichkeit nicht wollte; ich habe sie unter Druck gesetzt, ich habe ihr versprochen, dass alles gutgehen würde. Und wer kümmert sich um meinen Sohn?, hat sie mich gefragt, und ich hab irgendeinen dummen Scherz gemacht, aber sie meinte es ernst. Sie hat gewusst, dass Rick Ferguson seine Drohung ernst gemeint hat.«

»Jess ...«

»Sie hat gewusst, dass er sie umbringen wird, wenn sie ihre Beschuldigungen nicht zurücknimmt.«

»Jess, jetzt bist du wirklich voreilig. Die Frau ist noch keine sechs Stunden verschwunden. Wir wissen doch gar nicht, ob ihr überhaupt etwas passiert ist.«

»Und ich war auch noch so stolz auf mich selbst. So stolz auf meine Fähigkeit, den Dingen eine andere Wendung zu geben, diese arme, verängstigte Frau davon zu überzeugen, dass sie aussagen müsse; dass sie nur sicher sei, wenn sie aussagte. O ja, ich war sehr stolz auf mich. Es ist ja schließlich auch ein großer Prozess für mich. Ein möglicher Sieg für meine Akte.«

»Jess, du hast getan, was jeder tun würde.«

»Ich hab getan, was jeder *Staatsanwalt* tun würde. Wenn ich auch nur einen Funken echtes Mitgefühl mit dieser Frau gehabt hätte, hätte ich ihr geraten, ihre Klage zurückzunehmen und zu verschwinden. Mein Gott!« Jess sprang auf, obwohl sie nirgendwohin gehen konnte. »Und ich habe mit diesem brutalen Kerl gesprochen! Ich habe ihm gegenübergestanden und ihn aufgefordert, sich von Connie fernzuhalten. Und dieses Schwein sagt mir direkt ins Gesicht, nur war ich leider viel zu sehr mit meiner eigenen Wichtigkeit beschäftigt, um ihn zu hören, dass Leute, die ihm in die Quere kommen, dazu neigen zu verschwinden. Und ich hab mir eingebildet, er wollte mir drohen. Wem sonst hätte er drohen können? Schließlich ist Jess Koster doch der Nabel der Welt.« Sie lachte. Es war ein hartes, kaltes Lachen, das klirrend in der Luft hängen blieb. »Aber er hat nicht von mir gesprochen. Er hat Connie gemeint. Und jetzt ist sie weg. Verschwunden. Genauso, wie er es angedroht hat.«

»Jess …«

»Untersteh dich also, mir einreden zu wollen, dass dein Mandant mit ihrem Verschwinden nichts zu tun hat! Untersteh dich, mir einreden zu wollen, dass Connie sich von ihrem Sohn trennen würde, und sei es auch nur für ein oder zwei Tage. Ich weiß, dass sie das niemals tun würde. Wir wissen beide, dass Rick Ferguson für das verantwortlich ist, was Connie DeVuono zugestoßen ist. Und wir wissen beide, dass sie, wenn nicht ein Wunder geschehen ist, schon tot ist.«

»Jess …«

»Wissen wir das etwa nicht beide, Don? Wissen wir beide nicht, dass sie tot ist? O doch. Wir wissen es. Und wir müssen sie finden, Don.«

Tränen schossen Jess in die Augen und rannen ihr über die Wangen. Sie rieb sich mit dem Handrücken über das

Gesicht, um sie wegzuwischen, aber sie konnte nicht aufhören zu weinen.

Don sprang auf, doch sie trat rasch von ihm weg. Sie wollte nicht getröstet werden. Sie verdiente es nicht.

»Wir müssen ihre Leiche finden, Don«, fuhr sie fort. Sie begann zu zittern. »Denn wenn wir sie nicht finden, wird dieser kleine Junge sich sein Leben lang mit der Frage quälen, was aus seiner Mutter geworden ist. Jahrelang wird er in jeder Menschenmenge nach ihr Ausschau halten, glauben, sie zu sehen, sich fragen, was er denn so Schreckliches getan hat, dass sie fortgegangen und nie wieder zurückgekommen ist. Und selbst wenn er erwachsen ist, wenn er verstandesmäßig die Tatsache akzeptieren kann, dass sie tot ist, wird er niemals ganz daran glauben. Ein Teil von ihm wird immer zweifeln. Niemals wird er Gewissheit haben. Niemals wird er von ihr Abschied nehmen können, so um sie trauern können, wie er um sie trauern muss. Wie er um sich selbst trauern muss.« Sie schwieg und ließ es zu, dass Don sie in die Arme nahm und festhielt. »Es muss eine Lösung geben, Don.«

Mehrere Minuten lang blieben sie so stehen, einander so nahe, dass ihr Atem aus einem Mund hätte kommen können.

»Mir fehlt sie auch«, sagte Don schließlich leise, und Jess wusste, dass er von ihrer Mutter sprach.

»Ich hab immer geglaubt, mit der Zeit würde es leichter werden«, sagte Jess. Sie ließ es sich gefallen, als Don sie zum Sofa zurückführte. Sie setzte sich mit ihm, von seinen Armen umfangen, während er sie sachte hin und her wiegte.

»Es ist nur immer weiter weg«, sagte er.

Sie lächelte traurig. »Ich bin so müde.«

»Leg deinen Kopf auf meine Schulter«, sagte er, und sie tat es, froh, dass ihr jemand sagte, was sie tun sollte. »Und jetzt mach die Augen zu. Versuch zu schlafen.«

»Ich kann nicht schlafen.« Sie machte einen schwachen Versuch aufzustehen. »Ich sollte zu Mrs Gambala hinüberfahren.«

»Mrs Gambala ruft dich bestimmt an, sobald sie von Connie hört.« Er drückte ihren Kopf behutsam wieder an seine Schulter. »Schsch. Schlaf ein bisschen.«

»Was ist mit deiner Freundin?«

»Trish ist eine erwachsene Frau. Sie wird das verstehen.«

»Ja, sie ist sehr verständnisvoll.« Jess hörte, wie dünn ihre Stimme klang, wusste, dass sie nahe daran war, das Bewusstsein zu verlieren. Ihre Augen schlossen sich. Sie zwang sich, sie wieder zu öffnen. »Wahrscheinlich weil sie im Krankenhaus arbeitet.«

»Schsch.«

»Sie scheint eine nette Frau zu sein.«

»Ja, das ist sie.«

»Ich mag sie nicht«, sagte Jess, schloss die Augen und blieb so.

»Das weiß ich.«

»Ich bin keine besonders nette Frau.«

»Das warst du nie«, sagte er, und Jess spürte sein Lächeln. Sie hätte zurückgelächelt, aber ihre Gesichtsmuskeln gehorchten ihr nicht mehr. Sie sackten, der Schwerkraft nachgebend, langsam in Richtung zu ihrem Kinn ab.

In der nächsten Sekunde war sie eingeschlafen, und ein Telefon läutete.

Sie öffnete die Augen und sah, dass sie sich im sterilen

Empfangsraum einer Arztpraxis befand. »Der Anruf ist für Sie«, sagte der Arzt und nahm ein schwarzes Telefon aus seinem Köfferchen. »Es ist Ihre Mutter.«

Jess nahm das Telefon. »Mutter, wo bist du?«

»Ich hatte einen Unfall«, teilte ihre Mutter ihr mit. »Ich bin im Krankenhaus.«

»Im Krankenhaus?«

»Ja, in der Gehirnchirurgie. Ich hänge an lauter Schläuchen.«

»Ich komme sofort.«

»Mach schnell. Ich kann nicht lange warten.«

Dann stand Jess plötzlich vor dem Northwestern Memorial Hospital, und wütende Streikposten versperrten ihr den Weg.

»Wogegen protestieren Sie?«, fragte Jess eine der Schwestern, eine junge Frau mit sehr kurzem blonden Haar und tiefen Grübchen im Gesicht.

»Gegen die Falschheit«, sagte die Frau schlicht.

»Ich verstehe nicht«, murmelte Jess und sah sich schon in der nächsten Sekunde in ein Schwesternzimmer versetzt. Fünf oder sechs junge Frauen in gestärkten weißen Häubchen und Strumpfhaltern und Strümpfen standen, in ernstes Gespräch vertieft, hinter einem hohen Empfangstisch. Keine von ihnen beachtete sie.

»Ich möchte meine Mutter sehen«, rief Jess.

»Sie haben sie verpasst«, antwortete eine der Schwestern, ohne dass ihre Lippen sich bewegten.

»Wohin ist sie gegangen?« Jess wirbelte herum und packte einen vorüberkommenden Pfleger beim Ärmel.

Greg Olivers Gesicht blickte sie finster an. »Ihre Mutter ist weg«, sagte er. »Sie ist verschwunden.«

Im nächsten Augenblick stand Jess auf der Straße vor dem Haus ihrer Eltern. An der Ecke wartete eine große weiße Limousine mit laufendem Motor. Jess sah, wie ein Mann die Wagentür öffnete und ausstieg. Es war dunkel, und Jess konnte sein Gesicht nicht erkennen. Aber sie spürte seine langen, langsamen Schritte, als er auf sie zukam, spürte, wie er hinter ihr die Treppe zur Haustür hinaufstieg, die Hand nach ihr ausstreckte, als sie die Tür aufzog und hinter sich zuschlug. Er drückte sein Gesicht an das Fliegengitter, und sein hässliches Grinsen sickerte langsam durch den Maschendraht.

Sie schrie. Ihre Schreie überbrückten die Dimension zwischen Schlafen und Wachen, und sie fuhr so heftig, als habe ein Wecker sie geweckt, aus dem Schlaf. Sie sprang auf und fuchtelte wie eine Wilde in der Dunkelheit herum. Wo war sie?

Don war sofort an ihrer Seite. »Jess, beruhig dich, es ist ja gut. Es war nur ein böser Traum.«

Da erinnerte sie sich an alles: an die Party, den Wein, Trish, Mrs Gambala, Don. »Du bist noch hier«, sagte sie dankbar. Sie ließ sich wieder in seine Arme fallen und wischte sich die Feuchtigkeit von Schweiß und Tränen von den Wangen, während ihr Herz noch immer wie rasend schlug.

»Atme tief durch«, riet er ihr, als könnte er das Chaos sehen, das sich in ihrem Körper ausbreitete. Seine Stimme war schlaftrunken. »So ist es richtig. Ein und aus. Ganz ruhig. Gut so. So machst du es richtig.«

»Es war derselbe Traum, den ich früher schon immer gehabt habe«, flüsterte sie. »Weißt du noch? Der, in dem der Tod auf mich wartet.«

»Du weißt doch, dass ich niemals zulassen würde, dass dir jemand etwas antut«, versicherte er ihr, seine Stimme schon wieder klar und kontrolliert. »Es wird alles gut. Ich verspreche es dir.«

Wie Mutter, dachte sie und kuschelte sich bequemer in seine Arme.

Ungefähr eine halbe Stunde später führte er sie in ihr Schlafzimmer. »Ich finde, du solltest jetzt zu Bett gehen. Ist es in Ordnung, wenn ich dich allein lasse?«

Jess ließ es sich mit einem schwachen Lächeln gefallen, dass Don sie, vollbekleidet, in ihr Bett steckte und zudeckte. Halb wünschte sie, er würde bleiben; halb wünschte sie, er würde gehen; wie es immer war, wenn sie zusammen waren. Würde sie je dahinterkommen, was sie eigentlich wollte? Würde sie je erwachsen werden?

Wie sollte sie, ohne eine Mutter?

»Natürlich, es ist schon in Ordnung«, versicherte sie ihm, als er sich über sie neigte, um sie auf die Stirn zu küssen. »Don …?«

Er rührte sich nicht.

»Du bist ein netter Mann«, sagte sie.

Er lachte. »Ich bin gespannt, ob du das in ein paar Tagen auch noch so sehen wirst.«

Sie war zu müde, ihn zu fragen, was er meinte.

»Du gemeiner Hund!«, schrie sie kaum achtundvierzig Stunden später. »Du Dreckskerl! Du ekelhaftes, gemeines Schwein!«

»Jess, beruhige dich doch!« Bestrebt, sich seine wütende Ex-Frau vom Leibe zu halten, wich Don mit ausgestreckten Armen vor ihr zurück.

»Ich kann einfach nicht glauben, dass du dir so was einfallen lassen würdest!«

»Kannst du nicht wenigstens deine Stimme etwas senken?«

»Du Scheißkerl! Du Ekel! Du – gemeiner Hund!«

»Ja, ich hab's ja schon kapiert, Frau Anwältin. Halten Sie es für möglich, dass Sie sich jetzt ein wenig beruhigen können, damit wir diese Geschichte so sachlich besprechen können, wie sich das für zwei vernünftige Anwälte gehört?«

Jess verschränkte die Arme über der Brust und starrte zu dem blutroten Betonboden hinunter. Sie befanden sich in einem kleinen fensterlosen Raum in der ersten Etage des Polizeireviers im Zentrum von Chicago. Die in die farblosen Dämmplatten der Zimmerdecke eingelassenen Lampen warfen ein starkes Licht. An einer Wand stand eine Bank; an einer anderen stand ein Resopaltisch, der am Boden festgeschraubt war, neben ihm mehrere unbequeme Stühle. Im anschließenden Raum, der kleiner und noch bedrückender war, saß Rick Ferguson, mürrisch und stumm. Seit die Polizei ihn an diesem Morgen zum Verhör hereingebracht hatte, hatte er nicht ein Wort gesagt. Als Jess versucht hatte, ihn zu vernehmen, hatte er gegähnt und dann die Augen geschlossen. Er hatte sie noch nicht einmal wieder geöffnet, als sie ihm die Hände mit Handschellen an die Wand fesselten. Er hatte erst Gleichgültigkeit vorgegeben, dann Empörung, als sie ihn fragten, was er mit Connie DeVuono gemacht habe. Er hatte erst Interesse an den Vorgängen gezeigt, als sein Rechtsanwalt, Don Shaw, eingetroffen war, einem Tobsuchtsanfall nahe, über die, wie er meinte, bewusste Missachtung der Rechte seines Mandanten. Er hatte damit gedroht, einfach die Tür aufzubrechen, wenn es ihm nicht erlaubt werden würde, sich mit seinem Mandanten zu beraten.

»Du hast überhaupt kein Recht hier zu sein«, sagte Jess zu ihm, bemüht, ruhig zu sprechen. »Ich könnte dich der Anwaltskammer melden.«

»Wenn hier jemand jemanden der Anwaltskammer meldet«, schoss er sofort zurück, »dann ich dich.«

»Du mich?« Jess hätte es beinahe die Sprache verschlagen.

»Du bist diejenige, die hier das Berufsethos verletzt, Jess«, sagte Don. »Du hattest kein Recht, meinen Mandanten festzunehmen. Und du hattest auch kein Recht, ihn in Abwesenheit seines Anwalts vernehmen zu wollen.«

Es kostete Jess einige Mühe, ihre Ruhe zu bewahren. »Dein Mandant ist nicht festgenommen.«

»Ach so. Er sitzt hier mit Handschellen gefesselt in einem abgesperrten Raum, weil ihm das gefällt. Willst du mir das im Ernst erzählen?«

»Ich brauche dir gar nichts zu erzählen. Ich bin völlig im Recht.«

»Und was ist mit Rick Fergusons Rechten? Oder hast du beschlossen, dass er keine hat, weil du ihn nicht magst?«

Jess ballte ihre Hände zu Fäusten und entspannte sie wieder. Sie umfasste fest die Rückenlehne eines Stuhls, um nicht die Beherrschung zu verlieren, und nahm sich einen Moment Zeit, um wieder einen klaren Kopf zu bekommen. Sie sah ihren geschiedenen Mann wütend an. Er fuhr ungerührt mit seinem Vortrag fort.

»Du hast meinen Mandanten von der Polizei an seiner Arbeitsstätte abholen lassen; du hast ihn nicht auf seine Rechte aufmerksam gemacht; du hast ihm nicht erlaubt, seinen Anwalt anzurufen. Obwohl du genau weißt, dass er einen Anwalt hat. Einen Anwalt, der dir bereits mitgeteilt hat, dass sein Mandant nichts zu sagen hat, sondern sein ihm gesetzlich verbrieftes Recht ausübt zu schweigen. Du weißt bereits, dass das unsere Position ist. Es ist schriftlich niedergelegt. Aber das hindert dich nicht daran, ihn vor seinen Kollegen bloßzustellen, ihn hierherschleppen zu lassen, mit Handschellen an die Wand zu ketten … Herrgott noch mal, Jess, war das wirklich nötig?«

»Ja, ich habe es jedenfalls für nötig gehalten. Dein Mandant ist gefährlich. Und er war nicht sehr kooperativ.«

»Es ist nicht seine Pflicht, kooperativ zu sein. Aber es ist deine Pflicht, dafür zu sorgen, dass er fair behandelt wird.«

»Hat er etwa Connie DeVuono fair behandelt?«

»Darum geht es hier nicht, Jess«, entgegnete Don.

»Hast du mich fair behandelt?«

Einen Moment blieb es still.

»Du hast mich benutzt, Don.« Jess hörte die Mischung aus Verletztheit und Ungläubigkeit in ihrer Stimme. »Wie konntest du mir das antun?«

»Wie konnte ich dir was antun? Was meinst du überhaupt, dass ich dir angetan habe?« Ein Ausdruck echter Verwirrung zeigte sich in Dons Gesicht.

Jess schüttelte den Kopf. »Du warst an dem Abend, an dem Connie DeVuono verschwunden ist, bei mir«, begann sie. »Du hast gewusst, dass ich Rick Ferguson verdächtige, dass wir vorhatten, ihn festzunehmen …«

»Ich wusste, dass du ihn verdächtigst, ja. Ich hatte keine Ahnung, dass du vorhattest, ihn festnehmen zu lassen«, erwiderte Don.

»Was sonst hätte ich vorhaben sollen?«

»Na, ich dachte, du würdest wenigstens noch ein paar Tage warten. Jess, seit dem Verschwinden der Frau sind keine achtundvierzig Stunden vergangen!«

»Du weißt so gut wie ich, dass sie nicht wiederauftauchen wird«, sagte Jess.

»Ich weiß nichts dergleichen.«

»Bitte! Beleidige nicht meine Intelligenz.«

»Beleidige du nicht die meine«, parierte Don. »Was erwartest du von mir, Jess? Dass ich dir freie Hand gebe, weil du früher einmal meine Frau warst? Ich mache hier sowieso die reinste Gratwanderung, indem ich versuche, so zu tun, als wärst du ein Mitglied der Staatsanwaltschaft wie alle anderen. Soll ich etwa meinen Gefühlen für dich vor meinen Pflichten gegenüber meinem Mandanten den Vorrang geben? Erwartest du das?«

Jess sagte nichts. Sie starrte auf die Wand, die die beiden kleinen Räume voneinander trennte. Sie hatte das höhnische Grinsen auf Rick Fergusons Gesicht gesehen, als sie aus dem Zimmer gegangen war, um sich mit Don auseinanderzusetzen. Sie wusste, dass ihm völlig klar war, was vorging, und dass er sich an ihrem Dilemma weidete.

»Also, entweder stellst du meinen Mandanten unter Anklage, oder du lässt ihn frei.«

»Ihn freilassen! Kommt ja nicht in Frage.«

»Dann willst du ihn also festnehmen? Mit welcher Begründung? Aufgrund von was für Beweisen? Du weißt genau, dass du absolut nichts in der Hand hast, um Rick Ferguson mit dem Verschwinden Connie DeVuonos in Verbindung zu bringen.«

Jess wusste, dass er recht hatte. Sie hatte keine Beweise, die eine Festnahme gerechtfertigt hätten. »Herrgott noch mal, Don, ich will ihn ja gar nicht festnehmen. Ich möchte nur mit ihm reden.«

»Aber mein Mandant möchte nicht mit dir reden.«

»Er würde es vielleicht wollen, wenn sein Anwalt sich nicht dauernd einmischen würde.«

»Aber ich werde nicht aufhören, mich einzumischen, Jess, das weißt du.« Jetzt war es an Don, tief Luft zu holen. »Du hast gegen Zusatzartikel fünf und sechs unserer Verfassung verstoßen, die einem Beschuldigten das Recht auf anwaltschaftliche Vertretung und das Recht zu schweigen garantieren. Ich habe jedes Recht, hier zu sein.«

Jess wollte ihren Ohren nicht trauen. »Willst du mich für dumm verkaufen? Du kennst doch die letzte Entscheidung des Obersten Gerichtshofs so gut wie ich. Das Recht auf Belehrung und auf die Anwesenheit eines Anwalts gelten nur bei der ersten Festnahme. Sie gelten nicht bei nachfolgenden Vergehen.«

»Kann sein, kann auch nicht sein. Vielleicht sollten wir die Angemessenheit deiner Handlungen von der Anwaltskammer beurteilen lassen und von einem Gericht darüber befinden lassen, was für Rechte mein Mandant noch besitzt. Wenn überhaupt welche. Lassen wir die Gerichte darüber entscheiden, ob die Verfassung im Cook County noch in Kraft ist.«

»Eine echte Bravourrede, Herr Rechtsanwalt«, sagte Jess, wider Willen beeindruckt.

»Wie dem auch sei, Jess«, fuhr Don fort, und seine Stimme wurde etwas weicher, »du musst dringenden Tatverdacht nachweisen, um meinen Mandanten festnehmen zu können. Und den hast du nicht.« Er machte eine kurze Pause. »Also, kann mein Mandant jetzt gehen?«

Wieder blickte Jess zu der Wand, die die beiden Vernehmungsräume voneinander abtrennte. Selbst durch die geschlossene Tür konnte sie Rick Fergusons Verachtung spüren. »Wie hast du eigentlich erfahren, dass wir ihn festgenommen hatten?« Sie hoffte, man hörte ihrer Stimme die Niederlage nicht allzu deutlich an.

»Seine Mutter hat bei mir in der Kanzlei angerufen. Sie hat Rick anscheinend in der Arbeit angerufen, und sein Vorarbeiter hat ihr erzählt, was passiert war.«

Jess schüttelte den Kopf. War es nicht immer so? Wahrscheinlich hatte die Frau ihren Sohn zum ersten Mal seit Jahren in der Arbeit angerufen, und dann natürlich ausgerechnet heute. »Wieso denn, ist ihr der Alkohol ausgegangen?«

»Ich möchte mit meinem Mandanten sprechen, Jess«, sagte Don, ohne auf ihren Sarkasmus einzugehen. »Also, lässt du mich jetzt mit ihm sprechen oder nicht?«

»Wenn ich dir erlaube, mit ihm zu sprechen, sagst du ihm doch nur, dass er den Mund halten soll«, stellte Jess fest.

»Und wenn du ihn hier festhältst, musst du ihm einen Anwalt zugestehen.«

»Nennt man das eine Zwickmühle?«

»Das nennt man das Gesetz.«

»Du brauchst mich nicht über das Gesetz zu belehren«, sagte Jess bitter. Sie wusste, dass es keinen Sinn hatte weiterzumachen. Sie ging in den Flur hinaus und klopfte an die nächste Tür. Ein uniformierter Beamter öffnete ihr. Jess und Don traten rasch ein. Ein Kriminalbeamter in Zivil, mit resigniertem Gesicht, als hätte er von Anfang an gewusst, wie das Gespräch ausgehen würde, stand an der hinteren Wand und lutschte auf dem Mundstück einer nicht angezündeten

Zigarette. Rick Ferguson, in schwarzen Jeans und brauner Lederjacke, saß auf einem kleinen Holzstuhl. Seine Hände waren an die Wand hinter ihm gekettet.

»Nehmen Sie die Dinger jetzt ab«, befahl Don ungeduldig. »Ich hab kein Wort gesagt, Herr Rechtsanwalt«, sagte Rick Ferguson und sah Jess herausfordernd ins Gesicht.

Jess gab dem Kriminalbeamten ein Zeichen, der seinerseits dem uniformierten Beamten zunickte. Gleich darauf wurde Rick Ferguson von den Handschellen befreit.

Er rieb sich nicht die Handgelenke und sprang auch nicht auf, was die meisten in seiner Situation getan hätten. Stattdessen erhob er sich langsam, beinahe lässig, und streckte sich, als hätte er es überhaupt nicht eilig; wie eine Katze, die gerade aus einem Nickerchen erwacht ist; als dächte er daran, noch ein Weilchen zu bleiben.

»Ich hab ihr gesagt, dass ich nichts zu sagen habe«, wiederholte er, den Blick immer noch auf Jess gerichtet. »Sie hat's mir nicht geglaubt.«

»Gehen wir, Rick«, sagte Don von der Tür her.

»Wie kommt's eigentlich, dass Sie mir nie glauben, Jess?« Rick Ferguson hielt die zwei S ihres Namens zwischen den Zähnen fest, so dass ein langes Zischen zwischen seinen Lippen hervorkam.

»Das reicht, Rick.« Der scharfe Unterton in Dons Stimme war unüberhörbar.

Rick Ferguson grinste dieses gemeine Grinsen, das sie schon kannte, und ließ seine Zunge obszön zwischen seinen Zähnen hin und her schnellen. Ohne ein weiteres Wort schob Don seinen Mandanten brüsk zur Tür hinaus. Jess hörte das Echo von Rick Fergusons Lachen noch lange, nachdem er den Raum verlassen hatte.

8

Ich möchte, dass er wegen Mordes unter Anklage gestellt wird«, sagte Jess zu ihrem vorgesetzten Staatsanwalt.

Tom Olinsky saß hinter seinem Schreibtisch und sah sie durch die kleinen runden Gläser der Nickelbrille an, die für sein volles Gesicht viel zu klein war. Er war ein wuchtiger Mann, fast zwei Meter groß, mehr als zwei Zentner schwer. Er wirkte überwältigend. Die Nickelbrille jedoch, ein Relikt aus den sechziger Jahren, in denen er aufgewachsen war, verlieh seinem Gesicht einen sehr menschlichen, vertrauenerweckenden Zug.

Jess rutschte unruhig in dem großen Ledersessel vor Tom Olinskys überdimensionalem Schreibtisch hin und her. Wie der Mann selbst waren alle Möbelstücke in dem kleinen Büro am Ende des langen Flurs zu groß für ihre Umgebung. Immer wenn Jess diesen Raum betrat, fühlte sie sich wie Alice nach dem Genuss des falschen Pilzes. Sie fühlte sich klein, unbedeutend, inadäquat. Und sie kompensierte das unweigerlich, indem sie lauter, schneller und mehr als nötig sprach.

»Jess …«

»Ich weiß, was Sie mir gesagt haben«, fiel sie ihm störrisch ins Wort. »Ohne eine Leiche …«

»Ohne Leiche wird uns das Gericht ins Gesicht lachen.« Tom Olinsky kam hinter seinem Schreibtisch hervor nach vorn, als wollte er mit seinem mächtigen Körper Jess aus dem Zimmer drängen. »Jess, Sie sind überzeugt, dass dieser Mann einen Mord begangen hat, und Sie haben wahrscheinlich recht. Aber wir haben einfach keinerlei Beweise.«

»Wir wissen, dass er sie vergewaltigt und geschlagen hat.«

»Was vor Gericht niemals bewiesen worden ist.«

»Weil er sie getötet hat, ehe sie gegen ihn aussagen konnte.«

»Beweisen Sie es.«

Jess warf den Kopf zurück und starrte zur Decke hinauf. Hatte sie dieses Gespräch nicht schon einmal geführt?

»Rick Ferguson hat Connie DeVuono bedroht. Er hat ihr gesagt, sie würde nicht so lange leben, dass sie gegen ihn aussagen könnte.«

»Dafür haben wir nur ihr Wort.«

»Und das, was er zu mir gesagt hat?«, fragte Jess. Zu laut. Zu herausfordernd.

»Nicht ausreichend.«

»Nicht ausreichend? Wie meinen Sie das, nicht ausreichend?«

»Es reicht einfach nicht aus«, wiederholte Tom Olinsky unverblümt. »Wir kämen nicht weiter als bis zu einer Vorverhandlung. Das wissen Sie so gut wie ich.«

»Es gibt doch zahlreiche Fälle, wo Personen wegen Mordes unter Anklage gestellt wurden, obwohl eine Leiche nie gefunden worden war«, beharrte Jess eigensinnig.

»Und wie viele Verurteilungen?« Tom Olinsky schwieg. Er lehnte sich an seinen Schreibtisch. Jess meinte, das Holz ächzen zu hören. »Jess, muss ich Sie erst daran erinnern, dass der Mann für die Zeit von Connie DeVuonos Verschwinden ein Alibi hat?«

»Nein, ich weiß – seine Mutter, die Heilige!«, sagte Jess mit Verachtung. »Er sorgt dafür, dass ihr der Alkohol nicht ausgeht; sie sorgt dafür, dass ihm die Alibis nicht ausgehen.«

Tom Olinsky kehrte hinter seinen Schreibtisch zurück und ließ sich langsam in den gewaltigen Ledersessel sinken. Er sagte nichts. Sein Schweigen wirkte einschüchternder als seine Worte.

»Wir lassen ihn also davonkommen«, sagte Jess. »Das heißt es doch, nicht wahr?« Sie warf die Hände hoch und stand auf. Mit einer ruckartigen Bewegung drehte sie den Kopf, so dass er die Tränen in ihren Augen nicht sehen würde.

»Was ist eigentlich los, Jess?«, fragte Tom Olinsky, als Jess zur Tür ging.

Sie blieb stehen, wischte sich die Augen, ehe sie sich herumdrehte. »Wie meinen Sie das?«

»Sie sind in diesen Fall tiefer verstrickt, als für alle Beteiligten gut ist. Verstehen Sie mich nicht falsch«, fuhr er fort, ohne auf einen Einwand von ihr zu warten. »Eben die Empathie, die Sie in vielen Fällen für die Opfer einer Straftat entwickeln, macht Sie zu einer Staatsanwältin von besonderem Format. Sie erkennen dadurch Dinge, die wir anderen manchmal übersehen; Sie sind dadurch um so stärker motiviert und kämpfen um so härter. Aber hier spüre ich noch etwas anderes. Habe ich recht? Und werden Sie mir sagen, was es ist?«

Jess zuckte die Achseln und wehrte sich verzweifelt gegen das aufsteigende Bild ihrer Mutter. »Vielleicht mag ich nur nichts Unerledigtes.« Sie versuchte zu lächeln und schaffte es nicht. »Oder vielleicht kämpfe ich einfach gern.«

»Aber selbst Sie brauchen eine Waffe, mit der Sie kämpfen können«, erwiderte Tom Olinsky. »Hier haben wir keine. Ein guter Verteidiger – und Ihr geschiedener Mann ist ein sehr guter Verteidiger – würde uns in Fetzen reißen. Wir brauchen Beweise, Jess. Wir brauchen eine Leiche.«

Jess sah Connie DeVuono vor sich, wie sie ihr mit blitzenden Augen in dem kleinen Besprechungszimmer gegenübergesessen hatte, und versuchte, sich die Frau kalt und leblos auf einer verlassenen Straße liegend vorzustellen. Das Bild ließ sich leichter imaginieren, als Jess vorausgesehen hatte. Es verursachte ihr Brechreiz. Sofort presste sie die Lippen aufeinander und biss die Zähne zusammen, bis sie schmerzten.

Sie sagte kein Wort, nickte nur bestätigend und ging hinaus. Man hatte die Halloween-Dekorationen abgenommen und die Korridore im Hinblick auf das nahe Erntedankfest mit Darstellungen von Pilgervätern und gerupften Truthähnen neu geschmückt. Jess holte nur ihren Mantel aus ihrem Büro und verabschiedete sich von ihren Mitarbeitern, die, obwohl es bereits nach fünf war, Erstaunen darüber zeigten, dass sie so früh ging.

Sie wäre gern länger geblieben. An Arbeit mangelte es ihr nicht. Aber sie hatte keine Wahl. Sie hatte ihr Wort gegeben. Nach zehn Tagen ständiger Entschuldigungen: *Ich kann wirklich nicht, ich kann vor Arbeit kaum aus den Augen schauen*, hatte Jess schließlich dem Drängen ihrer Schwester nachgegeben, ein Treffen mit Sherry Hasek zu vereinbaren, der neuen Frau im Leben ihres Vaters. Um sieben zum Essen. Im *Bistro 110*. Ja, ich komme. Ganz bestimmt.

Ihren Schwager und die neue Liebe ihres Vaters an einem Abend zusammen, ein bisschen viel auf einmal. »Genau das, was ich brauche«, schimpfte Jess laut und sah mit Erleichterung, dass sie den Aufzug für sich hatte. »Das hat mir als Krönung dieses herrlichen Tages gerade noch gefehlt.«

Im nächsten Stockwerk hielt der Aufzug an, und eine

Frau stieg ein, als Jess noch mitten im Satz war. Jess verzog ihren Mund rasch zu einem Gähnen.

»Sie hatten wohl einen langen Tag?«, fragte die Frau, und Jess hätte beinahe gelacht.

Die Ereignisse des Tages liefen wie ein auf schnellen Vorlauf geschaltetes Video vor ihrem inneren Auge ab. Sie sah sich vor Richter Earl Harris stehen, Seite an Seite mit ihrem geschiedenen Mann, der im Namen seines Mandanten dessen Recht auf einen schnellen Prozess über die ihm zur Last gelegte Vergewaltigung Connie DeVuonos geltend machte. »Aufgeschobene Gerechtigkeit ist verweigerte Gerechtigkeit«, erklärte er.

Sie sah Rick Fergusons spöttisches Grinsen, hörte ihre eigene schwache Entgegnung. »Euer Ehren, wir müssen einen Vertagungsantrag stellen, weil unsere Zeugin für eine Verhandlung am heutigen Tag nicht zur Verfügung steht.«

»Welchen Tag wünschen Sie?«, fragte Richter Harris.

»Geben Sie uns eine Frist von dreißig Tagen«, bat Jess.

»Da haben wir bald Weihnachten«, erinnerte der Richter sie.

»Ja, Euer Ehren.«

»Gut, dreißig Tage.«

»Na, hoffen wir, dass die gute Frau in dreißig Tagen wiederauftaucht«, sagte Rick Ferguson und gab sich keine Mühe, das Lachen in seiner Stimme zu unterdrücken. »Ich hab keine Lust, immer wegen nichts und wieder nichts hier reinzufahren.«

Jess lehnte sich an die Aufzugwand, prustete verächtlich und tat so, als hätte sie einen Husten.

»Alles in Ordnung?«, fragte die Frau neben ihr.

»Ja, danke«, antwortete Jess und erinnerte sich des späteren Ärgers mit der Autowerkstatt, zu der sie gleich am frühen Morgen ihren Wagen gebracht hatte. »Wieso können Sie mein Auto nicht bis heute Abend fertigmachen? Es ist doch nur ein Scheibenwischer!« Jetzt musste sie die Hochbahn nach Hause nehmen, eine unangenehme, lange Fahrt, es würde bestimmt voll sein, und sie würde keinen Sitzplatz bekommen. Außerdem würde sie sich abhetzen müssen, um pünktlich um sieben im Restaurant zu sein.

Ich könnte ja ein Taxi nehmen, dachte sie, obwohl sie wusste, dass nirgends in der Gegend ein Taxi zu finden sein würde. Die Fahrer hassten es, auch nur in die Nähe der Gegend um die 26. Straße und die California Avenue zu kommen, ganz besonders nach Einbruch der Dunkelheit. Sie hätte natürlich von ihrem Büro aus ein Taxi anrufen können, aber das wäre zu einfach gewesen. Oder sie hätte Don anrufen können. Nein, das würde sie niemals tun. Sie war ihm böse, ja, sie war wütend auf ihn. Weshalb? Weil er objektiv war? Weil er glaubte, Rick Ferguson könnte unschuldig sein? Weil er es ablehnte, über seinen Gefühlen für sie die Rechte seines Mandanten zu vergessen? Weil er ein derart guter Anwalt war? Ja, das alles waren Gründe, gestand sie sich ein.

Es ist also gar nicht alles in Ordnung mit mir, dachte sie, als der Aufzug im dritten Stock anhielt und mehrere große Schwarze mit bunten Wollmützen hereinkamen. Sie war frustriert und verdrossen und wütend. »Scheiße«, murmelte einer der Schwarzen, als sich die Aufzugtür im Erdgeschoss öffnete.

Du sprichst mir aus der Seele, dachte Jess und schob ihre Handtasche unter ihren Mantel, als sie durch das Foyer zur Drehtür eilte.

Draußen war es sehr kalt. Die Meteorologen hatten einen ungewöhnlich kalten November vorausgesagt, und bisher hatten sie recht gehabt. Für Dezember hatten sie große Schneemengen angekündigt. Und Jess hatte noch immer keine neuen Winterstiefel gekauft.

Sie ging zur Bushaltestelle an der Ecke und war einen Moment überwältigt von dem, was die Dunkelheit nicht verbergen konnte: die Stadtstreicherinnen, die ihr gesamtes Hab und Gut zum Schutz gegen die Kälte auf dem Leib trugen; die Verrückten, die mit unsichtbaren Dämonen kämpften, mit Flaschen in den Händen und ohne Schuhe an den Füßen ziellos herumstreunten; die jungen Leute, die so vollgepumpt waren mit Drogen, dass sie weder die Energie noch die Neigung besaßen, sich die Nadeln aus den dürren Armen zu ziehen; die Zuhälter; die Prostituierten; die Dealer; die Desillusionierten. Das alles war hier, wie Jess wusste, und breitete sich von Jahr zu Jahr weiter aus. Als sähe man einer Krebsgeschwulst beim Wachsen zu, dachte sie.

Sie fuhr mit dem Bus bis zur 8. Straße, nahm dort die U-Bahn zur State Street, stieg in die Hochbahn um, alles ganz ruhig und selbstverständlich. Ich wollte, Don könnte mich jetzt sehen, dachte sie und hätte beinahe gelacht. Er hätte getobt. »Bist du denn total übergeschnappt?«, konnte sie ihn brüllen hören. »Weißt du nicht, wie gefährlich die Hochbahn ist, besonders abends? Was willst du eigentlich beweisen?«

Ich will nur nach Hause, antwortete sie lautlos. Sie war nicht bereit, sich von jemandem einschüchtern zu lassen, der nicht da war.

Auf dem Bahnsteig der Hochbahn war es laut, schmutzig, und es wimmelte von Menschen. Ein junger Mann rammte Jess von hinten, entschuldigte sich nicht einmal, als er an ihr vorbeieilte. Eine ältere Frau trat ihr auf den Fuß, als sie sich an ihr vorbei nach vorn schob, und sah sie dann so wütend an, als müsse sich Jess bei *ihr* entschuldigen. Schwarze Gesichter, braune Gesichter, weiße Gesichter. Kalte Gesichter, dachte Jess und sah sie alle in Eisblau. Fröstelnde Menschen in der Dunkelheit. Jeder mit ein wenig Angst vor dem anderen. Als sähe man einer Krebsgeschwulst beim Wachsen zu, dachte sie wieder und sah plötzlich das Gesicht ihrer Mutter in einem der vorderen Fenster des einfahrenden Zugs.

Der Zug hielt an, und Jess wurde von der Menge zu den Türen gestoßen. Sie war sich kaum bewusst, dass ihre Füße den Boden berührten. Im nächsten Augenblick wurde sie wie von einer Welle hochgetragen und landete auf einer zerschlissenen Kunstlederbank, eingequetscht zwischen einem großen Schwarzen auf ihrer rechten und einer alten Mexikanerin mit einer großen Einkaufstasche am Arm auf ihrer linken Seite. Auf der anderen Seite des Ganges voller Menschen saß eine Filipina, die sich krampfhaft bemühte, ein zappelndes Kind auf ihrem Schoß festzuhalten. Eine Pfeife schrillte. Der Zug setzte sich mit einem Ruck in Bewegung, fuhr weiter. Körper schwankten im Rhythmus mit der Bewegung des Zugs. Wintermäntel versperrten Jess wie dichte Vorhänge die Sicht. Warmer Atem erhitzte die Luft rund um sie herum.

Jess schloss die Augen, sah sich als kleines Mädchen, das fest die Hand der Mutter umklammert hielt, während sie auf einem Bahnsteig standen und auf die Hochbahn warteten. »Es ist doch nur ein Zug, Schatz«, hatte ihre Mutter gesagt und die verängstigte Kleine in die Arme genommen, als der Zug donnernd angefahren kam. »Du brauchst keine Angst zu haben.«

Wo war ich, als *du* Angst hattest?, fragte sich Jess jetzt. Wo war ich, als *du* mich gebraucht hast?

»Das muss ich mir von dir nicht gefallen lassen, Jess!«, hörte sie ihre Mutter weinend rufen, ihr schönes Gesicht tränenüberströmt.

Der Zug hielt mit quietschenden Bremsen an. Jess ließ ihre Augen weiter geschlossen, hörte, wie sich die Türen öffneten, spürte den Wechsel der Passagiere, den Druck von noch mehr Menschen an ihren Knien. Wieder schrillte die Pfeife. Die Türen schlossen sich. Langsam fuhr der Zug an und legte Geschwindigkeit zu. Jess hielt die Augen geschlossen, während der Zug durch die Stadtmitte raste.

Sie erinnerte sich des Tages, an dem ihre Mutter verschwunden war.

Es war sehr heiß gewesen, selbst für August, schon vor zehn Uhr morgens fast dreißig Grad. Jess war in Shorts und einem alten T-Shirt in die Küche hinuntergekommen. Ihr Vater war auf Geschäftsreise; Maureen in der Bibliothek, um sich auf ihre Rückkehr nach Harvard vorzubereiten. Ihre Mutter stand am Telefon in der Küche. Sie trug ein Kostüm aus weißem Leinen, war sorgfältig geschminkt und frisiert, das Haar aus dem Gesicht gebürstet. Sie wollte offensichtlich ausgehen.

»Wohin gehst du?«, hatte Jess gefragt.

Die Stimme ihrer Mutter klang leicht gereizt. »Nirgends«, antwortete sie.

»Seit wann machst du dich so schick, wenn du nirgends hinwillst?«

Die Worte wiederholten sich im Rattern des Zuges. Seit wann machst du dich so schick, wenn du nirgends hinwillst? Seit wann machst du dich so schick, wenn du nirgends hinwillst? Seit wann machst du dich so schick, wenn du nirgends hinwillst?

Der Zug ruckte und schlingerte, und jemand fiel über Jess' Knie. Sie öffnete die Augen und sah eine ältere Schwarze, die sich bemühte, wieder auf die Beine zu kommen.

»Entschuldigen Sie vielmals«, sagte die Frau.

»Das macht doch nichts«, sagte Jess und gab ihr die Hand, um sie zu stützen, wollte aufstehen und ihr ihren Platz anbieten.

Da sah sie ihn.

»Mein Gott!«

»Hab ich Ihnen weh getan?«, fragte die alte Frau. »Das tut mir wirklich leid. Der plötzliche Ruck vorhin hat mich einfach umgeworfen. Bin ich Ihnen auf den Fuß gestiegen?«

»Nein nein, es ist nichts«, flüsterte Jess. Sie brachte die Worte nur mit Mühe hervor und starrte an der Frau vorbei den höhnisch grinsenden jungen Mann an, der sich mit hängenden Armen störrisch weigerte, sich irgendwo festzuhalten, und nur ein paar Schritte hinter ihr stand, gestützt und aufrechtgehalten von seinem trotzigen Widerstand.

Rick Ferguson starrte zurück. Dann verschwand er hinter einer Woge von Leibern.

Vielleicht hatte sie ihn überhaupt nicht gesehen. Sie sah sich suchend in dem überfüllten Waggon um, um ihn wiederzufinden. Sie fühlte sich an das Erlebnis mit dem weißen Chrysler vor ihrer Haustür erinnert. Vielleicht hatte sie überhaupt nichts gesehen. Vielleicht spielte ihre Phantasie ihr grausame Streiche. Vielleicht aber auch nicht.

Ganz bestimmt nicht, sagte sich Jess; sie war es leid, so zu tun, als wäre Täuschung, was sie wusste. Sie stand auf. Sofort wurde ihr Platz von jemand anderem eingenommen. Sie drängte sich zur anderen Seite des Waggons durch.

Er stand mit dem Rücken an der Tür. Er hatte Bluejeans und die braune Lederjacke an, die er an jenem Morgen bei Gericht getragen hatte. Das lange, schmutzig blonde Haar war zu einem Pferdeschwanz gebunden, der Blick seiner stumpfen braunen Augen barg seine ganze Vergangenheit in sich: das zerrüttete Zuhause, den prügelnden Vater, die trunksüchtige Mutter, die vernichtende Armut, die häufigen Zusammenstöße mit dem Gesetz, die Aufeinanderfolge zermürbender Fabrikjobs, die häufigen Entlassungen, die Kette misslungener Beziehungen zu Frauen, die Wut, die Bitterkeit, die Verachtung. Und immer dieses Lächeln, schmallippig, freudlos, *falsch.*

»Entschuldigen Sie«, sagte Jess zu einem schmächtigen Mann, der ihr den Weg versperrte, und der Mann machte ihr augenblicklich Platz. Rick Fergusons Lächeln wurde breiter, als Jess ihm direkt vor die Augen trat.

»Na so was«, sagte er. »In Fleisch und Blut.«

»Verfolgen Sie mich?«, fragte Jess so laut, dass ihre Worte von allen im Wagen gehört werden konnten.

Er lachte. »Ich? Sie verfolgen? Weshalb sollte ich das tun?«

»Genau das sollen Sie mir sagen.«

»Ich brauche Ihnen gar nichts zu sagen«, erwiderte er und blickte über ihren Kopf hinweg zum Fenster hinaus. »Das hat mein Anwalt auch gesagt.«

Der Zug verlangsamte die Fahrt, als er sich der nächsten Haltestelle näherte.

»Was machen Sie in diesem Zug?«, fragte Jess scharf.

Keine Antwort.

»Was machen Sie in diesem Zug?«, wiederholte sie.

Er kratzte sich an der Nase. »Ich mache eine kleine Fahrt.« Seine Stimme war träge, als wäre der Akt des Sprechens eine beinahe zu große Anstrengung.

»Wohin?«, fragte Jess.

Er sagte nichts.

»Wo steigen Sie aus?«

Er lächelte. »Das weiß ich noch nicht.«

»Ich möchte wissen, wohin Sie fahren.«

»Vielleicht fahre ich nach Hause.«

»Ihre Mutter wohnt in der Aberdeen Street. Das ist die andere Richtung.«

»Vielleicht fahr ich gar nicht zu meiner Mutter.«

»Dann verstoßen Sie gegen die Haftverschonungsbestimmungen. Ich kann Sie festnehmen lassen.«

»In meinen Kautionsbedingungen heißt es, dass ich bei meiner Mutter leben muss, solange ich auf Kaution frei bin. Aber es steht nicht drin, mit welchen Zügen ich fahren darf oder nicht«, versetzte er.

»Was haben Sie mit Connie DeVuono gemacht?«, fragte sie in der Hoffnung, ihn mit ihrer Frage zu überraschen.

Rick Ferguson blickte zur Decke hinauf, als überlegte er sich tatsächlich eine Antwort. »Einspruch!«, höhnte er dann. »Ich glaube nicht, dass mein Anwalt mit dieser Frage einverstanden wäre.«

Der Zug kam mit einem Ruck zum Stehen. Jess suchte nach einem Halt und fand keinen, sie verlor das Gleichgewicht und fiel vornüber, Rick Ferguson an die Brust. Er packte sie, umfasste mit beiden Händen ihre Arme so fest, dass Jess förmlich spüren konnte, wie sich die Blutergüsse bildeten.

»Lassen Sie mich los!«, schrie Jess. »Lassen Sie mich augenblicklich los!«

Rick Ferguson hob die Hände in die Luft. »Hey, ich wollte Ihnen doch nur helfen.«

»Ich brauche Ihre Hilfe nicht.«

»Aber Sie wären beinahe gestürzt«, sagte er, zog seine Lederjacke gerade und zuckte die Achseln. »Und wir möchten doch nicht, dass Ihnen etwas passiert. Nicht jetzt, wo es gerade anfängt, interessant zu werden.«

»Was soll das heißen?«

Er lachte. »Na so was!«, rief er, den Blick an ihr vorbei zum Fenster hinaus gerichtet. »Hier muss ich raus.« Er drängte sich zur Tür durch. »Bis demnächst«, sagte er und glitt zur Tür hinaus, kurz bevor diese sich wieder schloss.

Als der Zug abfuhr, sah Jess Rick Ferguson auf dem Bahnsteig stehen und winken.

Sie saß nackt auf dem Bett, ihre Kleider sorgfältig zurechtgelegt neben sich, und war nicht fähig, eine Bewegung zu machen. Sie war nicht sicher, wie lange sie schon so gesessen hatte, wie viel Zeit verstrichen war, seit sie aus der Dusche gekommen war, wie viele Minuten abgelaufen waren, seit sie gemerkt hatte, dass ihre Beine gefühllos wurden und ihr Atem mühsam und schwer. Das ist doch lächerlich, sagte sie sich. Das geht doch nicht. Alle warten auf dich. Du kommst zu spät. Das kannst du doch nicht machen.

Sie konnte nichts dagegen tun.

Sie konnte sich nicht rühren.

»Los, Jess«, sagte sie laut. »Stell dich nicht an. Setz dich in Bewegung. Du musst dich anziehen.« Sie blickte zu dem schwarzen Seidenkleid hinunter, das neben ihr lag. »Komm schon! Du hast schon alles zurechtgelegt. Du brauchst es nur noch anzuziehen.«

Sie konnte nicht. Ihre Hände, die in ihrem Schoß lagen, waren wie gelähmt.

Der Anfall von Panik hatte in Form eines Kribbelns in einer Seite begonnen, als sie aus der Dusche gekommen war. Anfangs hatte sie versucht, es mit ihrem Handtuch wegzurubbeln, aber es hatte sich rasch in Magen und Brust, dann in Hände und Füße ausgebreitet. Sie begann sich benommen zu fühlen, ihre Beine wurden taub, sie musste sich setzen. Bald bereitete jeder Atemzug ihr Schmerzen.

Das Telefon neben dem Bett begann zu läuten.

Jess starrte es an, unfähig, den Hörer abzunehmen. »Bitte hilf mir«, flüsterte sie. Sie zitterte am ganzen Körper vor Kälte. »Bitte, hilf mir doch jemand.«

Das Telefon klingelte einmal, zweimal, dreimal ... Nach dem zehnten Mal hörte es auf. Jess schloss die Augen, schwankte, fühlte die Angst in sich aufsteigen wie eine drohende Flut. »Bitte hilf mir«, rief sie wieder. »Hilf mir doch.« Sie starrte in den Spiegel gegenüber vom Bett. Ein kleines verängstigtes Mädchen starrte zurück. »Bitte hilf mir, Mami«, jammerte das kleine Mädchen. »Versprich mir, dass mir nichts passiert.«

»O Gott«, stöhnte Jess. Sie krümmte sich so tief, dass sie mit der Stirn ihre Knie berührte. »Was ist nur los mit mir? Was ist nur mit mir?«

Wieder begann das Telefon zu läuten. Einmal ... zweimal ... dreimal.

Mit einer Anstrengung richtete Jess sich auf. Immer noch

läutete das Telefon. Viermal ... fünfmal. Mit eisernem Willen schob sie ihre Hand zum Telefon, beobachtete sie, als gehörte sie jemand anders, wie sie den Hörer an ihr Ohr führte.

»Hallo, Jess? Jess, bist du da?«

»Maureen?«, flüsterte Jess verzweifelt.

»Jess, wo bleibst du denn? Was tust du noch zu Hause? Du müsstest längst hier sein.« Maureens Stimme klang ungeduldig.

»Wie spät ist es denn?«

»Es ist fast acht. Wir warten seit sieben Uhr. Wir sind alle völlig ausgehungert. Außerdem machen wir uns Riesensorgen um dich. Ich rufe seit einer halben Stunde unentwegt an. Was ist denn nur los? Du kommst doch sonst nie zu spät.«

»Ich bin gerade erst nach Hause gekommen«, log Jess, die ihre Beine immer noch nicht fühlen konnte.

»Ja los, dann komm endlich her.«

»Ich kann nicht«, antwortete Jess.

»Was?«

»Bitte, Maureen, ich kann nicht. Es geht mir nicht gut.«

»Jess, du hast es versprochen.«

»Ich weiß, aber ...«

»Kein aber!«

»Ich kann nicht. Wirklich nicht.«

»Jess ...«

»Bitte sag Dad, es tut mir wirklich leid, aber wir müssen das Treffen verschieben.«

»Das kannst du doch nicht machen, Jess.«

»Ehrlich, Maureen, ich glaube, ich brüte irgendwas aus.« Sie konnte hören, dass ihre Schwester weinte.

»Wein doch nicht, Maureen. Bitte. Ich hab das doch nicht geplant. Ich hab mir schon meine Sachen alle zurechtgelegt. Aber ich schaff es einfach nicht.«

Eine Sekunde blieb es still. »Na schön, mach was du willst«, sagte ihre Schwester. Und legte auf.

»Mist!«, schrie Jess und knallte den Hörer auf die Gabel. Die lähmende Lethargie war plötzlich verschwunden. Sie sprang auf. Was, zum Teufel, hatte das zu bedeuten? Was machte sie eigentlich mit sich selbst? Und mit ihrer Familie?

Hasste sie es nicht, wenn die Leute sich verspäteten? Achtete sie nicht immer darauf, pünktlich zu sein? Kam sie zu einer Verabredung nicht immer als Erste? Acht Uhr, du lieber Gott! Anderthalb Stunden hatte sie da auf dem Bett gehockt. Nackt auf ihrem Bett gesessen, ihre Kleider neben sich, unfähig, sie anzuziehen, unfähig, eine Bewegung zu machen.

Anderthalb Stunden. Der schlimmste Anfall bisher. Der längste. Wie sollte das denn werden, wenn so etwas im Gerichtssaal passierte, so ein Anfall sie bei einem wichtigen Kreuzverhör lähmte? Was würde sie dann tun?

Sie konnte dieses Risiko nicht eingehen. Sie durfte so etwas nicht geschehen lassen. Sie musste etwas unternehmen. Sie musste sofort etwas unternehmen.

Jess ging zu ihrem Schrank, holte ihre lange schwarze Hose heraus und griff in sämtliche Taschen. Sie fand den Zettel, auf dem ihre Schwester ihr die Telefonnummer ihrer Freundin Stephanie Banack aufgeschrieben hatte.

»Stephanie Banack«, las Jess laut und fragte sich, ob die Therapeutin ihr überhaupt helfen konnte. »Ruf sie an, dann wirst du's schon merken.«

Jess tippte die Nummer ein, und erst da fiel ihr plötzlich

ein, wie spät es schon war. Sie würde wahrscheinlich nur den Anrufbeantworter erwischen. Während sie noch überlegte, ob sie eine Nachricht hinterlassen sollte oder nicht, wurde bereits abgehoben.

»Stephanie Banack.« Die Stimme klang angenehm.

Jess war verwirrt. »Oh, Entschuldigung, ist das ein Band?«

Stephanie Banack lachte. »Nein, das bin ich live. Was kann ich für Sie tun?«

»Hier spricht Jess Koster«, sagte Jess. »Maureens Schwester.«

Eine Sekunde blieb es still. Dann sagte Stephanie Banack: »Hallo, Jess, wie geht es dir? Ist alles in Ordnung?«

»Maureen geht es gut, falls du das meinen solltest. Es geht um mich«, fügte sie hastig hinzu, weil sie fürchtete, sie würde überhaupt nicht weitersprechen, wenn sie jetzt zögerte. »Ich wollte dich fragen, ob ich mal zu einem Gespräch zu dir kommen kann – möglichst bald. Natürlich nur, wenn du Zeit hast.«

»Oh, die Zeit nehme ich mir«, antwortete die Therapeutin. »Passt es dir morgen Mittag?«

Jess zögerte, stammelte. Eine so prompte Reaktion hatte sie nicht erwartet.

»Entschließ dich, Jess. Ich opfere meine Mittagspause nicht für jeden.«

Jess nickte. »Morgen Mittag«, stimmte sie zu. »Um zwölf, okay?«

9

Stephanie Banack hatte ihre Praxis in der Michigan Avenue, direkt im Zentrum. »Sie ist offensichtlich sehr erfolgreich«, nuschelte Jess in ihren Mantelkragen, während sie auf einen Aufzug wartete, der sie in die dreizehnte Etage hinaufbringen sollte. Sie hatte Stephanie Banack seit Jahren nicht mehr gesehen, hatte auch nie das geringste Verlangen verspürt, sie zu sehen, hatte die andauernde Freundschaft ihrer Schwester mit der Frau nie verstanden. Aber es gab vieles an Maureen, das Jess nicht verstand. Besonders in letzter Zeit. Doch das war eine andere Geschichte. Das hatte mit den Gründen ihres Hierseins nichts zu tun.

Aber warum war sie überhaupt hier?

Jess sah sich in dem großen Foyer mit den Spiegelwänden und dem schwarz-weißen Marmorboden um, während sie nach einer Antwort suchte. Es gab keinen Grund, sagte sie sich sofort. Es gab nicht einen guten Grund für diesen Besuch bei Stephanie Banack. Sie vergeudete wertvolle Zeit und Energie für etwas, was weder das eine noch das andere erforderte. Sie sah auf ihre Uhr und stellte fest, dass es fünf vor zwölf war. Sie hatte noch Zeit, oben anzurufen und den Termin abzusagen, ohne der Freundin ihrer Schwester ernsthafte Ungelegenheiten zu bereiten. Die Frau hatte gesagt, sie würde auf ihre Mittagspause verzichten, um für Jess eine Stunde Zeit zu haben. Nun würde sie das nicht mehr tun müssen. Sie würde ihr also mit ihrer Absage einen Gefallen tun.

Jess sah sich gerade nach einem Telefon um, als sich die Türen des Aufzugs öffneten, dem sie am nächsten stand.

Die leere Kabine sah sie an, als wollte sie sagen, nun, was wirst du tun? Ein Telefon ist nicht in der Nähe, und ich warte nicht ewig. Entschließ dich, komm endlich zu Potte. Also, was wirst du tun?

»Ich fahr mit dir rauf«, antwortete Jess, froh, dass niemand im Foyer war, der sie hören konnte. Das ist ja wohl das Letzte, dachte sie, jetzt rede ich sogar schon mit Aufzügen. Sie trat in die Kabine, die Türen schlossen sich hinter ihr.

Innen war der Aufzug auf drei Seiten mit Spiegeln getäfelt, genau wie das Foyer, und Jess entdeckte, dass sie, ganz gleich, wie sie den Kopf drehte, unweigerlich ihrem Spiegelbild ins Auge sah. Hatten sich das die Therapeuten, die hier im Haus ihre Praxis hatten, extra ausgedacht? Wollten sie auf diese Weise ihre widerwilligen Patienten zwingen, sich mit sich selbst zu konfrontieren? »Lass mich bloß in Ruhe«, sagte Jess laut, entschlossen, sich nicht von ihrem eigenen Spiegelbild einschüchtern zu lassen.

Die Aufzugtüren öffneten sich im dreizehnten Stock. Jess blieb an die hintere Wand gedrückt stehen. In ihrem Rücken spürte sie das Vibrieren der Kabine. Es schien sie sachte vorwärtszuschubsen. Erst willst du nicht hereinkommen; jetzt willst du nicht aussteigen. Trotzig trat Jess in den Flur hinaus. Sie musste sich regelrecht auf die Zunge beißen, um dem Aufzug nicht Lebwohl zu sagen. »Du hast soeben die Grenze von der Neurotikerin zur total Bescheuerten überschritten«, sagte sie zu sich, während sie auf dem weichen blaugrauen Teppich zur richtigen Tür am Ende des Korridors ging. STEPHANIE BANACK stand in goldenen Lettern auf dunkler Eiche, gefolgt von einem beeindruckenden Schwanz akademischer Grade.

Viel zu beeindruckend, dachte Jess, die sich des ungraziösen jungen Mädchens erinnerte, das ihrer Schwester zeitweise nicht von der Seite gewichen war. Sie konnte sie sich nicht als eine Frau vorstellen, die fähig war, so viele Buchstaben hinter ihrem Namen zu versammeln: M. A., Dr. phil., Dr. med. Die Frau leidet eindeutig unter einem Mangel an Selbstbewusstsein, sagte sich Jess. All diese kostspieligen akademischen Grade, wo sie doch wahrscheinlich nur eine Nasenkorrektur gebraucht hätte.

Jess streckte gerade die Hand nach dem Türknauf aus, als die Tür geöffnet wurde, und eine junge Frau mit blondem Pferdeschwanz und lila Lidschatten heraustrat. Sie lächelte, so ein unverbindliches Lächeln, das in sämtliche Richtungen zugleich strahlte.

»Sind Sie Jess Koster?«, fragte sie.

Jess trat einen Schritt zurück und überlegte im Stillen, ob sie sich zu ihrem Namen bekennen sollte. Dann nickte sie stumm.

»Ich bin Dr. Banacks Sprechstundenhilfe. Dr. Banack erwartet Sie. Sie können gleich hineingehen.«

Sie hielt Jess die Tür auf, und Jess trat tapfer, mit angehaltenem Atem, in die Praxis. Sie brauchte jetzt nur ein paar Sekunden zu warten, bis sie sicher sein konnte, dass die Sprechstundenhilfe weg war, dann konnte sie wieder gehen. Sie würde unten auf der Straße von einer öffentlichen Zelle aus bei Stephanie Banack, M. A., Dr. phil., Dr. med., anrufen und ihr sagen, dass eine Beratung nun doch nicht erforderlich sei. Niemand brauchte ihr zu sagen, dass sie verrückt war; das hatte sie schon ganz allein herausgefunden. Unnötig, Stephanie Banacks Zeit zu verschwenden. Unnötig, dass sie auf ihr Mittagessen verzichtete.

Das Vorzimmer war gar nicht übel, wie Jess feststellte, während sie in den Flur hinaushorchte, um das Öffnen und Schließen der Aufzugtür nicht zu überhören. Wände und Teppich waren in einem weichen Grau gehalten, die beiden Sessel an der einen Wand hatten einen Bezug in frischem Minzgrün mit grauen Streifen. Auf einem niedrigen Glastisch lagen die neuesten Nachrichtenmagazine und Modejournale. Der Schreibtisch der Sprechstundenhilfe, auf dem ein Computerbildschirm stand, war aus hellem Eichenholz. Mehrere Calder- und Miró-Poster zierten die Wände, und neben einem schmalen Wandschrank hing ein langer Spiegel. In der Ecke neben dem Fenster stand eine große Grünpflanze. Alles in allem sehr freundlich und einladend. Sogar beruhigend.

»Ich muss hier raus«, sagte Jess zu sich.

»Jess, bist du das?« Die Stimme aus dem anschließenden Raum war klar, freundlich, bestimmt.

Jess sagte nichts. Ihr Blick war auf die halb geöffnete Tür gerichtet.

»Jess?«

Jess hörte, wie drinnen jemand aufstand, nahm die Präsenz Stephanie Banacks wahr, noch ehe diese sich an der Tür zeigte.

»Jess?«, fragte Stephanie Banack und zwang Jess, sie anzusehen.

»Mensch, du bist ja eine Schönheit«, rief Jess, ohne zu überlegen.

Stephanie Banack lachte, ein volles, sattes Lachen, das von seelischer Gesundheit strotzte, dachte Jess und gab Stephanie Banack die Hand.

»Du hast mich wohl nach meiner Nasenoperation nicht mehr gesehen.«

»Du hast dir die Nase operieren lassen?«, fragte Jess scheinheilig.

»Ja, und ich hab mir das Haar heller färben lassen. Komm, gib mir deinen Mantel.«

Jess ließ sich von Stephanie Banack aus dem Mantel helfen und wartete, bis sie ihn im Schrank aufgehängt hatte. Sie fühlte sich plötzlich nackt trotz ihres Pullovers und des schweren Wollstoffs ihres Rockes.

Stephanie Banack wies mit einer lockeren Handbewegung auf ihr Zimmer. »Gehen wir hinein.«

Die weichen Grau- und Grüntöne des Vorzimmers wiederholten sich in dem großen hellen Raum. Am Fenster stand ein großer Schreibtisch mit vielen gerahmten Fotografien dreier lachender Jungen. Davor stand ein Drehsessel. Das beherrschende Möbelstück im Zimmer jedoch war der große, mit grauem Leder bezogene Ruhesessel, der in der Mitte stand.

»Wir haben uns lange nicht mehr gesehen«, sagte Stephanie Banack. »Wie geht es dir?«

»Gut.«

»Bist du noch bei der Staatsanwaltschaft?«

»Ja.«

»Und du fühlst dich dort wohl?«

»Sehr.«

»Du bist hier nicht im Zeugenstand, Jess. Du brauchst deine Antworten nicht auf ein Wort zu beschränken.« Stephanie Banack klopfte auf dem Weg zu ihrem Schreibtisch leicht auf die hohe Rückenlehne des grauen Ledersessels. Sie setzte sich und drehte ihren Sessel in Jess' Richtung. »Setz dich doch.«

Aber Jess blieb stur stehen. Sie sah die stolze Kopfhaltung Stephanie Banacks, die ruhige Gelassenheit ihrer Bewegungen, die Wärme und die Offenheit ihres Lächelns. Sie konnte nur in die falsche Praxis geraten sein. Oder vielleicht war sie in der richtigen Praxis, aber bei der falschen Therapeutin. Die Stephanie Banack, die Jess zu sehen erwartet hatte, zeichnete sich durch eine schlechte Haltung und muffige Verschlossenheit aus. Sie trug schlecht sitzende geerbte Kleider, keine eleganten Hosenanzüge von Armani. Diese Frau hier musste eine andere Stephanie Banack sein. Es war nicht völlig ausgeschlossen, dass es im Zentrum von Chicago zwei Psychotherapeutinnen namens Stephanie Banack gab. Vielleicht waren sie *beide* gute Freundinnen ihrer Schwester. Oder vielleicht war diese Frau hier eine Betrügerin, eine Patientin, die die wahre Stephanie Banack ermordet hatte und in ihre Rolle geschlüpft war. Vielleicht war es das Klügste, so schnell wie möglich von hier zu verschwinden.

Oder vielleicht sollte sie sich in die nächste Nervenklinik einweisen lassen. Sie war ja offensichtlich total plemplem.

»Es war wahrscheinlich ein Fehler«, hörte sie sich sagen, befremdet sogar vom Klang ihrer eigenen Stimme.

»Was?«

»Hierherzukommen.«

»Warum sagst du das?«

Jess schüttelte den Kopf, ohne zu antworten.

»Jess, nun bist du schon mal da, warum setzt du dich nicht? Du brauchst mir nichts zu sagen, was du nicht sagen willst.«

Jess nickte, aber sie rührte sich nicht von der Stelle.

»Als du gestern Abend angerufen hast«, sagte Stephanie Banack vorsichtig, »wirktest du sehr erregt.«

»Ich habe überreagiert.«

»Worauf?«

Jess zuckte die Achseln. »Das weiß ich selber nicht genau.«

»Du hast mir eigentlich nie den Eindruck gemacht, als wärst du jemand, der zu Überreaktionen neigt.«

»Vielleicht war ich damals auch nicht so.«

»Vielleicht war es auch diesmal keine Überreaktion.«

Jess trat zögernd ein paar Schritte weiter in den Raum und berührte das weiche Leder des Ruhesessels. »Hast du mit Maureen gesprochen?«

»Wir telefonieren im Allgemeinen jede Woche einmal miteinander.«

Jess zögerte. »Ich meine, hat sie mit dir gesprochen?«

Stephanie Banack neigte den Kopf ein wenig zur Seite. Jess fühlte sich an einen freundlichen Cockerspaniel erinnert. »Ich verstehe die Frage nicht ganz.«

»Über mich«, erklärte Jess. »Hat sie mit dir über mich gesprochen?«

»Sie erwähnte vor einigen Wochen, dass du möglicherweise anrufen würdest«, antwortete Stephanie Banack. »Sie sagte, du hättest einige Probleme.«

»Hat sie dir auch gesagt, was für welche?«

»Ich glaube nicht, dass sie das weiß.«

Jess kam um den großen Ruhesessel herum, ließ sich langsam in das weiche Leder sinken, hatte das Gefühl, dass es sie umschloss wie eine wärmende Hand. Der Sessel folgte ihren Bewegungen, ein Fußpolster kam wunderbarerweise ihren Füßen entgegen, als der Sessel sich nach rückwärts neigte. Jess hob ihre Füße und legte sie dankbar auf dem Polster ab. »Das ist ein toller Sessel.«

Stephanie Banack nickte.

»Und – was für einen Eindruck macht dir meine Schwester dieser Tage?«, fragte Jess, die sich sagte, da sie sich nun schon einmal gesetzt habe, könnte sie auch freundlich sein und ein wenig Konversation machen.

»Es scheint ihr blendend zu gehen. Die Mutterrolle passt zu ihr.«

»Findest du?«

»Du nicht?«

»Ich finde es eigentlich Verschwendung.« Jess sah zum Fenster. »Ich meine, natürlich finde ich nicht, dass es Verschwendung ist, Kinder großzuziehen«, erläuterte sie. »Aber jemand mit Maureens Intellekt und ihren Fähigkeiten, ganz zu schweigen von der Stellung, die sie aufgegeben hat – na ja, so ein Mensch sollte doch mehr aus seinem Leben machen, als den ganzen Tag Säuglinge zu wickeln und nach der Pfeife des Ehemanns zu tanzen.«

Stephanie Banack beugte sich vor. »Du findest, Maureen tanzt nach Barrys Pfeife?«

»Du nicht?«

Stephanie Banack lächelte. »Das ist mein Text.«

»Ich meine, meine Eltern haben ihr doch bestimmt nicht jahrelang das Studium bezahlt – und du weißt ja, wie teuer Harvard ist, auch wenn man einen Zuschuss bekommt –, nur damit sie dann alles hinschmeißt.«

»Glaubst du, euer Vater ist enttäuscht?«

»Ich weiß es nicht.« Jess blickte zu Boden. »Wahrscheinlich nicht. Er ist selig über seine Enkelkinder. Außerdem würde er sich nie was anmerken lassen, selbst wenn er enttäuscht wäre.«

»Und eure Mutter?«

Jess spürte, wie ihr Rücken sich verkrampfte. »Wie meinst du das?«

»Nun ja, du hast doch angedeutet, dass eure Eltern mit Maureens Entscheidung nicht glücklich wären …«

»Ich hab gesagt, ich glaube nicht, dass sie ihr jahrelang das Studium bezahlt haben, damit sie dann zu Hause bleibt und Kinder in die Welt setzt.«

»Was glaubst du, wie eure Mutter es sehen würde?«

Jess drehte den Kopf zur Seite und drückte ihr Kinn zur Schulter hinunter. »Die wäre wütend.«

»Wieso?«

Jess' Füße auf dem Fußpolster zuckten ungeduldig.

»Na hör mal, Stephanie, du warst doch selbst dauernd bei uns. Du hast meine Mutter gekannt. Du weißt, wie wichtig es für sie war, dass ihre Töchter eine gute Ausbildung bekommen, damit sie es im Leben zu etwas bringen und auf eigenen Füßen stehen können.«

»Eine Frau, die ihrer Zeit voraus war. Ja, ich weiß.«

»Na also, dann müsstest du doch wissen, wie sie sich angesichts von Maureens Leben fühlen würde.«

»Wie würde sie sich denn fühlen?«

Jess suchte nach den richtigen Worten. »Sie wäre zornig. Verwirrt. Und sie würde sich verraten fühlen.«

»Sind das auch deine Gefühle?«

»Ich rede davon, wie meine Mutter sich meiner Meinung nach fühlen würde.«

»Du glaubst also nicht, dass deine Mutter gewollt hätte, dass Maureen eine Familie gründet?«

»Das meine ich nicht.«

»Was meinst du denn?«

Jess blickte zur Decke hinauf, dann zum Fenster hinüber,

richtete schließlich ihren Blick auf die Frau, die ihr gegenübersaß. »Hör mal, du erinnerst dich doch bestimmt, wie außer sich meine Mutter war, als ich ihr damals sagte, dass ich Don heiraten würde …«

»Das waren aber ganz andere Umstände, Jess.«

»Wieso? Inwiefern waren sie anders?«

»Nun, zum einen warst du noch sehr jung. Don war wesentlich älter als du. Er arbeitete bereits als Anwalt in einer Kanzlei. Und du hattest gerade dein zweites Semester Jura hinter dir. Ich glaube nicht, dass deine Mutter gegen die Heirat an sich war; es war der Zeitpunkt, mit dem sie Probleme hatte.«

Jess begann, den durchsichtigen Lack auf ihren Fingernägeln abzuziehen. Sie sagte nichts.

»Maureen hingegen war fertig mit ihrer Ausbildung«, fuhr Stephanie fort. »Sie stand fest und sicher auf eigenen Füßen, als sie Barry kennenlernte und dann heiratete. Ich glaube nicht, dass eure Mutter etwas gegen ihre Entscheidung gehabt hätte, dem Berufsleben eine Weile den Rücken zu kehren, um Kinder großzuziehen.«

»Ich sag ja auch gar nicht, dass meine Mutter was dagegen gehabt hätte, dass Maureen heiratet und Kinder bekommt«, stellte Jess ärgerlich fest. »Sie hätte bestimmt nichts dagegen gehabt. Meine Mutter fand es herrlich, Kinder zu haben. Sie war gern verheiratet. Sie hatte es sich zum Ziel gemacht, die beste Ehefrau und Mutter zu sein, die man sich wünschen konnte. Aber …«

»Aber was?«

»Aber für ihre Töchter wollte sie mehr«, sagte Jess. »Ist das so schlimm? Muss man ihr das übelnehmen?«

»Das kommt darauf an, was die Tochter selbst will.«

Jess drückte einen Moment die Finger ihrer rechten Hand auf ihre Oberlippe und wartete, bis ihr Herz sich beruhigte, ehe sie wieder sprach. »Aber ich bin eigentlich nicht hergekommen, um mich über Maureen oder meine Mutter zu unterhalten.«

»Warum bist du denn hergekommen?«

»Das weiß ich eigentlich gar nicht.«

Einen Moment blieb es still. Zum ersten Mal bemerkte Jess die Uhr auf Stephanies Schreibtisch. Sie sah, wie der Minutenzeiger zum nächsten Teilstrich vorrückte. Wieder eine verlorene Minute. Verlorene Zeit. Sie dachte an all die Dinge, die sie zu erledigen hatte. Um halb zwei hatte sie einen Termin in der Gerichtsmedizin; um drei hatte sie einen Augenzeugen des Armbrustmords in ihr Büro bestellt; um vier hatte sie eine Besprechung mit mehreren Polizeibeamten. Sie hätte diese kostbare Mittagsstunde nutzen können, um sich vorzubereiten. Stattdessen saß sie hier und vertat die Zeit.

»Was hast du gestern Abend, als du mich anriefst, gerade getan?«, fragte Stephanie Banack.

»Wie meinst du das, was ich getan habe?«

Stephanie schien einen Moment verwirrt. »Das ist doch eine ganz klare Frage, Jess. Was hast du gestern Abend getan, bevor du mich angerufen hast?«

»Nichts.«

»Nichts? Und da hast du dir aus heiterem Himmel plötzlich gedacht, ach, ich hab Stephanie Banack jahrelang nicht mehr gesehen, ich glaub, ich ruf sie mal an?«

»So ungefähr.«

Wieder Schweigen. »Jess, ich kann dir nicht helfen, wenn du mir nicht einmal eine Chance dazu gibst.«

Jess wollte sprechen und konnte nicht.

»Jess, warum hast du deine Schwester nach meiner Nummer gefragt?«

»Das habe ich gar nicht getan.«

»Also hat sie dir vorgeschlagen, mich anzurufen?«

Jess zuckte die Achseln.

»Warum?«

»Das musst du schon sie fragen.«

»Jess, vielleicht ist es die Tatsache, dass ich mit deiner Schwester befreundet bin, die dir in dieser Situation Schwierigkeiten macht. Glaub mir, alles, was du hier sagst, wird von mir streng vertraulich behandelt. Aber vielleicht wäre es dir lieber, wenn ich dir jemand anders empfehle …«

»Nein«, sagte Jess schnell. »Es hat nichts mit dir zu tun. Es liegt an mir.«

»Dann erzähl mir von dir«, sagte Stephanie Banack mit freundlicher Aufforderung.

»Ich bekomme manchmal diese Angstanfälle.«

»Was meinst du mit Angstanfällen?«

»Panikgefühle.«

»Wie äußert sich das, wenn du diese Gefühle bekommst?«

Jess senkte den Blick und starrte in ihren Schoß. Die abgeblätterten Nagellackfetzen lagen wie glitzernde Pailletten auf ihrem schwarzen Rock. »Ich kriege Atemnot. Meine Glieder werden taub. Ich kann nicht mehr gehen. Meine Beine werden ganz kribblig und fangen an zu schlottern. Erst wird mir ganz leicht im Kopf, dann wird mir dumpf und schwer. Mein Herz fängt an zu rasen. Ich bekomme Beklemmungen, als drückte mir jemand die Brust zusammen. Ich bin wie gelähmt, kann mich überhaupt nicht mehr bewegen. Und mir wird speiübel.«

»Wie lange hast du diese Attacken schon?«

»Sie haben vor ein paar Wochen wieder angefangen.«

»Wieder?«

»Bitte?«

Stephanie Banack schlug die Beine übereinander. »Du hast gesagt, sie hätten vor ein paar Wochen *wieder* angefangen.«

»Ach ja?«

»Ja.«

»Das nennt man wohl eine Freud'sche Fehlleistung.« Jess lachte bitter. War ihr Unterbewusstsein so begierig, all ihre Geheimnisse preiszugeben?

»Diese Anfälle sind also nichts Neues.« Die Bemerkung war mehr Feststellung der Tatsache als Frage.

»Nein.« Jess schwieg einen Moment, dann sprach sie weiter. »Nach dem Verschwinden meiner Mutter hatte ich sie mindestens ein Jahr lang fast jeden Tag, danach mehrere Jahre lang sehr oft.«

»Und dann haben sie aufgehört?«

»Ich habe seit ungefähr vier Jahren keine mehr gehabt.«

»Und jetzt haben sie wieder angefangen.«

Jess nickte. »Und sie kommen immer häufiger. Dauern immer länger. Werden immer schlimmer.«

»Und sie haben also vor ein paar Wochen wieder angefangen?«

»Ja.«

»Und was glaubst du, wodurch diese neuerliche Serie von Attacken ausgelöst worden ist?«

»Da bin ich mir nicht sicher.«

»Folgen diese Anfälle einem Muster?«

»Was meinst du mit einem Muster?«

Stephanie Banack überlegte einen Moment und rieb sich dabei die vollkommen geformte Nase. »Treten sie beispielsweise zu einer bestimmten Tages- oder Nachtzeit auf? Treten sie während deiner Arbeit auf? Oder wenn du allein bist? An einem besonderen Ort vielleicht? Im Beisein bestimmter Menschen?«

Jess ließ sich die einzelnen Fragen nacheinander durch den Kopf gehen. Die Attacken traten zu jeder beliebigen Tages- oder Nachtzeit auf. Sie überfielen sie bei der Arbeit, zu Hause, wenn sie allein war, wenn sie durch eine geschäftige Straße ging, wenn sie im Kino war, wenn sie aus der Dusche kam. »Es gibt kein Muster«, sagte sie resigniert.

»Hattest du gestern Abend, ehe du mich anriefst, so einen Anfall?«

Jess nickte.

»Was tatest du da gerade?«

Jess berichtete ihr, dass sie sich zum Ausgehen fertiggemacht hatte. »Ich hatte mir die Kleider, die ich anziehen wollte, schon zurechtgelegt«, sagte sie leise.

»Und du solltest die neue Frau im Leben deines Vaters kennenlernen?«

»Ja«, bestätigte Jess.

»Ich kann mir vorstellen, dass so eine Situation Ängste auslöst.«

»Na ja, ich kann nicht behaupten, dass ich mich auf den Abend gefreut habe. Was nur beweist, dass ich eine ziemlich üble Person bin.«

»Warum sagst du das?«

»Weil ich doch eigentlich wünschen müsste, dass mein Vater glücklich ist.«

»Und das wünschst du nicht?«

»Doch!« Jess spürte, wie ihr die Tränen in die Augen sprangen. Sie unterdrückte sie krampfhaft. »Das ist es ja, was ich nicht verstehe! Ich möchte, dass er glücklich ist. Ich wünsche es ihm von Herzen. Und was ihn glücklich macht, sollte mich auch glücklich machen.«

»Wieso?«

»Wie bitte?«

»Seit wann muss etwas, das einen anderen Menschen glücklich macht, auch uns glücklich machen? Du verlangst sehr viel von dir, Jess. Vielleicht zu viel.«

»Maureen scheint mit der Situation nicht die geringsten Schwierigkeiten zu haben.«

»Maureen ist nicht *du.*«

»Aber es kann nicht allein mit meinem Vater zu tun haben«, wandte Jess ein. »Die Attacken hatten schon wieder angefangen, ehe ich von dieser neuen Frau hörte.«

»Wann genau haben sie denn angefangen?«

Jess dachte zurück zu der Nacht, in der sie schweißgebadet und am ganzen Körper zitternd aufgewacht war. »Ich war im Bett und hab geschlafen. Ich hatte einen Alptraum. Davon bin ich aufgewacht.«

»Erinnerst du dich, was das für ein Traum war?«

»Es ging um meine Mutter«, antwortete Jess. »Ich hab dauernd versucht, sie zu erreichen, aber ich konnte nicht.«

»Hattest du an deine Mutter gedacht, bevor du einschliefst?«

»Ich weiß nicht mehr«, log Jess. Der ganze Tag war angefüllt gewesen mit Gedanken an ihre Mutter. Tatsächlich war der erste Anfall gar nicht auf ihren Alptraum gefolgt. Er war schon früher am Tag aufgetreten, im Gerichtssaal, während des Barnowski-Prozesses, als sie geglaubt hatte, im Gesicht einer der Geschworenen ihre Mutter zu erkennen.

Sie wollte nicht mehr über ihre Mutter sprechen.

»Ich glaube, ich weiß, was los ist«, behauptete sie. »Ich glaube, es hat mit einem Mann zu tun, gegen den ich ermittle.« Sie sah plötzlich Rick Fergusons Gesicht im Glas des Bildes, das an der Wand in Stephanie Banacks Zimmer hing. »Er hat versucht, mich mit Drohungen einzuschüchtern ...«

»Was waren das für Drohungen?«

Leute, die mir in die Quere kommen, neigen dazu zu verschwinden ...

Verschwinden.

Wie ihre Mutter.

Das habe ich nicht nötig, Jess. Das muss ich mir von dir nicht gefallen lassen!

Sie wollte nicht an ihre Mutter denken.

»Weißt du, ich glaube, es ist gar nicht so wichtig zu wissen, *warum* diese Anfälle auftreten; mich interessiert mehr, was ich tun kann, um sie abzustellen.«

»Ich kann dir ein paar einfache Entspannungsübungen empfehlen, mit denen du arbeiten kannst; Techniken, die den Anfällen die schlimmste Wirkung nehmen«, sagte Stephanie Banack, »aber ich denke, wenn du sie wirklich loswerden willst, musst du dich mit den tieferliegenden Problemen auseinandersetzen, die diese Anfälle auslösen.«

»Du sprichst von einer langen Therapie?«

»Ich spreche von Therapie, ja.«

»Ich brauche keine Therapie. Ich brauch nur diesen Kerl hinter Gitter zu bringen.«

»Wieso kann ich nicht glauben, dass es so einfach ist?«

»Weil du's nicht anders gelernt hast.« Jess sah auf ihre Uhr, obwohl sie bereits wusste, wie spät es war. »Ich muss zurück ins Büro.« Sie stand aus dem bequemen Sessel auf und ging so schnell, als hätte jemand Feueralarm gegeben, zur Tür des Vorzimmers.

»Jess, warte ...«

Ohne stehenzubleiben, ging Jess ins Vorzimmer hinaus, nahm ihren Mantel aus dem Schrank und warf ihn sich auf dem Weg zur Korridortür über die Schultern. »Es war nett, dich wiederzusehen, Stephanie. Pass auf dich auf.« Sie trat in den Korridor hinaus und steuerte auf die Aufzüge zu.

»Ich bin immer hier, Jess«, rief Stephanie Banack ihr nach. »Du brauchst mich nur anzurufen.«

Da rechne mal lieber nicht mit, hätte Jess gern geantwortet, aber sie tat es nicht. Es war gar nicht nötig. Ihr Schweigen sagte alles.

10

Kann ich etwas für Sie tun?«

»Ich schaue mich nur um, danke.«

Was tu ich denn jetzt wieder?, fragte sich Jess, während sie ein Paar Bruno-Magli-Slipper aus grünem Wildleder musterte. Was hab ich hier in diesem Laden zu suchen? Schon wieder neue Schuhe sind das Letzte, was ich brauche.

Sie sah auf ihre Uhr. Fast halb eins. In einer Stunde war sie mit der Leiterin der Gerichtsmedizin verabredet, die drüben in der Harrison Street saß, mindestens zwanzig Minuten mit dem Wagen, und ihr Auto stand immer noch in der Werkstatt. Die Leute hatten sie in aller Frühe angerufen und ihr etwas von einer weiteren kleineren, aber absolut notwendigen Reparatur erzählt. Sie würde sich ein Taxi nehmen müssen.

»Woran haben Sie denn in etwa gedacht?« Der Verkäufer ließ sich nicht abschütteln.

»Ich habe eigentlich an gar nichts gedacht«, antwortete Jess kurz.

Der kleine ältere Mann mit dem schlecht sitzenden braunen Toupet verneigte sich mit übertriebener Höflichkeit und ging dann eilig auf eine Frau zu, die eben in den Laden getreten war.

Jess ließ ihren Blick langsam über einen langen Tisch mit einer erstaunlichen Auswahl an sportlichen Schuhen in vielen Farben gleiten. Sie nahm ein Paar senfgelber Mokassins vom Tisch und drehte sie in den Händen. Nichts geht über ein Paar neue Schuhe, wenn man seine Probleme loswerden will, dachte sie, während sie über das weiche Wildleder strich. Das war im Grunde die ganze Therapie, die sie brauchte. Auf jeden Fall billiger, stellte sie mit einem Blick auf das Preisschild fest, das auf der Sohle klebte. Neunundneunzig Dollar im Vergleich zu …

Im Vergleich wozu?

Über den Preis hatte sie mit Stephanie Banack nicht gesprochen, hatte gar nicht daran gedacht, sich nach den Kosten pro Sitzung zu erkundigen, war einfach gegangen, ohne die Frau auch nur zu fragen, was sie ihr schuldete. Nicht nur war Stephanie Banack um ihr Mittagessen gekommen, sie hatte auch keine Bezahlung erhalten. Zwei Unhöflichkeiten auf einmal.

Mit einem ärgerlichen Kopfschütteln stellte Jess die

Schuhe wieder auf den Tisch. Sie war nicht nur unhöflich gewesen, sondern obendrein anmaßend. Sie hatte die Freundin ihrer Schwester sehr schlecht behandelt. Sie würde sich entschuldigen müssen, ihr vielleicht Blumen und einen kurzen Dankesbrief schicken müssen. Und was sollte sie schreiben? Danke für die Erinnerungen? Danke für nichts? Danke, aber nein danke?

Ich denke, wenn du sie wirklich loswerden willst, hörte sie Stephanie Banack sagen, *musst du dich mit den tieferliegenden Problemen auseinandersetzen, die diese Attacken auslösen.*

Es gibt keine tieferliegenden Probleme, sagte sich Jess eigensinnig, während sie sich dem nächsten Tisch näherte, auf dem die eleganten Schuhe ausgestellt waren. Es gab nur ein Problem, und sie wusste genau, was für ein Problem das war.

Rick Ferguson.

Selbstverständlich war er nicht der erste Verbrecher, der ihr gedroht hatte. Hass, Beschimpfungen und Drohungen gehörten praktisch zu ihrem Beruf. In den letzten beiden Jahren hatte sie eine Weihnachtskarte von einem Mann erhalten, den sie für zehn Jahre hinter Gitter gebracht hatte. Er hatte ihr gedroht, sich an ihr zu rächen, sobald er wieder auf freiem Fuß sei. Mit den Weihnachtskarten, die auf den ersten Blick so harmlos wirkten, wollte er sie auf seine nicht allzu subtile Art daran erinnern, dass er nicht vergessen hatte.

Tatsächlich wurden solche Drohungen selten wahrgemacht. Sie wurden geäußert; sie wurden entgegengenommen; sie wurden früher oder später vergessen. Von beiden Seiten.

Bei Rick Ferguson lag die Sache anders.

Der Mann ihrer Träume, dachte sie ironisch in Erinnerung an den Alptraum, der stets damit begann, dass sie verzweifelt nach ihrer Mutter suchte und am Ende den Tod fand. Irgendwie war es Rick Ferguson gelungen, sie in ihren geheimsten Tiefen zu treffen und lang verdrängte Ängste und Schuldgefühle wieder hervorzurufen.

Ängste, ja, dachte Jess. Sie nahm einen glänzenden schwarzen Lacklederschuh in die Hand und drückte seine Spitze so fest, dass sie spürte, wie das Leder unter ihren Fingern brach. Aber keine Schuldgefühle. Wofür hätte sie sich schuldig fühlen sollen? »Mach dich nicht lächerlich«, murmelte sie unterdrückt, als ihr wiederum Stephanie Banacks Worte ins Gedächtnis kamen. »Es gibt keine tieferliegenden Probleme.« Sie begann, mit dem spitzen Pfennigabsatz auf ihre Handfläche zu schlagen.

»He, seien Sie vorsichtig«, rief jemand neben ihr. Eine Hand ergriff die ihre und hielt sie fest. »Das ist ein Schuh, kein Hammer.«

Jess starrte zuerst in ihre misshandelte Handfläche, dann sah sie den zerknautschten Schuh in ihrer anderen Hand an, und schließlich blickte sie in das Gesicht des Mannes mit dem hellbraunen Haar und den braunen Augen, dessen Hand leicht auf ihrem Arm lag. Auf dem Namensschild am Revers seines dunkelblauen Sakkos stand der Name Adam Stohn. Weißer, Anfang bis Mitte dreißig, ein Meter achtzig groß, ungefähr achtzig Kilo, fasste sie im Stillen zusammen, als läse sie aus einem Polizeibericht ab.

»Oh, das tut mir leid«, sagte sie. »Ich bezahle sie natürlich.«

»Um den Schuh mache ich mir weniger Sorgen.« Er

nahm ihn ihr behutsam aus der Hand und stellte ihn wieder auf den Tisch.

Jess sah, wie der hochhackige Schuh einen Moment hin und her wackelte, dann umkippte wie abgeschossen. »Aber ich habe ihn ja offensichtlich ruiniert.«

»Ach, mit ein bisschen Pflegemittel und einem Schuhspanner kriegen wir das schon wieder hin. Was ist mit Ihrer Hand?«

Sie schmerzte, wie Jess feststellte, und in ihrer Mitte war ein kreisrunder roter Fleck. »Die wird schon wieder.«

»Sieht fast aus wie ein kleiner Bluterguss.«

»Ach, lassen Sie nur. Es ist nichts«, versicherte sie, als sie sah, dass er wirklich besorgt war. War der Laden haftbar?

»Möchten Sie vielleicht ein Glas Wasser?«

Jess schüttelte den Kopf.

»Ein Bonbon?« Er zog ein in rot-weiß gestreiftes Papier eingewickeltes Bonbon aus seiner Tasche.

Jess lächelte. »Nein danke.«

»Wie wär's mit einem Witz?«

»Seh ich so verzweifelt aus?« Sie spürte, dass er sie nicht sich selbst überlassen wollte.

»Sie sehen aus, als würde Ihnen ein netter Witz guttun.«

Sie nickte. »Da haben Sie recht. Also erzählen Sie.«

»Etwas Braves oder lieber ein bisschen gewagt?«

Jess lachte. »Na wenn schon, denn schon.«

»Also gut, leicht gewagt.« Er hielt einen Moment inne. »Ein Mann und eine Frau liegen gerade miteinander im Bett, als sie jemanden die Treppe heraufkommen hören. Die Frau ruft erschrocken, ›Mein Gott, das ist mein Mann!‹ Ihr Liebhaber springt augenblicklich zum Fenster hinaus in ein Gebüsch. Und da sitzt er nun, splitterfasernackt, und weiß nicht, was er tun soll. Natürlich fängt es an zu regnen. Plötzlich läuft eine Gruppe Jogger vorbei, der Mann packt die Gelegenheit beim Schopf und springt mitten in die Gruppe, um mit den Männern weiterzulaufen. Nach ein paar Sekunden dreht der Jogger neben ihm den Kopf, schaut ihn von oben bis unten an und sagt: ›Entschuldigen Sie, darf ich Ihnen eine Frage stellen?‹ Der Mann sagt: ›Bitte.‹ ›Joggen Sie immer nackt?‹, fragt der Jogger, und der Mann antwortet: ›Ja, immer.‹ Worauf der Jogger fragt: ›Und tragen Sie beim Joggen immer ein Kondom?‹ ›Nein‹, sagt der Mann, ›nur wenn es regnet.‹«

Jess stellte fest, dass sie laut lachte.

»Na, das ist ja schon viel besser. Kann ich Ihnen jetzt ein Paar Schuhe verkaufen?«

Jess lachte noch heftiger.

»Das sollte nicht komisch sein. Der komische Teil ist vorüber.«

»Tut mir leid. Sind Sie im Schuheverkaufen so gut wie im Witzeerzählen?«

»Stellen Sie mich auf die Probe.«

Jess sah auf ihre Uhr. Sie hatte noch ein wenig Zeit. Gegen ein Paar Schuhe war doch wirklich nichts einzuwenden. Das schuldete sie schon dem Laden, nachdem sie diese schwarzen Lackpumps so übel zugerichtet hatte. Außerdem wollte sie noch nicht gehen. Es war lange her, dass ein Mann sie zum Lachen gebracht hatte. Ein schönes Gefühl, es gefiel ihr.

»Also wenn, dann könnte ich ein Paar neue Stiefel gebrauchen«, sagte sie, froh, einen echten Grund zum Bleiben gefunden zu haben.

»Bitte, kommen Sie mit.« Adam Stohn führte sie zu den Stiefeln. »Nehmen Sie doch Platz.«

Jess setzte sich in einen kleinen rostfarbenen Sessel. Zum ersten Mal nahm sie ihre Umgebung zur Kenntnis. Der Laden war sehr modern, überall Glas und Chrom. Die Schuhe waren auf Glastischen, auf Spiegelborden, auf dem weichen goldfarbenen Teppichboden zur Schau gestellt. Ihr wurde bewusst, dass sie schon mehrmals hier eingekauft hatte, aber an Adam Stohn konnte sie sich nicht erinnern.

»Sind Sie neu hier?«, fragte sie.

»Ich hab im Sommer angefangen.«

»Und gefällt es Ihnen?«

»Schuhe sind mein Leben«, antwortete er. In seiner Stimme schwang etwas wie ein verschmitztes Lächeln. »Also, was für Stiefel darf ich Ihnen zeigen?«

»Ich weiß selbst nicht genau. Ich möchte nicht einen Haufen Geld für Lederstiefel ausgeben, die innerhalb von Tagen vom Schnee und vom Salz völlig ruiniert sind.«

»Dann kaufen Sie doch kein Leder.«

»Aber sie sollen auch ein bisschen schick sein. Und ich hab gern warme Füße.«

»Aja, sie sollen schick sein und warm dazu. Ich glaube, ich habe genau das, was Sie suchen.«

»Tatsächlich?«

»Habe ich Sie je belogen?«

»Wahrscheinlich.«

Er lächelte. »Ich sehe schon, ich habe es mit einer Zynikerin zu tun. Also dann, gestatten Sie.« Er trat zu einem kleinen Tisch mit elegant geschnittenen glänzenden schwarzen Stiefeln. »Die hier sind aus Vinyl, mit Webpelz gefüttert, wasserdicht und absolut pflegeleicht. Sie sind schick; sie sind warm; sie halten garantiert auch dem härtesten Winterwetter stand.« Er reichte Jess einen Stiefel.

»Und sie sind sehr teuer«, rief Jess überrascht, als sie sah, dass der Schuh zweihundert Dollar kosten sollte. »Für den Preis kann ich auch echtes Leder kaufen.«

»Aber Sie wollen doch kein echtes Leder. Echtes Leder müssen Sie einsprühen; Sie müssen es sorgfältig pflegen. Echtes Leder ist nicht wasserdicht und bekommt Flecken. Es hat all die Nachteile, die Sie vermeiden wollen. Diesen Stiefel«, sagte er und klopfte leicht auf den glänzenden Kunststoff, »ziehen Sie an und vergessen ihn. Er ist unverwüstlich.«

»Sie sind im Schuheverkaufen tatsächlich so gut wie im Witzeerzählen«, bemerkte Jess.

»Heißt das, dass Sie sie anprobieren möchten?«

»Größe achtunddreißig«, sagte Jess.

»Ich bin gleich wieder da.«

Jess blickte Adam Stohn nach. Ihr gefiel die ruhige Sicherheit seiner Bewegungen, die Geradheit seiner Haltung. Selbstbewusstsein ohne Arroganz, dachte sie, während ihr Blick über die Spiegelwände schweifte.

Gab es denn kein Entkommen vor dem eigenen Spiegelbild? Waren die Menschen wirklich so versessen darauf, sich jede Sekunde des Tages selbst ins Gesicht zu sehen? Jess fing im Spiegel den halb enttäuschten, halb ärgerlichen Blick des kleinen Verkäufers mit dem schlecht sitzenden Toupet auf. Sie schloss die Augen. Ich weiß, dachte sie, auf seinen schweigenden Vorwurf reagierend, ich bin oberflächlich und leicht zu beeinflussen. Auf ein hübsches Gesicht und einen guten Witz bin ich noch jedes Mal hereingefallen.

»Sie werden es nicht glauben«, sagte Adam Stohn, als er mit zwei großen Kartons in den Armen zurückkam, »aber es ist kein einziges Paar in Größe achtunddreißig mehr da.

Ich habe Größe siebenunddreißig und Größe neununddreißig.«

Sie probierte sie an. Wie vorhergesehen war siebenunddreißig zu klein, neununddreißig zu groß.

»Sie haben wirklich keine Achtunddreißiger mehr da?«

»Ich hab überall nachgesehen.«

Jess zuckte die Achsel, sah auf ihre Uhr und stand auf. Sie hatte keine Zeit mehr.

»Ich kann in einem unserer anderen Geschäfte anrufen«, erbot sich Adam Stohn.

»Ja, gut«, antwortete Jess rasch und fragte sich sogleich, was das nun wieder sollte.

Er ging zum Verkaufstisch vorn im Laden, griff zum Telefon, tippte eine Nummer ein und begann zu sprechen. Sie sah, wie er den Kopf schüttelte. Dann legte er auf und rief unter einer anderen Nummer noch einmal an. Und dann noch einmal.

»Das ist doch nicht zu fassen!«, sagte er, als er zu ihr zurückkam. »Ich habe drei Geschäfte angerufen. Sie haben alle keine Achtunddreißiger mehr. Aber«, fuhr er fort und hob den Zeigefinger in die Luft, um seinen Worten Nachdruck zu verleihen, »der eine Laden hat nachbestellt. Sie geben mir Bescheid, sobald sie hereinkommen. Soll ich Sie anrufen?«

»Wie bitte?« Wollte er sich mit ihr verabreden?

»Wenn die Stiefel kommen, soll ich Sie dann anrufen?«

»Ach so, ja, natürlich. Ja, bitte. Das wäre sehr nett.« Jess war sich bewusst, dass sie nur redete, um ihre Verlegenheit zu vertuschen. Was hatte sie sich nur gedacht? Wieso hatte sie sich eingebildet, er wollte sich mit ihr verabreden? Weil er ihr ein Bonbon angeboten und einen Witz erzählt hatte? Weil ihr das gefallen hätte? Aber wenn sie den Mann attraktiv und charmant fand, hieß das noch lange nicht, dass es umgekehrt genauso war.

Bleib auf dem Teppich, Jess, schalt sie sich, während sie ihm nach vorn folgte. Der Mann ist Schuhverkäufer, Herrgott noch mal. Nicht gerade das, was man einen tollen Fang nennt.

Sei nicht so ein Snob, hörte sie eine feine Stimme. Wenigstens ist er kein Anwalt.

»Ihr Name?«, fragte er und griff zu Block und Bleistift.

»Jess Koster.«

»Und wo kann man Sie tagsüber erreichen?«

Jess gab ihm ihre Telefonnummer im Büro an. »Vielleicht gebe ich Ihnen am besten auch meine private Nummer«, sagte sie und wollte ihren Ohren kaum trauen.

»Ja, in Ordnung.« Er schrieb die Nummern auf. »Mein Name ist Adam Stohn.« Er deutete auf das Schild an seinem Jackett. »Länger als eine Woche sollte es nicht dauern.«

»Wunderbar. Hoffentlich fängt es nicht schon vorher an zu schneien.«

»Das wäre eine Unverschämtheit.«

Jess lächelte und wartete, dass er noch etwas sagen würde, aber das tat er nicht. Vielmehr sah er an ihr vorbei zu einer Frau, die bewundernd vor einem Paar tomatenroter Charles-Jourdan-Pumps stand.

»Nochmals vielen Dank«, sagte sie, bevor sie ging, aber er war schon auf dem Weg zu der anderen Frau und hatte für Jess nur noch ein kurzes Winken übrig.

»Was hab ich mir denn dabei gedacht«, murmelte Jess vor sich hin, als sie hinten in das gelbe Taxi einstieg. Hätte sie sich überhaupt noch auffälliger benehmen können? Warum trug sie nicht gleich ein großes Schild um den Hals mit der Aufschrift EINSAM UND VERWIRRT?

Im Taxi stank es nach Zigarettenqualm, obwohl an der Rückenlehne des Vordersitzes ein großes Schild hing, mit dem die Fahrgäste gebeten wurden, nicht zu rauchen. Sie nannte dem Fahrer die Adresse des Gerichtsmedizinischen Instituts in der Harrison Street und ließ sich auf dem abgewetzten, teilweise zerrissenen schwarzen Vinyl des Rücksitzes zurücksinken. So werden wahrscheinlich meine neuen Stiefel am Ende des Winters aussehen, dachte sie, während sie die Hand über die raue Oberfläche gleiten ließ.

Was war nur in sie gefahren? Das war nun schon das zweite Mal innerhalb eines Monats, dass sie sich beinahe dazu hatte verleiten lassen, mit einem Fremden anzubändeln. Hatte sie aus dem Fall Barnowski überhaupt nichts gelernt? Und diesmal hatte der fragliche Mann nicht einmal Interesse an ihr gezeigt. Er hatte ihr ein Glas Wasser angeboten, ein Bonbon und eine nette kleine Geschichte, aber nur um sich die erhoffte Provision zu verdienen. Er hatte in ihr Portemonnaie und nicht in ihre Hose reinzukommen versucht, als er den Witz von dem nackten Jogger erzählt hatte. Und sie hatte ihn kampflos reingelassen und sich von ihm stinkteure Stiefel andrehen lassen. »Und nicht mal aus Leder«, schimpfte sie vor sich hin und bohrte ihren Finger in einen Riss, der sich wie eine große klaffende Wunde durch den billigen Kunststoffbezug des Sitzes zog.

»Bitte?«, sagte der Fahrer. »Haben Sie was gesagt?«

»Nein, nein«, antwortete Jess und fügte für sich hinzu, ich habe nur mal wieder Selbstgespräche gehalten. Das scheine ich dieser Tage erschreckend häufig zu tun.

Zweihundert Dollar für ein Paar Vinylstiefel. War sie eigentlich völlig verrückt geworden?

Ja, wahrscheinlich, dachte sie. Das hatte sich ja mittlerweile ziemlich klar gezeigt.

»Schöner Tag«, bemerkte Jess, um Normalität bemüht.

»Bitte?«

»Ich hab gesagt, es tut gut, die Sonne mal wieder zu sehen.«

Der Fahrer zuckte die Achseln und sagte nichts. Den Rest der Fahrt herrschte Schweigen, nur unterbrochen vom Knacken und Knistern des Funkgeräts im Wagen und den kurzen Anweisungen aus der Zentrale.

Das Gerichtsmedizinische Institut befand sich in einem unscheinbaren zweistöckigen Gebäude in einer Straße, die nur aus solchen Bauten bestand. Jess bezahlte den Fahrer, stieg aus und ging rasch über den Bürgersteig auf das Gebäude zu. Wie um sich gegen die Kälte drinnen zu wappnen, zog sie ihren Mantel fester um sich.

Anderson, Michael, fünfundvierzig, an den Folgen eines Verkehrsunfalls plötzlich verstorben, ging es Jess durch den Kopf, die sich der Todesanzeigen in der Morgenzeitung erinnerte, als sie durch das Foyer zum Empfangsschalter ging. *Clemmons, Irene, friedlich entschlafen in ihrem hundertzweiten Lebensjahr, unvergessen von ihren Mitbewohnern im Seniorenheim Tannruh. Lawson, David, dreiunddreißig. Er ist in eine bessere Welt hinübergegangen. Um ihn trauern seine Mutter, sein Vater, seine Schwester und sein Hund. Anstelle von Spenden an eine gemeinnützige Organisation dürfen Sie ruhig Blumen und Kränze schicken.*

Wie kam es, dass manche Menschen kaum die erste Blüte ihrer Jugend überlebten, während andere bis in ihr zweites Jahrhundert am Leben festhielten? Was war daran fair?, fragte sie sich, über sich selbst überrascht. Eigentlich hatte sie den Glauben, das Leben müsse fair sein, längst aufgegeben.

»Ich bin mit Hilary Waugh verabredet«, erklärte sie der gummikauenden jungen Frau hinter dem Schalterfenster.

Die Frau, deren glattes braunes Haar aussah, als könnte es eine gründliche Wäsche gebrauchen, schnalzte mit ihrem Kaugummi und griff zum Telefon. »Sie sagt, Sie seien zu früh dran«, erklärte sie Jess ein paar Sekunden später in tadelndem Ton. »Sie bittet Sie, noch ein paar Minuten zu warten. Wenn Sie sich setzen möchten …«

»Danke.« Jess ging vom Schalterfenster zu einem verblichenen braunen Kordsofa, das an einer hellen Wand stand, aber sie setzte sich nicht. Nie schaffte sie es in diesem Haus, sich irgendwo zu setzen. Sie konnte kaum ruhig stehen. Sie kreuzte ihre Arme vor der Brust und rieb sich die Oberarme in vergeblichem Bemühen, warm zu werden.

Mateus, Jose, im vierundfünfzigsten Lebensjahr plötzlich von uns gegangen, betrauert von seiner Mutter Alma, seiner Frau Rosa und den beiden Kindern Paolo und Gino, zitierte ihr Gedächtnis. *Nielsen, Thomas, Beamter im Ruhestand, erlag in seinem siebenundsiebzigsten Lebensjahr einem Herzinfarkt. Um ihn trauern seine Ehefrau Linda, seine Söhne Peter und Henry, seine Schwiegertöchter Rita und Susan, seine Enkelkinder Lisa, Karen, Jonathan, Stephen und Jeffrey. Kondolenzbesuche bitte in J. Humphreys Bestattungsinstitut.*

Ohne es zu wollen, hatte Jess plötzlich das Bild jenes Teils des Leichenhauses vor Augen, wo in langen Reihen schwerer grauer Metallschubladen unidentifizierte Tote untergebracht waren, die niemand haben wollte. Die einzigen Menschen, die diese verlorenen Seelen je aufsuchten, waren Leute wie sie, Leute, deren berufliches Interesse sie hierher führte.

Doe, John, schwarze Hautfarbe, des Drogenhandels verdächtig, in seinem zweiundzwanzigsten Lebensjahr an einem Kopfschuss gestorben; Doe, Jane, weiße Hautfarbe, vermutlich Prostituierte, in ihrem achtzehnten Lebensjahr plötzlich verstorben, erdrosselt am Ufer des Chicago River aufgefunden; Doe, John, weiße Hautfarbe, vermutlich Zuhälter, an drei Messerstichen in die Brust gestorben, Alter neunzehn Jahre; Doe, Jane, schwarze Hautfarbe, langjährige Crack-Süchtige, in ihrem achtundzwanzigsten Lebensjahr nach einer Vergewaltigung zu Tode geprügelt. Doe, John …

»Jess?«

Jess fuhr herum.

»Tut mir leid«, sagte Hilary Waughs beim Näherkommen. »Ich wollte Sie nicht erschrecken.«

Jess nahm Hilary Waughs dargebotene Hand. Immer wieder erstaunte es sie, wie frisch und strahlend die Leiterin des Gerichtsmedizinischen Instituts von Cook County trotz ihrer schweren und unerfreulichen Arbeit stets aussah. Hilary Waugh war sicher an die fünfzig, aber sie hatte die Haut einer weit jüngeren Frau und hielt sich kerzengerade. Sie trug das dunkle schulterlange Haar in einem französischen Zopf aus dem Gesicht gekämmt, die Augen hinter den Brillengläsern mit dem dunklen Rahmen waren hellbraun.

»Vielen Dank, dass Sie sich die Zeit genommen haben«, sagte Jess, als sie Hilary durch die Tür vom Foyer zu den Büros folgte.

»Keine Ursache. Was kann ich denn für Sie tun?«

Der lange weiße Korridor roch schwach nach Formaldehyd; Jess hatte allerdings den Verdacht, dass alle Gerüche, die sie hier wahrzunehmen meinte, ihrer lebhaften Phantasie entsprangen. Die Leichenhalle war im Souterrain, außer Reichweite.

»Setzen Sie sich«, sagte Hilary, als sie den kleinen weiß gestrichenen Raum betraten, der ihr als Büro diente. Sie wies auf einen Sessel vor ihrem Schreibtisch.

»Ich bleib lieber stehen.« Jess sah sich kurz in dem kleinen Raum um. Er war dürftig eingerichtet. Neben dem alten Metallschreibtisch gab es zwei Sessel, deren burgunderrote Bezüge an den Rändern der Sitzflächen schon fadenscheinig waren. Aktenschränke standen an den Wänden, neben ihnen stapelten sich wacklige Aktentürme. Eine hohe Grünpflanze gedieh erstaunlicherweise, obwohl sie in einer düsteren Ecke fast ganz hinter Büchern verborgen stand.

»Sie haben offensichtlich einen grünen Daumen«, bemerkte Jess.

»Oh, die ist nicht echt«, erwiderte Hilary lachend. »Die ist aus Seide, braucht also keine Pflege. Keine echte Pflanze würde sich hier halten, und ich sehe sowieso schon genug Tote. Also, was kann ich für Sie tun?«

Jess räusperte sich. »Ich suche eine Frau Mitte vierzig, italienische Abstammung, ungefähr eins fünfundsechzig groß, fünfundfünfzig Kilo, vielleicht auch weniger. Moment!« Jess griff in ihre Handtasche. »Das ist ihr Foto.« Sie zeigte Hilary ein altes Foto, das Connie DeVuono an der Seite ihres sechsjährigen Sohnes Steffan zeigte, dem sie stolz die Hand auf die Schulter gelegt hatte. »Das Bild ist ein paar Jahre alt. Sie ist schlanker geworden seitdem. Und ihr Haar ist etwas kürzer.«

Hilary nahm sich ein paar Sekunden Zeit, um das Foto zu studieren. »Eine sehr attraktive Frau. Wer ist sie?«

»Sie heißt Connie DeVuono. Sie wird seit mehr als zwei Wochen vermisst.«

»Ach, das ist die Frau, derentwegen Sie mich letzte Woche schon mal angerufen haben?«, fragte Hilary Waugh.

Jess nickte etwas verlegen. »Es tut mir leid, wenn ich Ihnen auf die Nerven falle. Aber ich muss dauernd an ihren kleinen Sohn denken …«

»Er hat große Ähnlichkeit mit seiner Mutter«, bemerkte Hilary und reichte Jess das Foto zurück.

»Ja. Und es ist sehr schlimm für ihn – diese Ungewissheit, nicht zu wissen, was ihr zugestoßen ist.« Jess schluckte.

»Ja, das glaube ich. Ich wollte, ich könnte helfen.«

»Es ist also niemand hereingebracht worden, auf den Connie DeVuonos Beschreibung passt?«

»Im Augenblick haben wir hier drei unbekannte weiße Frauen. Zwei sind noch Teenager, wahrscheinlich von zu Hause durchgebrannt. Eine ist an einer Überdosis gestorben; die andere wurde vergewaltigt und dann erdrosselt.«

»Und die dritte?«

»Die ist erst heute Morgen gekommen. Wir haben noch keine Untersuchungen gemacht. Aber ihrem Zustand nach zu urteilen ist sie erst seit wenigen Tagen tot.«

»Es ist möglich«, sagte Jess rasch, obwohl sie es für höchst unwahrscheinlich hielt. Rick Ferguson wäre kaum so töricht gewesen, Connie zu kidnappen und dann mehrere Wochen zu warten, ehe er sie tötete. »Wie alt ist die Frau ungefähr? Oder war sie?«, korrigierte sich Jess.

»Das ist im Moment unmöglich zu sagen. Sie ist so brutal geprügelt worden, dass sie kaum noch zu erkennen ist.«

Jess drehte sich der Magen um. Sie hatte Mühe, ruhig zu bleiben. »Aber Sie glauben nicht, dass es sich bei der Frau um Connie DeVuono handelt?«

»Nein, die Frau unten hat blondes Haar und ist ungefähr eins fünfundsiebzig groß. Damit kommt sie eigentlich nicht in Frage. Möchten Sie sich wirklich nicht setzen?«

»Nein, ich muss sowieso gleich wieder los«, antwortete Jess und ging ein paar Schritte in Richtung zur Tür. Hilary Waugh schob ihren Sessel zurück und stand auf. »Nein, nein, bleiben Sie ruhig sitzen«, sagte Jess. Sie wusste nicht, ob sie erleichtert oder enttäuscht darüber war, dass die unidentifizierte Frau nicht Connie DeVuono war. »Würden Sie mich anrufen, wenn irgendetwas …« Sie hielt inne, unfähig, den Satz zu vollenden.

»Ich rufe Sie an, ja, wenn jemand hereinkommt, der auch nur die entfernteste Ähnlichkeit mit Connie DeVuono hat.«

Jess trat in den Flur hinaus, zögerte und drehte sich noch einmal nach Hilary Waugh um. »Ich werde mir die Unterlagen von Connies Zahnarzt besorgen und sie hierherschicken«, sagte sie, in Gedanken bei der unbekannten Frau, die bis zur Unkenntlichkeit verprügelt unten in der Leichenhalle lag. »Nur damit Sie sie gleich zur Hand haben, wenn …« Sie hielt inne, räusperte sich, sagte: »Dann geht es vielleicht ein bisschen schneller.«

»Natürlich, das wäre eine Hilfe«, bestätigte Hilary Waugh. »Vorausgesetzt, wir finden ihre Leiche.«

Vorausgesetzt, wir finden ihre Leiche. Die Worte folgten Jess durch den Korridor bis ins Foyer. *Vorausgesetzt, wir finden ihre Leiche.* Sie stieß die Tür zur Straße auf und lief wie gehetzt die Treppe hinunter. Sie warf den Kopf in den Nacken und atmete tief, während sie ihr Gesicht der kalten Sonne entgegenstreckte.

Vorausgesetzt, wir finden ihre Leiche, dachte sie.

11

Vierhundert Dollar?«, schrie Jess. »Sind Sie verrückt geworden?« Der junge Schwarze hinter der hohen Theke blieb ganz ruhig, sein Gesicht unbewegt. Er war solche Ausbrüche offensichtlich gewöhnt. »Auf der Rechnung ist jeder Posten einzeln aufgeführt. Wenn Sie sie sich noch einmal ansehen würden …«

»Ich habe sie mir angesehen. Ich verstehe immer noch nicht, was da mehr als vierhundert Dollar gekostet haben kann!« Jess merkte, dass ihre Stimme gefährlich schrill wurde, dass die anderen Kunden der Autowerkstatt, zu der sie vor nahezu drei Wochen ihren Wagen zur Reparatur gebracht hatte, sie anstarrten.

»Wir mussten eine ganze Menge dran machen«, erinnerte sie der junge Mann.

»Einen Scheibenwischer!«

»Nein, beide Scheibenwischer«, widersprach der junge Mann, dessen Namensschild ihn als Robert auswies. »Sie werden sich erinnern, dass wir Sie angerufen haben und Ihnen gesagt haben, dass beide Scheibenwischer erneuert werden müssen, außerdem verschiedene andere Teile«, erklärte Robert geduldig. »Sie hatten Ihren Wagen lange nicht mehr zur Inspektion.«

»Das war nicht nötig.«

»Tja, ich kann nur sagen, Sie haben großes Glück gehabt. Das Problem bei diesen alten Autos ist, dass da dauernd was gerichtet oder erneuert werden muss …«

»Und dafür brauchen Sie drei Wochen?«

»Wir mussten die Teile erst bestellen. Es hat gedauert, bis sie gekommen sind.«

»Und was ist das hier alles?«, fragte Jess und wies zornig auf eine ganze Liste weiterer Posten am Ende der Aufstellung.

»Wir haben den Wagen winterfest gemacht, die Zündung eingestellt, die Kerzen gereinigt und so weiter. Das ist sogar noch billig, wenn man bedenkt, was wir alles gemacht haben.«

»Jetzt reicht's mir aber!«, schrie Jess wütend. »Ich will sofort den Chef sprechen.«

Hilflos sah Jess sich um. Ein älterer Mann, der am Nachbarschalter wartete, wandte sich hastig ab; eine junge Frau kicherte; eine Frau mittleren Alters, die neben ihrem Mann wartete, hob die geballte Faust zur Brust in einem heimlichen Salut.

»Er ist noch nicht da«, sagte Robert.

Jess sah zu der großen Uhr an der Wand hinauf. Es war fünf Minuten vor acht. Normalerweise wäre sie schon vor zehn Minuten in ihrem Büro gewesen. Sie säße jetzt über ihrem Terminkalender, machte sich ihre Notizen, träfe letzte Vorbereitungen für ihren Tag bei Gericht. Doch jetzt stritt sie sich, anstatt noch einmal ihr Eröffnungsplädoyer für den bevorstehenden Mordprozess durchzugehen, mit jemandem namens Robert wegen ihres Autos herum.

»Also, ich habe wirklich keine Zeit für dieses Theater. Was ist, wenn ich mich einfach weigere zu bezahlen?«

»Dann bekommen Sie Ihren Wagen nicht«, antwortete Robert ebenso einfach.

»Ihnen ist natürlich klar, dass Sie mich hier nie wiedersehen werden.«

Robert gab sich keine große Mühe, ein Lächeln zu unterdrücken.

»Nehmen Sie einen Scheck?«

»Nur Bargeld oder Kreditkarte.«

»Natürlich.« Jess nahm ihre Brieftasche heraus und reichte dem jungen Mann eine ihrer Karten. Noch bemerkenswerter als die Anzahl der Morde, die jedes Jahr in Chicago verübt wurden, war die Tatsache, dass nicht noch mehr geschahen, dachte sie.

»Meine Damen und Herren Geschworenen«, begann Jess und nahm mit jeder der sieben Frauen und jedem der fünf Männer, die auf der Geschworenenbank saßen, kurzen Blickkontakt auf. »Am zweiten Juni dieses Jahres hat Terry Wales, der Angeklagte, seine Frau mit einem Pfeil mit Stahlspitze, den er von einer Armbrust abfeuerte, mitten auf der Kreuzung Grand Avenue und State Street ins Herz geschossen. Niemand hier bestreitet das. Es ist eine Tatsache.

Die Verteidigung wird versuchen, Sie davon zu überzeugen, dass nichts an diesem Fall einfach ist«, fuhr sie fort, sich Greg Olivers Kommentar zu eigen machend. »Aber Tatsachen bleiben Tatsachen, meine Damen und Herren, und Tatsache ist, dass Nina Wales, eine hübsche und intelligente Frau von achtunddreißig Jahren, auf grausamste und schrecklichste Weise von ihrem brutalen Ehemann erschossen wurde, nachdem sie kurz zuvor endlich den Mut aufgebracht hatte, sich von ihm zu trennen.«

Jess trat einen Schritt von der Geschworenenbank zurück, um den Geschworenen den Blick auf den Angeklagten, Terry Wales, freizugeben, einen ziemlich unscheinbaren Mann von vierzig Jahren, der etwas von einer Maus hatte. Er war schlank und drahtig, sein Teint blass, sein schütteres Haar ein fades Blond. Sein Anwalt, Hal Bristol, ein dunkelhaariger, imposanter Mann von vielleicht sechzig Jahren, war es, der alle Blicke auf sich zog. Terry Wales, der neben ihm saß, sah klein und armselig aus, wie überwältigt von den Ereignissen, verwirrt, als könnte er nicht glauben, was er hörte, nicht glauben, dass er sich in diesem Dilemma befand.

Vielleicht kann er das wirklich nicht, dachte Jess, den Blick auf die Bibel gerichtet, die Terry Wales nervös in den Händen drehte. Kriminelle glaubten wie Teenager, sie seien unbesiegbar. Ganz gleich, wie schwer ihr Verbrechen, ganz gleich, wie offenkundig ihre Motive, ganz gleich, wie klar die Spuren, die sie hinterließen. Sie glaubten niemals ernsthaft, dass sie gefasst würden. Immer glaubten sie, dass sie ungestraft davonkommen würden. Und manchmal war es ja auch so. Manchmal reichten der Beistand eines guten Anwalts und eine Bibel aus. Würden die Geschworenen auf billige Effekthascherei dieser Art hereinfallen?, fragte sich Jess zynisch.

»Lassen Sie sich von dem sorgfältig einstudierten Bild frommer Unschuld und Reue, das Sie vor sich sehen, nicht täuschen, meine Damen und Herren«, rief Jess, vorübergehend von ihrer ausgearbeiteten Rede abweichend. Sie sah, wie Hal Bristol den Kopf schüttelte. »Lassen Sie sich nicht weismachen, dass ein Mann, nur weil er eine Bibel in den Händen hält, auch weiß, was sie sagt. Oder sich auch nur für ihren Inhalt interessiert.

Wo war denn diese Bibel, als Terry Wales in elf Ehejahren seine Frau regelmäßig schlug? Wo war sie, als er ihr drohte, sie zu töten, wenn sie versuchen sollte, ihn zu verlassen? Wo war sie, als er am Tag vor dem Mord eine Armbrust kaufte? Wo war diese Bibel, die Terry Wales jetzt in seiner Hand hält, als er diese Armbrust nahm und mit ihr seine Frau niederschoss, als sie auf dem Weg zu ihrem Rechtsanwalt aus einem Taxi stieg? Diese Bibel war nirgends zu sehen, meine Damen und Herren. Terry Wales hatte damals mit der Bibel nichts am Hut. Erst jetzt braucht er sie. Und nur, weil er weiß, dass Sie ihn beobachten.«

Jess kehrte zu ihrem Konzept zurück. »Die Verteidigung wird sich bemühen, Ihnen klarzumachen, dass der kaltblütige vorsätzliche Mord an Nina Wales in Wirklichkeit ein Verbrechen aus Leidenschaft war. Gewiss, wird man zugestehen, Terry Wales hat die Armbrust und den Pfeil gekauft; gewiss, er hat seine Frau erschossen. Aber verstehen Sie denn nicht? Er hatte niemals die Absicht, ihr etwas anzutun. Er wollte ihr nur einen Schrecken einjagen. Er habe sie geliebt, wird man Ihnen vorhalten. Er habe sie geliebt, und sie habe ihn verlassen. Er habe versucht, vernünftig mit ihr zu sprechen; er habe gebeten und gebettelt, sie angefleht. Er habe sogar gedroht. Er sei ein Mann gewesen, der gelitten habe, ein Mann in Aufruhr und Verwirrung. Er sei außer sich gewesen vor Schmerz bei dem Gedanken, seine Frau zu verlieren.

Man wird Sie ferner davon zu überzeugen versuchen,

dass Nina Wales an ihrem eigenen Tod nicht ganz unschuldig sei. Man wird geltend machen, dass sie ihren Mann betrogen habe, obwohl wir dafür nur das Wort des Mannes haben, der sie getötet hat.

Man wird Ihnen erzählen, Nina Wales habe ihren Mann wegen seiner Mängel als Liebhaber verhöhnt, sie habe sich über ihn lustig gemacht, ihn wegen seiner Unfähigkeit, ihre unstillbaren Gelüste zu befriedigen, erbarmungslos verspottet.

Schließlich wird die Verteidigung Ihnen berichten, Nina Wales habe ihrem Mann nicht nur gedroht, ihn zu verlassen, vielmehr habe sie ihm außerdem gedroht, ihn um sein ganzes Vermögen zu bringen, ihm seine Kinder zu nehmen, ihm die Kinder abspenstig zu machen. Kurz, sie habe ihm gedroht, ihm nichts zu lassen, nicht einmal seine Selbstachtung.

Und dennoch, wird man behaupten, habe er sie geliebt. Dennoch habe er sie angefleht zu bleiben. Und dennoch habe sie abgelehnt.

Ich frage Sie«, sagte Jess, den Blick auf die Geschworenen gerichtet, »was kann ein Mann in einer solchen Situation noch tun? Was blieb Terry Wales denn anderes übrig, als seine Frau zu töten?«

Jess machte eine Pause, um ihre Worte wirken zu lassen. Sie drehte langsam den Kopf und nahm den Saal mit einem Blick in sich auf. Sie sah Richter Harris, dessen Gesicht den interessierten und dennoch neutralen Ausdruck zeigte wie bei jedem Prozess, bei dem er den Vorsitz führte; sie sah Neil Strayhorn leicht vorgebeugt am Tisch der Staatsanwaltschaft sitzen und ihr aufmunternd zunicken; sie sah die Reihen dichtgedrängt sitzender Zuschauer, die Reporter, die eifrig schrieben, die Zeichner vom Fernsehen, die schnelle Porträts des Angeklagten zu Papier brachten.

Sie sah Rick Ferguson.

Er saß in der zweiten Reihe von hinten, drei Plätze vom Mittelgang entfernt. Das schmutzig blonde Haar hing strähnig hinter seinen Ohren herab, sein Blick war starr geradeaus gerichtet, sein verhasstes Grinsen war ungetrübt. Mit hämmerndem Herzen wandte Jess sich ab.

Was tat er hier? Was wollte er beweisen? Dass er sie einschüchtern konnte? Dass er sie nach Belieben belästigen und quälen konnte? Dass er sich von ihr nicht unter Kontrolle halten ließ? Dass man ihn nicht stoppen konnte?

Lass dich jetzt nicht durcheinanderbringen, sagte Jess sich. Konzentrier dich. Konzentrier dich auf deinen Vortrag für die Geschworenen. Lass dich nicht von dem einen Killer daran hindern, den anderen seiner gerechten Strafe zuzuführen. Kümmere dich jetzt um Terry Wales und später um Rick Ferguson.

Jess wandte sich wieder den Geschworenen zu. Sie sah, dass sie begierig darauf warteten, dass sie fortfuhr.

»Sehen Sie sich den Angeklagten genau an, meine Damen und Herren«, forderte Jess die Geschworenen auf. Wieder wich sie von ihrem vorbereiteten Text ab. »Er sieht nicht aus wie ein kaltblütiger Mörder, nicht wahr? Im Gegenteil, er sieht eigentlich ziemlich harmlos aus. Sanftmütig, demütig fast. Ziemlich schmächtig für einen Mann, der regelmäßig seine Frau geschlagen hat, denken Sie sich wahrscheinlich. Aber noch einmal, meine Damen und Herren, lassen Sie sich vom äußeren Schein nicht täuschen.

Tatsache ist, und die Anklage wird Sie stets von neuem zu den Tatsachen dieses Falls zurückführen, Tatsache ist, dass Terry Wales einen schwarzen Gürtel in Karate hat; Tatsache ist, dass wir Krankenhausunterlagen haben, aus denen hervorgeht, dass Nina Wales im Laufe der Jahre von ihrem Mann immer wieder körperliche Verletzungen beigebracht wurden. Tatsache ist, dass Terry Wales seine Frau geprügelt hat.

Ich möchte Ihnen eine Frage stellen, meine Damen und Herren Geschworenen«, fuhr Jess fort und hielt den Blick eisern auf die Geschworenenbank gerichtet. »Kann man uns ernsthaft glauben machen, dass Terry Wales seine Frau in einem Anfall plötzlich aufflammender Leidenschaft getötet hat, obwohl die beiden einander seit mehreren Tagen nicht mehr gesehen hatten? Kann man uns ernsthaft glauben machen, dass kein Vorsatz vorhanden war, obwohl Terry Wales die Mordwaffe am Tag vor dem Angriff auf seine Frau kaufte? Kann man uns ernsthaft glauben machen, dass er keinen vorgefassten Plan hatte? Dass er nicht erwartete, dass seine Frau ums Leben kommen könnte, wenn der Pfeil mit der Stahlspitze in ihre Brust eindrang?

So nämlich definiert das Gesetz vorsätzlichen Mord«, erklärte Jess. Sie fühlte Rick Fergusons durchbohrenden Blick in ihrem Nacken. Sie sprach bewusst langsam, damit die Geschworenen jedes einzelne Wort hören und würdigen konnten, während sie das Gesetz aus dem Gedächtnis zitierte. »›Wenn der Mord kaltblütig, mit Berechnung und vorsätzlich nach einem vorgefassten Plan oder mit der vorgefassten Absicht verübt wurde, ein Menschenleben zu vernichten, und das Verhalten des Angeklagten zu der berechtigten Erwartung Anlass gab, dass daraus der Tod eines Menschen erfolgt.‹ So lautet die Definition des vorsätzlichen Mordes.

Die Verteidigung möchte Sie glauben machen, dass Terry Wales, von seiner Frau seiner Männlichkeit beraubt und dennoch außer sich bei dem Gedanken, sie zu verlieren, ihr lediglich einen Schrecken einjagen wollte, als er mit der Armbrust auf ihr Herz zielte. Die Verteidigung möchte Sie glauben machen, dass er in Wirklichkeit auf ihr Bein zielte. Sie möchte Sie glauben machen, dass Terry Wales, der bereits ein gebrochener Mann war, ›ausgerastet ist‹, nachdem seine Frau ihn einmal zu oft verhöhnt hatte; dass er sie lediglich ein wenig aufrütteln wollte, als er mitten auf einer geschäftigen Straßenkreuzung diesen Pfeil auf sie abfeuerte; dass Terry Wales so sehr Opfer ist wie seine Frau.

Lassen Sie sich nicht täuschen, meine Damen und Herren. Nina Wales ist hier das Opfer. Und Nina Wales ist tot. Terry Wales ist quicklebendig.«

Jess riss ihren Blick von den Geschworenen los und ließ ihn zu den Menschen im Saal zurückkehren. Rick Ferguson sah ihr von seinem Sitzplatz in der vorletzten Reihe mit seinem kalten Lächeln ins Gesicht.

»Die Anklage wird beweisen«, erklärte Jess, sich wieder den Geschworenen zuwendend, »dass Terry Wales seine Frau regelmäßig geschlagen hat. Wir werden beweisen, dass er ihr mehr als einmal gedroht hat, sie zu töten, wenn sie je versuchen sollte, ihn zu verlassen. Wir werden beweisen, dass Terry Wales, nachdem Nina Wales ihren ganzen Mut zusammengenommen hatte und mit ihren Kindern gegangen war, dass Terry Wales da im nächsten Sportgeschäft in seinem Viertel eine Armbrust kaufte. Wir werden beweisen, dass er diese Armbrust benutzt hat, um Nina Wales ins Herz zu schießen, als ob sie ein Stück Rotwild im Wald wäre. Was sie dabei erleiden musste, darüber machte er sich keine Gedanken; sie sollte ja leiden. Von Mitgefühl kann hier keine Rede sein, meine Damen und Herren. Und auch nicht von einem Verbrechen aus Leidenschaft. Wir haben es mit einem Mord zu tun. Daran gibt es nicht den geringsten Zweifel. Mit vorsätzlichem Mord. Ich danke Ihnen.«

Jess sah die sieben Frauen und fünf Männer mit einem traurigen Lächeln an. Drei waren Schwarze, zwei waren spanischer Abstammung, einer asiatischer Herkunft, die übrigen waren Weiße. Die meisten waren in mittlerem Alter. Nur zwei waren noch in den Zwanzigern. Eine der Frauen war vielleicht sechzig. Alle sahen sie ernst und feierlich aus, bereit ihre Pflicht zu tun.

»Mr Bristol«, sagte Richter Harris, als Jess an den Tisch der Anklage zurückkehrte.

Hal Bristol begann zu sprechen, noch ehe er aufgestanden war. Seine Stimme donnerte durch den Gerichtssaal und zwang die Geschworenen in ihre Gewalt.

»Meine Damen und Herren Geschworenen, Terry Wales ist kein Akademiker. Er ist Vertreter wie einige von Ihnen. Er verkauft Haushaltsgeräte. Er versteht sein Geschäft und verdient gut dabei. Reich ist er gewiss nicht. Aber er ist stolz.

Wie Sie musste er in diesen Zeiten allgemeiner Rezession den Gürtel enger schnallen. Im Augenblick kaufen die Leute nicht. Man verzichtet auf größere Anschaffungen wie Haushaltsgeräte. Es werden nicht mehr so viele neue Häuser gebaut. Die Leute brauchen nicht mehr so viele neue Herde und Mikrowellengeräte. Die Provisionen schrumpfen. Wir leben in einer unsicheren Zeit. Es gibt nicht viel, worauf man sich verlassen kann.«

Jess setzte sich auf ihren Stuhl. Für diese Taktik also

hatte sich die Verteidigung entschieden. Der Mörder, ein Mensch wie du und ich; ein Mensch, mit dem wir uns alle identifizieren können. Der Mörder, den wir verstehen können, weil wir in ihm uns selbst gespiegelt sehen. Der Mörder als Jedermann.

»Terry Wales glaubte, er könnte sich auf seine Frau verlassen. Als er sie vor elf Jahren heiratete, geschah dies unter der Bedingung, dass beide noch einige Jahre weiterarbeiten würden, ehe sie eine Familie gründeten. Aber Nina Wales hielt sich nicht an die Bedingung. Nach der Heirat wollte sie sofort Kinder haben. Sie wollte nicht warten. Sie versicherte ihm, dass sie weiterarbeiten würde. Sie habe keinerlei Absicht, ihre Stellung aufzugeben. Aber schon bald nach der Geburt des ersten Kindes hörte Nina Wales zu arbeiten auf. Sie wollte sich ganz ihren Mutterpflichten widmen, und wie hätte mein Mandant da Widerrede erheben können, besonders als sie sehr bald von neuem schwanger wurde?

Aber Nina Wales war eine Frau, die nicht leicht zufriedenzustellen war. Ganz gleich, wie viel sie hatte, ganz gleich, wie viel ihr Mann ihr geben konnte, Nina Wales wollte immer mehr. Ganz klar, dass es im Laufe der Jahre Streitigkeiten gab. Es kam sogar zu handgreiflichen Auseinandersetzungen. Terry Wales ist nicht stolz auf die Rolle, die er dabei gespielt hat. Aber Gewalt kommt in den besten Ehen vor – besonders wenn die Zeiten hart sind.

Ich halte wahrhaftig nichts davon, dem Opfer die Schuld zu geben«, behauptete Hal Bristol, und Jess konnte nicht umhin, ihn dafür zu bewundern, dass die Worte ihm ohne eine Spur von Ironie über die Lippen kamen, »aber wir wissen alle, dass zu einem Streit zwei gehören. Mein Mandant ist kein gewalttätiger Mensch. Es braucht schon einiges an Druck, um ihn zu einer Gewaltreaktion zu veranlassen.

Und Nina Wales wusste genau, auf welche Knöpfe sie drücken musste.«

Wieder sah Jess nach hinten in den Saal, und es schüttelte sie innerlich. War Rick Ferguson deswegen hierhergekommen? Um bei ihr auf die Knöpfe zu drücken?

Rick Ferguson blickte starr geradeaus, anscheinend fasziniert vom Vortrag des Verteidigers. Ab und zu nickte er zustimmend. Von Killer zu Killer. Dieser verdammte Mistkerl, dachte Jess. Warum ist er hier?

»Ja, Nina Wales verstand sich hervorragend darauf, die richtigen Knöpfe zu drücken«, fuhr Hal Bristol fort. »Unablässig machte sie ihrem Mann Vorwürfe wegen seines schrumpfenden Einkommens; sie beschimpfte ihn, weil er es nicht schaffte, ihr größeren Luxus zu bieten. Wir haben Zeugen, die bestätigen werden, dass sie gehört haben, wie Nina Wales ihren Mann mehr als einmal öffentlich bloßstellte. Das sind Tatsachen wie die, von denen die Anklage gesprochen hat. Und wir haben Zeugen, die bestätigen werden, dass Nina Wales, wiederum mehr als einmal, ihrem Mann drohte, mit den Kindern aus seinem Leben zu verschwinden, ihm alles wegzunehmen.

Terry Wales ist ein stolzer Mann, meine Damen und Herren, obwohl seine Frau ihn behandelte, als gäbe es kaum etwas, worauf er stolz sein könnte. Und nichts war ihr heilig. Selbst ihr Intimleben machte sie zu einem Ziel ihres Spotts, und das in aller Öffentlichkeit. Nina Wales machte sich über ihren Mann als Liebhaber lustig und verspottete ihn bei jeder Gelegenheit wegen seiner Unfähigkeit, sie zu befriedigen. Sie erzählte ihm sogar, sie habe sich einen Liebhaber genommen, und Terry Wales glaubte ihr, auch wenn es vielleicht gar nicht stimmte.

Dann verließ sie ihn und ließ ihren Mann nicht einmal mit ihren Kindern sprechen. Sie teilte ihm mit, sie habe sich einen Anwalt gesucht und bereite alle notwendigen Schritte vor, um ihm alles zu nehmen, was er besaß; alles, wofür er sein Leben lang gearbeitet hatte. Terry Wales konnte es nicht fassen. Er war niedergeschmettert. Vernichtet. Er konnte nicht mehr klar denken, keinen vernünftigen Gedanken mehr fassen. Er war verzweifelt. Und verzweifelte Menschen greifen manchmal zu verzweifelten Maßnahmen.

Er kaufte sich also eine Armbrust. Eine Armbrust, meine Damen und Herren. Keine Schusswaffe, obwohl er ein geübter Scharfschütze ist. Obwohl es für jemanden, der vorhatte, seine Frau umzubringen, viel logischer gewesen wäre, eine Schusswaffe zu wählen. Sie wäre einfacher zu handhaben gewesen; der Eigentümer wäre nicht so leicht festzustellen gewesen; der Erfolg wäre sicherer gewesen, wenn es tatsächlich darum gegangen wäre, das Opfer zu töten.

Nein, Terry Wales kaufte sich eine Armbrust. Eine Waffe, von der zu erwarten war, dass sie eher Aufsehen erregen, als ernsthaften Schaden anrichten würde. Und das entsprach genau seiner Absicht.

Terry Wales wollte seiner Frau einen Schrecken einjagen. Er wollte sie nicht töten.

Wenn Sie die Absicht hätten, einen Menschen zu töten, meine Damen und Herren Geschworenen, würden Sie sich dann eine so altmodische und auffallende Waffe aussuchen wie eine Armbrust? Würden Sie den geplanten Mord mitten am Tag verüben, mitten auf einer verkehrsreichen Straßenkreuzung im Angesicht von mindestens einem halben

Dutzend Zeugen, die Sie identifizieren können? Würden Sie sich hinterher schluchzend auf den Bürgersteig setzen und auf die Polizei warten? Handelt so ein vernünftiger, klar denkender Mensch, ein Mensch, von dem die Anklage behauptet, er hätte eiskalt und berechnend die Ermordung seiner Ehefrau geplant?«

Hal Bristol kreuzte mit langen Schritten den Saal und trat an den Tisch der Anklage. »In einem Punkt stimmen die Verteidigung und die Anklage überein«, sagte er und sah Jess direkt an. »Mein Mandant ist für den Tod seiner Frau verantwortlich.« Er machte eine Pause und kehrte mit zielbewusstem Schritt zur Geschworenenbank zurück. »Wir behaupten jedoch, dass Terry Wales nie die Absicht hatte, seine Frau zu töten, sondern dass er ihr lediglich einen Schrecken einjagen wollte, dass er sie zur Vernunft bringen, sie veranlassen wollte, in ihr gemeinsames Haus zurückzukehren. Ganz gleich, wie fehlgeleitet, wie irrational diese Absichten waren, den Tatbestand des kaltblütigen mit Berechnung und Vorsatz verübten Mordes erfüllen sie nicht.

Ich möchte Sie auffordern, sich im Laufe dieses Verfahrens in Terry Wales' Lage zu versetzen. Jeder von uns hat seine Grenzen, meine Damen und Herren. Terry Wales hatte die seinen erreicht.« Hal Bristol legte eine dramatische Pause ein, ehe er abschließend sagte: »Was würde es erfordern, damit Sie an die Ihren stoßen?«

Jess sah sich, wie sie hinter dem dünnen Vorhang am Fenster ihres Wohnzimmers stand und mit der Pistole in der Hand zur Straße hinunterblickte. Wäre sie in der Lage gewesen zu schießen? Wir alle haben unsere Grenzen, meine Damen und Herren, dachte sie und drehte den Kopf, um nach hinten zu blicken. Sie sah, wie Rick Ferguson ein Stäbchen Kaugummi in den Mund schob und zu kauen begann.

»Ist die Anklage bereit fortzufahren?«, fragte Richter Harris.

»Die Anklage erbittet eine Pause von zehn Minuten«, sagte Jess schnell.

»Gut, wir machen zehn Minuten Pause«, stimmte Richter Harris zu.

»Was gibt's denn, Jess?«, fragte Neil Strayhorn offensichtlich überrascht.

Doch Jess war schon auf dem Weg nach hinten. Wenn sie erwartet hatte, dass Rick Ferguson aufspringen würde, so hatte sie sich getäuscht. Im Gegenteil, er sah nicht einmal zu ihr herüber, so dass sie gezwungen war, über die Köpfe der beiden Personen hinweg zu sprechen, die neben ihm saßen.

»Wir können das auf angenehme Weise regeln«, begann sie, »oder auf unangenehme.«

Noch immer sah er sie nicht an.

»Die angenehme Weise ist, dass Sie jetzt aufstehen und freiwillig den Saal verlassen«, fuhr sie fort.

»Und die unangenehme?«, fragte er, den Blick auf den leeren Sessel des Richters gerichtet.

»Dann rufe ich den Gerichtsdiener und lasse Sie rauswerfen.«

Rick Ferguson stand auf, drängte sich an den zwei Männern vorbei zu Jess durch. »Ich wollte nur mal sehen, was mir geblüht hätte, wenn die Alte nicht verschwunden wäre«, sagte er und senkte den Blick, um ihr direkt in die Augen zu sehen. »Sagen Sie mal, Frau Anwältin, sind Sie im Bett so gut wie im Gerichtssaal?«

»Gerichtsdiener!«, rief Jess laut.

»He, die angenehme Weise, wissen Sie noch?« Rick Ferguson drehte sich um und ging aus dem Saal.

Jess zitterte immer noch, als der Richter zehn Minuten später die Sitzung wieder eröffnete.

Es war fast sieben Uhr, als ein bewaffneter Hilfssheriff Jess an diesem Abend zur Parkgarage dem Administration Building gegenüber begleitete. Nachdem die Verhandlung geschlossen worden war, hatte sie noch beinahe zwei Stunden mit Neil und Barbara zusammengesessen, um die Ereignisse des Tages zu besprechen und die Strategie für den zweiten Verhandlungstag zu planen. Sie hatte versucht, ihren geschiedenen Mann anzurufen, aber in seiner Kanzlei hatte man ihr gesagt, er sei nicht in seinem Büro und man wisse nicht, um welche Zeit er zurückkehren würde. (»Jess, sind Sie das«, hatte seine Sekretärin höflich gefragt, als sie gerade auflegen wollte. »Wir haben ja lange nichts von Ihnen gehört. Versuchen Sie es doch später bei ihm zu Hause. Haben Sie die Nummer noch?«)

»Ich bin auf Parkdeck drei«, sagte Jess zu dem Mann, der sie begleitete. Alle Staatsanwälte wurden nach Einbruch der Dunkelheit von bewaffneten Beamten des Sheriffs zu ihren Autos begleitet.

»Sie sind sicher froh, dass Sie Ihren Wagen endlich wiederhaben«, sagte der junge Mann mit der dunkelblauen Schirmmütze auf dem blonden Haar. Er hatte die Hand am Holster, als er Jess über den Parkplatz im Freien zum Parkhaus führte. Jess erzählte ihm von ihrem Ärger mit der Autowerkstatt, während sie auf den Aufzug warteten.

»Aber wenigstens haben sie den Wagen gewaschen«, sagte sie, als sich die Aufzugtür öffnete und sie eintraten.

»Man muss versuchen, immer das Positive zu sehen«, meinte der junge Mann philosophisch, und Jess nickte, obwohl ihr das in diesem Fall schwerfiel. »Pfui Teufel, wie riecht's denn hier?«, sagte er, als sie in der dritten Etage ausstiegen. »Das stinkt ja fürchterlich.«

Jess schnitt eine Grimasse. Der unangenehme Geruch verursachte ihr Brechreiz. Sie drückte die Hand auf den Mund und deutete mit der anderen an, wo ihr Wagen stand.

»Mann, das wird ja immer schlimmer.«

Sie bogen um die Ecke.

»Um Gottes willen!«, rief der junge Mann und zog automatisch seine Pistole.

»Es ist niemand hier.« Jess war selbst überrascht, wie ruhig ihre Stimme klang. Sie starrte ihr Auto an. »Er ist längst weg.«

»Sagen Sie mir bloß nicht, dass das Ihr Wagen ist«, sagte der junge Mann. »Mann, der Kerl, der das gemacht hat, muss ja total krank sein.«

Immer noch starrte Jess ihren Mustang an, der erst an diesem Morgen frisch gewaschen und so gut wie neu aus der Werkstatt gekommen war. Jetzt waren sämtliche Fenster mit Kot verschmiert, die Scheibenwischer waren abgebrochen und verbogen. Jess würgte, drückte beide Hände auf Mund und Nase und wandte sich ab.

Der Mann aus dem Sheriffsamt war schon an seinem Walkie-Talkie, um Hilfe anzufordern. Jess kehrte zum Aufzug zurück und ließ sich neben ihm auf den Betonboden sinken.

»Scheiße«, murmelte sie, fand die Wahl des Wortes ausgesprochen passend und begann hilflos zu lachen. Sie konnte lachen oder weinen, ganz wie sie wollte.

Sie beschloss, sich das Weinen für später aufzuheben.

12

Walter! Walter, Herrgott noch mal, du hast schon wieder vergessen, die Haustür abzuschließen!« Jess trommelte mit Wucht an die Wohnungstür im ersten Stock ihres Hauses und fragte sich, ob Walter sie bei Miles Davis' Trompete überhaupt hören würde.

»Immer mit der Ruhe, ich komm ja schon«, rief die tiefe maskuline Stimme von drinnen. Einen Augenblick später öffnete sich die Tür, und der kurzbeinige, rundliche Systemanalytiker, der unter ihr wohnte, stand vor ihr. Er hatte einen grünseidenen Morgenrock an und hielt ein Glas Rotwein in der Hand. Mit einem raschen Blick musterte er sie von Kopf bis Fuß. »Jess, du bist wunderschön. Und du bist hysterisch. Komm doch auf ein Glas rein.«

»Nein, ich möchte dich nur bitten, in Zukunft darauf zu achten, dass die Haustür immer abgeschlossen ist«, sagte Jess, die für ein geselliges Glas Wein jetzt nicht in Stimmung war.

»Ach, hab ich wieder vergessen abzuschließen?« Walter Fraser gab sich betont nonchalant. »Weißt du, ich hab meine Einkäufe reingetragen und musste dauernd hin- und herlaufen. Da war es einfacher, die Tür einfach offen zu lassen.«

»Ja, einfacher und viel gefährlicher.«

»Du hast wohl einen harten Tag gehabt, hm?«, fragte Walter.

»Schließ in Zukunft einfach ab«, sagte Jess noch einmal, schon auf dem Weg zur Treppe, die zu ihrer Wohnung hinaufführte.

Das Telefon begann zu läuten, sobald sie die Tür öffnete. Was nun? Sie stieß an den Vogelkäfig, als sie in die Küche lief, und der Kanarienvogel zwitscherte erschrocken.

»Tut mir leid, Fred«, rief sie und griff schon nach dem Telefonhörer. »Hallo!«, rief sie laut.

»Oha! Da hat wohl jemand schlechte Laune.«

»Don, bist du das?«

»In der Kanzlei hat man mir gesagt, dass du angerufen hast. Irgendwas nicht in Ordnung?«

»Nichts, was nicht wieder in Ordnung kommt, wenn dein Mandant auf dem elektrischen Stuhl landet.«

»Ich vermute, du sprichst von Rick Ferguson«, sagte Don.

»Du vermutest richtig. Möchtest du hören, was heute passiert ist? Erst erscheint dein Mandant bei mir im Gerichtssaal, und ein paar Stunden später finde ich meinen Wagen, den ich gerade erst für mehr als vierhundert Dollar hab reparieren lassen, total mit Scheiße verschmiert wieder. Was würdest du denn da vermuten?«

»Moment mal. Du sagst, dein Wagen war buchstäblich mit …«

»Kot, ja, wahrscheinlich menschlichem Kot verschmiert. Jedenfalls hält die Polizei es dafür. Sie haben Proben genommen, um sie analysieren zu lassen, und versuchen Fingerabdrücke zu sichern. Ich glaube allerdings nicht, dass dabei viel herauskommen wird. Ich bin sicher, dass da mit Gummihandschuhen gearbeitet worden ist.«

»Das ist ja unglaublich«, murmelte Don.

»Sag du nur deinem Mandanten, wenn er sich noch ein einziges Mal in meinem Gerichtssaal blicken lässt, lass ich ihn verhaften. Es ist mir ganz egal, wofür.«

»Ich habe ihn bereits ermahnt, dich in Ruhe zu lassen.«

»Sieh zu, dass er meinem Gerichtssaal fernbleibt.«

»Da wirst du ihn bestimmt nicht wiedersehen.«

Trotz des ruhigen Tons, in dem Don sprach, hörte Jess aus seiner Stimme deutlich seine Verwirrung heraus. Sie wusste, dass er sich die größte Mühe gab, Beruf und Privatleben voneinander zu trennen, und dass sie ihm das beinahe unmöglich machte.

»Es ist fast neun«, sagte er nach einer längeren Pause. »So wie ich dich kenne, hast du noch nicht gegessen.«

»Ich bin nicht gerade hungrig.«

»Aber du musst essen. Ich kann in zwanzig Minuten bei dir sein. Wir gehen irgendwohin und essen ein Steak …«

»Don, kannst du dir vorstellen, dass es mir nach so viel Scheiße den Appetit verschlagen hat.« Sie spürte, dass er lächelte. »Tut mir wirklich leid. Ein andermal vielleicht?«

»Natürlich, jederzeit. Schlaf dich aus.«

»Danke.«

»Und, Jess …«

»Ja?«

»Der Staat Illinois tötet Verbrecher nicht mehr auf dem elektrischen Stuhl. Ich glaube, man arbeitet jetzt mit Injektionen.«

Sie lachte. »Vielen Dank für die Information.«

Sie legten auf, ohne auf Wiedersehen zu sagen.

Und prompt begann Jess' Magen zu knurren. »Na wunderbar. Perfektes Timing.« Jess sah zum Telefon, entschied sich aber dann, Don nicht zurückzurufen. Sie war zu müde, zu gereizt, zu verärgert, um auszugehen. Sie würde Don nur den Abend verderben. Und warum sollte sie Steak essen, wenn sie einen ganzen Stapel gefrorener Pizza in ihrem Tiefkühlschrank hatte?

Sie nahm zwei Pizzas aus der Zellophanverpackung und schob sie in den Mikrowellenherd. Dann holte sie sich eine Dose Cola aus dem Kühlschrank, öffnete sie und nahm einen langen Schluck direkt aus der Dose. Ihr Schwager fiel ihr ein, in dessen Haus Limonaden seit neuestem nicht mehr erlaubt waren. (»Ich glaube, du bist eifersüchtig«, hatte Barry gesagt. »Weil deine Schwester einen Mann und eine Familie hat und glücklich ist. Und was hast du? Einen Tiefkühlschrank voll Gefrierpizza und einen verdammten Kanarienvogel!«)

Hatte er recht? War sie wirklich eifersüchtig auf das Glück ihrer Schwester? Konnte sie so kleinlich sein?

Zum ersten Mal seit langem hatte Maureen sie nicht zum Thanksgiving-Essen eingeladen. Sie hatte etwas davon gesagt, dass sie zur Abwechslung einmal bei Barrys Eltern essen würden, aber wahrscheinlich war sie einfach verärgert. Sie waren alle verärgert. Sogar ihr Vater hatte alle Versuche aufgegeben, sie mit der neuen Frau in seinem Leben bekannt zu machen. Er habe den Pressewirbel um ihren gegenwärtigen Prozess verfolgt und könnte verstehen, dass sie viel zu tun habe, hatte er gesagt. Er werde warten, bis der Prozess vorbei sei.

Was tat sie ihrem Vater nur an? War sie auch auf sein Glück eifersüchtig? Verlangte sie von den Menschen, die sie liebten, dass sie das gleiche ungesellige, einsame Leben führten, in dem sie selbst sich eingerichtet hatte? Sah sie allen Ernstes im Interesse ihres Vaters an einer anderen Frau einen Verrat an ihrer Mutter? Selbst jetzt noch, nach all diesen Jahren?

Jess stützte ihren Kopf in die Hände. Allmählich wurde ihr klar, dass das nicht der Grund war. Indem ihr Vater sich einer anderen Frau zuwandte, unterzeichnete er in symbolischer, aber dennoch sehr realer Weise den Totenschein ihrer Mutter.

Jess hob ihren Kopf von ihren Händen und blickte zur Decke hinauf. Die Tränen liefen ihr über das Gesicht. War es möglich, dass sie noch immer halb erwartete, ihre Mutter werde eines Tages plötzlich wieder in ihr Leben treten? War es das, worauf sie wartete und hoffte, wonach sie sich sehnte? Selbst jetzt noch, nach acht Jahren? Wartete sie immer noch darauf, dass ihre Mutter plötzlich auf der Schwelle stehen, ihre treue Tochter in die Arme nehmen, ihr Gesicht mit heißen Küssen bedecken und ihr sagen würde, dass sie an ihrem Verschwinden nicht schuld war, dass sie freigesprochen war?

Wartete sie noch immer auf den Moment der Absolution? Konnte sie ihr Leben ohne diese Absolution nicht weiterführen?

Der Wecker am Mikrowellenherd piepte, ihr Abendessen war fertig. Das Geräusch holte Jess in die Realität zurück. Vorsichtig hob sie die beiden dampfenden Pizzas aus dem Rohr und legte sie auf einen Teller. Sie nahm den Teller und die Dose Cola mit ins Wohnzimmer und setzte sich aufs Sofa. Erst jetzt wurde sie auf die Sechziger-Jahre-Musik aufmerksam, die im Radio lief. »*Monday, Monday*« sangen die Mamas and the Papas im schönsten Einklang, und Jess zuckte die Achseln. Wie passend. Was war das für ein Montag gewesen.

»Und du, Freddie, hast du wenigstens einen schönen Tag gehabt?«, fragte sie den Kanarienvogel und pustete auf die vor ihr stehenden Pizzas hinunter, um sie abzukühlen. Dann nahm sie sich ein Stück, biss kräftig hinein und zog dabei fast den ganzen Käsebelag in ihren Mund.

Das Telefon läutete.

Jess schob die Pizza in ihrem Mund nach links. »Hallo?«

»Spreche ich mit Jess Koster?« Die Männerstimme kam ihr irgendwie bekannt vor, aber sie konnte sie nicht einordnen.

»Wer ist am Apparat?«, fragte sie unruhig und gespannt.

»Adam Stohn.«

»Adam Stohn?«

»Der Verkäufer aus dem Schuhgeschäft. Es geht um die Stiefel, die Sie bestellt haben – sie sind heute am Spätnachmittag eingetroffen. Ich hab versucht, Sie im Büro zu erreichen. Dort sagte man mir, Sie seien bei Gericht. Sie haben mir gar nicht gesagt, dass Sie Anwältin sind.«

Jess merkte, wie ihr Herz zu rasen anfing. »Mir wurde nicht ausgerichtet, dass Sie angerufen haben.«

»Ich hab auch keine Nachricht hinterlassen.«

Schweigen.

»So, meine Stiefel sind also da«, sagte Jess nach einer Pause, die ihr wie eine Ewigkeit vorkam.

»Sie können sie jederzeit abholen.«

»Wunderbar. Danke, dass Sie mir Bescheid gesagt haben.«

»Ich kann sie Ihnen auch vorbeibringen«, erbot er sich.

»Wie?«

»Dann können Sie sich den Weg sparen. Sie brauchen mir nur einen Scheck zu geben, natürlich auf die Firma ausgestellt.«

»Wann?«

»Ich könnte gleich vorbeikommen, wenn es Ihnen passt.«

»Gleich?« *Wie? Wann? Gleich*?, hörte Jess sich sagen. Wirklich brillant, wie sie Konversation machte!

»Für morgen ist Schnee angesagt.«

»Tatsächlich?«

»Übrigens hab ich noch gar nicht gegessen. Sie? Hätten Sie Lust auf eine Pizza?«

Jess spie den durchgekauten Käseklumpen, den sie noch im Mund hatte, auf ihren Teller. »Das ist eine prima Idee.«

»Gut. Sagen Sie mir nur, wo Sie wohnen.«

»Treffen wir uns doch einfach irgendwo«, schlug Jess vor.

»Gut, sagen Sie mir, wo.«

Jess nannte ein kleines italienisches Restaurant in der Armitage Avenue, das sie leicht zu Fuß erreichen konnte.

»In einer Viertelstunde?«

»Gut, bis gleich.«

»Sie sind früh dran«, sagte er, als er sich zu ihr in die rotgepolsterte Nische hinten in dem kleinen Restaurant setzte. Er hatte Bluejeans an und eine schwarze Bomberjacke über einem grauen Rollkragenpullover.

»Ich komme immer zu früh. Das ist eine schlechte Angewohnheit von mir«, sagte sie, während sie sein Gesicht betrachtete. Sie fand, er sah besser aus, als sie in Erinnerung hatte. Ging es ihm mit ihr ähnlich? Sie wünschte jetzt, sie hätte einen etwas originelleren Anzug gewählt als den einfachen schwarzen Pulli und die dunkelgrauen Jeans. Und eine Spur mehr Make-up hätte wahrscheinlich auch nicht geschadet. Stattdessen hatte sie sich nur ein paar Hände voll kaltes Wasser ins Gesicht geworfen, ihre Zähne geputzt, Lippenstift aufgelegt und war dann losgeflitzt.

»Guten Abend, Signorina«, sagte die Wirtin zu Jess und

legte zwei fleckige Speisekarten auf den Tisch. »Freut mich, Sie wieder einmal zu sehen.«

»Und ich freue mich, Sie zu sehen«, gab Jess zurück und lächelte die dunkelhaarige Frau mit dem runden Gesicht an. »Carla macht die beste Pizza der Welt.«

»Jedenfalls in De Paul«, schränkte Carla ein. »Soll ich Ihnen eine Karaffe Chianti bringen, während Sie sich die Speisekarte ansehen?«

»Hört sich gut an«, sagte Adam und warf einen raschen Blick in die Speisekarte.

»Ich weiß schon, was ich will«, sagte Jess. »Ich nehme die Pizza Spezial. Das ist mein absolutes Leibgericht.«

»Dann bringen Sie uns gleich eine große«, warf Adam ein. »Die teilen wir uns.« Carla nahm die beiden Speisekarten wieder an sich und machte sich auf den Weg zur Küche. »Übrigens, Ihre Stiefel liegen im Auto. Erinnern Sie mich daran, sie Ihnen zu geben.«

»Und erinnern Sie mich daran, Ihnen einen Scheck zu schreiben.«

»Du lieber Gott, woran man alles denken muss.« Er lachte. »Sie sind wohl oft hier?«

»Ich wohne nicht weit von hier. Und ich bin keine große Köchin«, fügte Jess hinzu.

»Ich kann mir denken, dass Sie zum Kochen nicht viel Zeit haben.«

»Das stimmt, aber ich würde sowieso nicht kochen.«

Er machte ein erstauntes Gesicht. »Aus Prinzip?«

»Ja, manchmal haben wir Anwälte Prinzipien«, erwiderte sie lächelnd.

»Daran habe ich nie gezweifelt.«

»Meine Mutter hat jeden Tag für uns gekocht«, erklärte

Jess. »Sie hat es gehasst und es uns darum nie beigebracht. Vielleicht meinte sie, wenn meine Schwester und ich nicht kochen können, werden wir nie in der Küche landen.«

»Eine interessante Theorie.«

»Aber gewirkt hat es nicht.«

Er sah sie fragend an.

»Meine Schwester hat sich zu einem wahren Hausmütterchen entwickelt.«

»Und Sie finden das nicht gut?«

»Ich würde lieber nicht über meine Schwester reden.«

Carla kehrte mit dem Chianti und zwei Weingläsern zurück. »Ich hab gerade in der Abendzeitung über den Armbrustmörder gelesen«, sagte sie, während sie ihre Gläser füllte. »Da stand eine ganze Menge über Sie drin. Sehr beeindruckend.«

Jess lachte. »Beeindruckend wäre es, wenn ich den Prozess gewänne.«

Carla machte eine wegwerfende Handbewegung. »Aber da gibt's doch gar keine Frage. Natürlich gewinnen Sie. Ganz klar.« Sie wischte sich die Hände an der grünen Schürze ab, die sich über ihrem üppigen Busen spannte, und ging dann mit einem Nicken davon, in den vorderen Teil des Restaurants. In dem kleinen Raum waren fünf Nischen und vielleicht zehn Tische, von denen augenblicklich etwa die Hälfte besetzt waren. Die Wände waren mit bunten Szenen aus dem italienischen Alltagsleben bemalt, von der Decke hingen Plastiktrauben herab.

»Aha, ich esse also mit einer Berühmtheit zu Abend«, stellte Adam fest und hob sein Glas, um ihr zuzuprosten.

»Leider nur mit einer überarbeiteten, schlechtbezahlten

Staatsanwältin.« Sie stießen an. »Gesundheit und Wohlstand, wie mein Schwager sagen würde.«

»Auf Ihren bevorstehenden Sieg.«

»Darauf trinke ich.« Sie tranken beide. »Und Sie, wie lang arbeiten Sie schon als Schuhverkäufer?«

»Hier, in diesem Laden, seit dem Sommer. Vorher insgesamt ungefähr ein Jahr.«

»Und davor?«

»Ach, alles Mögliche. Vertreter auf Achse. Sie wissen schon.«

»Mein Vater war auch mal Vertreter.«

»Ach?«

»Später hatte er seinen eigenen Laden. Genauer gesagt, zwei. Jetzt ist er im Ruhestand.«

»Und treibt Ihre Mutter zum Wahnsinn?«

Jess trank von ihrem Wein. »Meine Mutter ist tot.«

Adam zuckte zusammen. »Oh, das tut mir leid. Das war ein bisschen taktlos, hm? Wann ist sie gestorben?«

»Vor acht Jahren. Seien Sie mir nicht böse, aber könnten wir uns über etwas anderes unterhalten?«

»Natürlich, ganz wie Sie wollen.«

»Erzählen Sie etwas über sich. Kommen Sie aus Chicago?«

»Nein, aus Springfield.«

»Da war ich noch nie.«

»Eine ganz hübsche kleine Stadt.«

»Warum sind Sie dort weggegangen?«

»Es war Zeit für einen Tapetenwechsel.« Er zuckte die Achseln. »Und Sie? In Chicago geboren und aufgewachsen?«

Sie nickte.

»Und Sie haben gar kein Verlangen, mal woanders hinzugehen?«

»Ich bin ein ziemlich sesshafter Typ.«

»Sie haben hier Jura studiert?«

»Ja, an der Northwestern University.«

»Und haben natürlich ein hervorragendes Examen gemacht«, vermutete er.

»Ich war die Viertbeste meines Jahrgangs.«

Er lächelte in sein Glas. »Und danach haben Sie sämtliche Angebote lukrativer Kanzleien abgelehnt, um eine überarbeitete, schlechtbezahlte Staatsanwältin zu werden.«

»Ich wollte nicht in der Rechtsabteilung irgendeines Riesenunternehmens landen, wo ich statt Prozesse höchstens Papierkriege geführt hätte. Außerdem war der Leiter der Staatsanwaltschaft einer meiner Dozenten. Er bewarb sich um das Amt und wurde gewählt und hat mich dann eingestellt. Die einzige Frage, die er mir gestellt hat, war, ob ich fähig sei, die Todesstrafe zu fordern.«

»Sie haben ihm offensichtlich die richtige Antwort gegeben.«

Jess lachte. »Sie mögen keine Liberalen bei der Staatsanwaltschaft.«

»Und wie gefällt es Ihnen nun dort?«

»Ganz ehrlich?«

»Nur wenn es sein muss.«

Sie lachte. »Es gefällt mir unheimlich gut. Jedenfalls jetzt. Anfangs war es ziemlich trocken. Ich musste beim Verkehrsgericht anfangen. Das war nicht gerade aufregend, aber man muss sich eben seine Sporen erst verdienen, nehme ich an. Da war ich ungefähr ein Jahr, dann wurde ich versetzt, zur *Municipal Division*, einem der unteren

Gerichte, wo Vergehen von der Sachbeschädigung bis zum tätlichen Angriff verfolgt werden. Richtige Geschworenenprozesse gibt es da selten, die meisten Sachen werden vor einem Richter verhandelt, und niemand, außer den Opfern natürlich, nimmt sie richtig ernst. Klingt das sehr herzlos?«

»Ich kann mir vorstellen, dass man sich bei Ihrer Arbeit einen ziemlich dicken Panzer zulegen muss.«

Das Bild einer enthaupteten Schildkröte drängte sich Jess unversehens auf. »Bei der *Municipal Division* war ich ein weiteres Jahr«, sagte sie hastig, »dann kam ich zum Untersuchungsgericht. Das war weit interessanter.«

»Wieso war es interessanter?«

»Nun, da muss man richtig ermitteln, da muss man losgehen und mit den Opfern und den Zeugen reden. Man arbeitet ziemlich eng mit der Polizei zusammen. Sehen Sie, die meisten Leute wissen nicht, dass die Polizei niemanden unter Anklage stellen kann. Nur der Staat kann Anklage erheben. Die Polizei ermittelt, aber der Staatsanwalt entscheidet, ob die Beweise ausreichen, um Anklage zu erheben.«

»Da haben Sie zum ersten Mal echte Macht geschmeckt.«

Jess trank wieder von ihrem Wein. »Mein Schwager behauptet, Frauen verlören ihren Sinn für Humor, wenn sie an die Macht kommen.«

»Also, den Eindruck hab ich bei Ihnen wirklich nicht. Wenn Sie Ihren Schwager das nächste Mal sehen, sagen Sie ihm einen schönen Gruß, er soll nicht solchen Scheiß erzählen.«

Jess sah erst das Gesicht ihres Schwagers vor sich, dann ihr kotbeschmiertes Auto. »Würde es Ihnen was ausmachen, wenn wir über etwas anderes sprechen?«

»Sie waren also ein weiteres Jahr im Untersuchungsgericht«, sagte er bereitwillig.

»Sieben Monate genau.«

»Und dann kamen Sie zur *Trial Section?*«

Jess war überrascht. »Woher wissen Sie das?«

»Was ist denn sonst noch übrig?«, fragte er.

»Jedem Richter sind drei Staatsanwälte zugeteilt, im Allgemeinen für ein Jahr, manchmal auch länger. Derjenige mit der längsten Dienstzeit ist der Gruppenleiter. Das bin ich.« Jess schwieg und trank den letzten Schluck Wein aus ihrem Glas. »Wie sind wir eigentlich auf dieses Thema gekommen?«

»Ich glaube, ich habe Sie gefragt, wie es Ihnen bei der Staatsanwaltschaft gefällt.«

»Na, Sie können jedenfalls nicht behaupten, ich hätte Ihnen keine erschöpfende Antwort gegeben.« Jess senkte die Lider. »Tut mir leid, ich wollte nicht so ins Detail gehen. Das ist ein ziemlich trockenes Thema.«

»Finde ich gar nicht.« Er schenkte ihr Wein nach. »Erzählen Sie mir noch ein bisschen.«

Jess hob ihr Glas zum Mund, froh, ihre Hände beschäftigen zu können. Sie atmete den schweren Duft des Weins und versuchte hinter das warme Braun von Adams Augen zu sehen. Sie fragte sich, ob er an den Einzelheiten ihrer beruflichen Laufbahn tatsächlich so interessiert war, wie es schien. Sie fragte sich, was er wirklich hier tat. Und sie fragte sich, was sie hier tat.

»Hm«, sie zögerte, ehe sie fortfuhr, »ich bin für meine Gruppe voll verantwortlich. Ich übernehme die wichtigen Fälle. Ich entscheide, welche Prozesse ich meinen beiden Mitarbeitern anvertraue. Ich bin so eine Art Lehrerin oder Beraterin, wenn Sie wollen. Und wenn die beiden Mist bauen, bekomme ich den Rüffel. Wenn etwas nicht klappt, trage ich dafür die Verantwortung.«

»Und wie viele Prozesse führen Sie ungefähr im Jahr?«

»Oh, das kommt darauf an, zwischen zwölf und zwanzig würde ich sagen. Das heißt Geschworenenprozesse. Viele Fälle werden einfach vor dem Richter erledigt.« Sie lachte. »Um diese Zeit geht es immer sehr hektisch zu. Da veranstalten die Richter einen regelrechten Wettstreit, welcher von ihnen bis Weihnachten die meisten Fälle erledigen kann.«

Carla brachte ihnen die dampfend heiße Pizza, die mit einer Vielfalt von Gemüsen und Wurstsorten belegt war.

»Die sieht ja toll aus«, bemerkte Adam und schnitt jedem von ihnen gleich ein Stück ab. Lächelnd sah er zu, wie Jess sofort zugriff und herzhaft in ihr Stück hineinbiss.

»Sie sehen aus wie ein kleines Mädchen.« Er lachte.

»Tut mir leid. Ich hätte Sie warnen sollen. Beim Essen benehme ich mich unmöglich. Ich hab überhaupt keine Manieren.«

»Es ist ein Vergnügen, Ihnen zuzusehen.«

»Ich hab nie verstanden, wie jemand eine Pizza mit Messer und Gabel essen kann«, fuhr sie fort. Dann brach sie plötzlich ab und sah ihn verlegen an. »Jetzt werden Sie mir gleich sagen, dass Sie Pizza immer mit Messer und Gabel essen, stimmt's?«

»Ich würde es nicht wagen.« Adam nahm sein Stück Pizza in beide Hände und führte es zum Mund.

»Schmeckt sie nicht herrlich?«

»Köstlich«, bestätigte er, ohne den Blick von ihr zu wenden. »Erzählen Sie mir noch ein bisschen was über Jess Koster, die Staatsanwältin.«

»Ich finde, ich hab schon mehr als genug erzählt. In den Büchern steht doch immer, dass die Frauen die Männer reden lassen sollen. Um herauszukriegen, was für Interessen der Mann hat. Und dann so zu tun, als hätte man dieselben.« Sie schwieg einen Moment und warf ihm einen scharfen Blick zu. »Oder tun Sie das vielleicht gerade mit mir?«

»Sie halten sich nicht für interessant?«

»Nur weil ich die Juristerei faszinierend finde, muss das doch nicht jedem anderen genauso gehen.«

»Was an der Juristerei fasziniert Sie denn so?«

Jess legte ihr Stück Pizza auf den Teller und dachte einen Moment ernsthaft über seine Frage nach. Sie wählte ihre Worte mit Bedacht. »Ich vermute, die Tatsache, dass sie so eine komplizierte Angelegenheit ist. Ich meine, die meisten Menschen möchten doch gern glauben, dass es in unserem Rechtssystem um Recht und Unrecht geht, um Gut und Böse, um die Wahrheit und nichts als die Wahrheit. Aber so ist es überhaupt nicht. Reines Schwarz oder Weiß gibt es nicht. Nur unterschiedliche Nuancen von Grau. Beide Seiten verdrehen die Wahrheit und versuchen, sie zum eigenen Vorteil auszunützen. Die traurige Wahrheit ist, dass Wahrheit vor einem Gericht beinahe irrelevant ist.« Sie zuckte die Achseln. »Es kann leicht passieren, dass ein Anwalt elementare Grundsätze von Ethik und Moral aus den Augen verliert.«

»Wo ist der Unterschied?«

»Moral ist etwas in mir«, antwortete Jess. »Ethos, und ich meine jetzt das Berufsethos, wird von außen definiert. Das klingt wohl ziemlich gestelzt, wie?«

»Es klingt charmant.«

»Charmant? Ich habe etwas gesagt, das charmant klingt?« Jess lachte.

»Das wundert Sie?«

»Ich glaube, ich habe noch nie gehört, dass jemand mich als charmant bezeichnet hat«, antwortete sie aufrichtig.

»Als was bezeichnet man Sie denn?«

»Oh... zielstrebig, ernsthaft, zielstrebig, konzentriert, zielstrebig. Zielstrebig höre ich sehr häufig.«

»Und diese Zielstrebigkeit macht Sie wahrscheinlich zu so einer guten Staatsanwältin.«

»Wer hat gesagt, dass ich gut bin?«

»Fragt die Frau, die ihr Examen als Viertbeste bestanden hat.«

Jess lächelte verlegen. »Ich bin mir nicht so sicher, dass das eine etwas mit dem anderen zu tun hat. Ich meine, man kann Präzedenzfälle und Verfahrenstechnik auswendig lernen, man kann die Gesetzesbücher und Kommentare von vorn bis hinten durchstudieren, aber man braucht einfach ein *Gefühl* dafür, was das Gesetz eigentlich ist. Es ist ein bisschen wie die Liebe, würde ich sagen.« Sie sah weg. »Eine Frage von Gespenstern und Schatten.«

»Eine interessante Analogie«, bemerkte Adam. »Ich nehme an, Sie sind geschieden.«

Jess griff nach ihrem Weinglas, führte es zum Mund, stellte es wieder ab, ohne zu trinken. »Eine interessante Vermutung.«

»Zwei interessante Menschen«, sagte Adam und berührte ihr Glas mit dem seinen. »Wie lange waren Sie verheiratet?«

»Vier Jahre.«

»Und wie lange sind Sie schon geschieden?«

»Vier Jahre.«

»Sehr symmetrisch.«

»Und Sie?«

»Ich war sechs Jahre verheiratet und bin seit drei Jahren geschieden.«

»Haben Sie Kinder?«

Er trank seinen Wein aus, goss den letzten Rest aus der Flasche in sein Glas und schüttelte den Kopf.

»Bestimmt nicht?«, fragte Jess und lachte. »Das war eine sehr bedeutungsvolle Pause.«

»Keine Kinder«, versicherte er. »Und Sie?«

»Nein.«

»Zu viel zu tun?«

»Selbst noch zu sehr Kind, vermute ich.«

»Das bezweifle ich«, widersprach er. »Sie sehen aus, als hätten Sie eine sehr alte Seele.«

Jess verbarg ihr plötzliches Unbehagen hinter einem nervösen Lachen. »Ich brauche wahrscheinlich mehr Schlaf.«

»Sie brauchen gar nichts. Sie sind eine sehr schöne Frau«, sagte er und konzentrierte plötzlich seine ganze Aufmerksamkeit auf seine Pizza.

Jess machte es genauso. Ein paar Sekunden lang sprach keiner von beiden.

»Ich wollte Sie nicht in Verlegenheit bringen«, sagte er, den Blick noch immer auf seinen Teller gerichtet.

»Ich bin nicht verlegen«, antwortete Jess, die gar nicht hätte sagen können, wie ihr zumute war.

»Hatte Ihre Scheidung etwas mit Ihrem Beruf als Staatsanwältin zu tun?«, fragte Adam unvermittelt.

»Ich verstehe nicht.«

»Na ja, ein Staatsanwalt hat doch vermutlich eine gewisse Ähnlichkeit mit einem Rennpferd. Sie werden auf Klasse getrimmt. Sie hören die Glocke, und schon laufen

Sie los. Sie besitzen eine Menge Selbstbewusstsein, und das brauchen Sie auch, weil es dauernd auf dem Spiel steht. Und das Schlimmste ist eine Niederlage. Wenn Sie mitten in einem Prozess sind, ist es doch wohl sehr schwer abzuschalten. Im Grunde sind Sie mit dem Prozess verheiratet, solange er dauert. Oder täusche ich mich da?«

Jess schüttelte den Kopf. »Nein, da täuschen Sie sich nicht.«

»Was hat Ihr Mann beruflich gemacht?« Adam schnitt noch einmal zwei Stück Pizza ab.

Jess lächelte. »Er ist Anwalt.«

»Ich gebe auf.«

Jess lachte. »Und was macht Ihre geschiedene Frau?«

»Sie ist Innenarchitektin. Das Letzte, was ich hörte, war, dass sie wieder geheiratet hat.« Adam hob die Hände, als wollte er andeuten, dass er zu diesem Thema nichts mehr zu sagen habe. »Genug von der Vergangenheit. Schauen wir lieber vorwärts.«

»Das ging aber schnell.«

»Es gibt nicht viel zu erzählen.«

»Sie sprechen nicht gern von sich, nicht wahr?«

»So ungern wie Sie.«

Jess starrte ihn ungläubig an. »Wie meinen Sie denn das? Seit wir hier sitzen, habe ich praktisch nur von mir geredet.«

»Sie haben über die Juristerei geredet. Sobald die Fragen etwas persönlicher werden, werden Sie so wortkarg wie ein gegnerischer Zeuge vor Gericht.«

»Ich mache Ihnen einen Vorschlag«, sagte Jess, überrascht, sich so leicht durchschaut zu sehen. »Ich erzähle Ihnen meine Geheimnisse nicht, wenn Sie mir Ihre nicht erzählen.«

Adam lächelte. Seine braunen Augen waren unergründlich. »Erzähl mir keine Geheimnisse, und ich erzähl dir keine Lügen.«

Seinen Worten folgte ein langes Schweigen.

»Klingt gut«, sagte Jess schließlich.

»Für mich auch.«

Sie aßen weiter, verzehrten den Rest der Pizza schweigend.

»Warum haben Sie mich eigentlich heute Abend angerufen?«, fragte Jess, nachdem sie ihren leeren Teller weggeschoben hatte.

»Ich wollte Sie gern sehen«, antwortete er. »Warum haben Sie angenommen?«

»Ich wollte Sie wahrscheinlich auch sehen.«

Über den Tisch hinweg lächelten sie einander an.

»Und wie kommt eine ehrgeizige Anwältin wie Sie dazu, mit einem simplen Schuhverkäufer wie mir auszugehen?« Er winkte Carla, um sich die Rechnung bringen zu lassen.

»Ich hab so das Gefühl, dass an Ihnen gar nichts simpel ist.«

»Das kommt daher, dass Sie Anwältin sind. Sie suchen Dinge, die nicht da sind.«

Jess lachte. »Und wie ich hörte, soll es morgen schneien. Da kann ich ein neues Paar Winterstiefel gut gebrauchen.«

»Ich hab genau das Richtige für Sie im Wagen. Kann ich Sie nach Hause fahren?«

Jess zögerte, fragte sich, wovor sie Angst hatte.

Carla kam mit der Rechnung. »Na, war alles in Ordnung? Hat Ihnen die Pizza geschmeckt?«, wandte sie sich an Adam.

»Ohne Zweifel die beste Pizza in De Paul.«

Jess sah, wie Adam einen Zwanzig-Dollar-Schein aus der Tasche nahm, erwog, ihm anzubieten, die Kosten zu teilen, überlegte es sich dann anders. Das nächste Mal würde sie bezahlen.

Wenn es ein nächstes Mal gab.

Jess schlief einen tiefen, traumlosen, herrlichen Schlaf, wie er ihr seit Wochen nicht mehr gegönnt gewesen war. Plötzlich war sie hellwach, saß kerzengerade im Bett, und ihre Arme schossen vor, als fiele sie durch die Luft. Überall um sie herum läuteten Glocken, bimmelten Wecker.

Das Telefon, erkannte sie schließlich, griff über das Bett und hob den Hörer an ihr Ohr. Auf dem Leuchtzifferblatt ihrer Digitaluhr sah sie, dass es drei Uhr morgens war. Um drei Uhr morgens kamen niemals gute Nachrichten, das wusste sie. Nur Tod und Verzweiflung dachten sich nichts dabei, Menschen aus dem Schlaf zu reißen.

»Hallo«, sagte sie so klar und kontrolliert, als hätte sie nur auf das Läuten des Telefons gewartet.

Sie erwartete, die Polizei zu hören oder das Gerichtsmedizinische Institut. Aber es kam ihr nur Schweigen entgegen.

»Hallo?«, wiederholte sie. »Hallo, hallo?«

Keine Antwort. Nicht einmal das sprichwörtliche keuchende Atmen.

Sie legte auf, und ihr Kopf sank mit leichtem Aufprall wieder ins Kissen. Nur irgendein armer Irrer, dachte sie, nicht bereit, andere Möglichkeiten in Betracht zu ziehen. »Schlaf weiter«, murmelte sie sich selbst zu. Aber der Schlaf hatte sie verlassen, und sie lag wach, während draußen vor ihrem Schlafzimmerfenster lautlos der Schnee auf die Straße fiel, bis es Zeit zum Aufstehen war.

13

Na, wie ist es eurer Meinung nach heute im großen Ganzen gelaufen?« Jess sah über ihren Schreibtisch hinweg Neil Strayhorn und Barbara Cohen an, die beide mit Erkältungen in verschiedenen Entwicklungsstadien kämpften. Neils Erkältung schleppte sich nun schon so lange hin, dass man ihn sich ohne das Kleenex, das er ständig zu seiner langen, schmalen Nase führte, gar nicht mehr vorstellen konnte. Barbaras rotgeränderte Augen drohten sich auf ihre geröteten Wangen zu ergießen.

Jess drehte ihren Sessel zum Fenster und sah in den Schneeregen hinaus, der vom dunklen Himmel herabfiel.

»Ich finde, es lief alles ganz gut«, antwortete Neil mit nasaler Stimme. »Wir haben ein paar wichtige Punkte gemacht.«

»Zum Beispiel?« Jess nickte Barbara Cohen zu.

»Ellie Lupino hat ausgesagt, dass sie gehört hat, wie Terry Wales seiner Frau gedroht hat, sie umzubringen, wenn sie je versuchen sollte, ihn zu verlassen.« Barbara hustete, musste sich räuspern, um fortfahren zu können. »Und sie hat außerdem ausgesagt, dass Nina Wales nicht fremdgegangen ist.«

»Sie hat ausgesagt, dass *ihres Wissens* Nina Wales nicht fremdgegangen ist«, präzisierte Jess.

»Sie war fast zehn Jahre lang Ninas beste Freundin. Nina hat über alles mit ihr gesprochen«, warf Neil ein. »Das wird doch bei den Geschworenen bestimmt einiges Gewicht haben.«

»Ellie Lupino hat aber auch zugegeben, dass sie mitangehört hat, wie Nina Wales in aller Öffentlichkeit mehr als einmal ihren Mann verhöhnt hat, und sie hat bestätigt, dass sie gedroht hat, ihm alles zu nehmen, was er hat«, erinnerte Jess die beiden.

»Na und?«, fragte Barbara und begann schon wieder zu husten.

»Das ist Wasser auf die Mühlen der Verteidigung. Wenn sie die Geschworenen davon überzeugen können, dass Nina Wales ihren Mann so heftig provoziert hat, dass er in unkontrollierbare Wut geriet …«

»… dann war sie selbst an ihrer Ermordung schuld!« Barbara nieste entrüstet.

»Dann haben wir es höchstens mit Totschlag zu tun.«

»Na schön, nehmen wir mal an, Nina Wales hat sich über ihren Mann lustig gemacht, weil er ein lausiger Liebhaber war. Nehmen wir an, sie hat ihm gedroht, ihn zu verlassen. Aber er hat sie mit Fäusten geschlagen. Ihre einzige Waffe waren Worte!« Barbara Cohen drückte beide Hände auf ihre Brust, um einen weiteren Hustenanfall zu unterdrücken. Ihre Stimme klang, als wäre sie kurz vor dem Ersticken.

»Wir haben Motiv, wir haben böse Absicht, wir haben eiskalten Vorbedacht«, zählte Neil auf und unterstrich seinen Satz mit einem geräuschvollen Schnäuzen.

»Es geht hier schlicht und einfach um eine Frage der Provokation«, erklärte Jess. »In Michigan hat erst vor kurzem ein Geschworenengericht den Ehemann einer Richterin, der seine Frau in ihrem eigenen Gerichtssaal tötete, nachdem sie sich von ihm getrennt hatte, mit einem Spruch auf Totschlag davonkommen lassen. Die Geschworenen waren der Überzeugung, die Trennung habe ihn provoziert, sie zu töten.

Bei einem anderen Prozess, in New York, wurde ein Amerikaner chinesischer Herkunft *auf Bewährung* freigelassen, nachdem er seine Frau mit einem Hammer totgeschlagen hat. Die Ehefrau hatte ihn betrogen, und der Richter entschied, dass die Untreue im Rahmen der kulturellen Zugehörigkeit des Ehemanns eine Provokation darstelle.« Sie machte einen Moment Pause. »Die einzige Frage, die diese Geschworenen sich stellen werden, ist, ob sie selbst unter ähnlichen Umständen fähig wären, ebenso zu handeln.«

»Und was willst du damit sagen?«, fragte Barbara.

»Ich will damit sagen, dass es letztendlich nur darauf ankommt, wie gut Terry Wales sich im Zeugenstand hält«, antwortete Jess. »Ich will damit sagen, dass wir am besten schon vor Terry Wales selber genau wissen, was er den Geschworenen erzählen wird, und zwar nicht nur, um ihn zu diesen Punkten gründlich ins Kreuzverhör zu nehmen, sondern um ihn total zu demontieren. Ich will damit sagen, dass es nicht leicht sein wird, diesen Prozess zu gewinnen. Und ich will damit sagen, dass ihr beide jetzt besser verschwindet und in eure Betten kriecht.«

Neil nieste in schneller Folge dreimal hintereinander.

»Gesundheit«, sagte Jess automatisch.

»Wenn jemand eine Erkältung hat, braucht man nicht Gesundheit zu sagen«, teilte Barbara ihr mit. »Das behauptet jedenfalls meine Mutter«, erklärte sie etwas verlegen, schon auf dem Weg zur Tür.

»Ich fand, Richter Harris hat heute ein bisschen mitgenommen ausgesehen«, sagte Neil, der Barbara folgte.

»Wahrscheinlich hat er an Thanksgiving zu viel gefeiert«, sagte Jess und schloss die Tür hinter ihnen.

An ihren Schreibtisch zurückgekehrt nahm sie sich die

Notizen vor, die sie sich am Nachmittag bei Gericht gemacht hatte. Sie spürte ein Kratzen im Hals und stöhnte. »Bloß nicht«, sagte sie. »Jetzt eine Grippe, das fehlte mir gerade noch! Ich hab keine Zeit, krank zu werden. Fort mit dir, Kratzehals«, befahl sie und griff zu einem Stift. Aber sie konnte sich nicht konzentrieren. Ihr Blick wanderte immer wieder zum Telefon.

Eine Woche, und Adam hatte nicht angerufen. Na und, hatte sie tatsächlich erwartet, dass er sich melden würde? Ihr gemeinsamer Abend hatte ziemlich geschäftlich geendet – er hatte ihr die Stiefel übergeben, sie hatte ihm den Scheck übergeben. Er hatte sie vor ihrem Haus abgesetzt und ihr zum Abschied nicht mal einen Kuss auf die Wange gegeben. Sie hatte ihn nicht hereingebeten; er hatte nicht gefragt, ob er noch auf einen Sprung mit hinaufkommen dürfte. Sie hatten sich voneinander verabschiedet. Kein »Kann ich Sie wiedersehen?«; kein »Ich rufe Sie an«. Nichts. Wieso also hatte sie mehr erwartet?

Hatte sie ernsthaft geglaubt, er würde anrufen und vorschlagen, dass sie Thanksgiving zusammen verbringen sollten? Die Staatsanwältin aus Cook County und der Schuhverkäufer aus Springfield! Was machte ihr eigentlich mehr zu schaffen? Dass er Schuhverkäufer war oder dass er sie nicht angerufen hatte?

Sie hatte Thanksgiving am Ende mit dem schwulen Systemanalytiker in der Wohnung unter ihr und acht seiner Freunde gefeiert und sich selbst vorgemacht, sie spitze nicht dauernd die Ohren, um zu hören, ob bei ihr oben das Telefon läutete. Nach ein paar Gläsern Wein hatte sie sich Charlie Parker und Jerry Mulligan hingegeben und zusammen mit den anderen einem gütigen Schicksal dafür gedankt, dass sie zusammen sein konnten, gesund und lebendig waren, wenn so viele ihrer Freunde dran glauben mussten.

Sie hatte zu viel getrunken, und Walter hatte sie nach oben bringen müssen. Wenigstens hatte sie nicht nach Hause *fahren* müssen, dachte sie jetzt.

Jess senkte den Kopf und dachte an ihr Auto, das völlig hinüber war. Ihre Eltern hatten es ihr geschenkt, nachdem sie an der Northwestern University angenommen worden war. Es hatte das Studium, ihre Ehe und Scheidung, vier Jahre Staatsanwaltschaft überstanden. Doch diesem letzten Angriff hatte es nicht standhalten können. Es hatte Rick Ferguson nicht standhalten können.

Jess hatte die aufgeschlitzten Reifen, die zerfetzte Polsterung, aus der die Innereien hervorquollen, das Bremspedal, das aus dem Boden gerissen war, nicht gleich bemerkt. Es dauerte Tage, ehe sie von dem ganzen Ausmaß der Zerstörung erfuhr. Ein Totalschaden natürlich. Sinnlos, da etwas reparieren zu wollen. Viel zu schwierig. Viel zu teuer, auch wenn die Versicherung bezahlte.

Fingerabdrücke hatte man keine gefunden, überhaupt nichts, um Rick Ferguson mit der Hinrichtung ihres Wagens in Verbindung zu bringen. Gewiss, er war genau an diesem Tag in ihrem Gerichtssaal erschienen. Aber was besagte das schon? Niemand hatte ihn im Parkhaus gesehen, niemand in der Nähe ihres Wagens. Niemand hatte ihn überhaupt gesehen. Menschen verschwanden; Eigentum wurde vernichtet; Rick Ferguson lächelte weiter.

Jess griff zum Telefon und rief im Gerichtsmedizinischen Institut an. »Ach, gut, Sie sind noch da«, sagte sie, als sie Hilary Waughs Stimme hörte.

»Ich wollte gerade gehen«, antwortete Hilary, und Jess begriff, was sie damit sagen wollte: Es ist spät, fassen Sie sich kurz.

»Ich nehme an, es ist niemand hereingekommen, der mit Connie DeVuono Ähnlichkeit hat«, begann Jess, als wäre Connie DeVuono vielleicht noch am Leben, wäre plötzlich aus irgendwelchen Gründen aus freien Stücken im Büro der Gerichtsmedizinerin erschienen.

»Nein, niemand.«

»Haben Sie die Unterlagen des Zahnarztes erhalten?«

»Ja, die habe ich. Die liegen hier bereit.«

»Dann geht es schneller, wenn …«

»Ja, auf jeden Fall. Jess, ich muss jetzt wirklich gehen. Mir geht's nicht besonders gut. Ich hab das Gefühl, ich brüte etwas aus.«

»Da sind Sie nicht die Einzige«, erwiderte Jess und wünschte Hilary Waugh gute Besserung. Sie legte auf und hob gleich wieder ab. Sie hatte Sehnsucht nach einer freundlichen Stimme. Sie hatte seit den Tagen vor Thanksgiving nichts mehr von ihrer Schwester gehört. Es sah Maureen gar nicht ähnlich, sich nicht zu melden, ganz gleich, wie viel sie zu tun hatte. Jess hoffte, dass alles in Ordnung war, dass Maureen nicht auch ein Opfer der Grippe geworden war, die zurzeit in der Stadt zu grassieren schien.

»Hallo.« Jess hörte an Maureens Stimme, dass sie lächelte, und war augenblicklich beruhigt.

»Wie geht es dir?«, fragte Jess.

»Gut, danke«, antwortete Maureen. Das Lächeln war plötzlich verschwunden, ihre Stimme klang kühl und sachlich. »Tyler läuft die Nase, aber uns anderen geht es gut. Und wie ist es bei dir?«

»Alles in Ordnung. Wie war das Thanksgiving-Essen?«

»Sehr nett. Barrys Mutter kocht phantastisch. Aber das interessiert dich ja eigentlich nicht sonderlich.« Es folgte eine unbehagliche Pause. »Und du hast viel zu tun wie immer?«

»Ja, der Prozess, den ich zurzeit führe, ist eine heiße Kiste. Der reinste Sensationsprozess. Du hast sicher davon gelesen.« Jess hielt inne, als ihr einfiel, dass Maureen schon lange keine Zeitung mehr las.

»Ja, du hast recht, ich hab die Sache verfolgt. Das ist bestimmt beruflich sehr gut für dich, so ein großer Fall.«

»Nur wenn ich den Prozess gewinne.«

Wieder trat Schweigen ein.

»Du hast lange nichts von dir hören lassen«, sagte Jess, der plötzlich bewusst wurde, dass es immer ihre Schwester gewesen war, die den Kontakt gehalten hatte.

»Ich dachte, du wolltest es so.«

»Ich wollte es so? Wie kommst du denn darauf?«

»Ach, ich weiß auch nicht. Vielleicht weil du immer so viel zu tun hast. Jedenfalls zu viel zu tun, um Dads neue Freundin kennenzulernen. Du hast es ja nicht einmal zum Essen ins Bistro geschafft. Du konntest nicht mal zu Stephanie Banack gehen.«

»Aber ich war doch dort.«

»Ja, einmal, okay. Hör zu, Jess, ich möchte da nicht weiter darüber sprechen. Ich glaube dir, dass du viel zu tun hast. Ich weiß ja selbst, wie es ist, wenn man so viel um die Ohren hat. Aber versuch doch nicht, mir einzureden, du wärst so beschäftigt, dass du nicht einmal für deine Familie Zeit hast. Ich empfinde das als eine Beleidigung meiner Intelligenz. Wenn du mit dieser Familie nichts zu tun haben möchtest, so ist das deine Sache. Und mir bleibt nichts anderes übrig, als es zu akzeptieren.«

»Aber es ist doch nicht wahr, dass ich nichts mit dir zu tun haben will, Maureen …«

»Du willst nur mit meinem Mann nichts zu tun haben.«

»Wir verstehen uns eben nicht. So was gibt's doch. Das ist schließlich nicht das Ende der Welt.«

»Und wie steht es mit Dad? Wie lange willst du ihn ausschließen?«

»Ich schließe ihn doch gar nicht aus.«

»Nein, nur die Frau, die er liebt.«

»Findest du nicht, du siehst das ein bisschen überspitzt?«

»Ich glaube, unser Vater wird diese Frau heiraten, Jess.«

Wieder Schweigen. »Hat er das gesagt?«

»Das war nicht nötig.«

»Na schön, darüber werd ich mir den Kopf zerbrechen, wenn es so weit ist.«

»Warum musst du dir überhaupt den Kopf darüber zerbrechen?«, fragte Maureen. »Warum kannst du dich nicht einfach für ihn freuen? Warum schaffst du es nicht einmal, dich ihm zuliebe mit ihr zu treffen?«

Jess starrte zum Fenster hinaus. Es war noch nicht einmal sechs Uhr und schon so dunkel. »Ich mach jetzt lieber Schluss. Du musst sicher das Abendessen machen.«

»Natürlich. Das kann ich am besten.«

»Maureen …«

»Tschüs, Jess. Melde dich wieder.«

Sie hatte aufgelegt, noch ehe Jess ihr auf Wiedersehen sagen konnte. »Wunderbar. Einfach wunderbar.« Jess legte den Hörer auf, dachte daran, ihren Vater anzurufen, ließ es dann doch bleiben. Sie wollte nicht noch eine enttäuschte Stimme hören.

Wieder einmal fragte sie sich, was eigentlich mit ihr los war. Warum konnte sie nicht einfach akzeptieren, dass ihr Schwager ein blöder Kerl war, ihre Schwester die perfekte Hausfrau und Mutter, ihr Vater sich verliebt hatte? Seit wann war sie so intolerant und unflexibel? Musste denn jeder sein Leben nach ihren Vorstellungen leben? Führte sie selbst denn ein so vorbildliches Leben?

Die Tür zu ihrem Büro wurde geöffnet. Greg Oliver stand auf der Schwelle. Der süße Duft von Aramis wehte ihr entgegen.

Das hat mir gerade noch gefehlt, dachte Jess seufzend.

»Wieso bin ich nicht überrascht, dich hier zu finden«, sagte er, und es war weniger Frage als Feststellung.

»Vielleicht, weil du mich beim Telefonieren gehört hast.«

»Ach, das warst du, die da so gequengelt hat?«

Jess seufzte wieder. »Ja, das war ich.«

»Mir scheint, du könntest einen Drink gebrauchen.«

»Ich brauch nur ein Bett.«

»Das ließe sich auch arrangieren.« Er zwinkerte ihr zu.

Jess verdrehte die Augen und stand auf. »Wie läuft der O'Malley-Prozess?«

»Schon im Sack. Spätestens zum Ende der Woche müsste der Fall abgeschlossen sein. Und was macht der Racheengel mit der Armbrust?«

»Ich hoffe, dass spätestens am Freitag die Geschworenen dran sind.«

»Ich hab gehört, man hat dir ein Angebot gemacht.«

»Totschlag, zehn Jahre Gefängnis? Möglicherweise nach vier Jahren Bewährung? Ein tolles Angebot!«

»Du glaubst im Ernst, dass die Geschworenen anders entscheiden werden?«

»Man wird doch wohl noch träumen dürfen«, sagte Jess.

Greg Olivers Grinsen wurde zu einem echten Lächeln. »Komm, ich fahr dich nach Hause.«

»Nein, danke.«

»Mach dich nicht lächerlich, Jess. Dein Wagen hat es hinter sich; ein Taxi findest du hier nie; wenn du jetzt anrufst, musst du mindestens noch eine Stunde warten. Und ich biete dir an, dich zu fahren, wohin du willst: Las Vegas, Miami Beach, Graceland.«

Jess zögerte. Sie wusste, dass er recht hatte. Es würde ewig dauern, bis sie um diese Zeit ein Taxi bekam. Und nach ihrem letzten Ausflug hatte sie sich geschworen, die Hochbahn nicht mehr zu nehmen. Sie konnte Don anrufen, obwohl sie von ihm nichts mehr gehört hatte, seit sie sein Angebot abgelehnt hatte, Thanksgiving mit ihm und Mutter Teresa zu verbringen. Nein, Don konnte sie nicht anrufen. Es wäre nicht in Ordnung. Er war ihr geschiedener Mann, nicht ihr Chauffeur.

»Na schön«, stimmte sie zu. »Aber direkt nach Hause.«

»Ganz wie du willst. Ihr Wunsch ist mir Befehl, Madame.«

Greg Oliver hielt seinen schwarzen Porsche vor Jess' Haus an. Er schaltete den Motor aus. Die laute Rockmusik, die ihre Fahrt begleitet und zum Glück ein Gespräch fast unmöglich gemacht hatte, brach abrupt ab.

»Hier wohnst du also.«

»Ja, hier wohne ich.« Jess legte die Hand auf den Türgriff, bestrebt, dem aufdringlichen Geruch seines Toilettenwassers zu entkommen. »Vielen Dank, Greg. Das war wirklich nett von dir.«

»Willst du mich denn nicht hereinbitten?«

»Nein«, antwortete Jess unverblümt.

»Aber, Jess! Du willst mir nicht mal eine Stärkung für die lange Fahrt nach Hause anbieten?«

»Greg, ich bin müde. Ich hab Halsschmerzen. Und ich hab eine Verabredung«, fügte sie hinzu. Die Lüge schmeckte bitter.

»Es ist gerade mal halb sieben; nimm zwei Aspirin; und du hast seit fünfzig Jahren keine Verabredung mehr gehabt. Ich komm jetzt mit rauf.«

Im nächsten Augenblick war er aus dem Wagen gesprungen.

Jess warf ärgerlich den Kopf zurück. Was hatte sie anderes erwartet? Sie öffnete die Wagentür, schwang beide Beine gleichzeitig zum Bürgersteig hinaus und stemmte sich mit den Händen aus dem tiefen Sitz in die Höhe.

»Das hast du sehr gut gemacht«, bemerkte Greg. »Viele Frauen haben keine Ahnung, wie sie aus diesen Autos richtig aussteigen müssen. Sie strecken die Beine nacheinander hinaus.« Er lachte. »Das ist natürlich für die, die auf dem Bürgersteig stehen, viel amüsanter.«

»Greg«, sagte Jess, während sie rasch vor ihm her zur Haustür ging. »Ich möchte nicht, dass du mit hinaufkommst.«

»Das kann doch nicht dein Ernst sein«, entgegnete er, nicht bereit, sich abwimmeln zu lassen. »Lieber Gott, Jess, ich möchte doch nur einen kleinen Drink. Wovor hast du solche Angst? Was glaubst du denn, dass ich tun werde?«

Vor der Haustür blieb Jess stehen und kramte in ihrer

Handtasche nach dem Schlüssel. Warum hatte sie nicht daran gedacht, ihn vorher herauszuholen?

»Du hast Angst, ich trete dir zu nahe? Ist es das?«

»Ist es das nicht?«

»Mensch, Jess, ich bin glücklich verheiratet. Meine Frau hat mir gerade einen Porsche gekauft. Weshalb sollte ich einer Frau Anträge machen, die mich ganz offensichtlich hasst wie die Pest?«

»Vielleicht, weil sie gerade zur Stelle ist?« Jess fand ihren Schlüssel und sperrte die Tür auf.

»Du bist eine ulkige Person«, sagte er, stieß die Tür auf und trat ins Foyer. »Das gefällt mir, sonst würde ich mich von dir nicht so behandeln lassen. Komm, Jess. Wir sind doch Kollegen, und ich würde gern glauben, dass wir Freunde werden können. Was ist daran so schlimm?« Er bückte sich plötzlich, um einige Briefe aufzuheben, die auf dem Boden unter dem Briefkastenschlitz lagen. »Deine Post.« Er gab ihr die Briefe in die ausgestreckte Hand.

»Also gut, auf einen Drink«, sagte Jess, der Diskussion müde.

Wie ein folgsamer Hund trabte er hinter ihr her die drei Treppen hinauf.

»Das hätte ich mir ja denken können, dass du in der obersten Etage wohnst«, sagte er, als sie oben waren.

Sie sperrte ihre Wohnungstür auf. Greg Oliver war beinahe noch vor ihr in der Wohnung.

»Du lässt den ganzen Tag das Radio laufen?«, fragte er, während er mit aufmerksamem Blick ihr Wohnzimmer musterte.

»Für den Vogel.« Jess warf ihre Handtasche und die Post auf das Sofa und überlegte, ob sie Mantel und Stiefel überhaupt ausziehen sollte. Sie befand sich hier zwar in ihrem Zuhause, aber sie wollte nichts tun, was Greg Oliver ermutigen konnte, seinen Besuch auszudehnen.

Greg Oliver näherte sich vorsichtig dem Vogelkäfig und spähte zwischen den Stangen hindurch. »Männchen oder Weibchen?«

»Männchen.«

»Woher weißt du das? Hast du ihm unter die Federn geguckt?«

Jess ging in die Küche, fand hinten im Kühlschrank ein paar Flaschen Bier, machte eine auf und nahm sie mit ins Wohnzimmer. Greg Oliver hatte es sich bereits auf ihrem Sofa bequem gemacht. Seinen Mantel hatte er auf den Esstisch geworfen, seinen Schlips gelockert und die Schuhe ausgezogen.

»Es ist besser, du machst es dir gar nicht erst bequem«, warnte Jess und reichte ihm das Bier.

»Sei doch nicht so garstig«, konterte er und klopfte auf den Platz neben sich. »Komm, setz dich zu mir.«

Jess hängte ihren Mantel in den Garderobenschrank, aber ihre Stiefel ließ sie an. Eine reizende Situation, sagte sie sich. Sie hatte einem Mann, den sie kaum ausstehen konnte, erlaubt, sie nach Hause zu fahren; einem Mann, der offensichtlich versuchte, sie anzumachen. Und dieser Mann saß jetzt in ihrem Wohnzimmer auf ihrem Sofa und trank das Bier, das sie selbst ihm gebracht hatte. Ich bin doch sonst nicht so doof, dachte sie und hätte beinahe verächtlich gelacht. Wie hatte sie es nur geschafft, sich in diese Situation hineinzumanövrieren?

»Hör mal, Greg«, sagte sie zu ihm, als sie zum Sofa zurückkehrte. »Nur um eines klarzustellen: Ich will keine

Szene machen; ich möchte nicht, dass wir womöglich in Zukunft nicht mehr in derselben Abteilung zusammenarbeiten können; ich möchte nicht dein Leben – oder meins – noch komplizierter machen, als es bereits ist.«

»Kommt der springende Punkt noch?«, fragte er und nahm einen tiefen Schluck Bier direkt aus der Flasche.

Sie hatte vergessen, ihm ein Glas zu geben. »Der springende Punkt ist, dass ich die Situation ziemlich ungemütlich finde.«

»Ja, wenn du dich setzen würdest, wäre es viel gemütlicher.« Wieder klopfte er auf den Platz neben sich. Ihre Briefe, die sie dort abgelegt hatte, hüpften auf und nieder.

»Ich habe nicht die Absicht, mit dir zu schlafen«, sagte Jess, die es für das Beste hielt, den Stier bei den Hörnern zu packen.

»Wer hat was davon gesagt, dass du mit mir schlafen sollst?« Greg Oliver schaffte es, erstaunt und beleidigt zugleich auszusehen.

»Nur damit wir uns verstehen.«

»Das tun wir doch«, versicherte er, obwohl sein Blick etwas anderes sagte.

Jess setzte sich auf die Armlehne des Sofas. »Gut, ich hab nämlich wirklich keine Lust darauf, vergewaltigt zu werden. Ich kenne das System, ich weiß, dass du wahrscheinlich ungeschoren davonkämst, selbst wenn es mir nicht zu peinlich wäre, dich anzuzeigen. Und deshalb sag ich dir gleich, dass ich im Nachttisch neben meinem Bett einen geladenen Revolver habe. Wenn du es wagen solltest, mich anzurühren, schieß ich dir ein Loch in den Kopf.« Sie lächelte ihn zuckersüß an, während ihm die Kinnlade fast bis zu den Knien fiel. »Ich wollte das nur klarstellen.«

Greg Oliver saß da wie vom Donner gerührt. »Das kann doch nur ein Witz sein.«

»Nein, das ist kein Witz. Möchtest du den Revolver sehen?«

»Mein Gott, Jess, kein Wunder, dass du seit fünfzig Jahren keine Verabredung mehr gehabt hast.«

»Trink aus und fahr nach Hause, Greg. Deine Frau wartet.«

Sie stand auf und ging zur Tür.

»Warum, zum Teufel, hast du mich überhaupt eingeladen mitzukommen?«, fragte er in einem Ton selbstgerechter Entrüstung.

Jess konnte nur die Achseln zucken. Wieso war sie überrascht? »Für dieses Spielchen bin ich zu alt«, sagte sie nur.

»Verklemmt bist du«, sagte Greg und griff nach seinem Mantel. »Verklemmt und prüde.« Er schob seine Füße in seine Gucci-Slipper und warf ihr die Bierflasche zu. Jess fing sie automatisch auf, kaltes Bier spritzte auf ihre weiße Bluse. »Danke für die Gastfreundschaft«, sagte er, schon an der Tür, und knallte sie hinter sich zu.

»Ein reizender Abend«, sagte Jess zu ihrem Kanarienvogel, der von Stange zu Stange hüpfte. Sie rieb sich die Stirn und fragte sich, an welcher Stelle genau sie die Kontrolle über ihr Leben verloren hatte. Ausgerechnet sie, die mit peinlicher Gewissenhaftigkeit ihre Kleidungsstücke nach Farben geordnet in den Schrank hängte, die die frisch gewaschenen Höschen sorgfältig unter die legte, die noch nicht getragen waren, die sich für alles, von wichtigen Terminen bis zum Fingernägelschneiden, Listen machte, auf denen sie dann gewissenhaft abhakte, was erledigt war. Wann hatte sie die Kontrolle über ihr Leben verloren?

Sie ging zum Sofa zurück und blätterte ihre Post durch. Der aufdringliche Duft von Gregs Toilettenwasser hing immer noch über dem Sofa. Jess ging mit den Briefen zum Fenster, öffnete es ein wenig, um frische Luft hereinzulassen.

Die Post bestand größtenteils aus Rechnungen. Ein paar Spendenaufrufe mehr als sonst, wie zu erwarten war um diese Jahreszeit. Das Werbeschreiben einer Lebensversicherung. Jess sah die Briefe in aller Eile durch, dann warf sie sie auf den Tisch und konzentrierte sich auf den einen schmutzigen weißen Umschlag, der noch geblieben war. Kein Absender. Ihr Name in ungelenken Druckbuchstaben geschrieben, wie von einem Kind. Vielleicht eine frühe Weihnachtskarte von ihrem Neffen, Tyler. Keine Briefmarke. Also vom Schreiber selbst eingeworfen oder durch Boten gebracht. Sie riss den Umschlag auf, entnahm ihm ein leeres, fleckiges Blatt Papier, drehte es in den Händen, hob es dann vorsichtig zu ihrer Nase.

Der schale Geruch von Urin mischte sich mit dem Duft von Greg Olivers Toilettenwasser.

Hastig schob Jess das Papier wieder in den Umschlag und ließ ihn fallen. Der Luftzug vom Fenster erfasste ihn, drehte und führte ihn wie ein erfahrener Tänzer seine Partnerin, bis er auf dem Boden landete. Sie sah die kleinen schwarzen Partikel, die aus dem Umschlag rieselten, wie Asche von einer Zigarette, und auf den Holzdielen des Bodens beinahe unsichtbar wurden.

Langsam kniete sie nieder und fegte die Teilchen, die wie kurze, drahtige schwarze Borsten aussahen, in ihre Hand. Haare, erkannte sie mit wachsendem Widerwillen. Schamhaare. Sie schüttete die Haare sofort wieder in den Umschlag.

Schamhaare und Urin. Wirklich charmant.

Draußen klopfte es.

Sie stand auf und schloss das Fenster. Schamhaare, Urin und Greg Oliver. Was konnte eine Frau sich Schöneres wünschen?

»Geh nach Hause, Greg«, rief sie scharf.

»Muss ich auch nach Hause gehen, wenn ich Adam heiße?«

Jess ließ den ekelhaften Brief auf den Esstisch fallen. Sie war nicht sicher, dass sie richtig gehört hatte. »Adam?«

»Ich sehe, Sie haben Ihre neuen Stiefel an«, sagte er, als sie ihm die Tür öffnete. »Haben Sie mich erwartet?«

»Wie sind Sie reingekommen?«, fragte Jess. Sie war ärgerlich und zugleich verlegen darüber, so froh zu sein, ihn zu sehen.

»Unten war offen.«

»Die Haustür war offen?«

Er zuckte die Achseln. »Vielleicht hat Greg sie nicht richtig zugemacht, als er gegangen ist.« Er lehnte sich an den Türpfosten. »Holen Sie Ihren Mantel.«

»Meinen Mantel?«

»Ich dachte, wir könnten vielleicht ins Kino gehen und hinterher irgendwo was essen.«

»Und wenn ich zu müde bin?«

»Dann sagen Sie zu mir, geh nach Hause, Adam.«

Jess sah Adam Stohn einen Moment lang nachdenklich an. Das braune Haar fiel ihm nachlässig in die Stirn, seine Haltung war beneidenswert selbstsicher, sein Gesicht unergründlich, wie das eines Verdächtigen bei einer polizeilichen Gegenüberstellung.

»Ich hole meinen Mantel«, sagte sie.

14

Sie sahen sich *Casablanca* an, obwohl sie beide den Film schon mehrere Male im Fernsehen gesehen hatten. Sie setzten sich ganz nach hinten und, auf Jess' Wunsch, direkt an den Gang. Sie sprachen wenig auf der kurzen Fahrt zum Kino, gar nichts mehr, nachdem sie Platz genommen hatten, nur wenige Worte, als sie danach zu Fuß zu dem Restaurant gingen. Keine Berührungsversuche.

Das Restaurant in der North Lincoln Avenue war klein, schummrig und laut. Sie setzten sich an einen kleinen Tisch für zwei ziemlich weit hinten, und erst nachdem sie bestellt hatten, unternahmen sie ein paar zaghafte Versuche, ein Gespräch in Gang zu bringen.

»Ich hab irgendwo gelesen«, sagte Jess, »dass sie noch gar kein fertiges Drehbuch hatten, als sie anfingen, *Casablanca* zu drehen, und dass die Schauspieler nie genau wussten, wer sie eigentlich waren oder was sie gerade tun sollten. Ingrid Bergman musste angeblich den Regisseur immer wieder fragen, in welchen Mann sie denn nun eigentlich verliebt sei.«

Adam lachte. »Das ist schon allerhand.«

Schweigen. Adams Blick wanderte durch das Lokal. Jess nahm ein warmes Brötchen aus dem Brotkorb, riss es auseinander, schob sich einen Fetzen nach dem anderen in den Mund.

»Sie haben einen gesegneten Appetit«, bemerkte er, obwohl sein Blick noch in eine andere Richtung ging.

»Ich war immer eine gute Esserin.«

»Ihre Mutter hat Ihnen wohl immer gesagt, Sie müssten alles aufessen, was auf dem Teller ist?«

»Das brauchte sie gar nicht.« Jess schluckte hinunter und riss sich noch ein Stück von dem Brötchen ab.

»Sie müssen einen hohen Grundumsatz haben.«

»Ich habe festgestellt, dass ein hysterischer Anfall dann und wann das Gewicht unten hält«, erwiderte Jess. Sie schob sich das Brot in den Mund und fragte sich, warum sie beide so befangen miteinander waren. Sie waren lockerer miteinander umgegangen, als sie einander praktisch fremd waren. Jedes neue Zusammentreffen schien sie steifer und verkrampfter anstatt lockerer zu machen. Als ob sie einer emotionellen Totenstarre erlägen.

»Ich mag das Wort *hysterisch* nicht«, sagte er nach einer langen Pause.

»Was gibt's daran nicht zu mögen?«

»Es hat so einen negativen Beigeschmack«, erklärte er. »Mir gefällt energisch besser.«

»Glauben Sie denn, dass das dasselbe ist?«

»Zwei Seiten derselben Medaille.«

Jess ließ sich das durch den Kopf gehen. »Ich weiß nicht recht. Ich weiß nur, dass mir, seit ich ein kleines Mädchen war, ständig gesagt wurde, ich solle lockerer werden.«

»Und das hat natürlich das negative Bild, das Sie von sich als einer hysterischen Person hatten, nur verstärkt.« Jetzt endlich sah er ihr direkt in die Augen. Die Intensität seines Blicks erschreckte Jess beinahe. »Wenn einem die Leute sagen, man soll lockerer werden, dann heißt das gewöhnlich, dass sie diejenigen sind, die mit Ihrer Energie Probleme haben. Aber Ihnen haben sie die Schuld zugewiesen. Geschickt, wie?«

»Wieder eine Ihrer interessanten Theorien.«

»Sie wissen doch, ich bin ein interessanter Bursche.«

»Und wieso verkaufen Sie dann Schuhe?«

Er lachte. »Stört es Sie, dass ich Schuhe verkaufe?«

»Warum sollte es mich stören?«

»Tatsache ist, dass ich gern Schuhe verkaufe«, sagte er. Er schob seinen Stuhl zurück und streckte seine langen Beine neben dem Tisch aus. »Ich fange jeden Morgen um zehn Uhr an und höre um sechs Uhr auf. Außer donnerstags. Donnerstags fange ich um eins an und gehe um neun Uhr nach Hause. Ich brauche keine Arbeit mit nach Hause zu nehmen. Ich brauche mich nicht auf den nächsten Tag vorzubereiten. Keine Hetze, keine Verantwortung. Ich gehe morgens in den Laden; ich verkaufe Schuhe; ich gehe nach Hause.«

»Aber ist es nicht furchtbar frustrierend, wenn jemand sich stundenlang von Ihnen bedienen lässt und dann nur mit einem Paar Schuhe aus dem Laden geht oder vielleicht sogar, ohne irgendetwas gekauft zu haben.«

»Das macht mir nichts aus.«

»Arbeiten Sie denn nicht auf Provision?«

»Teils Gehalt, teils Provision, ja.«

»Dann geht es aber doch um Ihren Lebensunterhalt.«

Er zuckte die Achseln und richtete sich auf. »Ich bin ein guter Verkäufer.«

Jess blickte zu ihren Füßen hinunter, die warm in den neuen Winterstiefeln steckten. »Das kann ich bestätigen.« Es tat ihr gut, als er lächelte. »Und was ist mit dem Geist?«

Er schien sie nicht zu verstehen. »Wie meinen Sie das?«

»Sie sind offensichtlich ein sehr intelligenter Mann, Mr Stohn. Es kann doch geistig nicht sehr anregend sein, den ganzen Tag Schuhe zu verkaufen.«

»Im Gegenteil. Ich habe im Rahmen meiner Arbeit den

ganzen Tag mit allen möglichen gescheiten und interessanten Leuten zu tun. Die liefern mir alles, was ich in diesem Abschnitt meines Lebens an geistiger Anregung brauche.«

»Und in welchem Abschnitt Ihres Lebens befinden Sie sich genau?«

Er zuckte die Achseln. »Das weiß ich selbst nicht.«

»Wo haben Sie studiert?«

»Wer sagt, dass ich studiert habe?«

»Ich.«

Er lächelte, eine offensichtliche Anstrengung. »An der Loyola-Universität.«

»Sie haben an der Loyola-Universität studiert und sind jetzt Schuhverkäufer?«

»Ist das in Cook County ein Verbrechen?«

Jess spürte, wie sie rot wurde. »Entschuldigen Sie. Ich wirke wohl ziemlich arrogant.«

»Sie wirken wie eine Staatsanwältin.«

»Autsch.«

»Erzählen Sie mir was von diesem Armbrustmörder«, sagte er, plötzlich das Thema wechselnd.

»Wie?«

»Ich habe Ihre Heldentaten die ganze Woche in der Zeitung verfolgt.«

»Und was meinen Sie?«

»Ich meine, Sie werden gewinnen.«

Sie lachte, offen und vergnügt, glücklich über sein Vertrauensvotum.

»Haben Sie vor, die Todesstrafe zu verlangen?«

»Wenn ich die Möglichkeit dazu bekomme«, antwortete Jess.

»Und wie bringt der Staat dieser Tage die Leute um?«

Der Kellner erschien mit zwei Gläsern rotem Burgunder.

»Per Injektion.« Jess hob hastig ihr Glas an die Lippen.

»Ich würde ihn ein wenig atmen lassen«, empfahl der Kellner.

Gehorsam stellte Jess ihr Glas wieder hin. Die unbeabsichtigte Kombination von atmendem Wein und tödlicher Injektion war von zwingender Ironie.

»Per Injektion also. Wegwerfnadeln für Wegwerfmenschen. Darin liegt wohl eine gewisse Gerechtigkeit.«

»Ich würde Leuten wie Terry Wales keine Träne nachweinen«, sagte Jess.

»Keinerlei Sympathie für die kriminelle Unterklasse?«

»Nicht die geringste.«

»Lassen Sie mich raten – Ihre Eltern waren ihr Leben lang Republikaner.«

»Sind Sie gegen die Todesstrafe?«, fragte Jess, nicht sicher, ob sie die Kraft besaß, sich auf eine lange Debatte über Pro und Kontra der Todesstrafe einzulassen.

Schweigen.

»Ich denke, manche Menschen verdienen es zu sterben«, sagte er schließlich.

»Das hört sich an, als hätten Sie jemand Bestimmtes im Sinn.«

Er lachte, aber es klang hohl. »Nein, niemand.«

»Mein Vater ist übrigens Demokrat, immer schon gewesen«, sagte Jess nach einer weiteren langen Pause.

Adam hob sein Glas Wein zur Nase und atmete das Bukett ein, aber er trank nicht. »Richtig, Sie haben mir ja erzählt, dass Ihre Mutter tot ist.«

»Ganz hier in der Nähe ist ein Park«, sagte Jess wie zu sich selbst. »Der Oz Park. Da hat meine Mutter mich früher, als ich noch ein Baby war, im Kinderwagen spazieren gefahren.«

»Woran ist Ihre Mutter gestorben?«, fragte er.

»Krebs«, antwortete Jess hastig und schluckte ihren Wein hinunter.

Adam machte erst ein überraschtes, dann ein bestürztes Gesicht. »Sie lügen. Warum?«

Das Glas in Jess' Hand begann zu zittern, etwas Rotwein schwappte über den Rand auf das weiße Tischtuch. Es sah aus wie Blut. »Wer sagt, dass ich lüge?«

»Es steht Ihnen im Gesicht geschrieben. Wenn Sie an einen Lügendetektor angeschlossen gewesen wären, wäre die Nadel über die ganze Seite gehüpft.«

»Machen Sie niemals einen Test mit dem Lügendetektor«, sagte Jess, dankbar für die Möglichkeit abzulenken.

»Nein?«

»Diese Maschinen sind viel zu unzuverlässig. Ein Schuldiger kann Sie täuschen, und ein Unschuldiger kann bei der Prüfung durchfallen. Wenn man unschuldig ist und durchfällt, wird automatisch angenommen, man sei schuldig. Wenn man unschuldig ist und den Test besteht, gilt man danach dennoch weiter als verdächtig. Man hat also nichts zu gewinnen und alles zu verlieren, wenn man sich dem Test unterzieht – wenn man unschuldig ist.«

»Und wenn man schuldig ist?«, fragte er.

»Dann sollte man es ruhig versuchen.« Jess tupfte sich ihre Lippen mit der Serviette, obwohl sie trocken waren. »Wir bei der Staatsanwaltschaft halten natürlich große Stücke auf den Lügendetektor, Sie haben also nichts von alledem von mir gehört.«

»Nichts von was?«, fragte Adam, und Jess lächelte.

»Warum wollen Sie mir nicht sagen, was mit Ihrer Mutter war?«

Ihr Lächeln erlosch. »Ich dachte, wir hätten eine Abmachung.«

»Eine Abmachung?«

»Keine Geheimnisse, keine Lügen. Erinnern Sie sich?«

»Gibt es denn um den Tod Ihrer Mutter ein Geheimnis?«

»Es ist nur eine lange Geschichte. Ich will da jetzt lieber nicht einsteigen.«

»Dann lassen wir's.«

Der Kellner kam mit ihrem Essen. »Vorsichtig, die Teller sind heiß«, warnte er.

»Schaut gut aus«, sagte Jess, als er ihr den Teller mit dem rosigen Steak vorsetzte.

»Möchten Sie Butter zur Kartoffel?«, fragte der Kellner.

»Ja, bitte, und saure Sahne«, antwortete Jess.

»Für mich das Gleiche«, sagte Adam und beobachtete Jess, wie sie von ihrem Steak abschnitt. »Mir gefallen Frauen, die mit Genuss essen«, sagte er und lachte.

Mehrere Minuten lang aßen sie schweigend.

»Wie war Ihre Frau?«, fragte Jess und tauchte die Gabel in ihre gebackene Kartoffel.

»Sie hat ständig gehungert.«

»War sie denn zu dick?«

»Meiner Meinung nach nicht.« Er schnitt sich ein großes Stück Fleisch ab und schob es in den Mund. »Aber meine Meinung zählte natürlich nicht viel.«

»Das klingt ja nicht so, als seien Sie gute Freunde.«

»Was denken Sie denn, warum wir uns haben scheiden lassen?«

»Ich versteh mich gut mit meinem geschiedenen Mann«, sagte Jess.

Er machte ein skeptisches Gesicht.

»Doch, wirklich. Sehr gut sogar.«

»Ist das der berühmte Greg? Wie in ›Geh nach Hause, Greg‹?«

Jess lachte. »Nein. Greg Oliver ist ein Kollege. Er hat mich nach Hause gefahren.«

»Sie fahren nicht Auto?«

»Mein Auto hatte einen kleinen Unfall.«

Ein Schimmer von Beunruhigung zeigte sich in Adams Augen.

»Ich hab nicht dringesessen.«

Er schien erleichtert. »Gott sei Dank. Was war das für ein Unfall?«

Jess schüttelte den Kopf. »Darüber möchte ich lieber nicht reden.«

»Uns gehen mit rasender Geschwindigkeit die Gesprächsthemen aus«, konstatierte er.

»Wie meinen Sie das?«

»Na ja, Sie möchten nicht über Ihr Auto reden, nicht über Ihre Mutter, Ihre Schwester, Ihren Schwager, und ich weiß nicht mehr, ob Ihr Vater auch tabu war.«

»Ach so, ich verstehe.«

»Lassen Sie mal sehen. Mit dem geschiedenen Mann scheinen Sie keine Schwierigkeiten zu haben. Vielleicht halten wir uns am besten an ihn. Wie heißt er?«

»Don. Don Shaw.«

»Und er ist Anwalt, und Sie beide sind die dicksten Freunde.«

»Wir sind Freunde, ja.«

»Warum dann die Scheidung?«

»Das ist kompliziert.«

»Und Sie würden lieber nicht darüber reden?«

»Warum haben Sie sich denn scheiden lassen?«, konterte Jess.

»Gleichermaßen kompliziert.«

»Wie heißt Ihre geschiedene Frau?«

»Susan.«

»Und sie ist wieder verheiratet, ist von Beruf Innenarchitektin und wohnt in Springfield.«

»Und damit fangen wir an, uns zu wiederholen.« Er schwieg einen Moment. »Ist das alles? Wir kratzen nicht an der Oberfläche?«

»Haben Sie was gegen Oberflächen? Ich dachte, das sei der Grund, weshalb Sie so gern Schuhe verkaufen.«

»Na schön, bleiben wir an der Oberfläche. Dann nennen Sie mir doch gleich mal Ihre Glückszahl, Jess Koster.«

Jess lachte, schob einen Bissen Fleisch in ihren Mund und kaute.

»Ich meine es ernst«, sagte Adam. »Was haben Sie für eine Glückszahl?«

»Ich glaube, ich habe gar keine.«

»Nennen Sie irgendeine Zahl zwischen eins und zehn.«

»Na schön – vier«, sagte sie spontan.

»Warum vier?«

Jess kicherte, kam sich vor wie ein kleines Mädchen. »Wahrscheinlich, weil das die Lieblingszahl meines kleinen Neffen ist. Und es ist seine Lieblingszahl, weil es Bibos Lieblingszahl ist. Bibo ist eine Figur aus der Sesamstraße.«

»Ich weiß, wer Bibo ist.«

»Schuhverkäufer schauen sich die Sesamstraße an?«

»Schuhverkäufer sind eine unberechenbare Bande. Lieblingsfarbe?«

»Darüber habe ich eigentlich noch nie richtig nachgedacht.«

»Dann denken Sie doch jetzt mal darüber nach.«

Jess legte ihre Gabel auf den Tellerrand und sah sich in dem kleinen Lokal um, als suchte sie Inspiration. »Ich weiß nicht genau. Grau, würde ich sagen.«

»Grau?« Er sah sie ungläubig an.

»Ist damit etwas nicht in Ordnung?«

»Jess, kein Mensch hat Grau als Lieblingsfarbe!«

»Ach was? Aber dafür ist es eben meine. Und was ist Ihre?«

»Rot.«

»Das wundert mich nicht.«

»Wieso nicht?«

»Na ja, Rot ist eine starke kräftige Farbe. Dynamisch. Extravertiert.«

»Und das entspricht Ihrer Meinung nach meiner Persönlichkeit?«

»Tut es das denn nicht?«

»Glauben Sie, dass Grau Ihrer Persönlichkeit entspricht?«

»Das wird ja allmählich komplizierter als meine Scheidung«, rief Jess, und sie lachten beide.

»Wie steht's mit einem Lieblingslied?«

»Ich hab kein's. Ehrlich nicht.«

»Es gibt kein Lied, bei dem Sie die Lautstärke aufdrehen, wenn es im Radio kommt?«

»Hm, ja, ich mag diese Arie aus *Turandot.* Sie wissen schon, die, die der Tenor singt, wenn er allein draußen im Garten ist.«

»Tut mir leid, von Opern hab ich keine Ahnung.«

»Kennt Sesamstraße, aber keine Oper«, stellte Jess fest.

»Und was mögen Sie sonst noch?«

»Ich mag meine Arbeit«, antwortete sie; sie war sich bewusst, wie geschickt er das Gespräch immer wieder von sich selbst ablenkte. »Und ich lese gern, wenn ich Zeit habe.«

»Was lesen Sie denn?«

»Romane.«

»Was für welche?«

»Krimis vor allem. Agatha Christie, Ed McBain, so in der Art.«

»Und was tun Sie sonst noch gern?«

»Ich mache gern Puzzles. Und ich mache gerne lange Spaziergänge am Wasser. Und ich kauf gern Schuhe.«

»Wofür ich dem Schicksal ewig dankbar sein werde«, sagte er mit lachenden Augen. »Und Sie gehen gern ins Kino.«

»Und ich geh gern ins Kino, ja.«

»Und Sie sitzen gern am Gang.«

»Ja.«

»Warum?«

»Warum?«, wiederholte Jess und bemühte sich, ihr plötzliches Unbehagen zu verbergen. »Warum sitzt man wohl gern am Gang? Vermutlich weil man da mehr Platz hat.«

»Die Nadel ist soeben wieder über die ganze Seite gehüpft«, sagte Adam.

»Was?«

»Der Lügendetektor. Sie sind durchgefallen.«

»Weshalb sollte ich lügen, wenn Sie mich fragen, warum ich im Kino gern am Gang sitze?«

»Das möcht ich auch gern wissen.«

»Das ist doch albern.«

»Also wandern nun auch die Plätze am Gang auf die Liste der verbotenen Themen.«

»Es gibt doch gar nichts über sie zu sagen.«

»Dann verraten Sie mir doch, warum Sie unbedingt am Gang sitzen wollten.«

»Ich wollte ja gar nicht unbedingt.«

Er zog eine Schnute wie ein kleiner Junge. »Wollten Sie doch.«

»Wollte ich nicht.«

Sie lachten beide, aber ganz löste sich die Spannung nicht.

»Ich mag es nicht besonders, wenn man mich eine Lügnerin nennt«, sagte Jess.

»Ich wollte Sie wirklich nicht beleidigen.«

»Für eine Anwältin ist ihre Glaubwürdigkeit schließlich das A und O.«

»Sie sind jetzt nicht bei Gericht, Jess«, sagte Adam. »Und Sie sind nicht im Verhör. Es tut mir leid, wenn ich irgendwie zu weit gegangen bin.«

»Wenn ich es Ihnen sage«, sagte Jess plötzlich, sich und ihn gleichermaßen überraschend, »werden Sie mich für total bescheuert halten.«

»Ich halte Sie sowieso schon für total bescheuert«, sagte Adam. »Ich bitte Sie, Jess, Grau als Lieblingsfarbe …«

»Ich hatte Angst, dass mir schlecht wird«, sagte Jess.

»Schlecht? Sie meinen, Sie hatten Angst, Sie müssten sich übergeben?«

»Ich weiß, das klingt albern.«

»War Ihnen denn nicht gut?«

»Doch. Es ging mir prima.«

»Aber Sie hatten Angst, Sie würden sich übergeben müssen, wenn Sie nicht direkt am Gang sitzen?«

»Fragen Sie mich nicht, warum.«

»Haben Sie sich denn jemals übergeben, wenn Sie nicht am Gang saßen?«, fragte er völlig logisch.

»Nein«, bekannte sie.

»Warum glauben Sie dann, Sie könnten jetzt damit anfangen?«

Er wartete. Sie sagte nichts.

»Mach ich Sie etwa so nervös?«

»Sie machen mich überhaupt nicht nervös«, log sie, schränkte dann aber sofort ein. »Nein, das stimmt nicht ganz, ein bisschen nervös machen Sie mich schon. Aber Sie hatten nichts damit zu tun, dass ich Angst hatte, mir könnte da drinnen schlecht werden.«

»Ich versteh das nicht.«

»Ich auch nicht. Können wir nicht über etwas anderes reden?« Sie senkte schuldbewusst den Kopf, wieder ein Thema auf der schwarzen Liste. »Ich meine, wir müssen uns ja nicht gerade beim Essen darüber unterhalten.«

»Warten Sie mal, ich möchte das gern richtig verstehen«, sagte er, ohne auf ihre Bitte einzugehen. »Sie setzen sich gern an den Rand, weil Sie Angst haben, dass Sie sich, wenn Sie, sagen wir, in der Mitte der Reihe sitzen, vielleicht übergeben müssen, obwohl Sie sich noch nie im Kino übergeben haben. Ist das richtig so?«

»Ja.«

»Wie lange haben Sie diese Phobie schon?«

»Wer sagt, dass ich eine Phobie habe?«

»Wie würden Sie das denn nennen?«

»Definieren Sie Phobie«, forderte sie.

»Eine irrationale Furcht«, sagte er. »Eine Furcht, die nicht in der Realität begründet ist.«

Jess hörte ihm aufmerksam zu. »Okay, dann habe ich eine Phobie.«

»Was haben Sie sonst noch für Phobien – Klaustro-, Agora-, Arachno-?«

Sie schüttelte den Kopf. »Keine.«

»Andere Leute haben Höhenangst oder fürchten sich vor Schlangen; Sie haben Angst, Sie könnten sich im Kino übergeben, wenn Sie nicht direkt am Gang sitzen.«

»Ich weiß, es ist lächerlich.«

»Das ist gar nicht lächerlich.«

»Nein?«

»Es ist nur nicht die ganze Geschichte.«

»Sie glauben immer noch, ich verschweige Ihnen etwas?«, fragte Jess. Sie hörte das Zittern in ihrer Stimme.

»Wovor haben Sie wirklich Angst, Jess?«

Jess schob ihren Teller weg. Ihr war plötzlich der Appetit vergangen. Am liebsten wäre sie aufgesprungen und davongelaufen. Sie musste sich zwingen, auf ihrem Stuhl sitzen zu bleiben.

»Ich habe manchmal solche Angstattacken«, sagte sie nach einer langen Pause leise. »Ich habe sie schon vor Jahren eine Zeitlang gehabt. Sehr häufig. Aber mit der Zeit sind sie weggeblieben. Vor kurzem haben sie wieder angefangen.«

»Aus einem bestimmten Grund?«

»Da könnte alles Mögliche dahinterstecken«, antwortete Jess und fragte sich, wohin die Nadel des unsichtbaren Lügendetektors, an den sie angeschlossen war, diesmal springen würde. »Ich bekomme plötzlich wahnsinniges

Herzklopfen. Atemnot. Ich kann mich nicht rühren. Mir wird schlecht. Ich versuche, mich dagegen zu wehren …«

»Warum?«

»Warum? Wie meinen Sie das?«

»Warum wehren Sie sich? Hilft das denn?«

Jess musste zugeben, dass es nicht half. »Aber was soll ich denn sonst tun?«

»Warum gehen Sie nicht einfach mit diesen Anfällen mit?«

»Mit ihnen mitgehen? Das verstehe ich nicht.«

»Ganz einfach. Anstatt so viel Kraft daran zu verschwenden, sich gegen die Angst zu wehren, geben Sie ihr doch einfach nach. Schwimmen Sie mit dem Strom, wie man sagt. Nehmen wir an, Sie sitzen im Kino«, fuhr er fort, als er ihre Verwirrung sah, »und Sie merken, dass einer dieser Anfälle kommt. Anstatt den Atem anzuhalten oder bis zehn zu zählen oder von Ihrem Platz aufzuspringen, oder was Sie sonst tun, gehen Sie einfach mit der Angst mit, geben dem Gefühl nach. Was ist denn das Schlimmste, was passieren kann?«

»Dass ich mich übergebe.«

»Gut, dann übergeben Sie sich eben.«

»Was?«

»Sie übergeben sich. Na und?«

»Ich hasse es, wenn ich mich übergeben muss.«

»Aber das ist es nicht, wovor Sie Angst haben.«

»Nein?«

»Nein.«

Jess sah sich ungeduldig um. »Sie haben recht. Ich kann Ihnen sagen, wovor ich Angst habe – dass ich heute Abend nicht mehr zum Arbeiten komme, wenn ich nicht bald nach

Hause geh. Ich habe Angst, dass ich nicht genug Schlaf bekomme, wenn ich zu lange ausbleibe, und dass ich dann die Erkältung kriege, die mir schon im Nacken sitzt, und morgen bei Gericht total versage. Ich habe Angst, dass ich diesen Prozess verlieren werde und ein kaltblütiger Mörder mit einer Strafe von weniger als fünf Jahren Gefängnis davonkommt. Ich glaube, ich muss jetzt wirklich gehen.« Um ihren Worten Nachdruck zu verleihen, sah sie auf ihre Uhr und erhob sich halb von ihrem Platz. Die Serviette rutschte ihr von den Knien und fiel zu Boden.

»Ich glaube, Sie haben Angst vor dem Tod«, sagte Adam.

Jess erstarrte. »Wie?«

»Ich glaube, Sie haben Angst vor dem Tod«, wiederholte er, während sie sich langsam wieder auf ihren Stuhl sinken ließ. »Das ist die Angst, die letztlich hinter den meisten Phobien steckt. Die Angst vor dem Tod.« Er machte eine kleine Pause. »Und in Ihrem Fall ist diese Angst wahrscheinlich gerechtfertigt.«

»Wie meinen Sie das?« Wie oft hatte sie an diesem Abend diese Frage schon gestellt?

»Na ja, ich kann mir vorstellen, dass es unter den Leuten, die Sie hinter Schloss und Riegel gebracht haben, genug gibt, die Ihnen drohen. Sie bekommen wahrscheinlich Drohbriefe, obszöne Anrufe, das Übliche eben. Sie haben jeden Tag mit dem Tod zu tun. Mit Brutalität und Mord und der Unmenschlichkeit der Menschen.«

Es hätte Jess interessiert, woher er so viel über »das Übliche« wusste.

»Da ist es nur natürlich, dass Sie Angst haben.«

Jess bückte sich, um ihre Serviette aufzuheben, und warf sie achtlos über ihren Teller. Wie ein Leintuch über eine

Leiche, dachte sie, während sie zusah, wie die braune Sauce den weißen Stoff durchtränkte.

»Vielleicht haben Sie recht. Vielleicht ist es das, was dahintersteckt.«

Adam lächelte. »Ich mach Sie also nervös, hm?«

»Ja, ein bisschen«, sagte sie. »Oder nein, eigentlich ganz schön.«

»Warum?«

»Weil ich nicht weiß, was Sie denken«, antwortete sie aufrichtig.

Sein Lächeln wurde scheu, zurückhaltend. »Ist es denn nicht interessanter so?«

Jess antwortete nichts. »Ich muss jetzt wirklich gehen«, sagte sie schließlich. »Ich muss mich noch auf morgen vorbereiten. Ich hätte heute Abend wahrscheinlich überhaupt nicht ausgehen sollen.« Warum plapperte sie so?

»Ich bringe Sie nach Hause«, sagte er. Aber Jess hörte nur: »Ich glaube, Sie haben Angst vor dem Tod.«

15

Am folgenden Samstag meldete sich Jess bei einem Selbstverteidigungskurs an.

Es war eine seltsame Woche gewesen. Am Dienstag hatte die Anklage ihre Beweisführung gegen Terry Wales abgeschlossen. Eine Reihe von Zeugen – Polizeibeamte, medizinische Gutachter, Psychologen, Augenzeugen, Freunde und Verwandte der Toten – hatte ausgesagt. Aufgrund ihrer Aussagen war der eindeutige Beweis erbracht, dass

Terry Wales seine Frau getötet hatte. Die einzige Frage, die blieb – die quälende Frage, die von Anfang an bestanden hatte –, war die, ob es sich um vorsätzlichen Mord oder um Totschlag handelte. Würde es Terry Wales gelingen, die Geschworenen davon zu überzeugen, dass alles nur ein tragisches Missgeschick gewesen war?

Er hatte jedenfalls einen sehr erfolgreichen ersten Schritt in dieser Richtung getan. Am Mittwoch morgen war er zu seiner eigenen Verteidigung in den Zeugenstand getreten und hatte die wohlbedachten Fragen seines Anwalts bedächtig und überlegt beantwortet. Ja, er neige zum Jähzorn. Ja, er und seine Frau hatten gelegentlich handgreifliche Auseinandersetzungen gehabt. Ja, er hatte ihr einmal das Nasenbein gebrochen und ihr das Auge blau geschlagen. Ja, er hatte ihr gedroht, sie umzubringen, wenn sie je versuchen sollte, ihn zu verlassen.

Aber nein, es war ihm nie wirklich ernst gewesen damit. Nein, er hatte ihr niemals weh tun wollen. Nein, er war gewiss kein gefühlloser kaltblütiger Killer.

Er habe seine Frau geliebt, sagte er, die blassblauen Augen auf die Geschworenen gerichtet. Er habe sie immer geliebt. Auch als sie ihn vor seinen Freunden beschimpft und verspottet hatte. Auch als sie sich in blinder Wut auf ihn gestürzt hatte, um ihm die Augen auszukratzen, und er sich aus reiner Notwehr hatte verteidigen müssen. Auch als sie gedroht hatte, ihm alles zu nehmen, was er besaß. Auch als sie gedroht hatte, seine eigenen Kinder gegen ihn aufzuhetzen.

Er hatte ihr nur einen Schrecken einjagen wollen, als er mitten auf der geschäftigen Straßenkreuzung diesen Pfeil abgefeuert hatte. Er hatte keine Ahnung gehabt, dass sein

Schuss tödlich sein würde. Wenn er sie hätte töten wollen, so hätte er eine Schusswaffe benützt. Er hatte mehrere, er war ein geübter Schütze, Pfeil und Bogen hingegen hatte er nicht mehr in der Hand gehabt, seit er als kleiner Junge im Sommerlager gewesen war.

Am Ende seiner Vernehmung war Terry Wales in Tränen aufgelöst, seine Stimme war heiser, sein Gesicht bleich, voll roter Flecken. Sein Anwalt musste ihm vom Zeugenstand herunterhelfen.

Jess und ihre beiden Mitarbeiter waren die halbe Nacht aufgeblieben. Noch einmal hatten sie die Aussage jedes einzelnen Zeugen überprüft, die Polizeiberichte studiert, um vielleicht etwas zu entdecken, was sie zuvor übersehen hatten, was Jess am nächsten Tag bei ihrem Kreuzverhör Terry Wales' von Nutzen sein konnte. Nachdem Neil und Barbara niesend und hustend abgezogen waren, hatte Jess den Rest der Nacht im Büro verbracht und war erst am nächsten Morgen um sechs in ihre Wohnung gefahren, um zu duschen und sich umzuziehen.

Aber als sie am Donnerstag morgen in den Gerichtssaal kam, vertagte Richter Harris den Prozess bis zum folgenden Montag. Der Angeklagte fühlte sich nicht wohl, so schien es, und die Verteidigung hatte eine Vertagung von mehreren Tagen beantragt. Richter Harris hatte dem Antrag stattgegeben und die Sitzung geschlossen. Jess brachte den größten Teil des Tages damit zu, noch einmal mit den Polizeibeamten zu sprechen, die mit dem Fall befasst waren, um sie zu motivieren, diesen Aufschub zu nutzen und, wenn möglich, zusätzliches Beweismaterial aufzustöbern, das zur Untermauerung der Beweisführung der Anklage dienen konnte.

Am Freitag erhielt sie ihre alljährliche Weihnachtskarte aus dem Zuchthaus. ALLES GUTE FÜR DIE FEIERTAGE, stand in goldenen Lettern darauf. Und unten hieß es, wie von einem guten Freund, *Ich denke oft an Sie, Jack.*

Jack hatte seine Freundin im Suff ermordet, als er sich mit ihr darüber gestritten hatte, wo er seine Autoschlüssel hingelegt hatte. Jess hatte ihn für zwölf Jahre ins Zuchthaus geschickt. Jack hatte geschworen, er würde sie aufsuchen, sobald er wieder frei war und ihr persönlich für ihre Großzügigkeit danken.

Ich denke oft an Sie. Ich denke oft an Sie.

Am Freitagnachmittag hatte sich Jess über Selbstverteidigungskurse informiert und einen Club in der Clybourn Avenue gefunden, nicht allzu weit von ihrer Wohnung entfernt und direkt an der U-Bahn. Dreimal zwei Stunden am Samstagnachmittag, teilte ihr eine Asiatin mit heller Stimme am Telefon mit. Einhundertachtzig Dollar für den Kurs. Eine Disziplin namens Wen-Do. Sie werde kommen, sagte Jess zu der Frau und dachte wieder an das, was Adam gesagt hatte. War es wirklich der Tod, vor dem sie Angst hatte? Sie sah plötzlich das Gesicht ihrer Mutter vor sich, hörte ihre Mutter mit beruhigender Stimme versichern, es werde schon alles gut werden.

Ich denke oft an Sie. Ich denke oft an Sie.

Dann kam der Samstag, wolkenlos, sonnig und kalt.

Der Unterricht fand in einem alten zweistöckigen Gebäude statt. Wen-Do stand in dicken schwarzen Lettern auf dem Schild über der Tür.

»Bitte geben Sie mir Ihren Mantel. Ziehen Sie dann bitte das hier an und gehen Sie bitte hinein«, sagte die junge Asiatin hinter der Empfangstheke.

Jess tauschte ihren langen Wintermantel gegen einen kurzen dunkelblauen Baumwollkittel mit passender Schärpe. Sie hatte ein loses Sweatshirt und eine Jogginghose an, wie man ihr am Telefon empfohlen hatte. Beide waren grau, wie ihr jetzt auffiel. Meine Lieblingsfarbe, dachte sie lächelnd.

»Sie sind früh dran«, sagte die junge Frau kichernd, und ihr hochgebundener schwarzer Pferdeschwanz schwang im Rhythmus mit den zarten Bewegungen ihrer Schultern. »Sonst ist noch niemand hier.«

Jess lächelte und verneigte sich leicht. Sie hatte keine Ahnung, was das Protokoll verlangte. Die junge Frau wies sie mit einer Geste zu einem Vorhang zu ihrer Rechten, und Jess ging mit einer weiteren Verneigung hindurch.

Der Raum, der sich dahinter befand, war doppelt so lang wie er breit war und leer bis auf eine Menge dunkelgrüner Matten, die in einer Ecke auf dem Holzfußboden gestapelt waren. Die eine Wand des Raums war mit Spiegeln getäfelt, die ihm eine Tiefe verliehen, die er nicht hatte. Jess betrachtete ihr Bild und fand sich lächerlich, eine kulturelle Zwittergestalt in ihrem amerikanischen Jogging-Outfit und dem orientalischen Kittel. Mit einem Achselzucken nahm sie ihr Haar zurück und schnürte es mit einem breiten Gummiband zusammen.

Was tat sie hier überhaupt? Was erhoffte sie sich von diesem Kurs? Glaubte sie im Ernst, es gäbe einen wirksamen Schutz vor – ja, wovor überhaupt? Vor den Elementen? Vor dem Unvermeidlichen?

Sie hörte Schritte hinter sich, und als sie sich umdrehte, sah sie eine Frau, die stark hinkte, hinter dem grünen geblümten Vorhang hervortreten.

»Hallo«, sagte die Frau, die etwa im gleichen Alter war

wie Jess. »Ich bin Vasiliki. Nennen Sie mich Vas, das ist einfacher.«

»Jess Koster«, sagte Jess und gab der Frau die Hand. »Vasiliki ist ein sehr interessanter Name.«

»Es ist ein griechischer Name«, erklärte die Frau, während sie sich in der Spiegelwand musterte. Sie war groß und grobknochig, mit einem olivbraunen kantigen Gesicht, das von sehr dunklem Haar umrahmt war. Eine durchaus respekteinflößende Person, wäre nicht das Hinken gewesen.

»Ich bin vor einem Jahr von einer Bande Jugendlicher überfallen worden. Dreizehnjährige Jungen! Ist das zu glauben?« Ihr Ton sagte, dass sie es noch immer nicht fassen konnte. »Sie hatten es auf meine Handtasche abgesehen. ›Nehmt sie ruhig‹, hab ich gesagt. ›Es ist sowieso nichts drin.‹ Als sie gesehen haben, dass es stimmte und ich nur zehn Dollar bei mir hatte, weil ich nie viel Bargeld mit mir herumtrage, haben sie angefangen, auf mich einzuschlagen, haben mich auf den Boden gestoßen und mich so brutal getreten, dass sie mir die Kniescheibe gebrochen haben. Ich kann froh sein, dass ich überhaupt noch gehen kann. Während ich noch in Therapie war, hab ich mir vorgenommen, dass ich Selbstverteidigung lerne, sobald ich wieder halbwegs gehen kann. Wenn mich das nächste Mal einer angreift, bin ich gewappnet.« Sie lachte bitter. »Obwohl das ein bisschen so ist, als wenn man den Stall zumacht, nachdem das Pferd weggelaufen ist.«

Jess schüttelte den Kopf. Die Jugendkriminalität hatte in Chicago epidemische Ausmaße erreicht. Man war derzeit dabei, ein ganz neues Gebäude zu errichten, um mit diesen jugendlichen Straftätern fertigzuwerden. Als könnte ein Gebäude da helfen.

»Und was hat Sie veranlasst, hierherzukommen?«, fragte Vas.

Die Furcht vor dem Unbekannten, die Furcht vor dem Bekannten, antwortete Jess im Stillen. »Das weiß ich selbst nicht so genau«, sagte sie laut. »Ich habe mir einfach gedacht, es wäre wahrscheinlich ganz gut, wenn ich lerne, mich selbst zu verteidigen.«

»Sehr gescheit. Ich sag Ihnen, heutzutage hat man's als Frau wirklich nicht leicht.«

Jess nickte. Sie wünschte, es gäbe eine Sitzgelegenheit.

Wieder teilte sich der Vorhang, und zwei schwarze Frauen traten in den Raum. Misstrauisch sahen sie sich um.

»Ich bin Vasiliki. Nennen Sie mich einfach Vas«, sagte Vas und nickte ihnen zu. »Und das ist Jess.«

»Maryellen«, sagte die ältere der beiden Frauen, die mit der helleren Haut. »Das ist meine Tochter Ayisha.«

Jess schätzte Ayisha auf ungefähr siebzehn Jahre, ihre Mutter auf etwa vierzig. Beide Frauen waren sehr hübsch. Unter dem rechten Auge der älteren Frau allerdings war noch ein allmählich verblassender großer blauer Fleck zu sehen.

»Das finde ich gut, dass ihr diesen Kurs zusammen macht«, sagte Vas gerade, als noch eine Frau hereinkam, klein und dicklich, nicht mehr ganz jung, mit graugesprenkeltem Haar. Sie zupfte nervös an ihrem blauen Kittel.

»Vasiliki, nennen Sie mich einfach Vas«, begrüßte Vas sie sofort. »Das sind Jess, Maryellen und Ayisha.«

»Catarina Santos«, sagte die Frau zaghaft, als wäre sie sich ihres eigenen Namens nicht sicher.

»Das ist ja hier fast wie bei der UNO«, sagte Vas scherzhaft.

»Stimmt«, bestätigte Jess. »Und alle sind wir hier, um die alte orientalische Kunst des Wen-Do zu erlernen.«

»Ach, alt ist die Kunst nicht«, korrigierte sie Vas. »Wen-Do ist erst vor zwanzig Jahren von einem kanadischen Ehepaar entwickelt worden. Ausgerechnet in Toronto. Ist das nicht urkomisch?«

»Was, wir lernen eine Selbstverteidigungstechnik, die in Kanada entwickelt worden ist?«, fragte Jess ungläubig.

»Sie setzt sich anscheinend aus Elementen aus Karate und Aikido zusammen. Weiß jemand von euch, was Aikido ist?«, fragte Vas.

Niemand wusste es.

»Das Bestimmende beim Wen-Do sind Bewusstheit, Vermeidung und Handeln«, erklärte Vas und lachte dann verlegen. »Ich hab die Broschüre auswendig gelernt.«

»Für Handeln bin ich immer zu haben«, sagte Ayisha, während Catarina scheu zur Spiegelwand zurückwich.

Noch einmal teilte sich der Vorhang, und ein junger Mann mit einer dunklen Haartolle und ausgesprochen selbstbewusstem Gang trat auf die Frauengruppe zu. Er war nicht sehr groß, die Muskeln seiner kraftvollen Arme waren sogar durch den blauen Kittel hindurch zu erkennen. Sein glattrasiertes Gesicht hatte etwas Jungenhaftes, an der Nasenwurzel, neben der rechten Augenbraue, hatte er eine kleine Narbe, wahrscheinlich das Überbleibsel einer Windpockenerkrankung in der Kindheit.

»Guten Tag«, sagte er, hörbar aus dem Zwerchfell sprechend. »Ich bin Dominic, Ihr Lehrer.«

»Komisch«, flüsterte Vas Jess zu, »er sieht gar nicht nach Wen-Do aus.«

»Wer von Ihnen glaubt, sie könnte einen Angreifer abwehren?«, fragte er, die Hände in die Hüften gestemmt, den Kopf kerzengerade.

Die Frauen schwiegen.

Dominic ging langsam auf Maryellen und ihre Tochter Ayisha zu. »Wie steht's mit Ihnen, Mama? Glauben Sie, Sie könnten einem Kerl die Nase brechen, wenn er Ihre Tochter angreifen sollte?«

»Der kann froh sein, wenn sein Kopf noch an ihm dran ist«, behauptete Maryellen resolut.

»Nun, beim Wen-Do geht es darum«, sagte er, »dass Sie erkennen, dass Sie genauso wertvoll sind wie jedes Kind in Ihrem Leben, das Sie lieben. Wertvoll«, fuhr er fort und legte eine wirkungsvolle Pause ein, »aber nicht wehrlos. Jedenfalls nicht mehr so leicht wehrlos wie vorher. Sie mögen schwächer sein als Ihre Angreifer«, sagte er und sah die Frauen der Reihe nach an, »aber Sie sind nicht ohn-mächtig, und Ihre Angreifer sind nicht all-mächtig. Sie dürfen den Angreifer nicht als gewaltigen, unerschütterlichen Brocken sehen, sondern als Wesen mit vielen verletzlichen Angriffspunkten. Und vergessen Sie eines nicht«, sagte er und sah dabei Jess an. »Zorn und Wut sind oft weit wirkungsvoller als Bitten und Betteln. Fürchten Sie sich also nicht, zornig zu werden.«

Jess begannen die Knie zu zittern, und sie war froh, als er sich einer der anderen Frauen zuwandte. Sie musterte die verschiedenen Gesichter, die den Wandel der Stadt in den vergangenen zwanzig Jahren so deutlich dokumentierten. Mit dem Chicago ihrer Kindheit war diese Stadt kaum noch zu vergleichen, dachte sie und floh vorübergehend in die lilienweiße Vergangenheit. Erst Dominics energische Stimme holte sie in die Gegenwart zurück.

»Sie müssen lernen, Ihrem Gefühl zu trauen, wenn Sie Gefahr wittern«, sagte er gerade. »Selbst wenn Sie nicht genau wissen, wovor Sie eigentlich Angst haben, selbst wenn Sie nicht wissen, was Sie nervös macht, selbst wenn Sie fürchten, einem Mann Unrecht zu tun, bei dem Sie nicht ganz sicher sind, ob er Sie bedroht oder nicht, ist es am besten, wenn Sie sich so schnell wie möglich entfernen. Die Verleugnung der eigenen Gefühle kann einen teuer zu stehen kommen. Vertrauen Sie also Ihren Instinkten«, sagte er, »und verschwinden Sie, so schnell Sie können.«

Wenn Sie können, fügte Jess im Stillen hinzu.

»Schnell davonlaufen ist für Frauen in den meisten Fällen das Beste«, schloss Dominic. »Okay, stellen Sie sich in einer Reihe auf.«

Die Frauen tauschten nervöse Blicke, bildeten etwas zögernd eine Reihe. »An die Wand mit euch, ihr Säcke«, flüsterte Vas Jess zu und kicherte wie ein kleines Mädchen.

»Lassen Sie viel Platz zwischen sich. Ja, so ist es gut. Gehen Sie noch ein Stück weiter auseinander. Wir werden gleich eine Menge Bewegungsfreiheit brauchen. Rollen Sie die Schultern nach rückwärts. Entspannen Sie sich. Ja, gut so. Schwingen Sie die Arme. Sie sollen richtig locker werden.«

Jess schwang ihre Arme vorwärts und rückwärts, hinauf und hinunter. Sie ließ ihre Schultern kreisen, zuerst rückwärts, dann vorwärts. Sie drehte langsam den Kopf hin und her, hörte es knacken. »Vergessen Sie nicht zu atmen«, sagte Dominic, und Jess stieß dankbar die Luft aus. »Okay, stellen Sie sich jetzt gerade hin. Und passen Sie gut auf. Die erste Verteidigungsstrategie heißt *Kiyi.*«

»Hat er Kiwi gesagt?«, fragte Vas, und Jess musste sich auf die Zunge beißen, um nicht laut herauszulachen.

»*Kiyi* ist ein lauter Schrei, ein gewaltiges Brüllen aus dem Zwerchfell. *Hohh!*«, brüllte er, und die Frauen zuckten zusammen. »*Hohh!*«, brüllte er wieder. »*Hohh!*«

Ho, ho, ho, dachte Jess.

»*Kiyi* hat zweierlei Funktionen«, erklärte er. »Einmal soll es das Bild des wehr- und sprachlosen Wesens auslöschen, das der Angreifer von Ihnen hat. Außerdem hilft es zu verhindern, dass Sie vor Furcht erstarren. »*Hohh!*«, brüllte er wieder, und die Frauen sprangen erschrocken zurück. »Sie sehen, es enthält das Element der Überraschung. Und Überraschung kann eine sehr nützliche Waffe sein.« Er lächelte. »So, und jetzt versuchen Sie es.«

Keine der Frauen rührte sich. Nach einigen Sekunden fingen Ayisha und Vas zu kichern an. Jess wusste nicht, ob sie lachen oder weinen sollte. Wie, dachte sie, konnte sie ihren Instinkten trauen, wenn sie nicht einmal genau wusste, was ihre Instinkte waren.

»Na los!«, ermunterte Dominic. »*Hohh!*«

Wieder Schweigen, dann ein schwaches, zaghaftes »Hohh« aus Maryellens Mund.

»Nicht ›Hohh‹, *Hohh!*«, sagte Dominic mit Nachdruck. »Höflichkeit ist in so einer Situation fehl am Platze. Wir wollen den Angreifer doch erschrecken, nicht ermutigen. Also, kommen Sie, schreien Sie mal kräftig. *Hohh!*«

»Hohh!«, rief Jess halbherzig und kam sich absolut lächerlich vor. Die Schlachtrufe der anderen klangen ähnlich erbärmlich.

»Nun machen Sie schon!«, drängte Dominic und ballte die Fäuste. »Sie sind jetzt Frauen, keine Damen. Zeigen Sie mir, wie Sie wütend werden. Brüllen Sie mal so richtig los. Ich weiß, dass Sie das können. Ich bin schließlich mit vier

Schwestern aufgewachsen. Erzählen Sie mir bloß nicht, Sie können nicht brüllen.« Er trat zu Maryellen. »Kommen Sie, Mama! Da ist ein Mann, der Ihre Tochter angreift.«

»*Hohh!*«, schrie Maryellen.

»Das ist schon besser.«

»*Hohh!*«, schrie Maryellen wieder. »*Hohh! Hohh!*« Sie lachte. »Hey, das fängt an, mir zu gefallen.«

»Es ist ein gutes Gefühl, für sich einzutreten, stimmt's?«, fragte Dominic, und Maryellen nickte. »Was ist mit euch anderen? Los, macht dem Angreifer mal Beine mit eurem Gebrüll.«

»Hohh!«, begannen die Frauen zu rufen, erst noch zaghaft, dann lauter, mit zunehmender Kraft. »*Hohh! Hohh!*«

Jess wollte mitmachen, aber selbst als sie ihren Mund aufriss, kam ihr kein Laut über die Lippen. Was war los mit ihr? Seit wann hatte sie Angst davor, für sich einzutreten? Seit wann war sie so passiv geworden?

Denk Zorn, befahl sie sich. Denk an dein Auto. Denk an Terry Wales. Denk an Erica Barnowski. Denk an Greg Oliver. Denk an deinen Schwager. Denk an Connie DeVuono. Denk an Rick Ferguson.

Denk an deine Mutter.

»*Hohh!*«, brüllte Jess in die plötzliche Stille hinein. »*Hohh!*«

»Perfekt!«, rief Dominic begeistert und klatschte in die Hände. »Ich wusste ja, dass Sie es in sich haben.«

»Klasse«, sagte Vas und drückte Jess die Hand.

»Wenn sich nun ein möglicher Angreifer mit *Kiyi* nicht abschrecken lässt, müssen Sie bereit sein, sich aller Waffen zu bedienen, die Sie zur Verfügung haben, zum Beispiel Hände, Füße, Ellbogen, Schultern, Fingernägel. Fingernägel sind sehr wirksam. Wenn also welche unter Ihnen an den Nägeln kauen, hören Sie am besten sofort damit auf. Zu den Zielobjekten gehören die Augen, die Ohren und die Nase.« Dominic öffnete seine Faust zu einer Klaue, seine Finger wie Krallen. »Mit Adlerklauen in die Augen«, sagte er und führte es vor. »Mit diesen beinharten Fingerknöcheln auf die Nase… Hammerschläge mit der Faust auf die Nase.« Wieder demonstrierte er. Die Frauen sahen ehrfürchtig zu. »Wie man das macht, zeig ich Ihnen später«, sagte er zu ihnen. »Glauben Sie mir, es ist nicht schwer. Man muss es nur lernen. Sie dürfen nicht erwarten, es an Körperkraft mit Ihrem Angreifer aufnehmen zu können. Da würden Sie immer den Kürzeren ziehen. Stattdessen müssen Sie lernen, die Kraft des Angreifers gegen ihn selbst einzusetzen.«

»Das verstehe ich nicht«, sagte Jess, überrascht, dass sie gesprochen hatte.

»Gut. Sagen Sie es laut und deutlich, wenn Sie etwas nicht verstehen. Sagen Sie es auch laut und deutlich, wenn Sie es verstehen.« Er lächelte. »Und vergessen Sie nicht zu atmen.«

Dankbar stieß Jess wiederum die angehaltene Luft aus.

»So ist es richtig, tief aus dem Zwerchfell. Sie dürfen nie vergessen zu atmen, sonst geht Ihnen ziemlich schnell der Dampf aus. Diejenigen unter Ihnen, die hier rauchen, sollten es schnellstens aufgeben. Stattdessen tief atmen. Das tun Sie im Grunde ja sowieso schon, wenn Sie rauchen. Sie atmen tief ein und aus. Sie müssen nur lernen, es ohne Zigarette zu tun. Also, was verstehen Sie nicht?«, wandte er sich an Jess, unvermittelt zu ihrer Frage zurückkehrend.

»Sie sagten eben, wir sollten die Kraft des Angreifers

gegen ihn einsetzen. Ich verstehe nicht, wie Sie das meinen.«

»Okay, ich werd versuchen, es zu erklären.« Er schwieg einen Moment und kniff nachdenklich die Augen zusammen. »Nehmen wir das Bild des Kreises«, begann er und beschrieb mit dem Zeigefinger in der Luft einen Kreis. »Wenn jemand versucht, uns gewaltsam an sich zu ziehen, neigen wir dazu, Widerstand zu leisten und dagegenzuziehen. Aber genau das sollten wir nicht tun. Wir sollten uns von der Kraft des Angreifers zu ihm hinziehen lassen, und zuschlagen, wenn wir da angekommen sind.«

Er packte Jess beim Arm. Instinktiv stemmte sie sich dagegen.

»Nein«, sagte er. »Genau falsch.«

»Aber Sie haben doch gesagt, wir sollen unserem Instinkt trauen.«

»Trauen Sie Ihrem Instinkt, wenn er Sie vor einer Gefahr *warnt.* Denken Sie daran, dass es als Erstes darauf ankommt, eine Gefahr zu erkennen und so schnell wie möglich vor ihr zu fliehen. Aber wenn Sie bereits in Gefahr sind, sieht die Sache anders aus. Da kann Ihr Instinkt Sie irreführen. Sie müssen daher Ihren Instinkt schulen. So, jetzt kommen Sie noch mal her, damit ich Ihnen und den anderen zeigen kann, was ich meine.«

Widerstrebend trat Jess ein paar Schritte vor.

»Ich werde Sie jetzt an mich heranziehen, und ich möchte, dass Sie Widerstand leisten, wie Sie das eben getan haben.« Dominic sprang plötzlich auf Jess zu, packte sie am Handgelenk und riss sie an sich.

Jess warf sich nach rückwärts, versuchte, ihre Füße in den Boden zu stemmen, um besseren Halt zu bekommen.

So einfach würde sie sich nicht unterkriegen lassen, sagte sie sich, als sie den starken Zug an ihrem Arm spürte, den Schmerz, der bis zu ihrem Ellbogen hinaufschoss. Sie wehrte sich noch heftiger, ihr Atem wurde flach.

Im nächsten Moment lag sie auf dem Boden, und Dominic stand über ihr.

»Wie ist das denn passiert?«, fragte sie keuchend. Sie hatte keine Ahnung, wie sie so plötzlich aus vermeintlich sicherem Stand flach auf dem Rücken gelandet war.

Dominic half ihr auf die Füße.

»So, und jetzt versuchen wir's mal auf die andere Art. Leisten Sie keinen Widerstand. Wehren Sie sich nicht gegen mich. Lassen Sie sich von meiner Kraft einfach mitziehen, und wenn Sie dann ganz dicht an mir dran sind, nutzen Sie den Schwung aus, um mich wegzustoßen.«

Jess stellte sich wieder auf. Wieder umfasste Dominic fest ihr Handgelenk. Diesmal jedoch ließ sie sich, anstatt Widerstand zu leisten, anstatt sich zur Wehr zu setzen, von ihm mitziehen. Erst als ihre Körper miteinander kollidierten, setzte sie unvermittelt ihr ganzes Gewicht ein, um ihn wegzustoßen. Er verlor das Gleichgewicht und stürzte zu Boden.

»So ist's richtig, Jess!«, jubelte Vas ihr zu.

»So ist's richtig, Mädchen. Sie haben's geschafft«, fiel Maryellen ein.

»Toll«, stimmte Ayisha zu.

Catarina nickte scheu.

Dominic stand langsam auf. »Ich glaube, jetzt haben Sie verstanden«, sagte er und klopfte seine Kleider ab.

Jess lächelte. »*Hohh!*«, sagte sie.

»Hohh, hohh, hohh!«, flüsterte Jess vor sich hin, als sie

in der Stadtmitte aus dem U-Bahnschacht ans Licht stieg. Sie fühlte sich stärker als seit Wochen, vielleicht seit Monaten. Zu allem fähig. Rundum gut. »Hohh!«, lachte sie. Sie zog ihren Mantel fest um sich und machte sich auf den Weg zur Michigan Avenue.

Wer sagte, dass sie warten musste, bis Adam sie anrief? Dies waren die neunziger Jahre, Herrgott noch mal. Da saßen die Frauen nicht mehr bibbernd am Telefon und warteten auf den Anruf. Sie nahmen den Hörer zur Hand und wählten selbst. Außerdem war Samstag, sie hatte für den Abend keine Pläne, und Adam würde es wahrscheinlich mit Vergnügen sehen, dass sie die Initiative ergriff. »Hohh!«, sagte sie lauter als beabsichtigt und fing den nervösen Blick einer vorüberkommenden Frau auf, die sofort ihren Schritt beschleunigte.

Ganz recht, Lady, sagte Jess im Stillen zu ihr. Dein Instinkt meldet dir Gefahr, mach dich lieber schleunigst aus dem Staub. »*Hohh!*«, sagte sie wieder, sang es beinahe, als sie sich dem Schaufenster des Schuhgeschäfts näherte und hineinspähte.

»Ist Adam Stohn heute da?«, fragte sie den Verkäufer mit dem schlecht sitzenden Toupet, der auf sie zukam, sobald sie durch die Tür trat.

Der Mann kniff die Augen zusammen, dass sie ganz schmal wurden. Erinnerte er sich ihrer von ihrem letzten Zusammentreffen?

»Er bedient gerade.« Mit dem Kinn wies er zum rückwärtigen Teil des Ladens.

Adam stand neben einer jungen Frau. Er hatte die Hände voller Schuhe, sie strahlte. Jess näherte sich unauffällig; sie wollte ihn nicht mitten in einem Verkaufsgespräch stören.

»So, von diesen Schuhen gefällt Ihnen also keiner. Hm, lassen Sie mich mal überlegen. Kann ich Sie stattdessen mit einem Glas Wasser beglücken?«, sagte Adam.

Die junge Frau lachte. Das lange blonde Haar flog, als sie den Kopf schüttelte.

»Vielleicht mit einem Bonbon?«

Jess sah, wie Adam in seine Jackentasche griff und ein in rot-weiß gestreiftes Papier eingewickeltes Bonbon herauszog. Sie beobachtete, wie die junge Frau es musterte, ehe sie das Angebot ablehnte.

»Und wie wär's mit einem Witz? Sie scheinen mir eine Frau mit Humor zu sein.«

Jess schossen die Tränen in die Augen. Rasch wandte sie sich ab, sie wollte nicht bis zur Pointe bleiben. Der Witz ging ja auf ihre Kosten.

»Haben Sie ihn gefunden?«, fragte der Verkäufer mit dem schlecht sitzenden Toupet, als sie wieder nach vorn kam.

»Ich spreche lieber später mit ihm. Vielen Dank«, antwortete Jess und fragte sich, wofür sie ihm eigentlich dankte. Frauen waren mit ihrem Dank immer so schnell bei der Hand. »Entschuldigen Sie«, sagte sie und trat zur Seite, um die hereinkommende Frau vorbeizulassen, die sich ebenfalls entschuldigte. Und wofür entschuldigen wir uns eigentlich dauernd?

Ach verdammt, dachte sie, beschämt und verwirrt, welcher Teufel hat mich geritten hierherzukommen? Hatte sie ernstlich geglaubt, nur weil sie sich gerade gut fühlte und dieses Gefühl mit jemandem teilen wollte, werde Adam Stohn sich mit Freuden für diese Rolle zur Verfügung stellen? Was ging es ihn an, wenn sie sich zu allem fähig fühlte? Was ging es ihn an, wenn sie gelernt hatte, aus ihrer Faust eine Adlerklaue zu machen? Was interessierte es ihn, ob sie einen Hammerschlag auf die Nase austeilen konnte? Was interessierte ihn *Kiyi*? Er war daran interessiert, Schuhe zu verkaufen, sich seine Provision zu verdienen. Wieso hatte sie geglaubt, sie sei für ihn etwas anderes als all die übrigen Frauen, denen er Tag für Tag die Füße tätschelte? Und weshalb war sie so enttäuscht?

»Hohh!«, sagte sie, als sie allein draußen vor dem Laden stand. Aber sie war nicht mit dem Herzen dabei, und das Wort fiel auf den Bürgersteig, um von den Füßen der Vorüberkommenden zertrampelt zu werden.

»Hallo, schöne Fremde«, sagte Don, und selbst am Telefon war seine Stimme eine Oase. »Das ist aber mal eine nette Überraschung. Ich hab schon angefangen zu glauben, du wärst mir immer noch böse.«

»Warum sollte ich dir böse sein?« Jess zog die Tür der öffentlichen Telefonzelle zu.

»Das möchte ich ja eben von dir wissen. Ich weiß nur, dass du seit unserer kleinen Meinungsverschiedenheit auf der Polizei kaum zwei Worte mit mir gesprochen hast.«

»Aber natürlich hab ich das.«

»Na schön, zwei Worte vielleicht, aber beide lauteten nein: einmal, als ich dich zum Thanksgiving einladen wollte, und das andere Mal, als ich mit dir essen gehen wollte.«

»Womit wir schon beim Grund meines Anrufs wären«, versetzte Jess, froh, gleich einhaken zu können. »Ich bin in der Stadt und wollte dich fragen, ob du Lust hast, heute Abend mit mir essen zu gehen, wenn du nichts anderes vorhast …« Sie wartete, aber es folgte nur Schweigen. »Du hast schon was vor«, sagte Jess hastig.

»So ein Pech.« Dons Ton war entschuldigend. »Zu jeder anderen Zeit würde ich mir diese Chance nicht entgehen lassen, aber …«

»Aber es ist Samstagabend, und Mutter Teresa wartet.«

Wieder Schweigen. »Nein, Trish ist dieses Wochenende gar nicht da. Sie ist verreist«, entgegnete Don ruhig. »Ich bin bei John McMaster zum Abendessen eingeladen. Du erinnerst dich doch an John.«

»Natürlich.« John McMaster war einer von Dons Partnern. »Grüß ihn von mir.«

»Ich würde dich ja mitnehmen …«

»Ich würde nicht mitkommen.«

»… aber du würdest nicht mitkommen.«

Jess lachte und merkte plötzlich, dass sie mit dem Atmen Mühe hatte. Warum hatte sie angerufen? Erwartete sie im Ernst, dass ihr geschiedener Mann jedes Mal sofort springen würde, wenn sie sich einsam oder deprimiert fühlte oder meinte, ein bisschen moralische Unterstützung zu brauchen?

»Ich hab eine Idee«, sagte er.

»Was für eine?« Jess hatte ein Gefühl, als erstickte sie, als erreichte kein Lufthauch ihre Lunge. Sie zog an der Falttür der Telefonzelle, aber sie ließ sich nicht öffnen.

»Ich komm morgen Vormittag mit ein paar frischen Brötchen zu dir, und du machst mir Kaffee und erzählst mir, wer gestorben ist.«

Jess kämpfte mit der Tür der Telefonzelle; sie hatte kein Gefühl mehr in ihren Fingern. Sie konnte nicht atmen. Wenn sie nicht bald aus dieser gottverdammten Zelle herauskam, würde sie ohnmächtig werden, vielleicht ersticken. Sie musste raus. Sie brauchte frische Luft.

»Jess? Jess, bist du noch da? Das war doch nur ein Witz. Liest du die Todesanzeigen nicht mehr?«

»Ich muss jetzt wirklich Schluss machen, Don.« Jess schlug mit der Faust an die Tür.

»Passt es dir um zehn?«

»Ja, gut. Wunderbar.«

»Also dann, bis morgen Vormittag.«

Jess ließ den Hörer einfach aus der Hand fallen. Er baumelte am Kabel hin und her wie ein Erhängter im Wind, während sie völlig außer sich an der Tür riss und schob und in ihrer Verzweiflung zu schreien begann. »Verdammt noch mal, lasst mich hier raus!«, schrie sie. Plötzlich öffnete sich die Tür. Eine grauhaarige alte Frau, bestimmt nicht größer als einen Meter fünfzig, stand auf der anderen Seite. Ihre blaugeäderten Hände hielten den Rand der Tür umfasst. »Diese Türen haben es manchmal wirklich in sich«, sagte sie mit einem nachsichtigen Lächeln, ehe sie die Straße hinunter weiterging.

Jess stürzte aus der Telefonzelle. Der Schweiß lief ihr trotz der Kälte in Strömen über das Gesicht. »Was ist denn nur mit mir passiert?«, flüsterte sie in ihre tauben Hände. »Ich habe alles vergessen, was ich heute gelernt habe. Wie soll ich mich gegen irgendjemanden zur Wehr setzen, wenn ich es nicht mal schaffe, aus einer Telefonzelle herauszukommen?«

Es dauerte einige Minuten, bis die Taubheit ihre Hände verließ und sie in der Lage war, sich ein Taxi heranzuwinken, das sie nach Hause brachte.

16

Zum Abendessen machte sie sich Makkaroni mit Käse aus der Tiefkühltruhe warm und gönnte sich zum Nachtisch zwei Stück Vanillekuchen mit Erdbeerguss und eine große Flasche Cola. »Es geht doch nichts über ein gutes Essen«, sagte sie zu ihrem Kanarienvogel, als sie das schmutzige Geschirr in die Küche trug. Sie war zu müde, es jetzt ordentlich in die Maschine zu stapeln, darum stellte sie es einfach in die Spüle.

Zu faul, die Füße zu heben, schlurfte sie wieder ins Wohnzimmer und fühlte sich an die alte Frau erinnert, die sie am Nachmittag aus der Telefonzelle befreit hatte. Die wüsste sich wahrscheinlich bei einem Überfall weit besser zu wehren als ich, dachte sie und überlegte, ob sie mit dem Selbstverteidigungskurs überhaupt weitermachen sollte. Aber ja, sie hatte schließlich dafür bezahlt.

Sie schaltete die Stereoanlage aus und deckte den Vogelkäfig für die Nacht zu. Sie knipste das Licht aus und schlurfte ins Schlafzimmer, zog schon unterwegs ihr graues Sweatshirt aus und stopfte es zusammen mit der Jogginghose in den Wäschepuff, obwohl sie keine Ahnung hatte, wann sie dazukommen würde, die Sachen zu waschen. Sie hatte es sich in letzter Zeit angewöhnt, möglichst nur Kleider zu kaufen, die chemisch gereinigt werden mussten. Das war vielleicht teurer, aber weniger zeitaufwendig.

Sie zog sich das lange rosa-weiße Batistnachthemd an und legte dann ihre Sachen für den nächsten Tag zurecht: Bluejeans, ein roter Rolli, dicke rote Socken, frische Unterwäsche. Dann brauchte sie morgen nur noch hineinzusteigen. Ihre Tennisschuhe standen auf dem Boden neben dem Stuhl bereit. Die Welt war in Ordnung, dachte sie, auf dem Weg ins Bad, um sich für die Nacht fertigzumachen. Sie konnte es kaum erwarten, ins Bett zu kommen.

Es war erst neun Uhr, stellte sie mit einiger Überraschung fest, als sie die Schlafzimmerlampe anknipste und unter die Decke kroch. Sie hätte wahrscheinlich noch etwas tun sollen, um sich auf die Wiederaufnahme des Wales-Prozesses am Montag vorzubereiten, aber ihr fielen schon die Augen zu. Es war ein langer, anstrengender Tag gewesen. Sie war an einem einzigen Nachmittag von zwei Männern enttäuscht worden. Sie hatte Stärke gefunden und gleich wieder verloren. Das war weiß Gott genug für einen Tag.

Sie streckte sich aus und lauschte den gedämpften Geräuschen, die aus der Wohnung unter ihr heraufdrangen. Walter gibt anscheinend wieder mal eine Party, dachte sie noch, ehe sie einschlief.

In ihrem Traum stand sie in ihrem rosa-weißen Batistnachthemd und ihren abgetragenen rosafarbenen Hausschuhen vor der Geschworenenbank.

»Wir sind ganz hingerissen von Ihrem Pyjama«, sagte eine der Geschworenen und griff über die Balustrade, um den weichen Ärmel von Jess' Nachthemd zu streicheln. Aber ihre Hand war eine Adlerklaue, und die Krallen zerfetzten den Stoff und rissen ihre Haut blutig.

»Warte, ich verbinde es dir«, rief Don und setzte mit einem Sprung über den Tisch der Verteidigung.

Jess erlaubte ihm, sie an sich zu ziehen, spürte, wie ihre Körper einander berührten, und schleuderte sich genau in diesem Augenblick mit ihrem ganzen Gewicht gegen ihn, so dass er das Gleichgewicht verlor und zu Boden ging.

Richter Harris klopfte ungehalten mit seinem Hammer auf den Tisch. »Ich rufe Sie zur Ordnung«, forderte er mit Adam Stohns Stimme. »Ich rufe Sie zur Ordnung.« Dann: »Jess, sind Sie da? Jess? Jess?«

Noch nicht ganz wach, setzte sie sich im Bett auf, erleichtert wie ein Kind, sich in ihrem Schlafzimmer zu sehen und nicht im Gerichtssaal. Typisch für mich, dachte sie, während sie nach den Fetzen ihres Traums haschte, die sich rasch aufzulösen drohten, den einen Menschen zurückzustoßen, der mir helfen möchte.

»Jess!«, hörte sie wieder die Stimme aus ihrem Traum. »Jess, sind Sie da?«

Das Klopfen des Hammers ging weiter. Aber es war kein Hammer, wie Jess jetzt erkannte, als sie ganz wach wurde, es war eine Hand, die an ihre Tür klopfte. Sie griff über ihr Bett zum Nachttisch. Sie zog die Schublade auf und tastete nach ihrer Waffe, selbst erschrocken, als sie sie herausnahm, mit welcher Selbstverständlichkeit sie das tat.

»Wer ist da?«, rief sie laut, schob die Füße in ihre Hausschuhe und fasste den Revolver fester, als sie zur Tür ging. Der Boden unter ihren Füßen vibrierte von der lauten Musik in der unteren Wohnung.

»Ich bin's, Adam«, rief es von der anderen Seite.

»Was tun Sie hier?«, fragte Jess, ohne die Tür zu öffnen.

»Ich wollte Sie sehen.«

»Haben Sie noch nie was vom Telefon gehört?«

»Ich habe genug Telefone gesehen«, rief er lachend zurück. »Ich wollte Sie sehen. Es war ein spontaner Entschluss.«

»Wie sind Sie ins Haus gekommen?«

»Die Haustür war offen. Unten ist anscheinend ein Riesenfest im Gange. Jess, müssen wir uns durch die Tür anbrüllen? Wollen Sie mich nicht hineinlassen?«

»Es ist spät.«

»Jess, wenn Sie Besuch haben …«

Sie öffnete die Tür. »Es ist niemand hier.« Mit dem Revolver winkte sie ihn herein.

»Um Gottes willen, ist das Ding echt?«

Jess nickte. Wunderbar sah er aus, dachte sie und könnte nur hoffen, dass sie nicht so albern aussah, wie sie sich fühlte mit ihrem rosa-weißen Batistnachthemd, den rosaroten Hausschuhen und dem Smith & Wesson.

»Ich traue Leuten nicht, die mich mitten in der Nacht besuchen«, erklärte sie ihm.

»Mitten in der Nacht? Jess, es ist halb elf.«

»Halb elf?«

»Sie könnten sich ein Guckloch in die Tür machen lassen. Oder eine Sicherheitskette besorgen.« Er blickte nervös auf die Waffe. »Könnten Sie das Ding jetzt vielleicht wegstecken?« Er zog seine Jacke aus, warf sie über die Armlehne des Sofas, als hätte er jetzt, da er einmal hier war, die Absicht zu bleiben. Im weißen Pullover und Bluejeans stand er vor ihr. Erst da bemerkte sie die Flasche Rotwein, die er in der Hand hatte. »Ich mache Ihnen einen Vorschlag«, fuhr er fort. »Sie lassen den Revolver verschwinden, und ich mach den Wein auf.«

Jess nickte gehorsam, sie wusste nicht, was sie sonst hätte tun sollen. Wie ein Automat marschierte sie zurück in ihr Schlafzimmer, legte die Waffe in die Schublade des Nachttischs und holte einen pinkfarbenen wattierten Bademantel aus ihrem Schrank. Als sie ins Wohnzimmer zurückkam, hatte Adam den Wein aufgemacht und jedem ein Glas eingeschenkt.

»Châteauneuf-du-Pape«, sagte er, drückte ihr ein Glas in die rechte Hand und führte sie zum Sofa. »Worauf wollen wir trinken?«, sagte er. Sie setzten sich, und ihre Knie berührten einander flüchtig, ehe Jess etwas abrückte und ihre Beine hochzog.

Jess erinnerte sich an den Lieblingstoast ihres Schwagers. »Auf Wohlstand und Gesundheit?«, schlug sie vor.

»Wie wär's mit Auf die schönen Zeiten?«

»Ja, für schöne Zeiten bin ich immer zu haben.«

Sie stießen miteinander an, prüften das Bukett, hoben dann die Gläser zu ihren Lippen. Aber keiner von beiden trank.

»Es ist schön, Sie zu sehen«, sagte Adam.

Jess konzentrierte sich auf seine Lippen. In seinem Atem nahm sie einen schwachen Geruch nach Alkohol wahr und fragte sich, wo er gewesen war, bevor er bei ihr angeklopft hatte. Mit der Kundin unterwegs, mit der sie ihn am Nachmittag beobachtet hatte? Hatte er vielleicht nach dem vorzeitig zu Ende gegangenen Rendezvous mit der Dame mit zu viel Zeit und einer überflüssigen Flasche Wein dagestanden?

Jess merkte, dass sie mit jedem neuen Gedanken zorniger wurde. Jetzt, da sie völlig wach war, war sie weniger begeistert von seiner Spontaneität als verärgert über seine Arroganz. Was bildete er sich eigentlich ein, am Samstagabend nach zehn bei ihr zu klopfen und sie halb zu Tode zu erschrecken? Glaubte er im Ernst, er könnte sie die ganze Woche links liegenlassen und dann unangemeldet aufkreuzen, wann immer es ihm beliebte? Glaubte er etwa, sie würde ihn ganz einfach hereinlassen, seinen Wein mit ihm trinken und ihn dann dankbar mit in ihr Bett nehmen? Er konnte von Glück reden, dass sie ihn nicht abgeknallt hatte!

»Was tun Sie hier?« Jess überraschte sie beide durch die Schärfe, mit der sie die Frage stellte.

Adam nahm einen großen Schluck von seinem Wein, schob ihn ein paar Sekunden in seinem Mund hin und her, ehe er ihn hinunterschluckte. »Was glauben Sie denn, warum ich hier bin?«

»Ich weiß es nicht. Deshalb habe ich gefragt.«

Er trank wieder, kippte die Flüssigkeit diesmal hinunter, als wäre es Whisky. »Ich wollte Sie sehen«, sagte er, doch sein Blick ging an ihr vorbei.

»Und wann haben Sie das beschlossen?«

Adam rutschte etwas unbehaglich auf dem Sofa hin und her, trank von neuem, füllte sein Glas bis zum Rand wieder auf, schien es überhaupt nicht eilig zu haben, ihre Frage zu beantworten.

»Ich versteh nicht«, sagte er dann.

»Um welche Zeit haben Sie beschlossen, dass Sie mich sehen wollen?«, fuhr Jess ihn jetzt ungeduldig an. »Heute Nachmittag um zwei? Um vier? Heute Abend um sieben? Oder um zehn?«

»Was ist denn los, Jess? Soll das ein Verhör sein?«

»Warum haben Sie nicht vorher angerufen?«

»Ich hab's Ihnen doch schon gesagt. Es war ein spontaner Entschluss.«

»Und Sie sind eben ein spontaner Mensch.«

»Manchmal. Ja. Wahrscheinlich.«

»Sind Sie verheiratet?«

»Was?«

»Sind Sie verheiratet?«, wiederholte Jess. Zum ersten Mal sah sie die Situation klar und ärgerte sich, dass sie nicht schon früher genauer hingesehen hatte. »Die Frage ist doch ganz einfach. Sie erfordert als Antwort nur ein schlichtes Ja oder Nein.«

»Wie kommen Sie auf die Idee, ich könnte verheiratet sein?«

»Sind Sie verheiratet – ja oder nein?«

»Bitte beantworten Sie die Frage, Herr Zeuge«, sagte Adam sarkastisch.

»Sind Sie verheiratet?«, fragte Jess wieder.

»Nein!«, gab Adam mit lauter Stimme zurück. »Natürlich bin ich nicht verheiratet.«

»Sie sind geschieden.«

»Ich bin geschieden.«

»Von Susan.«

»Ja, von Susan.«

»Die in Springfield wohnt.«

»Die meinetwegen auch auf dem Mars wohnen kann.« Er kippte den Wein in seinem Glas mit einem langen Zug hinunter.

»Warum rufen Sie dann nie an? Warum kreuzen Sie dann einfach mitten in der Nacht vor meiner Wohnungstür auf?«

»Jess, du lieber Himmel, es ist halb elf!«

»Sie haben doch Ihre Provision schon verdient«, sagte sie. Die Erinnerung an die kleine Szene, die sie am Nachmittag in dem Schuhgeschäft beobachtet hatte, schmerzte immer noch. Sie schämte sich. Hatte der andere Verkäufer Adam von ihrem Besuch erzählt? »Was wollen Sie hier?«

»Glauben Sie etwa, ich möchte Ihnen noch ein Paar Stiefel verkaufen?«

»Ich bin mir nicht sicher, was Sie mir verkaufen wollen.«

Wieder schenkte er sich Wein ein, spülte ihn mit zwei Schlucken hinunter, goss dann den Rest aus der Flasche in sein Glas. »Ich bin nicht verheiratet, Jess. Ehrlich nicht.«

Jess sagte nichts. Ihr Zorn war verflogen. Tiefer erleichtert, als sie sich selbst gern eingestand, starrte sie in ihren Schoß.

»Hatten wir gerade unseren ersten Streit?«, fragte er.

»Ich kenne Sie nicht gut genug, um mich mit Ihnen zu streiten«, antwortete Jess.

»Sie kennen mich so gut wie nötig.« Er trank seinen Wein aus und starrte ungläubig in sein leeres Glas, als sei ihm erst in diesem Moment bewusst geworden, dass er in weniger als zehn Minuten beinahe eine ganze Flasche Wein ausgetrunken hatte.

»Nötig für mich oder für Sie?«

»Ich plane eben nicht gern im Voraus.«

Jess lachte.

»Was ist daran komisch?«, fragte er.

»Ich plane alles.«

»Und was erreicht man damit, dass man alles plant?« Er lehnte sich im Sofa zurück, zog seine Schuhe aus, hob die Beine hoch und streckte sie ganz lässig über Jess' Schoß aus.

»Wahrscheinlich gibt mir das die Illusion, alles unter Kontrolle zu haben«, antwortete Jess. Sie fühlte sein Gewicht auf ihren Oberschenkeln. Im ersten Moment machte sie sich steif, dann entspannte sie sich, erlaubte sich, den Kontakt zu genießen. Es war so lange her, seit sie das letzte Mal mit einem Mann zusammen gewesen war; so lange, seit sie sich den Genuss der Liebkosung eines Mannes gegönnt hatte. Hatte er mit seinen unverschämten Vermutungen doch recht gehabt? Würde sie ihn jetzt, nachdem sie ihn hereingelassen und seinen Wein getrunken hatte, dankbar mit in ihr Bett nehmen?

»Und diese Illusion, alles unter Kontrolle zu haben, ist Ihnen wichtig?«, fragte er.

»Sie ist das Einzige, was ich habe.«

Adam lehnte seinen Kopf an das Polster und rutschte ein wenig abwärts, so dass er beinahe lag. »Ich glaube, ich habe zu viel getrunken.«

»Ich glaube, da haben Sie recht.« Es folgte eine lange Pause. »Warum sind Sie hierhergekommen, Adam?«

»Ich weiß nicht«, antwortete er. Seine Augen schlossen sich schon, das Sprechen fiel ihm schwer. »Ich hätte es wahrscheinlich nicht tun sollen.«

Sag das nicht, entgegnete Jess ihm im Stillen. »Vielleicht ist es besser, wenn Sie gehen«, sagte sie laut und kämpfte gegen das Verlangen, ihn in ihre Arme zu nehmen. »Ich rufe Ihnen ein Taxi. Fahren können Sie auf keinen Fall.«

»Ich brauche nur ein kleines Schläfchen, zehn Minuten.«

»Adam, ich rufe ein Taxi an.« Jess versuchte, seine Beine hochzuheben, aber sie waren zu schwer. »Wenn Sie nur Ihre Füße ein bisschen wegtun …«

Er tat es. Er zog die Knie an und drehte sich ganz auf die Seite. Und fühlte sich noch schwerer an als vorher.

»Na prächtig«, sagte Jess. Sie kitzelte ihn an den Fußsohlen, weil sie hoffte, er würde dann seine Beine wegziehen. Aber er reagierte überhaupt nicht.

»Adam, ich kann nicht die ganze Nacht so hier sitzen«, sagte sie, den Tränen nahe. »Herrgott noch mal, das ist doch blöd!«, rief sie zornig. »Ich lass mich doch nicht in meiner eigenen Wohnung zur Gefangenen machen. Ich werde doch nicht die ganze Nacht auf meinem Sofa sitzen und stillhalten, weil es sich ein besoffener Idiot auf meinem Schoß bequem gemacht hat. Ich brauche meinen Schlaf. Ich muss ins Bett. *Hohh!*«, schrie sie, aber Adam rührte sich nicht.

Mit neuer Entschlossenheit riss Jess an Adams Füßen, und nach ein paar Minuten gelang es ihr, sie so hochzuheben, dass sie aufstehen konnte. Adams Füße fielen mit einem sachten Aufprall wieder auf das Sofa.

Ein paar Minuten lang blieb Jess vor ihm stehen und betrachtete ihn im Schlaf. »Adam, Sie können nicht hier bleiben«, flüsterte sie. Dann lauter: »Adam, ich rufe jetzt ein Taxi für Sie.«

Und was willst du sagen? Dass du hier einen Mann hast, der sinnlos betrunken auf deinem Sofa liegt, und jemanden brauchst, der ihn drei Treppen hinunterschleppt und ihn dann nach Hause bringt, nur leider hast du keine Ahnung, wo er wohnt? Ja, klar, um so einen Fahrgast werden die sich reißen.

Mach dir keine Illusionen, Jess, sagte sie sich, während sie ihn mit seiner Jacke zudeckte. Adam Stohn geht heute nirgends mehr hin. Sie betrachtete sein Gesicht. Alle Spuren von Aufruhr und Verwirrung waren unter der friedlichen Maske des Schlafs verborgen. Was für Geheimnisse hatte er? Sie strich ihm eine Haarsträhne aus den Augen. Was für Lügen hatte er ihr erzählt?

Auf Zehenspitzen ging sie vom Sofa weg, voller Zweifel, ob es richtig war, ihn bleiben zu lassen. Würde sie vielleicht mitten in der Nacht erwachen und ihn mit ihrer Waffe in der Hand über ihr Bett gebeugt stehen sehen? War er vielleicht ein Psychopath, der es auf einsame Staatsanwältinnen abgesehen hatte?

Sie war so müde, dass es ihr beinahe gleichgültig war.

Vertraue deinen Instinkten, hörte sie ihren Wen-Do-Lehrer sagen, als sie wieder ins Bett kroch. Vertrau deinem Instinkt.

Aber nur für den Fall, dass ihre Instinkte sie trogen, nahm sie den Revolver aus der Schublade des Nachttischs und schob ihn unter ihre Matratze, ehe sie sich den Luxus des Schlafs gönnte.

Als sie am nächsten Morgen erwachte, stand er an der Tür zu ihrem Schlafzimmer und sah sie an.

»Legen Sie sich Ihre Sachen immer so säuberlich zurecht?«, fragte er. »Sogar sonntags?«

»Wie lange stehen Sie schon da?« Sie ging nicht auf seine Frage ein, zog die Decke bis zum Hals und setzte sich auf.

»Nicht lange. Ein paar Minuten vielleicht.«

Jess sah auf ihre Uhr. »Schon halb zehn!«, rief sie.

»Ich hätte nicht so viel trinken sollen«, sagte er mit einem verlegenen Lächeln.

»Ich kann nicht glauben, dass ich bis halb zehn geschlafen habe.«

»Sie waren offensichtlich völlig erschöpft.«

»Ich hab so viel zu tun.«

»Immer schön der Reihe nach«, sagte er. »Das Frühstück ist fertig.«

»Sie haben Frühstück gemacht?«

Er lehnte sich an den Türpfosten. »Leicht war es nicht. Sie haben nicht gelogen, als Sie gesagt haben, dass Sie nie kochen. Ich musste erst losgehen und Eier und Gemüse kaufen …«

»Wie sind Sie denn wieder reingekommen?«

»Ich hab mir Ihren Schlüssel ausgeliehen«, antwortete er.

»Sie sind einfach an meine Handtasche gegangen?«

»Ich hab ihn wieder reingelegt.« Er trat zu ihr ans Bett und bot ihr die Hand. »Kommen Sie, ich hab den ganzen Morgen in der Küche geschuftet.«

Jess schlug die Bettdecke zurück und stand auf, ohne seine dargebotene Hand zu nehmen. Sie wusste nicht recht, was sie davon halten sollte, dass er einfach in ihrer Handtasche gekramt hatte.

»Ich will mir nur schnell das Gesicht waschen und die Zähne putzen.«

»Später.« Er nahm sie bei der Hand und zog sie durch den Flur in die Essnische. Der Tisch war gedeckt, der Orangensaft schon eingeschenkt.

»Ich sehe, Sie haben alles gefunden.« In ihren Küchenschränken hatte er also auch herumgewühlt.

»Sie haben kaum Geschirr, das zusammenpasst«, sagte er und lachte. »Sie sind eine merkwürdige Frau, Jess Koster. Interessant, aber merkwürdig.«

»Das Gleiche könnte ich von Ihnen sagen.«

Er lächelte unergründlich. »So interessant bin ich gar nicht.«

Jetzt lachte sie und merkte, wie sie sich dabei entspannte. Wenn er ein Psychopath war, der sie umbringen wollte, so hatte er offensichtlich beschlossen, es erst nach dem Frühstück zu tun.

»Was gibt's denn?«, fragte sie mit knurrendem Magen.

»Das beste Bauernomelette in ganz De Paul«, antwortete

er und lud eines von zwei perfekt geformten Omeletts auf ihren Teller, das andere auf seinen, garnierte jedes mit etwas Petersilie, und stellte die Teller auf den Tisch.

»Sogar Petersilie haben Sie. Ich bin wirklich beeindruckt.«

»Das war meine Absicht. Lassen Sie es nicht kalt werden«, sagte er und schenkte ihr Kaffee ein. »Sahne? Zucker?«

»Schwarz.«

»Essen Sie.«

»Das sieht alles so köstlich aus. Das haben Sie toll gemacht, wirklich.«

»Nach meinem Benehmen gestern Abend war das ja wohl das mindeste, was ich tun konnte.«

»Sie haben doch gestern Abend gar nichts gemacht.«

»Eben! Endlich ist mir einmal ein Abend mit einer schönen Frau vergönnt, und was mache ich? Ich betrinke mich bis zur Besinnungslosigkeit und schlafe auf ihrem Sofa ein.«

Jess fuhr sich verlegen mit der Hand durch ihr wirres Haar.

»Nein, nicht«, sagte er und holte ihre Hand auf den Tisch zurück. »Sie sehen hinreißend aus.«

Jess entzog ihm ihre Hand, ergriff die Gabel und nahm etwas von ihrem Omelett.

»Und, wie lautet das Urteil?« Er wartete, während sie kaute.

»Phantastisch«, erklärte Jess. »Ohne Zweifel das beste Omelett in ganz De Paul.«

Ein paar Minuten lang aßen sie schweigend.

»Ich hab die Decke vom Vogelkäfig genommen«, sagte Adam dann, »und die Zeitung mit reingebracht. Sie liegt auf dem Sofa.«

Jess blickte vom Vogelkäfig zum Sofa. »Danke.« Sie sah ihn an. »Haben Sie sonst noch etwas getan, was ich wissen müsste?«

Er beugte sich über den dunklen Mahagonitisch und küsste sie. »Noch nicht.«

Jess rührte sich nicht, als Adam sie noch einmal küsste. Ihre Lippen zitterten; das Herz schlug ihr bis zum Hals. Sie fühlte sich wie ein Teenager. Sie fühlte sich wie eine errötende Braut. Sie fühlte sich wie eine Idiotin.

War sie tatsächlich so leicht rumzukriegen? Brauchte es nur ein Glas Orangensaft, eine Tasse Kaffee und ein Bauernomelett, um sie zu erobern?

Und jetzt küsste er ihre Lippen, ihre Wangen, ihren Hals, kehrte zu ihren Lippen zurück. Er schlang die Arme um sie und zog sie an sich. Wie lange, schoss es ihr durch den Kopf, war es her, seit ein Mann sie so geküsst hatte? Seit sie einen Mann so geküsst hatte?

»Ich sollte das besser nicht tun«, sagte sie, als seine Küsse leidenschaftlicher wurden, als sie entsprechend zu reagieren begann. »Ich muss noch so viel arbeiten, um für morgen gut vorbereitet zu sein.«

»Das schaffst du schon noch«, versicherte er ihr, seine Lippen in ihrem Haar.

»Die meisten Mordprozesse gehen nur über eine Woche oder höchstens zehn Tage«, flüsterte sie, um sich zu ernüchtern, »aber der Angeklagte ist krank geworden ...«

Adam bedeckte ihren Mund mit dem seinen und streichelte ihren Busen. Sie wollte protestieren, aber der einzige Laut, den sie zustande brachte, war ein wohliges Stöhnen.

»Tatsächlich gehören Mordfälle zu den Fällen, die am leichtesten zu verhandeln sind«, fuhr sie eigensinnig fort.

Was, dachte sie, war verrückter – das, was sie tat, oder das, was sie sagte? »Außer wenn es um die Todesstrafe geht, wie in diesem Fall …«

Wieder verschloss er ihr den Mund mit Küssen. Diesmal sagte sie nichts, sondern gab sich ganz den fast unerträglich angenehmen Empfindungen hin, die seine Lippen auf den ihren, seine Hände auf ihrem Körper hervorriefen.

Plötzlich drang ein Summton in die Stille.

»Was war das?«, fragte Adam zwischen den Küssen.

»Die Haussprechanlage«, antwortete Jess und überlegte, wer das sein könnte. »Es ist jemand unten.«

»Er wird schon wieder gehen.«

Wieder der Summton, diesmal dreimal schnell hintereinander. Wer kann das nur sein?, fragte sich Jess. Ausgerechnet jetzt. Am Sonntag morgen um zehn!

»Du lieber Gott!«, rief sie und riss sich aus Adams Umarmung. »Das ist mein geschiedener Mann. Den hatte ich ganz vergessen. Er hat gesagt, er wolle heute Morgen vorbeikommen …«

»Jedenfalls ist Verlass auf ihn«, stellte Adam fest, als schon wieder der Türsummer ging.

Jess lief hastig zu der Sprechanlage neben der Tür. »Don?«

»Die frischen Brötchen sind da.« Seine Stimme schallte durch die ganze Wohnung.

»Na, da bin ich ja mal gespannt«, sagte Adam. Er nahm seine Kaffeetasse und machte es sich auf dem Sofa im Wohnzimmer bequem, offensichtlich amüsiert über die Situation.

»Da ist er schon«, flüsterte Jess, als sie Dons Schritte auf der Treppe hörte. Sie öffnete die Tür, noch ehe er klopfen konnte. »Hallo, Don.«

Er trug einen dicken Parka über einer dunkelgrünen

Cordhose und in den Armen zwei große Tüten mit Brötchen.

»Es ist eiskalt da draußen«, sagte er. »Wieso hast du so lange gebraucht? Sag bloß nicht, du hast noch geschlafen!« Er machte zwei Schritte in die Wohnung und erstarrte, als er Adam auf dem Sofa sitzen sah. »Oh, Entschuldigung«, sagte er sofort. Seine Verwirrung war deutlich zu sehen, als er Adam die Hand hinstreckte. »Ich bin Don Shaw, ein alter Freund.«

»Adam Stohn«, erwiderte Adam, »ein neuer.«

Danach war es still. Alle schienen den Atem anzuhalten.

»Hier ist Kaffee«, bot Jess an.

Don sah zum Esstisch hinüber. »Du hast anscheinend schon gefrühstückt.«

»Jess hat vergessen mir zu sagen, dass Sie vorbeikommen wollten«, erklärte Adam lächelnd. »Ich mache Ihnen gern auch noch ein Omelett.«

»Danke, aber vielleicht doch lieber ein andermal.«

»Komm, gib mir deinen Mantel.« Jess streckte beide Arme aus.

Don übergab ihr die Tüten mit den Brötchen. »Nein. Ich gehe jetzt lieber. Ich wollte dir nur die Brötchen bringen.« Er wandte sich zur Tür. »Am besten frierst du sie ein.«

Das Telefon läutete.

»Hier geht's zu wie auf dem Bahnhof«, stellte Adam fest.

»Don, warte doch einen Moment. Bitte«, drängte Jess.

Don blieb an der Tür stehen, während Jess in die Küche lief, um den Anruf entgegenzunehmen. Als sie eine Minute später zurückkam, war sie kreideweiß. Sie zitterte am ganzen Körper, und ihr Gesicht war tränenüberströmt. Beide Männer gingen sofort auf sie zu.

»Das war das Gerichtsmedizinische Institut«, sagte sie leise. »Man hat Connie DeVuono gefunden.«

»Was? Wo? Wann?« Don feuerte seine Fragen ab wie Schüsse.

»In Skokie Lagoons. Ein Eisfischer hat die Leiche gestern am späten Nachmittag gefunden und sofort die Polizei angerufen. Sie haben sie mit dem Krankenwagen in die Harrison Street gebracht.«

»Und sie sind sicher, dass es Connie DeVuono ist?«

»Aufgrund der Unterlagen ihres Zahnarztes, ja.« Jess schluckte. »Sie ist mit einem Stück Draht erdrosselt worden. Es war so fest zugezogen, dass es sie beinahe enthauptet hätte. Die Leiche ist anscheinend dank der Kälte gut erhalten.«

»Das tut mir so leid, Jess.« Don zog sie in seine Arme.

Jess weinte leise an seiner Schulter. »Ich muss zu Connies Mutter. Ich muss es ihr sagen.«

»Das kann doch die Polizei tun.«

»Nein«, sagte Jess hastig. Sie sah Adam auf Zehenspitzen zur Tür gehen, seine Jacke über dem Arm. »Das muss ich selbst tun. Mein Gott, Don, was soll ich ihr nur sagen? Was soll ich ihrem kleinen Sohn sagen?«

»Du wirst schon die richtigen Worte finden, Jess.«

Jess sagte nichts, als Adam die Tür öffnete und ihr zum Abschied eine Kusshand zuwarf. Leise schloss sich die Tür hinter ihm.

»Wo wohnt Connies Mutter?«, fragte Don. Wenn er Adams Weggehen mitbekommen hatte, so verlor er kein Wort darüber.

»In der Miller Street. Ich habe mir die genaue Adresse irgendwo aufgeschrieben.« Jess wischte sich die Tränen aus den Augen.

»Geh, mach dich fertig. Ich fahr dich.«

»Nein, Don, das brauchst du nicht zu tun.«

»Jess, du hast kein Auto, und auf keinen Fall lasse ich dich das ganz allein durchstehen. Bitte, widersprich mir jetzt ausnahmsweise mal nicht.«

Jess hob die Hand und streichelte ihrem geschiedenen Mann die Wange. »Danke dir«, sagte sie.

17

Alles in Ordnung?«, fragte er.

»Nein.«

Jess weinte immer noch. Sie konnte nicht aufhören. Auch als sie sich angezogen hatte, hatten die Tränen nicht nachgelassen. Sie hatte geweint, als sie sich in Dons Mercedes gesetzt hatte; immer noch geweint, als sie vor Mrs Gambalas bescheidenem Häuschen in Little Italy anhielten.

»Du musst aufhören zu weinen«, hatte Don sie behutsam ermahnt. »Sonst wird sie es schon wissen, noch ehe du den Mund aufmachst.«

»Sie wird es sowieso gleich wissen«, hatte Jess erwidert, und sie hatte recht gehabt.

Die Haustür wurde geöffnet, noch ehe Jess die kleine, aus Klinker gemauerte Vorderveranda erreicht hatte. Mrs Gambala war von Kopf bis Fuß schwarz gekleidet. Ihr Enkel stand halb versteckt hinter ihr und spähte hinter ihren ausladenden Hüften hervor.

»Sie haben sie gefunden«, sagte Mrs Gambala, als hätte

sie die schreckliche Wahrheit schon akzeptiert. Aber sie schüttelte dabei verneinend den Kopf.

»Ja«, bestätigte Jess. Die Stimme versagte ihr, sie konnte nicht weitersprechen.

Steffan warf nur einen Blick auf Jess und seine Großmutter, dann rannte er die schmale Treppe zu seinem Zimmer hinauf. Die Tür oben fiel krachend zu.

Sie gingen hinein. Jess erklärte Mrs Gambala die Einzelheiten, versprach ihr, genauestens zu berichten, sobald der Befund der ärztlichen Leichenschau da sei, versicherte ihr, dass der Schuldige rasch gefasst und vor Gericht gestellt werden würde. Dabei starrte sie Don an, als wollte sie ihn herausfordern, ihr zu widersprechen.

»Wirst du jetzt einen Haftbefehl gegen Rick Ferguson ausstellen?«, fragte Don, als sie zu seinem Wagen zurückgingen.

Nichts hätte Jess lieber getan, aber sie wusste, dass es klüger war, damit zu warten, solange sie nicht über die Umstände von Connie DeVuonos Tod informiert war. Sie musste genau wissen, was für Beweise – wenn überhaupt – es gab, um eine Verbindung zwischen Rick Ferguson und Connies Tod herzustellen.

»Noch nicht. Wirst du ihn anrufen?«

»Welchen Grund hätte ich, ihn anzurufen, wenn du nicht vorhast, ihn zu verhaften?«, fragte er übertrieben unschuldig. »Außerdem ist heute Sonntag. Sonntags arbeite ich nicht.«

»Danke«, sagte Jess und begann wieder zu weinen.

»Alles in Ordnung?«, fragte er jetzt.

»Nein.« Sie presste die Lippen aufeinander, um ihr heftiges Zittern zu unterdrücken.

Don drehte sich halb nach ihr herum und nahm ihre Hand. »Woran denkst du?«

»Ich denke gerade daran, dass Mrs Gambala alle ihre Möbel mit Plastik zugedeckt hat«, antwortete Jess mit einem tiefen Atemzug.

Don lachte, offensichtlich überrascht. »Das sieht man heute kaum noch«, sagte er.

»Connie hat mir das schon einmal erzählt. Sie sagte, Steffan warte nicht gern bei seiner Großmutter auf sie, weil dort alle Möbel mit Plastik zugedeckt seien und man sich nirgends bequem hinsetzen könne.« Jess schluckte ein Schluchzen hinunter. »Und jetzt wird er da aufwachsen. In einem Haus mit Plastikbezügen.«

»In einem Haus voller Liebe, Jess«, korrigierte Don. »Seine Großmutter liebt ihn. Sie wird gut für ihn sorgen.«

»Connie hat gesagt, ihre Mutter sei zu alt, um mit ihm fertigzuwerden, und außerdem spräche sie schlecht Englisch.«

»Na, dann wird er ihr eben Englisch beibringen, und sie wird ihm Italienisch beibringen, Jess«, sagte Don und drückte ihre Hand, »du kannst dich nicht um alles kümmern. Du kannst nicht den Schmerz der Welt auf dich nehmen. Du musst dich abgrenzen, sonst machst du dich verrückt.«

»Ich habe immer gedacht, es wäre besser, Gewissheit zu haben«, vertraute ihm Jess nach einer langen Pause an. »Ich habe immer gedacht, es wäre besser, die Wahrheit zu wissen, auch wenn sie noch so schrecklich ist. Jetzt bin ich mir da nicht mehr so sicher. Bis heute hat es wenigstens noch Hoffnung gegeben. Auch wenn es eine falsche Hoffnung war, vielleicht ist das besser als gar keine Hoffnung.«

»Du sprichst von deiner Mutter«, sagte Don leise.

»Die ganzen Jahre über habe ich immer wieder gedacht, wenn ich nur gewusst hätte, was ihr zugestoßen ist, dann hätte ich weitergehen können, mich weiterentwickeln …«

»Aber du bist doch weitergegangen.«

»Nein, eben nicht. In Wirklichkeit nicht.« Sie sah zum Wagenfenster hinaus und bemerkte zum ersten Mal, dass sie auf der I-94 in östlicher Richtung fuhren.

»Jess, was redest du da? Sieh dir doch an, was du erreicht hast.«

»Ich weiß, was ich erreicht habe. Aber das meine ich nicht«, entgegnete sie.

»Dann sag mir, was du meinst«, bat er.

»Ich meine, dass ich vor acht Jahren stehengeblieben bin. Und ganz gleich, was ich getan habe, ganz gleich, was ich geleistet habe, emotional stehe ich immer noch da, wo ich an dem Tag gestanden habe, als meine Mutter verschwand.«

»Und du glaubst, wenn du gewusst hättest, was ihr zugestoßen ist, wenn damals jemand zu dir gekommen wäre und dir das gesagt hätte, was du heute Connies Sohn mitgeteilt hast, dann wäre es für dich besser gewesen?«

»Ich weiß es nicht. Aber wenigstens hätte ich mich damit auseinandersetzen können. Ich hätte trauern können. Ich hätte weitergehen können.«

»Damit hast du ja deine eigene Frage schon beantwortet«, sagte er.

»Ja, wahrscheinlich.« Jess wischte sich die Tränen aus den Augen, rieb sich mit dem Handrücken über die Nase und starrte zum Wagenfenster hinaus. »Wohin fahren wir?«

»Nach Union Pier.«

»Nach Union Pier?« Augenblicklich sah Jess das Bild der

kleinen Ortschaft am See etwa hundertzwanzig Kilometer außerhalb von Chicago vor sich, wo Don ein Wochenendhaus hatte. »Don, ich kann nicht. Ich muss mich für den Verhandlungstag morgen vorbereiten.«

»Du warst schon so lange nicht mehr im Haus«, erinnerte er sie. »Ich habe einiges verändert, zum Teil auch nach früheren Vorschlägen von dir. Komm, ich verspreche dir, dass du um fünf wieder zurück bist. Du weißt doch, dass du vorher sowieso keinen klaren Gedanken fassen kannst.«

»Ich weiß nicht.«

»Mach doch mal Pause, Jess. Wir wissen beide, dass du für morgen so gut vorbereitet bist, wie man überhaupt sein kann.«

Schweigend fuhren sie weiter. Jess sah zum Fenster hinaus in die Landschaft und beobachtete, wie der leichte Regen, der zu fallen begonnen hatte, allmählich zu Schnee wurde. Häuser wichen freiem Land. An der Ausfahrt Union Pier bogen sie ab und fuhren in östlicher Richtung zum Lake Michigan weiter. *ELSINOR FERIENRANCH* verkündete ein großes Holzschild über einem hohen schmiedeeisernen Tor. *PONYTREKKING UND REITUNTERRICHT – DRIVING RANGE* hieß es ungefähr einen Kilometer weiter. Jess erinnerte sich, wie ihr Vater ihre Mutter immer damit geneckt hatte, dass er ihr Golfspielen beibringen würde, wenn er erst einmal im Ruhestand war.

Das Schneetreiben wurde dichter, während sie weiter ostwärts fuhren. *SCHÜTZENVEREIN UNION PIER* gab ein weiteres großes Holzschild an der Straße bekannt. Jess richtete sich interessiert auf.

»Was ist denn?«, fragte Don.

»Seit wann gibt es hier draußen einen Schützenverein?«, fragte Jess.

»Seit Ewigkeiten«, antwortete Don. »Warum? Möchtest du dir gern deine Frustration vom Leibe schießen? Ich bin allerdings ziemlich sicher, dass man da Mitglied sein muss«, fuhr er fort, als sie nicht antwortete.

»Gibt es da auch einen Schießstand für Bogenschützen?«

»Wie?«

»Für Bogenschützen«, wiederholte Jess, ohne selbst genau zu wissen, worauf sie eigentlich hinauswollte.

»Das glaube ich nicht. Wieso dieses plötzliche Interesse am Bogenschießen?« Er hielt abrupt inne. »Ach, der Armbrustmörder?«, fragte er.

»Terry Wales hat im Zeugenstand geschworen, dass er seit seiner Kindheit, als er im Sommerlager war, keinen Bogen mehr in der Hand gehabt hat. Was wäre, wenn ich beweisen könnte, dass er sehr wohl mit Pfeil und Bogen umgegangen ist?«

»Dann, würde ich sagen, hättest du gute Chancen, vorsätzlichen Mord zu bekommen.«

»Darf ich mal telefonieren?«

»Ich bin mit dir hier rausgefahren, weil ich dir Gelegenheit geben wollte, ein bisschen abzuschalten.«

»Ich kann jetzt nicht abschalten. Bitte.«

Don nahm das Autotelefon und reichte es Jess. Sie wählte rasch Neil Strayhorns Privatnummer.

»Neil, ich möchte, dass du sämtliche Bogenschützenvereine ausfindig machst, die es in und um Chicago gibt. Sagen wir in einem Umkreis von circa zweihundert Kilometern«, sagte sie, ohne sich mit einleitenden Bemerkungen aufzuhalten.

»Jess?«

»Ich möchte wissen, ob Terry Wales bei irgendeinem davon Mitglied ist, ob er in den letzten dreißig Jahren Pfeil und Bogen in der Hand gehabt hat. Detective Mansfield kann dir da wahrscheinlich helfen. So viele Bogenschützenvereine wird es hier in der Gegend nicht geben. Sag ihm, dass wir die Information morgen Vormittag brauchen. Ich ruf dich später noch mal an.«

Sie legte auf, ehe er Einwände erheben oder Fragen stellen konnte.

»Du bist eine harte Chefin«, sagte Don zu ihr und bog nach links in die Smith Road ein.

»Ich hatte einen guten Lehrer«, erinnerte Jess ihn.

Der Wagen fuhr schwankend über die holprige Schotterstraße. Sommerhäuser standen zu beiden Seiten. Obwohl sich der Wert der Häuser auf der Landzunge in den letzten zehn Jahren etwa vervierfacht hatte, schienen die Bewohner nichts davon zu halten, die Straße reparieren zu lassen. Jess hielt sich am Türgriff fest, während der Wagen von Schlagloch zu Schlagloch sprang, so dass sie Schwierigkeiten hatte, aus dem Fenster zu sehen.

»Man kommt sich vor wie am Ende der Welt«, sagte Jess, in das dichte Schneetreiben hinausblickend.

»Ich zünde uns ein schönes Feuer an, wir machen uns eine Flasche Wein auf, dann sieht es gleich freundlicher aus.«

»Jetzt schneit's aber wirklich.«

»Wer zuerst an der Haustür ist«, sagte Don, und schon sauste Jess los.

»Ich hatte ganz vergessen, wie schön es hier ist.« Jess stand an dem großen Fenster, das fast die ganze Rückwand des Häuschens einnahm, und sah durch das Schneegestöber in den kleinen Garten hinaus, den sie vor vielen Jahren selbst angelegt hatte. Gleich auf der anderen Seite war das Steilufer, von dem eine Treppe, die in den Stein eingehauen war, zum See hinunterführte. Hohe Tannen begrenzten Dons Grundstück und schirmten es von den Nachbarn zu beiden Seiten ab. Hinter ihr knisterte im großen gemauerten Kamin ein warmes Feuer. Don saß auf dem weißen Schafwollteppich zwischen dem Kamin und einem der beiden altmodischen Chesterfieldsofas.

»Wir vermissen dich«, sagte er leise. »Der Garten und ich. Weißt du noch, wie du die Büsche gepflanzt hast?«

»Aber natürlich. Das war kurz nach unserer Hochzeit. Wir haben gestritten, welche Büsche am schnellsten wachsen und welche am schönsten aussehen würden.«

»Wir haben nicht gestritten.«

»Also gut, wir haben *diskutiert.*«

»Und dann haben wir einen Kompromiss geschlossen.«

»Wir haben es so gemacht, wie du es haben wolltest«, sagte Jess und lachte. »Das war ein netter Einfall, hier rauszufahren. Danke dir.« Sie kam zu ihm und setzte sich auf den Boden, den Rücken an das Sofa gelehnt.

»Wir hatten schöne Zeiten hier«, sagte er wehmütig.

»Ja«, bestätigte sie. »Ich glaube, ich war immer im Mai am liebsten hier, wenn alles gerade zu grünen und zu blühen anfing, und ich wusste, dass ich noch den ganzen Sommer vor mir hatte. Wenn es dann Juni wurde, habe ich immer schon angefangen daran zu denken, dass der Sommer bald vorbei sein und der Winter kommen würde.«

»Und ich hatte immer die Winter am liebsten, weil es dann hier so gemütlich war. Ganz gleich, wie kalt es war, ich brauchte nur hier herauszufahren und ein großes Feuer zu machen, und schon war mir warm und behaglich. Was mehr kann man sich wünschen?«

»Es klingt so einfach.«

»Es braucht auch nicht schwierig zu sein.«

»Kommst du oft mit Trish hierher?«, fragte sie.

»Nein, nicht oft.«

»Warum nicht?«

»Ich weiß auch nicht.«

»Liebst du sie?«, fragte Jess.

»Ich weiß nicht«, antwortete Don wieder. »Und du?«

»Also ich liebe sie ganz bestimmt nicht.«

Don lächelte. »Du weißt genau, was ich meine. Du hast mir heute Morgen eine ganz schöne Überraschung bereitet.«

»Es war nicht so, wie es ausgesehen hat«, versicherte Jess hastig.

»Wie hat es denn ausgesehen?«

»Vermutlich, als hätten wir die Nacht miteinander verbracht.«

»Und war es nicht so?«

»Na ja, genaugenommen schon. Adam hatte etwas zu viel getrunken und ist auf meiner Couch eingeschlafen.«

»Reizend.«

»Aber er ist wirklich ein sehr netter Mann.«

»Sicher, sonst würdest du dich ja nicht für ihn interessieren.«

»Ich weiß gar nicht, ob ich mich überhaupt für ihn interessiere.« Jess fragte sich, ob sie zu viel protestierte.

»Wie lange kennst du ihn schon?«

»Noch nicht lang. Vielleicht einen Monat«, antwortete sie. Vielleicht nicht mal einen Monat, dachte sie.

»Aber er fühlt sich bei dir offenbar wohl genug, um auf deiner Couch seinen Rausch auszuschlafen. Und du fühlst dich offenbar wohl genug mit ihm, um ihm das zu erlauben.«

»Was hätte ich denn sonst tun sollen?«

»Das kann ich nicht sagen.«

»Ich auch nicht«, bekannte Jess.

»Was macht er?«

Jess hörte an Dons Stimme, wie sehr er sich anstrengte, locker zu bleiben, und es rührte sie. »Er ist Verkäufer.«

»Verkäufer?« Er bemühte sich nicht, seine Überraschung zu verbergen. »Was verkauft er denn?«

»Schuhe.« Jess räusperte sich. »Sei jetzt bloß kein Snob, Don«, sagte sie hastig. »Schuhe verkaufen ist schließlich nichts Schlechtes. Mein Vater hat auch als Verkäufer angefangen, wie du weißt.«

»Adam Stohn scheint mir ein wenig alt, um jetzt erst anzufangen«, sagte Don.

»Seine Arbeit macht ihm Spaß.«

»Ah, so sehr, dass er sich sinnlos betrinkt und dann auf deinem Sofa einschläft?«

»Ich wüsste nicht, dass das eine was mit dem anderen zu tun hat.«

»Was glaubst denn *du*, warum das passiert ist?«

»Einspruch. Hier wird nach einer Schlussfolgerung gefragt.«

»Einspruch abgelehnt. Die Zeugin wird die Frage beantworten.«

»Ich bin nicht verliebt«, stellte Jess fest.

»Die Zeugin ist entlassen«, sagte Don, und Jess neigte dankend den Kopf.

»Und wie geht's dieser Tage in der renommierten Anwaltskanzlei Rogers, Donaldson, Baker und Shaw zu?«, fragte sie und sah Adam Stohn vor sich, wie er ihr an diesem Morgen von der Tür aus zugewinkt hatte, ehe er gegangen war.

»Ganz gut.«

»Das klingt nicht sehr enthusiastisch.«

»Es hat sich allerhand verändert.«

»Tatsächlich? Inwiefern?«

»Na ja, als ich in der Kanzlei angefangen habe, waren wir nur zehn«, erklärte er. »Jetzt sind wir mehr als zweihundert. Das allein ist schon eine Riesenveränderung.«

»Aber du hast doch immer gewollt, dass die Kanzlei sich entwickelt, dass sie zur größten und zur besten wird«, erinnerte sie ihn.

»Zur besten, ja. Nicht unbedingt zur größten.«

»Ach, größer ist nicht unbedingt gleich besser?«

»Ganz recht. Haben Masters und Johnson dir denn gar nichts beigebracht?«

Sie lachte. »Weißt du, dass die beiden inzwischen geschieden sind?«

»Masters und Johnson?«

»Da bist du schockiert, was?« Jess, die sich fragte, wie sie auf das Thema Sex gekommen waren, starrte zum Fenster hinaus in den ruhigen, stetigen Schneefall. »Und was stört dich außer der Größe noch in der Kanzlei?«

»Es geht viel mehr ums Geld als früher, was heutzutage wahrscheinlich ganz natürlich ist«, begann er. »Im Grunde interessiert sich keiner für irgendetwas, außer, dass er seine Termine vom Tisch bekommt. Ich hab den Eindruck, die ganze Atmosphäre der Kanzlei hat sich im Lauf der Jahre verändert. Und nicht zum Besseren.«

Jess lächelte. Was er in Wahrheit sagte, war, dass die Kanzlei nicht länger seine eigene starke Persönlichkeit widerspiegelte, so wie das zu Beginn gewesen war, als er einer von zehn gewesen war und nicht von zweihundert.

»Und wie willst du daran etwas ändern?«

Don senkte das Kinn auf die Brust, wie er das zu tun pflegte, wenn er ernsthaft nachdachte. »Ich glaube nicht, dass sich da etwas ändern lässt. Die Kanzlei ist zu groß geworden. Sie hat ihre eigene Dynamik entwickelt. Ich könnte nur etwas ändern, indem ich gehe.«

»Und wärst du bereit, das zu tun?«

»Ich denke schon eine ganze Weile darüber nach.«

»Und was würdest du dann tun?«

»Noch einmal von vorn anfangen.« Die Vorstellung schien ihm zu gefallen. Man hörte es seiner Stimme an. »Ein paar wirklich gute Leute würde ich mitnehmen und dann noch ein paar neue dazunehmen. Eine kleine Kanzlei gründen in familiärer Atmosphäre, weißt du, so ein Haus mit gemauerten Wänden und Pflanzen, die von Stuckdecken herunterhängen. Zwei Sekretärinnen, zwei Badezimmer, eine kleine Küche. Würde dich so was interessieren?«

»Wie bitte?«

»Ich habe den Eindruck, ich habe mir da gerade selbst ein sehr interessantes Projekt aufgeschwatzt. Wie wär's, Jess? Wie klingt das für dich, Shaw und Koster?«

Jess lachte, aber nur weil sie nicht recht wusste, was sie sonst tun sollte.

»Überleg es dir.« Don stand auf und ging zum Fenster. »Sieht nicht so aus, als kämen wir heute Nachmittag hier wieder weg.«

»Was?« Jess sprang erschrocken auf.

»Es schneit stärker denn je. Und ich hab nicht den Eindruck, dass es besser wird. Im Gegenteil. Da pfeift ein ganz schöner Wind. Ich möchte nicht gern auf dem Highway in einen Schneesturm geraten.«

»Aber ich muss zurück.«

»Ich bring dich schon zurück. Nur eben nicht heute Nachmittag. Wir werden vielleicht warten müssen bis nach dem Abendessen.« Er ging zu der großen offenen Küche auf der linken Seite und öffnete den Tiefkühlschrank. »Ich taue ein paar Steaks auf und mache noch eine Flasche Wein auf. Dann ruf ich mal die Straßenpolizei an und erkundige mich, wie es aussieht. Jess, reg dich nicht auf«, sagte er. »Selbst wenn es ganz schlimm kommen sollte und wir heute Abend nicht mehr hier wegkommen, bist du morgen früh rechtzeitig zu deinem Prozess in der Stadt, das verspreche ich dir. Und wenn ich mir Skier anschnallen und dich tragen muss. Okay? Beruhigt dich das?«

»Nicht so richtig«, antwortete sie.

»Na also, so kenn ich dich doch«, sagte er.

Den Rest des Nachmittags hing Jess am Telefon.

Hilary Waugh, die Leichenbeschauerin, hatte nichts Neues zu berichten. Die Autopsie Connie DeVuonos war noch nicht abgeschlossen; es würde einige Tage dauern, die Befunde auszuwerten und zu interpretieren.

Neil Strayhorn hatte sich mit Barbara Cohen und Detective Mansfield in Verbindung gesetzt. Sie hatten zwei

Bogenschützenvereine im Stadtgebiet von Chicago ausfindig gemacht und weitere vier solche Clubs innerhalb eines Umkreises von hundertfünfzig Kilometern. Polizeibeamte waren bereits unterwegs, um mit den Funktionären der Vereine zu sprechen. Zum Glück hatten alle Clubs auch sonntags geöffnet; zwei allerdings hatten wegen des Schneesturms vorzeitig geschlossen, und es war niemand zu erreichen. Man hatte jedoch auf den Anrufbeantwortern Nachricht hinterlassen und um unverzüglichen Rückruf bei der Polizei gebeten. Neil versprach, sich bei Jess zu melden, sobald er etwas Neues wusste.

Im Geist ging Jess noch einmal die Fragen durch, die sie für Terry Wales vorbereitet hatte. Don hat schon recht, dachte sie und sah in die Küche hinüber, wo er das Abendessen richtete. Sie war so gut vorbereitet, wie es überhaupt möglich war. Sie brauchte ihre Notizen nicht. Sie hatte bereits all ihre Fragen im Kopf und ebenso die Antworten, die sie voraussichtlich auf sie erhalten würde. Das Einzige, was sie jetzt noch zu tun brauchte, war, rechtzeitig bei Gericht zu erscheinen.

»Im Radio haben sie eben gesagt, dass man damit rechnet, dass es bis Mitternacht aufhört zu schneien«, berichtete Don und drückte ihr ein Glas Rotwein in die Hand, ehe sie sich aufregen konnte. »Ich würde sagen, wir bleiben über Nacht hier, schlafen uns gründlich aus und brechen morgen früh gegen sechs auf. Dann sind wir spätestens um halb acht in der Stadt, und du hast noch mehr Zeit als genug, um zu Gericht zu kommen.«

»Don, das geht nicht.«

»Jess, ich glaube, wir haben gar keine andere Wahl.«

»Aber was ist, wenn es bis Mitternacht doch nicht zu

schneien aufhört? Wenn wir morgen früh hier auch nicht wegkommen?«

»Dann wird Neil eben eine Vertagung beantragen«, entgegnete Don ruhig. »Jess, du bist doch nicht am Wetter schuld.«

»Und wenn wir jetzt fahren?«

»Dann werden wir die Nacht wahrscheinlich in einer Schneewehe verbringen. Aber wenn du das möchtest, können wir es riskieren.«

Jess sah durch das hintere Fenster in einen Schneesturm hinaus, der mit voller Stärke wütete. Sie musste sich eingestehen, dass es Wahnsinn gewesen wäre, bei diesem Wetter die Fahrt zu wagen. »Wann ist das Essen fertig?«, fragte sie.

»Das war Detective Mansfield.« Jess schob das Telefon weg und starrte geistesabwesend in die lodernden Flammen im offenen Kamin. Sie erinnerten sie an sich bedrohlich wiegende große Schlangen. »Terry Wales ist bei keinem der vier Bogenschützenvereine, die sie bis jetzt erreicht haben, Mitglied. Jedenfalls steht er nicht in ihrer Liste.«

»Haben sie sein Foto rumgezeigt?«

Jess nickte. »Niemand hat ihn erkannt.«

»Bleiben aber immer noch zwei andere Vereine, nicht wahr?«

»Ja. Aber die können wir erst morgen erreichen.«

»Dann kannst du jetzt nichts weiter tun als abschalten und dich ausruhen.« Don, der neben Jess auf dem weißen Teppich saß, drehte das lange Telefonkabel um seine Finger und stellte den Apparat wieder auf den niedrigen Tisch zwischen den beiden Sofas.

Jess beobachtete wie gebannt die Bewegung seiner Hände. »Hab ich dir eigentlich erzählt«, sagte sie langsam,

»dass der Draht um Connie DeVuonos Hals so fest zugezogen war, dass er sie beinahe enthauptet hätte?«

»Versuch jetzt nicht daran zu denken, Jess«, riet Don und nahm sie in die Arme. »Komm, du hast gut gegessen und einen guten Wein getrunken, und jetzt ist es Zeit zu …«

»Es ist meine Schuld«, unterbrach sie ihn. Sie spürte förmlich, wie der dünne Draht in Connies Hals einschnitt.

»Deine Schuld? Jess, was redest du da?«

»Wenn ich Connie nicht überredet hätte, trotz allem auszusagen, wäre sie jetzt noch am Leben.«

»Jess, das ist doch lächerlich. Du konntest das doch nicht wissen. Du darfst dir deswegen keine Vorwürfe machen.«

»Es muss grauenvoll gewesen sein«, fuhr Jess fort. Sie schauderte und drückte sich fester an Don. »Der Schmerz, als der Draht in ihren Hals einschnitt, zu wissen, dass sie sterben würde.«

»Mein Gott, Jess …«

Jess begann wieder zu weinen. Don neigte sich zu ihr hinunter und küsste ihr die Tränen von den Wangen.

»Es ist ja gut, Baby«, sagte er. »Es wird alles gut. Du wirst schon sehen. Es wird alles gut.«

Seine Lippen streichelten sanft und beruhigend ihre Haut, als er ihre Wangen küsste, ihre Mundwinkel, ihre Lippen. Jess schloss die Augen und dachte an Adam, wie er sich über den Esstisch gelehnt hatte, um sie zu küssen. Sie spürte, wie sie auf Dons Zärtlichkeiten reagierte, und wusste, dass es der falsche Mann war. Aber sie konnte nichts dagegen tun.

Es ist so lange her, dachte sie und hob die Arme, um Adam zu umfangen, als Dons Hände unter ihrem roten Pullover verschwanden, am Reißverschluss ihrer Jeans zogen. Adams Zärtlichkeiten waren es, denen sie sich hingab, als Dons Körper sich auf den ihren senkte; Adam war es, der sie mit wissenden Berührungen seiner Finger und seines Mundes zu einem wohligen Höhepunkt führte, ehe er in sie eindrang.

»Ich liebe dich, Jess«, hörte sie Adam sagen, aber als sie die Augen öffnete, sah sie Don.

18

Der Traum begann wie immer im Wartezimmer einer Arztpraxis. Der Arzt reichte ihr ein Telefon und sagte ihr, ihre Mutter sei am Apparat.

»Ich spiele die Hauptrolle in einem Film«, sagte ihre Mutter. »Ich möchte, dass du kommst und ihn dir ansiehst. Ich hinterlege Karten für dich an der Kasse.«

»Ich komme«, und schon Sekunden später war sie an der Kinokasse und fragte die kaugummikauende Kassiererin nach ihren Karten.

»Es hat niemand Karten für Sie hinterlegt«, erklärte das Mädchen. »Und die Vorstellung ist ausverkauft.«

»Suchen Sie eine Karte?«, fragte Mrs Gambala und gab ihr eine. »Ich kann nicht gehen. Meine Tochter hat eine Schildkröte verschluckt und ist daran gestorben. Darum hab ich jetzt eine Karte übrig.«

Das Kino war dunkel, der Film würde gleich anfangen. Jess fand einen freien Platz am Gang, setzte sich, wartete. »Ich habe einen Knoten in meiner Brust entdeckt«, sagte ihre Mutter, als Jess zur Leinwand blickte. Aber eine mächtige Säule versperrte ihr die Sicht. Ganz gleich, wie verzweifelt sie es versuchte, wie hartnäckig sie sich bemühte, Jess konnte nicht um die Säule herumsehen.

»Es ist meine Schuld«, flüsterte sie Richter Harris zu, der neben ihr saß. »Wenn ich an dem Nachmittag mit ihr zum Arzt gegangen wäre, wie ich's ihr versprochen hatte, wäre sie nicht verschwunden.«

Im nächsten Augenblick stand sie auf der Straße und wollte gerade die Treppe zum Haus ihrer Eltern hinaufgehen, als an der Ecke ein weißes Auto hielt und ein Mann ausstieg. Sein Gesicht war im Schatten, seine Arme waren ausgestreckt, als er auf sie zuging. Er war direkt hinter ihr, als sie wie eine Wahnsinnige die Treppe hinaufraste und die Tür aufriss. Mit fliegenden Fingern suchte sie nach dem Schloss, aber das Schloss war kaputt. Sie spürte, wie an der Fliegengittertür gezogen wurde, wie ihre Finger nachzugeben drohten, und wusste, dass der Tod nur Zentimeter entfernt war.

Mit einem Ruck fuhr Jess in die Höhe. Ihr Körper war schweißgebadet. Sie atmete in unregelmäßigen, schmerzhaften Stößen.

Sie brauchte einen Moment, um sich zu orientieren. »O Gott«, stöhnte sie, als sie Don friedlich neben sich auf dem weißen Teppich schlafen sah. Hinter dem schwarzen Schutzgitter des offenen Kamins flackerten nur noch ein paar winzige Flämmchen. Sie warf die Decke ab, die er offensichtlich über ihnen ausgebreitet hatte. Sie suchte ihre Kleider zusammen und fragte sich, wie sie das, was zwischen ihr und Don geschehen war, hatte zulassen können.

»Ich liebe dich«, hörte sie ihn immer noch sagen.

Ich liebe dich auch, hätte sie ihm jetzt gern gesagt, aber das konnte sie nicht, weil sie ihn nicht liebte, jedenfalls nicht auf die gleiche Weise, wie er sie liebte. Sie hatte ihn benutzt, seine Gefühle für sie ausgenützt, seine tiefe Verbundenheit mit ihr; sie hatte die Liebe, die er ihr entgegenbrachte, die er ihr immer entgegengebracht hatte, schamlos ausgenützt. Warum? Nur, um sich ein paar Minuten lang ein wenig besser zu fühlen? Weniger allein? Weniger verängstigt? Nur, um ihn von neuem zu verletzen? Von neuem zu enttäuschen? So wie sie stets jeden, der sie geliebt hatte, verletzt und enttäuscht hatte.

Mit zitternden Händen begann sie sich anzuziehen. Sie zitterte jetzt vor Kälte, das Atmen fiel ihr so schwer, als hätte sich eine riesige Boa constrictor um sie geschlungen und verstärkte nun allmählich den Druck. Taumelnd stand sie auf und zog sich ihren Pullover über den Kopf, um warm zu werden.

Sie ließ sich auf das Chesterfieldsofa fallen, das hinter ihr stand, zog die Knie bis an die Brust und umfing sie mit beiden Armen. Eine beängstigende Taubheit breitete sich in ihrem Körper aus. »Nein«, flüsterte sie weinend. Sie wollte Don nicht wecken und wünschte doch, dass er von allein aufwachen und sie in die Arme nehmen, die Dämonen vertreiben würde.

Atme tief durch, ermahnte sie sich, während die tödliche Umschlingung der unsichtbaren Schlange immer unwiderstehlicher wurde und alle Hoffnung auf Luft abschnürte. Sie starrte in die kalten glitzernden Augen der Schlange, sah, wie sie gierig das Maul öffnete, verspürte einen Druck, der ihre Rippen zu sprengen drohte.

»Nein«, stieß sie atemlos hervor, während sie gegen den Brechreiz ankämpfte, sich gegen ihren imaginären Peiniger zur Wehr setzte. »Nein!«

Dann sah sie plötzlich Adams Gesicht und hörte seine Stimme »Wehren Sie sich nicht dagegen«, sagte er zu ihr. »Wenn Sie das nächste Mal so eine Attacke haben, gehen Sie einfach mit. Lassen Sie sich gehen.«

Was meinte er damit?

»Was ist das Schlimmste, was geschehen kann?«, hatte er gefragt.

»Dass ich mich übergeben muss«, hatte sie geantwortet.

»Gut, dann übergeben Sie sich eben.«

Ich habe Angst, dachte sie jetzt.

»Ich glaube, Sie haben Angst vor dem Tod.«

Hilf mir. Bitte hilf mir.

»Schwimmen Sie mit dem Strom«, sagte er. »Kämpfen Sie nicht dagegen an. Gehen Sie einfach mit.«

Der gleiche Rat, erkannte Jess, den der Wen-Do-Lehrer ihr gegeben hatte.

Wenn Sie angegriffen werden, dann wehren Sie sich nicht gegen den Angreifer, geben Sie ihm nach.

Und dann schlagen Sie zu.

»Gib ihm nach«, wiederholte sie sich immer wieder. »Gib ihm nach. Wehr dich nicht dagegen. Gib ihm nach.«

Was ist das Schlimmste, was geschehen kann?

Dann übergeben Sie sich eben.

Dann sterben Sie eben.

Beinahe hätte sie gelacht. Sie hörte auf, sich zu wehren, ließ sich von der Panik besetzen. Sie schloss die Augen gegen den Schwindel, der sie ergriff und zu Boden zu stürzen drohte. Sie fühlte sich benommen, ihr war übel, sie war sicher, dass sie jeden Augenblick das Bewusstsein verlieren würde.

Aber sie verlor das Bewusstsein nicht.

Sie starb nicht.

Sie würde sich nicht einmal übergeben, wie sie beinahe ungläubig erkannte, als sie staunend spürte, wie die Klammern um ihre Brust sich allmählich lockerten, die gewaltige Schlange das Interesse verlor und sich davonmachte. Wenige Minuten später kehrte das Gefühl in ihre Glieder zurück, und ihr Atem wurde wieder normal. Es war alles wieder in Ordnung. Sie war nicht gestorben. Es war ihr überhaupt nichts geschehen.

Sie hatte ihrer Panik nachgegeben, war mit ihrer Angst mitgegangen, und es war ihr nichts geschehen. Sie hatte sich nicht übergeben. Sie war nicht gelähmt. Sie war nicht tot.

Sie hatte gesiegt.

Mehrere Minuten lang saß Jess auf dem gestreiften Sofa, ohne sich zu rühren, und kostete ihren Sieg aus. »Es ist vorbei«, flüsterte sie. Sie war plötzlich voller Zuversicht und glücklichem Überschwang und konnte kaum der Versuchung widerstehen, Don zu wecken und ihm alles zu erzählen.

Nur wusste sie, dass es gar nicht Don war, mit dem sie jetzt sprechen wollte.

Sie stand auf und suchte unter der Decke vorsichtig nach ihren Socken. Als sie sie gefunden hatte, zog sie sie über und schlüpfte dann schnell in ihre Jeans. Sie ging zum Fenster und blickte durch die Finsternis zur Landzunge hinaus.

»Jess?« Dons Stimme klang verschlafen.

»Es hat aufgehört zu schneien«, sagte sie.

»Du bist angezogen.« Er richtete sich auf und stützte sich auf einen Ellbogen. Dann griff er über den Teppich zu seiner Uhr.

»Mir war kalt.«

»Ich hätte dich gewärmt.«

»Ich weiß.« Ein melancholischer Ton schlich sich in ihre Stimme. »Don...«

»Du brauchst nichts zu sagen, Jess.« Er schob die Uhr über sein Handgelenk, drückte den Verschluss zu, massierte sich den Nacken. »Ich weiß, dass du mir nicht die gleichen Gefühle entgegenbringst wie ich dir.« Er versuchte zu lächeln und schaffte es beinahe. »Wenn du willst, können wir einfach so tun, als wäre der vergangene Abend nicht gewesen.«

»Ich wollte dir nicht wieder weh tun.«

»Du hast mir nicht weh getan. Jess, ich bin ein erwachsener Mensch. Ich kann mit dem umgehen, was passiert ist.« Er schwieg einen Moment und sah auf die Uhr. »Es ist erst vier. Willst du nicht versuchen, noch ein paar Stunden zu schlafen?«

»Ich könnte jetzt nicht schlafen.«

Er nickte. »Soll ich dir eine Tasse Kaffee machen?«

»Wie wär's, wenn ich dir zu Hause in meiner Wohnung eine mache?«

»Heißt das, dass du jetzt fahren möchtest?«

»Fändest du das schlimm?«

»Würde das eine Rolle spielen?«

Jess kniete auf dem Teppich neben ihm nieder und streichelte sachte seine Wange, auf der die ersten Bartstoppeln zu spüren waren. »Ich liebe dich doch«, sagte sie.

»Das weiß ich«, erwiderte er und legte seine Hand auf die ihre. »Ich warte nur darauf, dass du es merkst.«

Es war fast sieben Uhr, als sie schließlich die Stadt erreichten. Die Rückfahrt war anstrengend und gefährlich. Ein paarmal geriet der Wagen auf einem vereisten Stück Straße ins Rutschen und wäre beinah in einem Graben gelandet. Aber Don hatte keinen Moment den Kopf verloren. Er hatte nur das Lenkrad fester umfasst und war entschlossen weitergefahren, obwohl es Jess zeitweise vorkam, als wäre sie zu Fuß schneller nach Chicago zurückgekommen.

In ihrer Wohnung ging sie sofort ans Telefon.

»Habt ihr was gefunden?«, fragte sie Neil, anstatt ihm guten Morgen zu sagen.

»Jess, es ist sieben Uhr morgens«, erinnerte er sie. »Diese Clubs machen nicht vor zehn auf.«

Jess legte den Hörer auf und beobachtete Don, der die Überreste des Frühstücks aufräumte, das Adam ihr gestern gemacht hatte. War das wirklich erst gestern gewesen? Jess hatte das Gefühl, es wäre ewig her.

»Lass das doch«, sagte sie und nahm Don einen Teller, den er gerade spülte, aus der Hand. Sie stellte ihn auf die Anrichte.

»Ich muss es aber machen. Du hast nicht einen einzigen sauberen Teller im Haus.« Er nahm den Teller von der Anrichte und hielt ihn unter das fließende Wasser.

»Kaffee ist noch da«, sagte Jess und schüttelte die Kaffeekanne. »Ich stell einfach zwei Tassen in die Mikrowelle.«

Don nahm Jess die Kanne aus der Hand und goss den schmutzig braunen Kaffee ins Spülbecken. »Du und deine Mikrowelle«, sagte er. »Verschwinde hier. Ich mach den Kaffee, und du kannst inzwischen duschen.«

Jess ging ins Wohnzimmer hinaus. »Hallo, Fred«, sagte sie und trat ganz dicht an den Käfig ihres Kanarienvogels. »Wie geht's dir denn, kleiner Freund? Es tut mir leid, dass ich gestern Abend nicht nach Hause gekommen bin und dich zugedeckt habe. Hast du mich vermisst?«

Der Vogel hüpfte von Stange zu Stange, ohne sich um sie zu kümmern.

»Warum schaffst du dir nicht einen Hund oder eine Katze an?«, rief Don aus der Küche. »Diesem Vogel ist es doch egal, ob du da bist oder nicht.«

»Aber ich mag Fred. Er ist pflegeleicht«, antwortete sie und dachte an die schwarzen Vinylstiefel, die sie bei Adam gekauft hatte. Entschieden eine Geldanlage, die sich gelohnt hat, dachte sie jetzt, als sie sie neben der Wohnungstür stehen sah. Der Schnee auf ihren Kappen schmolz langsam, und das Wasser tropfte auf die Holzdielen. Keine Salzringe. Keine Wasserflecke. Bei Nichtgefallen Geld zurück.

Sie dachte an Adam, hätte gern gewusst, was er jetzt gerade tat, was er unternommen hatte, nachdem er aus ihrer Wohnung weggegangen war. Was er von den verwirrenden Ereignissen des Morgens hielt. Was er sagen würde, wenn er von der vergangenen Nacht wüsste.

Sie schüttelte den Kopf, als wollte sie sich von solchen beunruhigenden Gedanken befreien, und ging weiter zu ihrem Schlafzimmer. Fast hätte sie den Tag damit begonnen, mit einem Mann ins Bett zu gehen, und beendet hatte sie ihn, indem sie dasselbe mit einem anderen machte. Der eine war praktisch ein Fremder, jemand, von dem sie so gut wie nichts wusste; der andere ihr geschiedener Mann, von dem sie so gut wie alles wusste. Der eine war jetzt hier, war immer hier, wenn sie ihn brauchte; der andere kam vorbei, wenn er Lust hatte. Was fand sie so anziehend an Adam Stohn, einem Mann, von dem sie praktisch nichts wusste? War es die Tatsache, dass sie nie sicher sein konnte, wann sie ihn wiedersehen würde, oder ob überhaupt?

Das Zimmer war so, wie sie es verlassen hatte, das Bett

nicht gemacht. Jess hasste ungemachte Betten, wie sie alles hasste, was angefangen und nicht fertiggemacht wurde. Rasch ging sie daran, das Bett zu richten, schüttelte das Kissen auf, zog das Leintuch gerade, strich die Decke glatt. Dann ging sie ins Bad und drehte die Dusche auf. Sie zog ihren Pullover und die Jeans aus, legte sie ordentlich in den Schrank, nahm ihr graues Kostüm und eine pinkfarbene Bluse für den Tag heraus, legte alles säuberlich auf den weißen Korbstuhl. Aus der obersten Kommodenschublade nahm sie eine hautfarbene Strumpfhose, dazu frische Unterwäsche, rosa Büstenhalter und Höschen, legte die Sachen auf ihr Kostüm, wollte eben die Unterwäsche ausziehen, die sie anhatte, als sie im Schritt des rosaroten Spitzenhöschens einen Riss bemerkte. »Wie ist denn das passiert?«, fragte sie und sah sich den unregelmäßigen Riss, der im Zwickel ihres Höschens klaffte, genauer an.

Dann warf sie es in den Papierkorb, holte sich ein frisches aus der Schublade, nahm es flüchtig in Augenschein und sah diesmal sofort den langen zackigen Riss im Schritt. »Um Gottes willen, was ist denn das?« Mit wachsendem Entsetzen sah Jess den Rest ihrer Unterwäsche durch und stellte fest, dass alle Höschen auf die gleiche Weise aufgeschlitzt worden waren. »Mein Gott!«

»Jess?«, rief Don aus dem anderen Zimmer. »Was schimpfst du da vor dich hin?«

»Don!«, rief sie zurück, unfähig, irgendetwas anderes zu sagen. »Don! Don!«

Sofort stand er neben ihr. »Was ist denn? Was ist denn los?«

Wortlos reichte sie ihm die zerrissene Unterwäsche.

»Ich verstehe nicht.«

»Sie sind zerrissen. Sie sind alle zerrissen!« Sie zerknüllte den zarten Stoff der Höschen in ihren zitternden Fingern.

Er starrte sie so verwirrt an, wie Jess sich fühlte. »Deine Höschen sind zerrissen?«

»*Alle* sind zerrissen!«, rief sie erregt. »Alle ohne Ausnahme. Schau sie dir an. Es sieht doch aus, als wären sie mit einem Messer aufgeschlitzt worden.«

»Jess, das ist ja verrückt. Wahrscheinlich sind sie in der Waschmaschine zerrissen.«

»Ich wasche sie mit der Hand«, fuhr Jess ihn ungeduldig an. »Rick Ferguson war hier, Don. Rick Ferguson hat das getan. Er war hier. Er war in meiner Wohnung und hat meine Sachen durchwühlt.«

Jetzt verlor Don die Geduld. »Jess, ich kann ja verstehen, dass du erregt bist, aber findest du nicht, du bist ein bisschen vorschnell mit deinen Behauptungen?«

»Wer kann es denn sonst gewesen sein, Don? Wer sonst würde so was tun? Es kann nur Rick Ferguson gewesen sein. Kennst du sonst jemanden, der sich hier so leicht Zutritt verschaffen könnte, als hätte er einen Schlüssel?« Sie brach abrupt ab.

»Was ist denn?«, fragte Don.

Adam hatte sich ihren Schlüssel geliehen. Als er losgegangen war, um Einkäufe zu machen, während sie noch geschlafen hatte. Hatte er sich dabei einen zweiten Schlüssel machen lassen? Hatte er diesen Schlüssel benutzt, um in ihre Wohnung einzudringen, während sie weg gewesen war?

»Es muss Rick Ferguson gewesen sein!«, beharrte Jess und schob diese unangenehmen Gedanken auf die Seite. »Er ist völlig ohne Mühe bei Connie DeVuono eingebrochen. Und jetzt ist er bei mir eingebrochen.«

»Wir wissen nicht mit Sicherheit, ob er bei Connie DeVuono eingebrochen ist«, erinnerte Don sie.

»Wie kannst du diesen Kerl noch verteidigen?«, fragte Jess empört.

»Ich verteidige ihn nicht. Ich versuche lediglich, dich dazu zu bringen, sachlich zu sein.«

»Er hat früher mal bei einem Schlosser gearbeitet.«

»Das war ein Sommerjob. Da war er noch ein Teenager.«

»Es erklärt aber, wie er es schafft, in fremde Wohnungen einzubrechen, ohne die geringsten Spuren zu hinterlassen.«

»Es erklärt gar nichts, Jess«, entgegnete Don. »Jeder könnte ohne große Anstrengung in diese Wohnung einbrechen.«

»Was redest du da?«

Er ging mit ihr zur Wohnungstür. »Schau dir doch das Schloss an. Es ist völlig nutzlos. Ich könnte es mit meiner Kreditkarte aufmachen. Wieso hast du kein Sicherheitsschloss, Herrgott noch mal? Oder wenigstens eine Kette?«

Hatte Adam sie nicht beinah das Gleiche gefragt? Warum lassen Sie sich nicht ein Guckloch machen? Oder besorgen sich eine Kette?, hatte er gefragt, als sie mit der Waffe vor ihm gestanden hatte.

Der Revolver! Jess stieß Don beinahe um, als sie kehrtmachte und ins Schlafzimmer zurückrannte. Hatte der Einbrecher, der sich an ihrer Unterwäsche vergriffen hatte, auch ihre Pistole gestohlen?

»Jess, um Himmels willen, was ist denn jetzt wieder los?«, rief Don ihr nach.

Die verdammte Kanone, dachte sie, während sie am Laken riss, das sie gerade erst säuberlich unter die Matratze gestopft hatte. Hatte er ihren Revolver gestohlen?

Die Waffe lag genau da, wo sie sie hingelegt hatte. Mit einem Seufzer tiefer Erleichterung zog sie sie unter der Matratze hervor.

»Menschenskind noch mal, Jess! Ist das Ding etwa geladen?«

Sie nickte.

»Du schläfst mit einem geladenen Revolver unter deiner Matratze? Bist du denn wahnsinnig geworden? Du brauchst doch nur eine dumme Bewegung zu machen, und das verdammte Ding geht los. Bist du wahnsinnig?«

»Bitte hör auf, mich anzuschreien, Don. Das hilft überhaupt nichts.«

»Ich möchte jetzt wissen, wieso, zum Teufel, du mit einer geladenen Schusswaffe unter deiner Matratze schläfst?«

»Sonst hab ich sie ja immer in der Schublade.« Sie wies mit dem Kopf auf ihren Nachttisch.

»Warum?«

»Warum? Du bist doch derjenige, der mir das verdammte Ding geschenkt hat. Du wolltest unbedingt, dass ich eine Waffe habe.«

»Und du hast steif und fest behauptet, du würdest sie nie benutzen. Würdest du das verdammte Ding jetzt wegstecken, ehe du einen von uns beiden erschießt!«

Jess legte die Waffe vorsichtig in die oberste Schublade ihres Nachttischs. »Ich bin bedroht worden«, erinnerte sie ihn und schloss die Schublade. »Mein Auto ist völlig demoliert worden. Ich habe widerliche Briefe bekommen …«

»Briefe? Was für Briefe?«

»Na ja, eigentlich war es nur einer«, schränkte sie ein. »Er war in Urin getaucht und voll abgeschnittener Schamhaare.«

»Das gibt's doch nicht! Wann war das? Hast du mit der Polizei gesprochen?«

»Natürlich. Aber die Polizei kann nichts tun. Es gibt keine Möglichkeit festzustellen, wer den Brief geschickt hat. Und ebenso wenig wird sich feststellen lassen, wer in meine Wohnung eingebrochen ist und meine Unterwäsche zerfetzt hat. Wie man ja auch nicht feststellen konnte, wer bei Connie DeVuono eingebrochen war und wer die Schildkröte ihres Sohnes verstümmelt und getötet hatte.«

»Jess, wir wissen überhaupt nicht, ob zwischen dem Einbruch bei Connie DeVuono und dem hier eine Verbindung besteht. Wir wissen noch nicht einmal mit Sicherheit, ob hier überhaupt ein Einbruch stattgefunden hat«, sagte er.

»Was soll das denn wieder heißen?« Sie war so wütend, dass es ihr schwerfiel, ruhig zu bleiben.

»Wer ist eigentlich dieser Adam Stohn, Jess?«

»Was?« Konnte er seit neuestem ihre Gedanken lesen? Erzähl mir keine Geheimnisse, dann erzähl ich dir keine Lügen, dachte sie.

»Adam Stohn«, wiederholte Don. »Der Mann, der hier bei dir seinen Rausch ausgeschlafen hat. Der Mann, der dir am Sonntagmorgen das Frühstück gemacht hat. Er kann leicht deine Sachen durchwühlt haben, während du geschlafen hast. Vielleicht hat er sich mit einem von deinen Küchenmessern vergnügt.«

»Das ist ja lächerlich«, protestierte Jess. Sie wollte jetzt nicht daran denken, dass er auch an ihre Handtasche gegangen war und sich ihren Wohnungsschlüssel herausgenommen hatte.

»Er ist hier der unbekannte Faktor, Jess. Wer ist dieser Mann?«

»Das hab ich dir doch schon gesagt. Ich hab ihn durch Zufall kennengelernt. Er ist Verkäufer.«

»Schuhverkäufer, ja, ich weiß. Wer hat dich mit ihm bekannt gemacht?«

»Niemand«, bekannte Jess. »Ich hab ihn im Schuhgeschäft kennengelernt.«

»Du hast ihn im Laden kennengelernt? Soll das heißen, du hast ihn beim Schuhkaufen aufgegabelt?«

»Das ist kein Verbrechen, Don, soviel ich weiß.«

»Ein Verbrechen ist es nicht, nein, aber es ist dumm.«

»Ich bin kein kleines Kind, Don.«

»Dann hör auf, dich wie eines zu benehmen.«

»Danke. Das hat mir gerade noch gefehlt: dass mir mein Ex-Mann vorschreibt, wie ich mich zu verhalten habe.«

»Von Vorschreiben kann keine Rede sein, verdammt noch mal. Ich bemühe mich, dich zu beschützen.«

»Das ist nicht deine Aufgabe«, entgegnete sie. »Deine Aufgabe ist es, Männer wie Rick Ferguson zu verteidigen. Oder hattest du das vergessen?«

Don setzte sich mit hängenden Schultern aufs Bett. »Das bringt uns doch nicht weiter.«

»Stimmt.« Jess ließ sich neben ihm aufs Bett fallen. »Es ist so heiß hier drin«, sagte sie und wurde sich plötzlich bewusst, dass sie immer noch in der Unterwäsche war. »Ach verdammt, die Dusche!«

Sie rannte ins Bad und kämpfte sich durch Dampfwolken zu den Wasserhähnen durch, um das heiße Wasser abzudrehen. Mit schweißnassem Gesicht und tropfnassem Haar kehrte sie ins Schlafzimmer zurück.

»Soll ich vielleicht in dieser Aufmachung vor Gericht erscheinen?«, fragte sie den Tränen nahe.

»Es ist doch noch nicht mal halb acht«, sagte Don beruhigend. »Du hast noch massenhaft Zeit. Komm, alles schön der Reihe nach. Jetzt rufen wir zuerst mal die Polizei an.«

»Don, ich hab jetzt keine Zeit, mich mit der Polizei herumzuschlagen.«

»Du kannst ihnen doch am Telefon sagen, was passiert ist. Wenn sie es für nötig halten, können sie später herkommen und versuchen, eventuelle Spuren zu sichern.«

»Das bringt bestimmt gar nichts.«

»Nein, ich glaube auch nicht, dass es etwas bringen wird. Aber du musst die Sache auf jeden Fall melden. Einschließlich deines Verdachts gegen Rick Ferguson.«

»Den du nicht teilst.«

»Den ich sehr wohl teile.«

»Tatsächlich?«

»Natürlich teile ich ihn. Ich bin doch kein Vollidiot. Aber zwischen Verdacht und Behauptung besteht ein Riesenunterschied.« Er unterstrich seine Worte mit einem Nicken. »So«, fuhr er dann fort, »und jetzt gehst du duschen und ziehst dich an. Vergiss die Unterwäsche fürs Erste. Ich ruf meine Sekretärin an und bitte sie, dir was vorbeizubringen, ehe du zu Gericht fährst.«

»Don, das ist wirklich nicht nötig.«

»Sobald du fertig bist, packst du einen Koffer. Du ziehst zu mir, bis diese ganze Sache geklärt ist.«

»Aber ich kann doch nicht zu dir ziehen, Don.«

»Wieso nicht?«

»Weil ich hier wohne. Weil alle meine Sachen hier sind. Wegen Fred. Weil – ich kann eben einfach nicht.«

»Du kannst doch deine Sachen mitnehmen. Fred auch. Nimm alles und jeden mit, den du brauchst. Getrennte

Schlafzimmer«, fügte er hinzu. »Ich werde dir nicht zu nahekommen, Jess, wenn du es nicht willst. Mir geht es einzig um deine Sicherheit.«

»Das weiß ich doch. Und ich liebe dich dafür. Aber ich kann trotzdem nicht«, sagte sie.

»Na schön, aber dann lass wenigstens das Schloss hier erneuern.« Er hatte offensichtlich eingesehen, dass es keinen Sinn hatte, die Diskussion weiterzuführen. »Lass dir ein Sicherheitsschloss und eine Kette einbauen.«

»In Ordnung.«

»Ich werde gleich heute Morgen dafür sorgen, dass jemand herkommt.«

»Don, du brauchst das nicht alles zu tun. Ich schaff das schon selber.«

»Wirklich? Wann denn? Wann bist du bei Gericht? Du hast doch heute das Kreuzverhör von Terry Wales.«

»Aber ich kann's danach erledigen. Wenn ich nach Hause komme.«

»Nichts danach! Heute Morgen. Ich schicke meine Sekretärin her, die kann bleiben, solange der Schlosser da ist.«

»Ist das dieselbe Sekretärin, die mir die Unterwäsche bringt?«

»In der Kanzlei ist im Augenblick nicht viel los.«

»Das glaub ich dir aufs Wort.«

»Außerdem solltest du mal über einen Leibwächter nachdenken«, setzte er hinzu.

»Ein Leibwächter? Für wen denn?«

»Für den Weihnachtsmann. Was glaubst du denn, Jess? Für dich natürlich!«

»Ich brauche keinen Leibwächter.«

»Man hat in deine Wohnung eingebrochen, man hat

deine Unterwäsche zerfetzt. Es war wahrscheinlich dieselbe Person, die dein Auto demoliert hat und dir diesen widerlichen Brief geschickt hat. Und du bist der Meinung, du brauchst keinen Leibwächter?«

»Ich kann mich doch nicht auf unbestimmte Zeit rund um die Uhr überwachen lassen. Was wäre das denn für ein Leben?«

»Na schön, dann lass ich eben Rick Ferguson von einem Privatdetektiv überwachen.«

»Was? Moment mal. Jetzt komm ich überhaupt nicht mehr mit. Darfst du das denn? Verstößt das nicht gegen das Berufsethos? Ich meine, den eigenen Mandanten von einem Privatdetektiv bespitzeln zu lassen.«

»Ich wollte schon einen Detektiv anheuern, nachdem ich gehört hatte, was mit deinem Wagen passiert war. Ich hätte es tun sollen, verdammt noch mal, dann wäre das hier vielleicht nicht geschehen. Und wenn Ferguson unschuldig ist, braucht er sich ja sowieso keine Sorgen zu machen.«

»Genau meine Rede.«

»Jess, ich liebe ich. Ich würde es mir nie verzeihen, wenn dir etwas passiert.«

»Aber ist denn so ein Privatdetektiv nicht sehr teuer?«, fragte sie, um das Gespräch in unpersönlichere Bahnen zu lenken.

»Betrachte es als mein Weihnachtsgeschenk. Tust du mir den Gefallen?«, fragte er, und es klang tatsächlich, dachte Jess verwundert, als täte sie ihm einen Gefallen, wenn sie dieses großzügige Angebot annahm.

»Danke«, sagte sie.

»Das eine kann ich dir sagen«, erklärte er ernst. »Wenn

tatsächlich Rick Ferguson der Kerl ist, der dich belästigt, dann knalle ich ihn eigenhändig ab, ob er nun mein Mandant ist oder nicht.«

19

Würden Sie den Geschworenen bitte Ihren vollen Namen nennen.«

»Terrence Matthew Wales.«

Jess stand von ihrem Platz hinter dem Tisch der Staatsanwaltschaft auf und ging, die Augen auf den Angeklagten gerichtet, zum Zeugenstand. Terry Wales erwiderte ihren Blick ruhig, sogar respektvoll. Er hielt die Hände im Schoß gefaltet und saß leicht vorgebeugt, als wollte er auf keinen Fall etwas überhören, was sie sagte. In seinem dunkelgrauen Anzug, der farblich wie auf ihr Kostüm abgestimmt schien, bot er das Bild eines Mannes, der sich sein Leben lang bemüht hatte, das Rechte zu tun, und nun so bekümmert und überrascht wie jeder andere darüber war, wie sich alles entwickelt hatte.

»Sie wohnen in Chicago, Kinzie Street 2427?«

»Ja.«

»Sie wohnen seit sechs Jahren dort?«

»Das ist richtig.«

»Und vorher haben Sie am Vernon Park Place 16 gewohnt?«

Er nickte.

»Bitte antworten Sie so, dass der Gerichtsstenograph Sie hören kann, Mr Wales.«

»Ja«, sagte er hastig.

»Warum sind Sie umgezogen?«, fragte Jess.

»Wie bitte?«

»Warum sind Sie umgezogen?«, wiederholte Jess.

Terry Wales zuckte die Achseln. »Warum zieht man um?«

Jess lächelte und behielt einen leichten Ton bei. »Es interessiert mich nicht, warum man umzieht, Mr Wales. Es interessiert mich, warum Sie umgezogen sind.«

»Wir wollten ein größeres Haus.«

»Sie brauchten mehr Platz? Eine größere Anzahl von Zimmern?«

Terry Wales hustete hinter vorgehaltener Hand. »Als wir in das Haus am Vernon Park Place gezogen sind, hatten wir ein Kind. Als wir in die Kinzie Street umgezogen sind, hatten wir zwei.«

»Ja, Sie haben uns bereits gesagt, dass Ihre Frau es mit dem Kinderkriegen eilig hatte. Sagen Sie mir, Mr Wales, wie viele Zimmer hatte denn das Haus am Vernon Park Place?«

»Fünf.«

»Und das Haus in der Kinzie Street?«

»Fünf«, sagte er leise.

»Bitte? Sagten Sie fünf?«

»Ja.«

»Ach, die gleiche Anzahl von Zimmern. Dann war wohl das Haus im Allgemeinen größer?«

»Ja.«

»Es war genau einen Quadratmeter größer«, sagte Jess sachlich.

»Wie?«

»Das Haus in der Kinzie Street war einen Quadratmeter größer als das Haus am Vernon Park Place. Also ungefähr so viel«, erklärte sie und schritt vor den Geschworenen eine Fläche von einem Quadratmeter ab.

»Einspruch, Euer Ehren«, rief Hal Bristol, der Verteidiger. »Das ist nicht relevant.«

»Ich komme gleich zur Relevanz, Euer Ehren.«

»Aber bitte ein bisschen schnell«, erwiderte Richter Harris.

»Stimmt es nicht, Mr Wales, dass Sie Ihr Haus am Vernon Park Place aufgegeben haben, weil sich die Nachbarn wiederholt bei der Polizei über Sie beschwert haben?«, fragte Jess eilig.

»Nein, das stimmt nicht.«

»Stimmt es nicht, dass die Nachbarn Sie mehrmals bei der Polizei meldeten, weil sie um die Sicherheit Ihrer Frau fürchteten?«

»Wir hatten eine Nachbarin, die die Polizei jedes Mal angerufen hat, wenn ich die Stereoanlage zu laut hatte.«

»Und das war zufällig immer dann der Fall, wenn Sie Ihre Frau geschlagen haben«, stellte Jess fest und sah die Geschworenen an.

»Einspruch!« Hal Bristol war aufgesprungen.

»Stattgegeben.«

»Die Polizei wurde am Abend des dritten August 1984«, begann Jess aus ihren Aufzeichnungen zu lesen, obwohl sie die Daten auswendig wusste, »am Abend des siebten September 1984 und wiederum am Abend des zweiundzwanzigsten November 1984 und des vierten Januar 1985 in Ihr Haus am Vernon Park Place gerufen. Ist das richtig?«

»Ich erinnere mich nicht an die genauen Daten.«

»Die sind alle den Akten zu entnehmen, Mr Wales. Wollen Sie etwas davon bestreiten?«

Er schüttelte den Kopf, dann warf er einen Blick zum Gerichtsstenographen und sagte: »Nein.«

»Bei jeder dieser Gelegenheiten, wenn die Polizei geholt wurde, trug Ihre Frau offenkundige Spuren von Schlägen, die sie erhalten hatte. Einmal musste sie sogar ins Krankenhaus eingeliefert werden.«

»Ich habe doch bereits ausgesagt, dass unsere Auseinandersetzungen häufig zu weit gegangen sind und dass ich auf meine Rolle dabei wirklich nicht stolz bin.«

»Dass Ihre Auseinandersetzungen zu weit gegangen sind?«, wiederholte Jess. »Sie sind zu weit gegangen. Mit Ihren Fäusten.«

»Einspruch!«

»Stattgegeben.«

Jess ging kurz zu ihrem Tisch zurück und tauschte einen Polizeibericht gegen einen anderen aus. »Aus diesem Bericht geht hervor, dass Ihre Frau, Nina Wales, als sie am Abend des vierten Januar 1985 ins Krankenhaus eingeliefert wurde, Blutergüsse am ganzen Körper hatte, innere Blutungen, eine gebrochene Nase und zwei gebrochene Rippen, außerdem zwei blaugeschlagene Augen. Sie hingegen hatten mehrere Kratzer im Gesicht und einen großen blauen Fleck am Schienbein. Das sieht mir nicht nach einem fairen Kampf aus, Mr Wales.«

»Einspruch, Euer Ehren. Wo ist hier die Frage?«

»Ist es nicht richtig, dass Ihre Frau erst kurz zuvor ihr zweites Kind zur Welt gebracht hatte?«

»Doch.«

»Ein kleines Mädchen?«

»Rebecca, ja.«

»Wie alt war das Kind am Abend des vierten Januar 1985?«

Terry Wales zögerte.

»Sie werden sich doch an den Geburtstag Ihrer Tochter erinnern, Mr Wales«, hakte Jess nach.

»Sie wurde am zweiten Dezember geboren.«

»Am zweiten Dezember 1984? Nur vier Wochen vor der tätlichen Auseinandersetzung, die mit der Einweisung Ihrer Frau in ein Krankenhaus endete?«

»Ja.«

»Das würde heißen, dass all die anderen Angriffe…«

»Einspruch!«

»All die anderen *Zwischenfälle*«, korrigierte sich Jess, »am dritten August 1984, am siebten September 1984, am zweiundzwanzigsten November 1984 – dass sie alle sich abspielten, als Ihre Frau schwanger war. Ist das richtig?«

Terry Wales senkte den Kopf. »Ja«, flüsterte er. »Aber es ist nicht so einseitig, wie Sie es hinstellen.«

»Oh, das weiß ich, Mr Wales«, sagte Jess. »Wer von uns könnte den blauen Fleck an Ihrem Schienbein vergessen?«

Wieder sprang Hal Bristol auf und rief mit blitzenden Augen: »Einspruch, Euer Ehren!«

»Ich ziehe die Bemerkung zurück«, sagte Jess. Sie holte sich einen weiteren Polizeibericht am Anklagetisch und kehrte dann zum Zeugenstand zurück. »Überspringen wir ein paar Jahre und kommen zum Abend des fünfundzwanzigsten Februar 1988. Da musste Ihre Frau erneut ins Krankenhaus eingeliefert werden, nicht wahr?«

»Meine Frau war weggegangen und hat die Kinder allein gelassen. Als sie nach Hause kam, hab ich ihr sofort angesehen, dass sie getrunken hatte. Da ist bei mir einfach eine Sicherung durchgebrannt.«

»Natürlich, Mr Wales, und deshalb mussten Sie Ihrer Frau den rechten Arm brechen«, sagte Jess kalt.

»Sie hatte die Kinder allein gelassen. Es hätte ihnen alles Mögliche passieren können.«

»Gibt es Zeugen dafür, dass sie die Kinder allein gelassen hat, Mr Wales?«, fragte Jess.

»Ich bin nach Hause gekommen und habe sie allein vorgefunden.«

»War jemand bei Ihnen?«

»Nein.«

»Also haben wir nur Ihr Wort, dass Ihre Frau wegging und die Kinder sich selbst überließ?«

»Ja.«

»Tja, ich weiß nicht, warum wir Ihnen nicht glauben sollten«, sagte Jess und wappnete sich für den Einspruch, von dem sie wusste, dass er folgen würde.

»Miss Koster«, mahnte Richter Harris, »könnten wir bitte die sarkastischen Randbemerkungen lassen und bei der Sache bleiben.«

»Entschuldigen Sie, Euer Ehren«, sagte Jess und strich ihren Rock glatt. Sie musste plötzlich an die neue Unterwäsche denken, die Dons Sekretärin ihr kurz vor Prozessbeginn gebracht hatte. Die Erinnerung an die Ereignisse des Morgens und des Vortags stürmten auf sie ein. Die Entdeckung von Connie DeVuonos Leiche, der Einbruch in ihre Wohnung, der Angriff auf ihre Intimsphäre, das alles wirbelte ihr durch den Kopf und befeuerte ihren Zorn, so dass sie beinahe heftig sagte: »Und wie war das an den Abenden des siebzehnten Oktober 1990, des vierzehnten März 1991, des zehnten November 1991, des zwanzigsten Januar 1992?«

»Einspruch, Euer Ehren«, rief Hal Bristol. »Der Zeuge hat über seine Rolle bei diesen häuslichen Streitigkeiten bereits ausgesagt.«

»Abgelehnt. Der Zeuge wird die Frage beantworten.«

»An jedem dieser Abende wurde die Polizei in Ihr Haus gerufen, Mr Wales«, erinnerte Jess den Angeklagten. »Wissen Sie das noch?«

»Die genauen Daten weiß ich nicht mehr.«

»Und zweimal wurde Ihre Frau bei diesen Gelegenheiten ins Krankenhaus eingewiesen.«

»Ich glaube, wir landeten beide im Krankenhaus.«

»Ja, ich sehe, dass Sie am Abend des zehnten November 1991 im St.-Lukes-Krankenhaus wegen einer blutenden Nase behandelt und dann entlassen wurden. Ihre Frau hingegen blieb bis zum nächsten Morgen. Sie brauchte wohl nur dringend etwas Schlaf.«

»Miss Koster …«, warnte Richter Harris.

»Tut mir leid, Euer Ehren. Also, Mr Wales, Sie haben den Geschworenen gesagt, zu den meisten dieser Auseinandersetzungen sei es gekommen, weil Sie provoziert wurden.«

»Das ist richtig.«

»Es braucht wohl nicht viel, um Sie zu provozieren, Mr Wales?«

»Einspruch.«

»Ich formuliere das um, Euer Ehren. Würden Sie sagen, dass Sie zum Jähzorn neigen, Mr Wales?«

»Die letzten Jahre waren geschäftlich sehr hart. Das hat natürlich seine Auswirkungen gehabt. Manchmal war ich nicht fähig, mich zu beherrschen.«

»Eher häufig, will mir scheinen. Und auch lange bevor

diese harten wirtschaftlichen Zeiten anbrachen. Ich meine, die Jahre 1984 und 85 waren doch geschäftlich gesehen recht gute Jahre, nicht wahr?«

»Geschäftlich gesehen, ja.«

»Ich sehe, dass Sie in diesen Jahren Rekordprovisionen verdient haben, Mr Wales«, stellte Jess fest und tauschte wiederum ein Blatt Papier gegen ein anderes aus.

»Ich habe sehr hart gearbeitet.«

»Davon bin ich überzeugt. Und Sie wurden reichlich belohnt dafür. Dennoch geht aus den Polizeiunterlagen hervor, dass Sie Ihre Frau geschlagen haben. Es scheint also so, dass der Grad Ihrer Selbstbeherrschung mit Ihrem geschäftlichen Erfolg eigentlich nichts zu tun hatte. Würden Sie mir da nicht zustimmen?«

Terry Wales brauchte ein paar Sekunden, ehe er antwortete. »Ganz gleich, wie viel ich geschafft habe, Nina war es nie genug. Sie hat sich dauernd beschwert, dass ich nicht genug verdiene, auch schon vor der Rezession. Die letzten Jahre waren die Hölle.«

»Ihr Einkommen ist wesentlich gesunken?«

»Ja.«

»Und Ihre Frau war unzufrieden darüber, dass weniger Geld hereinkam?«

»Sehr sogar.«

»Ich verstehe. Wie hat sich denn die Einkommensverminderung genau auf den Haushalt ausgewirkt, Mr Wales?«

»Nun, genauso wie bei allen anderen Leuten, nehme ich an«, antwortete Terry Wales vorsichtig und warf einen Blick auf seinen Anwalt. »Wir mussten uns einschränken – bei den Einladungen, beim Ausgehen, beim Kleiderkauf und ähnlichen Dingen.«

»Das heißt, vor allem musste Ihre Frau sparen«, stellte Jess fest.

»Wir mussten alle sparen.«

»Inwiefern mussten Sie denn sparen, Mr Wales?«

»Ich verstehe nicht.«

»Einspruch. Der Zeuge hat die Frage bereits beantwortet.«

»Kommen Sie zum Kernpunkt, Miss Koster«, mahnte Richter Harris.

»Sie waren der Alleinversorger Ihrer Familie, nicht wahr? Ich meine, Sie haben uns ja zuvor ausdrücklich darauf hingewiesen, dass Ihre Frau diejenige war, die unbedingt ihre Arbeit aufgeben wollte.«

»Sie wollte zu Hause bei den Kindern bleiben. Ich habe diese Entscheidung respektiert.«

»Das einzige Geld, das Nina Wales also zur Verfügung hatte, war das, das Sie ihr gaben.«

»Soviel ich weiß, ja.«

»Wie viel Geld haben Sie ihr jede Woche gegeben, Mr Wales?«

»So viel wie sie brauchte.«

»Wieviel war das ungefähr?«

»Ich bin nicht sicher. So viel, dass es für Lebensmittel und andere wichtige Dinge reichte.«

»Fünfzig Dollar? Hundert? Zweihundert?«

»Eher so um die hundert.«

»Einhundert Dollar die Woche für Lebensmittel und andere wichtige Dinge für eine vierköpfige Familie. Ihre Frau muss sehr sparsam gewesen sein.«

»Es ging ja nicht anders. Wir hatten einfach kein Geld übrig.«

»Sie sind Mitglied im Eden-Rock-Golf-Club, nicht wahr, Mr Wales?«

Eine winzige Pause. »Ja.«

»Wie hoch ist der jährliche Mitgliedsbeitrag?«

»Das weiß ich nicht genau.«

»Soll ich es Ihnen sagen?«

»Ich glaube, er liegt knapp über tausend Dollar«, antwortete er hastig.

»Elfhundertundfünfzig Dollar, um genau zu sein. Haben Sie die Mitgliedschaft aufgegeben?«

»Nein.«

»Und beim Elmwood-Schützenverein sind Sie auch Mitglied, nicht wahr?«

»Ja.«

»Wie hoch ist dort der jährliche Mitgliedsbeitrag?«

»Ungefähr fünfhundert Dollar.«

»Sind Sie dort ausgetreten?«

»Nein. Aber ich habe eine Menge Geld ausgegeben, um überhaupt in diese Clubs eintreten zu können. Ich hätte meine ganze ursprüngliche Geldanlage verloren, wenn ich jetzt wieder ausgetreten wäre.«

»Aber Sie hätten mehr als fünfzehnhundert Dollar im Jahr sparen können.«

»Ja, gut, ich weiß, dass es egoistisch war, aber ich habe auch hart gearbeitet. Ich brauchte …«

»Gehören Sie sonst noch irgendwelchen Vereinen an, Mr Wales?«, fragte Jess und hielt den Atem an. Sie wartete noch immer auf die Auskünfte der Polizei, die sie angefordert hatte.

»Nein«, antwortete Terry Wales, ohne zu zögern.

»Sie gehören also keinem anderen Sportclub an?«

Jess beobachtete Terry Wales, wartete auf Zeichen des Zögerns oder der Unschlüssigkeit, aber er zeigte nichts dergleichen.

»Nein«, sagte er deutlich.

Jess nickte, den Blick zur Saaltür gerichtet. Wo blieb Barbara Cohen? Die Polizei musste sich doch inzwischen gemeldet haben.

»Kehren wir zum Abend des zwanzigsten Januar 1992 zurück«, sagte Jess, »das letzte Mal, als die Polizei wegen häuslicher Streitigkeiten zu Ihnen gerufen wurde.« Sie wartete ein paar Sekunden, um den Geschworenen Zeit zu geben, sich auf den Themawechsel einzustellen. »Sie haben ausgesagt, das sei der Abend gewesen, an dem Ihre Frau Ihnen eröffnete, sie hätte einen Liebhaber.«

»Ja, das stimmt.«

»Wie genau ist es dazu gekommen?«

»Ich verstehe nicht.«

»Wann hat sie es Ihnen gesagt? Beim Abendessen? Als Sie vor dem Fernseher saßen? Im Bett?«

»Kurz nachdem wir zu Bett gegangen waren.«

»Bitte, fahren Sie fort, Mr Wales.«

»Ich – wir hatten miteinander geschlafen. Ich wollte sie nur in die Arme nehmen.« Seine Stimme brach. »Ich wollte sie nur in den Armen halten. Ich – ich weiß, dass ich nicht immer ein vorbildlicher Ehemann war, aber ich habe sie geliebt, wirklich, und ich habe mir immer gewünscht, dass zwischen uns alles gut ist.« Die Tränen standen ihm in den Augen. »Ja, also, ich wollte sie in den Arm nehmen, aber sie rückte von mir ab. Ich habe ihr gesagt, dass ich sie liebe, und da hat sie angefangen zu lachen. Sie sagte, ich hätte keine Ahnung, was Liebe bedeutet, und ebenso wenig

Ahnung hätte ich im Bett. Ich wüsste überhaupt nicht, wie man mit einer Frau umgeht. Ich sei der reinste Witz. Ich hätte keine Ahnung, wie man eine Frau befriedigt, was eine Frau sich wünscht. Und dann sagte sie, aber das spiele keine Rolle mehr, weil sie jemanden gefunden hätte, der genau wüsste, was sie sich wünscht. Sie hätte einen Liebhaber, seit Monaten schon. Er sei ein richtiger Mann, ein Mann, der weiß, wie man eine Frau befriedigt. Vielleicht würde sie mir bei Gelegenheit mal erlauben, ihnen zuzusehen, damit ich was lernen könnte.« Wieder brach seine Stimme. »Da bin ich ausgerastet.«

»Und haben sie geschlagen.«

»Ich habe ihr nur eine Ohrfeige gegeben«, schränkte Terry Wales ein. »Sie ist mit Fäusten auf mich losgegangen, hat mich gekratzt und hat mir immer wieder ins Gesicht geschrien, was für ein Versager ich sei.«

»Und da haben Sie zurückgeschlagen, immer wieder«, sagte Jess.

»Ich bin nicht stolz darauf.«

»Das haben Sie uns bereits gesagt. Wie hieß eigentlich der Liebhaber Ihrer Frau, Mr Wales?«

»Ich weiß nicht. Das hat sie mir nicht gesagt.«

»Was war er von Beruf?«

»Ich weiß es nicht.«

»Wissen Sie, wie alt er war, wie groß? Ob er vielleicht verheiratet war?«

»Nein.«

»Hatten Sie einen Verdacht, wer es sein könnte? Ein Freund vielleicht?«

»Ich weiß nicht, wer ihr Liebhaber war. So etwas hätte sie mir nicht anvertraut.«

»Aber sie *hat* Ihnen anvertraut, dass sie einen Liebhaber hatte. Schon interessant, dass sie so etwas einem Ehemann anvertraut, der sie häufig misshandelt, finden Sie nicht?«

»Einspruch, Euer Ehren.«

»Stattgegeben.«

»Hat eine dritte Person das Geständnis Ihrer Frau gehört?«

»Natürlich nicht. Wir waren ja im Bett.«

»Hat sie im Beisein anderer über ihn gesprochen?«

»Nein. Nur wenn wir allein waren.«

»Und da ihre Freundinnen bereits ausgesagt haben, dass sie ihnen von einem Liebhaber nie etwas gesagt habe«, fuhr Jess fort, »haben wir anscheinend wieder einmal nur Ihr Wort dafür.«

Terry Wales sagte nichts.

»Ihre Frau sagte Ihnen also, sie habe einen Liebhaber; Sie haben sie blutig geschlagen, und die Nachbarn haben die Polizei gerufen«, fasste Jess kurz zusammen und hörte schon den Einspruch Hal Bristols, noch ehe dieser den Mund geöffnet hatte. »Ihre Frau kam doch an diesem Abend ins Krankenhaus, nicht wahr?«, sagte Jess, ihre Frage neu formulierend.

»Ja.«

»Und wann danach hat Ihre Frau Ihnen eröffnet, dass sie Sie verlassen wollte?«

»Sie hat mir dauernd damit gedroht, mich zu verlassen, mir die Kinder wegzunehmen, mich zum armen Mann zu machen.«

»Wann wurde Ihnen klar, dass es ihr ernst war?«, fragte Jess.

Terry Wales holte tief Atem. »Ende Mai.«

»Sie haben uns erklärt, Ihre Frau habe Ihnen mitgeteilt, dass sie einen Anwalt aufgesucht und die Absicht habe auszuziehen.«

»Ja, das ist richtig.«

»Sie haben ausgesagt, dass Sie sie angefleht haben, ihre Entscheidung rückgängig zu machen.«

»Ja, das stimmt.«

»Warum?«

»Ich verstehe nicht.«

»Sie haben uns berichtet, dass Ihre Frau Ihnen sagte, sie habe einen Liebhaber; dass sie Sie verhöhnte; Ihnen vorhielt, Sie seien ein schlechter Liebhaber, ein schlechter Ehemann, ein schlechter Versorger; dass sie Ihnen das Leben zur Hölle machte. Wieso flehten Sie sie unter diesen Umständen an, bei Ihnen zu bleiben?«

Terry Wales schüttelte den Kopf. »Ich weiß es nicht. Vielleicht habe ich trotz allem, was wir einander angetan haben, immer noch an die Heiligkeit der Ehe geglaubt.«

»Bis dass der Tod euch scheidet«, zitierte Jess mit grimmigem Spott. »Etwas in der Richtung?«

»Einspruch, Euer Ehren. Das geht wirklich zu weit!«

Richter Harris fegte den Einspruch mit einer ungeduldigen Handbewegung zur Seite.

»Ich wollte meine Frau nicht töten«, beteuerte Terry Wales direkt zu den Geschworenen gewandt.

»Nein, Sie wollten sie nur auf sich aufmerksam machen«, sagte Jess und sah im selben Moment, wie die Saaltür geöffnet wurde und Barbara Cohen eintrat. Selbst auf eine Entfernung von zehn Metern konnte Jess das Blitzen im Auge ihrer Assistentin sehen. »Euer Ehren, kann ich einen Moment unterbrechen?«

Richter Harris nickte, und Jess ging zum Anklagetisch.

»Was haben wir da?«, fragte sie, nahm Barbara den Bericht aus den Händen und überflog ihn rasch.

»Ich würde sagen, genau das, was wir brauchen«, antwortete Barbara mit einem breiten Lächeln.

Jess hätte beinahe laut herausgelacht. Sie wirbelte herum, aber dann hielt sie inne, auf keinen Fall wollte sie zu begierig erscheinen. Immer mit der Ruhe, sagte sie sich, während sie zum Zeugenstand zurückging. Pirsch dich langsam heran und dann schlag zu.

»Sie waren also völlig verstört und verzweifelt?«, fragte sie den Angeklagten.

»Ja«, bestätigte er.

»Und da beschlossen Sic, etwas zu tun, das Ihre Frau aufrütteln würde; das sie zur Vernunft bringen würde.«

»Ja.«

»Sie gingen also los und kauften eine Armbrust.«

»Ja.«

»Eine Waffe, mit der Sie seit Ihrer Kindheit, als Sie im Sommerlager waren, nicht mehr umgegangen waren – richtig?«

»Ja.«

»Wie hieß das Lager, in dem Sie damals waren?«

»Bitte?«

»Wie hieß das Lager, in dem Sie damals waren, als Sie lernten, mit Pfeil und Bogen zu schießen?«

Terry Wales sah seinen Anwalt an, aber Hal Bristols kaum merkliches Nicken hieß ihn die Frage beantworten.

»Ich glaube, das war Camp New Moon.«

»Wie viele Jahre waren Sie in Camp New Moon?«, fragte Jess.

»Drei, glaube ich.«

»Und da hat man Ihnen beigebracht, mit Pfeil und Bogen zu schießen?«

»Ja, das gehörte zu den angebotenen Freizeitbeschäftigungen.«

»Und Sie haben damals mehrere Preise gewonnen, nicht wahr?«

»Das war vor fast dreißig Jahren.«

»Aber Sie haben mehrere Preise gewonnen?«

Terry Wales lachte. »Alle Kinder haben Preise bekommen.«

»Euer Ehren, würden Sie bitte den Zeugen anweisen, die Frage zu beantworten«, sagte Jess.

»Ein einfaches Ja oder Nein reicht, Mr Wales«, wandte sich Richter Harris an den Angeklagten.

Terry Wales senkte den Kopf. »Ja.«

»Danke.« Jess lächelte. »Und bis zu dem Moment, als Sie am zweiten Juni dieses Jahres Ihre Frau mit einem Schuss ins Herz töteten, waren fast dreißig Jahre vergangen, seit Sie das letzte Mal einen Pfeil abgeschossen hatten?«

»Fünfundzwanzig oder dreißig«, sagte Terry Wales.

Jess warf einen Blick in den Hefter in ihrer Hand. »Mr Wales, haben Sie schon einmal von den Aurora-County-Bogenschützen gehört?«

»Wie bitte, wovon?«, fragte Terry Wales, plötzlich eine leichte Röte in den Wangen.

»Von den Aurora-County-Bogenschützen«, wiederholte Jess. »Das ist ein Bogensportverein etwa fünfundsiebzig Kilometer südwestlich von Chicago. Kennen Sie den Verein?«

»Nein.«

»Aus der Broschüre, die ich hier habe, geht hervor, dass es sich um einen gemeinnützigen Verein handelt, der 1962 mit dem Ziel gegründet wurde, den Bogensport zu fördern und durch die notwendigen Einrichtungen Bogenschützen die Möglichkeit zu geben, ihren Sport auszuüben. ›Ganz gleich, auf welchem Gebiet des Bogensports Ihr Interesse liegt‹«, las Jess vor, »›ob Sie ein Jäger sind, ein Sportschütze oder das Bogenschießen nur zum Vergnügen betreiben, ganz gleich, ob Sie den Langbogen, den Recurve-Bogen, den Compound-Bogen oder die *Armbrust* bevorzugen, die Aurora-County-Bogenschützen e. V. bieten das ganze Jahr über ideale Trainingsmöglichkeiten.‹«

Hal Bristol war bereits aufgesprungen und auf dem Weg zum Richter. »Einspruch, Euer Ehren. Mein Mandant hat bereits erklärt, dass er diesen Verein nicht kennt.«

»Das ist interessant«, hakte Jess augenblicklich ein, »da aus den Unterlagen des Vereins hervorgeht, dass Terry Wales seit acht Jahren Mitglied ist.« Jess hielt eine gefaxte Kopie der Beitrittserklärung in die Höhe. »Wir möchten diese Erklärung als Beweisstück F aufnehmen lassen, Euer Ehren.«

Jess reichte Richter Harris die Unterlagen. Der sah sie durch, ehe er sie an den ungeduldig wartenden Hal Bristol weitergab. Der Verteidiger prüfte das Material, nickte ärgerlich, kehrte dann mit einem unverhüllt zornigen Blick zu seinem Mandanten an seinen Platz zurück.

»Erinnern Sie sich jetzt an den Verein, Mr Wales?«, fragte Jess pointiert.

»Ich bin dem Verein vor acht Jahren beigetreten und fast nie dort gewesen«, erklärte Terry Wales. »Ich hatte ihn ehrlich gesagt ganz vergessen.«

»Oh, aber die Leute dort haben Sie nicht vergessen, Mr Wales.« Jess gab sich alle Mühe, nichts von ihrer Siegesfreude durchklingen zu lassen. »Wir haben hier eine eidesstattliche Versicherung von einem Mr Glen Hallam, einem Angestellten der Aurora-County-Bogenschützen e. V., der für die Pflege der Geräte zuständig ist. Die Polizei hat ihm heute Morgen Ihr Foto gezeigt, und er erinnert sich sehr deutlich an Sie. Er hat ausgesagt, dass Sie seit Jahren regelmäßig zum Üben kommen; seit dem Frühjahr hätte er Sie allerdings merkwürdigerweise nicht mehr gesehen. Es würde mich interessieren, wie das kommt«, fügte Jess nachdenklich hinzu. »Seiner Aussage zufolge sind Sie ein ausgezeichneter Schütze, Mr Wales. Fast jedes Mal mitten ins Schwarze.«

Von der Geschworenenbank war ein kollektiver Seufzer zu hören. Hal Bristol senkte den Kopf. Terry Wales sagte nichts.

Mitten ins Schwarze, dachte Jess.

20

Ich höre, du hast heute bei Gericht einen tollen Coup gelandet«, sagte Greg Oliver statt einer Begrüßung zu Jess, als sie am Ende des Tages an seinem Büro vorbeiging.

»Sie war genial«, versicherte Neil Strayhorn, der Seite an Seite mit Barbara Cohen einen Schritt hinter Jess folgte. »Sie hat ihre Falle aufgestellt, dann schön abgewartet, bis der Angeklagte hineinspazierte, und peng, die Tür hinter ihm zugeschlagen.«

»Der Prozess ist noch nicht vorbei«, erinnerte ihn Jess, die sich nicht zu früh freuen wollte. Noch waren Zeugen zu vernehmen, noch mussten die Schlussplädoyers gehalten werden, und immer musste die Unberechenbarkeit der Geschworenen in Betracht gezogen werden. Man durfte sich seiner Sache nie zu sicher sein.

»Am besten war es«, sagte Neil Strayhorn, als sie in ihr gemeinsames Büro zurückkamen, »als du ihn gefragt hast, ob er je von den Aurora-County-Bogenschützen gehört habe.«

»Ja, und er verzog keine Miene«, stimmte Barbara Cohen ein, »aber man konnte förmlich sehen, wie ihm die Kinnlade runterfiel.«

Jess gestattete sich ein lautes Lachen. Auch sie hatte diesen Moment am meisten genossen.

»Sieh einer an, die Schneekönigin schmilzt.« Greg Oliver stand im Türrahmen, an jedem Pfosten eine Hand, und beugte sich ins Zimmer.

»Was können wir für dich tun, Greg?« Jess spürte, wie ihre gute Stimmung sich trübte.

Greg Oliver ging gemächlich auf Jess' Schreibtisch zu und schüttelte dabei die zu einer losen Faust geballte Hand, als wollte er würfeln. »Ich hab ein Geschenk für dich.«

»Ein Geschenk für mich«, wiederholte Jess wenig geistreich.

»Etwas, das du brauchst. Sehr dringend sogar.« Greg Olivers Ton war voll zweideutiger Anspielung.

»Ist es größer als eine Brotbüchse?«, fragte Neil Strayhorn.

»Eine Brotbüchse könnt ich echt gebrauchen«, erklärte Barbara Cohen.

Jess blickte Greg Oliver kühl in die Augen und wartete. Sie sagte nichts.

»Keine Vermutungen?«, fragte Greg.

»Keine Geduld«, konterte Jess und begann, ihre Sachen zusammenzupacken. »Greg, du bist mir ja lieb und wert, aber ich muss hier dringend noch was arbeiten, und dann möchte ich nach Hause. Es war ein langer Tag.«

»Soll ich dich fahren?« Greg verzog den Mund zu einem schmallippigen, dünnen Lächeln.

»Ich habe Jess schon angeboten, sie nach Hause zu fahren«, sagte Neil Strayhorn rasch, und Jess lächelte dankbar.

»Aber ich habe das, was du brauchst«, beharrte Greg Oliver. Er öffnete die Faust und ließ einen Schlüsselbund vor Jess auf ihren Schreibtisch fallen. »Die Schlüssel zu Madames Wohnung.«

Jess nahm die neuen Schlüssel. Der abgestandene Duft von Gregs Eau de Cologne wehte ihr in die Nase. »Woher hast du die?«

»Eine junge Frau hat sie heute Nachmittag vorbeigebracht. Ganz niedlich, nur ihre Schenkel waren ein bisschen aus der Fasson.«

»Du bist wirklich das Letzte«, sagte Barbara Cohen zu ihm.

»Hey, ich bin der neue Mann der neunziger Jahre, weich und sensibel.« Lässig ging er zur Tür zurück, winkte einmal kurz mit zwei Fingern und verschwand.

»Wo ist meine Armbrust?«, fragte Barbara Cohen.

»Die ist leider nie da, wenn man sie braucht.« Jess sah die Liste der Zeugen durch, die am nächsten Tag aufgerufen werden sollten, und machte sich noch ein paar Notizen, bis sie das Gefühl hatte, vor Müdigkeit nicht mehr aus den Augen sehen zu können. »Wie läuft der Fall Alvarez?«

»Ich bin fast fertig mit den außergerichtlichen Einvernahmen«, antwortete Barbara Cohen. »McCauliff scheint allerdings nicht in der Stimmung, eine außergerichtliche Vereinbarung zu treffen.«

»Dazu hört sich McCauliff viel zu gerne reden, besonders in einem vollen Gerichtssaal. Seid vorsichtig. Er wird versuchen, euch mit einer Flut großer Worte einzuschüchtern, die kein Mensch versteht«, warnte Jess ihre Mitarbeiter. »Werdet ihr mit ihm fertig?«

»Ich hab mir schon das Fremdwörterlexikon bereitgelegt«, antwortete Neil lächelnd.

Jess wollte das Lächeln erwidern, aber sie war zu müde, um auch nur den Mund zu verziehen. »Ich bin fertig, Leute. Ich mach jetzt Schluss.«

Barbara Cohen sah auf ihre Uhr. »Aber du fühlst dich wohl?«

»Ja ja, ich bin nur hundemüde.«

»Werd uns nur nicht krank«, beschwor Barbara sie. »Wir kommen jetzt auf die Zielgerade.«

»Ich hab gar keine Zeit, krank zu werden«, sagte Jess.

»Komm, du hast gehört, wie ich Oliver gesagt habe, dass ich dich nach Hause fahre«, sagte Neil.

»Das ist doch Quatsch, Neil. Das ist doch eine ganz andere Richtung.«

»Willst du mich zum Lügner machen?«

»Wann willst du endlich nachgeben und dir ein neues Auto kaufen?«, fragte Barbara.

Jess sah ihren geliebten roten Mustang vor sich, nur noch

ein mit Kot verschmiertes Wrack. »Sobald ich Rick Ferguson hinter Gittern habe«, antwortete sie.

Das Telefon läutete, als sie nach Hause kam. »Augenblick«, rief sie, während sie erfolglos mit dem neuen Schlüssel hantierte. »Verdammt noch mal, mach schon. Herrgott, wieso geht das nicht.«

Drinnen läutete das Telefon weiter, und der Schlüssel ließ sich immer noch nicht drehen. Hatte Greg Oliver ihr die falschen Schlüssel gegeben? Gleich schoss ihr die Frage durch den Kopf, ob ein solcher Irrtum wohl Absicht oder Versehen gewesen wäre. Aber vielleicht war ja auch Dons Sekretärin schuld. Vielleicht hatte sie Jess' Schlüssel mit ihren eigenen verwechselt. Oder vielleicht hatte auch der Schlosser den Fehler gemacht. Vielleicht waren die Schlüssel nicht in Ordnung. Vielleicht würde sie nie in ihre Wohnung hineinkommen. Vielleicht würde sie hier draußen im Flur alt werden und sterben, ohne je wieder das Innere ihrer Wohnung zu sehen.

Vielleicht würde sie aber auch die Tür aufbekommen, wenn sie nur ruhig blieb und es nicht so verbissen versuchte.

Der Schlüssel drehte sich. Die Tür öffnete sich. Das Telefon hörte auf zu läuten.

Na, wenigstens bin ich drinnen, sagte sich Jess und winkte ihrem Kanarienvogel zu. Sie stellte ihre Aktentasche ab, zog die Stiefel aus und ging die Post durch, die sie in der Manteltasche mit nach oben genommen hatte. Nichts Aufregendes, dachte sie dankbar und warf Briefe und Mantel auf das Sofa.

»Das war vielleicht ein Tag, Fred. Eine Frau, die ich kaum

kenne, hat mir neue Unterwäsche gekauft, ich habe neue Schlüssel bekommen und nagelneue Schlösser, schau!« Sie ging zur Tür, sperrte mehrmals auf und zu, bis der Schlüssel sich fast wie von selbst drehte. »Und bei Gericht war ich heute große Klasse«, fuhr sie fort. »Du hättest sehen sollen, wie …« Sie brach ab. »Das ist ja zum Heulen«, sagte sie laut. »Jetzt red ich schon mit dem Kanarienvogel.«

Sie ging in die Küche und starrte das Telefon an. »Los, läute, verdammt noch mal!«

Aber das Telefon blieb still. Das ist ja lächerlich, dachte Jess und packte gereizt den Hörer. Das Telefon ist keine Einbahnstraße. Wer sagt, dass ich warten muss, bis jemand mich anruft? Ich kann schließlich auch selbst anrufen.

Nur wen? Sie war nicht mit einem großen Freundeskreis gesegnet. Nach der göttlichen Ruhe in der unteren Etage zu schließen war Walter Fraser nicht zu Hause. Sie hatte keine Ahnung, wo sie Adam erreichen konnte. Sie hatte Angst, ihren Vater anzurufen. Ihre Schwester stand derzeit nicht auf bestem Fuß mit ihr.

Ich kann Don anrufen, dachte sie, ich *sollte* ihn anrufen, ihm von meinem heutigen großen Erfolg erzählen, ihm dafür danken, dass er mich gestern nach Union Pier mitgenommen hat. Wäre diese Fahrt nicht gewesen, so hätte sie das Schild des Schützenvereins Union Pier nie gesehen, wäre nie auf den Gedanken gekommen, Bogensportvereine in und um Chicago ausfindig zu machen, hätte niemals die Chance bekommen, heute vor Gericht so zu glänzen. Ganz abgesehen davon war sie ihm auch Dank für alles andere schuldig, was er für sie getan hatte – die neue Unterwäsche, die neuen Schlüssel, die neuen Schlösser.

Aber genau das war der Grund, weshalb sie ihn nicht

anrufen wollte. Das begriff sie. Wie ein verwöhntes Kind, das zu viel bekommen hat und Gefahr läuft, überwältigt zu werden, war sie es müde, Danke schön zu sagen, war es leid, dankbar sein zu müssen. Ihren heutigen Triumph bei Gericht konnte sie mit Don nicht teilen, ohne seinen Anteil an ihrem Erfolg zu würdigen, und dazu war sie noch nicht bereit.

»Du wirst auf deine alten Tage ganz schön egoistisch«, hielt sie sich vor und dachte dann, dass sie jetzt wahrscheinlich ja nicht egoistischer war als früher. »Es lassen sich bestimmt ein paar Zeugen aus der Vergangenheit ausgraben, die gegen dich aussagen können«, sagte sie zu sich selbst und sah augenblicklich das tränennasse Gesicht ihrer Mutter vor sich.

»Zum Teufel mit dem Quatsch«, schimpfte sie vor sich hin und wählte kurz entschlossen die Nummer ihrer Schwester in Evanston. »Wahrscheinlich hole ich sie gerade von den Zwillingen weg«, murmelte sie, nachdem es sechsmal geläutet hatte und sich nichts rührte.

Dann aber meldete sich eine Stimme, die ihr fremd war, eine Stimme zwischen einem Krächzen und einem Knurren.

»Hallo?« Es klang sehr mühsam.

»Wer ist denn am Apparat?«, fragte Jess. »Maureen, bist du das?«

»Nein, Barry«, flüsterte es heiser.

»Barry! Was ist denn mit dir los?«

»Eine grauenhafte Erkältung«, erklärte Barry, den das Sprechen hörbar anstrengte. »Kehlkopfentzündung.«

»Mein Gott. Fühlst du dich so schlecht, wie du klingst?«

»Schlechter. Der Arzt hat mir Antibiotika verschrieben.

Maureen ist gerade in die Apotheke gefahren, um sie zu holen.«

»Die Ärmste. Jetzt muss sie sich statt um drei gleich um vier Kinder kümmern«, sagte Jess, ohne nachzudenken.

Einen Moment blieb es still.

»Entschuldige, das tut mir leid«, sagte Jess hastig. Hatte sie diesen Anruf nicht als versöhnliche Geste gemeint? »Das wollte ich nicht sagen.«

»Aber du kannst es dir einfach nicht verkneifen, wie?«, fragte Barry heiser.

»Ich hab doch gesagt, dass es mir leidtut.«

Wieder folgte eine lange Pause. Dann eine Stimme wie aus dem Jenseits. Dumpf, gedehnt. »Hast du meinen Brief bekommen?«

Jess erstarrte. Sofort fiel ihr das nach Urin riechende Blatt Papier ein. »Was für einen Brief?«, fragte sie und hörte im selben Moment aus der Ferne Babygeschrei.

»Ach Mist, jetzt sind sie aufgewacht«, rief Barry, und seine Stimme klang überraschenderweise fast wieder normal. »Ich muss Schluss machen, Jess. Ich sag Maureen, dass du angerufen hast. Es ist immer ein Vergnügen, mit dir zu reden.«

Stille. Jess legte hastig auf, aber sie rührte sich nicht von der Stelle. Unmöglich. Konnte sie im Ernst denken, was sie dachte? Konnte ihr Schwager, *der Mann ihrer Schwester*, um Gottes willen, der Vater ihres Neffen und ihrer beiden Nichten, ein erfolgreicher *Steuerberater*, konnte er ihr diesen widerlichen Brief geschickt haben?

Gewiss, er mochte sie nicht. Solange sie einander kannten, standen sie miteinander auf Kriegsfuß. Ihr gefielen seine Werte nicht, ihm gefiel ihre Einstellung nicht. Er fand sie verwöhnt und humorlos und bewusst herausfordernd; sie fand ihn kleinlich, tyrannisch und rachsüchtig. Sie hatte ihn beschuldigt, die Autonomie ihrer Schwester zu untergraben; er hatte sie beschuldigt, seine elterliche Autorität zu untergraben. *Eines Tages wirst du zu weit gehen, Jess*, hatte er an jenem Abend beim Essen zu ihr gesagt. War das eine Drohung gewesen oder lediglich eine simple Feststellung? Sie erinnerte sich an Barrys Schadenfreude darüber, seinem ehemaligen Geschäftspartner und angeblichen Freund einen Kunden abspenstig gemacht zu haben. *Ich vergesse* nie etwas, hatte er sich gebrüstet. *Ich revanchiere mich.*

War ein schmutziger Brief, wie sie ihn bekommen hatte, Barrys Revanche? Hatte sie ihn so stark gegen sich aufgebracht, dass er sich veranlasst sah, zu so gemeinen Mitteln zu greifen?

Aber er war gewiss nicht der einzige Mann, den sie im Laufe ihres kurzen Lebens gegen sich aufgebracht hatte. Jess rieb sich nachdenklich die Nase. Die Kandidatenliste war praktisch endlos. Selbst wenn sie alle Männer, die sie hinter Gitter befördert hatte, unberücksichtigt ließ, blieben die vielen Männer, gegen die sie ermittelt hatte, die Verteidiger, die sie gekränkt hatte, die Kollegen, mit denen sie sich angelegt hatte, die Verehrer, die sie hatte abblitzen lassen. Selbst ihre Verwandten waren vor ihrem besonderen Charme nicht sicher. Jeder beliebige von bestimmt hundert Männern konnte ihr diesen Brief geschickt haben. Sie hatte sich genug Feinde gemacht, um die Post wochenlang auf Trab zu halten.

Irgendwo läutete es. Jess hob automatisch den Telefonhörer ab und erkannte, sobald sie das Amtszeichen hörte, dass nicht das Telefon geläutet hatte, sondern die Türglocke unten. Misstrauisch ging sie zur Sprechanlage an der Wohnungstür.

»Wer ist da?«, fragte sie.

»Adam.«

Sie drückte auf den elektrischen Türöffner. Sekunden später stand er vor ihrer Tür.

»Ich hab versucht, dich anzurufen«, sagte er, sobald er sie sah. »Zuerst hat sich niemand gemeldet, dann war dauernd besetzt. Willst du mich nicht hereinlassen?«

Er ist der unbekannte Faktor, Jess. Wer ist dieser Mann eigentlich?, hörte sie Don sagen.

»Du musst ja ganz in der Nähe gewesen sein.« Jess blieb an der Tür stehen und versperrte ihm den Zutritt. »So lange war ich gar nicht am Telefon.«

»Ich war gleich um die Ecke.«

»Hast du Schuhe ausgeliefert?«

»Ich habe auf dich gewartet. Willst du mich nicht reinlassen?«, fragte er wieder.

Er ist der unbekannte Faktor, Jess.

Sie dachte zu dem Tag zurück, als sie Adam Stohn zum ersten Mal begegnet war. Die Zerstörung ihres Autos, das Eintreffen des gemeinen Briefs, der Einbruch in ihre Wohnung, der Angriff auf ihre Intimsphäre – das alles hatte nach ihrer ersten Begegnung stattgefunden. Adam Stohn wusste, wo sie arbeitete. Er wusste, wo sie wohnte. Er hatte sogar eine Nacht auf ihrem Sofa verbracht.

Gut, er hätte die Gelegenheit gehabt, all diese Dinge zu tun, dachte Jess und verlor sich einen Moment im ruhigen, tiefen Blick seiner braunen Augen. Aber welchen Grund sollte er haben, mich zu terrorisieren?

In Gedanken ging sie alte Fälle durch. War es möglich,

dass sie einmal gegen ihn ermittelt hatte? Ihn ins Gefängnis gebracht hatte? Vielleicht war er der Bruder von jemand, den sie hinter Gitter befördert hatte. Oder der Freund. Vielleicht war er ein gedungener Killer.

Oder vielleicht ist er die Reinkarnation von Al Capone, verspottete sie sich selbst. Wenn sie es so wollte, konnte sie ohne weiteres den Rest ihres Lebens damit zubringen, die Motive jedes Mannes in Frage zu stellen, der mehr als beiläufiges Interesse an ihr zeigte. Er will dich doch nicht umbringen, dachte sie ungeduldig und trat zur Seite, um Adam Stohn in ihre Wohnung zu lassen. Er will dich ins Bett kriegen.

»Ich war neugierig wegen gestern. Ich wollte gern wissen, was los war«, sagte er, zog seine Jacke aus und warf sie über ihren Mantel auf das Sofa.

Jess erzählte ihm von ihrem Besuch bei Connie DeVuonos Mutter und ihrem kleinen Sohn und dann von ihrem großen Triumph bei Gericht. Dass sie die Nacht zwischen den beiden Ereignissen mit ihrem geschiedenen Mann verbracht hatte, erwähnte sie nicht.

»Er liebt dich immer noch, das weißt du wohl«, sagte Adam, während er an den Knöpfen ihrer Stereoanlage drehte, bis er einen Sender mit Country Music gefunden hatte. Garth Brooks sang ein fröhliches Liedchen davon, wie sein Vater in blindwütiger Eifersucht seine Mutter umgebracht hatte.

»Wer?«, fragte Jess, obwohl sie genau wusste, wen er meinte.

»Der Brötchenmann«, antwortete Adam. Er nahm die Tüte mit den Brötchen vom Esstisch und hielt sie hoch. »Du hast vergessen, sie einzufrieren.«

»Ach verflixt. Jetzt sind sie bestimmt steinhart.«

Adam legte die Tüte wieder auf den Tisch und ging langsam zu ihr. »Wie sieht's bei dir aus?«

»Bei mir? Ganz gut, außer dass ich ein bisschen müde bin.«

»Ich meine, wie sieht's bei dir in Bezug auf deinen Ex-Mann aus?«, erklärte er.

»Ich hab dir schon gesagt, dass wir Freunde sind.«

»Ich glaube, das ist mehr als Freundschaft.«

»Da täuschst du dich.«

»Ich hab dich gestern Abend angerufen, Jess«, sagte er, sehr nahe jetzt. »Ich hab's immer wieder versucht. Ich glaube, es war drei Uhr morgens, als ich schließlich aufgegeben habe.«

»Ich wusste nicht, dass ich dir Rechenschaft schuldig bin.«

Adam trat zwei Schritte zurück und hob beide Hände. »Natürlich, du hast recht. Es steht mir nicht zu, dir diese Fragen zu stellen.«

»Warum tust du's dann?«

»Ich weiß nicht genau.« Sein Gesicht zeigte Verwirrung. »Wahrscheinlich möchte ich einfach wissen, wo ich stehe. Wenn du noch an deinem geschiedenen Mann hängst, dann brauchst du's nur zu sagen, und ich verschwinde.«

»Ich hänge nicht mehr an ihm«, sagte Jess rasch.

»Und wie ist es mit ihm?«

»Er kennt meine Gefühle.«

»Aber er hofft, dass er dich umstimmen kann.«

»Er hat eine Freundin.«

»Nur, bis du es dir anders überlegst.«

»Aber das werde ich nicht tun.«

Ein paar Sekunden lang starrten sie einander schweigend an.

Er ist der unbekannte Faktor, Jess.

In der nächsten Sekunde lagen sie sich in den Armen.

Wer ist dieser Mann eigentlich?

Seine Hände glitten über ihren Körper abwärts, und er drückte sie fester an sich, während er ihren Hals küsste.

Wer ist dieser Adam Stohn eigentlich, Jess?, hörte sie Don wieder fragen und fühlte immer noch, wie er in ihr war. Wie hatte sie das geschehen lassen können? Wie konnte sie in der einen Nacht mit dem einen Mann ins Bett gehen und in der anderen mit dem anderen? Waren dies nicht die neunziger Jahre? Das Aids-Zeitalter? War Promiskuität nicht ein überholtes Relikt aus einer unschuldigeren Zeit?

Beinahe hätte sie über diese Kombination von Promiskuität und Unschuld gelacht. Ich bin wirklich eine richtige Juristin, dachte sie. Ich kann alles so drehen, dass es passt.

»Ich kann nicht«, sagte sie hastig und befreite sich aus seiner Umarmung.

»Was kannst du nicht?« Seine Stimme klang heiser.

»Ich bin noch nicht so weit«, sagte sie. Sie fühlte missbilligende Blicke aus unsichtbaren Augen auf sich gerichtet. »Ich weiß ja nicht einmal, wo du wohnst.«

»Du möchtest wissen, wo ich wohne? Ich wohne in der Sheffield Street«, sagte er schnell. »Ich habe da eine Zweizimmerwohnung. Fünf Minuten zu Fuß von Wrigley Field entfernt.«

Plötzlich fingen sie beide schallend zu lachen an. Es war ein herrlich befreiendes Gelächter, tief aus dem Bauch. Jess spürte, wie die Spannung der letzten Tage sich löste und verflog. Sie lachte aus reiner Lebensfreude, aus Wonne über die wunderbare Befreiung, die dieses Lachen brachte. Sie lachte so heftig, dass ihr der Magen weh tat und die Tränen aus den Augen sprangen. Adam küsste ihr die Tränen von den Wangen.

»Nein«, sagte sie und entzog sich ihm. »Ich kann wirklich nicht. Ich brauche Zeit zum Nachdenken.«

»Wie viel Zeit?«

»Ich könnte ja beim Abendessen nachdenken«, hörte sie sich sagen.

Er war schon an der Tür. »Wohin möchtest du gehen?«

Wieder lachten sie beide. »Wie wär's, wenn ich uns einfach hier etwas mache?«, fragte Jess.

»Ich dachte, du kannst nicht kochen.«

»Folge mir unauffällig«, sagte sie und ging ihm lachend voraus, am Esstisch vorbei, wo sie die Tüte mit den Brötchen mitnahm, und weiter in die Küche. »Eines oder zwei?«, fragte sie und öffnete die Klappe des Mikrowellenherds.

Er hielt zwei Finger hoch. »Ich mach inzwischen den Wein auf.«

»Ich glaube, ich hab gar keinen Wein da«, sagte sie betreten.

»Was, kein Wein?«

Sie öffnete den Kühlschrank. »Und auch keine Limo.«

»Kein Wein?«, sagte er wieder.

»Wir können Wasser trinken.«

»Brot und Wasser«, sagte er nachdenklich. »Sag mal, wo hast du denn deine Kochkünste her? Aus dem Zuchthaus vielleicht?«

Jess hörte auf zu lachen. »Warst du schon mal im Gefängnis?«, fragte sie.

Er sah erst verblüfft aus, dann erheitert. »Was ist denn das für eine Frage?«

»Ach, ich wollte nur Konversation machen.«

»Das ist deine Vorstellung von Smalltalk?«

»Du hast die Frage nicht beantwortet.«

»Ich habe nicht gedacht, dass es dir ernst ist.«

»Ist es mir auch nicht«, sagte Jess rasch, während sie vier Brötchen auf einen Teller legte und ihn in den Mikrowellenherd schob.

»Ich war nie im Gefängnis, Jess«, sagte Adam.

Sie zuckte die Achseln, als wäre die Sache völlig belanglos. »Nicht mal, um einen Freund zu besuchen?« Der gezwungen beiläufige Ton tat selbst ihren eigenen Ohren weh.

»Du glaubst, ich verkehre mit Verbrechern? Jess, was tue ich hier?«

»Sag du mir das«, erwiderte Jess, aber Adams einzige Antwort war ein Lächeln.

»Du warst also ein Einzelkind«, sagte Jess. Sie saßen auf dem Boden vor dem Sofa bei ihrem kargen Abendessen.

»Ein sehr verwöhntes Einzelkind«, erläuterte er.

»Meine Schwester behauptet immer, zu viel Liebe könnte ein Kind nie verwöhnen.«

»Das hört sich an, als wäre sie eine sehr gute Mutter.«

»Ich glaube, das ist sie auch.«

»Das scheint dich zu überraschen.«

»Ich hab's nur einfach nicht von ihr erwartet.«

»Was hast du denn von ihr erwartet?«

»Ich weiß nicht genau. Eine brillante Karriere wahrscheinlich.«

»Vielleicht wollte sie die dir überlassen.«

»Vielleicht«, stimmte Jess zu. Irgendwie gelang es Adam immer, das Gespräch wieder auf sie zurückzulenken. »Wolltet ihr nie Kinder, du und deine Frau?«

»Doch, wir haben uns Kinder gewünscht«, sagte er. »Aber irgendwie hat's nie geklappt.«

Sein Ton verriet Jess, dass dies ein Thema war, das er nicht weiterzuverfolgen wünschte. Sie aß das letzte Stück Brötchen, hob das Glas Wasser zum Mund.

»Wie war deine Mutter?«, fragte er plötzlich.

»Was?« Jess' Hand begann zu zittern, das Wasser ergoss sich aus dem Glas auf den Boden. Sie sprang auf. »Oh, mein Gott.«

Er griff nach ihrem Arm und zog sie sachte wieder auf den Teppich hinunter. »Beruhig dich doch, Jess, es ist ja nur Wasser.« Mit seiner Serviette tupfte er das verschüttete Wasser auf. »Was ist denn los?«

»Nichts.«

»Warum zitterst du dann wie Espenlaub?«

»Unsinn, ich zittere überhaupt nicht.«

»Was hat deine Mutter dir angetan?«

»Was soll das heißen, was hat sie mir angetan?«, fragte Jess ärgerlich. »Sie hat mir gar nichts angetan. Was redest du da?«

»Warum willst du nicht über sie sprechen?«

»Warum sollte ich?«

»Weil du nicht willst«, sagte er ruhig. »Weil du Angst hast, über sie zu sprechen.«

»Ach, auch eine von meinen Phobien?«, fragte Jess sarkastisch.

»Das musst schon du mir sagen.«

»Hat dir schon mal jemand gesagt, dass du einen guten Anwalt abgeben würdest?«

»Was ist mit deiner Mutter passiert, Jess?«

Jess schloss ihre Augen. Sie sah ihre Mutter in der Küche ihres Hauses stehen. Sie weinte. *Das habe ich nicht nötig, Jess, sagte sie. Das muss ich mir von dir nicht gefallen lassen.* Jess öffnete hastig die Augen. »Sie ist verschwunden«, sagte sie.

»Verschwunden?«

»Sie entdeckte einen kleinen Knoten in ihrer Brust und hatte ziemlich große Angst. Sie rief den Arzt an, und der gab ihr für denselben Nachmittag einen Termin. Aber zu diesem Termin ist sie nie erschienen. Kein Mensch hat sie je wiedergesehen.«

»Dann ist es möglich, dass sie noch lebt?«

»Nein, das ist nicht möglich«, fuhr Jess ihn an. »Das ist absolut nicht möglich.«

Er wollte sie in die Arme nehmen, aber sie wich vor ihm zurück.

»Sie hätte uns niemals verlassen, nur weil sie Angst hatte«, fuhr Jess fort. Ihr schien, als kämen die Worte tief aus ihrem Inneren. »Ich meine, trotz aller Angst, und ich weiß, dass sie Angst hatte, wäre sie nicht einfach von uns fortgegangen. Sie war nicht so eine Frau, die Mann und Kinder im Stich lassen würde, weil sie der Realität nicht ins Auge schauen kann. So etwas hätte sie nie getan. Ganz gleich, wie sehr sie sich fürchtete, ganz gleich, wie zornig sie war.«

»Zornig?«

»Ich meinte nicht zornig.«

»Aber du hast es gesagt.«

»Ich habe es nicht gemeint.«

»Worüber war sie zornig, Jess?«

»Sie war nicht zornig.«

»Sie war zornig auf dich, nicht wahr? Sie war böse auf dich?«

Jess wandte sich ab und blickte zum Fenster. Das tränenüberströmte Gesicht ihrer Mutter starrte sie durch die alten Spitzenvorhänge an. *Das habe ich nicht nötig, Jess. Das muss ich mir von dir nicht gefallen lassen.*

»Ich kam aus meinem Zimmer nach unten und sah, dass sie sich zum Ausgehen angezogen hatte«, begann Jess. »Ich habe gefragt, wohin sie wollte, und zuerst hat sie es mir einfach nicht gesagt. Aber nach einer Weile kam heraus, dass sie einen Knoten in ihrer Brust entdeckt hatte und am Nachmittag zu ihrem Arzt wollte.« Jess versuchte zu lachen, aber das Lachen blieb ihr in der Kehle stecken. »Das war typisch für meine Mutter – sich schon am Morgen feinzumachen, wenn sie erst am späten Nachmittag irgendwo einen Termin hatte.«

»So ähnlich, als wenn man die Kleider, die man am nächsten Tag anziehen will, schon am Abend vorher herauslegt.«

Jess ignorierte die Anspielung. »Sie hat mich gefragt, ob ich mit ihr zum Arzt gehen würde. Ich habe es ihr natürlich versprochen. Aber dann sind wir irgendwie in Streit geraten. So eine typische Mutter-Tochter-Geschichte. Sie hat mir vorgehalten, ich sei störrisch und eigensinnig. Ich hab ihr vorgeworfen, sie sei eine Glucke. Ich hab gesagt, sie solle sich in mein Leben nicht einmischen. Daraufhin sagte sie, sie könnte auf meine Begleitung zum Arzt verzichten. Na schön, wie du willst, hab ich gesagt und bin aus dem Haus gerannt. Als ich wieder nach Hause kam, war sie schon weg.«

»Und du gibst dir die Schuld an dem, was geschehen ist.« Es war mehr eine Feststellung als eine Frage.

Jess ging zum Vogelkäfig. »Hallo, Fred, wie geht's?«

»Fred geht es glänzend«, sagte Adam, der hinter sie getreten war. »Bei seiner Eigentümerin bin ich mir da nicht so sicher. Das ist ja eine Riesenladung Schuldgefühle, die du seit Jahren mit dir herumschleppst.«

»Hey, was ist aus unserer Vereinbarung geworden?«, fragte Jess. Sie wischte sich die Tränen aus den Augen und vermied es, ihn anzusehen; richtete stattdessen ihre ganze Aufmerksamkeit auf den Kanarienvogel. »Keine Geheimnisse, keine Lügen, erinnerst du dich?« Sie drückte das Gesicht an den Käfig und zwitscherte nicht sonderlich talentiert.

»Lässt du ihn manchmal raus?«, fragte Adam.

»Kanarienvögel soll man nicht aus dem Käfig herauslassen«, antwortete Jess laut, weil sie hoffte, mit dem Klang ihrer Stimme das Zittern ihres Körpers beruhigen zu können. »Sie sind anders als Wellensittiche. Wellensittiche sind domestizierte Vögel. Sie sind zahm. Kanarienvögel nicht. Man darf sie nicht aus dem Käfig herauslassen.«

»Du brauchst also niemals Angst zu haben, dass er dir wegfliegt«, sagte Adam leise.

Diesmal war die Anspielung zu deutlich, als dass sie sie hätte ignorieren können. Ärgerlich drehte sie sich herum. »Der Vogel ist ein Haustier, keine Metapher.«

»Jess ...«

»Kannst du mir sagen, wann du die Psychologie aufgegeben hast, um Schuhe zu verkaufen?«, fragte sie erbittert. »Wer, zum Teufel, bist du überhaupt, Adam Stohn?«

Sie standen einander gegenüber, ohne etwas zu sagen, Jess zitternd, Adam völlig reglos.

»Soll ich gehen?«, fragte er schließlich.

Nein, dachte sie. »Ja«, sagte sie.

Er ging langsam zur Tür.

»Adam«, rief sie, und er blieb stehen. »Ich glaube, es ist wahrscheinlich am besten, wenn du nicht wiederkommst.«

Einen Moment lang dachte sie, er würde sich vielleicht herumdrehen, sie in die Arme nehmen, ein Geständnis ablegen. Aber er tat es nicht, und Sekunden später war er fort, und sie stand allein in einem Raum voll von Gespenstern und Schatten.

21

Am Ende der Woche ging der gerichtsmedizinische Bericht über Connie DeVuono ein, und die Geschworenen im Mordprozess Wales zogen sich zur Beratung zurück.

Connie DeVuono war zuerst vergewaltigt worden, dann geschlagen und mit einem Stück dünnem Magnetdraht erdrosselt worden. Der Draht hatte ihre Halsschlagader durchschnitten und beinahe ihren Kopf von ihrem Rumpf getrennt. Untersuchungen hatten ergeben, dass der Draht, mit dem der Tod herbeigeführt worden war, mit einer Art von Draht identisch war, der in der Fabrik, in der Rick Ferguson arbeitete, Verwendung fand. Daraufhin war Haftbefehl gegen Rick Ferguson erlassen worden.

»Was meinst du, wie lange die Geschworenen brauchen werden?«, fragte Barbara Cohen, als das Telefon auf Jess' Schreibtisch läutete.

»Du solltest inzwischen wissen, dass so eine Frage absolut sinnlos ist«, antwortete Jess, während sie nach dem Hörer griff. »Vielleicht Stunden, vielleicht Tage.«

Barbara Cohen sah auf ihre Uhr. »Es sind jetzt schon mehr als vierundzwanzig Stunden.«

Jess zuckte die Achseln. Sie war so ungeduldig wie ihre Assistentin, aber sie wollte es nicht zugeben. Sie hob den Hörer ab und drückte ihn an ihr Ohr. »Jess Koster.«

»Er ist verschwunden«, sagte Don anstelle einer Begrüßung.

Jess fühlte, wie ihr Magen sich zusammenkrampfte. Sie brauchte nicht zu fragen, von wem Don sprach. »Wann?«

»Wahrscheinlich irgendwann in der Nacht. Mein Mann hat mich gerade angerufen. Er hat das Haus die ganze Nacht beobachtet, und als er Ferguson heute Morgen nicht zur gewohnten Zeit zur Arbeit weggehen sah, wurde er argwöhnisch. Er wartete noch eine Zeitlang, dann hat er ein bisschen herumgeschnüffelt. Er konnte Fergusons Mutter im Bett liegen sehen, entweder im Schlaf oder im Suff; Ferguson selbst war nirgends zu sehen. Daraufhin hat er im Lagerhaus angerufen und hörte, dass Ferguson tatsächlich nicht zur Arbeit gekommen war. Es scheint, er hat gemerkt, dass er überwacht wird, und sich gedacht, dass die Polizei ihn binnen kurzem verhaften wird. Daraufhin ist er, solange es noch dunkel war, durch eines der Hinterfenster getürmt.«

»Das Ironische ist, dass die Polizei ihn tatsächlich verhaften will«, sagte Jess. »Wir haben heute Morgen einen Haftbefehl erlassen.«

Dons Ton wurde augenblicklich geschäftsmäßig. Er war nicht länger der besorgte Ex-Ehemann, sondern nur noch der sachliche Anwalt, der die Rechte seines Mandanten im Auge hat. »Was habt ihr gegen ihn?«, fragte er.

»Der Draht, mit dem Connie DeVuono erdrosselt wurde, wird auch in dem Lagerhaus verwendet, wo Rick Ferguson arbeitet.«

»Und sonst?«

»Was brauch ich sonst noch?«

»Auf jeden Fall mehr als das.«

»Aber nicht, um ihn zu verhaften.«

»Fingerabdrücke?«

»Nein«, musste Jess zugeben.

»Also nichts als ein läppisches Stück Draht?«

»Aber es hat ausgereicht, Connie DeVuono zu töten«, sagte Jess. »Und es wird ausreichen, deinen Mandanten zu verurteilen.«

Es entstand eine kleine Pause. »Okay, Jess, ich möchte da jetzt nicht weiter einsteigen. Wir können uns über die Beweise gegen meinen Mandanten unterhalten, sobald die Polizei ihn gefasst hat. Unterdessen hab ich meinen Mann beauftragt, ein Auge auf dich zu haben.«

»Was? Don, ich hab dir doch gesagt, dass ich keinen Babysitter haben will.«

»Aber ich will es«, insistierte Don. »Lass mich doch, Jess. Nur ein oder zwei Tage. Das bringt dich doch nicht um.«

»Aber Rick Ferguson könnte mich vielleicht umbringen?«

Sie hörte, wie er seufzte. »Du wirst nicht mal merken, dass du überwacht wirst.«

»Rick Ferguson hat es aber gemerkt.«

»Tu's mir zuliebe, ja?«

»Hast du eine Ahnung, wo dein Mandant sein könnte?«

»Nein.«

»Ich muss jetzt Schluss machen«, sagte Jess, die bereits daran dachte, was sie der Polizei sagen würde.

»Die Geschworenen im Armbrust-Prozess beraten sich wohl noch?«

»Seit mehr als vierundzwanzig Stunden schon.«

»Ich hab gehört, dein Schlussplädoyer war ein Klassiker.«

»Geschworene sind, wie allgemein bekannt, für Klassiker völlig unempfänglich«, sagte Jess, die es jetzt eilig hatte, vom Telefon wegzukommen.

»Ich ruf dich später an.«

Jess legte auf, ohne auf Wiedersehen zu sagen.

»Detective Mansfield hat eben angerufen«, berichtete ihr Neil. »Rick Ferguson ist abgehauen. Sie leiten eine Fahndung ein.«

Das Telefon auf Jess' Schreibtisch läutete.

»Das scheint mal wieder einer von diesen ganz verflixten Tagen zu werden«, sagte Barbara. »Soll ich rangehen?«

Jess schüttelte den Kopf und hob ab. »Jess Koster.«

»Jess, ich bin's, Maureen. Hab ich einen ungünstigen Moment erwischt?«

Jess seufzte. »Na ja, der günstigste ist es nicht gerade.« Sie konnte beinahe die Enttäuschung im Gesicht ihrer Schwester sehen. »Aber ein paar Minuten kann ich schon abzwacken.«

»Barry hat mir erst heute Morgen gesagt, dass du am Montag angerufen hast«, fuhr Maureen fort. »Entschuldige, das tut mir wirklich leid.«

»Wieso entschuldigst du dich für Barrys Versäumnisse?«

Schweigen.

»Entschuldige«, sagte Jess hastig. Wieso schaffte sie es nicht, ein einziges Mal den Mund zu halten?

»Er war die ganze Woche so krank. Er konnte kaum

einen klaren Gedanken fassen vor lauter Kopfschmerzen. Der Arzt hatte Angst, es könnte sich um eine Lungenentzündung handeln, aber die Antibiotika haben dem Virus oder was es sonst war den Garaus gemacht. Barry hat heute Morgen wieder zu arbeiten angefangen.«

»Freut mich, dass es ihm wieder bessergeht.« Jess sah augenblicklich den widerlichen Brief vor sich, den sie bekommen hatte, und fragte sich erneut, ob Barry ihn ihr geschickt haben konnte.

»Und als er heute Morgen zur Tür hinausmarschierte, fiel ihm plötzlich ein, dass du angerufen hast. Ich hätte ihn umbringen können.«

»Bei euch scheint's ja ganz schön gewalttätig zuzugehen«, sagte Jess zerstreut.

»Was?«

»Und, wie geht es dir?«

»Mir? Ich hab keine Zeit, krank zu werden«, sagte Maureen und hörte sich in diesem Moment sehr wie ihre jüngere Schwester an. »Ich wollte dich nur anrufen, damit du nicht glaubst, ich würde auf deinen Anruf einfach nicht reagieren. Ich bin so froh, dass du dich gemeldet hast…« Ihre Stimme drohte in Tränen zu ersticken.

»Wie geht es Dad?«, fragte Jess, der plötzlich bewusst wurde, dass sie ihren Vater seit Wochen nicht gesprochen hatte. Sogleich meldeten sich, wie immer, Schuldgefühle und Zorn. Schuldgefühle über ihr Versäumnis, Zorn über die Schuldgefühle.

»Er ist wirklich sehr glücklich, Jess.«

»Das freut mich.«

»Sherry tut ihm sehr gut. Sie bringt ihn zum Lachen und hält ihn auf Trab. Die beiden kommen nächsten Freitag zum Abendessen zu uns. Wir wollen den Christbaum aufstellen und das Haus schmücken und so.« Sie hielt einen Moment inne. »Möchtest du nicht auch kommen?«

Jess schloss die Augen. Wie lange wollte sie noch ausgerechnet die Menschen verletzen, die ihr am meisten bedeuteten?

»Gern«, sagte sie.

»Bist du sicher?«

»Ich freu mich drauf.«

»Du freust dich?«, wiederholte Maureen, als brauchte sie die Bestätigung ihrer eigenen Stimme, um glauben zu können, was sie hörte. »Ja«, sagte sie dann, »es wird bestimmt lustig. Du hast uns gefehlt. Tyler spielt fast nur mit dem kleinen Flugzeug, das du ihm damals mitgebracht hast. Und du kannst dir nicht vorstellen, wie die Zwillinge gewachsen sind.«

Jess lachte. »Also wirklich, Maureen, so lange ist es nun auch wieder nicht her.«

»Fast zwei Monate«, entgegnete Maureen.

Jess war bestürzt. Waren tatsächlich zwei Monate vergangen, seit sie das letzte Mal ihre Familie gesehen hatte?

»Ich muss jetzt Schluss machen«, sagte sie.

»Natürlich, du hast bestimmt wahnsinnig viel zu tun. Ich hab in den Nachrichten gehört, dass die Geschworenen im Armbrust-Prozess sich gestern zur Beratung zurückgezogen haben. Habt ihr schon was gehört?«

»Nein.«

»Viel Glück.«

»Danke.«

»Also bis nächste Woche«, sagte Maureen.

»Bis nächste Woche«, bestätigte Jess.

»Ist was?«, fragte Barbara, als Jess auflegte.

Jess schüttelte den Kopf und tat so, als studierte sie die Akte, die vor ihr auf dem Schreibtisch lag. Fast zwei Monate, dachte sie. Zwei Monate seit ihrem letzten Besuch im Haus ihrer Schwester. Zwei Monate, seit sie ihren kleinen Neffen an sich gedrückt und die Zwillinge im Arm gehalten hatte. Zwei Monate, seit sie ihren Vater das letzte Mal gesehen hatte.

Wie hatte sie das geschehen lassen können? Waren diese Menschen denn nicht das Einzige, was sie noch hatte? Was war nur los mit ihr? War sie so egozentrisch, nahm sie sich selbst so wichtig, dass sie über den Rand ihrer eigenen engen kleinen Welt nicht hinaussehen konnte? War sie so daran gewöhnt, mit Gaunern und Ganoven umzugehen, dass sie mit anständigen Menschen, die sie liebten, deren einziges Verbrechen es war, ihr Leben so leben zu wollen, wie sie es für richtig hielten, nicht mehr zurechtkam? War es denn nicht genau das – ihr Leben zu leben, wie sie es für richtig hielt –, was sie selbst immer gewollt, nein, gefordert hatte?

War sie nicht eben darüber mit ihrer Mutter am Tag ihres Verschwindens in Streit geraten?

Jess warf heftig den Kopf zurück. Sie spürte, wie die Muskeln in ihren Schultern sich verkrampften. Warum drehte sich für sie immer noch alles um ihre Mutter? Warum war sie noch immer die Gefangene von Geschehnissen, die sich vor acht langen Jahren ereignet hatten? Wieso führte immer alles zu dem Tag zurück, an dem ihre Mutter verschwunden war?

Verdammter Adam Stohn, dachte sie, während die Verkrampfungen in den Schultern auf die anderen Muskeln ihres Rückens übergriffen. Er war schuld an diesem Unbehagen. Er hatte sie dazu gebracht, sich zu öffnen, über ihre

Mutter zu sprechen. Er hatte all die Ängste, die Traurigkeit und die Schuldgefühle freigesetzt, die sie so lange unterdrückt hatte.

Es war nicht Adams Schuld, das wusste sie. Er hatte ja nicht ahnen können, auf was für ein emotionales Minenfeld er sich begab, als er ihr seine simplen Fragen stellte. Er hatte nicht ahnen können, was für Wunden er bloßlegte. Man kann nicht einfach ein Heftpflaster auf einen Krebs kleben, dachte sie, und erwarten, dass er heilt. Zog man das Pflaster nach Jahren wohlwollender Vernachlässigung ab, so stieß man auf einen vollentwickelten bösartigen Tumor, der außer Kontrolle geraten war.

Kein Wunder, dass er kein Verlangen gehabt hatte zu bleiben; dass er es so eilig gehabt hatte zu gehen. »Soll ich gehen?«, hatte er gefragt, und sie hatte gesagt: »Ich glaube, es ist wahrscheinlich am besten, wenn du nicht wiederkommst.« Und das war es dann auch schon, dachte sie jetzt und erinnerte sich, dass sie ihm einmal gesagt hatte, dass für eine Anwältin ihre Glaubwürdigkeit das A und O sei.

Nun, er hatte sie nur beim Wort genommen.

»Verdammter Adam Stohn«, flüsterte sie.

»Hast du was gesagt?«, fragte Barbara und sah von ihrem Schreibtisch zu ihr hinüber.

Jess schüttelte den Kopf. Ein schreckliches Gefühl der Beklemmung legte sich auf ihre Brust, trieb sein Spiel mit ihrem Atem, rüttelte an ihrem Gleichgewicht. Ihr war so flau, so schwindlig, dass sie meinte, sie würde jeden Moment aus ihrem Sessel fallen. O Gott nein, dachte sie und verkrampfte sich automatisch, während die Welt um sie herum in Nebeln der Angst verschwamm. Wehr dich nicht dagegen, sagte sie sich hastig. Geh mit. Geh mit. Was ist das

Schlimmste, was passieren kann? Na und, dann fällst du eben aus dem Sessel. Dann landest du eben auf dem Hintern. Dann übergibst du dich eben. Na und?

Langsam stieß sie die Luft aus ihrer Lunge aus und ließ sich in das Zentrum des giftigen Nebels tragen. Beinahe augenblicklich begann er sich rund um sie herum aufzulösen. Das Schwindelgefühl ließ nach und das Atmen wurde ihr wieder leichter, ihre Schultermuskeln lockerten sich, die Spannung löste sich. Vertraute Geräusche drangen an ihr Ohr – das Summen des Faxgeräts, das Klappern der Computertastatur, das Läuten des Telefons.

Sie sah, wie Neil Strayhorn an ihren Schreibtisch kam und den Hörer ihres Telefons abhob. Wie lange hatte es schon geläutet?

»Neil Strayhorn«, sagte er, den Blick auf Jess gerichtet. »Sie sind fertig? Jetzt?«

Jess atmete einmal tief durch und stand auf. Sie brauchte nicht zu fragen. Die Geschworenen waren zurück.

»Meine Damen und Herren Geschworenen, sind Sie zu einem Urteil gekommen?«

Jess hielt vor Erregung den Atem an. Sie liebte und sie hasste diesen Augenblick. Liebte ihn wegen seiner Dramatik und seiner Spannung, wegen des Wissens, dass Sieg oder Niederlage nur ein Wort entfernt waren. Hasste ihn aus denselben Gründen. Hasste ihn, weil sie es hasste zu verlieren. Hasste ihn, weil es letztendlich immer nur um Sieg oder Niederlage ging. Die Wahrheit des einen Anwalts gegen die des anderen, die Gerechtigkeit in die Statistenrolle verbannt. Die ganze Wahrheit gab es nicht.

Der Obmann räusperte sich und warf einen Blick auf

das Blatt Papier in seiner Hand, bevor er zu sprechen anfing, als fürchtete er, er könnte vergessen haben, wie die Entscheidung der Geschworenen lautete, als wollte er sich noch einmal vergewissern, was auf dem Papier stand. »Wir, die Geschworenen«, begann er, räusperte sich noch einmal, »sprechen den Angeklagten, Terry Wales, des vorsätzlichen Mordes schuldig.«

Im Gerichtssaal war sofort die Hölle los. Reporter rannten hinaus; viele Zuschauer sprangen auf; Freunde und Verwandte der Toten umarmten einander unter Tränen. Richter Harris dankte den Geschworenen und entließ sie. Jess ließ sich von ihren Mitarbeitern umarmen, nahm ihre Glückwünsche entgegen, sah die Resignation in Hal Bristols Blick, das höhnische Lächeln auf den Lippen des Angeklagten, als er abgeführt wurde.

Draußen vor dem Gerichtssaal umringten sie die Reporter, hielten ihr Mikrofone vor das Gesicht, fuchtelten ihr mit Notizblöcken vor der Nase herum.

»Hat das Urteil Sie überrascht? Haben Sie damit gerechnet, dass Sie siegen würden? Wie fühlen Sie sich?«, fragten sie, während die Fernsehkameras surrten und Blitzlichter explodierten.

»Wir haben großes Vertrauen in das Geschworenensystem dieses Landes«, sagte Jess auf dem Weg zu den Aufzügen zu den Reportern. »Wir haben keinen Moment am Ausgang dieses Prozesses gezweifelt.«

»Werden Sie die Todesstrafe fordern?«, rief jemand.

»Darauf können Sie sich verlassen«, antwortete Jess. Sie drückte auf den Aufzugknopf und hörte ein paar Schritte weiter Hal Bristol einem anderen Reporter erklären, er werde in die Berufung gehen.

»Was ist es für ein Gefühl, so einen Prozess zu gewinnen?«, rief eine Frau am äußeren Rand des Gedränges.

Jess wusste, sie hätte die Reporter daran erinnern sollen, dass hier nicht der Sieg das Wichtige war, sondern die Wahrheit; dass hier ein Schuldiger für ein gemeines Verbrechen verurteilt worden war, dass der Gerechtigkeit Genüge getan worden war. Sie lächelte strahlend. »Es ist ein herrliches Gefühl«, antwortete sie.

»Hey, das Foto, das ich heut Morgen in der Zeitung gesehen habe, waren Sie das?«, fragte Vasiliki Jess, die vor dem Spiegel des Wen-Do-Trainingsraums stand und ihr Haar zum Pferdeschwanz zusammenband.

»Ja, das war ich«, bestätigte Jess zurückhaltend. Sie hatte immer noch einen Kater von der ausgiebigen Feier in *Jeans Restaurant* am Abend zuvor. Im Gegensatz zu vielen Staatsanwälten, für die *Jeans* eine Art zweites Zuhause war, ging Jess normalerweise nach der Arbeit nicht in das Restaurant. Aber gestern Abend hatten alle behauptet, der Sieg müsste unbedingt gefeiert werden, und, um der Wahrheit die Ehre zu geben, sie hatte sich nach Lob und Anerkennung gesehnt.

Sobald sie wieder in ihrem Büro gewesen war, hatte sie ihren Vater angerufen, aber der war nicht zu Hause gewesen; danach hatte sie es bei ihrer Schwester versucht, aber die war mit den Kindern beschäftigt gewesen und hatte nur für einen kurzen Glückwunsch Zeit gehabt.

Sie hatte Don angerufen, ihm von ihrem Sieg erzählt, worauf er entschuldigend gesagt hatte, er könnte leider nicht mit ihr feiern, da er bereits verabredet sei. Mit Trish natürlich, dachte Jess, sagte es aber nicht, fragte sich vielmehr, was sie von dem Mann eigentlich erwartete.

Danach hatte sie etwas getan, was sie nie zuvor getan, sich nie zuvor gegönnt hatte: Sie war in die Toilette gegangen, hatte sich in eine Zelle eingeschlossen, sich hingestellt und die Augen zugemacht. »Ich habe gewonnen«, hatte sie leise gesagt und sich vom Schatten ihrer Mutter stolz in die Arme nehmen lassen.

Die Feier in *Jeans Restaurant* war bis in die frühen Morgenstunden gegangen. Ihr vorgesetzter Staatsanwalt, Tom Olinsky, hatte sie nach Hause gefahren. Er hatte sie bis vor die Haustür begleitet und gewartet, bis sie sicher und wohlbehalten im Haus war. Von dem Mann, den Don engagiert hatte, sie zu beschützen, sah Jess keine Spur, aber sie wusste, dass er da war, und war wider Willen froh darüber.

Sie hatte nach dieser langen Nacht so fest geschlafen, dass sie nicht einmal ihren Wecker gehört hatte und beinahe zum Wen-Do-Unterricht zu spät gekommen wäre. Sie hatte nicht einmal mehr Zeit gehabt, sich das Haar zu bürsten.

Und jetzt stand sie hier, mit leerem Magen und dröhnendem Schädel, und man erwartete von ihr, dass sie brüllte wie ein Berserker, mit Adlerklauen kratzte und Hammerfäusten zuschlug.

»Sie haben uns keinen Ton davon gesagt, dass Sie eine berühmte Staatsanwältin sind«, schalt Vasiliki, während die anderen Frauen einen Kreis um sie bildeten.

»So berühmt nun auch wieder nicht.« Jess lächelte verlegen, fühlte sich in ihrer neuen Rolle gar nicht wohl. Die anderen Frauen starrten sie mit unverhüllter Neugier an.

»Ich hab gelesen, dass Sie die Todesstrafe verlangen wollen«, sagte Maryellen. »Glauben Sie, dass Sie damit durchkommen?«

»Ich hoffe es.«

»Ich halte nichts von der Todesstrafe«, erklärte Ayisha.

»Sie ist noch jung«, flüsterte ihre Mutter.

Die Vorhänge teilten sich, und Dominic kam in den Saal. »Einen schönen Nachmittag alle miteinander. Na, seid ihr bereit, alles kurz und klein zu schlagen?«

Die Frauen antworteten mit diversen Drohlauten und erhobenen Fäusten.

»Gut. Verteilen wir uns. Lasst genug Platz. Ja, gut so. Also, was ist die erste Verteidigungsstrategie?«

»Kiyi«, rief Vasiliki.

»Kiyi, richtig. Und was ist *Kiyi?«* Dominic sah Jess an.

»Ein Schrei«, sagte sie.

»Nein, kein Schrei. Ein Brüllen ist es«, korrigierte er. »Ein gewaltiges Brüllen.«

»Ein Brüllen«, wiederholte Jess.

»Frauen schreien zu leicht. Sie brüllen bei weitem nicht genug«, behauptete er. »Also, was ist *Kiyi?«*

»Ein Brüllen«, antwortete Jess, der das Wort im Schädel zu dröhnen begann.

»Gut, Jess, dann brüllen Sie mal«, sagte Dominic.

»Ich allein?«, fragte Jess.

»Die Frauen werden wahrscheinlich nicht bei Ihnen sein, wenn jemand Sie auf einer dunklen Straße anspringt«, sagte er.

»Im Gerichtssaal scheinen Sie doch mit dem Brüllen überhaupt keine Probleme zu haben«, erinnerte Vasiliki sie verschmitzt.

»Kommen Sie«, sagte Dominic. »Ich hab's auf Sie abgesehen. Ich bin groß und stark und sehr gefährlich. Und ich will Ihnen an den Kragen.«

»Hohh!«, schrie Jess.

»Lauter.«

»Hohh!«

»Das können Sie besser.«

»Hohh!«, brüllte Jess.

»Das ist schon viel besser. Jetzt wird mir schon ein bisschen mulmig. Ich überleg mir, ob ich mich mit Ihnen anlegen soll. Und jetzt lassen Sie mal hören.« Dominic wandte seine Aufmerksamkeit Catarina zu.

Jess lächelte, straffte stolz die Schultern und hörte dem Brüllen der anderen Frauen zu.

»Okay, und jetzt die Adlerklaue«, sagte Dominic und wandte sich wieder Jess zu. »Ja, ganz gut so. Ein bisschen ausgeprägter müsste sie noch sein«, erklärte er ihr, während er seine Finger über die ihren legte, um ihnen die Form einer Adlerklaue zu geben. »So, und jetzt gehen Sie auf meine Augen los.«

»Das kann ich nicht.«

»Wenn Sie es nicht tun, mach ich Sie fertig«, warnte er. »Kommen Sie schon. Gehen Sie mir an die Augen.«

Jess krallte nach Dominics Augen und war erleichtert, als er ihr geschickt auswich.

»Nicht schlecht. Aber machen Sie sich meinetwegen keine Sorgen. Ich kann schon auf mich aufpassen. Versuchen Sie es noch einmal.«

Sie tat es.

»Besser. Die Nächste«, sagte er und nahm wiederum eine Frau nach der anderen an die Reihe.

Sie übten sich in ihrer Kampftechnik mit Adlerklauen und Hammerfäusten, bis ihre Bewegungen geschmeidig geworden waren.

»Haben Sie keine Angst, Ihrem Angreifer das Nasenbein bis ins Gehirn zu treiben.«

»Wenn das so ist«, scherzte Vasiliki, »sollten wir vielleicht unter die Gürtellinie zielen?«

Die Frauen lachten.

»He, wie kommt es, dass Frauen kein Hirn haben?«, fragte Vasiliki, die Hände in die ausladenden Hüften gestemmt.

»Keine Ahnung«, sagte Jess und begann schon zu kichern.

»Weil wir keinen Penis haben, in dem wir es aufbewahren können.«

»Ich hab noch einen«, fuhr Vasiliki rasch fort. »Warum können die Männer nicht sagen, wann eine Frau einen Orgasmus hat?«

»Warum?«, fragten alle.

»Weil sie nie dabei sind.«

Die Frauen johlten.

»Au, das tut weh!«, rief Dominic. »Jetzt reicht's aber. Ich gebe auf. Sie haben mich schon geschlagen, meine Damen. Ich bin ein toter Mann. Sie können die Hammerfäuste vergessen. Die brauchen Sie gar nicht.«

»Was ist das für ein kleiner Fetzen Fleisch am Ende eines Penis?«, flüsterte Vasiliki Jess zu, während die Frauen sich wieder in gerader Linie aufstellten.

Jess zuckte die Achseln.

»Ein Mann!«, rief Vasiliki.

»Okay, okay«, sagte Dominic, »setzen wir doch diese Feindseligkeit und Aggression mal nützlich ein, hm?« Er machte eine Pause, um sich zu vergewissern, dass er ihre ungeteilte Aufmerksamkeit hatte. »Ich werde Ihnen jetzt einige andere Verteidigungsgriffe beibringen, die Ihnen helfen sollen, einen Angreifer abzuwehren. Nehmen wir an, Sie sind allein auf dem Heimweg und plötzlich packt so ein Kerl Sie von hinten. Oder es springt einer aus dem Gebüsch und stürzt auf Sie. Was tun Sie als Erstes?«

»Kiyi!«, antwortete Maryellen.

»Hohh!«, rief ihre Tochter zu gleicher Zeit.

»Gut«, sagte Dominic. »Schreien Sie. Alles, was Aufmerksamkeit erregt, ist in so einem Fall gut. Es muss nicht ›Hohh‹ sein, aber es muss laut sein. Aber was passiert, wenn es ihm gelingt, Ihnen die Hand auf den Mund zu drücken oder Ihnen ein Messer an die Kehle zu halten! Dann schreien Sie bestimmt nicht. Was tun Sie dann?«

»In Ohnmacht fallen«, sagte Catarina.

»Nein, Sie werden nicht in Ohnmacht fallen«, versicherte Dominic. »Sie werden – na, was?«

»Ihm nachgeben«, sagte Jess. »Keinen Widerstand leisten. Die Kraft des Angreifers gegen ihn selbst einsetzen.«

»Gut. Versuchen wir gleich einmal ein paar dieser Möglichkeiten.« Er winkte Jess. »Ich packe Sie jetzt, und Sie tun so, als gäben Sie mir nach.« Er fasste Jess' Hand und zog sie im Zeitlupentempo zu sich heran. »Ja, gut so, folgen Sie meiner Bewegung. So, jetzt sind Sie an mir dran, jetzt stoßen Sie fest zu. So ist es richtig. Setzen Sie mein eigenes Körpergewicht gegen mich ein. Nutzen Sie die Kraft, die ich gebrauche, um Sie an mich zu ziehen, dazu aus, mich wegzustoßen. Stoßen Sie. Gut.« Er ließ Jess' Hand los. »Wenn Sie den Kerl aus dem Gleichgewicht gebracht haben, dann setzen Sie jede Waffe ein, die Sie zur Verfügung haben, auch Ihre Füße. Treten Sie, beißen Sie, kratzen Sie, schlagen Sie. Einige der Möglichkeiten, die Hände als Waffen einzusetzen, haben wir bereits geübt. Jetzt schauen wir mal, was man mit den Füßen machen kann.«

Jess sah aufmerksam zu, wie Dominic ihnen verschiedene Manöver vorführte.

»Gibt's nicht auch einen Schleudergriff? Damit wir Sie in die Luft werfen können?«, fragte Vasiliki.

Sie lernten Schleudergriffe, sie lernten, bei einem Angriff mit den Schultern zu führen, sie lernten, ihr Körpergewicht einzusetzen. Nach zwei Stunden waren die Frauen fast am Ende ihrer Puste, aber nicht ihrer Kampfeslust.

»Okay, jetzt schauen wir mal, wie Sie das umsetzen«, sagte Dominic. »Bilden Sie Zweiergruppen. Vas, tun Sie sich mit Maryellen zusammen; Ayisha mit Catarina. Und Sie«, sagte er und wies auf Jess, »kommen zu mir.«

Jess ging zaghaft ein paar Schritte auf Dominic zu. Plötzlich packte er sie und zog sie zu sich heran. *»Hohh!«*, schrie sie laut und hörte, wie ihr Schrei den Saal füllte, während sie sich instinktiv zurückwarf. Verdammt, dachte sie, wie oft muss man es mir noch sagen? Geh mit ihm. Leiste keinen Widerstand. Gib ihm nach.

Sie ließ sich von ihm vorwärtsziehen, und als ihr Körper gegen den seinen prallte, stieß sie ihn mit aller Wucht von sich, stellte ihm ein Bein und rammte ihm die Schulter in den Leib, um ihn zu Fall zu bringen, ehe sie mit ihm zu Boden stürzte.

Ich habe es geschafft, dachte sie triumphierend. Sie hatte ihrem Angreifer scheinbar nachgegeben, seine überlegene Körperkraft gegen ihn selbst gewendet, ihn flachgelegt. Sie hatte bewiesen, dass sie doch nicht so wehrlos und leicht verletzlich war. Sie warf den Kopf in den Nacken und lachte laut heraus.

Plötzlich tippte ihr jemand an die Stirn. Sie drehte sich herum und sah den lächelnden Dominic, der ihr den Zeigefinger der rechten Hand wie einen Pistolenlauf an die Schläfe drückte. Sein aufgestellter Daumen klappte um und richtete sich wieder auf, als drückte er auf einen unsichtbaren Abzug. »Peng«, sagte er ruhig. »Sie sind tot.«

22

Verdammt, verdammt, so ein Mist.« Jess schimpfte immer noch vor sich hin, als sie die Willow Street hinunterging. Wie konnte sie nur so blöd sein, ihre Zeit, ihre kostbaren Samstagnachmittage, einen der wenigen freien Nachmittage, die sie überhaupt hatte, wie konnte sie so blöd sein, ihre sauer verdiente Freizeit an einen Selbstverteidigungslehrgang zu verschwenden, nur um sich vormachen zu können, sie sei unverletzlich, obwohl sie doch in Wahrheit keinem gewachsen war, der wirklich entschlossen war, ihr Schaden zuzufügen. Ein noch so lautes »Hohh!« würde gegen eine Armbrust nichts ausrichten, eine Adlerklaue ins Auge kam gegen eine Kugel in den Kopf nicht an. Da hatte sie sich eins weggebrüllt, hatte sich eingebildet, unbesiegbar und allmächtig zu sein, und dabei genügten zwei Finger, um ihre Illusionen in Fetzen zu reißen. Unbesiegbarkeit und Allmacht gab es nicht. Sie war so verletzlich wie jeder andere.

In der nächsten Woche, hatte Dominic ihnen versprochen, in der nächsten Woche würde er ihnen zeigen, wie man einen mit Messer oder Pistole drohenden Angreifer entwaffnete. Großartig, dachte Jess jetzt. Etwas, worauf man sich freuen konnte.

Sie sah ihn, sobald sie um die Ecke in die Orchard Street einbog. Er kam die Treppe vor ihrem Haus herunter, den Kragen seiner Bomberjacke gegen die Kälte aufgestellt. Sie blieb stehen, unsicher, ob sie weitergehen oder auf dem Absatz kehrtmachen und so schnell sie konnte in der anderen Richtung davonlaufen sollte. Die Gefahr erkennen und sich ihr entziehen, das war erstes Gebot, so hatte man sie gelehrt. Davonlaufen war für Frauen meist das probateste Mittel.

Sie lief nicht davon. Sie blieb einfach stehen, und wartete, bis er sie sah; blieb auch noch stehen, während er auf sie zuging, die Arme nach ihr ausstreckte und sie an sich zog.

»Wir müssen miteinander sprechen«, sagte Adam. »Ich bin in Springfield aufgewachsen.« Er beugte sich über den kleinen Tisch in dem italienischen Restaurant, in dem sie an ihrem ersten gemeinsamen Abend gewesen waren. Es war noch früh. Das Restaurant war fast leer.

Carla stand in der Nähe, aber sie kam nicht an ihren Tisch, als verstünde sie, dass gewisse Dinge geklärt werden mussten, ehe man überhaupt an Essen denken konnte. »Ich glaube, ich habe dir schon erzählt, dass ich ein Einzelkind war«, fuhr Adam fort. »Meine Familie ist ziemlich wohlhabend. Mein Vater ist Psychoanalytiker«, sagte er und lachte leise, »du warst also gar nicht weit von der Wahrheit entfernt, als du mich gefragt hast, wann ich von der Psychologie auf das Schuheverkaufen umgestiegen sei. Manches vererbt sich wahrscheinlich einfach.

Meine Mutter ist Werbeberaterin. Sie hat ihr eigenes Büro bei uns im Haus. Das Geschäft läuft gut. Ich muss dazu sagen, dass das Haus sehr groß ist, voller Antiquitäten und moderner Gemälde. Von klein auf gab es für mich immer nur das Beste. Ich lernte, immer nur das Beste erwarten. Ich glaubte, ich hätte ein Recht auf das Beste.«

Er hielt inne. Jess sah ihn an und wartete, während er die Hände auf dem Tisch faltete.

»Mir ist eigentlich immer alles zugefallen, ob das nun die guten Noten oder die Mädchen waren. Alles, was ich haben wollte, bekam ich. Und lange Zeit wollte ich ein Mädchen namens Susan Cunningham haben. Sie war hübsch und beliebt und genauso verwöhnt wie ich. Ihr Vater ist H.R. Cunningham, falls du dich im Baugeschäft auskennst.«

Jess schüttelte nur den Kopf; sie konzentrierte sich auf seinen Mund, wenn er sprach.

»Wie dem auch sei, ich wollte sie haben, und ich bekam sie. Ich heiratete sie. Ich brauche wohl angesichts der Tatsache, dass wir jetzt geschieden sind, nicht zu sagen, dass die Ehe nicht glücklich war. Wir hatten überhaupt nichts gemeinsam, außer dass wir beide mit Vorliebe in den Spiegel sahen. Was soll ich sagen? Wir waren zwei sehr egozentrische Menschen, die sich einbildeten, alles, was sie taten und sagten, verdiene Applaus. Wenn wir den nicht bekamen, schmollten wir und stritten und machten einander das Leben ganz allgemein zur Hölle.

Das Einzige, was wir gut gemacht haben, war Beth.«

Jess sah ihn fragend an, aber Adam wich ihrem Blick aus. »Beth?«

»Unsere Tochter.«

»Du hast eine Tochter? Du hast doch gesagt ...«

»Ich weiß, was ich gesagt habe. Es war nicht die Wahrheit.«

»Sprich weiter«, sagte Jess leise.

»Beth kam ein paar Jahre nach unserer Heirat zur Welt. Sie war so wunderbar, du kannst es dir nicht vorstellen. So schön und so zart, dass man beinahe Angst hatte, sie anzufassen. Hier«, sagte er und zog mit zitternden Händen seine Brieftasche heraus. Er entnahm ihr ein kleines Farbfoto eines lachenden blonden kleinen Mädchens in einem weißen Kleid, das oben mit roten Rüschen besetzt war.

»Sie ist entzückend«, stimmte Jess zu und legte ihre Hand auf seine, um ihn zu beruhigen.

»Sie ist tot«, sagte Adam. Er legte das Foto wieder in seine Brieftasche und schob diese wieder in die Gesäßtasche seiner Jeans.

»Was? Ach Gott, wie schrecklich! Wie ist das denn passiert? Wann ist sie gestorben?«

Adam sah Jess an, aber sein Blick war leer, und Jess wusste, dass er sie nicht sah. Als er wieder sprach, klang seine Stimme dumpf und fern, als spräche er von einem weit entfernten Ort zu ihr.

»Sie war sechs Jahre alt. Unsere Ehe war so gut wie vorbei. Susan behauptete, ich sei mit meiner Arbeit verheiratet; ich behauptete, sie sei mit ihrer verheiratet. Wir warfen uns gegenseitig vor, nicht genug Zeit für unsere Tochter zu haben. Und darin hatten wir beide recht.

Mein Vater sah, was vorging, und schlug eine Paartherapie vor. Wir versuchten das eine Weile, aber wir waren nicht mit dem Herzen dabei. Susans Eltern entging natürlich auch nicht, was sich abspielte, aber sie versuchten auf andere Art zu helfen. Anstatt uns eine Therapie vorzuschlagen, schenkten sie uns eine Kreuzfahrt zu den Bahamas. Sie glaubten, wenn wir ein paar Wochen miteinander allein sein könnten und Zeit füreinander hätten, würde es uns vielleicht gelingen, unsere Differenzen zu klären. Sie boten uns an, sich in dieser Zeit um Beth zu kümmern. Wir waren einverstanden, warum auch nicht?

Beth wollte nicht, dass wir wegfuhren. Kinder spüren es, wenn etwas nicht stimmt, und ich vermute, sie hatte Angst, wenn wir fortgingen, würde vielleicht einer von uns nicht zurückkehren. Ich weiß nicht.« Er starrte ins Leere und sagte sekundenlang gar nichts. »Sie wurde jedenfalls plötzlich sehr trotzig, bekam Wutanfälle, Bauchweh, lauter solche Dinge. An dem Morgen, an dem wir abreisten, klagte sie über einen steifen Hals. Wir achteten nicht besonders darauf. Sie hatte uns seit Tagen mit allen möglichen Beschwerden auf Trab gehalten. Wir glaubten, sie wollte auf diese Weise versuchen, uns zum Bleiben zu bewegen. Wir maßen Fieber, aber sie hatte keine Temperatur, und Susans Eltern versicherten uns, sie würden gut auf sie aufpassen und beim ersten Anzeichen einer echten Krankheit sofort mit ihr zum Arzt gehen. Wir reisten also ab.

Am Abend bekam Beth etwas Fieber. Susans Eltern riefen den Hausarzt an, der ihnen riet, Beth zwei Tylenol für Kinder zu geben und am nächsten Tag mit ihr zu ihm in die Praxis zu kommen, wenn sich ihr Zustand nicht gebessert haben sollte. In der Nacht stieg das Fieber auf über vierzig Grad, und Beth war im Delirium. Mein Schwiegervater packte sie ins Auto und fuhr mit ihr ins Krankenhaus. Aber es war schon zu spät. Noch vor dem Morgen war sie tot.

Meningitis«, sagte Adam auf Jess' stumme Frage.

»Mein Gott, wie furchtbar.«

»Wir wurden auf dem Schiff benachrichtigt und kehrten nach Hause zurück. Aber es gab natürlich gar kein Zuhause mehr für uns. Das Einzige, was uns noch verbunden hatte, existierte nicht mehr. Wir versuchten es noch einmal mit einer Therapie, um unseren Verlust zu verarbeiten, aber wir waren so böse aufeinander, dass nichts dabei herauskam. Im Grunde wollten wir auch gar nicht, dass etwas dabei herauskam. Jeder von uns wollte nur dem anderen Vorwürfe machen. Wir wollten nur irgendjemandem die Schuld geben.

Ich dachte daran, den Arzt zu verklagen, aber im Grunde konnten wir ihm nichts vorwerfen. Ich dachte sogar daran, meine Schwiegereltern zu verklagen. Stattdessen habe ich auf Scheidung geklagt. Und dann bin ich einfach geflohen. Ich habe meine Arbeit aufgegeben, mein Haus, alles, was mein damaliges Leben ausmachte. Es hatte nach dem Tod meines Kindes alles keinen Sinn mehr für mich. Ich bin weggegangen, wie ich schon sagte. Nach Chicago. Erst hab ich mir einen Job als Krawattenverkäufer gesucht. Dann entdeckte ich Damenschuhe, den Rest der Geschichte kennst du.«

Er sah Jess an. »Ich habe eine Menge Frauen kennengelernt, aber ich bin jeder tieferen Beziehung ausgewichen. Ich habe geflirtet; ich habe herumgespielt, ich habe eine Menge Schuhe verkauft. Aber eine neue Beziehung kam für mich nicht in Frage. Nie im Leben. Von dieser Art Schmerzen hatte ich genug.

Und dann kamst du in den Laden. Du hast dagestanden und dir mit dem spitzen Absatz dieses Schuhs so fest in die Hand geschlagen, dass einem angst werden konnte. Ich hab dir zugesehen, und ich hab dir in die Augen gesehen, und ich dachte, diese Frau ist innerlich genauso tief verletzt wie ich.«

Jess sprangen die Tränen in die Augen, und sie wandte sich kurz ab.

»Ich war entschlossen, dich nicht anzurufen«, fuhr er fort und zog mit seiner Stimme ihren Blick wieder auf sich. »Mich in anderer Leute Probleme verwickeln zu lassen, das war nun das Letzte, was ich wollte, obwohl, wer weiß, vielleicht war es genau das, was ich wollte. Zumindest würde das mein Vater wahrscheinlich behaupten. Vielleicht war die Zeit gerade reif, ich weiß es nicht. Aber als diese verdammten Stiefel hereinkamen, wusste ich, dass ich dich wiedersehen musste. Darum hab ich bei dir angerufen. Aber ich hab mir dabei fest vorgenommen, es würde das erste und das letzte Mal sein. Ich war fest entschlossen, dich nicht wieder anzurufen.

Aber immer wieder bin ich vor deiner Tür gelandet. Und die ganze letzte Woche habe ich fast ständig an dich gedacht. Mir war klar, dass ich dich wiedersehen musste, obwohl du mir gesagt hattest, ich solle mich nicht mehr blicken lassen. Ich hab nicht ein einziges verdammtes Paar Schuhe verkauft.«

Jess lachte und weinte zu gleicher Zeit. »Und was ist mit deinen Eltern?«, fragte sie.

»Ich hab sie nicht mehr gesehen, seit ich aus Springfield weggegangen bin.«

»Das muss schwer sein für dich.«

Er sah sie erstaunt an. »Die meisten Leute hätten gesagt, es müsste für sie schwer sein. Aber ja, es ist auch für mich schwer«, bekannte er.

»Warum tust du es dir dann an?«

»Wahrscheinlich bin ich einfach noch nicht so weit, dass ich ihnen gegenübertreten kann«, antwortete er. »Ich telefoniere ab und zu mit ihnen. Sie bemühen sich, mich zu verstehen und mir die Zeit zu lassen, die ich brauche, aber du hast recht, es macht eigentlich keinen Sinn mehr. Aber man fällt eben leicht in einen Trott. Manchmal in einen gefährlichen Trott.«

»In Springfield hast du nicht im Schuhgeschäft gearbeitet, nicht wahr?«, fragte sie, obwohl sie die Antwort schon wusste.

Er schüttelte den Kopf.

»Was hast du gearbeitet?«

»Möchtest du das wirklich wissen?«

»Ich habe das schreckliche Gefühl, dass ich es schon weiß«, erwiderte sie. »Du bist Anwalt, nicht wahr?«

Er nickte schuldbewusst. »Ich wollte es dir sagen, aber jedes Mal hab ich mir gedacht, was spielt es für eine Rolle, ich melde mich ja doch nicht wieder bei ihr.«

»Und da hab ich dir einen endlosen Vortrag über die Juristerei gehalten, über unser Rechtssystem …«

»Ich fand ihn hervorragend. Es war der reinste Auffrischungskurs. Mir ist dadurch so richtig bewusst geworden, wie sehr ich meinen Beruf vermisse. Dein Enthusiasmus ist ansteckend. Und du bist eine großartige Lehrerin.«

»Ich komme mir vor wie eine Vollidiotin.«

»Der einzige Idiot an diesem Tisch bin ich«, behauptete er.

»Worauf hattest du dich spezialisiert?« Sie fing an zu lachen, noch ehe sie seine Antwort gehört hatte.

»Strafrecht«, lautete die erwartete Antwort.

»Natürlich.« Jess rieb sich die Stirn und dachte, sie hätte davonlaufen sollen, als sie die Chance dazu gehabt hatte.

»Ich wollte dich wirklich nie belügen«, sagte er noch einmal, »ich habe nur nie gedacht, dass es sich so weit entwickeln würde.«

»Wie weit?«, fragte Jess.

»So weit, dass mir klarwurde, dass ich dich auf keinen Fall verlieren wollte und dass ich dir über mich die Wahrheit sagen wollte. So weit, dass ich glaube, ich liebe dich«, sagte er leise.

»Erzähl mir von deiner Tochter«, sagte Jess. Sie griff über den Tisch und nahm seine Hände in ihre.

»Was soll ich dir erzählen?«, fragte er mit zitternder Stimme.

»Erzähl mir von schönen Dingen, an die du dich erinnerst.«

Er schwieg lange. Carla näherte sich dem Tisch, fing einen Blick von Jess auf und ging wieder.

»Ich erinnere mich, als sie vier Jahre alt war. Sie war in heller Aufregung, weil sie am nächsten Tag Geburtstag hatte«, begann Adam. »Susan hatte ihr ein neues Kleid gekauft, und sie konnte nicht erwarten, es anzuziehen. Sie hatte eine ganze Horde Kinder zu ihrem Fest eingeladen, und wir hatten Spiele vorbereitet und einen Zauberer engagiert, na ja, was eben so zu einem Kinderfest gehört. In der Nacht vor dem Geburtstag, Susan und ich waren im Bett und schliefen fest, tippte mir plötzlich jemand zaghaft auf den Arm. Als ich die Augen aufmachte, sah ich Beth an meinem Bett stehen. ›Was ist denn, meine Süße?‹, fragte ich, und sie sagte mit ihrem aufgeregten hellen Stimmchen: ›Heute ist mein Geburtstag.‹ Ich sagte: ›Ja, das stimmt, aber geh jetzt wieder ins Bett, Schatz, es ist ja erst drei Uhr morgens.‹ ›Ach‹, sagte sie da, ›ich dachte, es wäre schon Zeit zum Aufstehen. Ich hab mich schon ganz angezogen.‹ Und so war es auch. Sie hatte ganz allein ihr neues Kleid angezogen und Strümpfe und Schuhe und stand nun um drei Uhr morgens fix und fertig für ihr Geburtstagsfest an meinem Bett. Ich weiß noch, wie ich dachte, wie wunderbar solche Vorfreude ist. Ich bin aufgestanden und habe sie in ihr Zimmer zurückgebracht. Sie zog wieder ihren Pyjama an, ich hab sie ins Bett gepackt, und sie ist sofort wieder eingeschlafen.«

»Das ist eine schöne Geschichte«, sagte Jess.

Adam lächelte. Sie sah den feuchten Schimmer in seinen Augen.

»Einmal, als sie gerade in den Kindergarten gekommen war, sie muss eben drei gewesen sein, erzählte sie mir, in ihrer Gruppe sei ein kleiner Junge, der immer gemein zu ihr sei. ›Er sagt immer ganz hässliche Sachen zu mir, und das mag ich überhaupt nicht‹, erklärte sie mir. Als ich fragte, was er denn zu ihr sagte, antwortete sie mir mit ihrem zarten unschuldigen Stimmchen: ›Er nennt mich immer Strichbiene.‹«

Jess lachte schallend.

»Ja, so hab ich leider auch reagiert«, sagte Adam und lachte ebenfalls. »Und das hat sie natürlich noch ermutigt. Sie hat mich mit ihren großen braunen Augen angesehen und gesagt: ›Kommst du heute mit mir in den Kindergarten, Daddy? Sagst du ihm, dass er mich nicht mehr Strichbiene nennen soll?‹«

»Und? Hast du es getan?«

»Nein, ich hab ihr gesagt, ich sei sicher, sie könnte allein mit diesem kleinen Frechdachs fertigwerden. Und so war es anscheinend auch, denn wir haben nie wieder etwas über ihn gehört.«

»Ich hab das Gefühl, du warst ein sehr guter Vater.«

»Ich hoffe es.«

»Warst du auch ein guter Anwalt?«, fragte Jess nach einer Pause.

»Der beste in Springfield.«

»Denkst du manchmal daran, wieder anzufangen?«

»In Springfield? Niemals.«

»Aber mit der Juristerei?«

Er antwortete nicht gleich. Stattdessen winkte er Carla, die einen Moment zögerte, dann etwas zaghaft an ihren Tisch kam.

»Eine Pizza Spezial bitte und zwei Gläser Chianti.«

Carla nickte und ging gleich wieder, ohne ein Wort zu sagen.

»Du hast meine Frage nicht beantwortet«, erinnerte Jess ihn.

»Ob ich manchmal daran denke, wieder mit der Juristerei anzufangen?«, wiederholte er nachdenklich. »Ja, natürlich denke ich daran.«

»Und glaubst du, du wirst es tun?«

»Ich weiß noch nicht. Vielleicht. Meine Knie sind ein bisschen strapaziert vom Schuhverkauf. Wenn ein aufregender Fall daherkäme, ließe ich mich vielleicht breitschlagen. Wer weiß?«

Carla brachte ihnen den Wein. Jess hob ihr Glas und stieß mit Adam an.

»Auf die schönen Erinnerungen«, sagte sie.

»Auf die schönen Erinnerungen«, stimmte er zu.

Sie wusste sofort, als sie vor ihrer Wohnung ankamen, dass etwas nicht stimmte. Wie angewurzelt blieb Jess vor der Wohnungstür stehen, wartete, lauschte.

»Was ist denn?«, fragte Adam.

»Hörst du das?«, fragte sie.

»Ich höre dein Radio, wenn du das meinst. Lässt du das nicht immer für den Vogel laufen?«

»Ja, aber nicht so laut.«

Adam sagte nichts. Jess schob den Schlüssel ins Schloss und drehte ihn, behutsam stieß sie die Tür auf.

»Mein Gott, hier ist es ja eiskalt!«, rief sie sofort. Sie sah, wie die dünnen Spitzenvorhänge des Wohnzimmerfensters sich im Wind bauschten.

»Hast du das Fenster offen gelassen?«

»Nein.« Jess lief zum Fenster und schlug es zu. Die Vorhänge fielen um sie herum zusammen und bedeckten ihr Gesicht wie ein Leichentuch, während die Musik anschwoll. Opernmusik. Sie schüttelte die Vorhänge ab und lief zum Stereo, um es leise zu drehen. Carmen. »Auf in den Kampf, Torero ...«

»Vielleicht sollten wir die Polizei anrufen«, sagte Adam.

Jess drehte sich einmal im Kreis. Abgesehen vom offenen Fenster und der überlauten Musik schien alles in Ordnung zu sein. »Es fehlt nichts, soweit ich sehen kann.« Sie wollte ins Schlafzimmer gehen.

»Geh da nicht hin, Jess«, warnte Adam.

Jess blieb stehen und drehte sich nach ihm um. »Warum nicht?«

»Weil du nicht weißt, was oder wer dich dort vielleicht erwartet«, erklärte er. »Lieber Himmel, Jess, gerade du solltest doch gescheiter sein. Wovor warnt die Polizei die Leute als Erstes, wenn sie den Verdacht haben, dass bei ihnen eingebrochen worden ist? Sie warnt davor, ins Haus oder in die Wohnung hineinzugehen«, fuhr er fort, ohne auf ihre Antwort zu warten. »Und warum warnt sie davor?«

»Weil der Einbrecher noch drinnen sein kann«, antwortete Jess leise.

»Also komm, verschwinden wir hier und rufen wir die Polizei an«, sagte er wieder.

Jess ging zwei Schritte auf ihn zu, dann blieb sie wie angewurzelt stehen. »Um Gottes willen!«

Adam fuhr herum, wandte sich dann gleich wieder Jess zu. »Was denn? Was ist denn?«

»Fred«, sagte sie mit zitternder Stimme und wies zum Vogelkäfig.

Einen Moment lang schien Adam völlig verwirrt zu sein und nicht zu begreifen, wovon sie sprach.

»Er ist weg!«, rief Jess laut. Sie rannte zum Vogelkäfig, drückte ihr Gesicht an das Gitter, um hineinzusehen, öffnete das Türchen, um sich zu vergewissern, dass der kleine Vogel nicht unter dem Papier versteckt war, mit dem der Boden ausgelegt war. Aber der Vogel war nicht da. »Jemand hat den Käfig aufgemacht und ihn hinausgelassen«, rief Jess. »Er muss zum Fenster hinausgeflogen sein.«

Noch während Jess sprach, erkannte sie, wie unwahrscheinlich es war, dass der Kanarienvogel ohne eine lenkende Hand den Weg zwischen den wehenden Vorhängen hindurch ins Freie gefunden hatte. Und sie erkannte auch, dass er, in die feindliche Nacht hinausgestoßen, mit Sicherheit erfroren war. Sie begann zu weinen. »Warum tut ein Mensch so etwas? Wem kann es denn Spaß machen, einen harmlosen kleinen Vogel zu quälen?«, schluchzte Jess in Adams Armen und sah vor sich das unwillkommene Bild einer verstümmelten Schildkröte, die einmal einem kleinen Jungen gehört hatte.

Von Walter Frasers Wohnung aus riefen sie die Polizei

an und blieben dort, während zwei Beamte sich oben umsahen.

»Sie finden bestimmt niemanden«, sagte Jess, während Walter ihr eine Tasse Tee machte und darauf bestand, dass sie den Tee auch trank. »Er ist längst weg.«

»Das klingt ja, als wüsstest du, wer es war«, bemerkte Adam.

»Ich weiß es auch.« Jess nickte und erzählte ihm kurz von Rick Ferguson. »Hast du jemanden hinaufgehen hören, Walter?«, fragte sie. »Oder hast du vielleicht irgendetwas Verdächtiges bemerkt?«

»Nur deinen Freund hier.« Walter zwinkerte Adam von seinem grünen Plüschsessel aus zu.

Jess sah Adam an.

»Er marschierte draußen auf und ab«, fuhr Walter fort. »Vermutlich hat er auf dich gewartet.«

»Und die Musik?«, fragte Adam rasch. »Wissen Sie, wann sie plötzlich laut wurde?«

»Hm, ich war fast den ganzen Nachmittag unterwegs«, sagte Walter mit einem Ausdruck auf dem Gesicht, als ließe er die Ereignisse des Tages noch einmal vor sich ablaufen. »Als ich nach Hause kam, lief die Musik schon volle Pulle. Ich fand das etwas ungewöhnlich, aber dann hab ich mir gedacht, wie komme ausgerechnet ich dazu, mich zu beschweren? Außerdem war es Placido Domingo, da war es nicht allzu schwer auszuhalten.«

»Du hast niemand oben herumgehen hören?«, fragte Jess.

»Ich kann mich nicht erinnern. Aber wenn ich etwas gehört habe, dann habe ich sicher automatisch angenommen, das seist du.« Er tätschelte ihr beruhigend die Hand. »Trink deinen Tee.«

Die Polizei stellte die gleichen Fragen, erhielt die gleichen Antworten. Sie hatte niemanden in Jess' Wohnung gefunden. In den anderen Räumen schien nichts angerührt worden zu sein.

»Sind Sie sicher, dass Sie das Fenster nicht selbst aufgemacht hatten?«, fragte die junge Beamtin mit dem kurzen roten Haar und zückte Block und Bleistift, um sich Jess' Antworten zu notieren.

»Ich bin absolut sicher.«

»Und die Stereoanlage und der Vogelkäfig, könnte …?«

»Ausgeschlossen«, antwortete Jess ungeduldig.

»Wir können jemanden von der Spurensicherung herüberschicken. Vielleicht hat er Fingerabdrücke hinterlassen«, sagte der Beamte, der älter war und Frank Metula hieß.

»Sparen Sie sich die Mühe, Frank«, lehnte Jess ab, die fand, er habe mehr graue Haare als das letzte Mal, als sie ihn gesehen hatte. »Er hat keine Fingerabdrücke hinterlassen.« Jess berichtete ihnen von ihrem Verdacht und dass bereits ein Haftbefehl gegen Rick Ferguson erlassen sei.

»Soll heute Nacht ein Beamter Ihr Haus überwachen?«, fragte Frank.

»Ich habe schon einen Schutzengel«, erwiderte Jess. »Einen Privatdetektiv, den mein geschiedener Mann engagiert hat.«

»Der hat das Haus überwacht?«, fragte Adam.

»Nein, leider nicht. Er ist mir gefolgt, er wird also nichts gesehen haben.«

»Wir fahren auf jeden Fall alle halbe Stunde oder so hier vorbei«, versprach Frank Metula.

»Er kommt bestimmt nicht zurück«, behauptete Jess. »Wenigstens nicht heute Nacht.«

»Ich bleibe bei ihr«, sagte Adam in einem Ton, der keinen Widerspruch duldete.

»Die Schusswaffe in Ihrem Nachttisch«, sagte die junge Beamtin, »für die haben Sie doch wohl einen Waffenschein?«

Jess sagte nichts, und die junge Frau folgte ihrem älteren Partner zur Tür hinaus.

Sie lag auf ihrem Bett, umschlossen von Adams Armen.

Mehrmals glitt sie in einen leichten Schlaf, verfiel in seltsame, beunruhigende Träume, wo alles überlebensgroß war und nicht so, wie es zu sein schien. Die Träume lösten sich auf, sobald sie die Augen öffnete. Jedes Mal, wenn sie sich bewegte, fühlte sie, wie Adams Arme sie fester hielten.

Nachdem die Polizeibeamten gegangen waren, hatte sie sich von Adam in ihr Schlafzimmer führen lassen und sie hatten sich beide vollbekleidet auf dem Bett ausgestreckt. Kein hitziger Kampf mit Knöpfen und Reißverschlüssen, keine leidenschaftlichen Zärtlichkeiten. Sie hatten nur dagelegen und einander in den Armen gehalten, Jess hatte ab und zu die Augen zugemacht und immer, wenn sie sie wieder geöffnet hatte, Adam gesehen, der den Blick nicht von ihr zu wenden schien.

»Was ist?«, fragte sie jetzt und setzte sich auf. Sie rieb sich den Schlaf aus den Augen und strich sich eine Haarsträhne aus dem Gesicht.

»Ich habe gerade gedacht, wie schön du bist«, sagte er, und Jess hätte beinahe gelacht.

»Ich bin total ungeschminkt«, sagte sie. »Ich laufe schon den ganzen Tag im selben alten Jogginganzug herum, und ich hab die halbe Nacht geheult. Wie kannst du da sagen, dass ich schön bin?«

»Wie kannst du glauben, dass du es nicht bist?«, fragte er zurück und massierte sanft ihren Rücken.

Jess wölbte ihren Rücken und drückte ihn gegen seine Hände. »Ich höre ständig diese stolzgeschwellten Toreros durch mein Hirn marschieren«, sagte sie. »Komisch eigentlich, ich habe Carmen nie richtig gemocht.«

»Nein?«

»Auch so eine eigensinnige Frau, die nicht tut, was der Mann gern möchte, und dafür von ihm umgebracht wird. Mit solchen Geschichten hab ich in meiner Arbeit genug zu tun.«

»Versuch jetzt nicht an solche Dinge zu denken. Entspann dich lieber. Versuch, ein bisschen zu schlafen.«

»Du wirst es nicht glauben, aber ich bin hungrig«, sagte Jess, selbst überrascht. »Es ist wirklich nicht zu fassen, ganz gleich, was passiert, den Appetit verschlägt es mir anscheinend nie.«

»Soll ich dir eins von meinen Spezialomeletts machen?«

»Zu viel Aufwand. Ich glaube, ich schiebe einfach ein paar gefrorene Pizzas in die Mikrowelle.«

»Sehr verlockend.«

Sie stand auf und schlurfte in die Küche, hörte ihre Mutter rufen, sie solle beim Gehen die Füße heben. Adam stand direkt hinter ihr, als sie den Tiefkühlschrank öffnete und den Karton mit den gefrorenen Pizzas herausnahm.

»Für mich nur eine«, sagte er.

Während Jess drei kleine gefrorene Pizzas auf einen Teller legte, schlang Adam von hinten die Arme um sie, und sie lehnte sich an ihn, ließ sich einfach zurückfallen, darauf vertrauend, dass er sie halten würde. Er küsste ihr Haar, ihren Hals, ihre Wangen. Langsam, widerstrebend löste sie sich aus seiner Umarmung, ging mit dem Teller mit den Pizzas zum Mikrowellenherd und öffnete ihn.

Eine gigantische Welle des Ekels durchflutete sie augenblicklich, füllte ihren Magen und drohte sie von innen zu ertränken. Sie drückte ihre freie Hand auf ihren Mund, stumm und starr vor Grauen über das, was sie sah.

Der kleine Kanarienvogel lag steif auf der Seite, die dünnen Beinchen gerade ausgestreckt. Sein gelbes Gefieder war schwarz und verkohlt, seine Augen im Tod erloschen.

»O Gott, o Gott«, schluchzte Jess und krümmte sich, während sie nach rückwärts taumelte. Die Übelkeit, die sie überfiel, war so heftig, dass sie sich kaum auf den Beinen halten konnte.

»Was ist denn?«, rief Adam und rannte zu ihr, um sie zu halten, ehe sie fallen konnte.

Jess öffnete den Mund, um zu sprechen, aber kein Wort kam über ihre Lippen. Dann übergab sie sich.

23

Als sie erwachte, roch es nach frischgekochtem Kaffee. Adam saß am Fuß ihres Betts und hielt ihr eine volle Tasse hin.

»Ich war mir nicht sicher, ob dir nach Essen zumute sein würde«, sagte er mit einem entschuldigenden Achselzucken. »Darum habe ich nichts gemacht.«

Jess nahm ihm die Tasse aus der Hand, trank einen kräftigen Schluck und schwenkte den Kaffee sachte in ihrem Mund hin und her, um den unangenehmen Geschmack loszuwerden, der sich immer noch hielt. Sie erinnerte sich verschwommen, dass Adam sie abgewaschen, ihr die nassen Kleider ausgezogen und das Nachthemd angezogen und sie dann ins Bett gesteckt hatte.

»Wie fühlst du dich?«, fragte er.

»Wie durch die Mangel gedreht«, antwortete Jess. »Als hätte jemand die Füllung aus mir rausgeprügelt.«

»So war's ja auch«, sagte er.

»Ach Gott«, sagte sie und fing schon wieder an zu weinen. »Mein armer kleiner Fred.« Ihre Hände zitterten. Adam hielt sie fest, nahm ihr die Kaffeetasse ab und stellte sie auf den Nachttisch. »War das eine Nacht!«, sagte Jess und hätte unter Tränen beinahe gelacht. »Kannst du mir sagen, wann du das letzte Mal so einen Abend erlebt hast? Du führst eine Frau zum Essen aus, und ehe du weißt, wie dir geschieht, wirst du von der Polizei verhört und holst gebratene Kanarienvögel aus der Mikrowelle.« Jess schluchzte. »Ganz zu schweigen davon, dass die Frau deiner Träume dich von oben bis unten vollkotzt.«

»Du hast mich gar nicht getroffen«, sagte er leise.

»Wirklich nicht? Dann musst du aber schon das Einzige gewesen sein, was ich nicht getroffen habe.«

»So ungefähr.«

»Lieber Gott, wenn ich dran denke, dass ich die Schweinerei saubermachen muss …«

»Das ist schon erledigt.«

Jess war einen Moment sprachlos vor Dankbarkeit. »Und Fred?«, flüsterte sie dann.

»Ich habe mich um ihn gekümmert«, antwortete Adam ruhig.

Jess sagte ein paar Sekunden lang gar nichts. Ihr Schniefen war das einzige Geräusch in der Wohnung. »Ich bin wirklich unvergleichlich«, sagte sie schließlich und wischte sich die Tränen mit dem Handrücken ab. »Halt dich nur an mich.«

»Genau das habe ich vor«, versetzte Adam, beugte sich vor und küsste Jess sanft auf die Lippen.

Jess rückte verlegen von ihm ab und verbarg ihren Mund hinter ihrer Hand. »Ich muss jetzt erst mal duschen und mir die Zähne putzen.«

Er stand auf. »Ich seh mal, was ich für das Frühstück auftreiben kann. Meinst du, du kannst was essen?«

»Ich schäme mich es zu sagen, aber ja.«

Er lächelte. »Siehst du, es war gar nicht so schlimm, nicht wahr?«

»Was?«

»Dich zu übergeben. Das, was du am meisten gefürchtet hast. Du hast es getan – auf ziemlich spektakuläre Weise, wenn ich das hinzufügen darf –, und du hast es überlebt.«

»Trotzdem war es scheußlich.«

»Aber du hast es überlebt.«

»Vorübergehend, ja.«

»Nimm jetzt deine Dusche. Du wirst dich danach gleich viel besser fühlen.« Er küsste sie auf die Nasenspitze und ging aus dem Zimmer.

Jess blieb noch einige Minuten in ihrem Bett sitzen, den Blick zum Fenster gerichtet. Sie stellte sich vor, wie die kalte Luft ihr Gesicht an die Scheiben presste, ganz wie ein kleines Kind, das sich sehnlich wünscht, ins Haus zu kommen, wo es warm ist. Es sah aus, dachte sie, als würde es ein schöner Tag werden, klar und sonnig, mit nur einem leichten Wind, der in den kahlen Wipfeln der Bäume spielte. Sie fragte sich, was für neue Schrecknisse die kalte Sonne verbarg. Sieh mich nicht so lange an, schien sie zu sagen, als sie durch ihr Schlafzimmerfenster blickte, sonst wirst du blind. Komm mir nicht zu nahe, sonst mache ich dich zu einem Häufchen Asche. *»Hohh!«*, schrie sie, aber die Sonne ließ sich nicht einschüchtern.

Ihr war nie zuvor aufgefallen, wie still es in ihrer Wohnung ohne den Gesang ihres Kanarienvogels war. Sein Gesang war immer da gewesen, wurde ihr bewusst, als sie jetzt ins Badezimmer ging, den Wasserhahn der Dusche aufdrehte, ihre Kleider ablegte. Ein so zarter, freundlicher Klang, dachte sie und schloss die Badezimmertür. Sie hörte Adam in der Küche rumoren, als sie in die Wanne stieg und den Duschvorhang zuzog. So beruhigend, so zuverlässig, so lebensbejahend.

Jetzt verstummt.

»Der Teufel soll dich holen, Rick Ferguson«, flüsterte sie.

Er kommt näher und setzt jeden Schritt geschickt in Szene, um den höchsten Effekt zu erreichen, ging es Jess durch den Kopf, als sie sich unter den heißen Strahl der Dusche stellte. Genauso wie er es mit Connie DeVuono gemacht hatte. Die mühelosen, unbeobachteten Einbrüche, der ständig sich steigernde Terror, das sadistische Abschlachten unschuldiger Haustiere, die seelischen Folterqualen, denen er die unglückliche Frau ausgesetzt hatte, ehe er sie schließlich getötet hatte. Er reißt also immer noch den Schmetterlingen die Flügel aus, dachte Jess und erinnerte sich des Lächelns, bei dessen Anblick sie schon beim ersten Mal, als sie ihm begegnet war, die Gänsehaut bekommen hatte. Das Lächeln hatte alles gesagt.

»Hohh!«, schrie Jess und wirbelte mit einem Ruck herum, die Finger zu Adlerklauen gekrümmt, die durch den Dampf schlugen. Sie rutschte auf dem glitschigen Boden der Wanne aus. Sie verlor das Gleichgewicht, fiel vornüber, versuchte den Sturz mit den Händen abzufangen. Ihr linkes Handgelenk schlug schmerzhaft gegen die gekachelte Wand, mit der rechten Hand packte sie den transparenten Duschvorhang, hielt sich daran fest, hörte, wie er riss, von seinen Haken fiel. Aber dann hielt er wunderbarerweise doch, so dass sie sich fangen und wieder Halt finden konnte.

»Gott verdammich«, sagte sie und warf den Kopf so heftig zurück, dass ihr nasses Haar gegen ihre Schulterblätter schlug. Sie holte ein paarmal tief Atem, dann griff sie zur Seife und rieb sie unsanft über ihren Körper und in ihr Haar. Sie hatte nicht die Geduld, mit Shampoo zu arbeiten. Seife tut es genauso, dachte sie, als sie spürte, wie der Schaum zwischen ihren Fingern wuchs. Sie musste plötzlich an die Duschszene aus Alfred Hitchcocks *Psycho* denken.

In ihrer Phantasie sah sie, wie eine unglückselige Janet Leigh arglos mit ihren Waschungen begann, sah, wie die Badezimmertür langsam und vorsichtig aufgestoßen wurde, die fremde schattenhafte Gestalt sich näherte, das große Fleischermesser in die Luft schwang, während gleichzeitig der Duschvorhang aufgerissen wurde, und wie dann das Messer in den Körper der schreienden Frau gestoßen wurde, wieder und wieder und wieder.

»Bist du eigentlich total verrückt?«, rief Jess laut und ärgerlich und spülte sich ungeduldig den Seifenschaum aus dem Haar. »Du willst wohl Rick Ferguson die Arbeit abnehmen?«

Und dann hörte sie, wie die Badezimmertür geöffnet wurde, und sah Rick Ferguson hereinkommen. Der Atem stockte ihr. Sie wollte einen Schrei ausstoßen, irgendein Geräusch von sich geben. Hohh, dachte sie verzweifelt, aber kein Laut kam ihr über die Lippen. Rick Ferguson blieb mehrere Sekunden an der Tür stehen und beobachtete sie, während sie sich zum Wasserhahn hinunterbeugte und ihn zudrehte. Das Wasser versiegte. Und plötzlich kam er mit ausgestreckten Armen auf die Wanne zu und griff nach dem Vorhang. Wo war Adam? Jess sah sich in wilder Verzweiflung nach einer Waffe um, packte die Seife, zückte sie, um sie Rick Ferguson an den Kopf zu schleudern. Wie war er hereingekommen? Was hatte er mit Adam gemacht?

Hände ergriffen den Duschvorhang, zogen ihn auf. Jess stürzte vorwärts. *»Hohh!«*, brüllte sie und donnerte ihrem Angreifer die Seife an den Kopf. Er zuckte zusammen und fiel mit erhobenen Händen, um sein Gesicht zu schützen, gegen das Waschbecken.

»Herrgott noch mal, Jess«, hörte sie ihn schimpfen. »Bist du denn total meschugge? Willst du mich umbringen?«

Jess starrte den Mann an, der mit eingezogenem Kopf vor ihr stand. »Don?«, fragte sie kleinlaut.

»Jess, alles okay?«, rief Adam und kam schon ins Bad gerannt.

»Ich weiß nicht genau«, antwortete Jess ihm aufrichtig. »Was tust du hier, Don? Du hast mich zu Tode erschreckt.«

»Ich hab *dich* erschreckt?«, fragte Don. »Ich hätte beinahe einen Herzinfarkt bekommen, verdammt noch mal.«

»Ich habe Ihnen doch gesagt, Sie sollen warten, bis sie fertig geduscht hat«, sagte Adam, dem es nicht sehr gut gelang, sein Grinsen zu verbergen.

»Was tust du hier?«, fragte Jess wieder.

Don sah von Jess zu Adam und dann wieder zu Jess. »Kann ich mal einen Moment mit dir allein reden?«

Jess strich sich das nasse Haar aus dem Gesicht. Sie wurde sich plötzlich bewusst, dass sie nackt vor zwei Männern stand, von denen der eine ihr geschiedener Ehemann war, der andere vielleicht ihr zukünftiger Liebhaber. »Könnte mir vielleicht jemand ein Handtuch geben«, sagte sie bemüht unbefangen.

Adam hüllte sie sofort in ein großes pfirsichfarbenes Badetuch und half ihr aus der Wanne. Jess fand sich zwischen den beiden Männern eingequetscht und fragte sich, wie sie es immer wieder schaffte, sich in solche Situationen hineinzumanövrieren. Vielleicht, dachte sie, ist das nur einer von meinen albernen Träumen.

»Es ist schon in Ordnung, Adam«, versicherte sie ihm.

Adam warf einen Blick auf Don, ließ dann dem Grinsen, das er zu unterdrücken versucht hatte, freie Bahn. »Wir müssen mal aufhören, uns immer auf diese Weise zu begegnen«, sagte er zu Don, ehe er hinausging.

»Was ist denn los, Don?«, fragte sie.

»Das würde ich gern von dir wissen.«

»Du bist doch derjenige, der einfach in mein Bad geplatzt ist«, sagte sie.

»Ich bin hier nicht hereingeplatzt. Ich hab dich ein paarmal gerufen. Ich dachte, ich hätte dich etwas sagen hören. Ich dachte, du hättest gesagt, ich solle hereinkommen. Also bin ich reingekommen. Und dann werde ich mit einem Stück Seife fast niedergeschlagen.«

»Ich dachte, du wärst Rick Ferguson.«

»Rick Ferguson?«

»Meine Phantasie arbeitet im Moment auf Hochtouren«, erklärte sie ihm. »Können wir vielleicht ins Schlafzimmer gehen? Ich komm mir ein bisschen lächerlich vor, wenn ich hier in ein Handtuch gewickelt mit dir rede.«

»Jess, wir waren mal verheiratet.«

»Du hast mir immer noch nicht gesagt, was du hier zu tun hast.«

Jess ging an ihm vorbei ins Schlafzimmer, schlüpfte in ihren Bademantel und begann, sich mit dem Frottiertuch die Haare zu trocknen.

»Ich hab mir Sorgen um dich gemacht«, sagte er. »Der Mann, den ich engagiert habe, damit er ein Auge auf dich hat, berichtete mir, es hätte hier einigen Wirbel mit der Polizei gegeben.«

»Das war gestern Abend.«

»Ich bin erst heute Morgen nach Hause gekommen«, gestand er etwas verlegen.

Jess sah ihn gespielt vorwurfsvoll an. In Wahrheit war sie ungeheuer erleichtert.

»Ich bin sofort herübergefahren. Dein Freund«, sagte er und wäre an dem Wort fast erstickt, »hat mich reingelassen. Er sagte, du seist gerade unter der Dusche, aber …«

»… aber du wolltest es mit eigenen Augen sehen. Na, das hast du geschafft.«

»Was war gestern Abend los?«, fragte Don.

Jess erzählte. Wie sie bei ihrer Heimkehr Adam vor dem Haus getroffen hatte, wie sie oben in ihrer Wohnung das weit offene Wohnzimmerfenster und der leere Vogelkäfig empfangen hatten. Sie erzählte, wie sie in der Nacht hungrig erwacht war, in die Küche gegangen war, um sich etwas zu essen zu machen, die Klappe des Mikrowellenherds geöffnet hatte und drinnen ihren toten Kanarienvogel gefunden hatte.

»O Gott, Jess. Das tut mir wirklich leid.«

Jess wischte sich ein paar Tränen ab, erstaunt über ihr schier unerschöpfliches Reservoir. »Er war so ein niedlicher kleiner Vogel. Den ganzen Tag hat er brav in seinem Käfig gesessen und gezwitschert. Was für ein Sadist …?«

»Es gibt unglaublich viele kranke Menschen«, stellte Don bekümmert fest.

»Ich denke besonders an einen.«

»Ich habe dir etwas mitzuteilen«, sagte Don. »Etwas, das dich eigentlich beruhigen müsste. Wenn das möglich ist.«

»Was denn?«

»Rick Ferguson ist heute Morgen um acht Uhr auf dem Polizeirevier erschienen und hat sich gestellt.«

»Was?« Jess rannte sofort zu ihrem Schrank und suchte sich etwas zum Anziehen heraus.

»Er behauptet, er hätte keine Ahnung gehabt, dass er von der Polizei gesucht wird. Er war mit einer Frau zusammen, die er gerade kennengelernt hatte …«

»Klar, das glaub ich ihm aufs Wort. Er kann sich nur leider nicht an ihren Namen erinnern.«

»Ich glaube, er hat sie gar nicht danach gefragt.«

Jess schlüpfte in ihre Unterwäsche, dann in Jeans und einen dicken blauen Pullover. »Wie lange weißt du das schon?«

Jess bemerkte die Traurigkeit in Dons Augen. »Als ich heute Morgen nach Hause kam, waren zwei Nachrichten auf meinem Anrufbeantworter«, sagte er ruhig. »Die eine betraf dich und das, was gestern Abend hier los war; die andere war von Rick Ferguson. Er teilte mir mit, er sei zu Hause gewesen, habe mit seiner Mutter gesprochen und gehört, dass die Polizei ihn suche. Er sei jetzt auf dem Weg zum Revier, um sich zu stellen. Ich fahre jetzt auch hin. Ich glaube, ich werde ihn überzeugen können, dass es in seinem Interesse ist, mit der Staatsanwaltschaft zusammenzuarbeiten.«

»Gut. Ich fahre mit dir.« Jess band ihr nasses Haar zum Pferdeschwanz.

»Und was ist mit dem Küchenchef?«

»Das Frühstück muss eben warten, bis ich wieder da bin.«

»Du willst den Mann allein in deiner Wohnung lassen?« Dons Stimme war ungläubig. »Jess, muss ich dich erst daran erinnern, dass das letzte Mal, als er hier war, deine gesamte Unterwäsche zerschnitten war?«

»Don, mach dich nicht lächerlich.«

»War es nur Zufall, dass er gestern Abend hier war, Jess?«, fragte Don ungeduldig. »Bist du überhaupt nicht auf den Gedanken gekommen, dass vielleicht Adam der Einbrecher war? Dass vielleicht Adam deinen Kanarienvogel getötet hat? Du hast ihn erwischt, als er sich gerade aus dem Staub machen wollte.«

»Ich hab ihn nicht erwischt, und er wollte sich nicht aus dem Staub machen«, protestierte Jess. »Er war hier, weil er auf mich gewartet hat. Er war gar nicht oben gewesen.«

»Wer sagt das?«

»Er«, antwortete Jess unsicher.

»Und du glaubst alles, was er sagt? Du ziehst die Möglichkeit, dass er lügen könnte, nicht einmal in Betracht?«

»Erzähl du mir keine Geheimnisse, dann erzähl ich dir keine Lügen«, sagte Jess, ohne sich bewusst zu sein, dass sie laut sprach.

»Was?«

Jess kehrte mit einem Ruck in die Gegenwart zurück. »Das ist doch unsinnig, Don. Weshalb hätte Adam diese Dinge tun sollen? Was könnte er für ein Motiv haben?«

»Das weiß ich doch nicht. Ich weiß nur eines: Seit du diesen Burschen kennengelernt hast, passieren dir die merkwürdigsten Dinge. Und sie sind nicht nur merkwürdig, sondern auch gefährlich.«

»Aber Adam hat doch überhaupt keinen Grund, mir etwas antun zu wollen.«

Die Besorgnis auf Dons Gesicht wich Traurigkeit. »Bist du im Begriff, dich in ihn zu verlieben, Jess?«, fragte er.

Jess seufzte einmal tief. »Ich weiß nicht.«

»Mein Gott, Jess, er ist Schuhverkäufer! Was willst du mit so einem Mann?«

»Er ist kein Schuhverkäufer«, widersprach Jess leise.

»Wie?«

»Na ja, genaugenommen ist er im Moment natürlich doch einer«, verbesserte sich Jess. »Aber das spielt sowieso keine Rolle.«

»Was willst du eigentlich sagen, Jess?«

»Er ist Anwalt.«

»Was?«

»Er ist Anwalt.«

»Anwalt«, wiederholte Don.

»Aber dann ist etwas passiert. Er wollte sein Leben umkrempeln, deswegen hat er seinen Beruf aufgegeben …«

»Und fand die Erfüllung als Schuhverkäufer. Willst du das allen Ernstes behaupten?«

»Es ist eine sehr lange Geschichte.«

»Und eine sehr unwahrscheinliche. Jess, hast du dich in

diesen Kerl so vergafft, dass du nicht mehr erkennst, wenn dir jemand einen Haufen Scheiße erzählt?«

»Es ist alles sehr kompliziert.«

»Nur Lügen sind kompliziert«, entgegnete Don. »Die Wahrheit ist im Allgemeinen sehr einfach.«

Jess wich Dons Blick aus, sie wollte nicht einmal daran denken, dass er recht haben könnte.

»Du weißt, dass ich nur dein Bestes will, nicht wahr?«, sagte Don.

Jess nickte. Wieder schossen ihr die Tränen in die Augen. Ärgerlich wischte sie sie weg.

»Und ich habe nie etwas anderes gewollt«, fügte er leise hinzu.

Jess nickte wieder. »Fahren wir zum Revier«, sagte sie. »Ich möchte deinem Mandanten ein paar Fragen stellen.«

Rick Ferguson saß in vertraut flegelhafter Haltung auf demselben Stuhl im selben Vernehmungsraum wie beim letzten Mal, als Jess ihn vernommen hatte. Zwei Kriminalbeamte in Zivil hatten in einer Ecke Platz genommen. Einen Augenblick lang hatte Jess das Gefühl, nie weggegangen zu sein.

Er hatte dieselbe braune Lederjacke an, dieselben Bluejeans, dieselben spitzen schwarzen Stiefel. Dieselbe Arroganz ging von seiner Haltung aus. Sobald Jess ins Zimmer trat, erstarrte er und folgte ihren Bewegungen mit seinen schlangenhaften Augen. Ganz langsam richtete er sich auf, als wollte er gleich zuschlagen. Aber dann sank er wieder lässig in sich zusammen und spreizte weit und herausfordernd seine Beine. »Hey, so gefällt mir Ihr Haar«, sagte er zu Jess und kratzte sich dabei träge an der Innenseite eines Schenkels. »Nass steht Ihnen. Das muss ich mir merken.«

»Halten Sie die Klappe, Rick«, befahl Don, der Jess in den Raum folgte. »Und setzen Sie sich gerade hin.«

Rick Ferguson richtete sich auf, bis er halbwegs gerade saß, ließ jedoch seine Beine weiterhin gespreizt. Das lange Haar hing ihm lose auf die Schulter. Mit einer automatischen Handbewegung strich er es sich hinter die Ohren. Jess bemerkte einen Ohrring in seinem linken Ohr.

»Ist der neu?«, fragte sie und wies auf den kleinen goldenen Ring.

»Sie sind echt eine gute Beobachterin, Jess«, stellte Rick Ferguson fest. »Ja, der ist neu. Eine neue Tätowierung hab ich auch. Die Waage der Gerechtigkeit.« Er lachte. »Auf meinem Hintern. Möchten Sie sie sehen?«

»Hören Sie auf mit dem Quatsch, Rick«, fuhr Don ihn ärgerlich an.

Rick Ferguson sah ihn erstaunt an. »Hey, was regen Sie sich so auf? Sie *sind mein* Anwalt, oder wissen Sie das nicht mehr?«

»Nicht mehr lange, wenn Sie so weitermachen.«

»Hey, Mann, was geht hier eigentlich vor?« Sein Blick flog schnell zwischen Don und Jess hin und her. »Haben Sie vielleicht was mit der hübschen Staatsanwältin?«

»Sie haben versprochen, Miss Koster einige Fragen zu beantworten«, sagte Don in scharfem Ton. »Ich sage es Ihnen, wenn etwas kommt, das Sie meiner Meinung nach besser nicht beantworten sollten.«

»Hey, mein Leben ist ein offenes Buch. Schießen Sie los, Frau Staatsanwältin.«

»Haben Sie Connie DeVuono getötet?«, fragte Jess sogleich.

»Nein.«

»Wo waren Sie an dem Tag ihres Verschwindens?«

»Was war das für ein Tag?«

Sie nannte ihm das genaue Datum und die geschätzte Zeit.

Rick Ferguson zuckte die Achseln. »Ich glaub, ich war zu Hause bei meiner Mutter. Der ging's damals gerade nicht so gut.«

»Wo arbeiten Sie?«

»Das wissen Sie doch.«

»Beantworten Sie die Frage.«

»Fragen Sie mich etwas netter.«

Jess warf Don einen Blick zu.

»Beantworten Sie die Frage, Rick. Sie haben versprochen zu kooperieren.«

»Deswegen braucht sie noch lange nicht so unhöflich zu sein.« Rick Ferguson rieb sich mit einer Hand zwischen den Beinen.

»Sie arbeiten bei der Ace Magnetic Wire Factory, einem Unternehmen, das Drähte herstellt, ist das richtig?«

»Bingo!«

»Würden Sie mir Ihre Arbeit beschreiben, Mr Ferguson?«

»Mr Ferguson?«, wiederholte er und richtete sich hoch auf. »Hey, das gefällt mir, wie Sie das sagen.«

»Erklären Sie Miss Koster, was Sie da machen, Rick«, befahl Don.

»Sie weiß, was ich da mache. Soll sie es mir doch sagen.«

»Sie fahren einen Gabelstapler, der die Drahtspulen vom Lagerhaus an den Pier befördert, ist das richtig?«

»Das ist richtig.«

»Vorher haben Sie in der Herstellung gearbeitet, an der Ziehbank.«

»Wieder richtig. Sie machen Ihre Hausaufgaben gut, Jess. Ich hatte keine Ahnung, dass Sie sich so sehr für mich interessieren.«

»Was sagen Sie dazu, dass der Draht, den Sie täglich zum Hafen hinunterbefördern, von der gleichen Sorte ist wie der, mit dem Connie DeVuono getötet wurde?«

»Beantworten Sie das nicht«, warf Don rasch ein.

Rick Ferguson sagte nichts.

»Was haben Sie in den letzten Tagen getrieben?«

»Nichts Besonderes.«

»Könnten Sie sich präziser ausdrücken?«

»Eigentlich nicht, nein.«

»Warum haben Sie sich mitten in der Nacht aus dem Haus geschlichen?«

»Ich hab mich nicht aus dem Haus geschlichen.«

»Ihr Haus wurde überwacht. Sie wurden gesehen, wie Sie es am Abend des neunten Dezember betraten. Beim Weggehen wurden Sie nicht gesehen. Am nächsten Morgen kamen Sie nicht zur Arbeit.«

»Ich hab ein paar Tage Krankenurlaub genommen. Das steht mir zu. Und wenn Sie nicht gesehen haben, wie ich aus dem Haus gegangen bin, ist das Ihre Schuld, nicht meine.«

»Sie wollten nicht verschwinden?«

»Wenn ich vorgehabt hätte zu verschwinden, weshalb wär ich dann wiedergekommen und hätte mich freiwillig gestellt?«

»Sagen Sie's mir.«

»Da gibt's nichts zu sagen. Ich wollte nicht verschwinden. Mensch, sobald ich gehört hab, dass ihr mich sucht, hab ich mich hier gemeldet. Ich hab keinen Grund zu verschwinden. Sie haben nichts gegen mich in der Hand.«

»Im Gegenteil, Mr Ferguson«, widersprach Jess. »Ich habe alles: Motiv, Gelegenheit, Zugang zur Mordwaffe.«

Rick Ferguson zuckte die Achseln. »Sie haben gar nichts«, wiederholte er.

»Sie haben meine Frage, was Sie in den letzten Tagen getrieben haben, immer noch nicht beantwortet.«

»Doch, hab ich schon. Es war nur nicht die Antwort, die Sie hören wollten.«

»Was ist mit gestern?«

»Was soll mit gestern gewesen sein?«

»Wo waren Sie gestern? So weit wird Ihr Gedächtnis doch reichen.«

»O ja, so weit reicht mein Gedächtnis. Ich seh bloß nicht ein, dass Sie das was angeht.« Er sah seinen Anwalt an. »Was hat die Frage, wo ich gestern war, mit meiner Verhaftung zu tun?«

»Beantworten Sie die Frage«, befahl Don und Jess dankte ihm mit einem kaum merklichen Kopfnicken.

»Ich war mit einer Frau zusammen, die ich kennengelernt hab.«

»Wie heißt sie?«

»Melanie«, sagte er.

»Und der Nachname?«

»Nach dem Nachnamen hab ich nicht gefragt.«

»Wo wohnt sie?«

»Keine Ahnung. Wir sind in ein Motel gegangen.«

»In welches Motel?«

»Ach, das nächstbeste.«

Jess sandte einen gereizten Blick zur schalldichten Zimmerdecke hinauf. »Mit anderen Worten, Sie können nicht beweisen, wo Sie gestern waren.«

»Na und? Warum sollte ich das nötig haben?« Wieder wandte sich Rick Ferguson Don zu. »Ich möcht wirklich wissen, was das, was ich gestern getrieben hab, mit dem Mord an dieser DeVuono zu tun hat.«

»Gestern ist zwischen vierzehn und neunzehn Uhr bei Miss Koster eingebrochen worden«, klärte Don ihn auf.

»So ein Pech!«, sagte Rick Ferguson, und Jess konnte förmlich das Grinsen in seiner Stimme hören. »Ist was weggekommen?«

Jess sah das offene Fenster und den leeren Vogelkäfig vor sich. »Das möchte ich von Ihnen wissen«, sagte sie mit einer Stimme, in der keine Gefühlsregung schwang.

»Was – glauben Sie vielleicht, ich war das?«, fragte Rick Ferguson mit vorwurfsvoller Miene.

»Waren Sie es?«, fragte Jess.

»Ich hab's Ihnen doch schon mal gesagt, ich war mit einer Frau namens Melanie zusammen.«

»Wir haben Zeugen, die Sie am Tatort gesehen haben«, log Jess. Sie wartete auf Dons Einspruch, war dankbar, als er nicht erfolgte.

»Dann irren sich Ihre Zeugen«, entgegnete Rick Ferguson seelenruhig. »Weshalb sollte ich bei Ihnen einbrechen? Das wäre ja wohl nicht sehr klug.«

»Niemand hat behauptet, dass Sie sehr klug sind«, entgegnete Jess.

Rick Ferguson griff sich an die Brust. »Au! Wie können Sie einem Mann nur so weh tun, Jess?« Er zwinkerte ihr zu. »Vielleicht kann ich mich ja eines Tages mal revanchieren.«

»Rick«, sagte Don, ehe Jess reagieren konnte, »kennen Sie einen Mann namens Adam Stohn?«

Ruckartig drehte sich Jess nach ihrem geschiedenen Mann um.

»Was war das für ein Name?«, fragte Rick Ferguson.

»Adam Stohn«, wiederholte Don.

Jess richtete ihre Aufmerksamkeit wieder auf Rick Ferguson. Widerstrebend wartete sie auf seine Antwort.

»Ist er einer von Ihren angeblichen Zeugen?«, fragte Rick Ferguson und schüttelte dann den Kopf. »Tut mir leid, aber der Name sagt mir nichts.« Er grinste. »Aber Sie wissen ja, mit Namen hab ich's nicht so.«

»Das bringt uns hier nicht weiter«, sagte Jess ungeduldig. »Sie behaupten also, über Connie DeVuonos Ermordung nichts zu wissen? Ist das richtig?«

»Das ist richtig.«

»Sie führen uns nur an der Nase herum«, rief Jess ärgerlich.

»Ich sage Ihnen nur die Wahrheit.«

»Dann betrachten Sie sich als verhaftet. Wegen Mordes an Connie DeVuono«, sagte Jess. Sie machte kehrt und ging rasch aus dem Raum.

Don war direkt hinter ihr. »Jess, warte doch mal einen Moment, überleg dir, was du da tust.«

Die Beamten draußen sahen diskret in die andere Richtung.

»Da gibt es nichts zu überlegen.«

»Du hast keinerlei Beweise, Jess.«

»Hör auf mir zu sagen, dass ich keine Beweise habe. Ich habe das Motiv. Ich habe die Gelegenheit. Und ich habe die Mordwaffe. Was willst du eigentlich noch mehr?«

»Ein paar Fingerabdrücke auf der Mordwaffe wären nicht schlecht. Konkrete körperliche Spuren, die eine Verbindung zwischen Connie DeVuono und meinem Mandanten beweisen. Aber ich weiß, die hast du nicht. Ein paar Zeugen, die meinen Mandanten und die Frau etwa zu der Zeit zusammen gesehen haben, als sie verschwand. Irgendeine Verbindung zwischen der Toten und Rick Ferguson, Jess.«

»Die Verbindung werde ich schon herstellen.«

»Ich wünsche dir viel Glück.«

»Wir sehen uns bei Gericht.«

24

Bis unmittelbar vor Beginn der Vorverhandlungen gegen Rick Ferguson am folgenden Freitag stritt Jess sich mit Tom Olinsky, ihrem vorgesetzten Staatsanwalt, herum.

»Und ich glaube immer noch, es war ein Fehler, dass wir den Fall nicht zur Voruntersuchung vor ein Geschworenengericht gebracht haben«, sagte Jess zu Tom Olinsky, als sie an seiner Seite durch die mit Mistelzweigen geschmückten Korridore ging.

»Aber ich hab Ihnen doch gesagt, dass unser Fall für so eine Voruntersuchung auf viel zu schwachen Füßen steht.«

Tom Olinsky hatte für sein Körpergewicht einen sehr flotten Gang. Sie musste lange Schritte machen, um mithalten zu können.

»Ihr Ex-Mann hat uns mit seinem Antrag auf Beschränkung der Beweisvorlage schon ganz schön eine aufs Haupt gegeben.«

»Ja, ich weiß. Der Teufel soll ihn holen«, murmelte Jess, immer noch verärgert über Dons taktische Maßnahme.

»Er tut nur seine Arbeit, Jess.«

»Und ich bemühe mich, die meine zu tun.«

Sie gingen durch ein Foyer, in dem ein gewaltiger, mit Lametta und Popcorn behangener Weihnachtsbaum stand, zu den Aufzügen hinaus.

»Bei einer Voruntersuchung mit Geschworenen hätten wir sofort einen Anklagebeschluss bekommen«, fuhr Jess fort. »Wir hätten jetzt schon ein Prozessdatum.« Und sie hätte Don nicht schon zu einem so frühen Zeitpunkt bei Gericht gegenübertreten müssen, da die Verteidigung bei solchen Voruntersuchungen nicht anwesend war und Kreuzverhöre der Zeugen nicht zugelassen waren. Die Anklage trug den dreiundzwanzig Geschworenen lediglich ihre Begründung vor und bat um Eröffnung des Hauptverfahrens.

Wenn ein Fall auf wackligen Füßen stand, und alle außer Jess schienen sich darin einig zu sein, dass der hier wacklig war, ging die Anklage im Allgemeinen den Weg über die Vorverhandlung. Dann nämlich hatte der Richter und nicht der Staatsanwalt darüber zu entscheiden, ob die Beweise ausreichten, jemandem den Prozess zu machen. Es war eine sehr politische Entscheidung, das wusste Jess, eine Methode, den Fall loszuwerden. Die Staatsanwaltschaft führte nicht gern einen Prozess, wenn viel dafür sprach, dass sie ihn verlor. Durch die Vorverhandlung wurde die Anklage entlastet, da der Richter gezwungen war zu entscheiden, ob hinreichender Grund bestand, jemandem den Prozess zu machen. Das ganze Verfahren konnte innerhalb von zwanzig Minuten vorbei sein.

Jess musste an Dons Empfehlung denken, das Strafrechtssystem als ein Spiel zu sehen: In einer Vorverhandlung präsentierte der Staat seine Beweise so allgemein wie möglich, ganz darauf bedacht, nur so viel zu enthüllen, wie notwendig war, um einen hinreichenden Grund zu präsentieren; die Verteidigung ihrerseits versuchte, so viel wie möglich vom Beweismaterial der Anklage aufzudecken.

Wenn die Anklage Erfolg hatte, folgte drei Wochen nach der Vorverhandlung die Verlesung der Anklageschrift, zu der der Beschuldigte vor dem Vorsitzenden Richter der Strafkammer erscheinen musste. Gemäß den ungeschriebenen Spielregeln verzichtete die Verteidigung im Allgemeinen auf dieses Recht, und der Beschuldigte erklärte sich dann entweder schuldig oder nicht schuldig im Sinne der Anklage.

Der Beschuldigte bekannte sich *immer* nicht schuldig, wie Jess wusste. Sie folgte Tom Olinsky in den Aufzug und unterdrückte ein Lächeln, als sie sah, wie die drei Leute, die bereits in der Kabine waren, wie auf Kommando einen großen Schritt zurücktraten, um ihm Platz zu machen.

Der Vorsitzende Richter setzte dann fest, welcher Richter den Fall verhandeln würde. Ein Datum wurde ausgewählt, und der Fall wurde nun zu einem von etwa dreihundert Fällen auf der Liste eines Richters. Bei Mordfällen dauerte es im Allgemeinen zwischen mehreren Monaten und einem Jahr, bis sie zur Verhandlung kamen, und da begann das Spiel dann wirklich interessant zu werden.

Die Anklage konnte es sich nun nicht mehr leisten, mit ihren Beweisen hinterm Berg zu halten. Sie musste nun ihr gesamtes Beweismaterial gegen den Angeklagten offenlegen. Alles Beweismaterial, das dem Beschuldigten hilfreich sein konnte, alle Polizeiberichte, Gutachten, Dokumente, Fotos, Namen und Adressen von Zeugen, Informationen über frühere Verurteilungen und so weiter mussten der Verteidigung übergeben werden. Gleichermaßen war die Verteidigung verpflichtet, die Liste ihrer Zeugen offenzulegen, dazu alle wissenschaftlichen Gutachten, die sie als Beweise vorzulegen gedachte, und ihre Strategie zu offenbaren, ob sie nun ein Alibi ins Spiel brachte, Tötung auf Verlangen, Notwehr oder verschiedene Abstufungen der Unzurechnungsfähigkeit.

Wenn dem Angeklagten Haftverschonung gegen Kaution verweigert wurde, musste der Staat innerhalb von hundertzwanzig Tagen den Prozess eröffnen, wenn der Angeklagte dies wünschte. Das wünschte er immer. War der Angeklagte hingegen auf Kaution frei, so musste der Staat innerhalb von hundertsechzig Tagen den Prozess eröffnen, wenn der Angeklagte das verlangte. Das tat er fast nie.

Selbst wenn der Angeklagte die sofortige Prozesseröffnung wollte, brauchte sein Anwalt Zeit, um das gesamte Beweismaterial des Staates zu prüfen. Dennoch gehörte es zu diesem Pokerspiel, dass die Verteidigung den Antrag auf sofortige Prozesseröffnung stellte. Das führte leicht dazu, dass die Staatsanwaltschaft nervös wurde und den Prozess eröffnete, ehe sie wirklich bereit war.

Wenn die Anklage nach hundertsechzig Tagen noch immer nicht prozessbereit war, konnte die Verteidigung Antrag auf Einstellung des Verfahrens stellen, das Schlimmste, wie Jess wusste, was einem Staatsanwalt passieren konnte.

Im Erdgeschoss angelangt trat sie vor Tom Olinsky aus dem Aufzug, aber der holte sie schnell wieder ein, als sie durch den Korridor gingen, der das Administration Building mit dem Gerichtsgebäude verband.

Aber das alles kam später, sagte sich Jess. Zuerst einmal musste sie die Vorverhandlung überstehen.

Sie fand in einem der kleineren, moderneren Räume in der ersten Etage statt.

»Nehmen wir gleich die Treppe«, schlug Tom Olinsky vor und ging zwischen den hohen braunen Sälen in dorischem Stil an den zehn Aufzügen vorbei zum Treppenhaus. Erstaunlich, dachte Jess, wie behände dieser Mann ist, ich bin bestimmt erschöpft, bis wir oben ankommen.

Essensgeruch aus den verschiedenen Kantinen hing in den Gängen, und Jess fragte sich, ob Don wohl mit Rick Ferguson in dem Raum, der für die Angeklagten und ihre Anwälte reserviert war, beim Kaffee saß. Sie hatte Don die ganze Woche nicht gesehen, hatte nicht mehr mit ihm gesprochen, seit er seinen Antrag auf Beschränkung der Beweisvorlage gestellt hatte. Sie wusste, wie selbst Adam ihr vorgehalten hatte, dass Don nur seine Arbeit tat, aber es ärgerte sie dennoch. Musste er denn in seiner Arbeit so verdammt gut sein?

Auch Adam hatte sie die ganze Woche nicht gesehen, aber sie hatte jeden Abend mit ihm telefoniert. Er war in Springfield, zum ersten Mal seit drei Jahren zu Besuch bei seinen Eltern. Er würde am Sonntag zurück in Chicago sein. Unterdessen rief er sie jeden Abend um zehn Uhr an, um ihr gute Nacht zu wünschen, und um ihr zu sagen, dass er sie liebte.

Jess hatte von ihren Gefühlen noch nicht gesprochen. Sie war sich ihrer nicht sicher. Sie wusste, dass sie sich stark zu ihm hingezogen fühlte; sie wusste, dass sie ihn sehr gern hatte; sie verstand, was er durchlitten hatte. Aber liebte sie ihn? Das eben wusste sie nicht. Sie hatte zu große Angst vor ihren Gefühlen, um es wissen zu wollen.

Geh mit ihnen, hörte sie ferne Stimmen murmeln. Gib ihnen einfach nach.

Vielleicht nach der Vorverhandlung. Vielleicht wenn es ihr gelungen war, Rick Ferguson unter Anklage stellen zu lassen, vielleicht konnte sie dann die nagenden Zweifel an Adam vergessen, die Don ihr eingepflanzt hatte, und zulassen, dass das, was zwischen ihnen begonnen hatte, eine ganz natürliche Entwicklung nahm.

Vertrau deinem Instinkt, murmelten die Stimmen. Vertrau deinem Instinkt.

»Nach Ihnen«, sagte Tom Olinsky, zog die Tür auf und ließ Jess den Vortritt. Ein seltsamer Moment für Ritterlichkeit, dachte Jess. Sie sah sich in dem runden, fensterlosen Gerichtssaal um.

Die Räume in der dritten, vierten und fünften Etage erinnerten Jess an kleine Raumschiffe, spärlich eingerichtet, vornehmlich in Grau gehalten, mit einer Glaswand, hinter der sich der halbrunde Zuschauerraum befand. Der Richtertisch stand der Tür gegenüber, die Geschworenenbank war entweder rechts oder links vom Richtertisch, je nachdem, in welchem Gerichtssaal man war. In diesem hier war die Geschworenenbank, die bei der Vorverhandlung leer bleiben würde, links vom Richtertisch.

Nach vier Uhr nachmittags wurden in diesen Gerichtsräumen ausschließlich Drogenfälle verhandelt. Immer war Hochbetrieb.

Jess und Tom Olinsky gingen zum Tisch der Anklage, an dem schon Neil Strayhorn wartete. Jess stellte ihre Aktentasche auf den Boden und sah sich um.

»Die Zeugen sind noch nicht hier«, sagte Neil, der wusste, wonach sie Ausschau hielt.

»Habt ihr bei der Polizei nachgefragt und euch vergewissert, dass sie benachrichtigt worden sind?«, fragte Tom Olinsky und setzte sich neben Neil.

»Ja, heute Morgen um Viertel vor acht«, antwortete Jess. Sie verstand nicht ganz, weshalb er ihr diese Frage überhaupt stellte. Es war doch klar, dass sie sich mit der Polizei abgesprochen hatte, um sicherzustellen, dass die Zeugen erscheinen würden. Genauso wie sie im Labor angerufen hatte, um das Ergebnis der Untersuchungen des gefundenen Beweismaterials durchzusprechen; genauso wie sie mit Hilary Waugh die Fragen abgesprochen hatte, die sie ihr im Zeugenstand stellen würde. Außerdem würden Connies Mutter, Mrs Gambala, eine Arbeitskollegin Connies und Connies beste Freundin aussagen. Sie würden das Vorbringen des Staatsanwaltes bestätigen, dass Connie DeVuono vor Rick Ferguson Todesangst gehabt hatte, weil der ihr gedroht hatte, sie umzubringen, falls sie ihre Anzeige wegen Vergewaltigung aufrechterhalten und gegen ihn aussagen sollte. Und damit würde das Mordmotiv gegeben sein.

»Tom, Sie brauchen nicht zu bleiben«, sagte Jess. »Neil und ich schaffen das schon.«

»Ich möchte gern sehen, wie es läuft«, sagte er und lehnte sich auf seinem Stuhl, dessen Sitzfläche für sein ausladendes Gesäß viel zu schmal war, zurück.

Jess lächelte. Sie war dankbar für die moralische Unterstützung. Er hatte ihr die ganze Woche die Hölle heißgemacht, kein Hehl daraus gemacht, dass ihm das Beweismaterial nicht ausreichend erschien, aber am Ende hatte er ihrem dringenden Wunsch nachgegeben.

»Ich habe den Eindruck, die Frau da sucht Sie«, sagte

Tom, als die Tür zum Gerichtssaal sich öffnete und eine ältere Frau ganz in Schwarz sich zaghaft umsah.

»Mrs Gambala«, sagte Jess und ging auf die Frau zu. Sie nahm ihre beiden Hände. »Ich danke Ihnen, dass Sie gekommen sind.«

»Wir bringen dieses Ungeheuer hinter Gitter?«, fragte Mrs Gambala erwartungsvoll.

»Ja, wir bringen dieses Ungeheuer hinter Gitter«, versicherte ihr Jess. »Sie kennen meinen Mitarbeiter Mr Strayhorn. Und das hier ist Mr Olinsky, mein vorgesetzter Staatsanwalt. Tom, das ist Connie DeVuonos Mutter, Mrs Gambala.«

»Guten Tag, Mrs Gambala«, sagte er und stand auf. »Wir wollen hoffen, dass Sie hier bald wieder herauskommen.«

»Hauptsache, die Gerechtigkeit siegt«, erwiderte Mrs Gambala.

»Sie müssen draußen warten, bis Sie aufgerufen werden«, erklärte Jess ihr und führte sie wieder in den Gang hinaus. »Sie können sich hier hinsetzen.« Jess wies auf eine Bank an der Wand. Die alte Frau blieb stehen. »Sie wissen, was ich Sie nachher fragen werde? Sie haben keine Angst vor den Fragen, die ich Ihnen stellen werde?«

Mrs Gambala schüttelte den Kopf. »Ich werde die Wahrheit sagen. Connie hatte Todesangst vor diesem Mann. Er hatte gedroht, sie zu töten.«

»Gut. Also, seien Sie jetzt ganz ruhig. Wenn Sie eine Frage nicht verstehen oder auch wenn Sie nicht verstehen, was vorgeht, was der Verteidiger Sie fragt, dann sagen Sie es einfach. Lassen Sie sich so viel Zeit, wie Sie brauchen.«

»Wir bringen das Ungeheuer hinter Gitter«, sagte Mrs Gambala wieder und ging zum Fenster am Ende des Korridors. Dort blieb sie stehen und blickte in den kalten grauen Tag hinaus.

Die anderen Zeugen kamen bald danach. Jess sprach kurz mit den Polizeibeamten und dem kriminalwissenschaftlichen Gutachter, dankte Connies Freundin und ihrer Kollegin, dass sie ihrer Aufforderung Folge geleistet hatten. Sie führte sie zu der Bank im Flur und sagte ihnen, dass sie in Kürze aufgerufen werden würden. Dann kehrte sie in den Saal zurück.

Der Zuschauerraum begann sich zu füllen, größtenteils mit Anwälten und ihren Mandanten, die auf ihren Verhandlungstermin warteten. Don und Rick Ferguson waren noch nicht da. War es möglich, dass Don noch in letzter Minute für ein bisschen Wirbel sorgen wollte?

Der Gerichtsdiener räusperte sich laut, ehe er das Gericht zur Ordnung rief und Richterin Caroline McMahon ankündigte. Caroline McMahon war eine Frau Anfang vierzig, deren rundes Gesicht in Widerspruch zu ihrem kantigen Körper stand. Sie hatte kurzes dunkles Haar und einen hellen Teint, der jedes Mal, wenn sie die Geduld verlor, was häufig vorkam, tiefrot anzulaufen pflegte.

Gerade als der Gerichtsdiener Rick Fergusons Namen vorlas, stürmte Don mit angemessener Dramatik in den Saal. »Hier, Euer Ehren«, rief er laut und führte seinen Mandanten zum Tisch der Verteidigung.

»Ist die Verteidigung bereit?«, erkundigte sich Caroline McMahon mit einem sarkastischen Unterton in der Stimme und blickte über den Rand ihrer Lesebrille zu dem saumseligen Verteidiger hinüber.

»Ja, Euer Ehren.«

»Und die Anklage?«

»Die Anklage ist bereit, Euer Ehren«, antwortete Jess beinahe begierig.

»Ich werde mir das Urteil über Ihren Antrag vorbehalten, Mr Shaw«, erklärte Caroline McMahon gleich als Erstes, »bis ich sehe, welche Richtung die Argumentation der Staatsanwaltschaft nimmt. Miss Koster, Sie können beginnen.«

»Danke, Euer Ehren«, sagte Jess und ging zum leeren Zeugenstand. »Wir rufen Detective George Farquharson.«

Detective George Farquharson, groß und hellhäutig, mit schütterem Haar, trat in den Gerichtssaal, kam den Gang zwischen den bereits gefüllten Zuschauerreihen herunter, marschierte durch die Tür in der Glaswand, die den Raum teilte, zum Zeugenstand. Er wurde vereidigt, setzte sich und nannte laut und deutlich seinen Namen und seinen Dienstgrad, ein Mann, der offensichtlich mit sich und der Aufgabe, die ihm bevorstand, zufrieden war.

»Ist es richtig, dass Sie am Nachmittag des fünften Dezember die Leiche von Mrs Connie DeVuono fanden?«, begann Jess.

»Ja.«

»Können Sie uns das genauer berichten?«

»Mein Partner und ich fuhren nach einem Anruf von einem Mr Henry Sullivan nach Skokie Lagoons hinaus. Er hatte dort beim Eisfischen Mrs DeVuonos Leiche gefunden. Sobald wir die Tote sahen, wussten wir, dass sie ermordet worden war.«

»Woran sahen Sie das?«

»Das Stück Draht befand sich noch um ihren Hals«, antwortete Detective Farquharson.

»Und was taten Sie, nachdem Sie die Leiche gesehen hatten, Detective Farquharson?«

»Wir haben das Gebiet abgesperrt und die Gerichtsmedizin benachrichtigt. Dann wurde die Leiche mit einem Rettungswagen in die Harrison Street gebracht.«

»Danke, Detective.«

Don stand kurz auf. »Haben Sie abgesehen von dem Draht, der um Mrs DeVuonos Hals lag, andere Spuren am Tatort gefunden, Detective Farquharson?«

»Nein.«

»Keine Fußabdrücke? Keine Zigarettenstummel? Keine Kleidungsstücke?«

»Nein, Sir.«

»Es befand sich also nichts am Tatort, was eine Verbindung zwischen meinem Mandanten und der Toten hergestellt hätte?«

»Nein, Sir.«

»Ich danke Ihnen.« Don kehrte an seinen Platz zurück.

»Danke, Detective Farquharson, Sie können gehen«, sagte Richterin McMahon.

»Die Anklage ruft Dr. Hilary Waugh.«

Hilary Waugh trug einen königsblauen Hosenanzug und dazu eine schlichte Perlenkette, das dunkle Haar wie immer in einem französischen Zopf.

»Dr. Waugh«, sagte Jess, nachdem Hilary Waugh sich gesetzt hatte, »wie lautet der Befund der Obduktion, die an Connie DeVuono vorgenommen wurde?«

»Der Tod ist infolge einer Strangulierung mit einem Stück Magnetdraht durch Ersticken eingetreten. Der Draht durchschnitt die Halsschlagader, aber erst nach Eintreten des Todes.«

»Gab es Hinweise darauf, dass Connie DeVuono geschlagen worden war?«

»Ja. Neben einer Fraktur des linken Handgelenks hatte sie mehrere gebrochene Rippen und einen ausgerenkten Kiefer.«

»Gab es Anzeigen dafür, dass sie vergewaltigt worden war?« »Ja. Die Leiche war nackt, und die Vagina war verletzt.« »Wie lange war Mrs DeVuono bereits tot, als man sie fand, Dr. Waugh?«

»Ungefähr sechs Wochen. Wir identifizierten sie aufgrund der Unterlagen ihres Zahnarztes.«

»Ich danke Ihnen.«

Don sprang auf. »Wurde in der Vagina Sperma gefunden?«, fragte er.

»Nein, wir haben keine Spuren davon gefunden.«

»Bissspuren?«

»Nur von Tieren.«

»Blut, das nicht von der Toten selbst stammte?«

»Nein.«

»Speichel?«

»Nein, zu diesem Zeitpunkt nicht. Mrs DeVuono war ja schon ungefähr sechs Wochen tot. Die Leiche befand sich in einem Zustand fortgeschrittener Verwesung.«

»Aber dank der strengen Kälte war die Verwesung nicht so weit fortgeschritten, wie es normalerweise der Fall gewesen wäre, richtig?«

»Ja, das ist richtig.«

»Dennoch haben Sie kein fremdes Blut gefunden, keine Bissspuren, außer solche von Tieren, keinen Speichel, nichts wahrhaft Signifikantes. Ganz eindeutig nichts, das zu Identifizierung des Täters beitragen würde.«

»Nein«, gab Hilary Waugh zu.

»Ich danke Ihnen, Doktor.«

»Die Anklage ruft Dr. Rudy Wang«, sagte Jess, sobald Hilary Waugh den Zeugenstand verlassen hatte.

Dr. Wang, der kriminologische Experte, war ein kleinwüchsiger Mann mit grauem Haar. Dem Namen nach hätte man ihn vielleicht für einen Asiaten halten können, tatsächlich war er polnischer Abstammung. Seine sorgenvoll gekrauste Stirn und die zusammengekniffenen Augen weckten die Vermutung, er habe seine Brille vergessen.

»Dr. Wang, hatten Sie Gelegenheit, den Draht zu untersuchen, mit dem Connie DeVuono erdrosselt wurde?«, fragte Jess.

»Ja.«

»Würden Sie ihn uns bitte beschreiben?«

»Es war ein Magnetdraht, stahlgrau, fünfundvierzig Zentimeter lang, rund, mit einem Umfang von etwa acht Millimetern. Sehr starker, sehr fester Draht.«

»Sie haben ein ähnliches Stück Draht aus der Fabrikation der Ace Magnetic Wire Factory, bei der der Angeklagte arbeitet, untersucht, nicht wahr?«

»Ja, das stimmt. Die beiden Drähte waren identisch.«

»Danke, Dr. Wang.«

Don war bereits aufgesprungen und auf dem Weg zum Zeugenstand, ehe Jess an ihren Tisch zurückgekehrt war. »Dr. Wang, befanden sich Fingerabdrücke auf dem Draht, mit dem Mrs DeVuono erdrosselt worden war?«

»Nein.«

»Teilabdrücke vielleicht? Etwas in dieser Art?«

»Nein. Nichts.«

»Und was würden Sie sagen, gibt es diesen besonderen Typ von Draht häufig oder selten?«

Wang zuckte die Achseln. »Ziemlich häufig, denke ich.«

»Man könnte ihn in jedem Haushaltsgeschäft kaufen?«

»Ja, man könnte ihn in einem Haushaltsgeschäft bekommen.«

»Ich danke Ihnen.«

Don warf Jess einen lächelnden Blick zu, ehe er an seinen Platz zurückkehrte.

»Ich hasse es, wenn Verteidiger so glücklich aussehen«, flüsterte Tom Olinsky Jess zu.

»Die Anklage ruft Mrs Rosaria Gambala«, sagte Jess laut und ballte zornig ihre Hände zu Fäusten.

In einem langärmligen schwarzen Pullover über einem langen schwarzen Rock näherte sich Mrs Gambala langsam dem Zeugenstand. Bei jedem Schritt schwankte sie gefährlich, als drohte sie zu stürzen. Sie hielt sich an der vorderen Umrandung des Zeugenstands fest, als sie vereidigt wurde. Der Blick ihrer dunklen Augen schweifte nervös durch den Saal und schreckte zurück, als er auf den Angeklagten fiel. Sie stieß einen unterdrückten Schrei aus.

»Fühlen Sie sich auch wohl, Mrs Gambala?«, fragte Jess. »Möchten Sie vielleicht ein Glas Wasser?«

»Nein, ich fühle mich ganz wohl«, antwortete die Frau mit erstaunlich kräftiger Stimme.

»Können Sie uns sagen, in welcher Beziehung Sie zu der Toten standen?«, fragte Jess.

»Ich bin ihre Mutter«, antwortete Rosaria Gambala. Sie sprach im Präsens von ihrer Tochter.

»Wann haben Sie Ihre Tochter vermisst gemeldet, Mrs Gambala?«

»Am neunundzwanzigsten Oktober 1992, als sie nach der Arbeit nicht zu mir kam, um Steffan abzuholen.«

»Steffan ist ihr Sohn?«

»Ja. Mein Enkel. Er kommt nach der Schule immer zu mir, bis Connie mit der Arbeit fertig ist. Sie ruft immer an, bevor sie im Büro weggeht.«

»Und am Nachmittag des neunundzwanzigsten Oktober rief Ihre Tochter Sie an und sagte, sie ginge jetzt los. Aber sie ist nie bei Ihnen angekommen, ist das richtig?«

»Ich habe die Polizei angerufen. Dort hat man mir gesagt, ich müsste vierundzwanzig Stunden warten. Dann hab ich bei Ihnen angerufen, aber Sie waren nicht zu Hause.«

»Warum haben Sie bei mir angerufen, Mrs Gambala?«

»Weil Sie ihre Anwältin sind. Sie wollten ihr doch helfen. Sie haben gewusst, dass ihr Leben in Gefahr war. Sie haben von seinen Drohungen gewusst.« Sie wies mit anklagendem Finger auf Rick Ferguson.

»Einspruch!«, rief Don. »Hörensagen.«

»Wir sind in einer Vorverhandlung«, sagte Jess. »Hörensagen ist zugelassen.«

»Ich werde es zulassen«, entschied die Richterin. »Fahren Sie fort, Miss Koster.«

Jess richtete ihre Aufmerksamkeit wieder auf Rosaria Gambala. »Rick Ferguson hat Ihre Tochter bedroht?«

»Ja. Sie hatte solche Angst vor ihm. Er hat gedroht, er würde sie umbringen.«

»Einspruch!«, rief Don wieder. »Euer Ehren, können wir einen Augenblick vortreten?«

Die beiden Anwälte traten vor den Richtertisch.

»Euer Ehren, ich finde, jetzt wäre der geeignete Moment, über meinen Antrag auf Beschränkung der Beweisvorlage zu entscheiden«, begann Don, die Initiative sofort an sich reißend. »Der Antrag ist in der Tatsache begründet, dass fast das gesamte Beweismaterial gegen meinen Mandanten auf Hörensagen beruht und in hohem Grad voreingenommen ist.«

»Was in einer Vorverhandlung zulässig ist«, sagte Jess erneut.

»Euer Ehren, es gibt keinerlei direkte Beweise dafür, dass mein Mandant Mrs DeVuono je bedroht hat.«

»Die Anklage wird neben Mrs Gambala zwei weitere Zeuginnen rufen, die aussagen werden, dass Mrs DeVuono vor dem Angeklagten Todesangst hatte, dass er ihr gedroht hatte, sie zu töten, wenn sie vor Gericht gegen ihn aussagen sollte.«

»Euer Ehren, solche Aussagen, die auf Hörensagen beruhen, sind nicht nur präjudizierend, sondern auch irrelevant.«

»Irrelevant?«, rief Jess. Sie hörte, wie ihre Stimme sich an den Glaswänden brach. »Sie belegen das Motiv, Euer Ehren. Mrs DeVuono hatte Rick Ferguson beschuldigt, sie geschlagen und vergewaltigt zu haben …«

»Was niemals vor einem Gericht bewiesen wurde«, erinnerte Don sie.

»Weil Connie DeVuono nie bis vor Gericht gekommen ist. Sie wurde ermordet, ehe sie aussagen konnte.«

»Euer Ehren«, sagte Don mit Nachdruck, »mein Mandant hat stets seine Unschuld an dem Überfall an Mrs DeVuono beteuert. Tatsache ist, dass er für die Zeit des angeblichen Überfalls ein hieb-und stichfestes Alibi hat.«

»Ich werde mehrere Polizeibeamte aufrufen, die aussagen werden, dass Mrs DeVuono Rick Ferguson eindeutig als den Mann identifiziert hat, der sie geschlagen und vergewaltigt hat«, argumentierte Jess.

»Hörensagen, Euer Ehren«, erklärte Don kategorisch.

»Die einzige Person, Euer Ehren, die meinen Mandanten als den Angreifer in diesem Fall identifizieren könnte, die einzige Person, die bezeugen könnte, dass er ihr Leben bedroht hat, ist tot. Da niemals nachgewiesen wurde, dass mein Mandant mit dem Überfall auf Mrs DeVuono zu tun hatte, muss ich verlangen, dass Sie die Vorlage derart reißerischen und präjudizierenden Beweismaterials gegen meinen Mandanten untersagen.«

»Euer Ehren«, sagte Jess rasch, »wir behaupten, dass diese Aussagen, auch wenn sie zugegebenermaßen auf Hörensagen beruhen, beweiserheblich sind. Sie gehören zum Kern der Beweisführung der Anklage gegen Mr Ferguson.«

»Tatsache ist doch, dass die Anklage außer einer Reihe unbestätigter Behauptungen aus zweiter Hand nichts vorweisen kann, was meinen Klienten mit der Toten verknüpft.«

»Euer Ehren«, sagte Jess, die bemerkte, dass die Wangen der Richterin jetzt hochrot waren, »die Anklage beabsichtigt, Mrs DeVuonos beste Freundin und eine ihrer Arbeitskolleginnen in den Zeugenstand zu rufen. Beide Frauen werden aussagen, dass Mrs DeVuono Todesangst vor Rick Ferguson hatte, dass sie ihnen erzählte, wie er ihr gedroht hatte, sie umzubringen, wenn sie gegen ihn aussagen sollte ...«

»Euer Ehren, wir drehen uns doch hier nur im Kreis.« Don hob gereizt und ungeduldig die Arme.

»Was ist denn los?«, rief Mrs Gambala vom Zeugenstand herüber. »Ich verstehe das alles nicht.«

Caroline McMahon sah die alte Frau teilnahmsvoll an. »Sie können den Zeugenstand verlassen, Mrs Gambala«, sagte sie freundlich.

»Ich versteh das alles nicht«, wiederholte Mrs Gambala.

»Es ist schon in Ordnung«, versicherte ihr Jess und half ihr aus dem Zeugenstand. »Sie haben Ihre Sache sehr gut gemacht, Mrs Gambala.«

»Müssen Sie mich denn nichts mehr fragen?«

»Im Augenblick nicht, nein.«

»Und der Mann muss mich auch nichts fragen?« Sie wies mit zitterndem Finger auf Don.

»Nein«, sagte Jess leise. Während Neil Strayhorn Mrs Gambala in den Flur hinausführte, sah sie Tom Olinsky an und sah die Resignation in seinem Gesicht.

»Ich bin jetzt bereit, über Ihren Antrag zu entscheiden, Mr Shaw«, sagte die Richterin.

Don und Jess traten näher an den Richtertisch.

»Ich neige dazu, in dieser Frage der Verteidigung rechtzugeben, Miss Koster«, begann sie.

»Aber, Euer Ehren …«

»Die präjudizierende Wirkung der Aussagen überwiegt eindeutig ihren Beweiswert. Ich werde daher der Anklage untersagen, dieses Material bei der Verhandlung vorzutragen.«

»Aber ohne diese Aussagen sind unsere Hände gebunden, Euer Ehren. Die Anklage kann dann kein Motiv nachweisen. Unsere ganze Beweisführung bricht zusammen.«

»Da kann ich nur zustimmen«, erklärte die Richterin. »Sind Sie bereit, Antrag auf Verfahrenseinstellung zu stellen?«

Jess blickte von der Richterin zu ihrem geschiedenen Mann. Immerhin war er so anständig, keine Schadenfreude zu zeigen.

»Die Entscheidung liegt bei dir«, sagte er zu ihr.

Eine Minute später wurde das Verfahren gegen Rick Ferguson eingestellt.

»Wie konntest du nur?«, fragte Jess Don zornig, während sie in dem jetzt leeren Korridor vor dem Gerichtssaal auf und ab lief.

Tom Olinsky war ins Büro zurückgekehrt; Neil war am anderen Ende des langen Ganges und versuchte, Mrs Gambala und den beiden anderen Zeuginnen zu erklären, was geschehen war, warum man Rick Ferguson nicht wegen Mordes unter Anklage stellen würde.

»Wie konntest du zulassen, dass dieser Killer ungeschoren davonkommt?«

»Du hattest nichts in der Hand, Jess.«

»Du weißt, dass er sie getötet hat. Du weißt, dass er schuldig ist!«

»Seit wann zählt so etwas vor Gericht?«, fragte Don scharf, aber gleich wurde seine Stimme wieder weich. »Jess, ich weiß ja, wie gern du Rick Ferguson als den Schuldigen sehen möchtest. Ich weiß, wie gern du ihn hinter Gitter befördern möchtest. Ehrlich gesagt, mir wäre auch wohler, wenn er säße, wenigstens bis wir wissen, wer diesen Terror gegen dich veranstaltet. Aber ich bin keineswegs davon überzeugt, dass Rick Ferguson der Mann ist, den wir suchen, und ich kann nicht meine Pflicht als Anwalt meines Mandanten vernachlässigen, nur weil ich dich liebe.« Er schwieg und sah sie forschend an, offensichtlich auf ein Zeichen des Verständnisses wartend. Aber Jess verweigerte es ihm. »Komm, schließen wir einen Waffenstillstand«, bot er ihr an. »Gehen wir zusammen essen. Ich lade dich ein.«

»Ich glaube nicht, dass das unter den gegebenen Umständen eine gute Idee wäre.«

»Aber, Jess«, drängte er, »du kannst doch diese Dinge nicht persönlich nehmen.«

»Aber ich tu's. Tut mir leid, wenn dich das enttäuscht.«

»Du enttäuschst mich nie.«

Jess' Zorn ließ nach. Welchen Sinn hatte es, Don böse zu sein, wenn sie in Wirklichkeit auf sich selbst zornig war?

»Heute Abend kann ich nicht, Don. Ich habe schon etwas vor«, sagte sie.

»Adam?«

»Meine Schwester«, entgegnete sie. »Und mein Schwager. Und mein Vater. Und seine neue Frau. Der krönende Abschluss eines perfekten Tages. Bis bald.«

Sie drehte sich auf dem Absatz um und sah sich unerwartet Rick Ferguson gegenüber. »Du lieber Gott!«

»Nein, nein«, sagte er grinsend. »Ich bin's nur. Ich hab eigentlich gehofft, wir würden zur Feier des Tages noch ein Glas zusammen trinken«, sagte er über Jess' Kopf hinweg zu Don.

»Tut mir leid, ich kann nicht«, erwiderte Don kalt.

»Oh, das ist aber schade«, sagte Rick mit einem Lächeln, das ganz im Gegensatz zu seinen Worten stand. »Wie ist es mit Ihnen, Jess? Ich könnte Ihnen einiges zeigen.«

»Sie werden ihr gar nichts zeigen«, sagte Don scharf. »Sie wird nicht mal Ihren Schatten zu sehen bekommen. Ist das klar?«

Rick Ferguson krümmte sich zusammen und drückte die Hand auf sein Herz, als hätte er eine tödliche Wunde empfangen. »Sie sind ein harter Mann, Mr Shaw«, sagte er und richtete sich rasch wieder auf, »aber, zum Teufel, wenn Sie's so wollen, dann sollen Sie's so haben. Ich fühl mich eben im Moment nur so gut, dass ich's gern weitergeben wollte.«

»Gehen Sie nach Hause, Rick«, sagte Don. Er packte ihn grob beim Ellenbogen und führte ihn zu den Aufzügen, von denen einer gerade seine Türen öffnete, als sie sich näherten. Doch ehe sie in die Kabine treten konnten, riss Rick Ferguson sich von seinem Anwalt los und rannte zu Jess zurück.

Jess hielt den Atem an, als er sich näherte, fest entschlossen, keinen Schritt von der Stelle zu weichen. Er würde es nicht wagen, ihr etwas anzutun, nicht hier im Gerichtsgebäude, im Beisein seines Anwalts, der ihm bereits folgte.

»Wollen Sie wissen, wie ich mich fühle, Frau Staatsanwältin?«, fragte er sie. Er starrte ihr direkt in die Augen und sprach so leise, dass nur sie ihn hören konnte. »Ich fühl mich wie die Katze, die den Kanarienvogel gefressen hat.«

Einen Moment lang verschlug es Jess die Sprache und den Atem. »Sie gemeines Schwein«, flüsterte sie.

»Worauf Sie sich verlassen können«, gab Rick Ferguson zurück. »Und machen Sie sich keine Sorgen«, fügte er hinzu, Sekunden bevor Don ihn zu Boden riss. »Sie werden nicht mal meinen Schatten zu sehen kriegen.«

25

Um fünf vor sechs hielt Jess den Wagen, den sie sich gemietet hatte, in Evanston vor dem Haus ihrer Schwester an. Der blaue Buick ihres Vaters stand schon in der Auffahrt. »Pech«, flüsterte sie. Sie hätte sich eine Galgenfrist gewünscht, um wenigstens noch ein Glas trinken zu können, ehe sie die Bekanntschaft der fremden Frau machen musste. »Bleib jetzt bloß ruhig. Lächle, mach ein fröhliches Gesicht.«

Sie wiederholte. sich diese einfachen Sätze, bis sie völlig sinnlos geworden waren. Da änderte sie die Formulierung. »Sei nett. Sei freundlich. Streite dich nicht.«

»Streite dich nicht«, sagte sie wieder. Sie nickte energisch mit dem Kopf, bis sie das Gefühl hatte, er würde gleich herunterfallen, während sie sich bemühte, den Mut aufzubringen, aus dem Wagen zu steigen. »Sei nett.«

Die Haustür wurde geöffnet. Barry erschien, winkte ihr mit großer Bewegung, ins Haus zu kommen. Konnte wirklich ihr Schwager diesen grässlichen Brief geschickt haben?

Mach dich nicht lächerlich, sagte sie sich und achtete sorgsam darauf, dass ihre Lippen sich nicht bewegten. Barry hat dir diesen Brief nicht geschickt. Rick Ferguson hat ihn geschickt.

Jetzt machst du dich *wirklich* lächerlich, widersprach eine andere Stimme. Rick Ferguson hat gar nichts getan. Er ist nicht schuldig, oder hast du das vergessen? Es gibt einfach keine konkreten Beweise dafür, dass er irgendetwas Unrechtes getan hat. Du konntest nicht nachweisen, dass er schuldig ist. Daher ist er unschuldig.

Ja, er ist unschuldig und lauert nur darauf, dir etwas anzutun, dachte sie. Sie öffnete die Wagentür, stieg aus, schlug die Tür zu, sie würde sich nicht einschüchtern lassen. Morgen, in der letzten Stunde ihres Selbstverteidigungskurses, würde sie lernen, wie man einen Angreifer entwaffnete. Sie zweifelte, dass Rick Ferguson vorher etwas unternehmen würde. Es wäre zu auffällig, selbst für seine Dreistigkeit. Wenn ihr etwas zustoßen sollte, würde man augenblicklich ihn verdächtigen.

Und wenn schon, dachte Jess, die eben merkte, dass sie nicht einmal eine Flasche Wein oder ein paar Kleinigkeiten für die Kinder mitgebracht hatte. Rick Ferguson war auch nach der Ermordung Connie DeVuonos augenblicklich verdächtigt worden; und er war der einzige Verdächtige gewesen. Auch hier war der Zusammenhang auffällig gewesen. Und dennoch war es der Anklage nicht gelungen, ausreichendes Beweismaterial zu beschaffen, um ihm den Prozess zu machen. Zweifellos würde er es genauso clever anstellen, wenn er sie beseitigte, obwohl er eigentlich jetzt, da das Verfahren eingestellt war, keinen Grund mehr hatte, ihr etwas anzutun.

Außer dass es ihm Spaß machen würde, das war Jess klar. Sie wusste, dass Rick Ferguson fest vorhatte, ihr etwas anzutun. Er würde sich Zeit lassen, noch ein wenig mit ihr spielen, wie eine Katze mit ihrer Beute, und dann würde er zuschlagen. Keine Zeugen. Keine Spuren. Nichts, was ihn in irgendeiner Weise belastete. Sie würde wahrscheinlich einfach eines Tages auf Nimmerwiedersehen verschwinden.

Wie die Mutter, so die Tochter, dachte sie. Irgendwie fand sie das Ironische ihrer Situation seltsam tröstlich.

Hinter Barry erschien jetzt ihr Vater an der Tür, und zum ersten Mal war Jess froh, dass er eine neue Frau gefunden hatte. Das würde es ihm leichter machen, wenn das Unvermeidliche geschah.

»Mensch, Jess«, rief Barry. »Kannst du vielleicht noch ein bisschen langsamer gehen? Mach, dass du reinkommst. Es ist eiskalt hier draußen.«

Wie um ihn zu bestätigen, fegte vom Wasser her ein kalter Windstoß durch den Garten und schüttelte die nackten Äste der Bäume. Jess sah die blauen Lämpchen, mit denen die kleinen immergrünen Büsche vor dem Haus geschmückt waren, und fragte sich, ob sie von der Kälte blau geworden waren. Sie wirkten bedrückend, traurig. In der Mitte der Haustür hing ein grüner Papierkranz mit einer großen roten Schleife.

»Tyler hat ihn im Kindergarten gemacht«, sagte Barry stolz, als Jess mit einem Gefühl, als hingen ihr Bleigewichte an den Füßen, die Treppe hinaufging. »Woher hast du den Wagen?«

»Den hab ich heute Nachmittag gemietet«, erklärte Jess. Sie trat ins Haus und ließ sich von ihrem Vater in die Arme nehmen. »Hallo, Daddy.«

»Hallo, Kind. Lass dich ansehen.« Er schob sie auf Armeslänge von sich ab, ohne sie loszulassen, zog sie dann wieder in seine Arme. »Du siehst prächtig aus.«

»Was für ein Wagen ist das?«, fragte Barry.

»Ein Toyota«, antwortete Jess, froh, ein so banales Gesprächsthema zu haben.

»Du solltest kein japanisches Auto fahren«, schalt Barry. Er half ihr aus dem Mantel und hängte ihn in den Schrank. Jess sah flüchtig einen schwarzen Nerz und fragte sich, da sie wusste, dass er nicht ihrer Schwester gehörte, wie Nerz und Birkenstocksandalen zusammenpassten. »Die amerikanische Autoindustrie braucht unsere Unterstützung.«

»Darum fährst du einen Jaguar«, sagte Jess und stellte ihre Handtasche auf den Boden.

»Als Nächstes kauf ich mir ein amerikanisches Auto«, versicherte Barry. »Ich hab an einen Cadillac gedacht.«

»Ein Cadillac ist ein guter Wagen«, sagte Art Koster mit einem flehentlichen Blick zu seiner Tochter, es dabei bewenden zu lassen.

Jess nickte. »Es tut mir leid, dass ich in letzter Zeit so viel zu tun hatte, Daddy«, entschuldigte sie sich, ihren Eintritt ins Wohnzimmer bewusst hinauszögernd.

»Das verstehe ich doch, Kind«, erwiderte ihr Vater, und Jess sah im teilnahmsvollen Blick seiner braunen Augen, dass er sie wirklich verstand.

»Es tut mir so leid, wenn ich dir weh getan habe«, sagte sie leise. »Du weißt, das ist das Letzte, was ich möchte.«

»Natürlich weiß ich das. Und es ist völlig unwichtig. Jetzt bist du ja hier.«

»Seid mir nicht böse, aber ich habe total vergessen, etwas mitzubringen«, entschuldigte sich Jess von neuem, als sie Maureen in den Vorsaal kommen sah. Sie hielt einen der Säuglinge im Arm, und Tyler hing wie eine Klette an ihrem Rockzipfel. Die ganze Familie Peppler, stellte Jess fest, war in weihnachtliches Rot und Grün gekleidet. Maureen und das Baby trugen beinahe identische rote Samtkleider; Tyler und sein Vater waren mit dunkelgrünen Hosen, roten Pullovern mit V-Ausschnitt und breiten grünen Krawatten herausgeputzt. Sie sahen aus, als seien sie eben einer Weihnachtskarte entstiegen. Jess fühlte sich entschieden fehl am Platz in schwarz-weißem Pulli und schwarzer Hose.

»Ich bin so froh, dass du kommen konntest«, sagte Maureen mit feuchten Augen. »Ich hatte dauernd Angst, du würdest in der letzten Minute anrufen und …« Sie brach abrupt ab. »Komm mit rein.«

Art Koster legte seiner jüngeren Tochter den Arm um die Schulter und führte sie ins Wohnzimmer. Das Erste, was Jess bemerkte, war die große Tanne, die, noch nicht geschmückt, vor dem Flügel stand. Als Nächstes sah sie die Madonnengestalt, die auf dem rosenholzfarbenen Sofa saß und in den Armen ein Kind im roten Samtkleidchen hielt.

»Sherry«, sagte Art Koster und führte seine Tochter zum Sofa, »das ist meine jüngere Tochter, Jess. Jess, das ist Sherry Hasek.«

»Hallo, Jess«, sagte die Frau. Sie reichte das Kind an Jess' Vater weiter und stand auf, um Jess die Hand zu geben. Sie war so schlank, wie ihr Vater sie beschrieben hatte, und noch kleiner, als Jess sich vorgestellt hatte. Ihr schwarzes Haar, das erstaunlich natürlich wirkte, war im Nacken mit einer glitzernden Spange zusammengenommen. Um den Hals trug sie eine lange goldene Kette, an der ein Herz aus schwarzem Onyx hing. Sie hatte eine einfache weiße Seidenbluse an und dazu eine anthrazitgraue Hose und schwarze Lederschuhe. Von Birkenstocksandalen keine Spur. Ihr Händedruck war energisch, ihre Hände allerdings waren trotz der Wärme im Haus eiskalt.

Sie ist genauso nervös wie ich, dachte Jess und unterdrückte die aufsteigenden Tränen, als sie der Frau die Hand gab. »Es tut mir leid, dass ich so lange nicht dazu gekommen bin, Sie kennenzulernen«, sagte sie aufrichtig.

»So was kommt vor«, sagte Sherry Hasek.

»Was möchtest du trinken?«, fragte Barry. »Wein? Bier? Coca Cola?«, fügte er mit Betonung hinzu.

»Kann ich auch eine Cola haben?«, rief Tyler sofort.

»Du kannst Milch haben«, antwortete ihm Maureen.

»Ich nehme Wein«, sagte Jess. Sie nahm ihrer Schwester das Kind ab. Maureen hatte recht gehabt – die Zwillinge waren in den letzten zwei Monaten wirklich gewachsen. »Hallo, du kleine Süße. Wie geht's dir denn?«.

Die Kleine starrte sie an wie ein Geschöpf vom anderen Stern und begann vor Anstrengung zu schielen.

»Sie sind schon zwei Prachtmädchen, nicht wahr?«, sagte

Barry stolz, während er Jess ein Glas Wein einschenkte. »Komm, gib mir Chloe«, sagte er, nahm seine kleine Tochter und reichte Jess dafür ihr Glas Wein.

»Ich habe mir immer Zwillinge gewünscht«, sagte Sherry Hasek. »Und Mädchen. Stattdessen hab ich drei Jungen bekommen. Einen nach dem anderen.«

»Meine Freundinnen sagen alle, dass Jungen schwieriger sind, wenn sie klein sind«, sagte Maureen und setzte sich, »und Mädchen dafür in der Pubertät weit mehr Probleme machen.«

»Stimmt das, Art?«, fragte Barry. »Wie waren denn deine Töchter als Teenager?«

Art Koster lachte. »Meine Töchter waren immer perfekt«, antwortete er galant, während Jess das tränennasse Gesicht ihrer Mutter vor sich sah.

Das habe ich nicht nötig, Jess. Das muss ich *mir von dir nicht gefallen lassen.*

»Ich glaube nicht, dass wir perfekt waren«, widersprach Jess und hob rasch ihr Glas. »Prost, alle miteinander.« Sie nahm einen großen Schluck, dann noch einen.

»Auf Gesundheit und Wohlstand«, sagte Barry.

Jess betrachtete Sherry Haseks ovales Gesicht. Sie hatte weit auseinanderliegende dunkle Augen, aber ihre übrigen Gesichtszüge wirkten seltsam gedrängt, als sei auf ihrem Gesicht nicht genug Platz für alles. Wenn sie lebhaft wurde, schien ihr Mund regelrecht auf und ab zu hüpfen. Und sie sprach viel mit den Händen, gestikulierte mit langen gepflegten Fingern, um ihren Worten Nachdruck zu verleihen, wodurch sie den Eindruck eines zwar wachen, aber etwas chaotischen Geists hervorrief.

Ganz anders als Mutter, dachte Jess, und Sherry Haseks kleines Gesicht verschwand, als sie das breitere ihrer Mutter vor sich sah und sich erinnerte; der blaugrünen Augen, der weichen Haut, des Ebenmaßes von Mund und Nase, der hohen, hervorspringenden Wangenknochen. Es war ein Gesicht, das die Illusion von Ruhe hervorrief, das bewirkte, dass man sich in seiner Nähe sicher und geborgen fühlte. Die feine Ausgewogenheit ihrer Züge hatte etwas ungemein Beruhigendes gehabt, so als sei die Gelassenheit, die sie ausstrahlte, die Folge eines tiefen inneren Friedens.

Immer war ihre Mutter so gewesen, hatte sich selbst so wohl gefühlt, dass auch alle anderen sich in ihrer Umgebung wohl gefühlt hatten. Selten hatte sie die Beherrschung verloren, fast nie geschrien. Und doch gab es nie eine Frage, wie sie zu den Dingen stand. Sie kannte keine falsche Bescheidenheit, hatte für Ratespiele nichts übrig. Sie sagte, was sie fühlte, und erwartete die gleiche Höflichkeit von anderen. Sie hat jeden mit Respekt behandelt, dachte Jess jetzt, das tränennasse Gesicht ihrer Mutter vor Augen, selbst die, die diesen Respekt gar nicht verdient hatten.

»Erde an Jess«, hörte sie Barry sagen. »Bitte kommen, Jess. Bitte kommen.«

Jess merkte, wie das Glas mit dem Wein ihr zu entgleiten drohte, und drückte fest zu, ehe es ihr aus der Hand fallen konnte. Sie spürte, wie das dünne Glas zwischen ihren Fingern zersprang und in sich zusammenfiel, wie ihre Hand feucht und klebrig wurde. Als sie hinunterblickte, sah sie ihr Blut, das sich mit dem Weißwein mischte, so dass ein zartes Rose entstand, und plötzlich öffneten sich ihre Ohren den Ausrufen des Schreckens und der Sorge, die das Zimmer füllten.

»Mami!«, rief Tyler weinend.

»Mein Gott, Jess, deine Hand!«

»Wie, zum Teufel, hast du das angestellt?« Barry schob ihr hastig eine Serviette unter die Hand, ehe das Blut auf den Teppich tropfen konnte.

Eines der kleinen Mädchen begann zu weinen.

»Es ist nichts«, hörte Jess sich sagen, obwohl sie in Wahrheit gar nicht sicher war, was geschehen war, und daher auch nicht sagen konnte, ob es wirklich nichts war.

»Da hast du ja ganz schön zugepackt«, sagte ihr Vater, während er behutsam die Faust seiner Tochter öffnete, um die verletzte Hand zu untersuchen. Vorsichtig zog er zwei kleine Glassplitter aus ihrer Hand und wischte mit seinem weißen Leinentaschentuch sanft das Blut weg.

»Das ist meine Adlerklaue«, sagte Jess.

»Deine was?«, fragte Barry, der mit etwas Mineralwasser den Teppich abtupfte.

»Ich gehe in einen Selbstverteidigungskurs«, murmelte Jess, befremdet über dieses Gespräch.

»Ach, und da bringen sie euch bei, wie man sich vor einem Glas Weißwein schützt?«, fragte Barry.

»Ich hole die Wundsalbe«, sagte Maureen. Sie legte die beiden Säuglinge in ihre Babywippen und eilte aus dem Zimmer. Tyler hängte sich immer noch weinend an ihren Rockzipfel.

»Das tut mir wirklich leid«, sagte Jess.

»Wieso?«, fragte Sherry. »Haben Sie es denn mit Absicht getan?«

Jess lächelte dankbar. »Es tut teuflisch weh.«

»Das kann ich mir vorstellen.« Sherry untersuchte die kleinen Schnitte, die sich mit den Linien in Jess' Handfläche kreuzten. »Sie haben eine schöne kräftige Lebenslinie«, bemerkte sie beiläufig.

»Was, zum Teufel, hast du dir dabei gedacht?«, fragte Barry im Aufstehen.

»Ich dachte, bei euch seien solche Wörter nicht erlaubt«, gab Jess zurück.

»Komm, lass dich damit einreiben.« Maureen, die wieder da war, trug die lindernde Salbe auf Jess' Hand auf, ehe Jess protestieren konnte. »Und ich hab auch gleich einen Verband mitgebracht.«

»Ich brauche keinen Verband.«

»Halt die Hand über deinen Kopf«, wies Barry sie an.

»Also wirklich, Barry, so tief sind die Schnitte doch nicht.«

»Vielleicht sollten wir einen Arzt anrufen«, sagte Maureen. »Nur zur Sicherheit.«

Bei dem Wort *Arzt* begann Tyler von neuem zu jammern.

»Ist ja gut, Tyler«, beruhigte ihn Maureen und bückte sich, um ihn in die Arme zu nehmen. »Der Arzt kommt ja nicht zu dir.« Sie wandte sich wieder an Jess. »Dem armen Jungen sind sämtliche Ärzte verhasst, weil ihm der Arzt das letzte Mal, als er krank war, du weißt schon, als wir alle die Grippe hatten, dieses Stäbchen in den Hals gesteckt hat, um sich seine Mandeln anzusehen, und Tyler würgen musste. Er hasst es, wenn er sich übergeben muss.«

Jess lachte, und Tyler begann noch lauter zu weinen. »Entschuldige, Süßer«, sagte sie und tätschelte ihrem Neffen mit einer Hand die Wange, während sie den anderen Arm hochhielt, so dass Sherry die verletzte Hand verbinden konnte. »Ich habe nicht über dich gelacht. Ich habe gelacht, weil ich das auch kenne. Ich mag es auch nicht, wenn ich mich übergeben muss.«

»Wer mag das schon?«, fragte Barry. Er griff zum Telefon auf dem Beistelltisch neben dem Sofa. »Also, Jess? Brauchst du einen Arzt?«

»Keine Spur.« Sie ließ sich von ihrem Vater zum Sofa führen, wo der sie zwischen sich und Sherry setzte. »Ich bin hart im Nehmen, das weißt du doch.« Doch wenn Barry sich der Einzelheiten ihres letzten Streits erinnerte, so ließ er sich davon nichts anmerken.

»Hat die Polizei eigentlich je herausgefunden, wer deinen Wagen demoliert hat?«, fragte Maureen.

Jess schüttelte den Kopf. Sie spürte plötzlich Rick Fergusons unheimliche Gegenwart im Zimmer und verscheuchte sie mit dem Klang ihrer Stimme. »Ich höre, Sie malen«, sagte sie zu der Frau, die neben ihr saß.

Sherry lachte. Es war ein bezauberndes Lachen, melodiös wie der Klang eines Glockenspiels in einer warmen Brise. In der Ferne hörte Jess das kräftigere Lachen ihrer Mutter.

»Ich bin eine Dilettantin, aber ich muss zugeben, ich habe mir immer gewünscht, malen zu können«, antwortete Sherry und sandte einen Beifall heischenden Blick zu Art Koster hinüber, etwas, das Mutter nie getan hätte, dachte Jess.

»Malen Sie lieber mit Öl- oder Pastellfarben?«, fragte sie, nicht weil sie es interessierte, sondern nur um Konversation zu machen.

»Mit Pastell kann ich besser umgehen. Ihr Vater zieht Öl vor.«

Jess zuckte innerlich zusammen. Niemals hätte ihre Mutter sich angemaßt, für ihren Vater zu sprechen. Und hielt diese Frau es wirklich für nötig, sie über die Vorlieben ihres eigenen Vaters aufzuklären?

»Sherry ist ein bisschen zu bescheiden«, sagte ihr Vater, sich nun seinerseits anmaßend, für Sherry zu sprechen. Machten alle Liebespaare sich solcher Übergriffe schuldig?, fragte sich Jess. »Sie ist wirklich begabt.«

»Na ja«, sagte Sherry scheu, »Stillleben kann ich ganz gut.«

»Ihre Pfirsiche sind zum Anbeißen«, konstatierte Art Koster augenzwinkernd.

»Art!«, rief Sherry lachend und griff an Jess vorbei, um Art Koster eins auf die Finger zu geben. Jess fühlte sich leicht angewidert. »Ihr Vater hat es mehr mit dem Aktzeichnen.«

»Das kann ich mir denken«, sagte Barry.

»Immer wieder biete ich ihr an, sie zu malen«, sagte Art und lächelte Sherry an, als wäre Jess gar nicht vorhanden. »Aber sie sagt, sie wartet auf Jeffrey Koons.«

Wieder das glockenhelle Gelächter. Jess vermutete, sie hätte wissen müssen, wer Jeffrey Koons war, aber sie wusste es nicht. Sie lachte trotzdem, als wüsste sie es.

Sie fragte sich, was ihre Mutter von dieser reizenden kleinen Familienszene gehalten hätte: Barry neben Maureen; den Arm um ihre Schulter, während sie Tyler in den Armen hielt; Jess eingequetscht auf dem Sofa zwischen ihrem Vater und der Frau, die er gern nackt malen wollte; die Zwillinge in ihren Babywippen, mit großen Augen jede Bewegung ihrer Mutter verfolgend. Richtig so, warnte Jess sie schweigend, passt nur auf eure Mutter auf, gebt acht, dass sie nicht verschwindet.

»Erde an Jess«, hörte sie wieder. »Erde an Jess. Jess bitte kommen.«

»Entschuldigt«, sagte Jess hastig, als sie Barrys unmutiges Gesicht sah. Als würde durch ihre Zerstreutheit sein Talent als Gastgeber in Zweifel gezogen. »Hast du etwas gesagt?«

»Sherry hat gefragt, ob du gern malst.«

»Oh. Tut mir leid, das hab ich gar nicht gehört.«

»Das haben wir gemerkt«, sagte Barry, und Jess fing den beunruhigten Blick auf, der plötzlich Maureens Augen trübte.

»Das ist doch nicht so wichtig«, beschwichtigte Sherry augenblicklich. »Ich hab nur Konversation gemacht.«

»Ehrlich gesagt weiß ich nicht, ob ich gern male oder nicht«, antwortete Jess. »Ich habe seit meiner Kindheit nicht mehr gemalt.«

»Weißt du noch, wie du mal die Kreidestifte erwischt und sämtliche Wände im Wohnzimmer verschmiert hast«, sagte Maureen. »Mama war fuchsteufelswild, weil sie das Wohnzimmer gerade hatte streichen lassen.«

»Nein, das weiß ich nicht mehr.«

»Ich glaube, das werde ich nie vergessen«, sagte Maureen. »So laut hab ich Mama nie wieder brüllen hören.«

»Sie hat nicht gebrüllt.«

»Doch, an dem Tag schon. Man konnte sie meilenweit hören.«

»Sie hat nie gebrüllt«, insistierte Jess.

»Hast du nicht eben gesagt, dass du dich an den Zwischenfall nicht mehr erinnerst?«, sagte Barry.

»Aber ich denke, ich kann mich an meine eigene Mutter erinnern.«

»Ich erinnere mich an viele Gelegenheiten, bei denen sie herumgeschrien hat«, sagte Maureen.

Jess zuckte die Achseln und bemühte sich, ihren wachsenden Ärger zu verbergen. »Mich hat sie jedenfalls nie angeschrien.«

»Gerade dich hat sie immer angeschrien.«

Jess stand auf und ging zu der großen Tanne vor dem Flügel. »Wann schmücken wir den Baum?«

»Wir haben uns gedacht, gleich nach dem Abendessen«, antwortete Barry.

»Du konntest nie aufhören«, fuhr Maureen fort, als hätte es gar keine Unterbrechung gegeben. »Du musstest immer das letzte Wort haben.« Sie lachte. »Ich weiß noch, wie Mama immer sagte, sie sei froh dich zu haben, weil es so angenehm sei, mit jemandem zusammenzuleben, der allwissend sei.«

Alle lachten. Jess begann allmählich das Glockenspiel zu hassen.

»Meine Söhne waren genauso«, stimmte Sherry zu. »Jeder von ihnen bildete sich ein, alles zu wissen. Als sie siebzehn waren, war ich in ihren Augen die dümmste Person auf der ganzen Welt. Und als sie einundzwanzig waren, konnten sie nicht glauben, wie klug ich plötzlich geworden war.«

Wieder lachten alle.

»Aber wir haben schon ein paar sehr harte Jahre durchgemacht«, bekannte Sherry. »Vor allem kurz nachdem ihr Vater gegangen war. Obwohl er ja vorher auch meistens durch Abwesenheit geglänzt hat. Aber als er dann endgültig ging, war es gewissermaßen amtlich, und die Jungen haben sich ganz schön abreagiert. Sie waren ungezogen und rebellisch, und ganz gleich, was ich gesagt oder getan habe, es war nie richtig. Andauernd gab es Streit. Ich brauchte nur ein Wort zu sagen, und schon ging es los, ehe ich überhaupt wusste, wie mir geschah. Sie behaupteten, ich sei zu streng, zu altmodisch, zu naiv. Alles machte ich falsch. Wir lagen uns ständig in den Haaren. Und dann waren sie plötzlich erwachsen, und ich stellte fest, dass ich noch relativ intakt war. Sie fingen an zu studieren und zogen dann einer nach dem anderen aus. Danach habe ich mir einen Hund gekauft. Er liebt mich bedingungslos. Wenn ich weggehe, sitzt er vor der Tür und wartet treu, bis ich komme. Wenn ich nach Hause komme, führt er Freudentänze auf. Er streitet sich nicht mit mir; er widerspricht mir nicht; in seinen Augen bin ich die Größte. Er ist das Kind, das ich mir immer gewünscht habe.«

Art Koster lachte.

»Vielleicht sollten wir uns einen Hund anschaffen«, sagte Barry und zwinkerte seiner Frau zu.

»Ich vermute, jede Mutter macht Zeiten durch, wo sie sich fragt, wozu das alles«, sagte Maureen.

Und wieder sah Jess das Gesicht ihrer Mutter. *Das habe ich nicht nötig, Jess. Das muss ich mir von dir nicht gefallen lassen.*

»Ich meine, ich liebe meine Kinder wirklich«, fuhr Maureen fort, »aber es gibt Augenblicke …«

»Da wünschst du, du säßest wieder in deinem Büro?«, fragte Jess und sah, wie Barry die Stirn runzelte.

»Da wünsche ich, sie wären ein bisschen *ruhiger*«, korrigierte Maureen sie.

»Vielleicht sollten wir uns tatsächlich einen Hund zulegen«, sagte Barry.

»Na klar!«, rief Jess, »damit Maureen noch mehr zu tun hat.«

»Jess ...«, warnte Maureen.

»Sherrys Hund ist wirklich niedlich«, sagte Art Koster schnell. »Ein Zwergpudel. Mit einem wunderschönen roten Fell, eine sehr ungewöhnliche Farbe bei einem Pudel. Als sie mir das erste Mal erzählte, dass sie einen Pudel hat, dachte ich, um Gottes willen nein, mit einer Frau, die so einen Hund hat, will ich nichts zu tun haben. Ich meine, Pudel, das ist doch so ein Klischee.«

»Und dann hat er Casey kennengelernt«, warf Sherry ein.

»Und dann hab ich Casey kennengelernt.«

»Und es war Liebe auf den ersten Blick.«

»Na ja, eher Liebe auf den ersten Spaziergang«, sagte Art Koster. »Ihr hättet dabei sein sollen, wie ich ihn das erste Mal Gassi geführt habe. Praktisch jeder, an dem wir vorbeikamen, musste das kleine Biest streicheln. Ich hab in meinem ganzen Leben nicht so viele Leute an einem einzigen Nachmittag lächeln sehen. Es war ein herrliches Gefühl. Und Pudel sind natürlich sehr klug. Sherry sagt, sie sind die klügsten Hunde überhaupt.«

Jess wollte ihren Ohren nicht trauen. Hielt ihr Vater da tatsächlich einen engagierten Vortrag über einen Zwergpudel?

»Jess hat Tiere immer geliebt«, sagte ihr Vater gerade.

»Tatsächlich? Haben Sie Haustiere?«, fragte Sherry.

»Nein«, antwortete Jess.

»Sie hat einen Kanarienvogel«, antwortete Maureen fast im selben Moment.

»Nein«, sagte Jess wieder.

»Was ist denn aus Fred geworden?«, fragte Maureen.

»Er ist gestorben. Letzte Woche.«

»Fred ist gestorben?«, wiederholte Maureen. »Ach, das tut mir aber leid. War er krank?«

»Woran soll man denn merken, ob ein Kanarienvogel krank ist?«, sagte Barry mit einem geringschätzigen Lachen.

»Sprich nicht in diesem Ton mit ihr«, fuhr Jess ihn scharf an.

»Wie bitte?« Barrys Stimme enthielt mehr Überraschung als Zorn.

»In was für einem Ton?«, fragte Maureen.

»Kommen die Jungen dieses Jahr zu Weihnachten nach Hause?«, fragte Art Koster unvermittelt. Einen Moment lang schien niemand zu wissen, wovon er sprach.

»Ja«, antwortete Sherry ein wenig zu laut, ein wenig zu eifrig. »Jedenfalls ist das das Letzte, was ich gehört habe. Aber ganz sicher weiß man es nie. Sie sind imstande, es sich in letzter Minute noch anders zu überlegen.«

»Wo sind denn Ihre Söhne jetzt?«, fragte Jess höflich. Lächle, sagte sie sich mit zusammengebissenen Zähnen. Sei nett. Sei höflich. Streite dich nicht herum.

»Warren ist Turnlehrer an einer Highschool in Rockford. Colin ist an der Filmschule in New York; er möchte Regisseur werden. Und Michael ist in Wharton.«

»Drei sehr gescheite junge Männer«, sagte Jess' Vater stolz.

»Maureen hat ihr Diplom in Harvard gemacht«, sagte Jess, ihre soeben gefassten guten Vorsätze bröckelten schon.

»Hast du sie schon kennengelernt, Dad?«, fragte Maureen, als hätte Jess nicht gesprochen.

»Nein, noch nicht«, antwortete Art Koster.

»Ich wollte Sie eigentlich alle zum Weihnachtsessen bei

mir einladen«, sagte Sherry. »Dann könnte ich Sie miteinander bekannt machen ...«

»Das ist ein netter Gedanke«, erwiderte Maureen sofort.

»Wir kommen gern«, erklärte Barry mit Betonung. »Wie ist es mit dir, Jess?«

»Sicher, gern«, stimmte Jess zu. Lächle, dachte sie. Sei nett. Streite dich nicht herum. Bleib ruhig. »Apropos essen ...?«

»Wann immer ihr wollt«, sagte Maureen.

Jess starrte die Frau an, die den Platz ihrer Mutter einnehmen sollte. »Ob wir wollen oder nicht«, sagte sie.

26

Dieser Braten ist köstlich«, erklärte Sherry Hasek und tupfte sich die Mundwinkel mit ihrer rosafarbenen Serviette. »Ich esse kaum noch Rindfleisch. Ich habe ganz vergessen, wie herrlich es schmeckt.«

»Ich habe versucht, Maureen das Rindfleisch abzugewöhnen«, sagte Barry, »aber sie behauptet, sie sei mit Muttermilch und gutem altmodischen Roastbeef aufgezogen worden. Was will man da tun?«

»Es sich schmecken lassen«, sagte Art Koster.

»Ich glaube, solange man die Dinge nicht übertreibt, ist das ganz in Ordnung«, sagte Sherry. »Alles in Maßen, sagt man nicht so?«

»Ach, heute wird einem so vieles gesagt«, sagte Maureen. »Man weiß gar nicht mehr, woran man sich halten soll. Mal heißt es, man sollte kein Rindfleisch essen; dann heißt es wieder, es sei gesund. Erst warnen sie uns vor den Gefahren des Alkohols, dann erklären sie uns, dass ein Gläschen Wein pro Tag ein gutes Mittel gegen Herzinfarkt ist. Was heute als gesund gilt, gilt morgen schon wieder als ungesund.«

»Auf die Mäßigung!« Art Koster hob sein Glas Rotwein hoch.

»Auf Gesundheit und Wohlstand«, sagte Barry.

»Ich habe neulich beim Arzt im Wartezimmer einen Artikel gelesen«, erzählte Art Koster. »Es war eine ziemlich alte Zeitschrift, und der Reporter stellte dieser Prominenten, die er da interviewte – ich weiß nicht, wer es war –, alle möglichen Fragen. Er bat sie zum Beispiel, ihr Lieblingsgetränk zu nennen und ihm drei Gründe für diese Vorliebe anzugeben. Es ist ein Spiel. Wollen wir es mal probieren?«

»Mein Lieblingsgetränk?«, sagte Barry nachdenklich. »Rotwein, müsste ich da sagen. Er hat Geschmack, er riecht wunderbar, und er ist berauschend.«

»Ich mag am liebsten Orangensaft«, folgte ihm Maureen. »Der ist gesund, erfrischend und gibt Energie.«

»Sherry?«, fragte Art Koster.

»Champagner«, antwortete sie. »Es macht Spaß, ihn zu trinken, es hat etwas Festliches, und ich mag das Prickeln.«

»Jess?«, fragte Barry.

»Was denn?«

»Du bist dran.«

»Hast du eben gesagt, dass du beim Arzt warst?«, fragte Jess ihren Vater.

»Hast du nicht zugehört?«, rief Barry.

Jess ignorierte ihren Schwager. »Fehlt dir etwas, Dad?«

»Doch, mir geht es blendend«, antwortete ihr Vater. »Es war die alljährliche Untersuchung.«

Wohin gehst du?, fragte Jess ihre Mutter.

Nirgendwohin, antwortete sie.

Seit wann machst du dich so fein, wenn du nirgendwohin gehst?

»Und, was sagst du?«, drängte Barry.

»Was sage ich wozu?«

Barry schüttelte den Kopf. »Also wirklich, Jess, ich weiß gar nicht, weshalb du überhaupt zu uns kommst, wenn du keine Lust hast, dich am Gespräch zu beteiligen.«

»Barry, bitte«, mahnte Maureen vorsichtig.

»Wir wollen wissen, was du am liebsten trinkst«, erklärte Art Koster. »Und die drei Gründe, warum.«

»Das ist das Gespräch, das gerade läuft?«, fragte Jess.

»Es ist ein Spiel«, sagte Sherry freundlich.

»Ich weiß nicht«, sagte Jess schließlich. »Schwarzen Kaffee wahrscheinlich.« Sie sah, dass alle auf ihre nächsten Worte warteten. »Warum? Weil er mich morgens wach macht, weil ich den etwas bitteren Geschmack liebe, und weil er bis zum letzten Tropfen schmeckt.« Sie zuckte die Achseln. Sie konnte nur hoffen, dass sie alle Erwartungen erfüllt hatte.

»Was hast du denn gesagt, Dad?«, fragte Maureen.

»Bier«, antwortete er. »Bier ist ein einfaches Getränk, ohne Schnörkel, und ich fühl mich gut, wenn ich es trinke.«

»Und was hat das nun alles zu bedeuten?«, wollte Maureen wissen.

»Also«, erklärte Art Koster mit einer Geste wie ein Zauberkünstler, »das Getränk steht für Sex. Ich mag es, also, weil es einfach ist, ohne Schnörkel und weil ich mich dabei gut fühle.«

Alle versuchten eifrig, sich zu erinnern, welche Gründe

sie für ihre Vorliebe für ihr Lieblingsgetränk angegeben hatten, und fingen an zu lachen, als ihnen klarwurde, was sie da alles gesagt hatten.

»Du findest also, dass Sex gut schmeckt, berauschend ist und herrlich riecht«, sagte Maureen zu ihrem Mann. »Ich glaube, ich fühle mich geschmeichelt.«

»Und ich glaube, ich habe großes Glück«, erwiderte er mit einem Blick zu Jess. »Ein bisschen bitter, hm?«

Jess sagte nichts. Sei nett, dachte sie. Bemüh dich zu lächeln. Sei höflich. Streite dich nicht herum.

»Und du magst das Prickeln«, sagte Art Koster und nahm Sherry Hasek in die Arme.

Jess dachte darüber nach, was ihre Mutter gesagt hätte. Weißwein vielleicht, weil er klar war, direkt und rein. Oder vielleicht Waldmeisterlimonade, weil sie süß war, hübsch aussah und etwas Nostalgisches hatte. Oder vielleicht sogar Milch, aus den gleichen Gründen, aus denen ihr Vater Bier bevorzugte.

»Erde an Jess«, sagte Barry schon wieder. »Jess, bitte kommen.«

»Das erste Mal war's witzig, Barry«, sagte Jess schärfer, als sie beabsichtigt hatte. »Jetzt ist es nur noch lästig.«

»Wie dein Verhalten. Ich versuche nur dahinterzukommen, ob du einfach mit deinen eigenen Gedanken beschäftigt bist oder ob du absichtlich unhöflich bist.«

»Barry ...«, warnte Maureen.

»Weshalb sollte ich absichtlich unhöflich sein?«, fragte Jess aufgebracht.

»Das musst schon du mir sagen. Ich kann nicht behaupten, dich zu verstehen.«

»Ach ja?«

»Jess!«, sagte Art Koster.

»Ich würde sagen, wir verstehen einander recht gut, Barry«, entgegnete Jess, die mit ihrer Geduld am Ende war. »Wir hassen uns gegenseitig wie die Pest. Das ist doch ziemlich klar, nicht wahr?«

Barry machte ein Gesicht, als hätte er gerade eine Ohrfeige bekommen. »Ich hasse dich nicht, Jess.«

»Ach nein? Und was ist mit diesem reizenden Brief, den du mir geschickt hast? Sollte das ein Zeichen deiner Zuneigung sein?«

»Ein Brief?«, wiederholte Maureen. »Was für ein Brief?«

Jess biss sich auf die Zunge, bemühte sich, den Mund zu halten. Aber es war zu spät. Die Worte sprudelten ihr schon über die Lippen. »Dein Mann hat mir zum Zeichen seiner Hochachtung einen Brief geschickt, der mit Urin getränkt war und abgeschnittene Schamhaare enthielt.«

»Was? Was redest du da?«, schienen alle zugleich zu fragen.

»Du bist wohl völlig übergeschnappt?«, brüllte Barry sie an. »Was, zum Teufel, sagst du da?«

Ja, wirklich, was sage ich da?, fragte sich Jess plötzlich, während die Zwillinge vom Geschrei rundherum erschrocken zu weinen anfingen. Glaubte sie allen Ernstes, dass Barry ihr diesen Brief geschickt haben konnte? »Willst du behaupten, dass du es nicht warst?«

»Ich behaupte, dass ich nicht die leiseste Ahnung habe, was, zum Teufel, du da redest.«

»Du fluchst schon wieder«, sagte Jess.

Barry prustete etwas Unverständliches.

»Ich habe letzten Monat einen anonymen Brief bekommen«, erklärte Jess. »Darin waren abgeschnittene Schamhaare und ein Blatt Papier, das mit Urin getränkt war. Als ich ein paar Tage später mit dir telefoniert habe, hast du mich gefragt, ob ich deinen Brief bekommen hätte. Oder willst du das abstreiten?«

»Natürlich streite ich das ab! Das Einzige, was ich dir je mit der Post geschickt habe, war ein Prospekt über Lebensversicherungen.«

Jess erinnerte sich vage, einen Brief geöffnet, etwas von Lebensversicherungen gelesen und das Ganze ohne einen weiteren Gedanken weggeworfen zu haben. Und das war der Brief, von dem er an jenem Tag am Telefon gesprochen hatte? »Das war der Brief, den du mir geschickt hattest?«

»Ich bin Steuerberater, Herrgott noch mal«, versetzte er. »Was sollte ich dir denn sonst schicken?«

Das ganze Zimmer begann sich plötzlich um Jess zu drehen. Was war nur los mit ihr? Wie hatte sie ihren Schwager einer solchen gemeinen Handlung beschuldigen können? Selbst wenn sie ihn dessen für fähig gehalten hätte, wie hatte sie es laut sagen können? In seinem eigenen Haus. An seinem Esstisch. Vor seiner versammelten Familie.

Maureen weinte. »Ich kann einfach nicht glauben, dass du so etwas sagen kannst!«, rief sie unter Tränen, ihren kleinen Sohn an sich gedrückt. »Ich kann nicht mal glauben, dass du so etwas auch nur denkst.«

»Es tut mir ja so leid«, sagte Jess hilflos. Tyler begann angesichts seiner in Tränen aufgelösten Mutter zu weinen, die Zwillinge schrien in ihren Wippen.

»Kinder, können wir denn nicht in Ruhe miteinander sprechen«, wandte sich Art Koster drängend an die Erwachsenen.

»Du weißt doch, dass Barry und ich diesen Riesenkrach gehabt hatten«, wandte sich Jess in dem Bemühen zu erklären an ihre Schwester. »Ich wusste, wie wütend er auf mich war, und er hatte mir selbst gesagt, dass er nie etwas vergisst und sich immer revanchiert. Und dann bekam ich diesen Brief, und kurz danach telefonierte ich mit Barry, und er fragte mich, ob ich seinen Brief bekommen hätte ...«

»Und da stand für dich fest, dass er der perverse Kerl ist, der dir diesen gemeinen Brief geschickt hat; dass ich einen Mann geheiratet habe ...«

»Das hatte doch mit dir überhaupt nichts zu tun«, unterbrach Jess. »Maureen, hier geht es nicht um dich!«

»Nein?«, entgegnete Maureen. »Wenn du meinen Mann angreifst, greifst du auch mich an.«

»Sei nicht albern«, widersprach Jess.

Die Zwillinge schrien lauter; Tyler riss sich von seiner Mutter los und rannte nach oben.

»Du hast ihm nie auch nur die kleinste Chance gegeben, vom Tag unserer Heirat an nicht«, schrie Maureen und fuchtelte mit beiden Armen wie wild in der Luft herum.

»Das ist nicht wahr«, konterte Jess. »Ich fand ihn ganz in Ordnung, bis er aus dir Donna Reed gemacht hat.«

»Donna Reed!« Maureen schnappte empört nach Luft.

»Wieso hast du das zugelassen?« Nun, da sie schon so weit gegangen war, sagte sich Jess, konnte sie auch bis zum Ende gehen. »Wie konntest du einfach alles aufgeben und dich von ihm zum Hausmütterchen machen lassen?«

»Wie wär's, wenn ich die Zwillinge nach oben bringe?«, erbot sich Sherry, nahm die beiden kleinen Mädchen aus ihren Wippen und trug sie nach oben.

»Kinder, wollen wir damit nicht aufhören, ehe wir Dinge

sagen, die wir nachher bedauern müssen«, rief Art Koster und seufzte dann resigniert, als sähe er ein, dass es dazu bereits zu spät war.

»Was habe ich eigentlich deiner Meinung nach aufgegeben?«, fragte Maureen. »Meine Stellung? Ich kann mir immer wieder eine andere Stellung suchen. Meine Ausbildung? Die nimmt mir niemand weg. Kannst du denn einfach nicht kapieren, dass ich genau das tue, was ich tun möchte? Dass es meine Entscheidung war und nicht Barrys, zu Hause zu bleiben und mich meinen Kindern zu widmen, solange sie klein sind. Ich respektiere doch deine Entscheidungen, Jess, auch wenn ich sie nicht immer verstehe. Kannst du nicht auch die meinen respektieren? Was ist denn so falsch an dem, was ich tue?«

»Was daran falsch ist?«, hörte Jess sich sagen. »Ja, ist dir denn nicht klar, dass dein ganzes Leben nichts als eine einzige Zurückweisung all dessen ist, was unsere Mutter uns beigebracht hat?«

»Was?« Maureen war wie vom Donner gerührt.

»Lieber Himmel, Jess«, rief ihr Vater, »was redest du denn da?«

»Unsere Mutter hat uns zu selbständigen Frauen erzogen, die auf eigenen Füßen stehen können«, behauptete Jess. »Niemals hätte sie gewollt, dass Maureen in einer Ehe landet, in der ihr keinerlei Raum zur eigenen Entwicklung gegeben wird.«

Maureens Augen blitzten vor Zorn. »Wie kannst du es wagen, an mir herumzukritisieren! Wie kannst du es wagen, dir anzumaßen, über meine Ehe zu urteilen. Und wie kommst du dazu, unsere Mutter da hineinzuziehen? Du warst doch diejenige, nicht ich«, fuhr sie fort, »die sich genau über diese Fragen dauernd mit Mutter gestritten hat. Du wolltest doch unbedingt heiraten, als du noch auf dem College warst, obwohl Mutter dich immer wieder gebeten hat zu warten. *Du* hast die ganze Zeit mit ihr gestritten, du hast sie unglücklich gemacht, du hast sie zum Weinen gebracht. ›Warte doch wenigstens, bis du mit dem Studium fertig bist‹, hat sie immer wieder gesagt. ›Don ist ein netter Mann, aber er wird dir zu einer eigenen Entwicklung keinen Platz lassen. Warte, bis du mit dem Studium fertig bist‹, hat sie dich immer wieder gebeten. Aber du hast nicht auf sie gehört. Du hast schon damals alles besser gewusst, genau wie heute. Hör also endlich auf, deine eigenen Schuldgefühle damit zu kompensieren, dass du allen anderen sagst, wie sie ihr Leben zu führen haben.«

»Was soll das heißen, meine eigenen Schuldgefühle?«, fragte Jess, beinahe atemlos vor Zorn.

»Du weißt genau, was ich meine.«

»Wovon, zum Teufel, redest du überhaupt?«

»Ich rede von der Auseinandersetzung, die du mit Mama an dem Tag hattest, an dem sie verschwunden ist!«, schoss Maureen zurück. »Und ich weiß, was ich sage. Ich hab nämlich an dem Morgen von der Bibliothek aus zu Hause angerufen, ich nehme an, kurz nachdem du aus dem Haus gestürmt warst, und da hat sie geweint. Ich habe natürlich gefragt, was los sei, und sie wollte mir einreden, es sei nichts. Aber am Ende hat sie zugegeben, dass ihr beide wieder mal einen schlimmen Krach gehabt hattet. Ich fragte, ob ich nach Hause kommen soll, aber das wollte sie nicht. Sie käme schon zurecht, sagte sie, sie müsste sowieso weggehen. Und das war das letzte Mal, dass ich mit ihr gesprochen habe.« Maureens Gesicht drohte zu zerfließen, Augen,

Nase und Mund verzogen sich in verschiedene Richtungen, als sie schließlich in Tränen ausbrach.

Jess, die irgendwann während Maureens Vorwürfen aufgesprungen war, sank wieder auf ihren Stuhl. Sie hörte streitende Stimmen, blickte sich um, sah nicht das Esszimmer ihrer Schwester, sondern die Küche in ihrem Elternhaus in der Burling Street, sah nicht das Gesicht ihrer Schwester, sondern das ihrer Mutter.

»Du hast dich ja so fein gemacht«, bemerkte Jess, als sie in die Küche kam und das frische weiße Leinenkleid ihrer Mutter sah. »Wohin gehst du?«

»Nirgendwohin.«

»Warum machst du dich so fein, wenn du nirgendwohin gehst?«

»Ich hatte einfach Lust, etwas Hübsches anzuziehen«, antwortete ihre Mutter und fügte dann beiläufig hinzu: »Außerdem hab ich heute Nachmittag einen Termin beim Arzt. Was hast du vor?«

»Wieso hast du einen Termin beim Arzt?«

»Ach, nur so.«

»Aber Mama, du weißt doch, ich seh es dir immer an, wenn du mir nicht die Wahrheit sagst.«

»Genau das ist einer der Gründe, warum du eine großartige Rechtsanwältin werden wirst.«

»Das Recht hat mit der Wahrheit nichts zu tun«, sagte Jess.

»Das könnte Don gesagt haben.«

Jess spürte, wie ihre Schultern sich verkrampften. »Willst du jetzt wieder anfangen?«

»Aber nein, Jess, ich will gar nichts anfangen. Es war nur eine Feststellung.«

»Auf solche Feststellungen kann ich verzichten.«

Laura Koster zuckte die Achseln, sagte nichts.

»Also, was ist das für ein Arzttermin?«

»Ich möchte lieber nicht darüber sprechen, solange ich nicht sicher bin, dass wirklich Grund zur Sorge besteht.«

»Du sorgst dich doch jetzt schon. Das sehe ich dir an. Sag mir doch, was es ist.«

»Ich hab einen kleinen Knoten entdeckt.«

»Einen Knoten?« Jess hielt den Atem an.

»Ich möchte nicht, dass du dich beunruhigst. Es ist wahrscheinlich gar nichts. Die meisten Knoten sind harmlos.«

»Und wo ist dieser Knoten?«

»In meiner linken Brust.«

»O Gott!«

»Mach dir keine Sorgen.«

»Wann hast du ihn entdeckt?«

»Heute Morgen beim Duschen. Ich hab gleich den Arzt angerufen, und er ist sicher, dass es nichts ist. Aber er möchte es sich auf jeden Fall einmal ansehen.«

»Und was, wenn es doch etwas ist?«

»Damit befasse ich mich, wenn es so weit ist.«

»Hast du Angst?«

Ihre Mutter antwortete mehrere Sekunden lang nicht. Nur ihre Augen bewegten sich.

»Sag mir die Wahrheit, Mama.«

»Ja, ich habe Angst.«

»Soll ich mit dir zum Arzt gehen?«

»Ja«, antwortete ihre Mutter sofort. »Ja, das wäre sehr schön.«

Und dann war das Gespräch irgendwie entgleist, erinnerte sich Jess jetzt, während sie ihre Mutter in der Küche stehen sah, wie sie frischen Kaffee machte und Jess eines von den Blaubeertörtchen anbot, die sie am Morgen in der Bäckerei gekauft hatte.

»Aber ich habe den Termin erst um vier Uhr«, sagte ihre Mutter. »Hattest du da schon etwas vor?«

»Ja, aber das macht nichts«, sagte Jess. »Ich rufe Don einfach an und sage ihm, dass unsere Pläne eben warten müssen.«

»Ach, das wäre wirklich gut«, sagte ihre Mutter, und Jess begriff sofort, dass ihre Mutter nicht bloß von den Plänen sprach, die sie für den Nachmittag gemacht hatten.

»Was hast du eigentlich gegen Don, Mama?«, fragte sie.

»Ich habe gar nichts gegen ihn.«

»Warum bist du dann so gegen die Heirat?«

»Ich sage ja nicht, dass du den Mann nicht heiraten sollst, Jess«, erklärte ihre Mutter. »Mir gefällt Don sehr gut. Er ist klug. Er ist aufmerksam. Es ist offensichtlich, dass er dich anbetet.«

»Wo liegt dann das Problem?«, fragte Jess.

»Das Problem ist, dass er elf Jahre älter ist als du. Er hat all das, was du noch ausprobieren musst, bereits hinter sich.«

»Was sind denn schon elf Jahre«, protestierte Jess.

»Elf Jahre eben. Und in diesen elf Jahren hat er Zeit gehabt, sich darüber klarzuwerden, was er vom Leben will.«

»Er will mich.«

»Und was willst du?«

»Ich will ihn!«

»Und was ist mit deiner Karriere?«

»Meine Karriere kriege ich schon. Don liegt sehr viel daran, dass ich eine erfolgreiche Anwältin werde. Er kann mir helfen. Er ist ein toller Lehrer.«

»Du willst einen Partner, Jess, keinen Lehrer. Er wird dir nicht genug Platz zu deiner eigenen Entwicklung lassen.«

»Wie kannst du das sagen?«

»Schatz, ich sage ja nicht, dass du ihn nicht heiraten sollst«, wiederholte ihre Mutter.

»Doch, sagst du schon. Genau das sagst du.«

»Ich sage nur, du solltest noch ein paar Jahre warten. Du bist gerade erst am Beginn deines Studiums. Warte, bis du dein Examen gemacht hast. Warte, bis du die Chance gehabt hast, dir darüber klarzuwerden, wer du bist und was du willst.«

»Ich weiß, wer ich bin. Ich weiß, was ich will. Ich will Don. Und ich werde ihn heiraten, ob es dir passt oder nicht.«

Ihre Mutter schenkte sich seufzend von dem frisch gekochten Kaffee ein. »Möchtest du auch eine Tasse?«

»Von dir möchte ich gar nichts«, entgegnete Jess bockig.

»Okay, vergessen wir es.«

»Ich will es aber nicht vergessen. Du glaubst, du kannst erst mit diesen Geschichten anfangen und dann, wenn du keine Lust mehr hast weiterzudiskutieren, einfach sagen, vergessen wir's.«

»Ich hätte überhaupt nichts sagen sollen.«

»Ganz recht. Du hättest überhaupt nichts sagen sollen.«

»Manchmal vergesse ich eben, dass du alles besser weißt.«

»Na das ist ja toll, Mutter. Das ist echt toll.«

»Entschuldige, Kind. Das hätte ich nicht sagen sollen. Ich bin wahrscheinlich heute ein bisschen nervös und vielleicht auch aufgeregter, als mir selbst klar war.« Ihrer Mutter schossen die Tränen in die Augen.

»Bitte wein jetzt nicht«, sagte Jess und sah zur Zimmer-

decke hinauf. »Warum musst du mir immer so ein schlechtes Gewissen machen?«

»Es ist doch gar nicht meine Absicht.«

»Dann hör auf, mein Leben für mich leben zu wollen.«

»Das will ich nun wirklich nicht, Jess«, entgegnete ihre Mutter weinend. »Natürlich sollst du dein eigenes Leben leben.«

»Dann misch dich nicht ein! Bitte!«, fügte Jess hinzu, um ihren Worten die Härte zu nehmen, aber sie wusste, dass es zu spät war.

Ihre Mutter schüttelte den Kopf. »Das habe ich nicht nötig, Jess«, sagte sie. »Das muss ich mir von dir nicht gefallen lassen.«

Und wie war es weitergegangen?, fragte sich Jess jetzt. Sie fühlte sich wie ein Spielzeug zum Aufziehen, das nicht aufhören konnte sich zu drehen, bis sein Räderwerk abgelaufen war. Unbedachte Worte. Zornige Beteuerungen. Stolz auf beiden Seiten.

»Du brauchst nicht mit mir zum Arzt zu gehen. Das kann ich auch allein erledigen.«

»Wie du willst.«

Sie war aus dem Haus gestürmt. Und hatte ihre Mutter nicht lebend wiedergesehen.

Jess sprang auf und rannte zur Tür. Sie stieß gegen die beiden Babywippen und hätte sie beinahe umgeworfen, nahm sich eine Sekunde Zeit, um sie wieder richtig hinzustellen.

»Es tut mir leid, Jess«, rief Maureen ihr weinend nach. »Bitte geh doch jetzt nicht. Ich hab das doch alles nicht so gemeint.«

»Wieso nicht?« Jess blieb abrupt stehen und drehte sich

nach ihrer Schwester um, sah wieder das Gesicht ihrer Mutter. »Es ist alles wahr, was du gesagt hast. Es ist alles wahr.«

»Aber es war doch nicht deine Schuld«, entgegnete Maureen. »Was unserer Mutter zugestoßen ist, war doch nicht deine Schuld.«

Jess schüttelte ungläubig den Kopf. »Wie kannst du das sagen?«, fragte sie. »Wenn ich mit ihr zum Arzt gefahren wäre, wie ich es versprochen hatte, wäre sie nicht verschwunden.«

»Das kannst du doch gar nicht wissen.«

»Doch, ich weiß es. Und du weißt es auch. Wenn ich mit ihr zum Arzt gefahren wäre, wäre sie heute noch hier.«

»Aber nicht, wenn jemand es auf sie abgesehen hatte«, rief ihr Vater und kam mit Barry in den Vorsaal hinaus. »Nicht, wenn jemand sich vorgenommen hatte, ihr etwas anzutun. Du weißt so gut wie ich, dass es praktisch unmöglich ist, jemanden zu hindern, wenn er es wirklich darauf abgesehen hat, einem etwas anzutun.«

Jess dachte augenblicklich an Rick Ferguson.

Das Telefon läutete.

»Ich geh schon hin«, rief Barry und eilte ins Wohnzimmer. Von den anderen rührte sich keiner von der Stelle.

»Gehen wir doch wieder ins Esszimmer und setzen uns«, schlug Maureen vor.

»Ich glaube wirklich, ich sollte jetzt gehen«, sagte Jess zu ihr.

»Wir haben über das, was damals geschehen ist, niemals gesprochen«, sagte Maureen. »Ich meine, wir haben über die Tatsachen gesprochen, über die Details. Aber über unsere Gefühle haben wir nie gesprochen. Ich glaube, wir hätten uns da eine Menge zu sagen. Meinst du nicht?«

»Ich möchte ja gern.« Jess' Stimme klang wie die eines kleinen Kindes. »Aber ich glaube, ich kann nicht. Jedenfalls nicht heute Abend. Vielleicht ein andermal. Ich bin so müde. Ich möchte nur noch nach Hause und in mein Bett.«

Barry kam wieder in den Flur. »Es ist für dich, Jess.«

»Für mich? Aber es weiß doch gar niemand, dass ich hier bin.«

»Dein Ex-Mann scheint es zu wissen.«

»Don?« Jess erinnerte sich vage, ihm erzählt zu haben, dass sie bei ihrer Schwester zum Essen war.

»Er sagt, es sei wichtig.«

»Wir gehen inzwischen wieder ins Esszimmer«, sagte Maureen.

Wie in Trance ging Jess zum Telefon. »Ist etwas passiert?«, fragte sie ohne ein Wort des Grußes. »Hat Rick Ferguson gestanden?«

»Rick Ferguson ist auf dem Weg nach Los Angeles. Ich habe ihm einen Flugschein gekauft und ihn selbst um sieben Uhr in die Maschine gesetzt. Wegen Ferguson mach ich mir keine Sorgen.«

»Weshalb machst du dir dann Sorgen?«, fragte Jess.

»Siehst du Adam heute Abend?«

»Adam? Nein, er ist verreist.«

»Ganz sicher?«

»Was soll das heißen, ganz sicher?«

»Ich möchte, dass du heute Nacht bei deiner Schwester bleibst.«

»Was? Wieso denn? Was redest du da?«

»Jess, ich habe diesen Mann überprüfen lassen. Wir haben bei der Anwaltskammer angerufen. Dort hat man nie von einem Anwalt namens Adam Stohn gehört.«

»Was?«

»Du hast richtig gehört, Jess. Sie kennen den Mann dort nicht. Und wenn er dich über seine Person angelogen hat, dann kann es leicht sein, dass er dich auch mit seiner Reise angelogen hat. Tu mir den Gefallen und bleib bei deiner Schwester. Wenigstens heute Nacht.«

»Das kann ich nicht«, flüsterte Jess eingedenk all dessen, was an diesem Abend geschehen war.

»Wieso nicht?«

»Ich kann eben nicht. Bitte, Don, frag mich jetzt nicht.«

»Dann komme ich zu dir.«

»Nein! Bitte nicht. Ich bin eine erwachsene Frau. Ich kann auf mich selbst aufpassen.«

»Du kannst anfangen, auf dich selbst aufzupassen, wenn wir wissen, dass alles in Ordnung ist.«

»Es ist alles in Ordnung«, behauptete Jess. Sie fühlte sich am ganzen Körper wie betäubt, als hätte man ihr eine Überdosis Novocain gespritzt. »Adam will mir nichts Böses«, murmelte sie, das Gesicht vom Hörer abgewandt.

»Hast du etwas gesagt?«

»Ich habe gesagt, du sollst dir keine Sorgen machen«, erwiderte Jess. »Ich ruf dich morgen an.«

»Jess …«

»Ich melde mich morgen.« Sie legte auf.

Ein paar Sekunden lang blieb sie am Telefon stehen und versuchte zu begreifen, was Don ihr erzählt hatte. Keine Eintragung für einen Rechtsanwalt namens Adam Stohn? Kein Anwalt dieses Namens im Register des Staates Illinois verzeichnet? Aber weshalb sollte er sie belogen haben? Und machte das auch alles andere, was er ihr gesagt hatte, zur Lüge? Ergab denn nichts in ihrem Leben mehr einen Sinn?

Jess starrte den nackten Weihnachtsbaum an, der auf seinen Schmuck wartete, hörte die gedämpften Stimmen aus dem Esszimmer. »Ich glaube, wir haben uns eine Menge zu sagen«, hatte ihre Schwester gesagt. Und sie hatte recht. Vieles musste endlich ausgesprochen, vieles endlich bearbeitet werden. Vielleicht würde sie am Montagvormittag Stephanie Banack anrufen, fragen, ob sie wiederkommen durfte. Sie musste aufhören, sich wie Richterin und Geschworene in eigener Sache aufzuführen, das wurde ihr jetzt klar, während sie geräuschlos in die Diele hinausschlich. Es war Zeit, die lähmenden Schuldgefühle abzuschütteln, die sie acht Jahre lang mit sich herumgeschleppt hatte.

Sie nahm ihre Handtasche, ließ aber ihren Mantel im Garderobenschrank hängen, öffnete lautlos die Haustür und trat in die bitterkalte Nachtluft hinaus. Eine Minute später saß sie am Steuer ihres Mietwagens und raste die Sheridan Road hinunter, tränenüberströmt, eingehüllt von dröhnender Musik aus dem Radio, nur von dem Wunsch getrieben, in ihr Bett zu kriechen, sich die Decke über den Kopf zu ziehen und bis zum Morgen zu verschwinden.

27

Sie weinte immer noch, als sie zu Hause ankam. »Hör endlich auf zu heulen!«, fuhr sie sich ungeduldig an. Sie schaltete den Motor aus und setzte Mick Jaggers frauenfeindlichen Prahlereien ein Ende. »Under my thumb«, heulte er in ihrem Kopf, als sie durch die eisige Kälte zur Haustür rannte; sie schob den Schlüssel ins Schloss, drückte die Tür auf und sperrte sie hinter sich wieder ab. Was heulst du denn immer noch?, fragte sie sich. Nur weil du dich heute Abend wie eine Vollidiotin benommen hast, weil du deine Schwester als Donna Reed und deinen Schwager als Perversen beschimpft, dich der neuen Freundin deines Vaters von der besten Seite gezeigt und dich dann wie eine Diebin aus dem Haus geschlichen hast; nur weil Adam Stohn nicht der ist, der er zu sein vorgibt, weil Rick Ferguson quietschvergnügt nach Kalifornien fliegen darf, anstatt auf dem elektrischen Stuhl zu landen … Nein, erinnerte sie sich, während sie immer zwei Stufen auf einmal nehmend die Treppe hinauflief, heutzutage wird man in Illinois nicht mehr gegrillt. Heute wird man eingeschläfert. Wie ein Hund, dachte sie in Erinnerung an die letzten Worte in Kafkas *Prozess* und weinte noch heftiger.

Keine Jazzrhythmen begleiteten sie nach oben; kein Lichtschein fiel durch die Ritze unter Walter Frasers Wohnungstür in den Treppenflur. Wahrscheinlich ist er übers Wochenende weg, dachte sie und überlegte sich, dass sie Don anrufen könnte, wenn sie oben war, ihm vorschlagen, ein paar Tage nach Union Pier hinauszufahren. Um Adam Stohn – oder wie, zum Teufel, er sonst heißen mochte – zu vergessen.

Sie schloss die Tür zu ihrer Wohnung auf und trat ein, ließ sich von der Stille und der Dunkelheit hineinziehen wie von alten Freunden, die auf einem Fest einen verspäteten Gast mit Wärme empfangen. Keine Notwendigkeit mehr, den ganzen Tag das Radio laufen und das Licht brennen zu lassen. Keine unschuldigen süßen Lieder mehr, die sie in ihrer Wohnung willkommen hießen. Sie schloss die Wohnungstür ab, auch das Sicherheitsschloss.

Der Schein der Straßenbeleuchtung, der durch die dünnen elfenbeinfarbenen Spitzenvorhänge floss, tauchte den leeren Vogelkäfig in geisterhaftes Licht. Sie hatte nicht die Kraft aufgebracht, ihn wegzutun, nicht den Willen, ihn hinten in einem Schrank zu verstecken, nicht die Vernunft, ihn zur Straße hinunterzutragen, um ihn der Heilsarmee zur Abholung zu überlassen. Armer Fred, dachte sie und begann von neuem zu weinen.

»Arme Jess«, flüsterte sie. Sie ließ ihre Handtasche zu Boden fallen und schleppte sich zu ihrem Schlafzimmer.

Er überfiel sie von hinten.

Sie sah nichts, und sie hörte nichts, bis plötzlich der Draht um ihren Hals lag und sie brutal nach hinten gerissen wurde. Wie eine Rasende griff sie sich mit den Händen an den Hals und mühte sich verzweifelt, ihre Finger zwischen Draht und Fleisch zu graben. Der Draht schnitt in ihre verbundene Hand ein, sie spürte frisches klebriges Blut an ihren Fingern, hörte sich selbst röcheln und krampfhaft nach Luft schnappen. Sie konnte nicht atmen. Der Draht schnürte ihr die Sauerstoffzufuhr ab, so fest war er um ihren Hals gezogen. Sie verlor die Kontrolle über ihre Beine, merkte, wie ihre Zehen vom Boden abhoben. Mit aller Kraft, die sie zur Verfügung hatte, kämpfte sie darum, auf den Beinen zu bleiben, stemmte sie sich gegen ihren Angreifer.

Bis es ihr mitten in der Panik plötzlich einfiel – wehr dich nicht, stemm dich nicht dagegen, gib nach, geh mit. Wenn jemand dich zieht, dann leiste keinen Widerstand, dann ziehe nicht dagegen, sondern überlasse dich der Kraft des anderen, bis du seinen Körper berührst. Und wenn es so weit ist, dann schlag zu.

Sie hörte auf, sich zu wehren. Sie leistete keinen Widerstand mehr, obwohl es allen ihren Instinkten widersprach. Stattdessen ließ sie ihren Körper erschlaffen und fühlte, wie ihr Rücken sich über dem Brustkorb des Mannes krümmte, der sie an sich heranzog. Ihr Hals war ein einziger pochender Schmerz. Einen entsetzlichen Moment lang glaubte sie, es könnte zu spät sein, sie würde gleich das Bewusstsein verlieren. Sie fand die Vorstellung überraschend verführerisch und war vorübergehend verlockt, ihr nachzugeben. Warum hinauszögern, was unvermeidlich war? Schwärze waberte um sie herum. Warum nicht in sie eintauchen? Warum nicht einfach für immer in ihr untergehen?

Aber da begann sie plötzlich, sich zu wehren, kämpfte sich aus der Schwärze heraus, indem sie hinter die Kraft des Mannes, der sie zog, ihre ganze eigene Kraft setzte und ihn zu Boden stieß. Sie stürzte mit ihm. Ihre Arme schossen in die Höhe, trafen den Vogelkäfig und rissen ihn zu Boden. Der Mann schrie, als er das Gleichgewicht verlor, und sie fiel mit allen Waffen, die ihr zu Gebote standen, über ihn her: Mit den Füßen trat sie ihn; mit den Fingernägeln kratzte sie; mit den Ellbogen stieß sie ihn in die Rippen.

Sie merkte, wie der Draht um ihren Hals sich lockerte, und es gelang ihr, sich zu befreien. Keuchend und nach Luft schnappend sprang sie auf die Füße, versuchte verzweifelt, ihre Lunge mit Luft zu füllen und wäre vor Anstrengung beinahe zusammengebrochen. Noch immer fühlte sie schmerzhaft den Draht um ihren Hals, der sich immer tiefer in ihr Fleisch einzufressen schien, als sei er ein Teil von ihr geworden, obwohl er gar nicht mehr da war. Sie hatte das Gefühl, in der Schlinge eines Henkers zu hängen, sie hatte das Gefühl, dass jeden Moment ihr Genick brechen würde.

Plötzlich hörte sie ihn stöhnen, drehte sich herum, sah ihn benommen auf dem Boden liegen, sah die schwarzen spitzen Stiefel, die engen Jeans, das dunkle T-Shirt, die braunen Autohandschuhe, die seine großen Hände umhüllten, das lange schmutzige Haar, das ihm in Strähnen über dem Gesicht lag und alles verbarg außer dem schrecklichen Grinsen.

Ich bin der Tod, sagte dieses Grinsen selbst jetzt noch. Ich bin gekommen, dich zu holen.

Rick Ferguson.

Sie schrie unwillkürlich auf. Hatte sie ernstlich geglaubt, er werde brav und folgsam in ein Flugzeug nach Kalifornien steigen und aus ihrem Leben verschwinden? War dieser Abend nicht vom Moment ihrer ersten Begegnung vor mehreren Monaten an unvermeidlich gewesen?

Ein Wirrwarr von Bildern überflutete ihr Gehirn, während sie zusah, wie er sich mühte, wieder auf die Beine zu kommen – Adlerklauen, Hammerfäuste, Schleudergriffe. Dann fiel ihr die Grundregel ein – abhauen, solange es möglich ist. Vergiss alle Heldentaten und lauf. Das ist für Frauen meistens die beste Hilfe.

Aber Rick Ferguson war schon wieder auf den Beinen und kam auf sie zu. Er versperrte ihr den Weg zur Wohnungstür. Schrei!, befahl ihre innere Stimme. Schrei, verdammt noch mal! *»Hohh!«*, brüllte sie und sah, wie er, einen Moment lang erschrocken, zusammenzuckte. »Hohh!«, brüllte sie wieder, noch lauter diesmal, und dachte an den Revolver, der in ihrem Nachttisch lag, überlegte, ob sie versuchen sollte, ihn zu holen, während sie den Blick auf der Suche nach einer Waffe durch das dunkle Zimmer schweifen ließ.

Aber ihr Gebrüll hatte die falsche Wirkung. Es schien Rick Ferguson erst wieder lebendig zu machen. Sein gemeines Grinsen explodierte in ein lautes Lachen. »Es geht nichts über einen guten Kampf«, sagte er.

»Bleiben Sie ja weg«, warnte sie.

»Connie war keine richtige Gegnerin. Die ist einfach zusammengeklappt und krepiert. Nicht die Bohne Spaß. Ganz anders als bei dir«, sagte er zu ihr. »Dich umzubringen wird die reine Freude.«

»Gleichfalls«, sagte Jess, bückte sich blitzschnell, packte den leeren Vogelkäfig und schleuderte ihn Rick Ferguson an den Kopf. Volltreffer, sah sie. Aus der Wunde in seiner Stirn rann Blut über sein Gesicht. Sie machte auf dem Absatz kehrt und rannte aus dem Zimmer.

Wohin wollte sie? Was wollte sie tun, wenn sie dort war?

Nie war ihr der Weg zu ihrem Schlafzimmer so weit erschienen. Sie raste durch den Flur und hörte, dass er nur Schritte hinter ihr war. Sie musste sich ihren Revolver holen. Sie musste den Revolver in die Hand bekommen, ehe er sie von neuem angreifen konnte. Und sie musste ihn gebrauchen. Sie musste schießen.

Sie stürzte zu dem kleinen Nachttisch, riss die oberste Schublade auf, wühlte verzweifelt nach der Waffe. Sie war nicht da. »Gottverdammich, wo bist du?«, schrie sie und kippte den Inhalt der Schublade auf den Boden.

Die Matratze!, dachte sie und fiel auf die Knie, um unter die Matratze zu greifen, obwohl sie sich deutlich erinnerte, dass Don sie ermahnt hatte, die Waffe dort nicht zu verstecken. Aber es konnte ja sein, dass sie sich täuschte. Es konnte ja sein, dass sie die Waffe doch unter der Matratze gelassen hatte.

Aber dort war sie auch nicht. Verdammt noch mal, wo war sie?

»Suchst du vielleicht das hier?« Rick Ferguson stand an der Tür und ließ den Revolver an einem behandschuhten Finger baumeln.

Ganz langsam stand Jess auf. Ihre Knie zitterten. Er richtete den Revolver direkt auf ihren Kopf. Ihr Herz raste; in ihren Ohren dröhnte es; die Tränen liefen ihr über das Gesicht. Wenn sie doch nur einen klaren Gedanken fassen könnte! Wenn sie doch nur machen könnte, dass ihre Knie zu zittern aufhörten …

»Nett von dir, mich in dein Schlafzimmer einzuladen«, sagte er und ging langsam auf sie zu. »Wo du deine Höschen aufbewahrst, weiß ich natürlich schon.«

»Mach sofort, dass du hier rauskommst!«, schrie Jess ihn an, wütend bei der Erinnerung an ihre zerrissene Unterwäsche, entsetzt beim Anblick ihres Bluts auf der weißen Bettdecke.

Er lachte. »Du bist echt eine freche Kröte, was? Ehrlich, ich bewundere deinen Mumm. Einem Mann mit einer geladenen Kanone zu sagen, er soll machen, dass er rauskommt. Das ist wirklich süß. Gleich wirst du mir wohl noch sagen, dass ich für das hier büßen werde.«

»Das wirst du auch.«

»Irrtum. Du vergisst, dass ich einen verdammt guten Anwalt hab.«

Jess blickte zum Fenster. Die Vorhänge waren offen, von der Straße fiel Licht ins Zimmer und füllte es mit Schatten und Geistern. Vielleicht würde draußen jemand sie sehen. Vielleicht beobachtete gerade jetzt jemand die Szene. Wenn es ihr gelang, Rick Ferguson weiter am Sprechen zu halten, wenn sie ihn irgendwie lange genug ablenken konnte, um ans Fenster zu gelangen, dann konnte sie vielleicht – was denn? Hinausspringen? Schreien? Was konnte ein Schrei schon gegen einen geladenen Revolver ausrichten? Beinahe hätte sie gelacht – morgen hätte sie lernen sollen, wie man einen Angreifer entwaffnet. Morgen – das würde sie wohl kaum noch erleben.

Auf ihrer Stirn sammelte sich Schweiß, er rann ihr in die Augen und mischte sich mit ihren Tränen. Das Licht der Straßenlampen verschwamm vor ihrem Blick, lief auseinander wie das Licht eines Scheinwerfers, blendete sie wie die Sonne. Sie glaubte, irgendwo draußen Stimmen zu hören, aber die Stimmen klangen verzerrt, wie auf einer Schallplatte, die mit der falschen Geschwindigkeit abgespielt wird. Zu langsam. Alles viel zu langsam. Eine Szene aus einem Film, in Zeitlupe gedreht. So also muss Connie sich gefühlt haben, dachte Jess. So also fühlte sich der Tod an.

»Ich dachte, Don hat Sie in eine Maschine nach Kalifornien gesetzt«, hörte sie sich sagen, als wäre sie eine Schauspielerin, deren Text von jemand anderem gesprochen wird.

»Ja, verdammt großzügig von ihm, was? Aber ich hab gefunden, Kalifornien kann noch ein paar Tage warten. Ich hab doch gewusst, wie dringend du mich sehen wolltest. Zieh deinen Pullover aus.«

Er sagte es so beiläufig, dass sie die Worte gar nicht richtig aufnahm. »Was?«

»Zieh deinen Pullover aus«, wiederholte er. »Und die Hose auch gleich, wenn du schon dabei bist. Gleich läuft der lustige Teil an.«

Jess schüttelte den Kopf. Sie spürte, wie ein Wort sich

von ihrer Zunge löste und ihr über die Lippen sprang. Kaum hörbar kam es heraus. »Nein.«

»Nein? Hast du Nein gesagt?« Er lachte. »Falsche Antwort, Jess.«

Sie fühlte sich, als wäre sie bereits nackt, stünde unbedeckt vor ihm, und sie fröstelte vor Kälte. Sie stellte sich vor, wie seine Hände ihren Körper misshandelten, seine Zähne sich in ihren Busen gruben, sein Körper brutal in ihren hineinstieß. Er würde ihr Schmerz zufügen, das wusste sie; er würde dafür sorgen, dass sie litt, ehe sie starb. »Das tu ich nicht«, hörte sie sich sagen.

»Dann muss ich dich eben abknallen.« Er zuckte die Achseln, als wäre das die einzige logische Alternative.

Jess' Herz schlug so heftig, dass sie meinte, es müsste ihr die Brust sprengen. Wie in *Alien* dachte sie, erstaunt darüber, dass ihr Verstand sich auf so etwas Triviales konzentrieren konnte. Sie hatte ein Gefühl, als verbrenne sie, dann wieder war ihr plötzlich eiskalt. Wie konnte er nur so ruhig sein? Was ging hinter diesen undurchsichtigen braunen Augen vor, die nichts verrieten?

»Du wirst mich sowieso erschießen«, sagte sie.

»Stimmt nicht. Ich hatte vor, dich mit bloßen Händen zu erledigen. Aber ich schieße auch, wenn's sein muss.« Sein Grinsen wurde breiter, seine Blicke glitten über ihren Körper wie eine Armee winziger Schlangen. »In die Schulter. Oder vielleicht ins Knie. Oder ins weiche Fleisch innen an deinem Oberschenkel. Ja, das ist gut. Dann bist du bestimmt nicht mehr so störrisch.«

Jess spürte den brennenden Schmerz, als die Kugel in ihren Oberschenkel einschlug, obwohl sie wusste, dass er nicht geschossen hatte. Sie konnte sich kaum noch auf den

Beinen halten, so stark schlotterten ihr die Knie. Ihr Magen krampfte sich zusammen, drohte, sie noch mehr zu demütigen. Wenn ich ihn nur am Reden halten kann, dachte sie. So war das doch in den Filmen immer? Da brachte man die Mörder zum Reden, und dann kam in letzter Minute der Retter. Sie zwang sich zu sprechen. »Wenn hier ein Schuss fällt, werden die Nachbarn aufmerksam.«

Er war unbeeindruckt. »Glaubst du? Als ich kam, hatte ich nicht den Eindruck, dass die Leute hier zu Hause sind. Zieh dich jetzt endlich aus, sonst wird mir langweilig, und wenn mir langweilig wird, werd ich im Bett leicht ein bisschen grob.«

O Gott, dachte Jess. O Gott, o Gott.

»Wie bist du überhaupt hier hereingekommen?«, fragte sie und wusste selbst nicht, woher ihre Stimme kam. Es schien ihr, als sei ihre Stimme etwas von ihr Losgelöstes, etwas, das sich von ihr abgetrennt hatte und nun in freier Form im Raum schwebte.

»Das Schloss, das ich nicht aufkriege, ist noch nicht erfunden«, sagte er und lachte wieder, offensichtlich zufrieden mit der Entwicklung der Dinge. »Und die Frau, in die ich nicht reinkomme, ist auch noch nicht erfunden«, fügte er grinsend hinzu. Er spannte den Hahn des Revolvers. »Also, du hast dreißig Sekunden Zeit, dich auszuziehen und aufs Bett zu legen.«

Jess sagte nichts mehr. Ihre Kehle war plötzlich so trocken, dass ihre Stimmbänder ihr den Dienst versagten.

Irgendwo neben sich hörte sie das Ticken ihres Weckers. Es klang wie das Ticken einer Zeitbombe, die jeden Moment losgehen konnte. So endet es also, dachte sie, unfähig zu schlucken, zu atmen, gelähmt von Angst und Schrecken.

Wie würde es sein? Würde ein weißes Licht aufflammen, würde ein Gefühl des Friedens sie überkommen, wie das häufig von denen berichtet wurde, die behaupteten, tot gewesen und zurückgekehrt zu sein? Oder würde Schwärze sie einhüllen? Würde sie einfach aufhören zu sein? Würde sie, wenn alles vorbei war, sich allein finden, oder würden ihre Lieben da sein, sie zu empfangen? Sie dachte an ihre Mutter. Würde sie sie endlich wiedersehen dürfen, endlich erfahren, was für ein Schicksal ihr widerfahren war? War es für sie auch so gewesen? Mein Gott, dachte Jess, und ihre Brust tat ihr so weh, als wollte sie bersten, hat sie vor ihrem Tod den gleichen Schmerz und den gleichen Schrecken erlebt? Hat sie das durchmachen müssen?

Sie fragte sich, wie es ihren Vater und ihre Schwester treffen würde.

Wenn sie nichts von ihr hörten, sie nicht erreichen konnten, würde Barry ihnen wahrscheinlich versichern, Jess schäme sich einfach zu sehr, um sich zu melden; sie habe wahrscheinlich ein paar Tage freigenommen und sei weggefahren; sie sei viel zu egozentrisch, um sich klarzumachen, dass sie ihnen damit weh tat; sie wolle sie auf einer unbewussten Ebene vielleicht sogar bestrafen. Es würde Tage dauern, ehe sie ihr Verschwinden ernst nehmen, die Polizei alarmieren, ihre Wohnung durchsuchen lassen würden. In ihrer Wohnung würde man unübersehbare Spuren eines Kampfes finden. Man würde das Blut auf ihrer Bettdecke analysieren und feststellen, dass es von ihr stammte. Nichts würde auf gewaltsames Eindringen in ihre Wohnung hindeuten. Man würde keine Fingerabdrücke finden. Don würde den Verdacht auf Adam lenken. Bis endlich alles geklärt war, würde Rick Ferguson über alle Berge sein.

»Ich möcht's dir nicht noch mal sagen müssen«, sagte Rick Ferguson.

Jess holte einmal tief Atem, dann zog sie sich ihren Pullover über den Kopf. Die kleinen Härchen auf ihren Armen sträubten sich protestierend. Ihre Haut begann zu brennen, als hätte sie Fetzen von ihr zusammen mit dem Pullover heruntergezogen, als hätte man sie bei lebendigem Leib gehäutet. Der Pullover fiel zu Boden.

»Hübsch, hübsch«, sagte er. »Ich hab immer 'ne Schwäche für schwarze Spitze gehabt.« Er wies mit der Pistole auf ihre Hose. »Jetzt den Rest.«

Jess beobachtete den Fortgang der Szene wie aus großer Distanz. Wieder erinnerte sie sich der Erfahrungen derer, die behaupteten, tot gewesen und ins Leben zurückgekehrt zu sein. Berichteten sie nicht alle, sie hätten ihren leiblichen Körper verlassen und seien zur Decke hinaufgeschwebt, um von dort aus zu beobachten, was sich ereignete? Vielleicht ging das ihr jetzt genauso. Vielleicht war sie gar nicht aus dem Wohnzimmer geflohen. Vielleicht hatte der Draht ihren Hals durchschnitten und sie getötet. Vielleicht war sie längst tot.

Oder vielleicht habe ich doch noch Zeit, mich zu retten, dachte sie, als ein plötzlicher Adrenalinschub sie aus ihren morbiden Überlegungen riss und sie überzeugte, dass sie noch am Leben war, dass sie vielleicht doch noch etwas tun konnte. Nutzt alles als Waffe, was ihr zur Hand habt, hörte sie Dominic sagen, während ihre Finger sich um den Bund ihrer langen Hose schlossen. Was denn zum Beispiel?, dachte sie verzweifelt. Meinen Büstenhalter vielleicht? Sollte sie versuchen, den Mann mit ihrem Spitzenbüstenhalter zu erdrosseln? Oder ihn in Kaschmir zu ersticken?

Wie wär's mit den Schuhen?, überlegte sie und nahm langsam die Hände von ihrer Taille. Rick Ferguson stocherte ungeduldig mit dem Revolver in der Luft herum. »Ich muss erst meine Schuhe ausziehen«, stammelte sie. »Ich kann die Hose nicht ausziehen, wenn ich nicht vorher die Schuhe ausziehe.«

»Dann mach schon«, sagte er und entspannte sich wieder. »Je nackter, desto besser. Aber jetzt beeil dich mal.«

Sie beugte sich zu ihren Füßen hinunter und fragte sich, was in Gottes Namen sie tun wollte. Langsam zog sie sich den linken Schuh vom Fuß und warf ihn zur Seite. Ich bin ja verrückt, dachte sie, ich habe nicht die geringste Chance. Bestimmt bringt er mich sofort um. Sie griff zu ihrem rechten Schuh, wusste, dass ihr nur noch Sekunden blieben. Sie zog den schwarzen flachen Schuh von ihrem Fuß, machte eine Bewegung, als wollte sie ihn zur Seite werfen, packte ihn stattdessen fest und schleuderte ihn mit aller Kraft nach dem Revolver in Rick Fergusons Hand.

Sie verfehlte ihr Ziel völlig.

»O Gott«, jammerte sie. »Mein Gott.«

Doch die unerwartete Aktion überraschte Rick Ferguson, und er sprang erschrocken zurück. Was, zum Teufel, sollte sie jetzt tun? Konnte sie sich an ihm vorbeidrängen und zur Wohnungstür laufen? Konnte sie einen Sprung aus dem zweiten Stockwerk überleben? Hatte sie die Kraft, ihn zu entwaffnen?

Es war zu spät. Er hatte das Gleichgewicht schon wiedergefunden. Er hielt die Waffe schon auf ihr Herz gerichtet. »Hey, ich glaub, dich umzubringen macht noch mehr Spaß, als den verdammten Kanarienvogel zu grillen.« Mit dem Revolver zog er eine unsichtbare Linie durch die Luft, die von ihrem Busen abwärts über ihre Rippen und ihren Bauch lief und bei ihrem Schoß endete.

Es blieb ihr keine Zeit mehr. Es blieben ihr keine Möglichkeiten mehr. Er würde den Revolver gebrauchen, um sie anzuschießen und wehrlos zu machen, damit er sie vergewaltigen konnte. Dann würde er ihr mit bloßen Händen den Rest geben. Jess sah ihren toten Kanarienvogel vor sich und wünschte sich, sie könnte jetzt einfach ohnmächtig werden, obwohl sie genau wusste, dass er sie wieder zu Bewusstsein bringen würde, um sie jede qualvolle Sekunde bis zu ihrem Ende leiden zu lassen. Ohne zu überlegen, ohne sich bewusst zu sein, was sie tat, sprang Jess plötzlich über ihr Bett zum Fenster und brüllte wie am Spieß.

Der Schuss krachte mitten hinein in ihr Gebrüll, und sie wusste, dass sie so gut wie tot war. Er war so laut, dachte sie. Wie ein Donnerschlag. Im Zimmer breitete sich ein gespenstisches Leuchten aus, so als sei ein Blitz hindurchgefahren, und die Farben bekamen eine nie dagewesene Intensität. Die sanften Pfirsichtöne glühten jetzt in einem lebhaften Orange, die Grau- und Blautöne bekamen ein metallisches Glitzern. Sie fühlte sich so leicht, als schwebte sie. Es hätte sie interessiert, wo die Kugel sie getroffen hatte, wie lange es dauern würde, bis sie umkippte.

Er wartete gewiss nur darauf, ihr die noch verbliebenen Kleider vom Leib zu reißen, mit Gewalt in ihren fast leblosen Körper einzudringen, sie unter seinem Gewicht zu ersticken, mit seinen Ausdünstungen zu überwältigen. Schon fühlte sie seine groben Hände auf ihrem Körper, seine Zunge, die ihr Blut leckte. Sein Gesicht würde das Letzte sein, was sie sah; sein gemeines Grinsen der Anblick, den sie mit ins Grab nehmen würde.

Plötzlich fuhr sie herum. Rick Ferguson kam ihr entgegengestürzt. Seine Arme waren nach ihr ausgestreckt, sein Gesicht war weiß vor Wut, sein Grinsen erloschen. Aber dann strauchelte er, fiel ihr entgegen, und da wusste sie, dass ihr nichts geschehen war, dass kein Schuss sie getroffen hatte. Rick Ferguson war es, der zu Boden stürzte und vor ihren Füßen liegenblieb. Rick Ferguson war es, der tot war.

Sie wurde in einen Sog der Finsternis gezogen wie in einen Strudel mitten im Meer, als sie in das klaffende Loch in seinem Rücken hinunterstarrte. Blut strömte in pulsenden Stößen aus der Wunde wie Öl aus einem Bohrloch und durchtränkte das schwarze T-Shirt, ehe es sich auf den Boden ergoss. Jess wurde übel. Sie hielt sich haltsuchend an ihrer Kommode fest.

Und da sah sie ihn an der Tür stehen, die Waffe in der herabhängenden Hand. »Don!«, rief sie ungläubig.

»Ich habe dir gesagt, wenn dieses Schwein je versuchen sollte, dir etwas anzutun, würde ich ihn eigenhändig umbringen«, sagte er ruhig. Die Waffe entglitt ihm und fiel zu Boden.

Jess stürzte sich in seine Arme. Er hielt sie fest und zog sie an sich. Sie drückte ihren Kopf an seine Schulter und atmete tief seinen sauberen Geruch. Er fühlte sich so gut an. Sie fühlte sich so behütet.

»Jetzt kann dir nichts mehr passieren«, sagte er, als hätte er ihre Gedanken gelesen. Immer wieder küsste er ihre Wangen. »Du bist in Sicherheit. Ich bin bei dir. Ich verlasse dich nie wieder.«

»Er hat in der Wohnung auf mich gewartet«, begann Jess nach einigen Minuten, während der sie versucht hatte zu begreifen, was geschehen war. »Er hatte einen Draht. Er wollte mich erdrosseln. Genau wie Connie DeVuono. Aber ich bin ihm entkommen. Ich bin ins Schlafzimmer gerannt, um meine Pistole zu holen. Aber sie war nicht da. Er hatte sie. Er muss die Wohnung durchsucht haben, ehe ich nach Hause kam. Er hat gesagt, das Schloss, das er nicht aufkriegt, sei noch nicht erfunden.«

»Jetzt ist ja alles gut.« Dons Stimme war wie Balsam. »Es ist vorbei. Du brauchst keine Angst mehr zu haben. Er kann dir nichts mehr tun.«

»Ich kann dir nicht sagen, wie furchtbar das war. Ich habe gedacht, er würde mich umbringen.«

»Er ist tot, Jess.«

»Ich musste dauernd an meine Mutter denken.«

»Tu das nicht, Liebes.«

»Und wie das meinen Vater und meine Schwester treffen würde.«

»Es ist vorbei. Du bist in Sicherheit.«

»Gott sei Dank, dass du gekommen bist.«

»Ich konnte dich doch nicht allein lassen.«

»Er ist gar nicht in das Flugzeug gestiegen«, sagte sie und lachte dann. »Das liegt ja wohl auf der Hand.«

»Ich bin nur froh, dass ich rechtzeitig gekommen bin«, sagte Don und drückte sie fest an sich.

»Ich kann es immer noch nicht glauben. Du bist mein Ritter ohne Furcht und Tadel«, sagte Jess und meinte es ernst. Wie hatte sie es über sich gebracht, ihm so weh zu tun? Wie hatte sie es über sich gebracht, ihn zu verlassen? Wie konnte sie denn überhaupt ohne ihn leben? »Es ist genau wie im Kino.« Sie lachte nervös, als sie sich unversehens all der Filme erinnerte, in denen der totgeglaubte Bösewicht plötzlich aufersteht, um von neuem zuzuschlagen. Ihr Blick wanderte zu dem Mann auf dem Boden. »Bist du sicher, dass er tot ist?«

»Er ist tot, Jess…« Don lächelte nachsichtig. »Ich kann noch mal auf ihn schießen, wenn dich das beruhigt.«

Jess lachte wieder und war erstaunt darüber. Sie war auf brutalste Weise überfallen, sie war beinahe erdrosselt und vergewaltigt worden, und sie lachte. Eine nervöse Reaktion wahrscheinlich, ein Mittel, damit fertigzuwerden, was beinahe geschehen wäre. Ihr Blick glitt über die reglose Gestalt auf dem Boden, und sie wusste, wie leicht sie an Stelle Rick Fergusons dort hätte liegen können. Wenn nicht im letzten Moment Don gekommen wäre wie der Held in einem Stummfilm, der ganz am Schluss der letzten Rolle hoch zu Ross hereinprescht und die unglückliche Heldin vor einem grausamen Schicksal rettet.

Es ist beinahe unheimlich, wie gut Don mich kennt, dachte Jess und drückte sich fester an ihn. Wie er immer genau spürt, wann ich ihn brauche, auch wenn ich das Gegenteil beteure. Sie hatte ihm am Telefon gesagt, es sei alles in Ordnung, sie sei nicht in Gefahr, sie werde sich morgen bei ihm melden. Und dennoch war er gekommen. Dennoch war er hier hereingestürmt und hatte das Heft in die Hand genommen. Sie vor einem grausamen Tod gerettet. Sie vor ihrer eigenen Sturheit und Dummheit gerettet.

War sie wirklich überrascht darüber? Hatte er nicht immer so gehandelt, während ihrer ganzen Ehe? Hatte er nicht wieder und wieder ihre persönlichen Wünsche übergangen, um das zu tun, was er für das Beste hielt? Sie war oft wütend gewesen, hatte ihn beschimpft, hatte um die Freiheit gekämpft, ihre eigenen Fehler machen zu dürfen, hatte das Recht gefordert, sich irren zu dürfen. Er hatte versucht, sie zu verstehen, ihren Bitten zum Schein nachgegeben, aber letztlich hatte er doch alles so gemacht, wie er es von Anfang an vorgehabt hatte. Und meistens hatte es sich als das Richtige erwiesen. Wie heute Abend.

Als würde ein Film im Fernsehen wiederholt, sah Jess sich unten die Haustür aufstoßen, hinter sich absperren, die drei Treppen hinauflaufen, in ihre Wohnung treten, wiederum sorgsam absperren. Sie sah sich tiefer in Stille und Dunkelheit hineingehen, meinte zu spüren, wie der Angreifer ihr die Drahtschlinge um den Hals zog. Sie sah sich kämpfen und fliehen, zur Wohnungstür schauen; erinnerte sich, wie sie überlegt hatte, ob sie die Tür erreichen und aufsperren konnte, ehe Rick Ferguson sie einholen konnte.

Ihr geistiges Auge konzentrierte sich auf die abgeschlossene Wohnungstür, als drehte sie langsam ein Kaleidoskop, um es in die richtige Stellung zu bringen. Was stimmt an diesem Bild nicht?, fragte eine feine Stimme, und da wusste sie es mit einem Schlag. Die Tür zu ihrer Wohnung war abgeschlossen gewesen, und ebenso die untere Haustür. Wie also war Don ins Haus und in ihre Wohnung gekommen?

»Wie bist du hereingekommen?«, hörte sie sich fragen.

»Wie bitte?«

Jess rückte etwas von ihm ab. »Wie bist du ins Haus gekommen?«

»Die Tür war nicht abgeschlossen«, antwortete er.

»Doch«, widersprach sie. »Ich hab sie selbst abgeschlossen, als ich nach Hause kam.«

»Also, als ich hier ankam, war sie offen«, entgegnete er.

»Und meine Wohnung?«, fragte sie. »Ich habe abgesperrt, sobald ich drinnen war. Sogar das Sicherheitsschloss.«

»Jess, was soll das?«

»Das ist eine einfache Frage.« Sie trat mehrere Schritte von ihm weg, blieb erst stehen, als sie Rick Fergusons Füße an ihren Fersen spürte. »Wie bist du in meine Wohnung gekommen?«

Einen Moment sagte er gar nichts, sah sie nur mit einem Ausdruck ruhiger Resignation an. Dann: »Mit meinem Schlüssel.«

»Mit deinem Schlüssel? Was soll das heißen? Was sind das für Schlüssel?«

Er schluckte, senkte den Blick. »Ich habe mir einen Satz machen lassen, als du deine Schlösser ausgewechselt hast.«

Jess starrte ihn ungläubig an. »Du hast dir einen Satz machen lassen? Wozu denn?«

»Wozu? Weil ich Angst um dich hatte. Weil ich befürchtet habe, dass so etwas wie heute Abend passieren könnte. Weil du jemanden brauchst, der sich um dich kümmert.«

Jess blickte zu Boden, sah Rick Ferguson tot zu ihren Füßen liegen, ihre Waffe noch in seiner offenen Hand. Don hatte ihr das Leben gerettet! Wieso war sie plötzlich so wütend auf ihn? Was war so schlimm daran, dass er sich ihre Schlüssel hatte nachmachen lassen? Hätte er es nicht getan, so wäre sie jetzt die Leiche. Wollte sie es ihm wirklich übelnehmen, dass er ihr das Leben gerettet hatte?

Sie spürte ein unangenehmes Prickeln in ihrem Hals, versuchte es als Nachwirkung der Verletzung abzutun, hätte es beinahe geschafft, bis sie merkte, wie das Prickeln leichtfüßig zu ihrer Brust hinunterkroch, ganz wie eine große Spinne. Und während das Kribbeln an Stärke und Geschwindigkeit zunahm, krabbelte die Spinne über ihre Arme und Beine, legte überall ihr Gift an, betäubte alles, was sie berührte. Würde sie jetzt einen Panikanfall bekommen?, fragte sie sich ungläubig. Jetzt, da alles vorbei war? Jetzt, da sie in Sicherheit war? Da es überhaupt keinen Grund gab, in Panik zu geraten?

Sie hörte plötzlich Adams Stimme. *Gib der Angst nach*, sagte er. *Wehr dich nicht gegen sie. Geh mit ihr.*

Adam, dachte sie. Adam, dem Don misstraute, vor dem er sie hatte warnen wollen. Adam, dem Don nachgeforscht hatte, der nicht der war, der er zu sein vorgab. Was hatte Adam mit dieser Geschichte hier zu tun?

»Ich verstehe nicht«, sagte sie laut. Sie starrte Don an und fragte sich, ob es noch andere Dinge gab, die er ihr verschwiegen hatte.

»Mach dir jetzt erst mal keine Gedanken, Jess. Die Hauptsache ist doch, dass dir nichts passiert ist. Rick Ferguson ist tot. Er kann dir nichts mehr antun.«

»Aber du hast dich doch gar nicht wegen Rick Ferguson gesorgt«, beharrte Jess, die sich des Telefongesprächs bei ihrer Schwester erinnerte und noch immer hartnäckig versuchte zu begreifen, was eigentlich geschehen war. »Du hast gesagt, Adam sei gefährlich. Du hast gesagt, du hättest ihn überprüfen lassen. Du hast gesagt, bei der Anwaltskammer hätte man nie von ihm gehört.«

»Was hat das jetzt hiermit zu tun, Jess?«

»Aber Adam war nie eine Gefahr für mich. Die Gefahr war immer nur Rick Ferguson. Weshalb also hätte Adam mich belügen sollen?« Wieder veränderten die Glasstückchen in dem Kaleidoskop ihre Lage und ordneten sich zu einem neuen Bild. »Aber vielleicht hat er ja gar nicht gelogen. Vielleicht hast *du* mich belogen«, fuhr sie fort und wollte ihren Ohren kaum trauen. »Du hast gar nicht bei der Anwaltskammer angerufen, nicht wahr? Und wenn du es wirklich getan haben solltest, dann hast du nur erfahren, dass Adam Stohn genau der ist, für den er sich ausgibt. Ist das nicht richtig?«

Er blieb lange still. Schließlich sagte Don: »Er ist nicht der Richtige für dich, Jess.«

»Was? Findest du nicht, dass ich darüber zu entscheiden habe?«

»Nein, nicht wenn du die falsche Entscheidung triffst. Und nicht, wenn diese Entscheidung mich betrifft, wenn sie uns und unsere gemeinsame Zukunft betrifft«, erklärte er. »Wir können eine gemeinsame Zukunft haben, wenn du nur aufhören würdest, dauernd gegen mich zu kämpfen. Du brauchst mich, Jess. Du brauchst jemanden, der sich um dich kümmert. Das war immer schon so. Der heutige Abend hat es wieder einmal bestätigt.«

Jess sah von ihrem geschiedenen Mann zu dem Toten auf dem Boden, dann wieder zu ihrem geschiedenen Mann zurück. Das Kaleidoskop drehte sich dabei wie wild, bis es kein Unten und Oben, kein Rechts oder Links mehr gab und die kleinen Glasstückchen ihr Gefängnis sprengten, die feinen Splitter ihrer Realität in der Luft verstreuten.

»Warum bist du heute Abend hierhergekommen?«, fragte sie. »Ich meine, du hast doch gewusst, dass Adam verreist ist, und du hast geglaubt, Rick Ferguson säße im Flugzeug nach Kalifornien. Was hat dich also veranlasst, zu mir zu kommen? Woher wusstest du, dass du eine Waffe mitbringen musstest? Woher wusstest du, dass ich in Gefahr war – wenn du nicht selbst diese ganze Sache eingefädelt hast?« Ihre Stimme wurde schrill, als die plötzliche Erkenntnis dessen, was sie da sagte, wie ein brennender Schmerz ihren

Körper durchzuckte. »Das stimmt doch, nicht wahr? Du hast diese ganze Sache eingefädelt!«

»Jess …«

»Du hast es mit ihm eingeübt, hast ihm beigebracht, was er sagen soll, auf welche Knöpfe er drücken soll. Von Anfang an.«

»Ich habe ihn dazu benutzt, uns beide wieder zusammenzubringen«, sagte Don. »War das so schlimm?«

»Er hätte mich beinahe umgebracht, Herrgott noch mal!«

»Das hätte ich niemals zugelassen.«

Jess schüttelte ungläubig den Kopf. »Du hast alles inszeniert. Wie er an dem ersten Morgen damals auf mich gewartet hat, als ich ins Büro kam: wie er mir die Treppe hinauf gefolgt ist, als wäre er meinen Alpträumen entstiegen, von denen du wusstest und die du genau kanntest, gottverdammt noch mal! Es war kein Zufall, dass er das Wort *verschwinden* gebraucht hat. Du hast ihm erzählt, was meiner Mutter zugestoßen ist, nicht wahr? Du hast genau gewusst, was für eine Wirkung das auf mich haben, was für Ängste es auslösen würde!«

»Ich liebe dich, Jess«, sagte Don. »Das Einzige, was ich von Anfang an wollte, ist, dass wir zusammen sind.«

»Rede«, sagte Jess.

»Was meinst du?«

»Sag mir alles.«

»Jess, was spielen Einzelheiten schon für eine Rolle? Das Entscheidende ist doch, dass wir zusammengehören.«

»Du hast das getan, um uns zusammenzubringen?«

»Alles, was ich getan habe, seit wir uns kennengelernt haben, habe ich nur aus diesem Grund getan.«

»Sag mir alles«, wiederholte sie.

Er holte tief Atem und stieß die Luft langsam wieder aus. »Was willst du wissen?«

»Welcher Art war deine Beziehung zu Rick Ferguson?«

»Das weißt du doch. Er war mein Mandant, und ich war sein Anwalt.«

»Hast du gewusst, dass er Connie DeVuono getötet hatte?«

»Ich habe ihn nie gefragt.«

»Aber du hast es gewusst.«

»Ich habe es vermutet.«

»Und du hast ihm angeboten, ihn rauszupauken, wenn er dir dafür einen Gefallen tut.«

»Connie hat noch gelebt, als ich mich bereit erklärte, seinen Fall zu übernehmen. Ich hatte damals keine Ahnung, dass er vorhatte, sie zu töten.«

»Aber du hast gewusst, dass er in ihre Wohnung eingebrochen hatte, dass er sie geschlagen und vergewaltigt hatte, du hast gewusst, dass er ihr gedroht und sie belästigt hat.«

»Ich wusste von den Beschuldigungen gegen ihn.«

»Hör auf mit der Wortklauberei, Don.«

»Mir war klar, dass er wahrscheinlich schuldig war.«

»Und da hast du ihm einen kleinen Handel vorgeschlagen.«

»Ich habe ihm gesagt, wir könnten einander vielleicht behilflich sein.«

»Du hast ihm alles über mich erzählt und ihm genau gesagt, was er sagen und tun soll.« Jess' Stimme war völlig tonlos.

»So etwa.«

»Aber warum denn nur? Und warum gerade jetzt?«

Don schüttelte den Kopf. »Mir ist etwas dieser Art schon sehr lange im Kopf herumgegangen. Ich wollte ein Mittel finden, dir zu beweisen, wie dringend du mich brauchst. Und da bot sich plötzlich die Gelegenheit, wenn man so sagen kann. Und der Plan kam mir wie von selbst. Außerdem fand ich die Symmetrie irgendwie anregend – vier Jahre ein Paar, vier Jahre getrennt. Ich wusste, ich konnte es mir nicht leisten, viel länger zu warten. Als dann auch noch Adam Stohn aufkreuzte, war mir klar, dass ich es mir überhaupt nicht leisten konnte zu warten.«

»Und was hast du Rick Ferguson gesagt, dass er tun soll?«

»Im Wesentlichen das, was ihm am besten entsprach. Ich habe ihm freie Hand gelassen – unter der Bedingung, dass er dir keinen Schaden antun würde.«

»Keinen Schaden? Er hätte mich beinahe umgebracht!«

»Ich war die ganze Zeit da, Jess. Du warst keinen Moment in echter Gefahr.«

Jess rieb sich den Hals, fühlte das Blut, das noch feucht war. »Du hast ihm gesagt, er soll in meine Wohnung einbrechen und meine Unterwäsche zerfetzen! Du hast ihm gesagt, er soll mein Auto zerstören.«

»Ich habe ihm gesagt, er soll dir Angst machen. Die Details habe ich ihm überlassen.«

»Er hat Fred getötet.«

»Lieber Himmel, einen Kanarienvogel! Ich kauf dir tausend Kanarienvögel, wenn dir das so wichtig ist.«

Jess fühlte, wie sich das Kribbeln der Spinnenbeine von ihren Beinen und Armen zu ihrem Gehirn ausbreitete. War dieses Gespräch Wirklichkeit? Sie wollte es nicht glauben.

»Und heute Abend?«, fragte sie. »Was sollte er heute Abend tun?«

»Ich habe ihm gesagt, dass ich deine Hartnäckigkeit kenne und du keine Ruhe geben würdest, solange er nicht wegen des Mordes an Connie DeVuono verurteilt sei. Ich wusste genau, er würde daraufhin der Versuchung nicht widerstehen können und dir auflauern. Und da ich unbedingt die Kontrolle über Zeit und Ort haben wollte, habe ich ihn ganz einfach ermuntert, die Sache so bald wie möglich zu erledigen.«

»Du hast ihn hergeschickt, um mich umzubringen!«

»Ich habe ihn hergeschickt, um ihn umzubringen«, sagte Don und lachte. »Ich habe ihm sogar den Schlüssel gegeben.« Er lachte wieder. »Ich habe ihn benutzt, Jess, um das zu erreichen, was wir beide wollen.«

»Was wir beide wollen?«

»Sei ehrlich, Jess. Wolltest du nicht die Todesstrafe für ihn? Der Staat hat dir den Wunsch nicht erfüllt. Also habe ich ihn dir erfüllt. Für uns beide«, sagte er und lachte jetzt nicht mehr.

»Du hast ihm eine Falle gestellt.«

»Der Mann war ein Vieh. Der letzte Dreck. Das hast du doch selbst gesagt. Er hat Connie DeVuono umgebracht. Und er hatte die Absicht, auch dich umzubringen.«

»Aber du hast mich doch bei meiner Schwester angerufen und gedrängt, über Nacht bei ihr zu bleiben. Du hast mich gebeten, nicht nach Hause zu fahren.«

Wieder lachte Don. »Weil ich wusste, dass du genau das Gegenteil tun würdest. Weil ich wusste, dass du schon aus Stolz schleunigst nach Hause fahren würdest. Du würdest doch aus Prinzip niemals das tun, was dein Mann dir rät.«

»Mein Ex-Mann«, verbesserte Jess sofort.

»Richtig«, bestätigte er, »dein Ex-Mann. Der Mann, der

dich liebt, der dich immer geliebt hat, der nie aufgehört hat, dich zu lieben.«

Jess hob die Hände zum Kopf und hielt sich die Ohren zu. Das alles konnte doch nicht wahr sein. Das konnte nicht Wirklichkeit sein. Der Mann, der da vor ihr stand, war doch Don, um Gottes willen, der Mann, der stets für sie da gewesen war, der ihr Lehrer, ihr Geliebter, ihr Ehemann, ihr Freund gewesen war. Der Mann, der ihr über den Tod ihrer Mutter und grauenvolle Jahre lähmender Angstanfälle hinweggeholfen hatte. Und jetzt erklärte er ihr, dass er die Wiederkehr dieser Anfälle mit voller Absicht herbeigeführt hatte! Erklärte ihr, dass er derjenige gewesen war, der Rick Ferguson zu seiner Terrorkampagne angestiftet hatte. Erklärte ihr, dass er heute Abend mit der Absicht hierhergekommen war, einen Mord zu verüben. Und das alles im Namen der Liebe! Wozu war dieser Mann noch fähig?

Jess' Gedanken rasten zurück durch die letzten acht Jahre. Ihre Panikanfälle hatten unmittelbar nach dem Verschwinden ihrer Mutter begonnen, hatten während ihrer ganzen Ehe mit Don angehalten und erst nach der Scheidung nachgelassen und schließlich aufgehört. Hatten sie ihr vielleicht etwas sagen wollen?

Er wird dir keinen Raum zu deiner eigenen Entwicklung lassen, hörte sie ihre Mutter sagen.

Mutter, dachte sie, meine schöne Mutter. Langsam näherte sie sich dem toten Rick Ferguson und kniete vor ihm nieder. Sie hörte das Knacken in ihren Knien und fragte sich, ob ihr Körper gleich auseinanderbrechen würde. Ihr Blick flog rasch über die klaffende Wunde in der Mitte seines Rückens, und sie versuchte, den widerlich süßen

Geruch des Todes, der sich wie eine mit Äther getränkte Maske über ihre Nase legen wollte, zu ignorieren.

»Ich liebe dich, Jess«, sagte Don. »Niemand kann dich je so lieben, wie ich dich all die Jahre geliebt habe. Ich konnte nicht zulassen, dass jemand sich zwischen uns drängte.«

Das Kaleidoskop begann sich wieder zu drehen, und die kleinen Glasteilchen ordneten sich vor ihrem inneren Auge zu einem Bild von bestürzender Klarheit. Sie wusste plötzlich genau, wozu dieser Mann noch fähig war.

Auf ihren Fersen sitzend drehte sie sich herum und sah zu Don hinauf, dessen braune Augen nur seine Liebe zu ihr spiegelten. »Du warst es«, sagte sie. Ihre Stimme schien eine fremde Kraft zu sein, die in ihren Körper eingedrungen war und Gedanken hervorbrachte, von denen sie nicht einmal wusste, dass sie sie hatte. »Du hast meine Mutter getötet.« Sobald die Worte ihre Lippen verlassen hatten, wusste Jess mit absoluter Gewissheit, dass sie die Wahrheit waren. Langsam stand sie auf. »Erzähl es mir«, verlangte sie, und die fremde Stimme war leise, beinahe unhörbar.

»Du verstehst es ja doch nicht«, entgegnete er.

»Dann sorg dafür, dass ich es verstehe«, sagte sie. Sie zwang sich, sanft zu sprechen, zärtlich. »Bitte Don, ich weiß, dass du mich liebst. Ich möchte es verstehen.«

»Sie wollte uns trennen«, sagte Don, als sei das die einzige Erklärung, die notwendig war. »Und es wäre ihr gelungen. Das wusstest du nicht. Aber ich wusste es. Wie sie immer betonte, war ich wesentlich älter als du. Ich hatte mehr Lebenserfahrung. Ihr wart so ineinander verhakt, dass ich wusste, sie würde dich schließlich doch mürbe machen und dich bereden, mit der Heirat bis nach deinem Examen zu warten. Und ich wusste, wenn wir warteten, bestand für mich die Gefahr, dich zu verlieren. Dieses Risiko konnte ich nicht eingehen.«

»Weil du mich so sehr geliebt hast«, sagte Jess.

»Weil ich dich mehr geliebt habe als alles andere auf der Welt«, erklärte er. »Ich wollte sie nicht töten müssen, Jess. Ob du es glaubst oder nicht, ich hatte die Frau tatsächlich gern. Immerzu habe ich gehofft, sie würde vernünftig werden. Aber das geschah nicht, und allmählich begriff ich, dass es auch nie dazu kommen würde.«

»Und da hast du beschlossen, sie zu töten.«

»Ich wusste, dass es keine andere Möglichkeit gab«, begann er, »aber ich musste auf den richtigen Moment warten, die geeignete Gelegenheit.« Er zuckte die Achseln, eine Geste falscher Unschuld, als sei alles, was geschehen war, außerhalb seiner Kontrolle gewesen. »So ähnlich wie es mit Rick Ferguson war.« Wieder zuckte er die Achseln, und die Unschuld fiel von ihm ab. »Und eines Morgens hast du mich dann angerufen und mir von eurer Auseinandersetzung erzählt; wie du aus dem Haus gestürmt bist, nachdem du deiner Mutter gesagt hattest, dann solle sie eben allein zum Arzt fahren. Ich wusste, dass der Krach dir schon leidtat, dass du die Heirat verschieben würdest, wenn der Knoten in der Brust sich als bösartig entpuppen sollte. Ich erkannte, dass ich schnellstens handeln musste.

Ich fuhr also zu euch, sagte deiner Mutter, du hättest angerufen und mir erzählt, was geschehen sei und wie leid dir alles täte. Ich sagte, ich wollte nicht bis in alle Ewigkeit der Zankapfel zwischen euch sein, ich sei bereit zu warten und würde dir klarmachen, dass es besser sei, mit der Heirat bis nach deinem Examen zu warten.«

Er lächelte bei der Erinnerung. »Sie war unglaublich erleichtert. Als hätte man ihr die Last der Welt von den Schultern genommen. Sie dankte mir. Sie hat mich sogar geküsst. Und sie sagte, sie hätte natürlich nie etwas gegen mich persönlich gehabt, aber, na ja, du weißt schon …«

»Und da hast du ihr angeboten, sie zum Arzt zu fahren.«

»Ich bestand darauf, sie zum Arzt zu fahren«, erzählte Don beinahe mit Genuss. »Ich sagte sogar, es sei ein so schöner Tag, wir könnten doch vorher noch eine kleine Spazierfahrt machen. Sie fand den Einfall reizend.« Sein Lächeln wurde breiter. »Wir sind nach Union Pier gefahren.«

»Was?«

»Ich hatte mir alles schon genau überlegt. Als ich sie erst einmal bei mir im Wagen hatte, war es im Grunde genommen ganz einfach. Ich sagte, ich würde gern ihre Meinung zu einigen Umbauten hören, die ich mit dem Häuschen vorhatte. Sie freute sich, dass ich ihre Hilfe haben wollte. Sie war richtig geschmeichelt, glaube ich. Wir gingen durch das Haus, sie sagte mir, was ihrer Ansicht nach hübsch aussehen würde, dann gingen wir hinten hinaus zu den Felsen.«

»O Gott.«

»Sie hat es überhaupt nicht kommen sehen, Jess. Ein sauberer Schuss in den Hinterkopf, und es war vorbei.«

Jess schwankte, wäre beinahe gestürzt. Sie grub ihre Zehen förmlich in den Boden und schaffte es, auf den Füßen zu bleiben. »Du hast sie getötet«, flüsterte sie.

»Sie wäre sowieso gestorben, Jess. Aller Wahrscheinlichkeit nach wäre sie in spätestens fünf Jahren an Krebs gestorben. Überleg doch, was ich ihr an Schmerzen, was ich euch allen an Qual erspart habe. Sie ist an einem wunderschönen sonnigen Tag gestorben, als sie über die Felsen zum See hinausblickte und sich zum ersten Mal seit Monaten keine Sorgen um ihre Tochter machte. Ich weiß, es wird dir schwerfallen, das zu verstehen, Jess, aber sie war glücklich. Sie ist glücklich gestorben.«

Jess öffnete den Mund, um etwas zu sagen, aber es dauerte Sekunden, ehe sie einen Laut hervorbringen konnte. »Was – hast du hinterher getan?«

»Ich habe sie beerdigt, wie es sich gehört«, antwortete er. »Draußen bei den Felsen. Du hast vor ein paar Wochen zu ihrem Grab hinausgesehen.«

Jess sah sich, wie sie in Dons Häuschen am hinteren Fenster gestanden und durch das Schneegestöber zu den Felsen des Steilufers hinausgeblickt hatte.

»Am liebsten hätte ich dir da schon die Wahrheit gesagt«, fuhr er fort. »Um dir endlich deine Seelenruhe wiederzugeben und dich wissen zu lassen, dass es für dich keinen Grund gibt, dich am Tod deiner Mutter schuldig zu fühlen. Eure Auseinandersetzung hatte mit ihrem Tod nichts zu tun. Ihr Tod stand schon in dem Moment fest, als sie das erste Mal versuchte, sich in unsere Pläne einzumischen. Aber ich wusste, dass das noch nicht der richtige Moment war, dir das zu sagen.«

Jess erinnerte sich, wie Don sie in den Armen gehalten hatte. Sie erinnerte sich seiner Zärtlichkeiten und seiner Küsse, als sie sich vor dem offenen Kamin geliebt hatten. Sie erinnerte sich des falschen Trosts, den er ihr gegeben hatte. Den er ihr immer gegeben hatte. Hatte etwas tief in ihrem Unterbewusstsein das immer geargwöhnt? Das musste es gewesen sein, was diese Panikanfälle all die Jahre über ihr hatten sagen wollen.

»Und mein Vater? Der war doch auch gegen unsere Heirat.«

»Dein Vater war ein Lamm. Ich wusste genau, dass ich mit ihm keine Probleme haben würde, wenn deine Mutter erst aus dem Weg war.«

»Und die Waffe?«, fragte Jess. »Was hast du mit der Waffe gemacht?«

Wieder lächelte Don, und sein Lächeln war beängstigender, als Rick Fergusons je gewesen war. »Das war mein Abschiedsgeschenk an dich, als du gegangen bist.«

Jess drückte beide Hände auf ihren Magen. Sie starrte zu dem kleinen Revolver in Rick Fergusons ausgestreckter Hand hinunter. Diese Waffe hatte ihr Don zum Schutz mitgegeben, als sie sich von ihm getrennt hatte. Mit dieser Waffe hatte er ihre Mutter getötet.

»Mir gefiel die Ironie daran«, sagte Don, als kommentierte er eine rechtliche Feinheit und spräche nicht vom Mord an ihrer Mutter. Wann hatte er die Grenze zum Wahnsinn überschritten? Wie hatte sie so lange blind sein können?

Sie hatte mit dem Mörder ihrer Mutter geschlafen, um Himmels willen. War er wahnsinnig, oder war sie es? Ihr war so übel, dass sie glaubte, sie würde ohnmächtig werden.

»Jetzt verstehst du vielleicht, wie sehr ich dich liebe«, sagte er, »dass ich mir nie etwas mehr gewünscht habe, als für dich zu sorgen.«

Jess' Kopf schwankte von einer Seite zur anderen, alles um sie herum verschwamm vor ihren Augen. Würde er auch sie töten? »Und jetzt?«, fragte sie.

»Jetzt rufen wir die Polizei und melden, was geschehen ist. Dass Rick dir in deiner Wohnung aufgelauert hat und dich töten wollte; dass ich gerade noch rechtzeitig gekommen bin und ihn erschießen musste, um dich zu retten.«

Jess schloss die Augen.

»Und dann ist alles vorbei«, fuhr Don in beruhigendem Ton fort. »Du kommst mit mir nach Hause. An den Platz, an den du gehörst. An den du immer gehört hast. Und wir können zusammen sein. Wie es uns von Anfang an bestimmt war.«

Die Übelkeit überschwemmte Jess in einer riesigen Welle, riss sie von den Füßen, warf sie auf die Knie, trug sie ins offene Meer hinaus, drohte sie zu ertränken. Instinktiv suchte sie nach einem Halt, nach irgendetwas, das sie retten, das sie davor bewahren konnte, fortgeschwemmt zu werden, unterzugehen und zu ertrinken. Ihre Finger fanden einen Ast, umklammerten ihn, hielten ihn fest. Der Revolver. Das begriff sie, als sie ihre Finger um den Kolben legte und sich daran auf sicheren Boden zurückzog, hinaus aus der tödlichen Strömung. Mit einer einzigen schnellen Bewegung riss Jess die Waffe in die Höhe, richtete sie auf das Herz ihres geschiedenen Mannes und drückte ab.

Don starrte sie voll ungläubiger Überraschung an, als die Kugel sich in seine Brust bohrte. Dann stürzte er vornüber und fiel zu Boden.

Jess stand langsam auf und trat zu ihm. »Mitten ins Schwarze«, sagte sie ruhig.

Sie hätte nicht sagen können, wie lange sie da stand und auf Don hinunterblickte. Sie hielt die Waffe auf seinen Kopf gerichtet, um sofort noch einmal zu schießen, wenn er auch nur gezuckt hätte. Sie hätte nicht sagen können, wann endlich wieder Geräusche an ihr Bewusstsein drangen, Verkehrslärm von der Straße, Gelächter aus einem offenen Fenster, das Läuten ihres Telefons.

Sie sah zur Uhr hinüber. Zehn. Das musste Adam sein,

der anrief, um sich nach ihrem Befinden zu erkundigen, um zu fragen, was für einen Tag sie gehabt hatte, um ihr eine gute Nacht zu wünschen.

Sie hätte beinahe gelacht. Heute Nacht würde sie keinen Schlaf bekommen, so viel war sicher. Sie würde mit der Polizei zu tun haben, ihre Familie benachrichtigen müssen. Ihnen von Rick Ferguson und von Don erzählen, die Wahrheit darüber sagen müssen, was an diesem Abend hier geschehen war, und die Wahrheit darüber, was vor acht Jahren geschehen war. Die ganze Wahrheit. Würden sie es ihr glauben?

Glaubte sie selbst es denn?

Sie ging zum Telefon und hob ab. »Adam?«, sagte sie.

»Ich liebe dich«, antwortete er.

»Könntest du nach Hause kommen?« Ihre Stimme war leise, aber beherrscht und überraschend angstfrei. »Ich glaube, ich brauche einen guten Anwalt.«

Autorin

Joy Fielding gehört zu den unumstrittenen Spitzenautorinnen Amerikas. Seit ihrem Psychothriller »Lauf, Jane, lauf« waren alle ihre Bücher internationale Bestseller. Joy Fielding lebt mit ihrem Mann und zwei Töchtern in Toronto, Kanada, und in Palm Beach, Florida.

Weitere Informationen unter www.joy-fielding.de

Die Romane von Joy Fielding im Goldmann Verlag:

Sag Mami Goodbye · Lebenslang ist nicht genug · Ein mörderischer Sommer · Verworrene Verhältnisse · Lauf, Jane, lauf! · Schau dich nicht um · Flieh, wenn du kannst · Am seidenen Faden · Zähl nicht die Stunden · Nur wenn du mich liebst · Schlaf nicht, wenn es dunkel wird · Bevor der Abend kommt · Tanz, Püppchen, tanz · Träume süß, mein Mädchen · Nur der Tod kann dich retten · Die Katze · Im Koma · Das Verhängnis · Herzstoß · Das Herz des Bösen · Sag, dass du mich liebst · Die Schwester · Solange du atmest · Blind Date

Alle Titel sind auch als E-Book erhältlich.

Unsere Leseempfehlung

480 Seiten
Auch als Hörbuch
und E-Book
erhältlich

Er nennt sich Mr Right Now – und das Profil auf seiner Datingseite ist äußerst attraktiv. Nichts weist darauf hin, dass der sympathische Mann mit dem gewinnenden Lächeln eine ganz besondere Neigung hat. Und dass er eine tödliche Überraschung bereithält, wenn der romantische Abend beendet ist. Zur gleichen Zeit suchen vier Frauen auf unterschiedliche Weise ihr Glück im Internet: die junge Paige, ihre beste Freundin Chloe, ihre Mutter Joan und ihre Cousine Heather. Sie alle sehnen sich nach einem Neubeginn in ihrem Leben. Und dann hat eine von ihnen ein vielversprechendes Date. Sein Name ist Mr Right Now …